아나키스트 엠마 골드만 자서전 **레드 엠마 2**

레드 엠마 2 _ 아나키스트 엠마 골드만 자서전

발행일 초판1쇄 2024년 6월 20일
지은이 엠마 골드만(Emma Goldman) | **옮긴이** 임유진
펴낸곳 북튜브 | **펴낸이** 박순기
주소 경기도 고양시 덕양구 소원로 181번길 15, 504-901
전화 070-8691-2392 | **팩스** 031-8026-2584 | **이메일** booktube0901@gmail.com

ISBN 979-11-92628-32-5 04840 979-11-92628-30-1[세트]

Booktube **튜브** 책으로 만나는 인문학강의 세상

Living My Life

Red Emma

아나키스트 엠마 골드만 자서전   레드 엠마 2

엠마 골드만 지음 | 임유진 옮김

Booktube 북튜브

차례

2부   7
옮긴이 후기   765
엠마 골드만 연보   769
찾아보기   776

| 일러두기 |

1 이 책은 Emma Goldman, *Living My Life*, Vol. 2(New York : Alfred A Knopf Inc., 1931)
  를 완역한 것이다.

2 본문 중에 나오는 대괄호([ ])는 독자들의 이해를 돕기 위해 옮긴이가 추가한 부분이다.

3 단행본·정기간행물에는 겹낫표(『 』)를, 기사나 팸플릿의 제목이나 시·연극·오페라 등의
  작품명에는 낫표(「 」)를 사용했다.

4 외국의 인명이나 지명 등은 2002년 국립국어원에서 펴낸 외래어 표기법을 따랐다. 인명은
  가급적 해당 인물의 출신 국가를 기준으로 표기했다.

2부

39

동부로 돌아오는 길에 볼테린 드 클레어의 부고를 들었다. 그녀의 삶이 고통의 연속이었다는 걸 알고 있기에 그녀의 죽음은 내게 크게 다가왔다. 뇌에 생긴 농양은 그녀의 기억력을 크게 손상시켰는데, 이 농양을 제거하기 위한 수술을 마치고서 끝내 사망한 것이다. 두번째 수술이 필요한 상황에서 수술로 인해 언어능력을 잃을 수도 있다는 것을 알게 된 후 고통 속에서도 볼테린은 차라리 죽음을 택했다. 6월 19일, 그녀의 죽음은 우리 운동 전체에, 또한 그녀의 강인함과 특별한 재능을 소중히 여겼던 많은 이들에게도 크나큰 손실이었다.

그녀의 마지막 요청에 따라 볼테린은 시카고 동지들이 있는 발트하임 묘지에 묻혔다. 볼테린도 시카고 동지들의 순교로 인해 깨어난 수많은 훌륭한 영혼 중 하나였으나 그녀처럼 온전히 자신을 대의에 헌신하는 사람은 드물었을 뿐 아니라 이상에 복무할 수 있는 천재성을 가진 이 또한 드물었다.

시카고에 도착한 나는 볼테린과도 함께 친하게 알고 지냈던 애니 리브시스와 함께 발트하임을 방문했다. 애니와 제이크 리브시스는 볼테린과 함께 지내면서 그녀를 마지막까지 살뜰히 보살핀 사람들이었다. 나는 빨간색 카네이션을, 애니는 무덤에 이미 놓여 있는 빨간색 제라늄을 좀 더 가지고 묘지로 향했다. 이것이 볼테린이 원했던 유일한 기념비였으니 말이다.

볼테린 드 클레어는 퀘이커교도인 어머니와 프랑스인 아버지 사이에서 태어났다. 젊은 시절 볼테르를 존경했던 아버지는 딸의 이름을 이 위대한 철학자의 이름을 따 지었다. 후에 보수적으로 돌변한 그녀의 아버지는 볼테린을 가톨릭 수녀원 학교에 보냈는데, 이에 볼테린은 학교와 아버지 양측의 권위에 반항하며 학교를 탈출했다. 시인, 작가, 강연자로서 뛰어난 재능을 가졌던 볼테린은 만약 자신의 재능을 상품화하려고만 했다면 대단한 명성과 지위를 누렸을 테지만, 여러 사회운동에 몸담으면서도 아주 작은 안락함조차 거부했다. 자신이 가르치고 또 영감을 주고자 했던 낮은 자들과 운명을 같이했던 것이다. 이 혁명가 여신은 가난하고 비참하게 사는 사람들 중에서도 가장 가난한 사람으로 살면서 극도로 자신을 몰아붙였고, 오직 자신의 이상을 위해 헌신했다.

볼테린은 평화주의자로서 경력을 시작한 만큼 수년 동안 폭력적 혁명 방식에 강하게 반대하는 입장을 취했다. 그러나 유럽의 상황과 1905년 러시아 혁명, 자국 내 자본주의의 급속한 성장과 그로 인한 폭력, 불의, 특히나 멕시코 혁명에 대해 알게 되면서 입장을 달리하게 되었다. 이에 앞서 오랜 내적 갈등이 있었지만, 결국 그녀의 지적 진실성은 그녀로 하여금 자신의 판단에 있어서의 과오를 솔직히 인정하고 새로운 비전을 위해 일어서게 했다. 그녀는 수많은 에세이를 통해 이를 표현했는데, 자신이 생각하기에 가장 중요한 결과라고 생각했던 멕시코 혁명을 위한 활동에서 가장 두드러졌다. 이후로 볼테린은 글을 쓰고 강연을 하고 기금을 모으는 활동에 전적으로 헌신했다. 그러니 자유와 휴머니즘, 특히나 아나키즘 운동에서 우리는 가장 뛰어나고 지치지 않는 활동가 한 사람을 잃게 된 것이다. 볼테린의 무덤 옆, 동지들을 기리는 기념비 그늘에 서서 나는 또 한 명의 순교자가 추가되었다는 느낌을 받았다. 그녀야말로 불타는 이상에 대한 반항으로 가득 찬 아름다운 영혼, 즉 발트하임 조각상의 원형과 같은 인물이었다.

많은 일들이 있었던 1912년은 세 가지 중요한 사건들로 마무리되었다. 사샤의 책 출간, 11월 11일 25주년 기념일, 크로포트킨의 70번째 생일이 그것이었다.

사샤는 『교도소 회고록』 최종 교정본을 읽으면서 14년 동안의 모든 일들을 다시금 상기하며 고통스러워하고 있었고, 자신이 그것을 언어로 담아내는 데 과연 성공한 것인지에 대한 풀리지 않는 의구심으로 괴로워했다. 끝도 없이 이어지는 교정으로 인해 수정비용은 450달러에 육박했다. 그는 걱정과 지친 기색이 역력하면서도 몇 번이고 교정을 다시 보고 또 다시 봤다. 결국 마지막 장을 볼 때는 지독한 불안으로부터 그를 구하기 위해 원고를 내가 거의 강제로 빼앗아야 했다.

그리고 드디어 책이 완성되었다. 정말이지 이것은 책이라기보다는 고통과 슬픔, 환멸과 절망, 지루한 감옥의 낮과 밤의 고독 속에서 고통받았던 사샤의 삶 그 자체였다. 그 귀한 책을 손에 받아들고 나는 기쁨의 눈물을 흘렸다. 사샤가 감옥의 악몽으로부터 되살아날 것에 대한 약속이자, 사샤와 운명을 함께하지 못했다는 사실로 인해 내내 괴로웠던 날들에서 마침내 해방이 되는, 사샤와 나의 승리로 느껴졌다.

『어느 아나키스트의 교도소 회고록』은 한 편의 예술 작품이자 깊은 울림을 주는 인간의 기록물로서 널리 호평을 받았다. 『뉴욕 트리뷴』은 이 책을 두고 "14년 동안 저자가 감옥에서 보내며 모은 실제적 자료라는 점에서 인류의 기록물로서도 충분한 가치가 있다"고 평하면서 "나아가, 저자가 슬라브 리얼리스트들의 방식으로 펜을 휘두르는 것을 두고 비평가들이 그를 도스토옙스키나 안드레예프와 같은 인물들과 비교한다는 것은 분명 그의 작품이 사회적 가치뿐 아니라 그 자체로도 엄청난 매력을 가졌다는 말"을 덧붙였다.

『뉴욕 글로브』 문학전문 기자는 "이 이야기가 만들어 내는 기묘한 마법을 능가할 수 있는 작품은 있을 수 없다. 버크만은 독자로 하여금 자신이 한 감옥에서의 경험을 생생하게 대리체험하게 하는 데 성공했으며, 그의 책은 아마도 인간이 할 수 있는 한에서 가장 완전한 자기계시라 할 수 있을 것이다"라고 평했다.

자본주의 언론에서조차 이러한 호평이 이어졌던 만큼 사샤의 책에 대한 잭 런던의 태도는 더욱더 실망스럽게 느껴졌다. 런던에게 서문을 요청했을 때 그는 원고를 먼저 볼 것을 요청했다. 원고를 읽고서 자신이 얼마나 큰 감명을 받았는지 우리에게 급하게 편지를 보내온 것과는 달리 막상 그의 서문은 사회주의자인 자신이 아나키스트 작가의 작품에 서문을 쓰고 있다는 식의 어설픈 사과에 불과했다. 동시에 그것은 사샤의 사상에 대한 비난이기도 했다. 잭 런던은 물론 이 책의 인간적인 면모와 문학적 특성을 놓치지 않았고, 대부분의 리뷰에서보다 더 큰 찬사를 보낸 게 사실이다. 그러나 런던은 서문에서 자신의 사회 이론과 아나키즘에 대한 긴 토론을 고집했다. 사샤의 책이 이론이 아닌 삶을 다루고 있다는 점에서 잭의 태도는 참으로 황당한 것이었다. 그의 주장을 요약하자면 "똑바로 쏘지 못하는 사람은 똑바로 생각할 수 없다"는 것이었는데 잭 런던은 세계 최고의 사상가는 사격 실력 또한 최고여야 한다고 생각했던가 보다.

서문을 읽고 잭을 만나러 간 사샤는 덴마크의 위대한 비평가 게오르그 브라네스가 자신이 아나키스트가 아님에도 크로포트킨의 『어느 혁명가의 회고록』에 동조하는 서문을 써주었던 점을 지적했다. 브라네스는 예술가이자 인본주의자로서 크로포트킨의 인품을 높이 평가하지 않았느냐 하면서 말이다.

이에 런던이 대답했다. "브라네스는 미국에서 글을 쓰지 않았잖습니까. 만약 그랬다면 다른 태도를 보였을 가능성이 크죠."

이 말을 들은 사샤는 잭 런던을 바로 이해할 수 있었다. 런던은 출판사들의 기분을 상하게 하거나 사회당의 비난을 받는 게 두려웠던 것이다. 잭 안의 예술가는 날아오르기를 소망하나 그의 내면에 자리 잡은 인간은 여전히 땅에 발을 붙이고 있었다. 그가 말한 것처럼, 그의 출판사는 오로지 금전적으로 좋은 결과가 나올 수 있는 작품만을 원했기 때문에 런던의 문학적 최고봉이라 할 수 있는 작품들은 서랍속에 묻혔다. 런던에게는 자신의 저택을 유지하는 것에 더해 또 다른 책임도 있었다. "나는 부양해야 할 가족이 있습니다." 자신의 정당화가 얼마나 자기비난으로 들렸는지 그는 아마 깨닫지 못했을 것이다.

사샤는 잭의 서문을 거절하고 대신 우리의 친구 허친스 합굿에게 서문을 부탁했다. 그는 자신을 어떤 '주의자'라고 부른 적도 없고 편지의 끝에 잭 런던이 자주 그랬듯 "혁명을 위하여"라고 적지도 않았다. 하지만 그는 사샤의 책이 담고 있는 정신을 알아보고 감사할 만큼 문학적 반항아이자 사회의 우상을 타파하는 자였다.

사샤의 책을 칭찬과 동시에 비난한 이는 비단 잭 런던만은 아니었다. 우리 진영 중에서도 그와 비슷한 사람들이 있었는데 그 중 『자유로운 노동자의 목소리』 편집자인 야노프스키도 있었다. 사샤의 책 출간기념 행사에서 축사를 맡은 그는 행사에 참여한 500명의 참석자 중 유일하게 불협화음을 내는 사람이었다. 그만 아니었더라면 그날은 지극히 아름답고 조화로운 저녁이 되었을 것이다. 야노프스키는 사샤의 회고록을 "성숙한 정신의 성숙한 산물"이라고 극찬하면서도 "젊은이의 치기로 그런 불필요한 행동을 한 것은 참으로 안타깝다"고 말했다. 1892년 7월, 그 영웅적 순간에 잉태되어 그 후 길고 어두운 끔찍한 시간 동안 피와 눈물로 키워 낸 사샤의 책이 탄생한 날 사샤의 행위를 비난하다니, 나는 분노에 사로잡혔다. 내가 발언할 차례가 되어 나는 위대한 이상을 대변하는 듯하나 실상은 진정한 이상주의자에 대한 최소한의 이해도 없었던 그 남자를 향해 말했다.

"당신에게 알렉산더 버크만의 젊음은 어리석어 보이겠죠. 그가 한 일은 쓸데없어 보일 거예요. 불의를 참지 못하고 잘못된 일을 그냥 넘기지 못하는 이상주의자들을 향해 그런 입장을 취한 사람이 당신이 처음은 아니에요. 자고로 현명하고 실용적인 사람들은 영웅적 정신을 비난해 왔더랬죠. 그러나 우리 삶에 영향을 미친 이들은 그 실용적인 사람들이 아니에요. 이상주의자들과 선각자들은 말이죠, 물불 안 가리고 자신의 열정과 신념을 표현하는 어리석은 사람들입니다. 그들의 행위가 인류를 발전시키고 세상을 풍요롭게 만들었죠. 그리고 우리가 오늘 이 자리에서 기념하고자 하는 사람이 바로 그런 선각자입니다. 그의 행동은 고통에 냉담한 세상에서 무감하게 사느니 차라리 자신의 이상을 위해 죽음을 택한, 민감한 정신이 보인 항거 그 자체였습니다. 우리 동지가 그러나 죽지 않고 살아 있다면 그것은 대놓고 '산무덤'에서 살아나가지 못하게 하겠다 선언한 사람들의 자비 때문이 아닙니다. 그것은 어디까지나 알렉산더 버크만의 행동에 영감을 준 것들, 즉 흔들리지 않는 목표의식과 불굴의 의지, 이상에 대한 굳건한 믿음 때문이겠지요. 이러한 요소들로 인해 우리 동지는 '어리석은' 젊음이 되고, 또 14년이라는 순교의 시간을 보내게 되었습니다. 또 바로 그 똑같은 요소들이 『교도소 회고록』의 탄생에 영감을 주었습니다. 이 책이 담고 있는 위대함과 인류애는 바로 이런 것들로 만들어졌죠. 어리석은 젊은이와 성숙한 남자 사이에는 그 어떤 간극도 없습니다. 알렉산더 버크만에게는 그의 전 생애를 관통하는 어떤 주제가 마치 붉은 실처럼 감겨 있는 연속적인 흐름이 있습니다."

1887년 11월 11일부터 1912년 11월 11일까지! 이 25년은 인류의 큰 발전의 흐름에서 보자면 지극히 짧은 시간이지만 일생 동안 수도 없이 죽었던 사람에게는 억겁의 시간이다. 시카고 순교 25주기를 맞이하여, 비록 개인적으로는 알지 못했지만 내 존재에 가장 큰 영향을 미친 이들에 대한 감정은 더욱 깊어졌다. 파슨스와 스파이스, 린그와 다른 여러 동지들의 정신이 나를 에워싸고 내 영적 탄생과 성장에 더 깊은 의미를 부여해 주는 것 같았다.

고대하던 1912년 11월 11일이 마침내 찾아왔고, 셀 수 없이 많은 노동단체와 아나키스트 단체가 이날을 인상적인 기념일로 만들기 위해 열과 성을 다했다. 발코니와 벽을 온통 뒤덮는 타는 듯이 붉은 깃발과 배너를 든 엄청난 수의 사람들이 빼곡히 강당을 채웠다. 단상은 빨간색과 검은색으로 장식되어 있었고, 동지들의 실물 크기 초상화가 화환과 함께 걸려 있었다. 강당을 지키고 서 있는 아나키스트 담당 경찰 분대의 꼴보기 싫은 모습은 헤이마켓 희생자들을 짓밟은 세력에 대한 군중의 분노를 키울 뿐이었다.

나는 고인들에게 경의를 표하고 그들의 용기와 영웅적 삶을 다시 한번 되새기고자 하는 여러 연사 중 하나였다. 내 차례를 기다리면서 이 역사적 날이 갖는 사회적 의미와 또한 개인적 의미를 생각하며 깊은 감동에 사로잡혔다. 이제는 멀게 느껴지는 과거의 기억이 스쳐 지나갔다. 로체스터, 그리고 음악처럼 내 귀를 울리는 한 여인의 목소리, "우리 동지들을 알게 되면 그들을 사랑하게 될 거고, 그들의 대의는 곧 당신의 것이 될 겁니다!" 저 높은 곳으로 오를 때, 마음이 지치고 의심이 찾아올 때, 감옥에서 고립된 채 몇 시간이고 보내야 했던 때, 그리고 동지들로부터의 비난과 반목을 견뎌야 했을 때, 사랑에 실패하고 우정이 깨지고 배신당할 때, 이런 순간들에도 언제나 그들의 대의는 나의 것이었고, 그들의 희생을 딛고 나는 일어섰다.

나는 강당에 빽빽하게 들어찬 사람들 앞에 똑바로 섰다. 군중의 긴장과 내 긴장이 마구 뒤섞였고, 그 모든 증오와 사랑이 내 목소리로 한데 모아졌다. "우리 동지들은 죽지 않았습니다." 나는 외쳤다. "그들은 죽지 않았어요. 오늘 밤 우리가 모여 추모하려는 동지들! 올가미에 매달려 떨고 있던 그들 몸에서 새로운 생명들이 일어나 발판에 매달린 줄을 이어받았죠. 수천 명의 목소리로 선포합니다, 우리 동지들은 죽지 않았다고!"

크로포트킨의 탄생 70주년을 기념하기 위한 준비 작업이 시작되었다. 학계에서도 이미 저명인사인 그는 세계에서 내로라하는 이들에게도 인정을 받은 인물이다. 하지만 우리에게 그는 그 이상의 의미였다. 그는 우리에게 현대 아나키즘의 아버지였고, 혁명적 대변자이자 과학, 철학, 진보사상에 있어서 뛰어난 주창자였다. 한 개인으로서 그는 인류애와 대중에 대한 믿음으로 그 누구보다 높은 곳에 우뚝 섰다. 그에게 아나키즘은 선택된 소수를 위한 사상이 아니라 인간 모두를 위한 새로운 세상을 여는 건설적인 사회이론이었다. 평생 동안 크로포트킨은 이것을 위해 살았고 또 노력했다. 그런 만큼 그의 70번째 생일을 기념하는 것은 그를 알고 또 사랑하는 모든 이들에게 참으로 큰 의미로 다가왔다.

몇 달 전부터 우리는 유럽 각국에 있는 크로포트킨 지지자들과 우리의 주요 멤버들에게 크로포트킨 탄생 기념호 『어머니 대지』에 기고를 청탁하는 편지를 보냈고 모두 흔쾌히 응해 주었다. 이제 게오르그 브라네스, 에드워드 카펜터, 조지 헤론, 톰 만, 모리슨 데이비슨, 베이어드 보이어슨, 안나 스트런스키 월링과 그녀의 남편, 또 로즈 스트런스키, 레너드 애벗을 비롯한 전 세계 주요 아나키스트들의 크로포트킨에 대한 헌사를 담은 12월호가 준비되었다. 크로포트킨 특별호와 더불어 카네기 홀에서 큰 집회가 열렸고 우리는 『자유로운 노동자의 목소리』 협회와 협력하여 행사를 준비했다. 『어머니 대지』에 실린 글들에 밝힌 바처럼 발언을 하는 모든 연사들은 저마다 우리 모두의 스승이자 영감인 크로포트킨에게 경의를 표했다.

우리의 애정과 존경의 표현에 깊이 감동을 받은 크로포트킨은 편지를 보내 감사를 전했다.

친애하는 동지들, 그리고 친구들.

먼저 여러분이 보내 주신 친절한 말과 따뜻한 마음에 진심으로 감사를 드리는 바이며, 제 칠순 생일을 맞이하여 여러 곳에서 편지며 전보를 보내 준 동지들과 친구들에게도 똑같이 진심 어린 감사를 표하고 싶습니다.

여러분이 보여 준 모든 표현에 얼마나 감동했는지 모릅니다. 또 우리 아나키스트들을 하나가 되게 해주는 "형제애 비슷한 것"을 느낀 것에 대해선 더 말할 필요도 없겠죠. 이는 우리가 단순히 같은 운동을 하는 사람들이라는 이유로 연대하는 것보다 훨씬 더 깊은 감정이니 말이지요. 그리고 언젠가 역사가 우리에게 우리의 가치가 과연 무엇인지, 평등과 자유의 새로운 기반 위에서 사회를 다시 세우기 위해 얼마나 조화롭게 행동할 수 있는지 보여 주길 요청한다면, 바로 이 '형제애'가 그 효력을 발휘할 것이라고 나는 확신합니다.

그리고 인류를 착취에서 해방시키는 일에 어느 정도 우리가 기여한 바가 있다면, 그것은 대중의 마음속 깊은 곳에 조금씩 싹트고 있는 우리의 사상이 표현된 결과라는 점을 덧붙이고 싶습니다. 살면 살수록, 진실하고 유용한 사회과학과 또한 사회적 행동은 대중의 생각과 영감에 기초한 것이 아니고서는 불가능하다는 확신을 갖게 됩니다. 그렇지 않은 모든 사회과학과 사회적 행동은 그 어떤 싹도 틔우지 않은 채로 남는 게 맞다고 봅니다.

— 마음을 담아, 표트르 크로포트킨.

샌디에이고에서의 사건이 벤에게 미친 영향은 우리가 예상했던 것보다 더 강력하게 오래 지속되었다. 그는 끔찍한 고통의 기억에서 좀처럼 벗어나지 못했고 그곳에 다시 돌아갈 것만 같다는 생각에 사로잡혀 있었다. 그는 일에 필요 이상의 에너지를 쏟아부었고, 그 모습은 마치 분노에 휩싸인 듯했다. 문제는 자신뿐 아니라 다른 사람들까지 몰아붙인다는 것이었다. 그에게 나는 이제 목적이 아닌 수단이 되었고, 그의 목적은 새로운 강연과 집회를 여는 것으로 변했다. 그렇게 일에 열중한 벤의 모습을 보면서도 나는 그가 더 이상 우리 일이나 사랑에 머물고 있지 않다는 것을 알 수 있었다. 그는 온통 샌디에이고에 사로잡히다 못해 헛것까지 보는 것 같았다. 그는 다시 해안지역으로 가서 투어를 시작해야 한다고 고집을 부리며 내 인내심과 애정을 시험했다. 그의 불안은 점점 커져만 갔고, 우리가 출발할 때까지도 마음을 놓지 못하고 있었다.

로스앤젤레스에 있는 친구들은 우리가 샌디에이고로 돌아가는 것을 강력히 반대하고 나섰다. 친구들은 샌디에이고에 대한 벤의 집착은 허세일 뿐이며, 그의 말도 안 되는 계획에 응해 주다니 나 역시 나약한 사람이라는 말까지 했다. 그들은 심지어 우리가 참석한 마지막 집회에서 청중들에게까지 이 문제를 거론하며 만장일치로 반대표를 던질 것을 촉구했다.

친구들의 반대는 우리의 안전을 염려해서라는 것을 알고 있었음에도 그들에게 동의할 수는 없었다. 내게 있어 샌디에이고는 표현의 자유가 겁박당하고 그 옹호자들이 핍박받는 미국의 수많은 도시 중 하나였지, 벤과 같은 마음이 결코 아니었기 때문이다. 그런 곳이라면 언제까지고 표현의 자유가 확립될 때까지 몇 번이고 돌아가는 게 맞았다. 이것이 샌디에이고행을 결심하게 된 아주 강력한 동기이기는 했지만 더 큰 이유는 따로 있었다. 벤이 5월의 분노의 현장으로 돌아가지 않는 이상 그가 그 도시의 굴레에서 벗어나는 게 불가능할 거라는 확신이 있었기 때문이다. 그에 대한 내 사랑은 날이 갈수록 강렬해지고 있는 만큼 그 혼자 샌디에이고로 가게 내버려 둘 수는 없었다. 그래서 동지들에게 그곳에서 어떤 일이 우리를 기다리고 있든지 나는 벤과 함께할 것임을 알렸다. 특히 자경단과 샌디에이고가 전국적인 비난을 받고 있는 지금과 같은 상황에서 그 아무리 야만적인 집단이라 할지라도 무려 1년이 지난 후까지 그런 잔혹행위를 반복할 것이라고 생각하기 어려웠다.

우리 진영 중 한 활동가가 샌디에이고에서 강당을 확보하고 입센의 「민중의 적」을 주제로 한 내 강연 홍보일을 자원했다. 얼마 지나지 않아 그는 모든 것이 순조롭게 진행되고 있으며 좋은 결과를 기대해도 좋을 것 같다고 알려왔다.

로스앤젤레스에서의 마지막 강연이 끝난 후 우리는 친구 퍼시

벌 거슨 박사 부부와 함께 기차역으로 향했다. 가는 길에 벤의 흥분이 극도로 심해져, 퍼시빌 박사가 그러지 말고 샌디에이고에 가는 대신 요양원에 잠시 머물면 어떻겠는지 제안했다. 그렇지만 벤은 샌디에이고에 가는 것 말고 자신을 치료할 수 있는 것은 아무것도 없다며 고집을 부렸다. 기차 안에서 벤은 죽은 사람처럼 창백해지고 얼굴에는 땀이 비오듯 흘러내렸다. 그의 몸은 긴장과 공포로 떨렸고 밤새도록 침대에서 잠을 이루지 못하고 뒤척였다.

벤에 대한 걱정을 제외하면, 나는 침착하고 평온했다. 밤새 깨어 '앨버트 에드워드'의 『예타 동지』를 읽었다. 흥미로운 책은 언제나 어려운 상황을 잊게 해주는 법이다. 이 책은 바부시카가 뉴욕을 방문했을 당시 우리와 함께했던 동지 중 한 명인 아서 불라드가 필명으로 발표한 것이었다. 힘이 넘치는 데다가 러시아를 주제로 한 그의 이야기는 나로 하여금 지난날을 떠올리게 했다. 기차에서의 마지막 두 시간, 벤이 잠들어 있는 사이 나는 과거에 푹 빠져서 우리가 어느덧 샌디에이고에 가까워지고 있다는 사실조차 모르고 있었다. 승객들이 분주히 짐을 챙기고 내릴 준비를 할 때야 비로소 나는 현실로 돌아왔다. 서둘러 옷을 입고 벤을 깨웠다.

아직은 이른 새벽이었고 기차에서 내리는 승객은 몇 되지 않았다. 우리가 출구로 향하는 동안 플랫폼은 한산했지만 몇 발자국 옮기기도 전에 우리는 갑자기 남자 다섯에게 둘러싸였다. 그중 넷이 형사 신분증을 보여 주며 우리를 체포하겠다고 통보했다. 이유를 물었지만 그들은 다만 잠자코 이동하라며 거칠게 대꾸할 뿐이었다.

우리가 경찰서로 향할 때 샌디에이고 거리는 아직 잠들어 있었다. 경찰과 동행한 남자의 외모가 어딘가 낯이 익어 도대체 그 남자를 어디에서 본 건지 기억하려고 애를 쓰다가 문득 그가 그랜트호텔 내 방으로 찾아와 당국에서 나를 보길 원한다고 말했던 바로 그 사람이라는 걸 기억해 냈다. 우리를 일전에 곤경에 빠뜨렸던 기자, 바로 자경단 우두머리였다.

벤과 나는 갇혀서 상황이 흘러가는 것을 지켜보는 수밖에 다른 방법이 없었다. 나는 다시 책을 집어 들었지만 피곤한 나머지 감방 안의 작은 테이블에 머리를 대고 졸았다.

"그렇게 잠이 들다니, 많이 피곤했나 보지?" 간수가 나를 깨우며 말했다. "밖에 저 시끄러운 소리 못 들었어?" 나를 뚫어져라 바라보면서 간수는 말을 계속했다. "커피를 마시는 게 좋겠군. 하루가 끝나기 전에 힘이 필요할지도 모르니까." 말을 덧붙이는 그녀의 어조가 불친절하지만은 않았다.

거리에서 소음과 고함이 들려왔다. "자경단이야." 간수가 낮은 목소리로 일러주었다. 밖에서 큰 목소리로 외치는 소리가 들렸다. "라이트먼! 라이트먼! 라이트먼을 내놔!" 그러곤 자동차 경적소리와 함께 폭동을 알리는 신호가 울려퍼졌다. "라이트먼!" 외치는 소리는 계속되었고 내 가슴은 무너져내렸다.

폭도들은 우렁차게도 울부짖었다. 그 소리가 내 머릿속을 북처럼 두드렸다. '내가 왜 벤을 오게 했을까. 그건 미친 짓이었는데! 미친 짓! 저 자경단은 벤이 다시 돌아온 것을 용서하지 않을 거야. 그를 죽이고 말 거야!'

나는 정신없이 감방문을 두드렸다. 간수가 경찰서장과 형사 몇몇과 함께 도착했다.

"라이트먼 박사를 만나야 해요!"

내 요구에 경찰 서장이 답했다. "우리가 온 게 바로 그것 때문입니다. 박사는 당신이 샌디에이고를 떠나는 것에 동의하길 원합니다. 다른 동료와 함께 말이죠."

"다른 동료라니요?"

"당신 강연을 조율한 치 말이오. 지금 마침 감옥에 있는데, 참 잘 됐지 뭐요."

"또 다시 은인 행세를 하려는 건가요?" 내가 쏘아붙이며 말했다. "하지만 이번에도 또 속을 줄 알고? 저 두 사람 모두 이 도시 밖으로 데려가요. 내가 다시 당신네 보호를 받는 일은 없을 거야."

"좋아." 그가 심기가 불편한 듯 대답했다. "그럼 직접 라이트먼과 이야기해 보시오."

나를 바라보는 벤의 눈은 창백한 공포가 담겨 있었고, 그것은 내가 한 번도 보지 못한 두려움의 의미를 단박에 깨닫게 했다. "이곳을 떠납시다." 속삭이는 그의 목소리는 떨리고 있었다. "어차피 여기서 집회는 열 수 없어. 윌슨 서장이 우리를 안전하게 빠져나가게 도와준다고 했으니, 부디 함께 나갑시다."

나는 우리의 집회에 대해 까마득히 잊고 있었다. 경찰의 보호하에 도시를 떠나는 것만큼은 할 수 없어 벤에게 혼자 떠나라고 했다.

"지금 위험한 사람은 당신이지 내가 아니에요. 그들은 나를 원하지 않아요. 나를 해치진 않을 거야. 설사 그렇다 하더라도, 난 이대로 도망칠 수 없어요."

벤이 단호하게 대답했다. "좋아요 그럼. 나도 남겠어요."

나는 잠시 고민에 빠졌다. 그가 여기에 남는다면 그의 목숨은 물론이거니와 다른 동지의 안전도 위험에 처할 게 분명했기 때문이다. 아무리 생각해도 방법이 없어서 나는 어쩔 수 없이 그들과 함께 도시를 빠져나가기로 했다.

샌디에이고 감옥에서 빠져나와 기차역으로 가던 장면을 생각하면, 아마 이보다 더 장대한 드라마는 없을 것이다. 행렬 선두에서는 십여 명의 경찰이 산탄총을 들고 허리춤엔 권총을 찬 채로 행진했다. 그다음엔 중무장한 경찰서장과 형사과장이 벤을 양쪽에서 지켰다. 나는 양쪽에 경찰 두 명과 함께 그 뒤를 따랐고 내 뒤에는 우리의 젊은 동지가 있었다. 그리고 더 많은 경찰들이 그 뒤를 따르고 있었다.

우리를 맞이하는 것은 짐승 같은 외침소리였다. 눈을 들어 어디를 보든 그곳엔 서로 몸이 뒤엉킨 사람들 무리가 지키고 서 있었다. 여자 남자 할 것 없이 날카로운 목소리가 뒤섞여 피를 원하고 있었다. 좀 더 겁이 없는 자들이 먼저 벤을 향해 달려들었다.

"저리 가! 저리!" 서장이 소리쳤다. "이 수감자들은 법의 보호 아래 있으니, 법을 존중하시오! 물러서!"

박수를 보내는 이가 있는가 하면 어떤 이들은 비웃었다. 그는 정신나간 군중의 고함소리와 더불어 경찰 행렬을 이끌었다.

성조기로 장식된 자동차들이 우리를 기다리고 있었는데, 그중 한 대에는 사방에 소총이 배치되어 있었다. 경찰과 사복형사들이 자동차의 승차용 발판에 서 있었는데, 나는 그 무리 속에서 한 남자를 알아봤다. 그 기자였다. 우리는 무장한 경찰들에 둘러싸여 있었고 윌슨

서장은 우리를 가로막고 서서는 마치 무대 위 영웅처럼 군중을 향해 산탄총을 겨눴다. 건물 위, 나무 위에서 카메라 셔터 소리가 들리기 시작했고 사이렌이 울려 퍼지며 폭도들의 울부짖는 소리로 또다시 폭동에 신호탄이 올랐다. 빠져나가는 우리 뒤를 다른 차들과 성난 폭도들이 따라붙었다.

역에 도착해 기차칸으로 이동하는 사이에도 벤은 여섯 명의 경찰에 의해 둘러싸여 있었다. 기차가 막 출발하려는 순간 한 남자가 경찰들을 다 밀치고 들어오더니 벤의 얼굴에 침을 뱉고 달아났다.

"저 사람이 포터예요. 작년에 나를 공격한 무리의 대장!" 벤이 소리쳤다.

나는 군중의 야만성이 끔찍한 동시에 매혹적이라고 생각했다. 벤의 이전의 경험이 어째서 그를 다시 샌디에이고로 끌어들였는지 알 것 같았다. 군중의 집중된 열정은 그야말로 압도적이고 강력했다. 나 또한 그곳으로 다시 돌아가 그것을 제압하거나 파괴하기 전까지 평화를 찾을 수 없다는 것을 깨달았다.

샌디에이고로 다시 돌아가리라 나는 다짐했지만, 벤과 함께 가지는 않을 것이다. 결정적인 순간에 그에게 의지할 수 없다는 것을 알았기 때문이다. 그는 상상력은 풍부했지만, 의지력은 부족했다. 충동적이었지만 그에 걸맞은 체력과 책임감은 없었다. 벤의 이러한 특성은 우리 삶을 반복적으로 요란하게 만들었고, 또 우리의 사랑으로 나를 떨리게 만들었다. 벤이 영웅적인 사람이 될 수 없다는 사실에 나는 많이 슬펐다. 그는 수십 명에게 맞설 수 있는 용기와 절체절명의 순간에도 냉정함과 침착함을 지닌 사샤와 같은 종류의 인간이 아니었던 거다.

그러다 문득 두려움을 모르는 사람에게 용기란 건 별것 아닐지도 모른다는 생각을 했다. 사샤는 두려움을 몰랐을 거라고 나는 확신했다. 그리고 나는 어떤가. 매킨리 사태 때 나는 내 목숨을 잃을까 두려웠던가? 아니, 다른 이들이 목숨을 잃을까 종종 두려웠지만 내 목숨에 대해선 단 한 번도 두렵지 않았다. 언제고 그랬다. 이런 생각과 지나친 책임감 때문에 하기 싫은 일까지 도맡아 하곤 했다. 애초에 두려움을 알지 못하는 우리가, 위험 앞에 굳건히 버틴다고 해서 과연 용기 있는 사람이 되는 걸까? 벤은 공포에 휩싸였음에도 불구하고 샌디에이고로 돌아갔다. 그것이야말로 진정한 용기는 아닐까? 나는 벤에게 면죄부를 주기 위해, 언제라도 도망칠 준비가 되어 있는 그의 행동을 정당화하기 위해 부단히 애썼다.

기차는 속도를 냈다. 벤의 얼굴이 내게 가까이 다가와 애정의 말을 속삭였다. 그의 눈은 애원하듯 나를 바라보고 있었다. 늘 그랬듯, 나의 모든 의심과 고통은 이 남자에 대한 사랑으로 녹아내렸다.

수치스럽게 도망쳐 왔음에도 우리는 로스앤젤레스와 샌프란시스코에서 영웅 대접을 받았다. 마음이 편치는 않았지만, 내 강연에 대한 뜨거운 관심에 감사한 마음이 컸다. 가장 많은 청중을 모은 강연은 '도덕의 희생자들'과 '어느 아나키스트의 교도소 회고록'에 대한 것이었다.

뉴욕으로 돌아와 벤은 우리가 사무실과 서점을 함께할 수 있는 더 큰 공간을 구해야 한다고 나를 설득했다. 서점 판매를 통해 『어머니 대지』가 나의 투어 없이도 자립할 수 있을 거라고 그는 확신했다.

무엇보다도 벤은 몸이 안 좋아진 어머니를 모시고 한 지붕 아래에서 함께 지내고 싶어했다.

우리가 새로 구한 곳은 이스트 191번가 74번지에 자리한 방 10개 짜리 집으로 상태가 꽤나 양호했다. 100명 정도를 수용할 수 있는 크기의 응접실은 소규모 강의나 사교행사에 쓸 수 있을 터였고, 지하는 사무실과 서점으로 쓸 수 있을 만큼 밝고 널찍했다. 위층 방들은 각자의 사생활을 보장해 줄 수 있을 것이었다. 이러한 안락함은 꿈도 꾸지 못했는데, 오히려 임대료와 난방비는 전보다 훨씬 저렴했다. 나는 출판과 강연원고 수정을 위해 바빠, 이 큰 집을 돌봐 줄 사람이 필요했다. 내 친구 로다 스미스를 집 관리인으로 불러야겠다고 생각했다. 나보다 몇 살이나 어렸지만 프랑스인 특유의 경쾌함이 있었고 그 발랄함 이면엔 친절함과 믿음직한 구석이 있는 사람이었다. 훌륭한 가정부이자 요리사인 그녀는 다른 많은 프랑스 여성들처럼 손재주가 뛰어났다. 특히 술이 좀 들어가면 말솜씨가 더 좋아졌는데, 그녀의 말에는 늘 매운 맛이 있었다. 그러나 모든 사람이 그런 맛이나 따끔함을 견딜 수 있는 건 아니었다.

우리는 사무실 업무를 담당할 비서도 필요했는데, 벤은 자신의 친구인 엘리너 피츠제럴드 양을 적극 추천했다. 내가 그녀를 처음 본 건 시카고에서 표현의 자유 캠페인을 하면서였는데, 빨간 머리에 매끈한 피부, 청록색 눈을 가진 그녀는 분명 눈에 띄는 외모를 하고 있었다. 그녀는 벤을 무척 좋아했지만 그가 여자들과 어떤 관계를 맺는 사람인지에 대해서는 알지 못했고, 벤과 내가 단순히 강연자와 매니저 이상의 관계라는 것을 알았을 때 상당한 충격을 받았다. 피츠제럴드 양(벤은 피츠제럴드를 '라이오네스'[암사자]라고 불렀는데, 그녀가 사자 갈기 같은 붉은 머리칼을 가졌기 때문이었다)은 매우 곱고 커다란 무언가를 간직한, 무척 호감 가는 사람이었다. 사실, 그간 벤이 수년 동안 내게 추천한 사람들 중 유일하게 진정한 인격을 가진 사람이었다. 벤은 비서의 필요성을 계속해서 강조하며 '라이오네스'가 여러모로 매우 유능하다는 점을 확신했다. 그녀가 맡고 있는 일은 적지 않았는데 최근에는 사우스다코타에 있는 요양원의 관리자가 되었다 했다. 그러나 그녀는 우리의 작업에 관심이 있었던 만큼 일을 그만두고 뉴욕에서 우리와 함께하겠다고 했다.

새 보금자리가 준비됨에 따라 우리는 옛집 정리를 시작했다. 1903년 호르 부부와 함께 살기 위해 이스트 13번가 210번지로 처음 이사왔을 때, 우리는 이 새로 지은 집의 첫 세입자였다. 그 이후로 나를 쫓아내려는 경찰의 시도가 여러 차례 있었다. 하지만 그때마다 집주인은 내가 어떤 문제도 일으킨 적이 없고 또한 가장 오래된 세입자이기 때문에 퇴거할 이유가 없다며 꿋꿋이 버텨 주었다. 나를 제외한 다른 세입자들은 국적이며 성격이 제각각이고 하도 자주 바뀌어 이젠 누가 살고 있는지도 알지 못할 지경이었다. 사업가부터 일용직 노동자, 설교자, 도박꾼까지, 가발로 머리를 가린 유대인 여성에서부터 거리에서 매력을 뽐내며 남자 손님을 찾는 소녀들까지, 끊임없이 밀려들어와 잠시 머물고는 또 다시 사라져 버리는 파도와도 같은 인간군상이었다.

210번지에는 부엌 난로를 제외하고는 별도의 난방시설이 없었고 내 방은 그나마도 난로에서 가장 멀리 떨어져 있었다. 마당을 마주보고 있는 내 방에서는 대형 인쇄소 창문이 바로 들여다보였다. 활판과 윤전기의 윙윙거리는 소음이 끊이는 법이 없는 내 방은 곧 거실이자 식당, 『어머니 대지』 사무실이 하나로 합쳐진 공간이었다. 나는 책장 뒤 작은 골방에서 잠을 잤는데, 그곳엔 집이 멀어 가지 못한 사람, 몸이 좋지 않거나 냉찜질이 필요한 사람, 집도 절도 없는 사람들 등등 늘 나보다 먼저 자고 있는 사람들이 있었다.

다른 세입자들도 아프거나 곤경에 처했을 때 우리에게 도움을 요청하곤 했다. 주로 새벽시간에 우리를 찾는 사람들은 대체로 도박꾼들이었다. 경찰의 급습을 예상하고 비상계단으로 뛰어올라와서는 우리에게 자기네 도박용품을 숨겨 달라고 부탁하곤 했다. 그러면서 한 번은 이렇게 말하기도 했다. "당신 집에서 경찰이 폭탄을 찾으려고는 해도 도박칩을 찾으려 하지는 않을 거 아닙니까." 곤경에 처한 이들 누구에게라도 210번지는 곧 사막에서 만난 오아시스와도 같았다. 물론 다른 이들에게 도움이 된다는 건 기쁜 일이었지만 밤이고 낮이고 도무지 사생활이라곤 없다는 사실은 동시에 진이 빠지는 일이기도 했다.

인생의 많은 시간을 보낸 그 작은 아파트는 내게 아주 소중한 공간이었다. 10년 동안 참으로 많은 활동들을 목격하고, 인생의 역사에 이름을 남긴 많은 남자와 여자들이 그곳에서 웃고 울었다. 카테리네 브레시콥스키와 차이콥스키의 러시아 캠페인, 오를레네프의 작품, 표현의 자유 투쟁, 혁명 전선, 셀 수도 없는 내 개인적 드라마는 말할 것도 없고 모든 기쁨과 슬픔이 이 역사적 공간에서 다 흘러나왔다. 인간의 비극과 희극의 만화경이 210번지 벽 안을 다채롭게 비추고 있었다. 절친한 친구 허친스 합굿이 '길잃은 개들의 집'에 대한 이야기를 함께 써보자고 자주 권했던 데에는 다 이유가 있었던 게다. 특히 우리가 젊고 즐겁다고 느끼며 서로의 마음을 유혹할 때마다 허치는 그 집의 낭만과 열정을 강조하곤 했다. 하지만 나는 그의 아내를 너무 좋아했고, 그 역시 벤을 좋아했다. 하여 우리는 뻔뻔스럽게도 충실한 친구로 남았고, 우리 두 사람의 이야기는 쓰이지 않은 채로 남았다.

10년이라는 세월이 숨 가쁘게 흐르는 사이, 나는 그곳이 내게 얼마나 소중한지 돌아볼 여유조차 없었다. 이제, 이곳을 떠날 때가 되어서야 내가 이 210번지에 얼마나 단단히 뿌리내리고 있었는지를 깨달았다. 마지막으로 텅 빈 방을 둘러보며 나는 깊은 상실감을 느꼈다. 내 인생에서 가장 흥미진진했던 10년을 뒤로하고 나는 이제 떠난다.

40

마침내 우리는 새집으로 이사를 마쳤다. 벤과 피츠제럴드 양은 사무실을, 로다는 집을, 사샤와 나는 잡지를 각각 담당했다. 각자 자신의 영역에서 바쁘게 일하다 보니 성격과 태도 등에 있어서의 차이가 큰 우리가 서로를 침범하지 않고도 의사표현을 할 수 있는 여지가 더 많아졌다. 우리는 새로운 동료 '피치'가 무척 매력적인 여성이라고 생각했고 로다 역시 그녀를 좋아했지만 이따금 톡 쏘는 농담과 말재간으로 이 순진한 친구를 놀리는 걸 즐겼다.

벤은 무엇보다도 어머니와 함께할 수 있다는 사실에 행복해했다. 그녀는 아들이 둘이었지만 그저 벤밖에 몰랐다. 또한 그녀의 정신적 지평은 몹시 좁았고, 글을 읽거나 쓸 줄도 몰랐기에 벤이 마련해 준 작은 집 외에 그 어떤 것에도 흥미를 느끼지 못했다. 시카고에 살 적에도 그녀는 바깥출입은 거의 하지 않고 냄비와 주전자 사이만을 왔다 갔다 했다. 그녀는 아들을 사랑했고, 그가 아무리 이상하게 굴어도 항상 인내심을 가지고 참아 주었다. 아들은 그녀에게 완벽 그 자체인 우상이었다. 아들이 수많은 여성과 잠자리를 하며 난잡하게 돌아다녀도 그것이 여자들의 잘못이지 자기 아들의 잘못이 아니라고 굳건히 믿었다. 그녀는 자신의 아들이 의사로 성공하여 명예와 존경을 받는 부자가 되길 바랐지만 아들은 의사 생활을 막 시작하자마자 의사 일을 관두고 아홉 살 연상의 여성과 사귀더니 그 후로는 아나카스트들과 어울려 살았다. 벤의 어머니는 나를 만날 때마다 언제나 겉으로는 공손했지만 속으로는 나를 엄청나게 싫어한다는 것을 느낄수 있었다.

벤의 어머니를 이해하는 건 어렵지 않았다. 그녀 역시 여러 한계들로 인해 삶을 멈춰야 했던 수많은 사람 중 한 명이었으니 말이다. 모자가 서로를 끔찍이 여기는 사이가 아니었다면 나는 그녀가 나를 인정하든 말든 크게 개의치 않았을 것이다. 벤은 어머니와 자신 사이에 공통점이 거의 없다는 것을 알고 있었다. 그녀를 방문하러 시카고에 갈 때마다 그녀의 태도는 아들을 극도로 괴롭게 했고 벤은 이 때문에 어머니로부터 멀어졌지만 결국 다시 어머니에게 가고야 마는 것은 그 자신도 어쩔 수 없는 일이었다. 자기의 머릿속에 상주하는 어머니에 대한 생각 때문에 여성을 만날 때 위협이 되기도 했다. 그의 모성 콤플렉스는 나에게 또한 많은 고통과 절망을 주었으나 나는 우리의 그 모든 차이에도 불구하고 그를 사랑했다. 다만 나는 그와함께 조화와 평화 속에서 살길 원했고, 그가 행복해하고 만족하는 모습을 보길 원했다. 그래서 나는 어머니를 뉴욕으로 데리고 오고 싶다는 그의 청을 받아들였던 것이다.

그녀가 자기 집처럼 편안히 지낼 수 있도록 그녀의 집에서 가구를 가지고 와 새집에서 가장 좋은 방을 꾸몄다. 벤은 늘 어머니와 단

둘이 아침을 먹었고, 둘만의 시간을 방해하는 사람은 아무도 없었다. 다 같이 식사를 할 때도 그녀는 귀빈석에 앉아 모든 이의 넘치는 배려를 받았다. 그럼에도 자신이 익숙한 환경에서 떠나온 그녀의 마음이 편할 리 없었다. 정든 시카고를 그리워하며 뉴욕 생활을 불평했고 삶을 불만족스러워했다. 그러던 어느 날 불행히도 벤은 D. H. 로렌스의 『아들과 연인』을 읽고 책의 첫번째 페이지에서부터 자신의 어머니와 함께 그 속에 살게 되었다. 그 안에서 자신과 어머니의 이야기를 본 것이다. 사무실 일, 우리의 일, 삶은 깡그리 지워 버리고 오로지 그 책의 이야기와 어머니만을 생각하게 되더니 급기야 나를 포함한 집의 모든 사람이 어머니를 나쁘게 대하고 있다고 상상하기 시작했다. 그는 어머니를 다시 데리고 나가야겠다고 결심하고, 모든 것을 포기하고 오직 어머니만을 위해 살리라 마음먹게 되었다.

나는 연극 강연을 위한 원고 작업이 한창이었고 이와 더불어 여러 강연들과 『어머니 대지』를 위한 대규모 프로젝트, 혁명에 참여하기 위해 멕시코로 향하던 중 텍사스에서 체포된 J. M. 랭걸과 찰스 클라인 및 여러 IWW[세계산업노동자연맹] 동지들을 위한 캠페인이 준비되고 있었다. 체포된 사람 중 미국인인 클라인을 제외하고 나머지는 모두 멕시코인이었다. 그들은 무장괴한의 공격을 받았고 교전 중 멕시코인 세 명과 부보안관 한 명이 목숨을 잃었다. 이로 인해 랭글과 클라인을 포함한 열네 명이 살인혐의로 재판을 기다리고 있는 상황이었다. 동부 노동자들에게 상황의 긴급성을 알려야 했다. 나는 벤에게 제발 로렌스의 책 때문에 이성을 잃지 말라고 간청했지만 소용이 없었다. 벤과 싸우는 일이 잦아졌고 우리의 다툼이 폭력으로 끝나는 일도 많았다. 우리의 일상은 점점 더 불가능한 것으로 변해 가고 있었다. 탈출구를 찾아야 했다. 나는 나의 불행을 그 누구와도 나눌 수 없었다. 특히나 처음부터 새집을 구하는 것이나 또 거기서 벤과 그의 어머니와 함께 사는 계획에 대해 반대했던 사샤와는 더더욱.

이 불행에도 끝은 있었다. 자신의 어머니에 대한 벤의 오래된 불평이 다시 시작된 것이다. 한동안 잠자코 벤의 이야기를 듣고 있는데 문득 내 안의 무언가가 꿈틀거렸다. 내가 할 수 있는 한에서 벤과 끝장을 보고 말겠다는 생각이 들었고, 나를 수년 동안 사로잡아 온 이 남자에 대한 생각과 기억을 영원토록 끊어낼 수 있는 무언가를 하고 싶다는 욕망에 사로잡혔다. 나는 앞뒤 안 가리고 화를 내며 의자를 집어들어 그를 향해 던졌다. 날아간 의자는 그의 발 아래로 떨어졌다.

그는 내게 다가오려다 말고 멈춰 서서는 놀라움과 공포에 질려 나를 바라만 보고 있었다.

"제발 그만!" 나는 고통과 분노로 울먹거리며 소리를 질렀다. "당신이나 당신 어머니라면 이제 지긋지긋해. 당장 나가. 어머니도 데려가, 오늘 당장!"

그는 아무 말 없이 밖으로 나갔다.

벤은 어머니를 위해 작은 아파트 하나를 구했고 두 사람은 거기에서 같이 살게 되었다. 집을 나가서도 벤은 우리 사무실에 계속 출근했다. 적어도 일만큼은 같이 했지만 우리 사이에 일 외에 나머지는 모두 죽은 듯 보였다. 일에 열중하면 이 모든 걸 잊을 수 있었다는 게 그나마 다행이었다. 일주일에도 몇 번씩 강의를 하고 캐나다 광산노동자 파업과 관련해 체포된 IWW 청년들을 위한 캠페인에 참여하고, 동시에 피치에게 원고를 구술하며 내 연극 강연원고 집필도 이어 나갔다.

『어머니 대지』 그룹에 함께한 이후로 피치에 대해 더 많은 걸 알게 되었다. 그녀는 관대한 영혼으로 주조된 참으로 드문 성격의 소유자였다. 아버지는 아일랜드인이었지만 어머니 쪽은 위스콘신에 가장 먼저 정착한 미국 개척자 출신이었다. 피치는 부모님으로부터 독립심과 자립심을 물려받았다. 열다섯 살에 이미 아버지의 노여움에도 불구하고 제칠일안식일예수재림교회에 들어간 것이다. 그러나 진리 탐구의 여정은 거기서 끝나지 않았다. 그녀가 자주 말했듯 그녀가 생각하는 신은 재림교에서 생각하는 신보다 훨씬 더 아름답고 관대했다. 그래서 어느 날 그녀는 예배 도중 자리에서 일어나서는 신도들에게 자신은 이곳에서 진리를 찾지 못하였다고 선언하고는 그 작은 교회와 신도들을 두고 유유히 걸어나왔다. 후에 그녀는 자유주의 사상과 급진적 활동에 관심을 갖게 되었다. 사회주의는 본질적으로 새로운 교리를 가진 또 다른 교회였다는 점에서 그녀를 실망시켰다. 모든 걸 품는 그녀의 성정은 아나키즘의 자유와 그 범위에서 더 큰 매력을 발견했다. 나는 피치 안에 내재된 이상주의와 이해심을 점점 더 사랑하게 되었고, 우리는 점차 서로 몹시 가까워졌다.

한해가 거의 끝나가는데도 아직도 새 보금자리에서 집들이를 열지 못하고 있었다. 새해[1914년]는 친구들과 『어머니 대지』의 열성적인 지지자들로 구성된 우리 그룹이 그 모든 문제와 고통과 함께 '옛것'을 쫓아 버리고 그게 무엇이든 '새 일'을 즐겁게 맞이하자는 다짐으로 시작되었다. 로다는 설레는 마음으로 밤 늦게까지 축제 준비를 했고, 새해 전야에는 시인, 작가, 태도와 행동에서 참으로 다양하기 이를 데 없는 보헤미안 친구들의 방문이 이어졌다. 그들은 철학과 사회이론, 예술, 섹스에 관한 논쟁을 벌였다. 우리는 로다가 준비한 맛있는 음식과 더불어 이탈리아 동지들이 마련한 와인을 마셨다. 모두 춤을 추면서 흥겨워졌다. 하지만 내 생각은 벤에게로 향해 있었다. 그날이 벤의 생일이었기 때문이다. 그는 서른다섯, 나는 이제 마흔넷을 향하고 있었다. 참으로 비극적인 나이 차이였다. 나는 형언할 수 없을 정도로 외롭고 슬펐다.

노동자들의 새로운 분노가 전국에 울려 퍼졌을 때는 아직 새해가 밝은 지 얼마 되지 않은 때였다. 캘리포니아 윗필드의 홉 농장에서 벌어진 잔인함에 이어 웨스트버지니아의 끔찍한 사건[광산 전쟁]이 이어졌고, 콜로라도 트리니다드 광산, 미시간 주 캘러멧에서도 잔혹한 일들이 계속되며 경찰, 민병대, 무장한 시민 갱단이 독재정치를 이어가고 있었다.

신문에 난 광고를 보고 윗필드를 찾아온 2만 3천 명의 노동자들은 사람에게는 말할 것도 없고 심지어 소조차 견딜 수 없는 환경을 접하고 기겁했다. 이들은 마땅한 휴식이나 음식, 심지어 마실 물도 없이 하루 종일 일만 해야 했다. 무더위 속에서 갈증을 없애고자 하면 홉 농장 주인인 더스트의 친척에게서 한 잔에 5센트를 주고 레모네이드를 사 마셔야 했다. 이런 상황을 도무지 견딜 수 없었던 노동자들은 더스트 가족에게 대표단을 보냈으나 이들은 구타와 협박을 당했고, 이에 사람들은 파업에 돌입했다. 지역 당국은 번스 탐정사무소, 시민동맹, 주방위군의 도움으로 파업참가자들을 위협했다. 노동자들의 집회를 해산하고 아무런 경고 없이 발포하기도 했다. 이 과정에서 두 명이 사망하고 다수의 부상자가 발생했는데, 지방 검사장과 부보안관도 목숨을 잃었다. 파업 참가자 중 상당수가 3급에 해당하는 고문을 받은 가운데 그중 한 명은 자백을 받아내기 위해 14일 동안 잠을 못 자게 하는 고문을 당하다가 자살시도를 하기도 했다. 경찰의 공격으로 팔 하나를 잃은 노동자는 결국 목을 매 자살했다.

이 미국판 블랙 헌드레드[러시아의 국수주의 운동]의 가장 최근 희생자는 미국의 유명한 선동가 마더 존스였다. 트리니다드 광산에서 체이스 장군의 명령으로 추방당한 마더 존스는 다시 돌아올 경우 감옥에 가두겠다는, 차르가 할 법한 협박까지 들어야 했다. 캘러멧에서는 서부 광산노동자 연맹 회장인 모이어가 등에 총을 맞은 채 마을에서 쫓겨났다. 전국 각지에서 비슷한 일들이 일어남에 따라 나는 노동자들이 정당방위를 할 권리에 대해 강연을 하기로 했다. 필라델피아 래디컬 도서관이 노동조합 회관에서 이 주제로 강연을 해달라고 나를 초청했다. 하지만 내가 회관에 도착하기도 전에 경찰은 사람들을 다 내쫓고 문을 잠가 버렸다. 경찰의 훼방에도 불구하고 나는 도서관 건물 내에서 강연을 했고, 뉴욕 및 다른 도시들에서도 마찬가지로 강연을 이어 나갔다.

갈수록 소원해지기만 하던 벤과의 관계는 마침내 더 이상 참을 수 없는 지경에 이르렀다. 나만큼이나 벤도 불행했다. 어머니와 함께 시카고로 돌아가 다시 의료일을 하겠다는 벤을, 나는 붙잡지 않았다.

'현대 연극의 사회적 중요성'에 대한 강의가 뉴욕에서 열리는 건 처음이었는데, 이번엔 영어와 이디시어 둘 다로 진행할 계획을 세웠다. 이를 위해 44번가에 있는 버클리 극장을 빌리면서 벤 없이 이토록 큰 프로젝트를 하는 것이 6년 만이라는 생각에 마음이 아렸다. 그가 떠남으로 인해 해방감을 느꼈던 것도 사실이지만, 그는 여전히 나를 끌어당기고 있었다. 그는 내 마음속에 계속해서 남아 있었고 그에 대한 갈망은 점점 커져만 갈 뿐이었다. 밤이 되면 그를 완전히 끊어 내겠다고 다짐하면서 그에게서 오는 편지도 받지 않으리라 마음을 다잡아 보아도 아침만 되면 나는 그의 편지를 공들여 읽곤 했다. 그의 손글씨를 읽는 것만으로 전율이 일었다. 지금껏 내가 사랑했던 그 어떤 남자도 나를 이토록 무력하게 만든 적은 없었다. 나는 온 힘을 다해 저항했지만 그럼에도 내 마음은 벤의 이름을 미치도록 불러댔다.

나는 그의 편지를 통해 그도 나와 같은 연옥 속에 있으며 그 역시 자유롭지 못하다는 것을 알 수 있었다. 그는 내게 다시 돌아오기를 갈망했다. 다시 의사가 되려던 그의 시도는 실패로 돌아갔는데 편지에 쓰기를 내가 자신의 직업을 새로운 관점으로 볼 수 있게 해주었다 했다. 사람들에게 약을 처방하는 것이 부적절하게 느껴진다고 말이다. 그는 이제 가난한 사람들에게 필요한 건 더 나은 노동환경과 생활환경, 즉 햇빛과 신선한 공기, 휴식이라는 것을 알았다. 알약과 가루약이 그들에게 무엇을 줄 수 있겠는가 이 말이다. 많은 의사들도 이미 환자의 건강이 자신들의 처방전에 달려 있지 않다는 걸 알고 있었다. 그들은 진정한 치료법을 알고 있지만 가난한 자들의 약에 대한 믿음으로 자신들 부를 축적하는 편을 선호할 뿐이다. 자신은 다시는 그런 의사가 될 수 없다고, 벤은 썼다. 내가 그를 망쳤다면 망친 것일 게다. 나와 나의 일이 그의 삶에서 너무나 중요한 부분이 되어 버렸다. 그는 나를 사랑했다. 우리가 처음 만난 이후로 그 어느 때보다 지금 더 그러했다. 벤은 내 친구들 사이에서 자유롭거나 편안함을 느끼지 못했던 탓에 뉴욕에서 제대로 활동하는 것이 불가능했다. 자신을 믿어 주지 않는 내 친구들에게 그래서 더 적대적이 되기도 했다. 뉴욕에 있을 때 달라지는 건 나도 마찬가지였는데 내가 사샤와의 비교 속에서 그를 더 열등한 존재로 느꼈던 것이다. 그럴 때면 우리가 투어를 할 때보다 나는 더 벤에게 비판적이 되곤 했다. 벤은 우리 관계를 다시 시작해야 한다고, 우리 단둘이서만 투어를 떠나면 어떻겠냐고 간청했다. 그가 원하는 건 그뿐이었다.

그의 편지는 마약과도 같았다. 머리는 잠드는 반면 심장은 더 빨리 뛰었다. 나는 그의 사랑에 대한 확신에 매달렸다.

그해 겨울도 미국은 실업의 고통에 몸살을 앓았다. 뉴욕에서 25만 명이 넘는 사람들이 직장을 잃었고, 다른 도시들도 크게 다르지 않았다. 유난히 혹독한 추위로 고통은 더욱 커지고 있었다. 언론은 이 끔찍한 상황에 대한 보도를 최소한으로 실었고, 정치인과 개혁가 무리는 미온적 태도로 일관했다. 이 절망적인 상황에 대한 대처랍시고 그들이 내놓는 것은 몇 가지 미봉책과 케케묵은 조사를 제안하는 일이었다.

전투적 분파는 당장 행동에 나섰다. 아나키스트와 IWW는 실직자들을 조직하고 그들을 위한 구제책을 상당량 확보했다. 내가 버클리 극장에서 한 강연과 다른 집회에서 실직자들을 위해 호소한 것 등은 좋은 반응을 얻었지만, 바다에 떨어진 물 한 방울 정도로 미미한 도움이었다.

예기치 않은 사건의 발생으로 상황은 설득력 있는 홍보의 기회를 얻었다. 굶주리고 얼어죽어 가는 사람들이 종교기관의 구호를 요청한 것이다. 프랭크 테넌바움이라는 혈기왕성한 젊은이가 이끄는 실직자 그룹이 뉴욕의 교회를 돌며 행진을 시작했다.

우리는 모두 프랭크의 넓은 안목과 겸손함을 좋아했다. 그는 여가시간의 대부분을 우리 사무실에서 책을 읽거나 『어머니 대지』 일을 도우며 지냈다. 프랭크의 훌륭한 성품은 우리로 하여금 훗날 노동 투쟁에서 그가 중요한 역할을 할 수 있을 거라는 희망을 품게 했다. 그렇다 하더라도 조용하고 공부만 열심이던 이 청년이 시대의 부름에 그렇게 빨리 응답할 거라고는 누구도 예상하지 못했다.

두려워서인지, 아니면 교회 행진의 중요성을 깨달은 탓인지, 몇몇 교회는 실업자 무리에게 쉼터와 음식, 돈을 제공했다. 이 성공에 용기를 얻은 189명의 실직자들은 프랭크를 선두로 하여 도시 내 한 가톨릭 교회로 향했다. 이들을 따뜻하게 받아들이기는커녕 성 알폰수스 교회의 신부는 "가난한 이들에게 모든 것을 주라"고 한 신의 말씀을 저버렸다. 신부는 형사 둘과 공모해 프랭크 테넌바움을 함정에 빠뜨리고 그를 비롯한 다른 몇몇 실업자들을 체포했다.

프랭크는 1년형에 더해 500달러의 벌금을 내라는 판결을 받았다. 말인즉슨 1년에 더해 추가로 500일을 더 감옥에 있어야 한다는 말이다. 그는 자신을 변호하는 자리에서 지적이고 도전적인 모습으로 멋진 연설을 했다.

테넌바움의 체포와 유죄 판결 과정에서 무엇보다 가장 놀라웠던 점은 소위 억압받는 자들을 위해 일한다는 사람들이 침묵을 지켰다는 것이다. 사회주의자들은 프랭크 테넌바움을 본보기 삼으려는 당국과 성 알폰수스 교회의 음모가 자명함에도, 이에 대해 대중을 일깨우기 위해 손가락 하나 까딱하지 않았다. 사회주의 일간지 『뉴욕 콜』은 유죄 판결을 받은 실업자들을 두고 비아냥거렸고 심지어는 프랭크 테넌바움이 '한번 맞아봐야 정신을 차린다'는 말까지 했다.

사회당과 일부 저명한 IWW 지도자들은 실업자들의 활동을 멈추려 했지만 이는 오히려 다양한 노동조직 및 급진적 그룹으로 구성되어 있는 '실업자 회의'를 더 불붙게 할 뿐이었다. 유니언 스퀘어에서의 대규모 집회가 결정되고 날짜는 3월 21일로 정해졌다. 사회당이나 IWW는 참여하지 않을 것이었다. 운동의 중심에서 이를 주도한 것은 사샤였다. 강연도 워낙 많이 다니는 데다가 원고 마감과 사무실을 감독하는 일 등으로 너무 바빠 내가 그를 도울 수 없는 상황에서 사샤는 두 배로 일을 해냈다.

대중집회에 모인 사람은 그 수도 아주 많고 또 활기찼다. 1893년 8월, 같은 장소에서 같은 이유로 열렸던 시위가 떠올랐다. 그때나 지금이나 달라진 게 없다는 게 자명했다. 그때와 마찬가지로 자본주의는 무자비하고 국가는 개인과 사회적 권리를 짓밟고 있으며, 교회도 이들과 결탁하고 있다. 그때나 지금이나 고통받는 군중에게 목소리를 주고자 하는 이는 박해당하고 투옥되고 있으며, 대중도 마찬가지로 복종할 수밖에 없다는 무력감에 젖어 있는 듯했다. 그런 생각을 하니 갑자기 광장을 벗어나고 싶다는 충동이 들었지만 나는 내 자리를 지켰다. 내가 떠나지 않은 이유는 자연에는 동일한 것이 없다는 내 마음속의 깊은 확신이 있었기 때문이다. 변화는 항상 일어나고, 삶은 유동적이며, 말라붙은 오래된 샘에서도 새로운 물이 흐를 수 있음을 믿는 까닭이었다. 나는 그 자리에 남아 수많은 군중에게 연설했다. 나는 오로지 내가 스스로 깨닫고 나올 때라야 말을 할 수 있는 사람이었던 거다.

연설을 마치고 나는 광장을 떠났지만 사샤는 계속 남았다. 그가 집에 돌아와서야 시위가 5번가까지 행진하는 것으로 끝났다는 것, 대규모 집회 참가자들이 저항의 상징으로 커다란 검은 깃발을 들고 행진했다는 것을 알게 되었다. 경찰이 개입하지 않았기 때문에 이 행진은 5번가의 주민들에게도 경찰에게만큼이나 위협적인 광경이었을 것이다. 실직자들은 14번가에서 107번가 페레르 센터까지 행진했고, 그곳에서 푸짐한 식사와 담배, 쉴 곳을 제공받았다.

이 시위가 실직자를 위한 캠페인의 시작을 알림에 따라 사샤의 삶을 아는 모든 이들은 그의 용기를 칭찬했고, 이후 시위 조직과 지휘에 큰 영향을 미쳤다. 사샤와 함께 적극적으로 활동한 젊은 반란가들의 무조건적 지지가 그의 지칠 줄 모르는 노력과 함께했다.

버클리 극장에서의 강연 시리즈는 흥미롭고 재미있는 경험 몇 가지를 남겼다. 그중 하나는 어려움에 처한 웨일스 극단에 도움을 준 것이고 다른 하나는 보드빌 무대에 서보면 어떻겠냐는 제안을 받은 것이다. 연극 강연을 하다 보니 극장을 무료로 입장할 수 있었는데 어느 날 웨일스 극작가 J. O. 프랜시스의 작품 「체인지」의 초연을 보게 되었다. 이 작품은 영어로 공연된 작품 중 가장 강력한 사회극이라 할 수 있었는데, 웨일스 광부들이 처한 끔찍한 상황과 주인으로부터 한 푼이라도 더 받아내기 위한 필사적 투쟁은 졸라의 『제르미날』만큼이나 감동적이었다. 이 주제가 아니더라도 작품은 있는 그대로를 인정하지 않으려는 기성세대의 완고함과 젊은 세대의 대범한 열망 사이의 오랜 갈등을 다루고 있었다. 「체인지」는 사회적으로 중요한 의미를 지닌 강력한 작품으로, 웨일스 극단이 훌륭한 해석을 보여주었다. 대부분의 평론가들이 이 작품을 혹평한 것은 당연한 결과로 느껴졌다. 친구 하나가 웨일스 극단이 [공연의 실패로] 상황이 어려워졌다는 이야기를 하며, 극단을 위해서라도 작품의 급진적 요소에 관심을 가져줄 것을 부탁했다.

내 주선으로 마련된 마티네 공연에서 뉴욕의 극작가들과 문인들을 여럿 만날 기회가 있었다. 한 유명 극작가는 나 같은 파괴적 아나키스트가 창작 연극에 관심을 갖는다는 것에 놀라움을 표했다. 나는 그에게 아나키즘이 삶과 예술의 모든 단계에서 표현하고자 하는 충동을 대표한다는 점을 설명하려고 노력했다. 내 말을 이해하지 못하겠다는 표정을 하고 서 있는 그에게 나는 이렇게 말했다. "자유로운 사회에서는 자신을 오로지 극작가로만 생각하는 사람들도 기회를 가질 수 있어요. 진정한 재능이 부족하다면 다른 명예로운 직업을 선택할 수도 있겠지요. 이를테면 제화공이랄지."

공연이 끝난 후 많은 사람들이 이 웨일스 공연을 보겠다는 의사를 밝혔다. 나는 일요일 강연을 찾은 청중들에게는 물론이고 『어머니 대지』에서도 이 공연을 홍보했다. 다음 주 일요일 「체인지」에 대한 강연을 열면서 극단 전체를 게스트로 참석시키기까지 했다. 이로써 극단이 몇 주 동안 운영이 가능할 만큼의 충분한 관심을 불러일으키는 데 성공했다. 각 도시에 있는 친구들이 전국 투어를 하면서 미리 알려 준 공연정보 역시 그들에게 큰 도움이 되었다.

연극 강연이 끝날 무렵, 오스카 해머스타인이 소유한 빌보드 극장인 빅토리아 극장의 대표로부터 연락이 왔다. 그는 하루에 두 번씩 출연하는 계약을 제안하며 주급으로 약 1000달러의 금액을 제시했다. 처음엔 당연히 웃어넘겼다. 보드빌 무대에 선다는 게 탐탁지 않았기 때문이다. 하지만 극장 대표는 내가 큰 금액을 벌 수 있을 뿐만 아니라 수많은 청중에게 다가갈 수 있지 않느냐면서 나를 계속해서 설득했다. 그의 제안을 말도 안 된다며 단박에 거절하긴 했지만 점점 이 일이 가능하게 할 기회에 대한 생각을 하게 되었다. 지금 상황에서 대부분의 사람들은 책이나 강연 같은 사치를 누릴 여유가 없었기 때문에 실직자들의 빈곤은 우리 수입의 급감으로 이어졌다. 게다가 새 숙소를 얻으면서 지출도 줄어들 것이라는 예상도 빗나갔다. 단 몇 주만 보드빌 무대에 선다면, 나를 계속해서 괴롭히는 이 경제적 곤궁에서 벗어날 수 있을 것만 같았다. 어쩌면 일과 사람들 모두에게서 벗어나 오로지 나 혼자만의 시간을 가질 수 있는 1년을 벌 수 있을지도 모르는 일이었다. 아무것도 하지 않을 수 있는 1년, 강연준비를 위한 책이 아니라 온전히 나의 재미를 위해 책을 수 있는 1년이 주어질 수 있을지도 모른다는 희망은 내 모든 반대를 잠재웠고, 나는 극장을 찾아갔다.

매니저는 먼저 사람들이 그토록 엠마 골드만을 좋아하는 이유가 뭔지 시험삼아 내 무대를 봐야겠다고 했다. 그러더니 나를 무대 뒤로 데리고 가 몇몇 출연자를 소개해 주었다. 대체로 댄서, 곡예사, 훈련된 개들을 데리고 있는 사람들이었고, 매니저는 "이 사이에 좀 끼워넣어야겠어요"라고 하더니 내가 발차기를 하는 사람보다 먼저 나와야 할지 훈련된 개들 뒤에 나와야 할지 결정하지 못하고 있었다. 어떤 경우에도 내게 주어지는 시간은 10분이 안 될 것이었다. 커튼 뒤에서 나는 대중을 즐겁게 하려는 안쓰러울 정도의 노력, 축 늘어진살을 젊어 보이는 옷에 끼워 넣으려는 댄서의 몸, 가수의 다 갈라진목소리, 코미디언의 싸구려 농담, 군중의 거친 유희를 지켜보았다. 그리고 나는 도망쳤다. 그런 분위기에서라면 세상의 모든 돈을 준다하더라도 내 생각을 이야기하는 일을 할 수 없다는 것을 알았기 때문이다.

버클리 극장의 마지막 일요일은 특별공연으로 바뀌었다. 레너드애벗이 사회를 맡고 「유령」과 「워런 부인의 직업」을 통해 미국의 순수주의자들에게 반기를 든 바 있는 여배우 메리 쇼, 재능있고 솔직한언변을 가진 폴라 라 폴레트, 단막극으로 유명한 조지 미들턴 등이강연자로 참여했다. 그들은 연극이 자신들에게 어떤 의미인지, 다른방법으로는 사회적 의식을 깨우는 일이 불가능했던 이들에게 연극이 얼마나 강력하게 작용할 수 있었는지를 이야기했다. 강연자들은내 작업에 감사했고, 나 역시 그들에게 감사했다. 그들 덕분에 내 노력이 일부나마 미국 지식인들이 대중의 투쟁에 좀 더 가까이 가는 데기여했다는 느낌을 받을 수 있었기 때문이다. 그날 저녁, 내가 내 작업을 통해 기여한 게 무엇이든 간에 그것은 [보드빌에서처럼] 나를 '끼워 넣지' 않은 덕분에 가능했다는 확신이 들었다.

버클리 극장에서의 강연은 내게 타자기로 쓴 강연 원고라는 귀중한 선물을 가져다 주었다. 종종 내 연설을 받아적으려는 속기사들이 있긴 했지만 성공한 적이 없었다. 특히나 내가 주제에 몰두할 때면 그들은 내가 말이 너무 빨라진다고 말하곤 했다. 그러던 중 나타난 파울 문터라는 청년의 속기는 내 강연 속도를 앞질렀다. 6주 동안 내 강연에 모두 참석하며 속기를 한 파울 문터는 마지막에 완벽하게 타이핑된 강연 원고를 내게 선물로 주었다.

파울의 선물은 내가 『현대 연극의 사회적 의미』 책 작업을 할 때 큰 도움이 되었다. 덕분에 에세이를 쓸 때보다는 몸은 훨씬 덜 힘들었지만, 그때는 벤과의 조화로운 삶에 대한 희망이 남아 있었을 때라 적어도 마음은 더 평온한 상태였다. 하지만 지금은 그런 희망이 거의 남아 있지 않았다. 얼마 남지 않은 희망의 끈을 더 끈질기게 붙잡고 있었던 것도 그 때문이었을지 모르겠다. 시카고에서 온 벤의 간곡한 편지는 내 그리움에 불을 지폈고, 두 달쯤 지났을 때 나는 러시아 농부들의 지혜를 깨닫게 되었다. "술은 마셔도 죽고 안 마셔도 죽는다. 어차피 죽을 거면 먹고 마시는 게 낫다."

벤과 떨어져 있는 시간은 잠 못 이루는 밤, 가만히 있지 못하는 낮, 아픈 그리움으로 채워졌다. 그와 가까이 있게 된다면 갈등과 다툼과 더불어 매일같이 내 자존감을 부정해야 할 것이다. 하지만 이는 내 일에 대한 새로운 활력과 열정을 새롭게 불어넣어 주기도 할 것이다. 나는 벤과 함께 투어에 나서기로 결심했다. 아무리 비싼 술이라 해도 기꺼이 마시리라.

내가 벤으로부터 벗어나기 위해 고군분투하는 몇 달 동안 사샤는 그 어느 때보다 사려 깊고 배려심이 넘쳤다. 내 원고를 교정하는 데 큰 도움이 되었고, 사실 대부분의 작업을 그에게 맡기기까지 했다. 그는 내 글이 담고 있는 정신이나 내 글의 스타일을 바꾸지 않기 위해 엄청나게 애썼기 때문에 그가 교정작업을 하더라도 안전하다고 느꼈다. 우리는 『어머니 대지』에서도 공동작업을 했다. 인쇄 넘길 교정쇄를 준비하고 진한 커피를 마시며 날이 밝을 때까지 버티던 멋진 밤들. 그 덕분에 우리는 어느 때보다 가까워졌다. 물론 그 어떤 것도 우리 사이의 유대감을 약화시키거나 수많은 난리통을 견뎌 온 우리의 우정에 영향을 미칠 순 없겠지만 말이다.

사샤가 내 책 교정을 보아 주고 피치가 사무실 일을 맡아 주었기 때문에 나는 이제 투어를 시작할 수 있었다. 피치는 업무적으로 유능할 뿐 아니라 우리의 진정한 친구이자 아름다운 영혼을 가진 사람이었다. 우리의 작업에 보이는 그녀의 열정과 관심은 초반에 그녀에 대해 가졌던 의심을 부끄럽게 할 정도였다. 사샤도 이 '외부인'에 대한 자신의 반대가 근거가 없는 것임을 곧 깨달았고 두 사람은 친구가 되어 조화롭게 일했다. 내 투어를 위한 준비가 끝났다.

연극을 주제로 한 내 책은 매력적이고 단순한 표지를 하고 출간되었다. 18개국의 18명의 작가가 쓴 서른두 편의 연극이 지닌 사회적 의미를 짚어 낸 것으로 영어로 출간된 책으로는 아마도 최초였을 것이다. 유일한 아쉬움이 있다면 나의 새로운 고국, 미국의 작품이 빠져 있다는 것이었다. 위대한 유럽 작가들과 어깨를 나란히 할 수 있는 미국 작가를 찾기 위해 애썼지만 결국 아무도 찾을 수 없었다. 유진 월터, 레이철 크로더스, 찰스 클라인, 조지 미들턴, 버틀러 대븐포트 등이 좋은 출발을 보여 주긴 했지만 아직 거장은 나타나지 않은 상태였다. 언젠가 나타날 것임은 분명했지만, 그동안 나는 유럽 최고의 극작가들의 작품과 현대 연극예술의 사회적 중요성에 대해 미국의 관심을 환기시키는 것으로 만족해야 했다.

털리도에서 열린 한 강연 후 테이블에 방문자 카드가 하나 놓여 있었다. 뉴욕에서 무슨 강연을 할 것인지 계획을 묻는 로버트 헨리의 요청이었다. 헨리에 대해서는 당연히 들어 본 적도 있고 그의 전시를 본 적도 있었다. 또한 그가 진보적인 사회관을 지닌 사람이라는 이야기도 들었다. 그후 뉴욕에서 열린 일요일 강연에 키가 크고 건장한 남자가 내게 다가와서는 자신을 로버트 헨리라고 소개했다. "당신 잡지는 잘 읽고 있습니다. 특히 월트 휘트먼에 대한 글이 좋았어요. 전 월트를 좋아해서 그에 대한 글이라면 다 챙겨서 읽고 있거든요."

헨리는 자유롭고 관대한 성격의 소유자로, 참으로 특출난 사람이었다. 사실 그가 가진 예술과 삶의 관계에 대한 생각은 아나키스트에 가까웠다. 우리가 페레르 센터의 저녁 수업을 시작하면서 그에게 학생들의 예술 과정을 지도해 달라고 부탁했을 때도 그는 흔쾌히 응했다. 그는 조지 벨로우스와 존 슬론에게도 관심이 있었고 이들은 함께 당시 뉴욕 어디에서도 찾아볼 수 없었던 자유로운 정신을 우리 예술 수업에 불어넣는 데 일조했다.

후에 로버트 헨리가 내 초상화를 그리기 위해 좀 앉아 있어 달라고 부탁을 해왔다. 그때 나는 너무 바빴기도 했고, 일전에 다른 여러 사람들이 나를 그리려 시도했지만 다들 실패했음을 알렸다. 헨리가 자신은 "진짜 엠마 골드만"을 그리고 싶다고 했다. 나는 물었다. "하지만 어느 쪽이 진짜죠? 진짜 엠마 골드만을 찾는 건 지금까지 저조차 성공한 적이 없어요." 도시의 먼지와 소음에서 멀리 떨어진 그래머시 공원에 위치한 그의 아름다운 작업실과 헨리 부인의 다정한 환대는 지친 나에게 위안이 되었다. 우리는 예술과 문학, 자유주의 교육에 대한 이야기를 나누었다. 헨리는 이런 주제들에 정통했고 더군다나 진지한 분투에 관해서라면 남다른 직관력을 가지고 있었다. 그 빛나는 시간 동안 나는 그가 몇 년 전에 예술학교를 시작했다는 것을 알게 되었다. "그곳에서 학생들은 온전히 자기가 알아서 해야 해요. 그게 무엇이든 자기 안에 있는 걸 꺼내고 발전시키려면 그럴 수밖에 없죠. 나는 그저 질문에 답을 해주거나 더 어려운 문제들에 대한 해결방법을 제시해 줄 뿐입니다" 하고 그가 말했다. 그는 학생들에게 결코 자기의 생각을 강요하지 않았다.

초상화가 어떻게 되어 가는지 보고 싶었지만 미완성 작품을 보여 주는 것에 있어서 헨리가 극도로 예민한 사람이라는 것을 알고 있었기에 보여 달라고 하지 않았다. 그림이 완성되었을 때 나는 뉴욕에 없었지만 후에 헬레나 언니로부터 로체스터에서 열린 전시회에서 그림을 봤다며 편지가 왔다. "그림 아래 네 이름이 없었더라면 너인지 몰랐을 거야" 다른 친구들 역시 언니 말에 동의했다. 하지만 나는 헨리가 "진짜 엠마 골드만"을 그리려 했을 것임을 믿었다. 나는 끝내 내 초상화를 보지 못했지만, 그의 작업실에 앉아 그와 보낸 시간은 소중히 간직하고 있다.

41

기차가 시카고를 향해 속도를 올릴 때 내 마음은 벤과 함께하고 싶은 열망으로 잔뜩 들떠 있었다. 시카고에서는 열두 차례의 강연과 연극에 관한 연속강좌를 진행할 계획을 세웠다. 머무는 동안 『리틀 리뷰』라고 하는 새로운 문학 출판물을 알게 되었는데, 오래 지나지 않아 그곳 편집자인 마거릿 앤더슨을 만날 수 있었다. 사막을 떠돌다 우연히 샘물을 발견한 기분이었다. 마침내 창의적 노력에 있어서 반항아와도 같은 잡지가 등장한 것이었다. 『리틀 리뷰』는 사회적 질문들에 있어서는 명료함이 부족했지만 새로운 예술 형식에 있어서는 생동감이 넘쳤고 미국 출판물에 공통적으로 보이는 감상주의에서 자유로웠다. 무엇보다도 이 잡지의 가장 큰 매력은 기존의 기준에 대한 두려움 없는 강력한 비판이 있다는 점이었는데, 내가 미국에서 지난 25년 동안 찾고 있던 바로 그것이었다. "마거릿 앤더슨이 누구죠?" 내게 잡지를 보여 준 친구에게 물었다. 그는 대답했다. "아주 매력적인 미국 여성이죠. 당신을 인터뷰하고 싶어해요." 인터뷰 같은 건 아무래도 상관없지만 나는 그 『리틀 리뷰』 편집자를 꼭 만나고 싶다고 답했다.

앤더슨 양이 내 호텔로 찾아왔을 때, 그녀를 맞이하러 엘리베이터 쪽으로 갔는데 너무나 세련된 여성의 모습을 보고 깜짝 놀랐다. 처음엔 내가 사람을 착각했나 보다 하고 다시 내 방으로 가려는데 나를 부르는 목소리가 들렸다. "골드만 씨! 제가 마거릿 앤더슨입니다." 나비 같은 그녀의 모습은 내가 상상한 『리틀 리뷰』 편집자의 모습과 너무나 달라서 실망스럽기까지 했다. 방으로 안내하면서 내 말투는 심드렁해졌지만 그녀는 개의치 않는 듯했다. "저희 집에 초대하고 싶어서 왔습니다." 그녀는 급하게 말을 꺼냈다. "아무래도 항상 많은 사람들한테 둘러싸여 지내시다 보니 피곤하실 것 같아서, 저희 집에서 좀 편안히 쉬셨으면 하고요." 자신의 집에서 나는 아무도 만날 필요가 없으며, 방해받지 않은 채로 온전히 혼자 있을 수 있을 거라고 그녀는 나를 설득했다. "호수에서 목욕을 하실 수도 있고 산책을 하셔도 돼요. 아니라면 그냥 가만히 누워만 계셔도 좋고요. 어떻게 하셔도 좋아요. 전 기다릴게요. 골드만 씨를 위해 연주를 해드릴 수도 있어요." 우리가 쉽게 갈 수 있게 밖에는 택시를 잡아놓기까지 했다. 나는 이 말 많은 여인에게 압도되어 할 말을 잃었고, 이 관대한 사람에게 그렇게 냉정하게 대했던 나의 행동이 후회가 되었다.

미시간 호수를 마주보고 있는 큰 아파트에 도착했을 때 집에는 앤더슨 양 외에 그녀의 언니가 자녀 둘, 그리고 해리엇 딘이라는 이름의 젊은 여성과 함께 있었다. 집안에 가구라고는 피아노와 피아노 의자, 망가진 간이침대 몇 개, 식탁, 주방의자 몇 개가 전부였다. 이 큰 집에 대한 월세를 어찌어찌 마련하더라도 다른 것에까지 쓸 돈은 없는 게 분명했다. 하지만 신비로운 방법으로 마거릿 앤더슨과 그녀의 친구들은 나를 위해 꽃과 과일, 먹을 것을 공수해다 주었다.

해리엇 딘은 마거릿만큼이나 처음 보는 종류의 여성이었지만 둘은 완전히 달랐다. 해리엇은 운동신경이 좋고 남성적 외모에 조금은 내성적인 사람으로, 자의식이 강한 편이었다. 반면, 마거릿은 몹시 여성스럽고 에너지가 끝도 없이 넘쳐나는 사람이었다. 마거릿과 몇 시간을 함께 보내면서 그녀에 대해 가졌던 첫인상은 완전히 바뀌었고 겉으로 아무리 가볍게 보이더라도 그 이면에는 인생에서 어떤 목표를 선택하든 그 목표를 위해 달려나갈 수 있는 깊이와 강인함이 있는 사람이란 것을 알게 되었다. 얼마 지나지 않아 나는 이 젊은 여성들이 러시아 지식인들이 그러하듯 사회적 불의에 의해 추동되는 사람들이 아니라는 걸 알게 되었다. 중산층 가정 출신인 이들은 가족의 속박과 부르주아의 전통으로부터 빠져나와 자유를 찾으려 하는 강한 개인주의자들이었던 것이다. 이들의 사회의식이 부족한 점이 아쉽긴 해도 마거릿 앤더슨과 해리엇 딘은 어쨌거나 스스로의 해방을 위해 반란을 일으킨 사람들이었다. 이런 사람들을 볼 때면 나의 새로운 조국에 대한 믿음이 다시금 굳건해지곤 했다.

그들과 함께하는 시간은 즐겁고 편안했다. 현대 사상에 진지한 관심을 표하는 미국의 젊은 여성들을 만날 수 있어서 기쁘기도 했다. 우리는 대화와 토론으로 하루를 보냈고 저녁이면 마거릿이 피아노를 쳤다. 그러면 나는 반주에 맞춰 러시아 민요를 부르거나 내 인생의 일화들을 들려주곤 했다.

마거릿의 연주는 훈련된 예술가의 것은 아니었다. 그래서인지 그녀의 연주에는 몹시 독창적이고 생동감 넘치는 특질이 있었는데, 특히나 우리만 있는 자리에서 연주할 때는 더욱 그랬다. 낯선 이가 없는 자리에서 그녀는 자신의 모든 감정과 강렬함을 온전히 표현해낼 수 있었다. 음악은 내게 항상 큰 감동을 주었지만, 마거릿의 연주를 듣고 있으면 마치 바다를 보는 것 같은 아주 특이한 느낌이 들었다. 그 때문에 나는 불안하고 초조했다. 수영을 배운 적도 없고 애초에 깊은 물을 무서워하면서도 바닷가에 갈 때마다 파도를 향해 손을 뻗어 그 속에 잠기고 싶다는 생각이 들었는데, 마거릿의 연주를 들을 때 꼭 그랬다. 미시간 호수에 있는 그녀의 집에서 보낸 시간은 너무도 빨리 지나갔지만, 내가 시카고에 머무는 내내 마거릿과 '딘지'는 내 곁을 떠나지 않았다.

벤 헥트, 맥스웰 보던하임, 시저, 알렉산더 카운, 앨런 태너 등 마거릿을 통해 『리틀 리뷰』의 기고자 대부분을 만날 수 있었지만 다들 아무리 유능한 작가들이라 해도 마거릿 앤더슨만큼 모든 걸 흡수하는 열정과 대담함을 가진 사람은 없었다.

『포에트리 매거진』의 해리엇 먼로와 '리틀 시어터'의 모리스 브라운도 같은 서클에 속해 있었다. 나는 특히 브라운 씨의 극 실험에 관심이 많았다. 그에게는 재능과 성실함이 있었지만 과거에 너무 사로잡힌 나머지 리틀 시어터 운동을 효과적으로 이끌어 나가지 못하고 있었다. 나는 그에게 그리스 비극과 고전극도 물론 큰 가치가 있지만 고민 많은 동시대 사람들 중에도 오늘날 우리 시대 인간의 문제를 극적으로 표현해 내려 하는 사람이 많다는 이야기를 종종 했다. 사실 브라운 씨 극단과 소수의 지지층 외에 리틀 시어터의 존재 자체를 아는 사람도 거의 없었다. 삶을 살아가느라 바쁜 사람들이 이 극장을 그저 바쁘게 지나쳐 간 까닭이다. 브라운 씨의 노력이 너무나 진실했기 때문에 이러한 결과는 더더욱 안타깝게 느껴졌다.

이번 시카고 방문에서 나는 운 좋게 아주 좋은 음악을 들을 기회가 있었다. 내가 시카고에 있는 동안 퍼시 그레인저, 알마 글루크, 메리 가든, 그리고 카살스 등이 시카고에서 콘서트를 열었던 것이다. 이렇게 다양한 음악가들의 공연을 볼 수 있는 기회는 좀처럼 없었던지라 아주 귀한 선물을 받은 것만 같았다.

알마 글루크는 첫 음부터 나를 사로잡았다. 특히나 히브리어 성가를 부를 때 그녀는 풍부한 음역대에서 목소리를 마음껏 뽐냈다. 6천 년 동안의 슬픔이 그녀의 절묘한 노래로 가슴 아프게 살아나는 것 같았다.

메리 가든은 전에도 본 적이 있었다. 세인트루이스에서 「살로메」 공연이 극장 대관을 거부당한 적이 있었는데, 참견하기 좋아하는 도덕주의자들이 작품을 외설적이라고 비난한 탓이었다. 이에 표현의 자유를 위해 목소리를 높인 메리 가든에게 한 기자가 그녀의 투쟁이 마치 엠마 골드만과 유사하다는 점을 지적하자 그녀는 나를 칭찬하고 치켜세웠다. 그녀는 아나키즘이나 나의 사상에 대해 전혀 알지 못했지만 자유에 대한 나의 입장을 높이 샀다. 나는 그녀에게 감사의 편지를 썼고, 그녀는 답장을 보내 다음번에 같은 도시에 있게 되면 꼭 알려달라고 했다. 나중에 메리는 무대 위에서 팬들에게 커다란 꽃다발을 받으면서도 맨 앞줄에 있는 나를 알아봤다. 무대 끝으로 걸어 나온 그녀는 자신의 꽃다발에서 가장 크고 붉은 장미를 골라 내 무릎

위로 던지며 공중에 키스를 날려 주었다. 그보다 몇 년 전인 1900년 파리에서도 그녀는 샤르팡티에의 「루이즈」와 마스네의 「타이스」로 나를 황홀하게 만들었던 적이 있다. 하지만 마거릿 앤더슨과 함께 시카고 오디토리움에서 관람한 오페라 「펠레아스와 멜리장드」에서처럼 사랑스럽고 매력적인 모습은 처음이었다. 젊음과 순수함, 대지의 영혼이 하나로 절묘히 어우러진 모습이었다.

시카고에 머무는 동안 가장 큰 음악적 이벤트는 스페인의 첼리스트 카살스의 연주였다. 항상 첼로를 가장 좋아했지만 이 거장의 마술 같은 연주를 듣기 전까지 나는 첼로가 무엇을 할 수 있는지 안다고 할 수조차 없었다. 카살스의 손길은 첼로의 보물상자를 열어젖히고 인간의 영혼처럼 진동하며 벨벳 같은 음색으로 노래하게 했다.

콜로라도 주 러들로에서 급작스러운 소식이 날아들었다. 파업 노동자들이 총에 맞아 죽고 천막 안에 있던 여성과 아이들이 불에 타 사망했다는 충격적인 이야기였다. 러들로의 불길이 하늘로 치솟고 있는 와중에 내가 하는 연극 강연은 한없이 사소해 보였다.

콜로라도 남부의 석탄 광부들은 몇 달 동안 파업을 벌이고 있었다. 록펠러가 소유한 콜로라도 연료 철강 회사는 주정부에 '보호'를 요청하면서 동시에 용역깡패들을 탄광지역에 파견했다. 광산 노동자들은 회사 부지 내 있던 자택에서 쫓겨나 천막을 치고서 아내와 아이들과 함께 긴 겨울을 날 준비를 했다. 주지사 아몬은 록펠러에게 '질서 유지'를 위해 민병대를 소집할 것을 요청했다.

벤과 함께 덴버에 도착한 후 노조 지도자들은 내가 강연에서 모금한 기금은 기꺼이 받겠지만 자신들의 파업이 나와 어떤 식으로든 연관되어 있다는 걸 알리고 싶어하지 않는다는 것을 알게 되었다. 러들로에 있는 동지들로부터도 마찬가지로 더 이상의 지지를 받지 못했다. 당국이 내가 도시에 들어오는 것을 허락하지도 않을 게 분명하고, 뿐만 아니라 내가 도시에 오면 신문에는 온통 내가 파업의 배후에 있다는 기사가 나올 것이니 오지 말라는 거였다. 내가 평생을 바쳐 일해 온 그 사람들이 나를 원치 않는다는 사실은 몹시 고통스러웠다.

다행스럽게도 나는 『어머니 대지』와 강연을 통해 나 나름대로 독립적인 작업을 해나갈 수 있었다. 내가 마련한 강단에서라면 러들로에서 벌어지고 있는 범죄를 자유롭게 비난하고, 노동자들에게도 어떤 메시지를 줄 수 있을 것이다. 우리는 집회를 시작한 지 2주 만에, 소리내어 말할 용기가 없는 대규모 그룹보다 이상주의로 고취된 소수의 무장세력이 긴급한 사회문제에 있어 더 큰 관심을 집중시킬 수 있음을 증명해 보였다. 내 강연은 러들로에 대한 대중의 관심을 환기시키는 데 도움이 되었다. 러들로와 횟필드, 연방군의 멕시코 침공은 모두 다 같은 뿌리에서 나온 흐름의 연장선에 있었다. 나는 수천 명 대중 앞에서 이 사건들에 대해 이야기했고, 여러 투쟁을 위해 많은 금액을 모금하는 데 성공했다.

덴버에 도착해 우리는 스물일곱 명이나 되는 IWW 청년들이 수감되어 있다는 것을 알게 되었다. 그들은 표현의 자유를 위한 캠페인을 하다 체포되었고, 돌 쌓기 작업을 거부했다는 이유로 고문실에서 고문을 당하고 있었다. 그들을 위한 우리의 투쟁은 성공적이었고, 석방과 함께 그들은 현수막을 들고 노래를 부르며 거리를 행진해서 우리가 있는 강당으로 왔다. 우리는 동지애와 연대의 정신으로 그들을 맞이했다.

덴버에서의 흥미로운 경험 중 하나는 줄리아 말로와 소던, 구스타브 프로만을 만난 일이었다. 우리는 현대 연극에 대해 많은 이야기를 나누었다. 프로만은 현대 연극이 극장을 찾는 관객의 흥미를 끌지 못한다는 점을 소리높여 이야기했고, 나 또한 뉴욕에도 브로드웨이에 우르르 몰려드는 어중이떠중이 관객이 아닌 지적이고 감상적인 또 다른 무리의 관객층이 존재한다는 점을 지적했다. 그 다른 무리의 관객은 입센과 스트린드베리, 하우프트만, 쇼, 그리고 러시아 극작가들의 작품을 보고 싶어할 것이라고 나는 확신했다. 50센트에서 1달러 50센트의 입장료 안에서 레퍼토리 극장이 자립할 수 있다는 것을 증명하겠다고 선언하자 프로만은 내가 비현실적인 낙관론자라고 생각했다. 하지만 그럼에도 그는 관심을 보였고, 우리 둘 다 뉴욕에 있게 되면 만나서 이 문제에 대해 좀 더 이야기해 보기로 했다.

나는 하우프트만의 「침몰한 종」에서 말로와 소던을 본 적이 있었다. 소던이 연기하는 하인리히는 그다지 좋아하지 않았지만 라우텐델라인 역의 줄리아 말로는 숭고했고, 「말괄량이 길들이기」에서의 카트리나와 「로미오와 줄리엣」에서 줄리엣 역을 맡았을 때도 마찬가지로 대단했다. 당시 말로의 나이는 마흔에 가까웠다. 젊은이 역을 맡기에는 몸집이 좀 불어 있었지만 그래도 그녀의 빼어난 연기는 늘씬하고 거친 산의 정령 라우텐델라인이나 어리고 순진한 줄리엣의 환상을 깨뜨리는 법이 없었다.

소던은 뻣뻣하고 재미가 없었지만 줄리아는 매력과 우아함, 그리고 무심한 태도로 그 단점을 보완하고도 남았다. 그녀는 내 강연에 꽃을 보내며 "항상 대중 앞에 서는 당신에게 이 꽃이 조금이나마 휴식이 되길 바란다"는 친절한 인사를 남겼다. 사람들 앞에 서는 일이 얼마나 고통스러운지 그녀만큼 잘 아는 사람이 또 있겠는가.

벤과 내가 서부지역에서 집회와 강연으로 정신없이 보내고 있는 사이 사샤는 뉴욕에서 격렬한 활동을 벌이고 있었다. 그는 피치, 레너드 애벗, 아나키스트 그룹 동지들, 페레르 학교의 젊은 회원들과 함께 실업자 운동과 반군사주의 캠페인을 벌이고 있었다. 이들은 뉴욕에서 표현의 자유 투쟁을 위해 끈질기게 집회를 열었지만 그때마다 기마경찰에 의해 무산되었고, 그 과정에서 어마어마한 폭력과 잔인함이 수반되었다. 그러나 경찰의 자의적 공권력에 대한 이들의 저항과 인내는 사람들에게 깊은 인상을 남겼고, 마침내 경찰의 별도 허가 없이도 유니언 스퀘어에서 집회를 할 수 있는 권리를 얻어 냈다. 사샤의 짧은 편지를 통해서는 뉴욕에서 무슨 일이 벌어지고 있는지 다만 짐작만 할 수 있을 뿐이었는데 얼마 지나지 않아 신문은 사샤가 설립한 반군사주의연맹 활동과 뉴욕 록펠러의 성채인 태리타운에서 열린 러들로 광산노동자들의 시위에 대한 기사로 도배가 되었다. 전투에 임하는 사샤의 노련함과 일을 조직하고 처리하는 그의 탁월함을 보는 것은 정말이지 놀라운 일이었다.

뉴욕에서의 활동으로 인해 베키 에델슨과 페레르 학교의 몇몇 학생이 체포되었다. 사샤는 베키가 스스로 변호를 하면서 재판에서 아주 멋진 모습을 보였다고 썼다. 유죄 판결을 받자 그녀는 항의의 표시로 48시간 단식투쟁을 선언했는데, 이런 행동을 한 정치범은 미국

역사상 처음이었다. 나는 항상 베키가 용감하다는 것을 알고 있었지만, 그럼에도 그녀가 사적인 부분에서의 책임감과 인내심이 부족하다고 생각했었고 그것이 나를 못 견디게 하는 점이기도 했었다. 그래서인지 그녀가 그런 강인한 모습을 보여 줬다는 사실이 무척 기뻤다. 생각지도 못한 자질을 발견하는 대단한 순간들이 그렇듯이.

뉴욕의 자유주의자들과 급진주의자들은 러들로에서 일어나는 학살에 반대하는 시위를 벌이고 있었다. 업튼 싱클레어와 그의 아내가 조직한 록펠러 사무실 앞 '침묵의 행진'을 비롯한 그밖의 다양한 시위를 통해 우리는 콜로라도의 끔찍한 상황을 알리며 동부를 일깨우고 있었다.

나는 뉴욕 신문들을 열심히 읽었다. 사샤가 위급한 상황에서 얼마나 믿음직하고 침착한 사람인지에 대해서는 이미 알고 있었기 때문에 그에 대한 걱정은 하지 않았다. 다만 내가 사랑하는 도시에서 사샤의 곁에 남아 그와 함께 이 역사적 활동에 참여하고 싶다는 마음이 컸다. 그러나 나는 예정된 강연 때문에 서부에 남아야 했다. 그러던 중 렉싱턴 애비뉴의 한 연립주택에서 폭발사고로 세 명의 남성(아서 캐런, 찰스 버그, 칼 핸슨)과 이름을 알 수 없는 여성 한 명이 목숨을 잃었다는 소식이 들려왔다. 내가 알지 못하는 이름들이었다. 언론은 정신나간 소문들을 만들어 냈다. 한 기사에서는 그 폭탄이 러들로 학살에 대한 책임자로 록펠러를 겨냥하기 위해 뉴욕 집회에서 심은 것이며, 다행히 폭탄이 일찍 터지는 바람에 록펠러가 목숨을 건질 수 있었다고 했다. 이 사건에 사샤가 연루되었으며 경찰은 사샤와 더불어 렉싱턴 아파트의 주인인 루이즈 베르거를 찾고 있다고도 했다.

사샤는 이 폭발로 목숨을 잃은 세 사람이 태리타운 캠페인에서 함께 일했던 동지들이라는 소식을 전해 들었다. 그들은 유니언 스퀘어에서 시위를 하다가 경찰에게 심하게 구타를 당한 상태였다. 사샤는 그 폭탄이 물론 록펠러를 겨냥한 것일 수도 있겠으나 이 폭발 건에 대해 누구도 아는 사람이 없기 때문에 그 진위를 알 방법은 없다고 썼다.

이상주의자 동지들이 사람이 많이 사는 연립주택에서 폭탄을 제조하다니? 그런 무책임함에 경악을 금치 못했다. 하지만 곧바로 내 인생에서도 그와 비슷한 일이 있었음이 떠올랐다. 온몸이 마비되는 듯한 공포가 밀려왔다. 5번가에 있던 페피 집의 작은 방, 커튼을 내리고 폭탄을 실험하는 사샤와 그 모습을 지켜보는 내가 머릿속에 그려졌다. 혹시 사고가 날지 모른다는 두려움은 "목적이 수단을 정당화한다"는 말을 반복하며 잠재웠다. 나는 내 잘못을 잊지 못한 채, 뚜렷이 기억하고 있는 1892년 7월의 그 떨리는 일주일을 다시 사는 경험을 했다. 나는 광신도와 같은 열정으로 목적이 수단을 정당화한다고 믿었던 것이다. 수년 동안의 경험과 고통을 통해 나는 그 미친 생각에서 마침내 벗어날 수 있었다. 도무지 참을 수 없는 사회의 부조리에 대한 저항의 표시로 행사하는 폭력은 여전히 불가피하다고 믿었다. 나는 사샤, 브레시, 안지오릴로, 촐고츠, 그리고 내가 공부한 다른 사람들의 삶을 통해 극도의 폭력행위의 정신적 힘을 이해했다. 이들은 모두 인간에 대한 지극한 사랑과 불의에 대한 민감한 감수성을 지닌 사람들이었고 나는 항상 이들과 함께 모든 형태의 조직적 억압에 반대하는 입장을 가지고 있었다. 극단적 방법을 동원해서라도 사회의 범죄에 항거하고자 하는 사람들을 십분 이해하면서도 나는 다시는 무고한 생명을 위험에 처하는 일에 참여하거나 또한 그 일에 찬성하는 일을 하지 못하리라는 것을 알았다.

사샤가 걱정이었다. 동부에서의 캠페인에서 사샤가 정신적 지주였는데 이 때문에 경찰들이 수를 써서 그를 잡아들이지 않을까 두려웠다. 뉴욕으로 돌아가려는 나의 발목을 잡은 건 다름 아닌 사샤의 편지였다. 자신은 완벽하게 안전하고, 또 일을 도와줄 사람이 많이 있다는 내용이었다. 그는 화장을 위해 죽은 동지들의 시신을 수습했고, 이후에 유니언 스퀘어에서 굉장한 시위를 하나 기획하고 있었다. 당국은 언론을 통해 공개 장례식은 허용되지 않는다고 분명히 선언한 바 있고, IWW를 포함한 모든 급진적 그룹 역시 사샤의 계획을 반대했다. 심지어 빌 헤이우드조차 "또다시 11월 11일 같은 사건이 될까 두려우니" 계획을 중단하라고 경고했다. 하지만 사샤의 그룹은 겁먹지 않았다. 그는 시위대열에 경찰을 배치하지 않는다는 조건하에 집회에서 일어날 수 있는 모든 일에 대해 자신이 책임을 지겠다고 공식 선언을 했다.

당국의 금지령에도 불구하고 동지들의 공개 장례식이 거행되었다. 유니언 스퀘어는 2만 명에 달하는 군중으로 가득 찼는데 마지막 순간에 경찰은 말을 바꾸어 시위를 주재하는 사샤의 광장 진입을 허용하지 않기로 결정했다. 형사와 기자들이 집을 포위했다. 사샤는 현관으로 나와 그들과 이야기를 나누었고 형사들은 그에게 렉싱턴 애비뉴 희생자들의 유골함을 보여 줄 것을 요청했다. 집안으로 다시 들어온 사샤는 뒷문과 이웃집 마당을 통해 경찰을 피해 빠져나갔다. 인근 도로에 빨간색 자동차를 미리 대기시켜 두었던 터라, 사샤는 차를 타고 무서운 속도로 유니언 스퀘어까지 도착했다. 광장으로 가는 길목이란 길목은 죄다 혼잡했고 단상이 있는 무대까지 이르는 것은 불가능해 보였다. 그러나 사샤가 차문을 열기 전에 그의 차를 본 경찰관들이 의심의 여지 없이 소방서장의 차라고 생각하고는 무대 바로 앞까지 차가 지나갈 자리를 확보해 주었다. 사샤가 차에서 내리자 경찰들은 그제야 놀라서 웅성거리기 시작했다. 그는 재빨리 단상으로 올라갔다. 경찰이 유혈사태 없이 조치를 취하기에는 너무 늦었다.

사샤는 내게 죽은 동지들의 화장된 유골은 깊은 곳에서 솟아오르는 불끈 쥔 주먹을 형상화한 모습으로 특별제작된 유골함에 넣었노라고 편지를 썼다. 유골함은 화환과 더불어 빨강과 검정 배너로 장식되어 『어머니 대지』 사무실에 놓였고, 수천 명의 사람들이 캐런, 버그, 핸슨을 추모하기 위해 우리 사무실을 방문했다.

나는 뉴욕의 위험 상황이 비교적 우호적으로 끝났다는 사실에 안도했다. 하지만 『어머니 대지』 7월호를 받아 보고는 그 내용에 크게 실망할 수밖에 없었다. 거기에는 유니언 스퀘어에서의 연설문들이 실려 있었는데 사샤의 것과 레너드 애벗, 엘리자베스 걸리 플린의 연설문을 제외하고 나머지는 모두 너무나 폭력적이었다. 나는 항상 우리 잡지에 그런 표현을 싣지 않으려 노력했는데 이제 모든 지면이 무력이니 다이너마이트가 어쩌니 하는 되도 않는 말들로 가득했다. 너무 화가 나서 잡지를 불 속에 던져 버리고 싶었지만 때는 이미 늦었다. 잡지는 이미 구독자들에게 발송된 후였으니 말이다.

오리건 주 포틀랜드에서 끈질긴 노력으로 그 도시에서 영향력을 발휘하며 미국의 그 어떤 도시와도 비교가 안 되는 결과를 내고 있는 한 남자가 있었으니, 바로 내 친구 찰스 어스킨 스콧 우드였다. 신분상 그는 극도로 보수적인 집단에 속하지만, 자신이 태어난 사회계층에 눈 하나 깜짝하지 않고 단호히 반대하는 사람 중 하나였다. 나처럼 위험분자로 낙인찍힌 사람에게도 공공도서관 사용이 허락된 것은 바로 그의 노력 덕분이었다. 그는 '지적 프롤레타리아'에 대한 내 첫번째 강연을 주재했는데 그의 존재만으로 엄청난 청중이 모였다.

당시 포틀랜드는 금주운동이 한창이었다. 이 주제를 다룬 내 '도덕성의 희생자' 강연은 큰 반향을 일으켰다. 주류찬성론자와 금주론자들이 충돌 직전까지 갔던 그날은 대중강연 인생에서 가장 흥미진진한 저녁 중 하나로 남았다.

다음 날 한 남자가 우드 씨를 찾아와 내 강연노트에서 성의 억압을 다룬 부분은 빼고 성인이라면 모름지기 자신이 마실 것은 자기가 고를 수 있어야 한다고 말한 그 부분만 사고 싶다는 말을 해왔다. 이 요청을 한 사람은 '술집 지킴이 연맹'의 대표였고, 그 단체에서는 내 강연을 금주법 반대 캠페인 선전물로 사용하길 원했다. 우드 씨는 남자의 제안을 내게 전달은 하겠지만 엠마 골드만은 "워낙에 특이한 사람"이라서 아마도 자신의 강연이 반쪽짜리로 출판되는 것에 결코 동의하지 않을 거라 대답했다. 이에 남자가 황급히 외쳤다. "보수는 적절히 지급하겠소. 원하는 금액은 말만 하시오!" 말할 것도 없이, 나는 그 남자의 제안을 거절했다.

가톨릭 교회의 충실한 지지 속에 있는 몬태나의 '구리왕'들은 뷰트를 비롯한 다른 제련소가 있는 도시들을 황무지로 만들었다. 이곳에서 유일하게 살아 있는 것은 애니의 친구들과 작고한 시인 친구[다비드 에델슈타트]의 동생인 에이브 에델슈타트의 온정 넘치는 환대뿐이었다. 이곳의 감시체제는 상급자들에 의해 완성되었는데, 직원들은 근무시간뿐 아니라 여가시간에도 감시자들에 둘러싸여 있었다. 이 감시자들은 직원들의 일거수일투족을 추적하고 그들 행동에 대한 상세한 보고서를 작성해 올렸다. 그 결과 현대판 노예들은 혹시 주인의 심기를 거슬러 일자리를 잃으면 어쩌나 하는 두려움 속에서 살아야 했다. 이곳 상황은 노동조합 내에서의 반발로 인해 더욱 악화되었다. 서부 광산노동자 연맹은 부패한 철면피 지도자들이 오랫동안 자리를 차지하고 있었던 까닭에 노동자들의 반대 목소리를 쉬이 잠재울 수 있었지만, 위로부터의 계속되는 압박은 반란을 낳았고, 이윽고 투쟁이 시작되었다. 흥분한 노동자들은 노조 회관을 점거하고 지도자들을 마을 밖으로 몰아낸 후 혁명 노선을 따라 새로운 노조를 조직했다.

뷰트에 도착하자마자 우리는 달라진 분위기를 목도했다. 이제 내 강연에 대한 관심을 불러일으키기 위해 별도의 노력을 할 필요조차 없었다. 사람들은 한데 모여 자신들의 독립성을 증명해 보이며 두려움 없이 질문하고 토론에 참여했다. 만약 청중 속에 몰래 활동하는 '감시자'가 있다 하더라도 신경쓰지 않았다.

'피임'에 대한 내 강연에 많은 여성들이 참석했다는 것도 뜻깊은 점이었다. 이전이라면 사적으로라도 그런 문제에 대해 감히 질문할 엄두조차 내지 못했을 텐데 이제 여성들은 공개집회에서 가사노동과 자녀양육자로서의 고통과 증오를 솔직하게 고백했다. 참으로 놀라웠고, 내게는 무척 고무적인 일이기도 했다.

수년 동안 시카고에서는 제대로 된 강당을 빌리는 게 불가능했기에 주로 술집 뒤에 붙어 있는 거지소굴 같은 뒷방에서 연설을 해야 했다. 그렇다고 소위 상류층 사람들이 내 강연에 오는 것을 막지는 못했다. 강연이 이루어지는 곳 앞 도로에 자동차가 줄지어 서 있는 경우가 적지 않았는데, 이 때문에 워블리[IWW 소속 노동자들을 부르는 별칭]들은 물론이고 나의 동지들까지 내가 "부르주아를 교육"한다며 항의를 해오기도 했다. 지난 4월 시카고에서 열린 내 마지막 강연에서는 옆 술집에서 술을 진탕 마시고 취한 남자가 들어와 자기가 진행을 맡겠다고 고집을 부리는 바람에 강연이 거의 무산될 뻔하기도 했다. 집회가 끝날 무렵, 두 사람이 벤에게 방문카드를 남기며 내가 다음 번에 시카고에 언제 올지 알려주면 자신들이 앞으로는 강연을 위한 적절한 장소를 확보해 주겠다고 했다.

약속을 하는 사람들이야 많지만, 그 약속이 지켜지는 경우는 드물었으므로 이것 또한 나는 믿지 않았다. 그럼에도 불구하고 나는 이 알지도 못하는 남자들에게 편지를 보내 해안지역 투어에서 돌아오는 길에 한번 만나 보자고 했다. 뷰트를 떠난 후 나는 다시 시카고로 가서 마거릿 앤더슨과 딘지를 만나볼 생각이었다. 나에게 연락을 해온 남자들은 알고 보니 돈 많은 주식중개인과 잘나가는 광고에이전트였다. 우리는 연극 강연을 조직하는 데 있어서 가장 나은 방법에 대해 논의하면서 미술전시회장을 확보하기로 했다. 부유한 이 남자들은 자신들이 이에 필요한 자금을 후원해 주겠다고 했는데, 이들이 '고상한' 일을 하고 싶은 돈 많은 유대인이 아니고서야 어째서 이런 일을 하는지는 의아했다. 나는 술집 뒷방에서와 마찬가지로 그 세련된 장소에서도 자유롭게 연설할 수 있어야 함을 분명히 다짐받고, 강연 날짜는 추후에 전보로 알려주기로 했다.

뉴욕에 도착해서 나는 심각한 재정적 상황에 직면했다. 실업자들을 대상으로 한 사샤의 활동과 반군사 및 러들로 캠페인이 내가 투어에서 사무실로 보낸 자금의 대부분을 집어삼키고 있었던 것이다. 『어머니 대지』의 일도 전혀 할 수 없었고 내가 없는 동안 무료 숙식을 제공하는 장소로 변해 버린 집의 유지비용도 감당할 수 없었다. 우리는 인쇄소와 우편국에 빚을 지고 있었고, 동네 모든 상점 주인들에게도 다 외상이 있었다. 끝이 없는 긴장과 위험, 막중한 책임감으로 인해 사샤는 극도로 예민해지고 짜증이 많아졌다. 내 비판에 지나치게 민감하게 반응할 뿐 아니라 내가 돈 이야기를 꺼내기만 해도 상처를 받았다. 6개월 동안 계속된 투어와 강연 후에 나는 조금이나마 마음 편히 쉴 수 있기를 바랐건만 그 대신 나를 채운 것은 새로운 걱정거리였다.

나는 이 상황에 어안이 벙벙해졌고, 오로지 자신의 선전만이 중요할 뿐 나에 대해서는 눈곱만큼도 생각하지 않는 사샤에게 몹시 화가 났다. 사샤는 예전부터 대의에 대해서라면 광신적일 정도의 신념을 가진 혁명가였고, 지금도 여전히 그랬다. 그의 유일한 관심사는 운동이었고 나는 그에게 수단일 뿐 그 이상도 그 이하도 아니었다. 내가 어떻게 그에게 더 많은 것을 기대하겠는가?

사샤는 내 분노를 이해하지 못했고, 내가 돈 문제를 언급하는 것을 참지 못했다. 그는 우리의 기금을 죄다 운동에 쓰면서 운동이 내 연극 강연보다 훨씬 중요하다고 말했다. 씁쓸해진 나는 그에게 말했다. 내 강연이 없었더라면 지금 그의 활동자금을 조달하는 게 애초에 불가능했을 것이라고 말이다. 이 충돌은 우리 둘 모두를 불행하게 만들었고 사샤는 자기만의 세계로 들어가 버렸다.

내가 불행할 때 의지할 수 있는 사람은 사랑하는 조카 색스와 오랜 친구 막스뿐이었다. 두 사람 모두 나를 잘 이해해 줬지만 나에게 실제적인 도움이 될 만큼 세상을 많이 알지는 못했고, 나는 오롯이 홀로 이 상황을 마주해야 했다.

나는 집을 포기하고 파산을 선언하기로 결심했다. 내가 이 고민을 털어놓자 친구 길버트 로는 내 계획을 비웃었다. "파산신청이란 건 빚을 갚지 않으려는 사람들이 이용하는 것"이라며 "만약 파산을 신청하게 되면 적어도 1년 동안은 소송에 휘말리게 될 거고 채권자들은 당신이 돈 버는 족족 가져갈 것"이라면서 말이다. 대신 그는 내게 돈을 빌려주겠노라 했지만 그의 관대한 제안을 받아들일 수는 없었다.

그러다 문득 인쇄업자에게 내 상황을 이야기해 보면 어떨까 하는 생각이 들었다. 무릇 솔직하게 터놓는 것이 최선의 방법일지니. 내 채권자들은 몹시 협조적이었다. 내가 갚지 못하고 있는 돈 때문에 자기들이 밤잠을 이루지 못하는 것도 아닌데 뭘 그러느냐면서, 내가 잘 해낼 수 있을 거라고 믿는다고 말해 주었다. 조정을 거쳐 빚을 매월 얼마간 분할해서 갚는 것으로 합의가 되었다. 우편국 매니저는 약속어음을 지불하겠다는 내 제안도 거절하며 이렇게 말했다. "당신이 갚을 수 있는 만큼, 갚을 수 있을 때 주셔도 됩니다. 당신 말만으로 충분해요."

나는 바닥부터 다시 시작하기로 결심했다. 우선 작은 방 하나는 사무실로, 또 다른 방은 잠잘 곳으로 쓸 수 있는 조그만 아파트를 구해야 했다. 또 들어오는 강연요청이란 요청은 다 받아들이고 『어머니 대지』와 내 작업을 해나가기 위해 빠듯하게 허리띠를 졸라맬 것이었다. 나는 시카고에서의 연극 연속강좌 날짜를 잡아 벤에게 전보를 보낸 후 새집을 구하러 나섰다. 아직 렉싱턴 애비뉴 폭발 사고와 사샤의 활동에 대한 대중의 관심은 뜨거웠고 집주인들은 소심했기 때문에 집을 구하는 것은 쉽지 않았다. 그러다 마침내 125번가에 있는 방 두 개짜리 집을 구했고, 그곳을 내 용도에 맞게 꾸미기 위한 작업에 착수했다.

사샤와 피치가 새집을 정리하는 것을 돕기 위해 왔지만, 우리 관계는 전과 같지 않았다. 그렇지만 사샤는 내 존재에 이미 너무 깊숙이 뿌리박혀 있었기에 그에게 오래 화를 내는 것은 불가능했다. 그리고 내 적대적 태도를 바꾸게 한 또 다른 이유가 있었다. 잘못은 사샤가 아니라 바로 내가 했다는 것을 마침내 깨닫게 된 것이다. 지난 투어에서 돌아온 이후뿐 아니라 사샤가 출소한 이후로 8년이라는 시간 동안 우리 사이에 단절을 가져온 건 그가 아니라 바로 나였다. 내가 그에게 아주 몹쓸 잘못을 저질렀다. 부활한 그에게 다시 살아갈 수 있는 기회를 주기는커녕 그를 다시 내 공간으로, 그가 고통스러울 수밖에 없는 환경으로 데려왔다. 어머니들이 흔히 하는 잘못된 믿음이 있다. 내 아이에게 뭐가 좋은지는 내가 제일 잘 안다고 생각하고, 혹여 바깥 세상에서 상처받을까 봐 아이를 싸고돈다. 그런 외부의 경험은 아이가 성장해 나가는 필수적인 요소라는 것을 모른 채. 나 또한 이 같은 실수를 사샤에게 저질렀다. 그에게 스스로 나서라고 촉구하지도 않았고, 뿐만 아니라 그가 새로운 고통과 고난을 만나는 것을 차마 볼 수 없어 그가 내딛는 모든 걸음걸음에 몸을 떨었다. 그러나 나는 그를 구한 게 아니었다. 오히려 그 안의 분노를 일깨운 것이다. 어쩌면 사샤 자신도 모르고 있을 수 있지만, 그 분노는 언제고 그 안에 있었다. 사샤는 늘 자신만의 일과 자신만의 공간을 원했다. 나는 그에게 줄 수 있는 모든 것을 다 주면서도 정작 그가 가장 필요로 하고 원하는 것은 주지 않았다. 직시하기 괴로웠지만 그것이 사실이었다. 하지만 이제 사샤가 사랑과 이해를 다 줄 수 있는 여자를 만났으니, 그간 그에게 해온 나의 잘못을 바로잡을 수 있는 기회라고 여겨졌다.

나는 두 사람이 미국대륙 횡단투어를 떠날 수 있게 해주리라 결심했다. 사샤가 캘리포니아에 간다면 자신만의 신문을 만들고 싶다는 그의 꿈을 이룰 수 있을 것이다.

피치와 사샤는 나의 투어 제안을 흔쾌히 받아들였다. 파트타임으로 타이핑 일을 맡아 주었던 젊은 친구 애나 배런에게 『어머니 대지』의 경영을 맡기기로 했다. 막스와 색스는 편집을 맡기로 하고 히폴리테를 비롯한 다른 친구들도 거들 것이었다. 사샤는 다시 활력을 되찾았고 우리 사이에 더 이상의 마찰은 남아 있지 않았다.

어느 날 나의 친구 볼튼 홀이 나를 찾아왔다. 일에 매진하고 있느라 지칠 대로 지쳐 있는 나의 상태를 그가 몰라볼 리 없었다. "오시닝 농장으로 좀 가서 쉬는 건 어때요?" 그가 제안했다. "그 해충이 거기 있는 이상은 안 갑니다." 나의 대답에 그는 궁금해하며 물었다. "무슨 해충을 말하는 거죠?" "그 있잖아요, 내가 몇 년 동안 도망치려고 한 인간이요, 미키." "헤르만 미하일로비치를 말하는 거요? 페레르 센터와 『어머니 대지』에서 종종 일을 돕던 그 소심하게 생긴 작자?" "네, 바로 그 사람이요. 그 사람 때문에 몇 년 동안 얼마나 고통받았나 몰라요." 볼튼은 어리둥절한 표정으로 더 말해 볼 것을 재촉했다.

볼튼에게 이야기를 들려주었다. 헤르만은 오랫동안 『어머니 대지』의 독자였고 성실히 구독료를 납부했으며, 이따금 다른 출판물을 주문하기도 했다. 그는 브루클린에 살고 있었는데도 우리 중 누구도 그를 만나 본 적이 없었다. 그러던 어느 날 오마하에서 강연요청을 해왔다는 편지를 받았는데 그게 바로 헤르만이 보낸 것이었다. 그 도시에서 우리를 도와 강연준비를 해줄 사람이 있다기에 바로 헤르만에게 답장을 보냈다. 오마하에 도착했을 때 우리를 기다리고 있는 것은 누더기 옷을 입고 잔뜩 굶주려 보이는 웬 정체불명의 동지였다. 우리 집회를 선전하는 유인물을 배포한 혐의로 수감된 적 있는 사람이었는데 벤이 그의 석방을 도왔다. 도시를 떠나기 전 그가 일자리를 구할 수 있도록 화가 노조 가입을 도와주었는데 3일 후 미니애폴리스에서 뜻하지 않게 그와 다시 마주쳤다. 자신이 내 강연을 주선하고 싶다는 거였다. 제안은 고맙지만 이미 매니저가 있어서 괜찮다고, 매니저 둘을 감당하기는 어렵다고 대답했다. 헤르만은 아무 대답도 하지 않았지만 이후 그는 우리가 가는 도시마다 우리를 기다리고 있었다. 우리를 앞서거니 뒤서거니 하면서 계속 우리와 같은 도시에 있는 그를 떼어 내기란 불가능했다. 혹시 그가 철도 무임승차를 하다가 사고라도 당할까 봐 두려웠지만 내 강연 수익으로 그의 철도요금까지

내주기는 어려웠다. 그렇게 그는 내게 또 다른 걱정거리이자 짐이 되었다. 그러다 시애틀에 이르러 나는 더 이상 견딜 수 없는 지경이 되었다. 단 몇 주 동안만이라도 거둬들여 주면 일자리를 구해 볼 수 있을 거라고 하기에 나는 그렇게 했고, 이후 자신은 시애틀에 남겠노라고 약속했다. 그런데 우리가 스포케인에 도착하자 아니나 다를까 그곳에 헤르만 미하일로비치가 있었다. 그는 서부가 통 마음에 들지 않는다며 뉴욕에 돌아가겠다고 선언했다. 우리의 투어 나머지 기간 동안 그는 껌딱지처럼 붙어 있었다. 사실 그는 내 강연을 돕기 위해 무엇이든 할 준비가 되어 있는 훌륭한 일꾼이었고 벤에게도 큰 도움이 되었던 게 사실이지만 마침내 뉴욕에 도착하고서 나는 안도의 한숨을 쉴 수밖에 없었다.

한동안 그에게서 아무 소식이 들리지 않았다. 그런데 헤르만이 누더기 차림으로 다시 우리 앞에 나타나기 시작했다. 세탁소에서 하루 18시간씩 일하며 주급 5달러를 받고 있다고 했다. 이 이야기를 하던 중 그는 기절하듯 바닥에 쓰러졌고 사샤와 히폴리테가 헤르만이 사무실에서 일을 도와주는 대가로 얼마간의 생활비를 벌 수 있도록 조정해 준 덕분에 그는 다시 세탁소로 돌아가지 않아도 되었다. 이후로 우리 앞에서 기절하는 일도 없었다. 그는 똑똑한 사람이었지만 어떤 이들에게는 술보다 명성이 더 독이 되는 법이었다. 우리와 함께 투어를 다니고 체포도 되고, 신문에 이름이 실리자 헤르만의 고개가 올라가기 시작했다. 벤이 부랑자 모임에서 그를 스타 중 하나로 내세운 후 그 상태는 더 악화되었다. 그는 차이나타운의 유명인사 척 코너, 기이한 춤으로 유명세를 떨친 사다키치 하르트만, 지하세계에 대한 책으로 널리 알려진 허친스 합굿, 지적인 보헤미안으로 세계를 돌아다니는 아서 불라드, 부랑자 세계의 가짜 왕 벤 라이트먼 등 지상과 지하세계의 유명인사들과 나란히 그 영광을 누렸다.

미키라는 이름을 갖게 된 헤르만은 연설을 하고 다니며 부랑을 뛰어난 예술로 설파하는 데 타의 추종을 불허하는 권위를 보여 주었다. "사람들은 어디를 가나 노동력을 팔아야 살아갈 수 있지만, 길 위에서는 노동으로부터 자유롭습니다. 나는 내 영혼의 주인이 되기로 내 자신에게 맹세했고, 내가 스스로 직업을 선택할 수 없다면 상사를 위해 일하기보다는 다른 사람이 나를 위해 일하게 할 겁니다." 그는 영웅 대접을 받았고 형제단원들은 그를 멤버로 받아들였다.

다음 날 신문에는 미키에 대한 기사가 실렸다. "절대 일하지 않겠다 맹세한 아일랜드 유대인"이라면서. 미키는 고개를 높이 쳐들고 가슴을 활짝 펴고, 세상 같은 건 경멸해 마지않는다는 듯한 표정으로 걸어다녔다. 현명하게도 우리 사무실에서는 벤과 내가 투어를 떠날 때까지 자신의 명성을 과시하지는 않았다. 그러더니 자기에게는 자신만의 삶이 있고, 위대한 일을 할 수 있음을 선언했는데 그와 같이 살던 소년들은 그 집에서 그토록 중요한 일은 감당할 수 없다고 말했다.

오마하에서 다시 미키와 마주했다. 그는 자신으로 인해 비용이 들지는 않을 것이며 그저 나의 일과 연결되고 싶을 뿐이라며 나를 설득했다. 그 마음을 차마 거절할 수 없었고, 미키는 이후 그림자처럼 내가 가는 곳마다 나를 따라다녔다. 그의 끈기는 정말 인정할 만했지만 엄청나게 내 신경을 건드리고 있었다. 얼마 지나지 않아 그는 자신의 존재감을 드러내더니 곧 내 뉴욕 친구들 특히나 자신에게 한없이 관대했던 벤에 대한 험담을 하기 시작했다. 나는 더 이상 참지 못하게 되었고, 그는 내 시야에서 사라졌다.

우리가 뉴욕으로 돌아왔을 때 벤은 미키도 같은 날 뉴욕에 도착했다는 소식을 전해 왔다. 오랜 떠돌이 생활로 반쯤 굶주리고 추위에 시달린 모습으로 왔다는 것이었다. "돈과 잠자리, 먹을 것을 주되 여기로는 데려오지 마세요. 나한테 보이는 그 사람의 관심이 너무 지나쳐요." 벤은 내 요청대로 했지만 그 불쌍한 미키가 어쩌니 저쩌니 하는 말을 멈추지 않았다. 그러더니 크리스마스 이브에는 마치 선물이라도 되는 양 미키를 집으로 데리고 왔다. 밖은 눈보라가 휘몰아치고, 우리 집에는 남는 방이 하나 있는데 어떻게 그 불쌍한 인간을 내쫓을 수 있었겠는가.

미키는 안정을 되찾자마자 다시 자신의 우월함을 과시하기 시작했고 비판과 질책을 멈추지 않으며 모두의 인내심을 한계까지 밀어붙였다. 어느 날 미키는 자신의 자랑을 듣다 듣다 지쳐 버린 색스를 향해 화가 나 지팡이를 들었다. 내가 있었기에 미키는 다른 이들에게 호되게 당하지 않을 수 있었지만, 그날 나는 그에게 다른 머물 곳을 찾으라고 단호하게 말했다. 그날 밤, 집회가 끝나고 집에 돌아왔을 때 난로는 망가져 있었고 미키는 제 방에 틀어박혀 있었다. 자신이 단식투쟁 중임을 알리는 쪽지를 내 책상 위에 올려뒀는데, 자신이 집에 남아 있어도 좋다고 할 때까지 단식투쟁을 계속하겠다는 것이었다. 친구들은 미키를 당장 길거리로 내던지겠다고 했지만 나는 내버려 두라고 하면서 다만 미키가 제 스스로 마음을 바꾸기를 기다렸다.

그렇게 나흘이 흘렀지만 그는 여전히 방에 틀어박혀 있었다. 들통에 물을 가득 채워 그의 방으로 갔다. 내 목소리를 듣자마자 그는 방문을 열었다. 5분 안에 일어나지 않으면 이 찬물을 부을 거라고 하자 그는 잔인하다며 나를 비난하기 시작했다. 그는 나를 그 누구보다 사랑한다고 말하며 자신은 나의 진정한 친구라고 했다. 그렇지만 내가 그의 애정을 필요로 하지 않으니 그냥 죽어야겠다고 했다. 나는 한번 죽어 보라고, 내가 돕겠다고 했다. 친구들은 미키가 질투심 때문에 저러는 거라고 했지만 나는 그게 말도 안 되는 생각이라며 웃어넘겼다. 마침내 불쌍한 미키는 죽을 생각이 없다는 사실이 밝혀졌지만 나는 여전히 단호했다. "당신이 말하는 그 대단한 사랑은 죽음으로써 내게 짐을 지우는 걸 말하는 건가요? 전기의자에 앉을 거라면 더 나은 대의를 위해 죽는 게 낫지 않나요?" 나는 그에게 자리에서 일어나라고 했다. 씻고, 깨끗한 옷으로 갈아입고, 식사를 하라고 했다. 그 후에 자살할 좋은 방법을 정해 보자고 하면서. 그는 농장으로 가도 되겠냐 물었고 나는 기꺼이 그러라고 했다. 그런데 웬걸, 농장에 도착하자마자 그는 하루에도 두세 통씩 편지를 보내 추위와 배고픔을 호소했고 또 다시 자살을 하겠다며 나를 협박하고 괴롭혔다.

"당신이 마음이 약하다는 걸 미키가 아는 게 분명해요. 게다가 짝사랑하는 그 작자의 마음도 한번 생각해 보세요." 이야기를 들은 볼튼이 나를 놀리듯 말했다. "하지만 나는 미키를 농장에서 내보낼 생각이고, 그 사람을 궁핍한 상태로 남겨 두지는 않을 테니 그 걱정은 말아요." 볼튼은 미키에게 그의 질병과 빈곤에 대해 알고 있다며, 구빈원 당국 또한 이를 알아 낸 것 같고 이에 수일 내로 직원이 방문할 것 같다고 편지를 보냈다. 볼튼에게 미키는 자신이 거지가 아니며, 해안지역으로 갈 수 있을 만큼의 돈은 모아 두었다는 답장을 보냈고, 그렇게 그는 마침내 떠났다. "미키는 영리한 사람이에요." 볼튼은 말했다. "하지만 아무리 그렇다고 해도 당신이 이렇게 그 사람한테 속수무책으로 당할 줄은 몰랐군요."

오시닝의 작은 집은 마침내 해충으로부터 자유로워졌고, 나는 이제 휴식이 간절해졌다. 그러나 여러 일들이 한번에 있었던지라 그 집에 내 친구 거티 보스의 아들 어린 도널드가 살고 있다는 사실을 까맣게 잊고 있었다. 내가 해안지역에서 투어를 하고 있을 때 사샤는 내게 도널드가 어머니의 편지를 들고 찾아왔고, 동지로 받아들였다고 편지를 쓴 적이 있다. 거티 보스는 1897년에 만난 혁명가였는데, 이후로 18년 동안 그녀의 아들을 본 적은 없었다. 그 아들을 우리 집에서 다시 보았을 때 불쾌함을 느꼈던 것은 아마도 그의 높은 톤의 목소리와 내 눈을 피하는 듯한 종잡을 수 없는 표정 때문이었을 것이다. 하지만 그는 거티의 아들이었고, 실직 상태로 혼자 살고 있었다. 그는 제대로 먹지도 못한 듯 보였고 옷차림도 초라했기에 그에게 오시닝에 있는 작은 집에서 쉴 것을 제안했다. 그는 태리타운 캠페인이 끝나면 집으로 돌아갈 생각이었으나 어머니가 여비를 보내 주기를 기다리고 있었다고 말하며, 내 제안을 고맙게 받아들여 다음 날 농장으로 떠났다.

새로운 집에서 나의 활동이 다시 시작되었다. 달라진 환경에 적응하는 데는 어려움이 있었지만 이 작은 사무실 위층에 살고 있는 좋은 친구 스튜어트 커의 존재로 좀 더 견딜 만했다. 이전에 스튜어트와는 이스트 13번가 210번지 아파트를 함께 썼었는데 원체 사려깊고 타인의 영역을 침범하지 않는 친구여서 내가 편안히 지낼 수 있게 여러모로 배려를 해주었다. 이사 온 새 건물에 세입자라곤 우리 둘뿐이었는데, 스튜어트가 이웃이라는 사실만으로 큰 위안이 되었다.

나는 시카고에서 진행하기로 한 연극과 전쟁에 관한 연속강좌 준비로 바쁘게 지내고 있었다. 유럽에서 전쟁이 발발한 지는 석 달이 지난 시점이었다. 『어머니 대지』와 뉴욕에서의 반군사주의 캠페인을 제외하고는 지금 자행되고 있는 학살에 대해 목소리를 높일 기회가 좀처럼 없었다. 뷰트에서 자동차에 올라타 대규모 관중에게 전쟁의 범죄적 어리석음을 비난했던 적이 한 번 있기는 했지만 말이다. 생각건대, 이상에 대한 사회주의자들의 배신이 없었다면 이런 대재앙은 일어나지 않았을 것이다. 독일에서 사민당 지지자 수가 천이백만이나 되는데, 그렇다면 이 적대적 행위를 막을 수 있는 얼마나 큰 힘이 있는 것이란 말인가! 하지만 마르크스주의자들은 25년 동안 노동자들에게 복종과 애국심을 훈련시켰고, 의회에 의존하도록 훈련시켰으며 특히 사회주의 지도자들을 맹목적으로 신뢰하도록 훈련시켰다. 그리고 그 지도자들 대부분이 카이저와 손 잡은 것만 생각하면! 그들은 국제 프롤레타리아트들과 공동의 대의를 만드는 대신, 박탈당하고 버려진 독일 노동자들에게 '자신들의' 조국을 지키기 위해 일어설 것을 촉구했다. 그들은 총파업을 선언해 전쟁준비를 마비시키기는커녕 정부에 학살자금을 지원하는 것에 찬성표를 던졌다. 몇몇 예외를 제외하고는 다른 나라의 사회주의자들도 이를 따랐다. 독일 사회민주주의는 수십 년 동안 전 세계의 사회주의자들에게 자부심이자 곧 영감 그 자체였으니 당연한 일이었다.

　두 명의 부유한 후원자의 후원으로 시작한 내 연극 강연은 정말이지 불쾌한 경험이었다. 광고 천재라는 L씨는 내가 보낸 공지사항을 자기 멋대로 '편집'해서는 내 강의 주제를 마치 풍선껌 광고처럼 만들고 내용까지 싹 바꿔 버렸다.

　그러던 중 내 후원자들의 섬세한 감성에 충격을 주는 일이 있었다. 내 첫 연극 강연이 있던 11월 10일의 일이었다. 그날은 27년 전 시카고에서 순교한 동지들이 지상에서 보낸 마지막 날이었던 만큼 내게 매우 중요한 날이었다. 나는 1887년과 1914년 사이 아나키즘에 대한 대중의 태도가 어떻게 변해 왔는지를 이야기하며 강연을 시작했다. 어거스트 스파이스가 마지막으로 남긴 예언과도 같은 말을 증명하듯, 소중한 희생자들의 환영이 눈앞에 펼쳐졌다. "우리의 침묵은 오늘 당신네들이 질식시킨 목소리보다 더 크게 이야기할 것입니다." 1887년 아나키즘에 대한 시카고의 유일한 응답은 교수대였지만 1914년 현재, 많은 사람들이 파슨스와 그의 동지들이 목숨을 바친 그 사상에 열렬히 귀를 기울이고 있었다. 내가 이 아나키즘을 이야기하는 동안 첫째줄에 앉은 내 후원자 중 한 명과 그의 가족이 앉은 자리에서 쩔쩔매는 게 보였다. 뒤쪽에 있던 몇몇 사람들을 일부러 티를 내며 홀을 빠져나갔지만 나는 이에 신경쓰지 않고 그날 저녁의 주제인 '미국의 연극' 강연을 계속해 나갔다.

　그후 내 후원자들은 벤에게 "일생일대의 기회를 놓친 줄 알라"고 말했다. 그들은 '시카고의 부와 영향력을 가진' 로젠월드 가문 사람들을 내 강연에 초청했다며, 내 남은 인생 동안 연극 강연을 쉽게 할 수 있게 도와주려 했건만 "엠마 골드만은 우리가 몇 주 동안 애써 이룬 걸 10분 만에 망쳐 버렸다"고 했다.

마치 내가 매물로 나온 물건이 된 기분이 들었고 이 사건은 나를 몹시 우울하게 만들었다. 그 이후로는 아무리 노력을 해봐도 연극을 이야기할 때 나는 평소 같은 강렬함을 되찾을 수 없었다. 그렇지만 전쟁이라면 달랐다. 누구의 강요도 없이, 내가 빌린 공간에서 이 학살에 대한 혐오를 자유롭게 표현하고, 사회적 문제 그 어떤 것에 대해서도 솔직하게 말할 수 있었다. 연극 강좌가 끝날 무렵 후원자들에게 비용을 상환할 수 있었는데, 그 경험은 내게 참 유익했다. 남의 돈을 받게 되면 자신의 진실성과 독립성을 지킬 수 없다는 것을 배웠기 때문이다.

시카고에 머무는 동안 나의 젊은 친구 마거릿과 딘지는 내게 큰 도움이 되었다. 두 사람 다 나를 위해 헌신하며 『리틀 리뷰』 사무실을 내 필요에 따라 빌려 주기도 했다. 교회 쥐처럼 가난한 두 여인은 다음 끼니를 먹을 수 있을지조차 알 수 없는 데다가 인쇄업자나 집주인에게 돈을 지불할 능력도 없었음에도 책상에는 항상 싱싱한 꽃을 놓아 두며 나를 응원해 주었다. 지난 봄, 마거릿과 함께 펄햄 저택에서 로 부부의 환대와 함께 잊을 수 없는 며칠을 보낸 후 우리 사이에는 새롭고 소중한 무언가가 자라나고 있었다. 그녀와 거의 매일같이 함께 보낸 3주의 시간 동안 그녀의 섬세한 이해와 직관력은 그녀에 대한 나의 애정을 더 크게 만들었다.

시카고는 충분히 매력적인 도시임에도 더 오래 머물 수는 없었다. 투쟁을 시작하라는 목소리들이 여기저기서 나를 부르고 있었다.

아직 방문해야 할 도시들이 많이 남아 있었지만 사샤와 피치가 강연 투어를 떠남에 따라 나는 급히 집으로 돌아와야 했다.

42

특별히 예정된 강연이 없더라도 내가 이따금 로체스터를 찾았던 것은 언제나 헬레나 언니와 그곳에 있는 젊은 친구들 때문이었다. 그러나 올해는 마침 전쟁에 대한 강연일정도 잡혀 있었고, 지역 교향악단과 함께하는 조카 데이비드 호치스타인의 첫번째 콘서트라고 하는, 가족 모두가 참석하는 행사가 생기면서 고향을 방문해야 할 다른 이유들이 생겼다.

빅토리아 극장은 다슈타라고 알려진 아나키스트 노동자가 나의 강연을 위해 준비해 둔 장소였다. 극도의 이상주의자였던 그는 어렵게 모은 돈을 쾌척해 내 강연에 드는 비용을 전액 부담했고, 자신의 남는 시간 역시 모두 강연 홍보에 썼다. 그의 도움은 시카고 부자 둘이 나의 "편안한 강의생활을 보장"할 수 있다는 말로 제공한 도움과 비교할 수조차 없을 정도로 큰 의미가 있었다.

로체스터에 도착해 보니 가족들은 데이비드의 콘서트를 앞두고 엄청난 불안과 긴장에 휩싸여 있었다. 나는 헬레나 언니가 자신의 좌절된 꿈과 열망을 막내아들 데이비드를 통해 실현시키려 했다는 것은 알고 있었다. 아들의 재능에 대한 첫번째 징후를 발견하자마자 언니는 아이의 예술적 경력을 위해 모든 장애를 극복할 수 있는 결단력과 힘을 키웠다. 언니는 자신의 자녀들, 특히 데이비드만큼은 자신이 누리지 못했던 기회를 가질 수 있도록 열심히 일하고 돈을 모았으며, 아들의 미래를 위해 자기 한 몸을 바치리라는 굳은 의지가 있었다. 만나러 갈 때면 언니는 한마디 불평의 말도 없이 사랑하는 자식들을 위해 줄 수 있는 게 너무나 적은 게 다만 아쉬울 뿐이라며 한탄을 쏟아내곤 했다.

언니의 투쟁의 결과가 이제 우리 앞에 다가왔다. 정작 자신은 노예처럼 일하면서도 아들은 유럽에서 공부를 시킨 언니의 바로 그 아들 데이비드가 마침내 완성된 예술가가 되어 돌아온 것이다. 그의 성공에 언니는 가슴이 떨렸다. 냉정한 비평가, 무감한 관객… 과연 이들에게 그의 연주는 어떤 의미일 것인가? 사람들은 그의 천재성을 과연 이해할 수 있을까? 언니는 앞쪽 박스 좌석을 거절하며 말했다. "나를 보면 혹시 방해될 수도 있잖아." 뒤쪽 좌석에서 형부와 함께 있는 편이 더 편할 것 같다고 했다.

나는 뉴욕에서도 데이비드의 연주를 들어 본 적이 있었고 그의 연주가 모두에게 깊은 인상을 남겼다는 걸 이미 알고 있었다. 그는 진정한 예술가였다. 잘생긴 얼굴에 훤칠한 그의 모습은 무대 위에서도 단연 눈에 띄었다. 나는 로체스터에서의 그의 연주회도 아무런 걱정할 것이 없다고 생각했다. 하지만 흥분한 언니의 감정은 내게도 고스란히 전해졌고, 콘서트 내내 언니의 열렬한 사랑과 희망이 마침내 이루어지고 있다는 생각에 언니와 함께 감정이 벅차올랐다. 데이비드의 바이올린 연주는 청중을 매료시켰고 이 고장 출신의 젊은 예술가들 중에서 드물게 큰 찬사를 받았다.

미국에 도착한 나는 『스크립스 하워드』 신문사가 운영하는 미국 신문협회로부터 지구상의 평화와 인간의 선의를 확립하는 데 있어 미국인들이 어떻게 도움을 줄 수 있을 것인지에 대한 글을 써달라는 청탁을 받았다. 이 주제에 대해 제대로 다루고자 한다면 책 한 권 분량일 텐데, 1000자 내에서 써달라는 요청이 있었다. 대중에게 넓게 다가갈 수 있는 좋은 기회였고, 그런 기회를 놓칠 순 없었다. 나는 내 글에서 "카이사르의 것은 카이사르에게, 하나님의 것은 하나님께 바치라"라는 그리스도의 명령을 뒤집을 필요성을 역설했다. 하늘과 땅의 독재자에게 경의를 표하는 것을 중단할 때 사람들 사이의 평화가 시작된다고 말이다.

짧은 투어를 마치고 돌아왔을 때 친구 거티의 아들 도널드 보스가 아직 뉴욕에 있다는 것을 알고 나는 적잖이 놀랐다. 지난번에 봤을 때보다 그는 더 초라해 보였고 12월 추위에 외투도 입지 않고 있었다. 그는 매일같이 우리 사무실에 들러 "몸을 데우러 왔다"며 몇 시간씩 머물다 갔다. "기다리고 있다던 돈은 엄마가 보내 주셨니?" 내가 물었다. "돈을 받아 보긴 한 거야?" 그는 엄마가 돈을 보내 주긴 했지만, 이곳에서 일자리를 약속받아서 뉴욕에 남기로 했는데 흐지부지됐고 그 사이 집으로 갈 돈까지 다 써 버렸다고 했다. 돈을 다시 보내달라고 엄마에게 연락을 할 거라는 이야기를 들으면서 나는 별다른 감정은 들지 않았다. 그의 존재감이 계속해서 내 신경에 거슬리기는 했지만.

얼마 지나지 않아 도널드가 술 마시는 데 돈을 다 쓰고 사람들에게도 밤마다 접대를 한다는 소문이 들려왔다. 처음엔 단순히 소문이려니 했다. 외투를 살 돈도 없는 청년이 술 마실 돈은 다 어디서 구한단 말인가? 하지만 그 소문은 점점 더 자주 들려오기 시작했고 그러면서 나는 의심이 들기 시작했다. 나는 그의 엄마 거티가 아들을 부양하기에는 너무 가난하다는 것을 알고 있었고, 그건 그녀의 친구들 역시 마찬가지였다. 그녀에게 직접 연락을 하면 걱정을 할 것이 뻔해 서부에 있는 친구들 몇몇에게 연락해 사정을 알아봤다. 시애틀, 타코마, 그리고 거티가 살던 홈 콜로니에서 무슨 일이 있는지 알아보니 그 어디에서도 도널드에게 돈이 보내진 적이 없다고 했다. 불안감이 커지고 있는 와중에 도널드가 찾아와 마침내 돈이 도착해 이제 드디어 서부로 떠난다고 했다. 안도감과 동시에 그를 믿지 못한 내 자신이 조금 부끄러워졌다.

도널드가 떠난 지 일주일이 지나고, 우리는 뉴욕에서 매슈 슈밋이 체포되고 퓨젯 사운드에서는 데이비드 캐플란이 체포되었다는 소식을 들었다. 두 사람은 『로스앤젤레스 타임스』 폭파 사건과 관련해 수배중이었다. 맥나마라의 자백 이후 노동계 인사들에 대한 추가 기소는 없을 거라던 캘리포니아 주의 '신사협정'이 또다시 깨진 것이다. 문득 도널드 보스가 떠올랐고 나의 오랜 의심이 되살아났다. 여러 정황을 종합해 봤을 때, 그가 이번 체포와 연관되어 있는 게 분명했다. 거티 보스의 아들이 우리를 배신할 수 있다는 생각은 상상조차 어려운 것이긴 했지만 그럼에도 불구하고 도널드가 이들의 체포에 어떻게든 책임이 있다는 생각을 끊어 낼 수 없었다.

의심은 곧 확신이 되었다. 해안 지역의 믿을 만한 친구들이 보내온 증거에 따르면 도널드 보스는 윌리엄 번스 형사에게 고용되었고, 그가 매슈 슈밋과 데이비드 캐플란을 배신한 것이었다. 아나키스트 서클에서 자랐고, 우리 집에 손님으로 온 옛 동지의 아들이 유다로 변하다니! 25년 동안 활동가로 일하면서 받았던 충격 중 최악의 사건 중 하나였다.

이제 내가 해야 할 첫번째 일은 『어머니 대지』에 사건을 둘러싼 자초지종을 솔직히 밝히고 어떻게 도널드 보스가 우리 집에 머물게 되었는가를 설명하는 것이었다. 하지만 내 친한 친구 거티가 자신의 아들이 스파이 짓을 했다는 사실을 알게 되면 얼마나 큰 충격을 받을지! 거티는 이제야 아들이 '제대로 마음을 먹었고' 자신이 평생을 바쳐 온 일을 이어받게 되었다며 몹시 기뻐했었다. 그토록 명민하고 뛰어난 관찰력을 가진 여성이 어떻게 자기 아들의 본질을 그렇게도 모를 수 있는지 의아하기만 했다. 아들이 어떤 사람인지 조금이라도 알았다면 결코 그를 우리 집으로 보내지 않았을 터였다. 나는 도널드에 대한 진실을 밝히기에 앞서 조금 망설였지만 조만간 거티도 사실을 직시해야 할 것이었다. 더군다나 도널드와 우리와의 관계, 또 우리 활동과 관련된 일이 많아서 계속 덮어 두고만 있을 수도 없는 노릇이었다. 우리 동지들이 도널드에 대해 알고 있어야 한다는 생각에 마침내 마음을 굳혔다.

나는 우리 잡지에 실을 용도로 사건의 전말을 담은 기사를 썼지만 활자판을 만들기 전에 슈밋과 캐플란의 변호인단으로부터 도널드가 재판에서 증언할 예정에 있으니 그에 대한 기사를 게재하는 것을 연기하라는 요청을 받았다. 얕은 꾀를 쓰는 것은 늘 싫어했지만, 그래도 변호인단의 말을 무시할 수는 없었다.

『어머니 대지』의 10주년이 다가오고 있었다. 우리 잡지가 10년 동안이나 살아남다니, 기적이 따로 없었다. 적들의 비난은 말할 것도 없고 우리에게 우호적인 사람들로부터도 비우호적 비판을 직면하면서 살아남기 위한 힘겨운 싸움을 벌여 온 우리였다. 심지어 창간 당시 도움을 준 사람들조차 이게 과연 계속될 수 있겠냐고 우려를 표하기도 했다. 무모하게 잡지를 일단 창간부터 하고 봤다는 점에서 그들의 우려가 전혀 근거가 없는 것은 아니었다. 출판을 잘 몰랐던 속 편한 무지와 250달러라는 터무니없는 자금으로 시작된 상황에서 그 누가 우리의 성공을 예상할 수 있었겠는가? 하지만 나의 친구들은 『어머니 대지』에서 가장 중요한 요소를 간과하고 있었다. 바로 유대인의 끈기와 무한한 열정이었다. 이 요소들은 금박 입힌 돈과 큰 수입, 심지어 대중의 지지보다도 더 강력한 것이라는 게 증명되었다. 처음 잡지를 시작하면서 내 목표는 두 가지였다. 지지자 없는 모든 진보적 대의에 대해 두려움 없이 목소리를 내는 것이 첫번째, 혁명적 노력과 예술적 표현 사이의 통합을 지향하는 것이 두번째였다. 이러한 목적을 달성하기 위해 나는 종파성과 모든 외부의 영향으로부터, 그 아무리 좋은 의도라 할지라도 당의 정책(설령 그것이 아나키즘 정책이라 할지라도)으로부터 자유롭도록 『어머니 대지』를 지켜야 했다. 이 때문에 일부 동지들로부터 사적 목적을 위해 잡지를 이용하고 있다는 비난을 받기도 했고 사회주의자들로부터는 자본주의와 가톨릭 교회를 위해 일한다는 비판을 받기도 했다.

이 잡지가 살아남을 수 있었던 것은 미국에서 독립적인 급진주의의 대변인이 되겠다는 내 꿈을 실현하도록 도와준 한 줌의 동지들과 친구들의 헌신 덕분이었다. 창간 10주년을 맞아 미국과 해외 독자들이 보내 온 헌사는 나의 아이가 사람들 마음속에 만들어 낸 틈새에 대한 증거 그 자체였다. 특히 전쟁으로 인해 서로 칼을 겨눠야 했던 사람들에게서 온 찬사는 특별히 더 감동적이었다.

1900년 파리에서 열린 신맬서스주의 회의에서 돌아온 후 나는 피임에 대한 주제를 강연 시리즈에 추가했지만 구체적인 방법에 대해서는 논하지 않고 있었더랬다. 산아제한 문제는 내가 진행하고 있는 사회투쟁의 한 측면을 대표하는 것이기는 하나 그로 인해 체포될 위험을 감수할 정도는 아니었기 때문이다. 게다가 나는 이미 다른 활동으로 인해 계속해서 체포될 위험에 처해 있었으므로 그 이상의 문제를 추가할 필요는 없을 것 같았다. 구체적인 피임법 정보는 개인적 요청이 있을 때만 제공했다. 그러다 마거릿 생어가 『반대하는 여성』의 출간을 둘러싸고 우정 당국과 마찰을 빚고, 남편 윌리엄 생어가 아내의 피임법 팸플릿을 콤스톡 요원에게 건넨 혐의로 체포되는 것을 보면서 피임에 대한 강연을 아예 중단하거나 그게 아니라면 실질적 정의를 실현할 때가 왔다고 생각했다. 피임 문제에 대한 결과를 생어 부부와 공유해야 할 필요성을 느꼈다.

사실 나의 강연이나 마거릿 생어의 활동이 피임 문제를 논의한 최초의 노력은 아니었다. 미국에서 피임에 대한 논의는 위대한 투사 모시스 하먼과 그의 딸 릴리언과 에즈라 헤이우드, 푸트 박사와 그의 아들 E. C. 워커, 그리고 이전 세대의 협력자들이 개척해 놓은 길이었다. 여성 해방의 가장 용감한 옹호자 중 한 명이었던 아이다 크래독은 혹독한 대가를 치렀는데 콤스톡에게 쫓겨 5년형을 선고받고는 스스로 목숨을 끊은 것이다. 그녀와 모시스 하먼 그룹은 자유로운 모성을 위한 투쟁, 아이가 건강하게 잘 태어날 권리를 위한 투쟁에 있어 선구자이자 영웅이었다. 그러나 최초가 아니라는 것으로 마거릿 생어의 업적을 축소시킬 순 없었다. 생어는 최근 몇 년 동안 미국 여성들에게 피임에 관한 정보를 제공한 유일한 여성이었으며, 수년간 아무도 이야기하지 않던 이 주제를 자신의 저서에서 다시 부활시켰으니 말이다.

선라이즈 클럽의 회장인 E. C. 워커는 격주로 열리는 만찬에 나를 초청해 연설토록 했다. 그의 단체는 뉴욕에서 표현의 자유를 보장하는 몇 안 되는 자유주의 포럼 중 하나였다. 나는 그곳에서 다양한 사회적 주제에 대해 이미 몇 차례 강의를 한 바 있었다. 이번에 초청을 받고서는 구체적 방법을 공개적으로 논의하기 위해 '피임'을 주제로 선택했는데, 내 강의에는 의사, 변호사, 예술가, 자유주의자라 할 수 있는 남녀 약 600여 명이 참석하면서 클럽 역사상 가장 많은 청중이 들었다. 청중 대부분은 이 주제로 진행되는 첫번째 공개토론이 상징하는 바에 도덕적 지지를 보내기 위해 모인 진지한 사람들이었다. 다들 내가 체포될 거라고 생각하고 있었고 몇몇 친구들은 내 보석금을 미리부터 준비하고 있기까지 했다. 나는 유치장에서 밤을 보낼 경우를 대비해 책을 가지고 다녔다. 그런 생각이 든다고 해서 내 강연을 멈출 순 없었다. 하지만 오늘 강연을 들으러 올 사람 중에는 단순히 성적 긴장감에 대한 기대와 호기심 때문에 오는 사람도 분명 있을 것임을 알았기에 마음 한편으로 불안하고 불편한 건 사실이었다.

　나는 피임의 역사적·사회적 측면을 검토하며 주제를 소개한 후 여러 피임약과 그 용도 및 효과에 대한 설명을 이어 갔다. 일반적인 소독과 예방에 대한 이야기를 할 때처럼 직접적이고 솔직한 방식으로 이야기를 했고 이후 이어진 질문과 토론을 통해 나의 접근방법이 옳았다는 것을 확신할 수 있었다. 몇몇 의사들이 아주 어렵고 섬세한 주제를 "깔끔하고 자연스럽게" 잘 설명했다며 나를 칭찬했던 것이다.

　강연 후 나는 체포되지 않았다. 친구들 몇몇은 내가 집에 가는 길에 경찰이 들이닥칠까 봐 걱정하며 나를 집까지 데려다주겠다고 했다. 며칠이 지나도 당국은 이 문제에 대해 아무런 반응이 없었다. 윌리엄 생어는 그 자신이 직접 말한 것도, 쓴 것도 아닌 내용 때문에 체포되었다는 점을 생각하면 이는 놀라운 일이었다. 사람들은 의아했다. 내가 법을 어기지 않을 때조차 그렇게 체포를 하고 난리더니, 이번에는 고의로 그런 강연을 했는데 아무 일도 일어나지 않다니 말이다. 콤스톡이 행동에 나서지 않는 것은 아마도 선라이즈 클럽 모임에 참석하는 사람들이라면 이미 피임에 대해 잘 알고 있을 거라 생각했기 때문일 가능성이 높았다. 그래서 나는 일요일 강연에서 이 주제를 논하리라 생각했다.

　강당을 채우고 있는 청중은 대부분 젊은이들이었고, 그중에는 컬럼비아 대학교에서 온 학생들도 있었다. 청중들이 보여 준 관심은 선라이즈 클럽 만찬에서보다 훨씬 컸고, 젊은 친구들이 던지는 질문은 더 직접적이고 더 개인적인 것들이었다. 이번에도 체포는 없었다. 이스트사이드에서 또 한번의 시험을 해야 할 모양이었다.

그러나 다른 일정 때문에 이 일은 잠시 미뤄야 했다. 내 일요일 강의에 자주 참석하는 유니언 신학교 학생들이 연설 요청을 해온 것이었다. 나는 학생들에게 분명 교수진의 반대가 있을지도 모른다고 경고를 한 후에야 연설 수락을 했다. 아니나 다를까, 이교도가 신성한 신학교에 침입할 예정이라는 사실이 알려지자마자 폭풍우가 시작되었고 이는 예정된 강의일이 지나서까지 멈추지 않았다. 학생들 역시 교수들에게 자신들에게는 원하는 강의를 들을 권리가 있음을 주장하며 맞서 싸웠고 결국 강의 날짜는 다른 날로 조정되었다.

그 사이에 나는 '기독교의 실패'라는 주제로 또 다른 강연을 했다. 특히 당시 패터슨에서 서커스를 하던 현대판 종교 광대라 불리던 빌리 선데이에 대한 이야기를 하지 않을 수 없었다. 파업노동자들과 급진적 집회를 다루는 당국의 폭력적 방법을 생각했을 때, 빌리 선데이와 그의 공연에 대해 경찰이 제공하는 보호는 기가 막힐 정도였다. 패터슨의 동지들이 시위를 계획하면서 내게 연설을 요청한 적이 있었다. 나는 빌리 선데이가 어떤 사람인지, 그리고 그가 과연 무엇을 가지고 종교라고 주장하고 있는지 직접 보지 않은 채로 그를 논하는 게 부당하다고 생각해 벤과 함께 패터슨으로 가 그리스도라 참칭하는 그의 목소리를 들었던 적이 있다.

내 평생 그토록 의미도 품위도 잃어버린 기독교를 보는 건 처음이었다. 빌리 선데이의 저속함과 투박한 암시, 욕지기 나는 음탕함은 온통 신학적 어휘로 포장되어 있어 종교가 갖는 최소한의 영적인 의미마저 박탈해 버렸다. 나는 너무 구역질이 나와 차마 그의 말을 끝까지 들을 수도 없었다. 바깥 바람을 쐬고 나서야 청중을 음란한 히

스테리로 몰아넣는 외설적인 언사와 성적 왜곡으로 가득했던 분위기에서 헤어나올 수 있었다.

며칠 후 나는 패터슨에서 '기독교의 실패'를 다루며 내적 붕괴의 상징으로 빌리 선데이를 언급했다. 다음 날 신문에서는 내가 신성모독을 했으며 하나님의 진노를 일으켰다고 난리였다. 내가 떠난 후 내가 연설했던 강당이 불이 나 전소했다는 소식을 들었다.

그해 나의 투어는 오리건 주 포틀랜드에 갈 때까지는 경찰의 개입이 없었다. 내가 강연에서 다루는 주제들이 그렇다고 만만한 것들은 아니었다. 반전, 캐플란과 슈밋의 투쟁, 사랑의 자유, 피임, 그리고 예의바른 사회에서 가장 금기시되는 동성애 등이었으니 말이다. 내가 다양한 청중 앞에서 피임 방법을 공개적으로 논의했음에도 콤스톡을 비롯한 순결주의자들은 여전히 나를 억압하지 않았다.

내가 동성애와 같은 '자연스럽지 않은' 주제를 다룬다는 것에 대해 일부 동지들의 비난이 있기는 했다. 그렇지 않아도 아나키즘은 이미 충분히 오해받고 있고 아나키스트도 타락한 존재로 여겨지고 있는 상황에서 변태적 성적 기호를 다루면서 사람들의 오해를 부추길 필요가 있느냐는 주장이었다. 어떤 의견이든 자유롭게 가질 권리가 있다고 믿는 만큼 비록 그것이 내게 불리하게 작용하더라도 나는 동지들의 의견을 적의 의견만큼이나 신경쓰지 않았다. 물론 동지들이 내게 가하는 검열과 비난은 경찰의 박해와 동일한 영향을 미치기는 했다. 하지만 그럴수록 나는 사회적 잘못에 의한 것이든 도덕적 편견에 의한 것이든 그에 따른 피해자가 있다면 그들을 위해 더 열심히 호소해야겠다는 확신이 들었다.

동성애에 대한 내 강연이 끝난 후 나를 찾아와 자신의 고뇌와 고립감을 털어놓던 남녀는 종종 그들을 내모는 사람들보다 더 고상하고 고운 결을 가진 사람들이었다. 그들 대부분은 그간 동성애를 질병이나 수치스러운 고통으로만 여기고 억누르는 수년간의 투쟁 후에야 비로소 자신의 차별성을 이해하게 된 사람들이었다. 심지어 한 젊은 여성은 25년 동안 남자 곁에 가까이 가기만 해도, 그게 아버지와 남자 형제라 할지라도 너무나 견디기 힘들었노라고 고백했다. 성적인 접근에 반응해 보려고 노력하면 할수록 더더욱 남자들이 혐오스러워졌는데, 자신이 어머니를 사랑하듯 아버지와 남자형제를 사랑할 수 없다는 사실에 스스로를 미워했다고 말했다. 극도로 괴로워하면서도 혐오감은 줄어들지 않았다. 그녀 나이 열여덟에 자신의 '질병'을 치료할 수 있기를 바라며 결혼 제안을 수락하고 약혼까지 하기에 이르렀다. 그러나 이는 끔찍한 실수였다. 거의 미쳐 버릴 뻔한 그녀는 도무지 결혼을 직면할 수 없었음에도 친구들이나 약혼자에게 이 사실을 감히 털어놓을 수 없었다. 자신과 비슷한 고통을 겪고 있는 사람을 만난 적도 없거니와 그런 주제를 다룬 책을 읽어 본 적도 없다고 그녀는 말했다. 내 강의를 통해 그녀는 비로소 해방되었고 자존감을 되찾을 수 있었노라고 했다.

이 여성은 나를 찾아온 수많은 사람 중 한 명에 불과했다. 그들의 안타까운 사연을 듣고 있자니 동성애자에 대한 사회적 배척이 이보다 더 끔찍하게 느껴질 순 없었다. 나에게 아나키즘은 단순히 먼 미래를 위한 이론이 아닌, 외부뿐 아니라 내적 억압과 인간과 인간을 분리하는 파괴적인 장벽으로부터 우리를 해방시키는 살아 숨쉬는 영향력 그 자체였다.

　로스앤젤레스, 샌디에이고, 샌프란시스코에서의 강연은 그 규모와 관심도 면에서 기록적이었다. 로스앤젤레스에서는 우먼스 시티 클럽의 초청을 받았다. 파릇파릇 피어나는 젊은이들에서부터 노년에 이르기까지 다양한 회원 약 500명의 여성들이 '페미니즘'에 대한 내 강연을 들으러 왔다. 그들은 여성참정권 운동가들이 정치권력을 잡으면 놀라운 일을 할 수 있을 것이라는 다소 과장되고 불가능해 보이는 주장에 대해 내가 비판적인 태도를 보이는 것을 용납하지 않았다. 그들은 나를 여성 자유의 적으로 낙인찍었고 클럽의 회원들은 자리에서 박차고 일어나 나를 몰아세웠다.

　이 사건은 남성들에 대한 여성의 비인간성에 대해 강연을 했을 때와 비슷하다는 생각이 들었다. 항상 약자의 편에 섰던 나로서는 세상의 모든 악을 남성의 탓으로 돌리는 여자들의 비난에 화가 났다. 나는 남자가 만약, 여성들이 말하는 것처럼 그리도 큰 죄인이라면 그 책임을 여자들이 함께 나눠 져야 마땅하다고 지적했다. 어머니는 그들 인생에서 가장 먼저 영향을 준 사람일 거고 그들의 자만심과 거드름을 부추긴 첫번째 사람일 테니 말이다. 게다가 어머니가 시작한 일을 그 후에 자매와 아내가 이어받지 않던가? 여자는 타고나기를 이상하게 태어난다고 나는 주장했다. 아들이 태어나는 순간부터 그가 성인이 될 때까지 어머니는 아이를 자신에게 묶어 두기 위해서라면 모든 일을 한다. 그러면서 어머니는 아들의 약한 모습을 보기는 싫어하고 남자다운 남자가 되기를 원한다. 또한 자신을 노예로 만드는 바로 그 특질, 즉 남자의 힘과 이기심, 허영심을 우상화한다. 여성들의 모순적 행동으로 인해 불쌍한 남성들은 우상과 짐승, 사랑스러운 아이와 야수, 무력한 아이와 세상을 정복하는 자 사이에서 왕복운동한다. 남성을 지금 그렇게 만든 것은 그들에 대한 여성들의 비인간적 태도인 것이다. 여성이 남성처럼 자기중심적이고 결단력 있는 사람이 되는 법을 배운다면, 그리고 남성처럼 자신의 삶을 탐구하고 그에 대한 대가를 치를 용기가 있다면, 그때는 여성들도 해방을 이룰 수 있을 뿐만 아니라 이에 대한 부수적 효과로 남성들까지 자유롭게 만들어 줄 수 있을 것이다. 내 말을 듣던 여성 청중들이 일어나 내게 반대하며 울부짖는 일들이 종종 있었다. "당신은 남자 편에 선 여자이지, 우리랑 같은 여자가 아니야!"

2년 전인 1913년, 샌디에이고에서의 경험은 1912년 벤이 겪은 일과 같은 영향을 나에게도 미쳤던 사건이었다. 나는 그간 샌디에이고에서 하지 못했던 강연을 준비하고 있었다. 1914년에 친구 하나가 강연 장소를 구하기 위해 샌디에이고로 갔을 때 강당을 소유하고 있던 사회주의자들은 나와는 어떤 식으로든 엮이기 싫다며 대관을 거부했다. 다른 급진주의자 그룹도 어찌나 하나같이 용감하던지, 어쩔 수 없이 나는 계획을 포기해야 했지만 "지금 잠깐 물러나는 거야"라고 내 자신을 다잡았다.

1915년 올해 나는 번드르르한 옷만 걸치고 사과를 하는 남자가 아니라, 진짜 남자들을 상대하게 되는 행운을 누렸다. 그중 한 명은 자경단과 문제가 있었을 때 우리에게 음악홀을 제공했던 조지 에드워즈였고 다른 한 명은 목회 일을 그만두고 오픈 포럼(공개 토론회)을 시작한 침례교 목사 라일 드 자넷 박사였다. 에드워즈는 운동에 온통 자신의 시간과 능력을 바치면서 철저한 아나키스트가 되었다. 그는 볼테린 드 클레어의 「허리케인」, 올리브 슈라이너의 「야생벌의 꿈」, 도스토옙스키의 『카라마조프가의 형제들』에 나오는 '대심문관'에 곡을 붙였다. 이제 그는 내가 샌디에이고에서 표현의 자유를 확립하는 데 힘쓸 수 있게 전력을 다해 돕기로 결심했다. 자넷 박사는 자경단의 탄압에 대한 항의의 표시로 오픈 포럼을 조직했다. 그후 이 협회는 규모와 의미 면에서 상당한 중요성을 갖는 단체로 성장했다. 샌디에이고의 음모를 깨부수는 데 일조하고자 세 차례의 내 강연이 기획되었다.

최근 샌디에이고 시장으로 선출된 사람은 자유주의자로, 오픈 포럼에서 내 연설을 허용하고 자경단이 일절 간섭하지 못하게 하겠다고 약속했다. 3년간 지속된 보이콧으로 인해 샌디에이고 박람회가 큰 타격을 입어서 그런지, 분위기가 전과는 사뭇 달랐다. 하지만 과거에 샌디에이고에서 겪은 일이 있었기에 아무리 시장이 공식적으로 선언을 해주었다 하더라도 우리는 정부기관을 신뢰하지 못했다. 차라리 우리 내부적으로라도 비상사태를 대비하는 편이 나았다.

벤 없이 샌디에이고로 돌아갈 결심은 이미 오래전에 한 것이었다. 혼자서 갈 생각을 하고 있었지만 다행히 당시 사샤가 로스앤젤레스에 있었다. 어려운 상황이 닥쳐도 침착하고, 급박한 위기상황에서도 두려움을 모르는 사샤라면 언제라도 믿고 의지할 수 있었다. 사샤와 내가 동경해 마지않는 리언 배스는 나보다 이틀 먼저 현장을 둘러보기 위해 샌디에이고로 떠났다. 나는 피치와 벤 케이프스와 함께 차를 타고 로스앤젤레스를 출발했다. 자경단의 도시에 가까워지면서 열댓 명 깡패들에게 둘러싸여 구타당하는 벤의 모습이 눈앞에 떠올랐다. 그를 구해 줄 사람도, 공포를 덜어 줄 사람도 없이 고통스러워하는 벤의 모습 말이다. 그후로 고작 3년이 흘렀다. 나는 이제 자유의 몸으로 사랑하는 친구들과 함께 선선한 밤을 안전하게 달리고 있다. 한쪽에는 황금빛 바다가, 다른 한쪽엔 장엄한 산맥이 우리를 둘러싸고 있었고, 우뚝 솟은 환상적인 기암괴석이 높은 곳에서 우리를 내려다보고 있었다. 이 시골의 장관은 벤에게 자신을 고문하는 자경단들과 함께 얼마나 조롱거리로 느껴졌을까. 1912년 5월 14일 그때와 1915년 6월 20일, 그 사이에 많은 것이 달라졌다. 그렇다면, 샌디에이고에서는 과연 무엇이 우리를 기다리고 있을까.

새벽 4시 30분에 도착한 우리는 곧장 사샤가 우리를 위해 마련해 둔 작은 호텔로 향했다. 강당 관리인이 나를 받아줄 수 없다고 거절했다는 것과 그럼에도 자넷 박사와 오픈 포럼의 회원들은 우리 계획을 끝까지 지켜보고 싶다고 했다는 말을 전해 주었다. 강당은 오픈 포럼이 1년 동안 임대한 것으로, 사실상 오픈 포럼에게 공간에 대한 권리가 있었고 열쇠를 가지고 있는 것도 그들인지라 그들은 건물을 점거하고 모든 입구를 지키기로 결정했다.

아침 11시, 강연이 시작되었을 때 자경단원이 다수 참석했다는 사실을 알게 되었다. 강연장 안은 긴장감이 감돌았고 억눌린 흥분으로 가득했다. 내 주제인 입센의 「민중의 적」에 참으로 딱 들어맞는 배경이 아닐 수 없었다. 우리 쪽 사람들은 경계태세를 갖추고 있었고 자경단원들은 감히 적대적 행동을 할 엄두를 내지 못하고 있었기 때문에 불미스러운 사태는 일어나지 않았다.

오후 강의는 니체에 관한 것이었고 강당은 다시 사람들로 채워지고 있었지만, 이번엔 자경단원들이 보이지 않았다. 저녁에는 마거릿 생어와 윌리엄 생어의 투쟁에 대해 논하며 피임의 중요성을 이야기했다. 그렇게 아무런 소동 없이 하루의 강좌가 끝이 났다. 나는 오늘의 승리가 3년 전 표현의 자유를 위해 순교한 동지들, 투쟁 과정에서 살해당한 조지프 미콜라세크, 수백 명의 IWW 동지들, 벤을 포함하여 구타당하고 철창 안에 갇히고 도시 밖으로 쫓겨나기까지 한 많은 희생자들 덕분이라고 생각했다. 그들을 생각하면 힘이 솟고 기운이 났다.

벤은 자신도 다시 샌디에이고에 오겠다고 고집을 부렸다. 강연을 위해서가 아니라 자신이 이제 더 이상 두렵지 않다는 것을 스스로 확인하기 위해서라고 했다. 그는 어머니와 다른 친구들과 함께 박람회장을 갔지만 아무도 그들에게 관심을 보이지 않았다. 자경단의 음모가 드디어 깨어진 것이다.

로스앤젤레스에 있는 수많은 친구들 중 퍼시벌 거슨 박사와 그의 아내만큼 내게 큰 도움을 준 사람은 없었다. 부부는 수많은 사람들을 내 강연으로 불러들였고, 그들의 집에서도 사람들 앞에서 연설할 기회를 주었으며 또한 내게 아낌없이 내어주며 극진히 대접해 주었다. 또한 수전 앤서니와 줄리아 하위의 동료이자 이전 세대의 투사인 캐럴라인 세브란스를 기리기 위해 지어진 세브란스 클럽에서 내가 연설할 수 있도록 초대를 주선한 사람도 역시 거슨 박사였다.

강의를 시작하기 전 나는 의장이 없을 시에 사회를 맡아 달라는 요청을 받았다며 한 남자를 소개받았다. 내가 쓴 『아나키즘과 다른 에세이들』에 파묻혀 앉아 있는 그의 모습에서 눈에 띄는 점은 없었다. 트레이시 베커라는 이름의 남자는 개회사에서 자신이 매킨리 대통령 피살 사건 때 버펄로 지방검찰청과 일을 했었다는 말로 청중을 놀라게 했다. 그는 최근까지도 엠마 골드만을 두고 스스로 살인을 저지를 용기는 없으면서 타인의 유약한 마음을 이용해 범죄를 저지르도록 유도하는 범죄자라고 생각했었노라 말했다. 리언 촐고츠 재판에서 그는 대통령 암살을 선동한 사람이 다름 아닌 바로 나라고 확신했고 내가 최고형을 선고받아야 한다고까지 생각했었다고 했다. 하지만 내 책을 읽고서 친구들과 많은 이야기를 나눴고 그를 통해 자신의 실수를 깨달았다며, 모쪼록 자신이 내게 한 불의를 용서해 주길 바란다는 말을 했다.

쥐죽은 듯한 침묵이 이어지는 가운데 사람들의 시선이 모두 나를 향했다. 나는 생각지도 않고 있던 버펄로 비극에 대한 이야기로 얼어붙어서는 처음엔 조금 삐걱대는 목소리로 이야기를 시작했다. 우리 모두가 사회의 고리로 연결되어 있으므로 리언 촐고츠의 행동으로부터 자유로울 수 있는 사람은 아무도 없다고, 심지어 사회를 맡은 트레이시 베커도 마찬가지라고 선언했다. 누군가가 폭력적인 행위를 할 수밖에 없었던 환경과 조건에 무관심했다면, 그 역시 그 책임에서 벗어날 수 없으니 말이다. 현실을 직시하고 근본적인 변화를 위해 노력하는 사람들조차 죄책감에서 완전히 자유로울 수는 없다. 미래를 위한 노력에만 몰두한 나머지 우리는 종종 이해와 연민을 구하고 동료간의 교제를 간절히 원하는 사람들의 목소리에는 귀를 닫아 버리기도 한다. 리언 촐고츠도 그런 이 중 하나였다.

나는 촐고츠가 살아온 암울한 배경과 그의 어린 시절의 삶을 이야기하며 점점 마음이 무거워졌다. 나는 촐고츠 재판에 참석해 자신이 보고 느낀 것을 전하기 위해 나를 찾아왔던 버펄로 신문사의 여성 기자 이야기를 하면서 리언의 행동과 순교의 동기에 대한 지적을 했다. 나를 전기의자에 앉히고 싶었었노라 자신의 열망을 말한 남자에 대해서도 나는 아무런 원한감정이 느껴지지 않았다. 오히려 자신의 잘못을 솔직하게 인정하는 그의 태도가 존경스러웠다. 그러나 그는 내 기억 속에 자리한 그때 그 시절의 분노를 되살려냈고, 그를 만나 한가롭게 그의 칭찬 같은 걸 들을 기분이 못되었다.

샌프란시스코는 한창 박람회가 열리는 중이었고, 인구는 거의 두 배 가까이 늘어 있었다. 한달 동안 총 40회의 강연을 여는 동안 우리의 입장권 판매도 박람회와 경쟁할 만큼 성공적이었다. 샌프란시스코에서의 가장 큰 사건은 내가 종교철학회의에 연사로 참석한 것이었다. 이 기가 막힌 일이 가능했던 것은 대회 세션을 담당했던 파워 씨 덕분이었다. 우리는 동부에서부터 알고 지내던 사이였는데 내가 샌프란시스코에 온다는 소식을 듣고 그가 나를 초청한 것이었다.

종교철학회의의 공개회의는 서부에서 가장 큰 강당 중 하나인 시민강당에서 열렸다. 내가 연설한다는 소식에 원래 의장을 맡았던 목사는 갑작스럽게 없던 병에 걸렸고, 그 자리를 신문사 형제회 회원이 대신해 주었다. 그렇게 나는 악마와 심해 사이에서 무신론에 대한 강연을 시작했다. 우선 내 소개를 하며 청중의 분위기를 가볍게 띄웠다. 모든 종교 교파 성직자들이 나를 둘러싸고 있는 이 강당에서 나는 행사의 엄숙함을 유지하기 위해 내게 있는 모든 유머를 동원해야 했다.

그런 상황에서 다루기에 무신론은 다소 민감한 주제였지만 나는 어찌어찌 해냈다. 내가 종교를 다루는 방식이 수치스럽다며 항의하는 신학자들의 얼굴에서 경악과 실망을 보긴 했지만 대부분의 청중은 내 연설을 즐겼던 게 분명하다. 연설이 끝났을 때 회장이 떠나갈 정도로 청중이 환호성을 보냈기 때문이다. 내 뒤를 이어 랍비의 연설이 있었는데 그는 자신의 강연을 이렇게 시작했다. "골드만 양이 종교에 반대하는 온갖 말들을 하기는 했지만, 내가 본 사람 중 가장 종교적인 사람이네요."

43

장기간의 서부 강연 투어를 마치고 뉴욕에 도착했을 때 나는 휴식이 간절했지만, 나의 운명과 사샤는 나를 쉬게 내버려 두지 않았다. 사샤는 매슈 슈밋과 데이비드 캐플란을 위한 동부 캠페인을 위해 로스앤젤레스에서 막 돌아온 참이었는데 나 또한 이 캠페인에 즉시 투입되길 원했다.

지난번 샌디에이고에서 사샤와의 조우가 가능했던 것은 예상치 못한 행운 덕분이었다. 1914년 가을, 서부 투어를 시작했을 때만 하더라도 사샤는 콜로라도를 넘어 더 멀리 갈 생각은 못하고 있었다. 뉴욕을 떠나기 바로 전날 체포되었기 때문이다. 피치는 피츠버그에 먼저 도착해 강연을 위해 필요한 사전준비를 하고 있었고 뉴욕의 친구들은 송별회를 준비하고 있었다. 자정이 되어 집으로 돌아온 사샤의 일행은 혁명가를 불렀다. 경찰이 노래를 멈추라고 명령했고, 언쟁이 이어지다가 경찰관이 우리의 오랜 친구이자 동료인 빌 샤토프를 야경봉으로 가격했다. 사샤가 정신을 차리고 막은 덕에 빌은 큰 부상을 피할 수 있었다. 사샤는 야경봉을 든 경찰의 팔을 잡아 봉을 떨어뜨렸다. 이후 경찰들이 몰려왔고 일행은 모두 체포되었다. 사샤는 경찰관 폭행과 폭동 선동 혐의로 기소되었고 나머지는 모두 치안을 어지럽혔다는 죄목으로 노동교화소 단기형을 선고받았다. 치안판사는 아마도 형이 2년을 넘지는 않을 것이라 말하며 사샤에게 재판에 입회할 것을 명령했다. 법정에 나타난 경찰은 팔 전체에 소독약을 바르고 붕대를 둘둘 말고 있었고, 판사에게 피고인이 자신을 아무런 이유 없이 공격했으며 다른 경찰관이 도착한 덕분에 간신히 목숨을 건질 수 있었다는 취지의 진술을 했다. 이는 분명 사샤를 보내 버리려는 수작이었다. 실업자들과의 활동과 러들로 파업 시위를 막지 못한 경찰이 이번에 기필코 사샤에게 복수하리라 마음먹은 게 분명했다.

사샤는 경찰치안판사가 사건을 맡는 것을 거부했다. 그에 대한 혐의는 중범죄로 분류되는 만큼 그는 배심원 재판을 받을 권리가 있었던 것이다. 게다가 그는 같은 날 저녁 피츠버그에서 강연이 잡혀 있었기 때문에 형사재판을 받으면서 기회를 노리기로 했다.

친구인 길버트 로가 보석금을 내주면서 그가 없는 동안 사건을 잘 살피겠다고 약속했다. 사샤는 피츠버그로 출발했으나, 덴버에 도착했을 때 그는 길버트로부터 재판을 받게 되면 48시간 이내에 뉴욕으로 돌아와야 하니, 더 이상 서쪽으로 가지 않는 게 좋겠다는 말을 들었다. 잘못될 경우 5년형까지도 바라볼 수 있는 심각한 상황이었다.

사샤는 몇 주 동안 콜로라도에서 강의를 계속하면서도 타임스 빌딩 폭파 사건으로 로스앤젤레스에서 재판을 기다리고 있던 슈밋과 캐플란을 돕기 위해 캘리포니아로 넘어갈 수 있길 간절히 바라고 있었다. 그러던 어느 날 뉴욕에서 전보가 도착했다. "기소 중지. 이제 어디든 자유롭게 갈 수 있어. 축하하오!"

신임 뉴욕지방 검사장에게 사샤가 기소된 것은 그에 대한 경찰의 적대감에서 비롯된 것임을 설득해 기소를 취소시킨 것은 바로 길버트 로였다.

사샤는 현재 뉴욕에서 캐플란-슈밋 변호인단을 위해 열심히 일하고 있었다. 사샤는 해안지역을 돌면서 광범위한 홍보캠페인을 조직했는데 그 노력의 결과로 국제노동자변호연맹은 그에게 전국을 순회하며 지부를 조직해 줄 것을 요청하기도 했다. 이는 특히나 사샤에게 딱 들어맞는 활동이었으며, 그는 자신이 겪었던 운명의 고통으로부터 이 두 사람을 구하기 위해 열정적으로 헌신했다.

여러 노동단체로부터 신임을 받은 사샤는 로스앤젤레스를 떠나 동부로 향하는 길에 큰 산업도시 몇 곳을 들렀고, 덕분에 그가 뉴욕에 도착했을 때는 이미 로스앤젤레스에 수감된 동지들을 지원하기 위한 노동자 조직이 상당부분 결집되어 있는 상태였다.

사샤는 나를 즉시 캐플란-슈밋 캠페인에 참여시켰고, 다른 모두가 그렇듯 나 역시 바로 업무에 착수했다. 사샤와 다시 한번 가까이에서 일할 수 있다는 사실이 좋았다. 그가 조직한 캐플란-슈밋 대중집회에서 우리 둘 다 연설이 잡혀 있기도 했고 그밖에도 변호를 위해 할 일이 너무나도 많아서 휴식 생각은 나지도 않았다. 해안지역의 반동세력들은 노동자 조직의 활동에 반대해 자기들 나름의 활동에 열심이었다. 그들은 재판을 앞둔 두 사람에 대한 대중의 생각을 오염시키기 위해 노력했는데 캐플란이 정부에 증거를 넘겼다는 소문으로 재판에 영향을 미치기 위해서였다. 이 터무니없는 이야기는 뉴욕의 신문들에도 실렸다. 아무리 급진주의자라 하더라도 그런 중상모략에 영향을 받을 수 있다는 것을 알기에 비록 말도 안 되는 비방일지라도 여기에 대응해야 할 필요가 있다고 생각했다. 데이비드를 알고 지낸 지 15년, 그동안 운동권 내에서 그와 긴밀히 연결되어 있었던 터라 그의 진실성에 대한 나의 신뢰는 절대적이었다.

캐플란-슈밋 재판 날짜가 정해지고, 사샤는 이 사건을 알리기 위해 해안지역으로 돌아와 회보를 만들기 시작했다.

유럽에서는 이미 여섯 개국이 화염에 휩싸였고, 그 불길은 더 확산되고 있었다. 미국에도 그 불길이 번지기 시작하며 강경파와 군부 파벌은 다시 활기를 띠고 있었다. "1년 4개월째 전쟁이 계속되고 있는데, 우리는 언제까지 방관만 하고 있을 겁니까!" 하고 그들은 외쳤다. 준비를 해야 한다는 목소리가 커지면서 어제까지만 해도 조직적 학살의 잔혹함에 분노하던 사람들이 이에 동참하기 시작했다. 이 때문에 우리의 반전 캠페인이 더 활발해질 필요가 있었는데 그에 더해 크로포트킨의 전쟁에 대한 생각을 알게 되면서 그 필요성은 두 배로 커졌다.

크로포트킨이 전쟁을 찬성한다는 소문이 영국으로부터 흘러나오고 있었다. 우리는 이 소문이 그를 친전쟁 성향이라고 추궁하기 위한 언론의 조작이라고 확신하며 이를 비웃고 있었다. 아나키스트, 인도주의자, 그리고 가장 온화한 존재인 크로포트킨이 유럽의 홀로코스트를 찬성한다는 건 있을 수 없는 일이었다. 그러나 우리는 크로포트킨이 현재 헤켈과 하우프트만이 '자신들의' 조국을 옹호하는 것과 같이 연합군을 옹호하고 있다는 정보를 입수했다. 그는 반대진영 사람들이 연합군의 파괴를 촉구하는 상황에서 '프로이센의 위협'을 분쇄하기 위한 모든 조치를 정당화하고 있는 것이었다. 우리 운동, 특히나 그를 알고 또 사랑했던 사람들에게는 크나큰 충격이 아닐 수 없었다. 그러나 우리가 아무리 우리의 스승을 존경하고 사랑한다고 해도 그 때문에 전쟁을 노동자들과는 무관한 재정적·경제적 이해관계에 따른 투쟁이자 세상에서 가장 중요하고 지켜야 할 것들을 파괴하는 요소로 보는 우리의 관점을 바꿀 순 없었다.

우리는 크로포트킨의 입장을 거부하는 공식 입장을 발표하기로 결정했는데 다행히 많은 사람들이 우리와 같은 생각이었다. 오랫동안 우리의 영감이 되어 준 그에게 등을 돌리는 것은 고통스러운 일이었지만 에리코 말라테스타가 보여 준 이해와 일관성은 크로포트킨을 뛰어넘는 것이었다. 말라테스타와 더불어 루돌프 로커, 알렉산더 샤피로, 토마스 킬, 그리고 영국의 다른 유대계 아나키스트들이 함께했다. 프랑스에서는 세비스티앙 포르, 아르망, 아나키스트 및 생디칼리스트 운동가들이, 네덜란드에서는 도멜라 니우벤하위스와 그의 동료들이 대량학살에 대한 완고한 입장을 유지했다. 독일에서는 구스타프 란다우어, 에리히 무잠, 프리츠 외르터, 프리츠 카터 등 수많은 동지들이 우리의 정신을 잃지 않았다. 물론 전쟁에 취한 수백만 명에 비하면 우리는 절대적으로 소수에 불과했지만 국제사무국에서 발표한 반전선언문을 전 세계에 배포했고 또 국내에서는 군사주의의 실체를 폭로하는 데 힘을 쏟았다.

우리가 첫번째로 한 일은 '전쟁과 자본주의'에 대해 크로포트킨이 쓴 팸플릿을 『어머니 대지』에 싣는 것으로, 이 글에는 자신의 새로운 입장에 대한 그의 논리적이고 설득력 있는 반박이 담겨 있었다. 수많은 집회와 시위에서 우리는 전쟁의 성격과 중요성, 그 영향에 대해 지적했고, '준비태세'에 대한 나의 강연에서 나는 이 '준비됨'이 평화를 보장하는 것과는 거리가 멀고 오히려 언제 어디서나 모든 나라에서 무력충돌을 촉발하는 기제가 된다는 것을 증명했다. 나는 이 강연을 많은 청중들 앞에서 반복적으로 행했고, 이는 평화를 외치는 시위 뒤에 숨어 있는 군사적 음모에 대한 최초의 경고 중 하나였다.

미국 국민들도 점점 커져 가는 위험성을 자각하게 됨에 따라 전국 각지에서 연설과 출판물에 대한 요청이 쏟아지기 시작했다. 영어를 잘 구사할 수 있는 선동가가 많지 않았지만 상황이 상황이었던 만큼 그 공백을 메우기 위해 나는 계속해서 더 바쁘게 연설을 다녔다.

전국을 돌아다니며 거의 매일 저녁 연설을 했고, 하루 종일 방문자들에 시달리며 내 시간과 에너지를 썼다. 남다른 인내력을 자랑하는 나였지만 마침내 무너지고 말았다. 클리블랜드에서 강연을 마치고 뉴욕으로 돌아와서 심한 독감에 걸린 것이다. 너무 아파서 병원으로 옮길 수조차 없는 상황이었다. 2주 동안 침대에만 누워지냈는데 그러다 담당의가 나를 조금이라도 더 나은 호텔방 같은 곳으로 옮기라는 지시를 내렸다. 내가 묵고 있던 방은 최소한의 편의시설도 갖추고 있지 못했기 때문이다. 호텔에 도착했을 때 나는 스스로 체크인을할 수 없을 정도로 쇠약해져 있어 조카 스텔라가 대신 내 이름을 적었는데 직원은 그것을 보더니 놀라 안쪽 사무실로 급히 들어갔다. 사무실에서 나온 직원은 착오가 있었던 것 같다며, 호텔에 더 이상 빈

방이 없어서 내게 줄 방이 없다고 했다. 춥고 비는 억수로 내리는 회색빛의 날이었지만 나는 하는 수 없이 예전 숙소로 돌아갈 수밖에 없었다.

이 사건으로 인해 언론에는 강력한 항의가 이어졌다. 특히 인상적이었던 항의편지는 환자에게 비인간적 대우를 한 호텔을 비난하는 길고 신랄한 내용의 편지였다. 그 항의글 밑에는 "뉴욕 변호사 해리 와인버거"라는 서명이 있었다. 개인적으로 아는 사람은 아니었지만 브루클린 철학회의 회원이며, 단일세론자라는 이야기를 들었던 것 같다.

그 사이 매슈 슈밋은 상인 및 제조업자 협회, 『로스앤젤레스 타임스』, 캘리포니아 주 당국의 복수를 위해 희생되었다. 그의 재판에서 주요 증인 중 한 사람은 도널드 보스였다. 공개법정에서 피의자와 대면한 그는 자신이 윌리엄 번스 형사에게 고용되었음을 인정했다. 번스의 정보원으로 활동하면서 데이비드 캐플란의 행방을 알아낸 것이다. 그는 2주 동안 캐플란의 환대를 받으며 신뢰를 얻은 후에 뉴욕 어딘가에 슈밋이 숨어 지낸다는 사실을 알아냈다. 그후 그는 번스에게 동부로 이동해 아나키스트 서클을 자주 방문하고 슈밋과 접촉할 수 있는 기회를 놓치지 않게 경계를 늦추지 말라는 지시를 받았다. 증인석에 선 보스는 술집에서 피의자가 자신에게 유죄를 자백했다고 뽐내며 말했다. 슈밋은 유죄 판결을 받았다. 배심원단의 결정은 종신형이었다.

도널드 보스의 배신행위를 싣는 것을 더 이상 보류할 이유가 없었다. 1916년 1월호 『어머니 대지』에는 오랫동안 미뤄졌던 그에 대한 기사가 실렸다.

거티 보스는 아들의 편에 섰다. 아무리 모성애 때문이라 해도, 그 것이 30년 동안 체제에 반항하며 살았던 사람의 역사에 대한 변명은 되어 주지 못했다. 다시는 그녀를 보고 싶지 않았다.

유죄 판결은 매슈 슈밋의 강인한 정신을 꺾지도 못했고 또 그가 남은 평생 묻히게 될 이상에 대한 믿음에 영향을 미치지도 못했다. 법정에서 사회적 전쟁의 원인을 설명하는 그의 진술은 명료하고 간 결하며 용기가 넘쳤다. 종신형을 선고받고서도 그는 유머감각을 잃 지 않았다. 그는 사건에 대한 사실을 설명하던 도중 배심원을 향해 돌아서서 이렇게 말했다. "하나만 묻고 싶습니다. 여러분은 도널드 보스 같은 사람을 정말 믿습니까? 그런 인간의 증언에 자기 개를 채 찍질하실 겁니까? 정직한 사람이라면 그럴 리 없죠. 보스가 하는 말 을 믿는 사람이라면 개를 키울 자격도 없습니다."

우리의 사상에 대한 관심이 전국적으로 커지는 가운데 히폴리테 하벨이 편집장으로 있는 뉴욕의 『반란』, 시카고 지역의 동지들이 발 행하는 『알람』, 사샤와 피치가 이끄는 샌프란시스코의 『블라스트』 등 새로운 아나키스트 출판물이 등장하기 시작했다. 나는 직간접 으로 이 출판물들과 모두 연관되어 있었지만 내적으로 가장 가까웠 던 것은 아무래도 『블라스트』였다. 사샤는 항상 대중에게 연설할 수 있는 포럼, 노동자들의 의식적인 혁명 활동을 일깨울 수 있는 아나키 스트 주간 노동신문을 만들고 싶어했다. 그의 투지와 글쓰기 재능은 『블라스트』에 활력과 용기를 불어넣기 충분했고 강력한 만화가 로버 트 마이너의 협력으로 인해 출판물의 가치는 크게 높아졌다.

세인트루이스에서 마이너를 처음 만난 이후로 지금까지 그는 먼 길을 돌아오고 있었다. 물 탄 우유같이 김빠진 사회주의와는 확실히 결별했고, 주급 25달러에 불과한 사회주의 일간지 『콜』에서 일하기 위해 잘나가는 『뉴욕 월드』의 자리를 포기한 상태였다. 그는 언젠가 내게 이렇게 말을 한 적이 있다. "이로써 나도 자유로워질 수 있겠죠. 자본주의 체제의 축복을 찬양하고 노동의 대의를 해치는 만화를 더 이상 그리지 않아도 될 테니까요." 시간이 흐르며 마이너는 혁명가로, 그후에는 점차 아나키스트로 성장해 갔다. 그는 자신의 에너지와 능력을 우리 운동에 헌신했다. 『어머니 대지』, 『반란』, 『블라스트』는 그의 날카로운 붓과 펜으로 탄탄해져 가고 있었다.

필라델피아, 워싱턴, 피츠버그에서 몇 달에 걸친 강연을 요청하는 연락이 왔다. 동지들이 이렇게 의욕을 보인다는 것은 만족스럽고 또 좋은 자극이 된다는 신호였다. 지금껏 연사 한 명을 가지고 그렇게 오랜 연속강좌를 진행해 본 적은 없지만 꼭 한번 해보고 싶다고 했다. 나는 이 도시 저 도시를 돌아다니며 매일 저녁 강연을 하고 다시 또 금요일과 일요일에 있는 정기 강연을 위해 서둘러 뉴욕으로 돌아오는 일이 얼마나 고된 일이 될지를 알고 있었다. 하지만 로스앤젤레스의 사건에 대한 관심을 이끌어내고 반전운동을 선동하고 다양한 아나키스트 출판물을 배포하는 데 도움이 되는 기회였기에 선뜻 받아들였다.

필라델피아에서의 강연은 사실 내가 매주 애쓸 가치가 없다고 봐도 무방했다. 형제애의 도시 필라델피아의 전체적인 분위기처럼 강연 참석률 또한 맥이 없었다. 참석을 한 몇 사람들이 있었지만 그나마도 무기력하고 영 기운이 없었다. 이 지루한 경험을 우정으로 보상해준 친구들은 해리 볼란드와 호레이스 트라우벨이었다.

해리는 내가 어려움을 겪을 때마다 항상 아낌없이 도와주는 내 활동의 오랜 지지자였고, 호레이스 트라우벨은 1903년 월트 휘트먼 만찬에서 처음 만난 사람이었다. 휘트먼 지지자 중에서도 그는 뛰어난 인품으로 내게 깊은 인상을 남겼다. 휘트먼에 대한 자료와 책들 그리고 그의 독특한 문학잡지 『컨저베이터』로 가득한 그의 안식처에서 보낸 시간도 즐거운 기억으로 남아 있다. 가장 흥미로웠던 것은 월트 휘트먼의 말년을 함께한 호레이스의 회상을 듣는 일이었다. 그동안 내가 읽었던 그 어떤 전기 작가의 책보다 그에게서 월트 휘트먼에 대해 더 많은 것을 알 수 있었고, 사랑하는 시인에 대해 자기 자신을 온전히 드러낸 호레이스 트라우벨이라는 사람에 대해서도 많은 것을 배우는 시간이었다.

호레이스가 나에게 소개한 또 다른 인물은 유진 데브스였다. 이전에도 그를 몇 차례 만난 바 있었고, 정치적 견해 차이로 인해 우호적인 방식일지언정 서로 칼을 겨누기도 한 사이이지만 그의 실제 성격에 대해서는 거의 아는 바가 없었다. 데브스와 친한 친구 사이였던 호레이스는 데브스라는 인물을 구석구석 생생하게 보여 주었다. 호레이스에게 갖고 있던 동지애는 필라델피아를 방문하는 동안 아름다운 우정으로 무르익었다. 그렇게도 형제애를 내세우던 필라델피아의 공허한 자랑은 인류를 다 포용하는 호레이스 트라우벨에 의해 구제되었다 해도 과언이 아닐 것이다.

워싱턴 D. C.에서의 결과는 우리 모두를 놀라게 했는데 특히나 현지 활동가인 릴리언 키슬리크와 그녀의 아버지가 크게 놀랐다. 릴리언은 수년 동안 D. C.에 살았음에도 그곳에서의 강연이 과연 성공할 수 있을지에 대해, 그것도 일주일에 두 차례나 있는 강연이 성공할 수 있을지 확신이 없었다. 성공에 대한 회의에도 불구하고 그녀는 우리의 사상에 대한 믿음이 있었기에 이 강연 업무를 맡은 것이었다.

피츠버그에서의 준비는 우리의 유능한 친구 제이컵 마골리스가 맡았고 강렬하고 생기가 넘치는 그레이스 론과 그녀의 남편 톰, 남동생 월터 등 젊은 미국인 동지들이 그를 도왔다. 론 부부의 열의와 진정성은 신선한 충격으로 다가왔고 그들은 앞으로 우리 대의를 위해 도움이 될 것을 약속했다. 많은 사람들이 내 강연을 성공으로 이끌기 위해 엄청나게 노력했지만 결과는 이에 미치지 못해 안타까웠다. 그렇지만 전체적인 관점에서 보자면 피츠버그에서의 일정이 무용했던 것만은 아니다. 특히 제이컵이 변호사 클럽에서 나를 초청해 연설하도록 하는 데 성공했기 때문이다.

나는 지금껏 피의자 신분으로만 법의 대표자들을 만나 왔었다. 이번엔 내 차례였다. 동일한 방식으로 갚아 주는 것이 아니라 판사와 검사 앞에서 내가 그들 직업에 대해 진정으로 어떻게 생각하는지를 말해 줄 차례. 법정모독죄로 나를 처벌할 수도 없는 상황에서 다만 나의 말을 경청해야 했던 청중들의 곤란함 같은 건 개의치 않고 나는 털끝만큼도 양심의 가책이나 미안함 없이 기쁜 마음으로 연설을 했다는 것을 이 자리에서 고백해야겠다.

그해 겨울 뉴욕에서 열린 강연에서는 피임에 대한 주제를 다뤘다. 특히 이디시어 강연에서 피임 기구를 소개해야겠다고 생각한 것은 이 정보가 필요한 건 누구보다도 동부의 여성들이었기 때문이다. 설사 내가 이 문제에 그렇게까지 관심이 없었다 하더라도 윌리엄 생어가 유죄 판결을 받고 투옥된 사실만으로 내가 이 문제에 뛰어들기에 충분한 이유가 됐다. 윌리엄 생어가 피임 운동에 적극적으로 참여해 온 활동가였던 것도 아니었다. 그는 예술가였고 콤스톡 요원에게 속아 그의 아내 마거릿 생어의 팸플릿을 건넨 게 전부였다. 이런 상황에서 사실 그는 자신의 무지를 호소하여 처벌을 피해갈 수도 있었다. 하지만 법정에 선 그는 담대하게 자신을 변호했고, 이에 올바른 생각을 가진 사람들의 찬사를 받았다.

피임에 대한 강연과 다른 여러 시도들로 인해 나는 결국 체포되었고, 이로 인해 카네기 홀에서는 항의집회가 열렸다. 친구이자 열렬한 동료 레너드 애벗이 사회를 맡은, 몹시 인상적인 집회였다. 애벗이 이 주제의 역사적 측면을 다뤘다면 윌리엄 로빈슨과 골드워터 박사는 의학적 관점에서 해당 주제를 다뤘다. 로빈슨 박사는 피임 운동의 오랜 옹호자로, 덕망 있는 아브라함 자코비와 함께 뉴욕 의학 아카데미에서 피임 분야의 선구자였다. 시어도어 슈뢰더와 볼튼 홀은 산아제한의 법적 측면을 조명했고 안나 스트런스키 월링, 존 리드 및 다른 연사들은 프롤레타리아의 삶을 해방시키는 요소로서의 사회적·인간적 가치에 대해 논했다.

내 재판일은 몇 차례의 예비 심리를 거쳐 4월 20일로 정해졌다. 재판 전날 브레부트 호텔에서 애나 슬론과 다른 친구들이 마련한 연회가 열렸다. 다양한 직업과 사회 성향을 가진 사람들이 참석했고 우리의 오랜 동지 H. M. 캘리는 아나키즘을, 로즈 패스터 스톡스는 사회주의를, 위든 그레이엄은 단일세론자를 대변했다. 예술계에서는 로버트 헨리, 조지 벨로우스, 로버트 마이너, 존 슬론, 랜달 데이비, 보드맨 로빈슨이 대표로 참석했고, 골드워터 박사와 다른 의사들도 자리했다. 트와일라잇 클럽의 존 프랜시스 터커는 뉴욕에서 가장 재치있는 사람이라는 명성에 걸맞은 건배사를 했다. 영국의 작가 존 쿠퍼 포위스와 『현대문학』의 편집자 알렉산더 하비는 이 자리에서 재미있는 논쟁을 펼쳤다. 포위스는 피임 방법에 대한 자신의 무지에 경악스러움을 금치 못하면서 개인적으로 이 문제에 관심이 크게 없지만 표현의 자유를 억압하는 일은 무조건 반대하기 때문에 이 자리에 참석하게 되었다고 했다.

행사가 끝나갈 무렵 그 사이 제기된 여러 지적들에 대해 답변할 기회가 주어졌고 이때 나는 포위스 씨에 대해 언급하며 그가 아나키스트를 위한 연회에 참석한 것이 그의 첫번째 자유주의적 행동은 아니라는 사실을 손님들에게 상기시켰다. 그는 몇 년 전 시카고 히브리어 연구소에서의 강연을 거부한 일이 있는데 그 이유는 이 연구소가 일전에 알렉산더 버크만의 강연을 거부했던 전적이 있기 때문으로, 이것만으로도 그의 지적 성실성에 대한 놀라운 증거가 된다는 말을 했다. 버크만은 캐플란-슈밋 사건에 대해 이 연구소에서 연설을 할 예정이었는데 막판에 연구소 위원들이 건물을 폐쇄했다. 그후 시카고의 노동자들은 이 반동세력을 보이콧하고 자신들 독자적으로 노동연구소를 설립했다. 얼마 지나지 않아 일련의 강의가 예정되어 있어 히브리어 연구소에 도착한 포위스 씨는 버크만에 대한 이곳 위원회의 태도를 알게 된 후 자신의 연설을 취소했다. 이 행동이 특히나 놀라웠던 이유는 그가 버크만에 대해 아는 거라곤 신문에서 읽은 온통 허위사실뿐이었기 때문이다.

스톡스는 연회에서 직접행동을 보여 주었다. 그녀는 피임기구에 대한 정보를 타이핑한 안내문을 가지고 있으니 원한다면 나누어주겠다고 했고, 많은 사람들이 안내문을 받아 갔다.

다음 날인 4월 20일, 법정에서 나는 스스로 변론을 하기로 했다. 지방검사는 예외조항을 들먹이며 내 변론에 이의를 제기했지만 세 명 중 두 명의 판사가 이를 기각했다. 주심판사였던 오키프 판사는 의외로 공정한 사람이었다. 젊은 검사와 약간의 갈등이 있었지만 결국 나는 나를 변호하기 위해 법정에 설 수 있었다. 나에게 불리한 증언을 한 형사들의 무지를 폭로하고 공개 법정에서 피임에 대한 변호를 할 수 있는 기회가 주어진 것이다.

나는 한 시간여 동안 연설하며 건강한 모성과 행복한 자식들의 삶을 위해 노력하는 것이 범죄라면, 나는 범죄자로 간주되는 것이 자랑스럽다는 선언으로 내 변론을 마무리했다. 내가 보기에 오키프 판사는 마지못해 내게 유죄를 선고하는 것 같았다. 100달러의 벌금을 내거나 아니면 노동교화소에서 15일간 복역하라는 판결이었다. 나의 원칙상 벌금을 내기보다는 감옥에 가는 편이 낫다고 선언하자 법정 내에서는 시위가 벌어졌고 이에 법원 경찰이 사람들을 해산시켰다. 나는 곧 무덤[유치장]을 향해 끌려갔고, 그곳에서 퀸스 카운티 교도소로 이동 수감되었다.

수감으로 인해 참석이 불가능했던 다음 주 일요일 강연은 내 신념을 옹호하는 저항의 자리로 바뀌었다. 일요일 모임에서 강연을 한 연사 중 벤도 포함되어 있었는데, 그는 피임에 대한 정보가 담긴 책자가 테이블에 놓여 있으며 무료로 가져갈 수 있다고 안내했다. 하지만 그가 연단에서 내려오기도 전에 책자가 사라지고 벤은 그 자리에서 체포되어 재판을 위해 구금되었다.

퀸스 카운티 교도소에서도 내가 몇 년 전 블랙웰 섬에서 느낀 것과 마찬가지로 사회의 범죄자는 악하게 태어나는 것이 아니라 사회가 만들어 내는 것임을 다시 한번 목격했다. 감옥에 갇힌 이들을 짓밟는 이 세력으로부터 살아남고자 한다면 유일한 위안인 이상을 가져야 했다. 그런 이상을 가진 나에게 15일은 휴식과도 같았다. 감옥 안에서 밖에서 몇 달 동안 읽은 것보다 더 많은 책을 읽었고, 미국 문학에 대한 6강짜리 강연자료를 준비하면서도 동료 죄수들과 함께 보낼 시간이 충분했다.

뉴욕 당국은 벤과 나의 체포가 어떤 후폭풍을 불러올지 전혀 예상하지 못하고 있었다. 카네기 홀에서의 집회는 전국적으로 피임에 대한 관심을 불러일으켰고 피임에 대한 정보와 권리를 요구하는 시위가 여러 도시에서 시작되었다. 샌프란시스코에서는 사십 명의 여성 지도자들이 자신들은 피임 관련 팸플릿을 만들 것이며 기꺼이 감옥에 갈 준비도 되어 있다는 내용의 선언문에 서명했다. 계획을 실행에 옮긴 몇몇은 체포되었지만 피임 관련 정보를 배포하는 것을 금지하는 조례가 없다는 판사의 판결로 인해 무혐의 처분을 받고 풀려났다.

다음 번 카네기 홀 시위는 나의 석방을 축하하기 위해 조직되었다. 이 행사는 뉴욕 저명인사들의 후원으로 열리긴 했으나 막상 실무를 한 것은 벤과 그의 '팀원들'(그가 활동가 소년소녀들을 일컫는 말)이었다. 피임은 단순히 토론을 위한 이슈가 아니라 말보다는 행동으로 더 진전될 수 있는 사회투쟁의 중요한 단계가 되었다. 모든 연사가 바로 이 점을 강조했다. 생각을 행동으로 옮긴 것은 또 다시 로즈 패스터 스톡스로, 그녀는 이 유명한 장소의 단상에서 피임기구 관련 전단지를 배포했다.

방해가 되는 유일한 요소는 집회 시작 단 몇 분 전에, 벤 라이트먼의 발언을 허용할 경우 자신은 사회를 보지 않겠다고 선언한 맥스 이스트먼이었다. 이스트먼의 사회주의 사상과 표현의 자유에 대한 그의 주장을 감안했을 때 그의 최후통첩은 위원회 구성원들에게 큰 충격이었다. 벤이 바로 이 문제로 인해 기소를 당했다는 사실을 생각하면 더더욱 이스트먼의 태도를 이해하기 어려웠다. 나는 그냥 그만두게 내버려 두라 했지만 동료들이 그를 설득해 집회를 주재하게 했다. 이 사건은 미국의 일부 급진주의자들이 자유의 진정한 의미를 얼마나 잘못 이해하고 있는지, 그리고 자유를 실제로 적용하는 일에 대해서는 실상 얼마나 관심이 없는지에 대한 방증이었다. 미국 사회주의에 있어 '문화적' 지도자이자 『해방자』의 편집자는 그의 '높은 이상'을 가로막는 개인적 혐오를 허용했다.

벤의 재판은 5월 8일에 러셀, 모스, 맥이너니 판사의 주재로 특수재판으로 열렸다. 러셀 판사는 윌리엄 생어를 한달 동안 감옥에 보낸 장본인이었다. 벤은 자신을 변론하며 피임에 대한 훌륭한 연설을 했지만 당연하게도 유죄 판결을 받았다. 모스 판사는 "신중하고 계획적으로, 치밀하게 위법을 저질렀다"는 이유로 60일형을 선고했다. 벤은 기꺼이 형량을 받아들였다.

벤의 유죄 판결 이후 유니언 스퀘어에서는 대규모 항의집회가 열렸다. 시위차량을 연단 삼아 공장과 상점에서 나오는 노동자들에게 연설을 했다. 볼튼 홀이 사회를 보고 아이다 라우와 제시 애슐리가 이제는 금서가 된 팸플릿을 배포했다. 집회가 끝난 후 의장을 포함한 참석자 전원이 체포되었다.

피임 캠페인의 흥분 속에서도 나는 다른 중요한 문제 또한 잊지 않고 있었다. 유럽에서의 학살은 계속되고 있었고 미국의 군국주의자들은 피에 굶주려 있었다. 우리 쪽 숫자는 적고 쓸 수 있는 수단 역시 지극히 제한적이었지만 이 전쟁의 흐름을 막기 위해 우리는 최선을 다해 집중했다.

아일랜드에서의 부활절 봉기는 비극의 절정에 달하고 있었다. 이 반란이 아무리 영웅적이라 하더라도 애초에 경제적·정치적 지배로부터의 완전한 해방이라는 의식적 목표가 결여되어 있었기에 이 봉기에 환상 같은 건 가지고 있지 않았다. 하지만 내 마음은 당연히 반란을 일으킨 대중의 편이었고, 수세기 동안 아일랜드를 억압해 온 영국 제국주의에 반대하는 것은 지극히 자연스러운 일이었다. 아일랜드 문학을 폭넓게 읽으면서 게일 민족에 대한 애정이 더 커진 상태이기도 했다. 예이츠와 레이디 그레고리, 머레이와 로빈슨, 무엇보다도 존 밀링턴 싱이 그리는 모습을 사랑했다. 이 작품들을 통해 아일랜드 농민과 러시아 농민이 놀랍도록 비슷하다는 것을 알게 되었다. 순진무구하며 단순하고 소박하며 민요를 모티프로 하면서 법을 어기는 이들을 범죄자로 보기보다는 불행한 사람으로 여기는 그 기본적인 태도에서 아일랜드와 러시아 농민은 마치 형제와도 같았다. 아일랜드 시인들은 러시아 작가들보다 표현력이 더 풍부하다는 생각이 들었는데 민족 고유의 언어를 쓰기 때문인가 싶었다. 켈트 문학과 미국 내 아일랜드 친구들에게 진 마음의 빚, 그리고 그게 어디든 억압받는 사람들에 대한 나의 연민이 봉기에 대한 태도와 결합했고 나는 『어머니 대지』와 강연장에서 아일랜드에서 반란을 일으킨 사람들에게 연대를 표명했다.

영국 제국주의의 희생자들에 대해 생생히 느끼게 된 건 패드라익 콜럼을 통해서였다. 그는 순교한 지도자들과 긴밀히 연락을 주고받으면서 부활절 주간의 사건에 대해 사전에 이미 알고 있었다. 그는 시인이자 교사였던 패드라익 피어스, 프롤레타리아 반란군 제임스 코널리, 가장 온화하고 진실한 영혼이었던 프랜시스 쉬히-스케핑턴을 추모했다. 콜럼은 글을 통해 그들을 다시 살게 만들었고 또한 나에게도 깊은 울림을 주었다. 그에게 사건에 대한 글을 청탁했고 그의 감동적인 시 「자유의 찬가」는 그렇게 『어머니 대지』에 실리게 되었다.

영국 못지않게 미국에서도 반대하는 움직임이 시작되고 있었다. 매슈 슈밋의 종신형에 이어 데이비드 캐플란이 캘리포니아 주 샌퀜틴 교도소에서 10년형을 선고받았다. 멕시코의 자유의 투사 마곤 형제의 숙소가 로스앤젤레스에서 급습당했고 리카르도와 엔리코 마곤이 체포되었다. 미네소타 북부에서는 삼만 명의 철광 노동자들이 좀 더 나은 생존 조건을 위해 투쟁을 벌이고 있었는데, 정부의 전폭적 지지를 받은 광산주들은 카를로 트레스카, 프랭크 리틀, 조지 안드레이친 등 광산노동자 대표들을 체포해 파업을 중단시키려 했다. 전국적으로 체포에 체포가 이어졌다. 경찰은 무자비한 폭력을 휘둘렀고 법원은 자본의 요구에 복종할 것을 종용했다.

한편 퀸스 카운티 교도소에서 복역 중이던 벤에게서 온 편지에는 전에는 결코 느낄 수 없었던 평온함이 깃들어 있었다. 나는 투어 때문에 곧 떠나야 했는데, 내가 없는 동안 그를 돌봐줄 친구들도 있었고 우리는 벤의 출소 후 캘리포니아에서 합류할 예정이었다. 그에 대해서라면 걱정할 것이 없기도 하고 그 역시 내게 맘 편히 투어를 떠나라고 했음에도 나는 그를 감옥에 내버려두고 길을 떠나는 것이 영 내키지 않았다. 8년 동안 투쟁의 기쁨과 고통을 그와 나눠 왔기 때문이다. 그간 내 집회와 강연을 성공으로 이끄는 데 큰 역할을 했던 벤 없이, 그의 활동 없이 내 투어가 과연 성공할 수 있을까? 존재만으로 나를 편안하게 해주는 벤 없이, 그의 애정 없이 나는 어떻게 투쟁의 긴장을 견뎌 낼 수 있을까? 생각만 해도 끔찍했다. 하지만 내 삶이라는 더 큰 목적은 사사로운 감정과 필요로 좌지우지되기에는 너무나 중요했다. 나는 혼자 투어를 떠났다.

44

덴버에서 나는 피임에 관한 내 강연을 판사가 주재하는 다소 특이한 경험을 했다. 주재한 이는 벤 B. 린지 판사로, 그는 산아제한의 중요성에 대해 확신에 찬 목소리로 이야기하며 내 노력에 높은 찬사를 보냈다. 린지 판사와 그의 매력적인 아내를 처음 만난 건 몇 년 전으로, 이후 덴버를 방문할 때마다 그들과 함께 시간을 보냈다. 그러던 중 나는 친구들을 통해 그가 반대파들에 의해 얼마나 수치스러운 일을 당하고 있는지를 알게 되었다. 그들은 린지 판사의 공적·사적 청렴성에 대한 악의적인 내용을 유포할 뿐만 아니라 심지어는 린지 부인에게까지 익명으로 협박을 하는 등의 공격을 일삼았다는 것이다. 그럼에도 린지 판사는 관대하게도 상대에게 원한 같은 것을 품지 않고 그저 자신의 길을 가는 모습을 보여 주었다.

덴버에 있는 동안 스탠리 홀 박사의 '도덕적 예방'에 관한 강연에 참석할 기회가 있었다. 그의 연구에 대해서라면 이미 잘 알고 있기도 했고, 성 심리학 분야의 선구자로서의 홀 박사를 존경하고 있었기에 기대가 컸다. 또한 그가 쓴 글에서 이 주제가 공감과 이해를 바탕으로 잘 다뤄지고 있다고 생각했다. 강연에서 홀 박사를 소개한 것은 목사였는데, 이 때문인지 그는 표현에 있어서 자유롭지 못한 모습을 보였다. 홀 박사는 강연 내내 '순결, 도덕, 종교의 보호 장치'로서 교회가 성교육을 해야 할 필요성에 대해 끝도 없이 이야기했고, 이는 성이나 심리학과는 무관한 구시대적인 관념일 뿐이었다. 클라크 대학 개교 20주년 기념식에서나 내 강연에서 만났을 때는 그토록 예리하던 사람이 정신적으로 많이 쇠약해진 모습을 보니 몹시 안타까웠고 또한 고작 이런 시시한 내용을 권위 있는 정보랍시고 받아들이는 미국인들이 불쌍했다.

로스앤젤레스에서의 내 강연은 사샤의 기획으로 진행되었다. 샌프란시스코에서 『블라스트』를 발행하는 사샤가 이 일 때문에 특별히 로스앤젤레스까지 와서 열정적으로 임했던 만큼 강연은 여러모로 성공적이었다. 그럼에도 나는 벤이 그리웠다. 모든 약점과 무책임함, 가끔은 너무 가혹하기까지 한 벤이 말이다. 하지만 로스앤젤레스에서의 상황이 급박하게 돌아감에 따라 나의 이 그리움은 한편으로 밀어놓아야 했다.

나의 '군사준비'에 대한 강연은 때마침 군사준비 퍼레이드 당일에 열렸다. 군국주의 시위에 대해 미리 알았다 하더라도 이보다 더 적절한 날짜를 고르진 못했을 것이다. 오후에 로스앤젤레스의 시민들은 "평화를 사랑한다면 반드시 무장을 하라"는 애국자들의 선전을 들었고 저녁에는 "무장을 하는 자야말로 평화의 가장 큰 적이다"라는 강연을 들었다. 일부 애국자 무리는 강연을 방해하기 위해 모임에 참석했는데, 그곳에 모인 청중들이 전쟁에 대한 호소를 들을 분위기가 도무지 아니라는 것을 알아채고는 마음을 바꿔먹은 듯했다.

　리카르도와 엔리코 마곤 형제는 로스앤젤레스 교도소에 수감중이었는데, 현지 동료들은 그들을 보석으로 빼내지 못하고 있었다. 형제는 멕시코 국민의 자유를 옹호했다는 이유로 두 번이나 감옥에 갇혔다. 미국에 사는 10년 동안 5년은 감옥에 있었던 것이다. 멕시코 정부의 압박으로 이제 미국은 그들을 세번째로 송환시킬 준비를 하고 있었다. 마곤 형제를 알고 또 사랑하는 이들은 그들을 보석으로 빼낼 돈이 없었고 돈 많은 사람들은 그들이 신문에서 묘사한 것처럼 험악한 범죄자라고만 생각했다. 심지어 나의 미국인 친구들 중에 신문보도를 그대로 믿었다는 사람이 있을 정도였다. 사샤와 나는 보석금 1만 달러를 확보하기 위한 작업에 착수했다. 멕시코에 관한 것이라면 모든 것을 다 공식적으로 비난하는 분위기 속에서 우리의 임무는 극도로 어려웠다. 마곤 형제의 유일한 범죄는 멕시코의 자유를 위해 사심 없이 헌신한 것뿐이라는 걸 입증할 자료를 모아야 했다. 엄청난 노력 끝에 형제를 보석으로 빼내는 데 성공했고, 자신들조차 석방의 가능성을 의심했던 리카르도와 엔리코의 얼굴에 나타난 행복한 놀라움은 우리의 노력에 큰 감사를 보내고 있었다.

　마곤 형제가 심리를 위해 법정에 출두했을 때 꽤 인상적인 장면이 연출되었다. 법정은 멕시코인들로 가득 차 있었고 판사가 들어올 때 아무도 일어나는 사람이 없었다. 하지만 마곤 형제가 끌려 들어가자 한 사람씩 일어나 낮은 자세로 그들에게 절을 했다. 두 형제가 이 소박한 사람들에게 어떤 존재인지를 보여 주는 참으로 장엄한 몸짓이었다.

샌프란시스코에서 한 달 동안 머무는 동안 사샤와 피치는 내가 쾌적하고 편안하게 지낼 수 있게 모든 것을 마련해 주었다. 첫번째 강연부터 몹시 만족스러웠는데 이후 이어질 강연에 대한 가능성을 보여 준다는 생각이 들었다. 7월부터는 벤이 합류할 거라 생각했기 때문에 나는 별도로 아파트를 구해 둔 상태였지만 남는 시간 대부분을 사샤와 피치와 함께 그들 집에서 보냈다.

1916년 7월 22일 토요일, 친구들과 함께 점심을 먹고 있었고, 캘리포니아의 화창한 날씨에 우리 세 사람은 기분이 몹시 좋았다. 한참 동안 점심을 먹으며 피치의 요리솜씨에 대한 재미있는 일화를 들려주던 사샤가 전화벨 소리에 사무실로 돌아갔다. 식탁으로 돌아왔을 때 그는 매우 심각한 표정을 하고 있었고 무언가 큰일이 일어났다는 것을 직감적으로 알 수 있었다.

"오늘 오후 군사준비 행진에서 폭탄이 터진 모양이요. 부상자는 물론이고 사망자도 나온 것 같아." 나는 즉각 말했다. "아나키스트들에게 책임을 물으려 하지만 않았으면 좋겠네요." 피치가 반박했다. "그 사람들이 우리에게 왜 그러겠어요?" 사샤가 대답했다. "그 사람들이 우리에게 왜 안 그러겠어? 항상 그래 왔는걸."

'군사준비'에 대한 내 강연은 원래 20일로 예정되어 있었지만 같은 날 저녁 자유주의자들과 진보적 노동계 인사들이 군사준비에 반대하는 대중집회를 조직했다는 소식을 듣고 22일로 연기한 참이었다. 그 행사와 충돌하고 싶지는 않았기 때문이다. 비극이 일어나기 전에 예정대로 내 강연이 열렸더라면 나와 관련된 모든 사람이 폭탄 테러에 대한 책임을 져야 했을 텐데 간신히 폭발사고에 연루되는 것을 피하고 나니 참담한 생각이 들었다. 사샤에게 걸려온 전화는 폭발 사고에 대해 우리의 코멘트를 듣고자 하는 한 신문기자로부터 온 것이었다. 이런 일이 있을 때마다 기자와 형사들이 우리에게 묻는 똑같은 질문들.

내 숙소로 가는 길에 신문팔이 소년들이 "호외"를 외치는 소리가 들렸다. 신문을 사서 보니 예상처럼 "아나키스트 폭탄테러"에 대한 강렬한 헤드라인이 지면을 채우고 있었다. 신문은 7월 20일 반정부 집회에서 연설한 사람들을 즉각 체포하라는 요구를 하고 있었다. 허스트 검사는 특히나 피에 굶주려 있는 사람이었다. 폭발 직후 이어진 패닉 상황은 일반시민뿐 아니라 급진주의자며 자유주의자 할 것 없이 다들 용기라고는 눈을 씻고 찾아봐도 없다는 것을 증거했다. 7월 22일 이전 강연까지만 해도 사람들은 2주 동안 매일 저녁 강당을 가득 채우고 내 강의에 열광했다. 그러나 이제 위험이 다가오는 것을 느끼고 사람들은 폭풍우가 다가올 때의 양떼처럼 도망쳐 제 몸을 숨기고 있었다.

폭발이 일어난 다음 날 저녁 내 강연에 참석한 사람은 50명에 불과했다. 나머지 인원은 전부 형사들이었다. 매우 긴장된 분위기 속에서 혹시 또 다른 폭탄이 터지지 않을까 하는 걱정에 안절부절못하는 게 느껴졌다. 그날의 강의에서 나는 폭력은 폭력을 낳는다고 하는 이론적 주장보다 더 설득력 있는 그날 오후의 비극을 다루었다. 그날 해안지역 노조는 행사에 반대하는 입장을 표명했었고 노조원들은 참석을 피하라는 공문을 받았다. 상공회의소가 무력시위를 고집할 경우 폭력사태가 일어날 수도 있다고 경찰과 언론이 경고를 보냈다는 사실은 샌프란시스코에서 공공연한 비밀이었다. 그러나 '애국자'들은 시위를 강행하여 참가자들을 고의적으로 위험에 노출시켰다. 누가 이 사태를 연출했건, 이토록 인간의 목숨을 대수롭지 않게 여기는 사람이라면 미국이 참전할 경우 그곳에서의 목숨은 얼마나 값싸게 다루어질지 안 봐도 뻔했다.

폭발 이후 국가기관의 테러가 이어졌다. 언제나 그랬듯 혁명적 노동자와 아나키스트가 첫번째 희생자였다. 노동자 네 명과 여성 한 명이 체포되었다. 그들의 이름은 토머스 무니와 그의 아내 레나, 워런 빌링스와 에드워드 놀란, 그리고 이스라엘 와인버그였다.

토머스 무니는 164지역의 몰더스 조합 멤버로, 캘리포니아 전역에서 열정적인 노동자 투사로 잘 알려진 사람이었다. 수년 동안 그는 여러 파업에서 큰 역할을 해온 인물인 데다가 부패하지 않은 노조원이어서 해안지역 모든 고용주들과 정치인들로부터 미움을 받았다. 몇 년 전 유나이티드 철도가 한번 그를 감옥에 보내려고 해봤지만 농민 배심원단은 단 한 명도 누명을 쓴 그의 혐의를 인정하지 않았다. 최근에 그는 또다시 기관사와 차장들을 조직하고 있었다. 퍼레이드가 있기 몇 주 전 그는 승강장 직원들의 파업을 시도했지만 성공하지 못했는데 이에 회사는 그를 반드시 잡아넣으리라 다짐했다. 이후 차량 차고에는 "다이너마이터 무니"와 관련되는 사람은 그 즉시 해고를 당할 것이라는 공고가 붙었다.

공고가 게시된 다음 날 밤 회사의 일부 송전탑이 폭파되었고, 이를 아는 사람들은 무니를 다이너마이터라는 이름으로 "참으로 시기적절하게도" 낙인 찍은 후 그를 "잡아넣으려는" 철도회사의 명백한 수법을 비웃을 수밖에 없었다.

부츠 신발 제조 노동조합의 회장이었던 워런 빌링스는 수년 동안 노동운동에 적극적으로 참여한 인물이었다. 일전에도 고용주들은 샌프란시스코 파업과 관련해 그의 혐의를 부풀려 그를 감옥에 보내는 데 성공한 적이 있었다.

에드워드 놀란은 뚜렷한 사회적 비전과 지성, 그리고 에너지로 해안지역 노동계에서 존경과 인정을 받았던 인물이다. 그는 준비 행진 며칠 전 볼티모어에서 기계공 대회에 대표단으로 참석했다가 막 돌아온 상태였다. 놀란은 지역 기계공 파업의 주도자이기도 했기에 이미 오래전부터 고용주들의 블랙리스트에 올라 있었다.

이스라엘 와인버그는 지트니[소형버스] 운수 조합의 집행위원이었는데, 이 조합은 유나이티드 철도의 수금액을 심각하게 떨어뜨려 회사의 적대감을 불러일으킨 바 있다. 노면전차회사는 이 소형버스를 주요 거리에서 몰아내려고 했고, 소형버스 조합에서 이름이 알려진 조합원을 살인혐의로 기소해 조합의 신용을 떨어뜨리는 짓까지 했는데, 이것이 가능했던 것은 지방검사 덕분이었다. 부패 관리자들에 대한 기소를 취하할 수 있도록 도와줄 수 있다며 철도회사의 도움을 받아 지방검사 자리에 오른 샌프란시스코 지방검사는 당선되자마자 즉시 기소를 중지했다.

톰 무니의 아내 레나 무니는 유명한 음악교사였다. 활기차고 헌신적인 여성인 그녀가 체포된 것은 혹시라도 톰을 대신해 그녀가 노동운동을 시작할지도 모른다고 생각한 경찰의 대비책이었다.

이들 모두는 가장 활기차고 타협하지 않는 활동가들이었으므로 이들에게 폭발에 대한 책임을 묻는 것은 노동계에 치명타를 가하려는 다분히 의도적인 시도였다. 우리는 정치적 입장 차이와 관계없이 자유주의와 급진주의 세력이 모두 피고인을 대신해 합심하여 대응할 것이라 기대하고 있었으나 정작 돌아온 것은 무니, 놀란 그리고 동료 수감자들과 오래 알고 함께 일해 온 이들의 완벽한 침묵이었다.

맥나마라의 자백은 노동 정치인들 사이에서 자나깨나 유령처럼 떠돌아 다니고 있었다. 해안지역 노조에서 체포된 동지들을 위해 목소리를 내는 저명인사는 단 한 명도 없었고 그들의 변호를 위해 한 푼이라도 내어놓을 사람도 없었다. 올라프 트윗모어가 편집장으로 있는 강력한 건설노조 단체 기관지 『조직된 노동』에서도 이에 대한 언급이 단 한 마디도 없었다. 샌프란시스코 노동위원회와 주 노동총연맹의 공식 주간지 『노동의 나팔』도 마찬가지였다. 맥나마라 형제를 굳건히 옹호하고 대의 앞에 언제나 용감하게 나섰던 프리몬트 올더조차 무고한 이들을 교수형에 처하려는 상공회의소의 명백한 음모 앞에서 침묵을 지켰다.

절망스러웠다. 수감자들을 위해 감히 목소리를 낼 수 있는 사람은 사샤와 나뿐이었다. 하지만 체포된 이들 중 아나키스트는 이스라엘뿐인데, 그들이 과연 아나키스트로 알려진 우리가 자신들을 돕는 것을 원할지, 우리의 이름이 그들 사건에 도움이 되기는커녕 오히려 해가 될 거라고 생각하지는 않을지 의문이었다. 나는 그들에 대해 아는 바가 많이 없었다. 워런 빌링스는 한번 만나 본 적조차 없었다. 하지만 그럼에도 가만히 앉아 이 음모에 침묵으로 가담하고 있을 순 없었다. 설령 그들이 유죄라 생각한다 하더라도 그들을 돕겠지만 피고인들을 모두 잘 알고 있던 사샤가 그들의 무죄를 전적으로 확신했다. 그는 그들 중 누구도 군중에게 폭탄을 던질 수 있는 사람은 없다고 생각했다. 사샤의 확신만으로도 이 피고인들이 폭발사건과 그 어떤 연관도 없다는 것은 충분히 보증할 수 있었다.

7월 22일의 비극 이후 2주 동안 『블라스트』와 내 강연은 상공회의소의 요청에 따라 지역 당국이 벌인 테러에 대한 유일한 항의의 표현이 되었다. 로스앤젤레스에서 사샤의 호출을 받은 로버트 마이너가 무고한 피고인들의 변호를 돕기 위해 샌프란시스코에 왔다.

출소 후 뉴욕에서 돌아온 벤은 내가 샌프란시스코에 남아 강연을 계속하는 것에 극렬히 반대를 하고 나섰다. 내 강연은 경찰의 감시하에 놓여 있었고, 강연장에는 형사들로 가득 차 청중의 접근을 막고 있었다. 벤은 이 패배의 상황을 견디기 어려웠다. 강당을 채운 천여 명의 사람들 중 우리의 진실한 친구들은 고작 한 줌뿐인 현실이 그가 견디기에 너무 벅찬 듯했다. 그를 안절부절 못하게 만드는 것이 그것 외에도 또 있는 것 같아 보였는데 무엇인지는 알 수 없었고 그는 다만 평소보다 더 초조해하면서 제발 강의를 중단하고 도시를 떠나자고 나를 재촉해댔다. 하지만 나는 강연을 중단할 수 없었고 계속 자리를 지켰다. 집회에서 100달러를 모금한 데에 더해 체포된 노동자들의 변호를 위해 상당 금액의 돈을 빌릴 수 있었다. 그러나 겁에 질린 샌프란시스코에서는 모든 신문에서 비난을 받은 죄수들의 사건 변호를 맡아 줄 변호사를 찾을 수 없었다.

급진주의자들 내에서도 관심을 불러일으키기가 너무 힘들어 몇 주 동안 정말 힘든 노력을 기울여야 했다. 사샤와 마이너, 피치가 활동을 맡음에 따라 나는 이제 내 투어를 계속할 수 있게 되었지만 동료들 때문에 불안했다. 무니와 그 동지들에 대한 『블라스트』의 전폭적 지원으로 인해 사샤와 동료들, 피치, 그리고 우리의 선량한 스웨덴인 칼이 이미 경찰 당국의 조사를 받고 있었기 때문이다. 폭발이 있고 얼마 후 형사들은 『블라스트』 사무실에 들이닥쳐 몇 시간 동안 『어머니 대지』의 캘리포니아 구독자 명단을 비롯해 손에 넣을 수 있는 모든 것을 압수해 갔다. 그들은 사샤와 피치를 본부로 데려가 그들 활동을 가만두지 않겠다고 협박하기까지 했다.

숭고함과 우스꽝스러움은 종종 서로 겹친다. 샌프란시스코에 대한 걱정과 불안이 최고조에 달했을 때 포틀랜드로 향하던 중 주기적으로 찾아오는 벤의 변덕이 또다시 시작되었다. "영혼을 간호하고 생각을 좀 정리하고 또 스스로에 대해 알아야겠다"는 것이었다. 그는 또다시 이렇게 책이나 나르고 팸플릿이나 파는 "사무실 소사"처럼 평생 살 수는 없다며, 자신은 다른 야망이 있고 글을 쓰고 싶다고 호소했다. 자신도 계속 글을 쓰고 싶었지만 내가 기회를 통 주지 않았다고 불평했다. 그놈의 사샤, 사샤만이 나의 삶이고 일이고 종교라고 말이다. 자신과 사샤 사이에 어떤 일이 생기면 난 항상 사샤의 편을 들었다고 말하며 내가 그 어떤 일에서도 자신의 방식을 승인한 적이 없으며 심지어 아이를 갖고 싶다는 갈망까지 부정하지 않았느냐고 했다. 내가 이미 선택을 했고 아이로 인해 나의 운동에 방해가 되는 것은 참을 수 없다고 말한 것을 자신은 도무지 잊을 수 없다고 했다. 나의 태도가 자신을 괴롭혔고, 그래서 사실은 다른 여자와 동거중이었음을 고백하는 게 쉽지 않았다고 말했다. 아이를 항상 원했던 그의 열망이 그 여자를 만난 후 더 커진 것이다. 퀸스 카운티 교도소에 수감되어 있으면서 그는 자신의 큰 꿈을 그 어떤 것도 가로막게 하지 않으리라 결심했다고 했다.

"벤, 당신은 이미 아이가 있잖아요. 당신의 딸 헬렌이요. 헬렌에게 한 번이라도 아버지의 사랑을 보인 적이 있나요? 발렌타인 데이에 헬렌에게 보낼 카드를 고르는 것도 당신이 아니라 나였잖아요. 아이에게 최소한의 관심이 있긴 해요?"

아이가 태어났을 때 그는 너무 어렸고 모든 게 사고처럼 일어났다고 했다. 이제 그의 나이 서른여덟, 부성에 대한 의식적인 감정이 생겼다고 했다.

더 이상 다퉈 봐야 아무 소용없다는 것을 알았다. 그와 만난 첫해 그에게 들었던 고백은 마른하늘에 날벼락 같은 충격이었는데 이번에는 크게 상처받지도 충격을 받지도 않았다. 이미 그때, 내게는 치유할 수 없는 깊은 상처를 남겼고 그 이후 나는 의심에서 자유로울 수 없게 된 탓이었다. 항상 그가 나를 속일 거라고 생각했고, 실제로도 그랬다. 그는 나를 셜록 홈스라 부르며 "그의 눈앞에서 숨길 수 있는 건 아무것도 없다"고 우스개소리를 했다.

상황의 기묘한 아이러니! 뉴욕에서 벤은 '주일학교 수업'을 시작했고 나는 동지들의 조롱거리가 되었다. "아나키스트 사무실에 주일학교가 웬말이냐"며, "무신론자의 성소에 예수가 있는 게 말이 되느냐"면서 비웃었다. 그래도 나는 벤의 편에 섰다. 표현의 자유란 건 예수를 믿을 그의 권리도 포함된다고 주장했다. 자신을 나사렛 예수의 추종자라 주장하는 수백만 명의 다른 사람들처럼 벤 역시 그냥 기독교인일 뿐이다. 어린 시절부터 벤을 사로잡은 것은 "사람의 아들"로서의 인격이었는데, 그의 종교적 감상주의는 사유하는 자에게 딱히 해를 끼치진 않을 거라고 생각했다. 그의 주일학교 학생 대부분은 그러나 신보다는 선생님에게 더 끌리는 소녀들이었다. 나는 벤의 종교적 감성주의가 아나키즘적 신념보다 더 강하다는 것을 느꼈고, 그의 표현의 권리를 부정할 수는 없었다.

모순이 난무하는 세상에서 일관성을 갖기란 쉽지 않은 일이다. 나는 벤과 관련된 일이라면 일관성을 유지하기가 더 어려웠다. 그가 온갖 여자들과 다 연애를 하고 돌아다니는 바람에 내 감정의 격변이 너무나 극심해져 내 생각과 일치하는 행동을 하지 못할 때가 많았다. 하지만 시간이 지남에 따라 내 감정의 강도도 줄어 들었다. 더 이상 벤의 성적 모험에 신경쓰지 않고 살았던지라 그의 고백도 내게 그다지 큰 타격이 없었던 것이다. 하지만 『어머니 대지』 사무실에서 주일학교를 여는 것에 대한 나의 찬성이 벤이 주일학교의 여학생 하나와 바람을 피우는 결과로 이어진 것은 비극의 극치였다. 그가 그런 새로운 강박에 몰두하고 있는 순간에도 나는 벤 없이 투어를 떠나는 것을 불안해했다니! 나는 정말이지 이루 말로 할 수 없을 정도로 지쳤고, 어딘가로 도망가서 내 개인적 삶의 실패를 잊고 이상을 위해 투쟁하는 충동 또한 다 잊고 싶다는 생각만 강하게 들었다.

스텔라와 새로 태어난 아기를 보기 위해 한 달 동안 프로빈스타운에 가기로 결정했다. 그들과 함께라면 나는 분명 평화, 그래 평화를 찾을 것이었다.

스텔라가 엄마라니. 암울한 로체스터 시절 나에게 한 줄기 햇살이 되어 주었던 스텔라가 갓난아기일 때가 엊그제 같은데 벌써 엄마가 되었다니. 출산을 앞두고 있을 때 스텔라 곁에서 그 최고의 순간을 함께하고 싶었지만 나는 필라델피아에서의 강연이 있었고 새 생명을 탄생시키며 진통을 겪고 있을 나의 사랑하는 조카 스텔라에 대한 걱정으로 가슴이 떨렸다. 시간은 빨리도 흘러, 이제 나는 젊은 모성애로 빛나는 스텔라와 그 시절 엄마의 모습을 쏙 빼닮은 생후 6개월 된 스텔라의 아이를 보게 되었다.

프로빈스타운의 매력과 스텔라의 보살핌, 아이의 사랑스러움은 내가 지난 몇 년 동안 느껴 보지 못한 즐거움을 주었다. 함께 있는 스텔라의 남편 테디 밸런타인은 체격이 좋고 활기차고 재미있는 사람이었고, 수전 글래스펠, 조지 크램 쿡, 그리고 나의 오랜 친구 허치 합굿과 네이스 보이스 등이 자주 찾아왔다.

나의 방문객 중엔 존 리드와 모험심 넘치는 루이즈 브라이언트도 있었는데 2년 전 포틀랜드에서 보았을 때보다 더 세련된 모습을 하고 있었다. 폐렴으로 몸이 상한 메리 파인도 찾아왔는데 투명한 피부와 구릿빛 머리칼로 눈빛이 더 반짝거려 보였다. 천진한 메리 곁에는 늘 서툴고 어설픈 해리 켐프도 있었다. 프로빈스타운에서 만난 친구들은 내 마음과 정신에 좋은 자극이 되어 주었지만, 나의 초대로 찾아와 몇 주간 함께 머물고 간 막스만큼 나를 편안하게 해준 사람은 없었다. 세월이 흘러도 변함없이 훌륭한 그의 정신과 직관적인 이해심은 시간 속에서 더 부드러워졌다. 친절하고 현명한 그는 내가 괴로워할 때마다 언제나 나를 달래 줄 적절한 말을 찾아냈다. 그와 함께한 시간은 마치 봄날 같았고 그의 곁에서 나는 위안과 평화를 찾았다. 스텔라 가족과 막스와 함께 보낸 한달이라는 시간은 나를 또다시 나아가 세상을 정복할 수 있는 단단한 사람으로 만들어 주었다.

자유를 위한 투쟁이 나를 부르고 있었다. 사샤는 편지와 전보를 보내 샌프란시스코에서 위험에 처한 다섯 명의 목숨을 구하는 일에 도움을 청했다. 톰 무니와 그의 동료들이 죽음을 목전에 두고 있는데 나는 어떻게 휴식을 생각할 수 있느냐며 그는 분개했다. 샌프란시스코와 수감된 희생자들에 대한 공포스러울 정도의 편견, 노동 지도자들의 끔찍한 비겁함, 변호를 위한 자금 부족, 그리고 좋은 변호사를 한 명도 찾을 수 없다는 사실을 잊고 있는 거냐면서. 사샤답지 않게 절망에 빠진 목소리가 편지에서 들리는 듯했다. 그는 내게 뉴욕으로 돌아가 저명한 변호사를 찾아달라고 부탁했다. 만약 그것에 실패한다면 캔자스시티로 가서 프랭크 월시에게 사건을 맡아 줄 것을 부탁해야 할 것이다.

내 평화는 사라졌다. 반동세력이 내 황금 같은 자유를 침범했고 내가 그토록 필요로 하던 나머지 휴식시간을 앗아갔다. 이상스러울 만치 조급해하는 사샤가 원망스럽기도 했지만 나 또한 죄책감이 든 것은 사실이다. 27년 동안 투쟁해 온 사회체제의 희생자들에 대한 믿음을 저버렸다는 생각에 심히 괴로웠다. 내적 갈등과 지독한 우유부단함으로 날들을 보내던 중 빌링스가 유죄 판결을 받고 종신형을 선고받았다는 사샤의 전보가 도착했다. 더 이상 망설이고 있을 시간이 없었다. 바로 뉴욕으로 떠날 채비를 했다.

프로빈스타운에서의 마지막 날 나는 막스와 함께 모래언덕을 가로질러 산책을 나갔다. 밀물이 빠져나가고 있었고, 태양은 황금빛 원반처럼 걸려 있었다. 저 멀리 보이는 투명한 푸른 바다는 물결 없이 잔잔했다. 모래는 마치 쫙 펼쳐진 하얀 천 같았고, 이내 바닷물 속으로 반짝이며 사라졌다. 자연은 휴식과 경이로운 평화와 함께 숨 쉬었다. 내 마음도 이내 안정을 찾았고 결심을 하자 평화가 찾아왔다. 장난기 가득한 표정의 막스를 보니 나도 덩달아 기분이 좋아졌다. 우리는 광활한 모래사장을 가로질러 바다를 향해 천천히 걸었다. 바깥세상에서 벌어지는 불화 같은 건 잊은 채 우리는 우리를 둘러싼 마법의 주문에 사로잡혔다. 전리품을 가득 싣고 돌아오는 어부들을 보고서야 시간이 늦었음을 깨달았다. 우리는 가볍게 발걸음을 돌렸다. 가는 길에는 우리가 부르는 즐거운 노래가 울려퍼졌다.

해변을 절반 정도 넘어왔을 때 어디선가 물소리가 들렸다. 불안함에 우리는 노래를 멈추고 뒤를 돌아보았다. 막스가 내 손을 잡고 빠르게 달리기 시작했다. 바닷물이 빠른 속도로 들어오고 있었던 거다. 바닷물이 빠져나갔던 모래사장에 파도가 밀려오며 우리 뒤를 바짝 쫓았고 속도가 점점 더 빨라지고 있었다. 파도에 잡힐지도 모른다는 공포에 사로잡혔고, 뛰어가면서 발이 모래에 푹푹 잠겼다. 등 뒤에서 거품을 일으키며 밀려오는 위험은 본능적 삶의 의지를 더 강하게 만들었다.

질겁한 우리는 드디어 모래언덕 밑에 도착했고, 있는 힘껏 기어오르다 지쳐 흙바닥에 주저앉고야 말았다. 어쨌거나 살았다!

뉴욕으로 가는 길에는 잠시 콩코드에 들렀다. 과거 미국의 문화적 중심지를 방문하고 싶은 마음이 항상 있었기 때문이었다. 지금은 박물관과 유서깊은 집들, 그리고 공동묘지만이 그 영광의 날들을 증명할 뿐이었다. 그곳에 사는 사람들만 봐서는 이 오래된 시가지가 한 때 시와 문학, 철학의 중심지였다는 사실을 상상하기 어려웠다. 자유를 곧 살아 있는 이상으로 삼았던 남성과 여성이 이곳에 존재했었다는 흔적은 더 이상 콩코드에 없었다. 현실은 죽은 자들보다 더 유령 같았다.

우리는 위대한 콩코드 서클의 마지막 멤버였던 헨리 데이비드 소로의 전기작가인 프랭크 샌본을 방문했다. 샌본은 그러니까 반세기 전에 존 브라운을 소로와 에머슨, 루이자 메이 올컷에게 소개한 사람이었다. 샌본은 전형적인 지적 귀족처럼 보였고 그의 몸가짐은 단순하고 고상했다. 그가 여동생과 함께 세금징수원에게 총을 겨누고 그를 농장에서 몰아냈던 일에 대해 이야기할 때는 아직도 자부심이 드러났다. 그는 인간과 동물의 위대한 옹호자, 개인의 권리에 대한 국가의 침해에 반대하는 저항자, 자신의 친구들이 다 부정할 때도 존 브라운을 끝까지 지지했던 소로에 대한 이야기를 해주었다. 샌본은 소로가 콩코드 사람들 모두의 반대에도 불구하고 흑인 인권 옹호자를 추모했던 집회를 개최했던 것에 대해 자세히 설명을 해주었다.

소로에 대한 샌본의 평가를 듣고 있자니, 소로는 미국 아나키즘의 선구자라는 생각이 들었다. 내 말을 들은 소로의 전기 작가가 깜짝 놀라 대꾸했다. "그건 아니죠! 아나키즘은 곧 폭력과 혁명 아닌가요? 아나키즘은 곧 졸고츠를 의미합니다. 하지만 소로는 극단적 비저항주의자였단 말입니다." 우리는 미국 사상사에서 가장 아나키즘적 시기를 살았던 이 동시대인에게 아나키즘의 의미를 알려주기 위해 몇 시간 동안 노력했다.

프로빈스타운에서 나는 프랭크 월시에게 샌프란시스코 상황에 대해 편지를 보내면서 만일 그가 무니의 변호를 맡아 줄 수 있다면, 내가 캔자스시티로 갈 테니 이 문제에 대해 더 논의해 보자고 했다. 뉴욕에 도착하니 그의 답장이 나를 기다리고 있었다. 월시는 이미 캔자스시티에서 중요한 형사사건을 맡고 있고 우드로 윌슨 선거운동을 위해 동부 자유주의 세력을 결집하는 일까지 하고 있어서 나의 부탁을 들어 주기 어렵다고 했다. 그러나 그는 물론 샌프란시스코의 사건에 대해 큰 관심을 갖고 있었고, 곧 뉴욕에 올 테니 이 문제를 논의해 보자고 했다. 어쩌면 자신이 유용한 도움을 줄 수도 있을지 모른다면서 말이다.

프랭크 월시는 내가 캔자스시티에서 만난 사람 중 가장 중요한 인물이었다. 대중 앞에서 자신의 급진주의를 떠벌이지는 않았지만 잘 알려지지 않은 대의를 위해 일하는 것에 있어선 언제나 의지할 수 있는 사람이었다. 천성적으로 투사였고, 핍박받는 이들에 대한 연민을 갖고 있었다. 나는 노동 투쟁에 대한 그의 관심이 얼마나 큰지 잘 알고 있었던 터라 그의 답장을 받고 크게 실망했다. 무엇보다 당혹스러웠다. 뉴욕에 와서 윌슨 캠페인을 맡을 수 있는 상태라면 딱히 캔자스시티에 발이 묶인 것도 아니지 않은가? 아니면 목숨이 위험한 다섯 명의 동지보다 선거운동이 더 중요하다고 생각하는 걸까? 나는 그가 샌프란시스코의 상황이 실제로 얼마나 급박하게 돌아가는지 감을 잡지 못하고 있다고 생각해서 그에게 좀 더 명확하게 설명을 해 주기로 했다. 어쩌면 그가 마음을 바꿀지도 모를 일이었다.

프랭크 월시, 조지 웨스트, 그리고 다른 지식인들이 주재하는 뉴욕의 윌슨 캠페인 본부에서 나는 무니 사건에 대해 월시와 오래 이야기를 나눴다. 월시는 걱정이 되는 듯 보였고 자기가 수감자들을 위해 무언가 할 수 있는 일이 있으면 돕겠다고 했다. 물론 노동자들의 상황이 심각한 것은 사실이지만 미국은 그보다 더 심각한 국가적 현안을 마주하고 있다고 했다. 전쟁이었다. 군부세력은 자신들이 원하는 사람을 대통령으로 세우기 위해 윌슨을 퇴임시키지 못해 안달이었다. 월시는 우드로 윌슨을 재선시키는 것이야말로 자유주의자이자 평화주의자들이 꼭 해야 하는 일이라고 했다. 심지어 그는 아나키스트들도 이렇게 중요한 순간에는 정치참여에 대한 반대를 잠시 내려 두고 윌슨이 백악관에 계속 머물 수 있게 도와야 한다고 생각했다. "우리를 지금껏 전쟁으로부터 지켜 준 것이 바로 윌슨"이기 때문이라면서. 특히 월시는 반전을 위한 나의 노력이 단순히 수사에 그치지 않는다는 것을 보여 줄 기회를 놓치지 않는 것 또한 나의 의무라는 말을 했다. 내가 진정한 평화의 옹호자임을 증명함으로써 폭력과 파괴를 설파했다는 비난을 침묵시킬 수 있을 거라고 했다.

멕시코 혁명에서 단호한 입장을 취했던 프랭크 월시가 정치의 대변인이 되었다는 사실은 놀라운 일은 아니었다. 캔자스시티에 가서 투쟁과 관련해 그의 도움을 구하고자 했을 때 그는 말보다 행동이 더 큰 힘이 있다는 자신의 신념을 이야기하며 이에 열렬히 응해 주었던 사람이다. 그런 그가 우드로 윌슨에게 더 많은 정치 권력을 부여함으로써 '세상을 구할 수 있다'고 믿다니, 지금의 생각은 이전의 그가 보여 준 행동과는 거리가 멀어도 너무 멀었다.

이 급진적 사상을 가진 사람과 윌슨 캠페인을 함께하는 동료들의 맹신에 초조함을 느끼며 사무실을 나왔다. 이것은 미국 자유주의자들의 정치적 맹목과 사회적 얼빠짐을 보여 주는 또 다른 증거였다.

뉴욕 법조계에서 내가 아는 이들 중에 무니 사건과 관련해 도움을 청할 만한 사람은 아무도 없었다. 사샤에게 내 실패를 전하자, 자신이 직접 뉴욕에서 무엇을 할 수 있는지 알아보겠다고 답장을 보냈다. 샌프란시스코 국제노동자변호연맹은 사샤에게 유능한 변호사를 확보하고 체포된 노동자들을 위험에서 구하기 위해 동부로 가줄 것을 요청했다.

10월 하순, 지난 5월 유니언 스퀘어에서 열린 피임 관련 집회와 관련해 볼튼 홀의 재판이 열렸다. 나를 포함한 많은 증인이 당시 피고가 피임기구에 대한 정보를 제공하지 않았다고 증언했고, 볼튼 홀은 무죄 판결을 받았다. 법원을 나서는 길에 나는 또다시 체포되었는데 이유는 홀이 체포된 것과 같은 혐의였다.

피임 옹호자들에 대한 박해는 신나게도 이어졌다. 마거릿 생어, 그리고 간호사인 여동생 에셀 번과 그 조수인 파냐 맨델은 네 아이의 엄마로 위장한 여형사에게 속아 피임약을 주었고, 이들은 브루클린에 있는 생어 부인의 클리닉에서 현장 체포되었다. 이외에도 제시 애슐리와 IWW 멤버들과 관련한 사건도 여럿 있었다. 전국의 법과 도덕의 수호자들이 마침내 피임에 관한 정보가 퍼지는 것을 막기로 결심한 것이었다.

이 문제와 관련해 청문회와 재판을 지켜보면서 적어도 판사들은 이에 대해 교육을 받고 있다는 것을 알게 되었다. 그중 한 판사는 개인의 신념으로 피임 정보를 무료로 제공한 사람과 돈을 받고 판매한 사람을 구분할 수 있다고 선언하기도 했다. 물론 윌리엄 생어나 벤, 그리고 나의 경우에는 그런 구분이 없었지만 말이다. 피임에 대한 선동이 효과를 발하기 시작했다는 더 놀라운 증거는 절도혐의로 기소된 한 여성의 재판에서 와덤스 판사가 한 판결이었다. 그녀의 남편은 결핵에 걸려 오랫동안 실직상태였기 때문에 대가족을 부양하는 게 불가능했다. 와덤스 판사는 피고가 범죄를 저지를 수밖에 없던 상황을 요약해 제시하면서 유럽의 많은 나라들이 산아제한 제도를 도입해 좋은 성과를 거두고 있음을 언급했다. "저는 우리가 지금 무지의 시대에 살고 있다고 생각합니다. 언젠가 미래에 지금의 암흑기를 돌아보면서 경악을 금치 못할 테죠. 지금 우리는 결핵에 걸린 남편과 가슴팍에는 아이를 안고 치마폭에는 다른 어린아이를 싸안은 채 가난과 궁핍에 시달리는 한 가족의 사례를 보고 있습니다."

우리는 산아제한의 긴급성이 법정에서까지 이렇게 인정을 받는다면, 그것만으로 감옥에 갈 가치가 있다고 생각했다. 그리고 이런 결과를 낸 것은 직접행동이었지, 탁상공론이 아니었다.

11월 초가 되어 뉴욕에 도착한 사샤는 2주도 채 되지 않아 샌프란시스코에 대한 지지를 거의 모든 유대인 노동조합과 미국의 노동조합으로부터 이끌어 낼 수 있었다. 변호사를 구하기 위한 그의 노력도 똑같이 성공적이었다. 친구들의 도움으로 유명 변호사이자 연설가인 버크 코크란에게 빌링스 사건기록을 검토만이라도 해줄 수 있는지 부탁할 수 있었던 것이다. 코크란은 사샤의 연설에 깊은 인상을 받았고, 어느 모로 보나 음모가 분명한 이 사건을 보고 흥분하여 무니와 놀란 및 다른 샌프란시스코의 죄수들까지 무료로 변호를 맡겠다고 제안했다. 뿐만 아니라 사샤는 미국에서 가장 크고 영향력이 있는 유대인 노동단체인 히브리 무역연합을 설득해 캘리포니아 대기업의 음모에 항의하기 위해 카네기 홀에서 대중집회를 하도록 했다. 그 조직의 위원들은 이미 각자 맡은 일이 너무 많았기 때문에 대중집회를 조직하고 연사를 섭외하는 등 모든 일은 사샤와 그를 돕는 젊은 동지들의 몫이었지만 말이다. 나는 뉴욕과 중서부를 오가는 강연일정 때문에 아무런 도움을 줄 수가 없었지만 시카고에서 돌아온 후 카네기 홀에서 연설할 것을 약속했다.

집회 당일인 12월 2일 오전, 시카고에서 열일곱 번의 강연과 밀워키에서 네 번의 강연을 마치고 서둘러 뉴욕으로 돌아왔다. 오후에는 유니언 스퀘어에서 무니와 그의 동료들을 지지하는 시위가 열렸고, 카를로 트레스카와 메사바 레인지 파업에서 미네소타 철강의 이권 다툼으로 희생된 그 동료들을 추모하는 시위가 이어졌다. 카네기 홀에서 열린 저녁 집회에는 많은 청중이 참석한 가운데 프랭크 월시, 맥스 이스트먼, 히브리 무역연합 사무총장인 맥스 파인, 시인이면서 노동운동가인 아르투로 조반니티, 사샤, 그리고 나의 연설이 있었다. 기금 마련을 위한 호소는 나의 몫이었는데, 캘리포니아 동지들을 위해 위원회는 아낌없는 지원을 보내 주었다. 그날 밤 나는 중단된 투어를 계속하기 위해 다시 서부로 향했다.

클리블랜드에서 '가족수 제한'을 주제로 한 강연에서 벤은 피임 팸플릿을 배포할 자원봉사자를 모집하자는 아이디어를 냈다. 많은 사람들이 호응했고, 강연이 끝남과 함께 벤은 체포되었다. 금지된 팸플릿을 들고 있던 백여 명의 사람들은 그를 따라 감옥으로 갔고 벤만

이 재판을 받았다. 우리는 즉시 표현의 자유 연맹을 조직해 지역 산아제한 단체와 함께 이 사건을 위해 싸웠다.

클리블랜드는 단일세론자 시장이었던 고(故) 톰 존슨이 확립해 둔 자유주의적 환경 덕분에 수년간 표현의 자유가 보장되는 거점과도 같은 곳이었다. 그 이후로 정치적 견해가 다르더라도 자신들의 자유를 용감하게 지켜내 온 사람들이 있었고, 그중 상당수는 나의 친구들이었다. 카 부부, 프레드 숄더, 아델라인 챔프니, 그리고 오랜 철학자 친구 제이컵만큼 내게 큰 도움을 준 사람들은 아마 없을 것이다. 그들은 항상 내가 선전 업무를 성공적으로 할 수 있게 도와주었고 또 나의 여가시간을 즐겁게 채워주기 위해서도 늘 노력했다. 그랬던 만큼 이 특별한 도시가 전통을 잃어버리는 것을 보는 충격은 컸다. 하지만 탄압에 맞서 투쟁을 조직하자는 요청에 준비되었다는 듯 반응하는 사람들을 보고서 나는 톰 존슨의 고향에는 다시 표현의 자유가 찾아올 것이라는 희망을 품게 되었다.

다른 여러 도시들에서도 가족수 제한을 지지하는 강연을 할 때마다 비슷한 일이 반복되었다. 때로는 벤이 체포되기도 하고, 때로는 우리와 긴밀히 협력하는 동료들, 또 어떤 때는 금기사항에 대해 사람들에게 적극적으로 알리려 하던 강연자들이 체포되었다. 샌프란시스코에서는 피임을 다룬 기사와 우드로 윌슨 대통령에 대한 모독죄를 운운하며 『블라스트』가 발송중지되었다. 피임은 뜨거운 감자가 되었고 당국은 피임 옹호자들을 침묵시키기 위해 갖은 노력을 했다. 목적을 달성하기 위해서는 하물며 부정한 방법도 마다하지 않았다. 로체스터에서의 모임 한 곳에서 벤은 윌리엄 로빈슨 박사의 저서 『가족

수 제한』과 마거릿 생어의 「여자라면 알아야 할 것」 팸플릿을 판매한 혐의로 체포되었다. 그를 체포한 경찰관들은 이미 그 책들이 서점에서 공개적으로 판매되고 있다는 사실을 모르고 있는 듯했다. 그러나 그들의 미친 짓은 더 교활해져, 로빈슨 박사의 책 사이에서 피임약 팸플릿이 '발견'되었다는 혐의를 씌웠다. 경찰서의 누군가 벤을 잡아넣기 위해 끼워넣은 것이었다. 그리고 그는 재판을 위해 구금되었다.

내가 아직 투어 중일 때, 뉴욕에 있는 나의 변호사 해리 와인버거로부터 배심원 재판이 기각되었다는 전보를 받았다. 1월 8일 내 사건은 세 명의 판사 앞에 놓였다. 주심판사 컬렌은 내게 변론을 위해 이론을 설교하는 일은 허용하지 않는다고 엄중히 경고했다. 하지만 나의 변호사와 내가 말할 기회를 갖기도 전에 재판이 성립되지 않는 게 분명해졌다. 내가 5월에 유니언 스퀘어에서 피임 관련 팸플릿을 배포했다며 형사들이 제시한 증거는 명백히 모순이었으므로 법원에서도 이 증거를 진지하게 받아들이기 어려웠던 것이다. 나는 무죄 판결을 받았다.

그러나 클리블랜드에서 기소당한 벤은 그리 운이 좋지 않았다. 나의 재판 때문에 소환장을 받은 그는 다음 날로 예정된 자신의 재판을 연기하기 위해 클리블랜드의 변호사 보증인에게 연기를 요청했다. 그들은 문제 없다고 답하며 연장을 신청하겠다고 했다. 벤은 다시 한번 확인하기 위하여 전보를 보내고 소환장 사본까지 클리블랜드 법원으로 발송했다. 하지만 1월 9일 오후 그는 변호사로부터 연기 신청은 받아들여지지 않았고 댄 컬 판사가 법정모독죄로 영장을 발부했다는 소식을 들었다. 벤은 당장 기차를 타고 클리블랜드로 향했고, 다음 날 오전에 그의 재판이 열렸다. 컬 판사는 참으로 "자애로우시게도" 법정모독 혐의를 기각하고 피임 건에 대해서만 재판을 하는 데 동의했다. 판사는 로마 가톨릭 신자로 모든 형태의 성위생에 엄격한 반대 입장을 취했다. 그는 인간 육신의 죄에 대해 일장연설을 하고서 피임과 아나키즘을 비난했다. 열두 명의 배심원 중 다섯은 가톨릭 신자였다. 다른 배심원들은 유죄 판결을 내리고 싶어하지 않는 게 분명해 보였다. 합의에 이르지 못한 채 13시간이나 흘렀기 때문이다. 그러나 법원은 배심원을 돌려보내면서 반드시 평결을 가지고 돌아오라고 했다. 답답한 방에서 긴 시간을 보내다 보면 어쩔 수 없이 배심원들은 만장일치 평결에 이르게 된다. 벤은 노동교화소 6개월형과 천 달러의 벌금형을 선고받았다. 이는 지금까지 피임 관련으로 부과된 형량 중 가장 무거운 것이었다. 벤은 산아제한에 대한 자신의 신념을 솔직히 밝혔고, 변호사의 조언을 따라 이 사건에 대해 항소를 진행했다.

재판의 결과는 이 사건에 대한 적절한 홍보가 이루어지지 않은 탓인 듯했다. 얼마 전 클리블랜드에서 마거릿 생어의 강연이 있어, 이에 청중들에게 이 상황을 알리고 벤에 대한 지지를 촉구해 달라 부탁했었는데 그녀는 이를 거절했다. 우리 친구들은 변명조차 불가능한 이 연대의 위반에 심히 분노했지만 우리에게는 벤의 사건에 대해 여론을 만들어 갈 만큼의 시간이 남아 있지 않았다.

생어 부인이 법의 그물망에 걸린 피임 옹호자들을 돕지 않은 것은 이번이 처음은 아니었다. 뉴욕에서 나의 재판이 진행되는 동안 그녀는 전국을 돌며 우리 동지들이 마련한 모임에서 강연을 하고 있었다. 대체로 나의 제안에서 비롯된 자리였다.

참으로 이상하게도 우리 사무실에서 피임에 대한 작업을 시작했으면서도 생어 부인은 사람들에게 나의 재판일이 다가온다는 말은 언급조차 하지 않았다. 또 한번은 밴드박스 극장에서 열린 집회에서 로버트 마이너가 그녀의 침묵에 설명을 요구한 일이 있었는데 그녀는 자기 일에 간섭한다는 이유로 오히려 마이너를 꾸짖었다.

시카고에서는 벤 케이프스가 강연 도중 청중석에서 질문을 던져 생어 부인으로 하여금 피임에 있어서 나의 활동을 언급하도록 강요하기도 했다. 디트로이트, 덴버, 샌프란시스코까지, 여러 곳에서 비슷한 일이 있었고 나의 친구들은 생어 부인이 이 문제를 자신의 개인적인 문제로 여기는 것 같다는 편지를 보내왔다. 그후 생어 부부는 우리가 조직한 산아제한연맹과 가족수 제한 캠페인 전체를 공개적으로 거부했다.

클리블랜드에서 벤에 대한 지지가 부족하다는 사실은 이후 로체스터에서도 예정되어 있는 그의 재판을 위해서라도 조직적 시위가 필요하다는 것을 의미했다. 전날 대규모 집회가 열렸고 지역의 연사인 메리 디킨슨 박사가 이 행사를 위해 뉴욕에서 온 돌리 슬론, 아이다 라우, 해리 와인버거와 함께 연단에 섰다. 다음 날 법정에서 그 효과가 즉각적으로 나타났다. 윌리스 질레트 판사는 지극히 예외적으로 훌륭한 판사였다. 법정은 피고인이 두려움 없이 말할 수 있는 곳이어야 한다고 믿는 그런 판사 앞에서 재판을 받을 기회가 주어진 벤이 부러울 정도였다. 훌륭한 판사와 해리 와인버거와 같은 변호사의 끈질긴 노력으로 인해 벤은 공정한 재판을 받을 수 있었다. 벤은 피임에 대한 정보를 제공하는 것을 금지하는 법은 없다고 믿는다고 말하며, 만약 있다면 자신은 그전에도 어겼고 앞으로도 그럴 것이라고 했다. 그러나 이번은 그 일을 한 적이 없으며 따라서 무죄라고 주장했는데, 더욱이 자신은 어떻게 피임 팸플릿이 로빈슨 박사의 책에 들어갔는지 알지 못한다고 말했다. 벤은 무죄 판결을 받았다.

우리는 피임 캠페인에 있어 어느 정도는 만족할 만한 결과를 얻었다고 생각했다. 전국에 가족수 제한에 대한 생각을 제시했고, 또 이것이 가장 필요한 사람들에게 피임법에 대한 정보를 제공했으니 말이다. 이제, 피임이 모든 사회적 질병의 치료제가 될 것이라 주장하는 이들에게 이 일을 넘길 준비가 되었다. 나 자신은 그렇게 생각한 적 없었고 물론 중요한 문제임은 의심의 여지가 없지만, 이보다 더 중요한 문제들이 있었다.

샌프란시스코에서『블라스트』는 반전과 무니를 위한 활동들로 인해 계속되는 탄압을 견뎌야 했고 사무실은 두 번이나 급습을 당했다. 두번째 수색에서는 무뢰한 같은 경찰 하나가 피치의 팔을 거칠게 잡아 흔드는 바람에 거의 팔이 부러질 뻔하기도 했다. 더 이상 샌프란시스코에서 잡지 발행을 계속해나갈 수 없게 됨에 따라 피치는『블라스트』사무실을 뉴욕으로 옮겼고, 그곳에서 사샤와 함께 캘리포니아 동지들을 위한 변호 일에 참여했다.

톰 무니는 사형선고를 받았다. 버크 코크란의 대단한 웅변도, 검찰의 주요 증인이 위증을 했다는 확실한 증거도 결과를 바꾸는 데는 아무런 소용이 없었다. 이로써 캘리포니아의 사법 정의에 대한 상공회의소의 장악력은 피고인의 무죄를 입증할 확실한 증거보다 훨씬 더 강력하다는 것이 입증되었다. 샌프란시스코에 사는 사람 중 주정부 측 증인인 맥도널드 부부와 옥스먼 부부가 얼씨구나 하고 고용주들의 도구가 된 찰스 피커트 지방검사가 매수한 사회의 쓰레기라는 사실을 모르는 이는 아무도 없었다. 결백함 같은 것은 중요하지 않았다. '오픈숍'[비노조도 고용하는 사업장]을 선언한 고용주들은 이미 다른 노동운동가들에게 경고의 의미로 톰 무니를 교수형에 처하기로 정했으니 말이다. 무니의 운명은 이미 결정된 것이나 마찬가지였다.

법과 질서가 노동자들을 짓밟으려고 온 힘을 쏟고, 박탈당하고 굴욕당한 사람들의 항의를 묵살해 버리는 것은 비단 캘리포니아의 일만은 아니었다. 워싱턴 주 에버렛에서도 74명의 IWW 회원들이 목숨을 건 투쟁을 벌이고 있었고, 미국의 모든 주 교도소는 자신의 이상을 위해 싸우다 유죄 판결을 받은 사람들로 가득 찼다.

미국 정치는 먹구름이 끼고 있었고, 불안한 징조는 날로 커져 갔지만 대중은 여전히 침묵하고 있었다. 그때 예기치 않게 동쪽에서 한 줄기 희망이 비쳐 왔다. 수세기 동안 차르가 지배하던 러시아로부터 온 빛이었다. 그토록 오랜 시간 고대하던 그날, 혁명의 날이 도래한 것이다!

45

증오의 대상이었던 로마노프는 마침내 왕좌에서 쫓겨났고, 차르와 일당은 권력을 잃었다. 단순히 정치적 쿠데타의 결과가 아니라 온 국민의 반란으로 이루어 낸 위대한 승리의 업적이었다. 수세기 동안 절대주의에 무자비하게 짓밟히고 모욕과 멸시를 당한 러시아 민중이 드디어 자신들의 유산을 요구하고 독재와 폭정이 자신들의 조국에서 영원히 종식되었음을 선포하기 위하여 들고 일어섰다. 불과 어제 일어난 일이었다. 이 영광스러운 소식은 전쟁과 파괴로 황폐해진 유럽의 공동묘지에 생명을 알리는 첫 신호탄이 되었다. 자유를 사랑하는 이들에게 새로운 희망과 열정을 불어넣어 주었지만, 그 누구도 각지로 흩어져 사는 러시아 이민자들만큼 이 혁명의 정신을 크게 느끼지는 못했을 것이다. 사랑하는 '어머니 러시아'가 이제야 그들에게 인간다운 삶에의 약속을 보여 주는 것으로 느꼈을 테니 말이다.

러시아는 자유로워지긴 했지만 진정한 의미에서는 아직 아니었다. 정치적 독립은 새로운 삶으로 가는 첫걸음에 불과했다. 경제 상황이 변하지 않는다면 권리 같은 것도 다 소용없다고 나는 생각했다.

나는 민주주의의 축복 속에 이미 오래 살고 있었던 터라 정치판도가 바뀌는 것에 대한 믿음이 없었다. 정치보다 확실한 것은 국민 스스로의 믿음, 이제야 자신의 힘과 기회가 실현될 수 있다는 것을 자각한 러시아 대중에 대한 믿음이었다. 러시아 해방을 위해 투쟁하다 투옥되고 추방되었던 순교자들이 다시 부활하고 있었고, 그들의 꿈 일부는 실현되기도 했다. 시베리아의 황무지에서, 지하 감옥에서, 유형지에서 사람들이 돌아오고 있었다. 국민과 단결하여 경제적·사회적으로 새로워진 러시아를 건설하기 위하여.

러시아에서 추방된 사람들 중 상당수는 미국에 살고 있었고 차르 체제가 전복되었다는 소식이 전해지자 수천 명의 망명자들이 서둘러 고국, 이제는 약속의 땅이 된 자신들의 조국으로 돌아갔다. 많은 이들이 미국에 수십 년 동안 살면서 집을 마련하고 가정을 꾸렸으면서도, 자신들의 노동으로 부를 쌓으면서도 그들의 마음은 여전히 "외국인"이라 멸시당하는 이곳 미국보다 러시아에 가 있었다. 러시아는 돌아온 아들딸들을 두 팔 벌려 환영했다. 봄이 오면 제비가 날아오듯 정통주의자들과 혁명가들은 고국에 대한 사랑과 그리움으로 다시 러시아로 날아오기 시작했다.

사샤와 나의 오랜 갈망도 우리 마음속에서 다시 꿈틀거리기 시작했다. 수년 동안 우리는 러시아의 맥박에, 그 정신과 해방을 위한 투쟁에 늘 가까이 있었다. 하지만 우리의 삶은 미국에 뿌리내려 있었다. 이곳에서 우리는 이 나라의 아름다움과 웅장함을 사랑하는 법, 자유를 위해 싸우는 높은 수준의 미국인들을 존경하는 법을 배웠다. 나는 나 자신을 단순히 시민권이라는 종이조각 때문이 아니라, 진정한 의미에서 미국인이라고 느꼈다. 28년 동안 나는 미국을 위해 살고, 꿈꾸고, 일했다. 사샤 역시 러시아로 돌아가고 싶다는 충동과 운명의 날이 다가오고 있는 무니를 구하기 위한 캠페인을 계속해 나가야 할 필요 사이에서 갈등하고 있었다. 과연 사샤는 위험에 처한 무니와 다른 동료들을 그냥 내버려 둘 수 있을까?

그러던 중 윌슨 대통령은 민주주의를 구하고 세계를 구하기 위해 미국도 유럽의 학살에 동참해야 한다는 결정을 내리게 되었다. 러시아는 망명한 혁명가들이 간절히 필요했지만, 사샤와 나를 더 필요로 하는 건 미국이라고 생각하고 우리는 이곳에 남기로 했다.

미국의 선전포고에 대부분의 중산층 평화주의자들은 경악을 금치 못했다. 일부는 반군사주의 활동을 폐기해야 한다고 주장하기도 했다. 유럽 국가의 반전 활동을 위해 자금지원을 제안하기도 했던 뉴욕 콜로니 클럽의 한 여성 회원은 이제 우리에게 선전활동을 그만둘 것을 요구해 왔다. 나는 이미 그녀의 이전 제안도 거절했기 때문에 진정한 자선은 집에서 시작된다는 말을 자유롭게 할 수 있었다. 우드로 윌슨이 눈치 보는 것에 지쳐 나가떨어졌다고 해서 내가 25년간 유지해 온 전쟁 반대 입장을 포기할 이유는 없었다. 대통령 자신과 정치인들은 여기 남아 있으면서 어린 소년들을 전쟁터에 내보내는 것을 그들이 너무 자랑스러워하지는 않는다고 해서 내 신념을 바꿀 순 없지 않은가.

사이비 급진주의자들이 우르르 빠져나가면서 반전활동에 대한 모든 부담은 더 용감한 무장세력에게로 넘어갔다. 특히 우리 그룹은 두 배의 노력을 해야 했고, 나는 뉴욕과 인근 도시를 오가며 연설과 캠페인을 조직하느라 눈코 뜰 새 없이 바빴다.

　러시아 망명자들과 난민들로 구성된 대표단이 고국으로 떠날 준비를 하고 있었고 우리는 식량과 옷, 금전적 지원을 해줄 수 있었다. 이들 중 대부분이 아나키스트였고, 모두 인간의 형재애와 평등의 토대 위에서 조국의 재건에 참여하고자 했다. 러시아 귀환을 조직하는 일은 '빌'로 더 잘 알려진 윌리엄 샤토프가 맡았다.

　러시아 독재정권의 폭정을 피해 미국으로 피신할 수밖에 없던 이 혁명적 아나키스트는 미국에 체류하는 10년 동안 진정으로 프롤레타리아들과 삶을 공유하며 항상 노동자 처우 개선을 위한 투쟁의 한가운데 있었다. 그 자신이 노동자, 항해사, 기계공, 인쇄공으로 일하면서 빌은 이민 노동자들의 삶을 특징짓는 어려움과 불안, 모욕에 대해 누구보다 잘 알고 있었다. 나약한 사람이었다면 애저녁에 심신이 망가져 버렸겠지만 빌은 이상에 대한 비전과 사그라들지 않는 에너지, 예리한 지성을 가지고 있는 사람이었다. 그는 러시아 난민들의 계몽을 위해 인생을 바쳤다. 그는 훌륭한 조직가이자 뛰어난 연설가, 불굴의 용기를 가진 사람이었던 만큼 미국 내 다양한 소규모 러시아 단체를 하나로 모을 수 있었다. 그리고 이 단체를 미국과 캐나다를 아우르는 러시아노동자총동맹이라는 강력한 연대조직으로 통합하는 데 성공했다. 이 조직의 목표는 미국 내 그리스 가톨릭 교회가 그랬던 것처럼 수많은 러시아 노동자들을 교육하고 혁명가로 발전시키는 것이었다. 빌 샤토프, 그리고 그와 함께한 동지들은 수년 동안 암울한 상황에 놓인 러시아 형제들에게 경제적 상황을 일깨우고 조직적 협동의 중요성을 전달하기 위해 노력했다. 대부분은 미숙련 노동자들이었고, 광산과 공장, 철도 등에서 장시간 고된 노동을 하며 무자비한 착취에 시달리고 있는 이들이었다. 빌의 에너지와 헌신으로 이 군중은 점차 강력한 반란군 조직이 되었다.

샤토프는 한동안 페레르 센터의 매니저를 맡기도 했는데, 그의 지성과 열정으로 인해 맡는 일마다 모두 효율적으로 해내곤 했다. 빌은 또 사적인 인간관계에서도 그에 못지 않게 훌륭했다. 매력적이고 유쾌한 그는 특히 어려운 상황에서 더더욱 의지할 수 있는 동지였다. 단단하고 용감한 친구 빌은 무니를 위한 활동으로 사샤가 샌프란시스코 경찰들로 인해 위험한 상황에 놓였을 때 사샤와 함께 동행하겠다고 나서기까지 했다. 사샤가 여러 도시의 투어를 하는 동안 빌은 사샤의 경호원 역할을 자처했는데 사샤를 공격하려는 사람은 누구든 빌의 강인한 저항에 맞닥뜨려야 한다는 사실을 아는 것만으로 큰 안도가 되었다.

러시아에서 일어난 기적의 소식이 들려오자마자 샤토프는 고향으로 돌아가기를 열망하는 수천 명의 급진주의 동포들을 조직하기 시작했다. 진정한 리더답게 그는 우선 모두가 무사히 고향에 가는 것을 지켜보겠다고 선언했는데, 우리가 그의 능력과 경험은 미국에서보다 러시아에서 더 빛나게 쓰일 것이라고 했을 때 그는 못 이기고 자신도 러시아로 가겠다고 했다. 그는 거의 마지막까지, 출발이 거의 불가능해질 때까지 남아 있었다.

알렉산드라 콜론타이 부인과 레온 트로츠키가 뉴욕에 있다는 건 얼마 전부터 알고 있었다. 콜론타이 부인에게는 편지 여러 통과 함께 세계에서의 여성의 몫에 대한 그녀의 책 한 권을 받기도 했다. 부인은 나를 한번 보고 싶어했지만 내가 도무지 시간을 낼 수가 없었다. 후에 그녀를 저녁 식사에 초대했지만 그때는 부인의 몸이 아파서 응하지 못했다. 트로츠키 역시 한 번도 만난 적은 없지만 그가 러시아로 떠나기 전 고별 모임이 있을 것이고 여기에서 연설을 할 것이라는 공지를 받았을 때 우연히 같은 도시에 있었다. 몇 개의 지루한 연설 이후에 트로츠키가 소개되었다. 중간키에 초췌한 얼굴, 붉은 머리에 덥수룩한 붉은 수염을 가진 남자가 힘차게 앞으로 걸어 나왔다. 처음엔 러시아, 그 다음엔 독일어로 진행된 그의 연설은 몹시 힘차고 짜릿했다. 그렇다고는 하나 그의 정치적 입장에 동의를 하는 건 아니었다. 그는 멘셰비키(사회민주주의자)였기 때문에 우리와는 거리가 멀었다. 하지만 전쟁의 원인에 대한 그의 분석은 탁월했고, 무능하기 짝이 없는 러시아 임시정부를 신랄하게 비난했으며, 현재의 혁명을 가능하게 한 조건에 대한 그의 설명은 명쾌했다. 두 시간여 동안 이어진 그의 강연은 조국의 노동자 대중에 대한 찬사로 마무리되었다. 청중은 열광의 도가니였고, 사샤와 나 역시 연사에게 보내는 박수갈채에 기꺼이 동참했다. 러시아의 미래에 대한 그의 깊은 믿음에 우리도 충분히 공감할 수 있었던 까닭이다.

집회가 끝나고 우리는 트로츠키를 만나 작별인사를 했다. 그는 이미 우리에 대해 알고 있었던 터라 국가의 재건을 위해 러시아에는 언제 올 계획인지 물었다. "러시아에서 꼭 만나도록 하죠" 하고 그가 말했다.

나는 사샤와 우리의 동지이자 스승이자 또한 친구인 크로포트킨보다 멘셰비키 트로츠키와 더 가깝게 느껴지는 이 기이한 상황에 대해 이야기했다. 전쟁은 분명 이상한 동지들을 만들어 내고 있었고, 시간이 흘러 우리가 러시아에 돌아갔을 때도 여전히 트로츠키와 가깝게 지내야 하는 걸지 궁금했다. 우리는 러시아로의 귀환을 잠시 연기한 것뿐이지 포기한 것은 아니기 때문이었다.

트로츠키가 떠난 직후 우리 동지들 첫번째 그룹이 출항했다. 그들을 위해 아낌없이 기부를 해준 미국 친구들까지 대거 참석하여 떠나는 이들을 기쁜 마음으로 배웅해 주었다. 사샤는 노동자 농민 군인들을 위한 선언문에 대한 아이디어를 구상했고, 출항 전에 작성을 마칠 수 있어서 그 선언문을 동지 그룹 편에 보냈다. 이 그룹에는 『블라스트』와 『어머니 대지』의 다양한 캠페인에서 우리와 함께 일했던 많은 남녀가 포함되어 있었다. 선언문은 우리와 가장 가깝고 또 믿을 수 있는 친구 루이즈 베르거와 S. F.에게 맡겼다. 그것은 무니와 빌링스에 대한 항의의 목소리를 워싱턴에 보낼 것을 러시아 대중에게 호소하는 내용이었다. 유죄 판결을 받은 무고한 이들을 구할 수 있는 방법은 이것밖에 없는 것 같았다.

군사준비에 있어 미국은 이제 구세계 독재국가들과 어깨를 나란히 하고 있었다. 영국은 18개월 동안의 전쟁을 치른 후에 징병제를 도입했는데, 윌슨은 미국이 유럽의 분쟁에 참여하기로 결정한 지 한 달 만에 이를 도입하기로 결정했다. 워싱턴은 영국 의회가 그랬던 것처럼 국민의 권리에 있어 거리끼는 게 없었다. 『새로운 자유』의 저자인 윌슨은 민주주의의 모든 원칙을 단번에 무너뜨리는 데 주저함이 없었다. 그는 미국이 독일을 민주화하려 한다는 가장 고귀한 인도주의적 동기에 의해 참전한다는 것을 전 세계에 퍼뜨렸다. 이를 달성하기 위해 미국이 바로 그 독일처럼 된다면 어떨까. 자유시민이었던 미국인들은 강제로 군대에 징집되어 소처럼 부려지고 바다 건너 프랑스를 비옥하게 만드는 데 쓰였다. 독일의 군가인 『라인강의 파수꾼』을 미국의 군가인 『나의 조국 미국』이 압도했다는 영광은 어린 군인들의 희생으로 이루어진 것이다. 민주주의에 대한 책을 쓰기까지 하고 어딜 가나 민주주의를 입에 달고 살면서도 실상은 사적·공적으로 독재자 같은 행동을 하고, 그러면서도 자신이 여전히 인류애와 자유를 옹호하는 사람이라는 신화를 유지한 미국 대통령은 아마 우드로 윌슨뿐일 것이다.

우리는 의회에서 계류중인 징병제 법안의 결과에 대해 환상을 내려놓은 상태였다. 이 법안은 인권에 대한 완전한 부정이자 양심의 자유에 대한 사망선고라고 생각하는 만큼 이에 맞서 무조건 싸워야 한다고 생각했다. 강제복무가 가져올 증오와 폭력의 해일을 막을 수는 없을 테지만 적어도 미국에도 어떤 대가를 치르더라도 자신의 진실성을 지키려는 사람들이 있음을 널리 알릴 수는 있을 것이다.

우리는 『어머니 대지』 사무실에서 회의를 소집해 징병제반대연맹을 조직하고 미국인들에게 징병의 위협을 명확히 알리는 선언문을 작성하기로 했다. 또한 우리는 미국 남성들에게 강제징병 형태로 사망증명서에 강제로 서명하게 하는 데 대한 항의의 표시로 대규모 대중집회를 계획했다.

매사추세츠 스프링필드에서 예정된 강연 일정으로 인해 나는 5월 9일로 예정된 집회에 참석할 수는 없었다. 하지만 사샤와 피치, 레너드 애벗을 비롯한 다른 많은 명민한 친구들이 참석할 예정이었으므로 모든 게 다 잘될 거라고 믿었다. 이 집회에서 징병제반대연맹이 남성들에게 입대 거부를 촉구해야 할지에 대한 문제를 다뤄야 한다는 논의가 있었다. 스프링필드로 가는 길에 나는 이 문제에 대한 내 입장을 담은 짧은 서명서를 작성해 피치에게 모임에서 읽어 달라는 메모와 함께 보냈다. 여성으로서 나는 병역의 의무가 없기에 해당 문제에 있어서 어떤 주장을 낼 계제가 아니라는 기본 입장과 더불어 살인을 위한 도구가 되는 데 자신을 바칠 것인지에 대한 여부는 개인의 양심에 달려 있다는 나의 생각을 적었다. 아나키스트로서 다른 사람의 운명을 대신 결정할 수는 없다고, 그러나 병역을 거부하는 사람들이 있다면 그들의 대의를 옹호하고 그 어떤 어려움이 있더라도 그들을 돕겠다는 메시지였다.

내가 스프링필드에서 돌아왔을 때 징병제반대연맹은 이미 조직이 되어 5월 18일에 있을 대규모 집회를 위해 할렘 리버 카지노를 대관해 둔 상황이었다. 회의에 참가했던 사람은 입대에 대한 나의 입장에 대체로 찬성했다.

활동 중 사샤가 심각한 사고를 당하는 일이 발생했다. 나는 125번 가의 『어머니 대지』 사무실 뒤 작은 방에 살고 있었고, 사샤와 피치는 『블라스트』를 같은 건물 위층 방으로 옮겨 왔다. 전에 나의 친구 스튜어트 커가 살던 곳이었다. 집 전체에서 나의 사무실을 제외하고는 전화가 없었는데 어느 날 전화를 받으려 서둘러 내려오던 사샤가 가파른 계단에서 미끄러져 넘어진 것이다. 검사 결과 왼발의 인대가 찢어졌고, 의사는 침대에 누워 지낼 것을 지시했다. 하지만 사샤는 의사의 말을 듣지 않았는데, 해야 할 일이 산더미인 데다 일을 도와

줄 동료는 몇 되지 않아 도무지 쉴 수 없노라면서 말이다. 통증이 심했지만 그래도 목발을 짚고 움직이는 건 가능했던 사샤는 리버 카지노의 집회 준비에 열중하고 있었다.

5월 18일, 피츠와 나는 다리도 성치 않은 사람이 집회엔 갈 수 없다고, 집에 있으라고 설득하기 위해 우리가 할 수 있는 모든 방법을 동원했지만 사샤의 고집을 꺾을 순 없었다. 결국 사샤는 동지 둘의 도움을 받아 계단을 내려와 택시를 탔고, 강연장에 가서도 이는 똑같이 반복되었다.

만 명 가까운 사람들이 강연장을 메웠고, 개중엔 이제 막 징집된 군인들과 여자친구들이 많아서 몹시 소란스러웠다. 경찰과 형사 수백 명이 행사장 곳곳에 배치되어 있었고, 집회가 시작되자마자 몇몇 젊은 '애국자'들이 무대로 난입하려 했다. 하지만 주최측은 이런 우발 상황을 대비하고 있던 터라 쉽게 제압할 수 있었다.

레너드 애벗이 주재하고 해리 와인버거, 루이스 프라이나, 사샤와 나, 그 외에 다른 많은 징병 반대자들이 연단에 섰다. 다양한 정치적 견해를 가진 남녀가 한 자리에서 우리의 입장을 지지했다. 모든 연사들은 대통령의 서명만을 기다리고 있는 징병제 법안을 강력히 비난했다. 사샤의 연설은 특히 더 훌륭했는데, 다친 다리를 의자에 기대고 한 손으로는 테이블을 잡고 버티는 그의 모습은 힘과 도전의식 그 자체로 보였다. 항상 자제력이 뛰어난 사람이라는 건 알고 있었지만 이 자리에서 보이는 그의 침착함은 정말 놀라웠다. 그 많은 청중 중 아무도 그가 지금 아주 큰 고통을 참고 있다는 것, 혹은 이 집회가 평화적으로 끝나지 않게 되는 경우, 육체적으로 무력한 자신의 상황에 대해 그 어떤 고민조차 하지 않았다는 것을 짐작할 수 없었을 것이다. 사샤는 전에 들어 본 적 없는 아주 명료하고 은은한 목소리로 이야기를 해나갔다.

강연이 이어지는 동안 관중석에 앉은 미래의 영웅들은 내내 시끄럽게 굴긴 했지만 내가 연단에 올라섰을 때는 더 큰 난리가 났다. 환호성과 야유가 동시에 들렸고 사람들은 성조기를 미친 듯이 흔들었다. 불쾌한 소음을 뚫고 한 신병이 소리쳤다. "나도 발언 한번 합시다!" 집회를 찾은 청중들의 인내심은 이 훼방꾼들에 의해 극한의 시험을 받았다. 이제 사람들이 참지 못하고 곳곳에서 일어나 이 훼방꾼들에게 입을 닥치지 않으면 내쫓길 줄 알라며 으름장을 놓았다. 언제나 애국적인 폭도들을 도울 준비가 되어 있는 경찰이 이런 상황에서 어떻게 나올지 알고 있었던 데다가 군인에게도 표현의 자유가 있다는 것 또한 부정하고 싶지 않았기에 나는 목소리를 높여 위원회에 이 남자의 발언을 허용해 줄 것을 촉구했다. "우리는 강압에 저항하고 양심에 따라 생각하고 행동할 권리를 위해 모인 사람들 아닌가요? 상대방의 발언을 인정하고 경청하며, 우리가 원하는 그 존중을 그에게 또한 주는 게 맞을 것 같습니다. 의심할 여지 없이 저 군인은 자신의 대의를 믿고 있는 것 같죠. 우리가 우리의 대의를 믿는 것처럼, 그는 자신의 대의를 위해 목숨을 건 거예요. 따라서 나는 우리 모두가 그의 진정성에 감사하며 조용히 그의 말을 들어 줘야 한다고 생각합니다." 사람들이 일제히 그를 향했다.

그 군인은 아마도 이렇게 많은 군중을 마주한 적이 없을 것이다. 그 자신도 겁에 질려 보였다. 그는 연단 가까이에 앉아 있었음에도 목소리가 하도 떨리는 바람에 연단에서조차 그의 목소리가 잘 들리지 않았다. 그는 "독일의 돈"과 "반역자"에 대한 이야기를 하다가 혼란스러웠는지 갑자기 말을 멈추고는 동료들에게 소리질렀다. "젠장할! 그냥 여기서 빨리 나가자!" 그러자 한 무리의 일행이 깃발을 흔들며 허겁지겁 회장을 빠져나갔고 그 뒤로 웃음과 박수가 이어졌다.

집회를 마치고 집으로 돌아오는 길, 징병제 법안이 통과되었다는 뉴스 속보를 들었다. 정해진 징병등록일은 6월 4일이었다. 미국의 민주주의는 그날 무덤에 묻히게 될 거라는 생각이 들었다.

이제 5월 18일이 역사적으로 참으로 중요한 시기의 시작이라는 게 분명했다. 사샤와 나에게도 그날은 개인적으로도 깊은 의미가 있는 날이었다. 사샤가 펜실베이니아 서부 교도소에서 나온 지 12주년이 되는 날이었던 데다가 우리가 몇 년 만에 같은 도시, 같은 연단에선 날이었으니 말이다.

아침부터 밤늦게까지 사무실을 찾아오는 사람들은 대부분 등록 여부에 대한 조언을 구하는 젊은 남성들이었다. 그중에는 우리 입으로 등록거부를 말하게 하려는 속셈을 가진 사람들도 있었지만 대다수는 그냥 겁에 질린 젊은이들이었다. 어떻게 해야 할지 몰라 갈팡질팡하는 그들은 곧 몰록에게 제물로 바쳐질 무력한 존재들이었다. 그들의 괴로움에 마음이 아팠지만 이토록 중요한 문제를 우리가 정해줄 순 없었다. 넋이 나간 어머니들도 아들을 구해 달라고 우리에게 간청했다. 수백 명이나 되는 사람들이 우리를 직접 찾아오거나, 편지를 보내거나, 전화를 했다. 전화는 하루종일 울렸고, 사무실은 사람들로 가득 찼으며 전국 각지에서 징병제반대연맹에 대한 정보를 요청하고 지지를 약속하며 우리에게 앞으로 일을 계속해 줄 것을 촉구하는 편지가 와 산더미처럼 쌓였다. 그 와중에 우리는 『어머니 대지』와 『블라스트』최신호 원고를 준비하고 선언문을 작성하고 다가오는 집회를 알리는 회람 발송 작업까지 해야 했다. 자려고 누우면 다음 일정을 물어보는 기자들 때문에 다시 일어나야 했다.

뉴욕 외 지역에서도 징병반대 집회가 열렸고, 나는 징병제반대연맹의 지부를 조직하느라 여념이 없었다. 필라델피아에서 열린 집회에서는 곤봉을 든 경찰이 와서 내가 징병제에 대한 언급을 하기만 해도 청중을 공격할 거라며 나를 협박했다. 나는 러시아 민중이 얻은 자유를 이야기하기 시작했다. 집회가 끝난 후 50여 명이 자리를 옮겨 징병제반대연맹을 조직했다. 많은 도시들에서 이와 비슷한 수순을 밟았다.

할렘 리버 카지노 집회가 있은 지 일주일 후 톰 무니로부터 그의 사건에 대한 추가적인 법적 절차가 몹시 절망적이며 국민들에게 호소가 필요할 것 같다는 전보를 받았다.

1917년 5월 25일, 샌프란시스코에서

오늘 상급법원에서 [톰 무니의 혐의에 대해 위증을 했던] 옥스먼의 재판이 열렸습니다. 안젤로티 대법원장은 [위증에 대한] 옥스먼의 유죄 입증 증거가 차고 넘친다고 했죠. 샌프란시스코 노동위원회와 건설협의회가 임명한 특별위원회가 법무장관을 직접 만나 내 사건에 대해 그리핀 판사가 오류를 인정한 건에 대해 어떻게 처리되었는지를 물었더니 법무장관이 하는 말이 기록상으로는 오류가 없고, 내가 동일한 죄목으로 다시 재판을 받는 것 또한 있을 수 없는 일이라고 했답니다.

결과를 내기 위해 강력한 선전전, 괴물 같은 시위가 절대적으로 필요할 것 같습니다. 캘리포니아 사형수인 우리는 스스로를 구하기 위해 투쟁하고 있습니다.

예기치 못한 일이 없는 이상 새로 재판을 받는 일은 불가능할 것 같아요. 이런 사실을 널리 알려주십시오.

― 톰 무니 드림.

워런 빌링스의 무죄가 확실함에도 유죄 판결이 내려지자 변호인단은 검찰 측 증인을 조사할 것을 요청했다. 조사 결과 거의 모든 증인이 찰스 피커트 지방검사가 심어 놓은 사람들임이 드러났고, 몇몇 증인은 협박과 뇌물을 받았다고 자백했다. 배심원단 역시 상공회의소 사람들에 의해 조작되었음이 밝혀졌다. 빌링스를 구하기에는 늦었다 해도 적어도 톰 무니 재판에서 변호인단이 무엇을 예상하고 준비해야 할지는 알 수 있었다.

피커트는 자신이 전에도 한번 써먹은 증인들이 그들의 위증사실과 더불어 매춘 사실이 드러나는 등의 문제로 무니 재판에서 사용할 수 없는 사람들이 있다는 것을 알았다.

하여 그는 비슷한 수준의 다른 증인들을 준비했는데 그중 가장 유력한 인물은 서부의 목축업자라는 프랭크 옥스먼이었다. 무니가 유죄 판결을 받은 것은 주로 이 옥스먼의 증언 때문이었다. 그는 퍼레이드 당일 자신이 샌프란시스코에 있었고, (폭발물로 추정되는) 가방을 사람들이 행진하는 길모퉁이에 놓은 것이 무니라고 증언했다. 조사 결과 그는 행사 당일 샌프란시스코에 있지 않았던 것으로 밝혀졌다. 또한 옥스먼이 친구 리걸이란 자에게 보낸 편지가 공개되었는데 "너도 여기 와서 무니에 대한 증언하고 한몫 챙겨 가"라는 내용이었다. 리걸은 당시 나이아가라 폭포에 있었고, 샌프란시스코에는 와본 적도 없었다. 옥스먼의 위증에 대한 증거가 너무 명백해서 피커트 지방검사는 어쩔 수 없이 그를 재판에 회부할 수밖에 없었다. 그러나 이렇게 허위 증언으로 무니가 유죄 판결을 받았다는 프랭클린 그리핀 인정이 있었음에도 캘리포니아 대법원은 개입을 거부했다. 이대로라면 무니는 죽게 될 것이었다.

사샤가 1년 전부터 무니를 위해 시작한 캠페인이 어느덧 결실을 맺어 가고 있었다. 이 사건은 미국 전역의 급진적이고 진보적인 노동단체들에 의해 다루어지면서 많은 자유주의 단체와 영향력 있는 개인들까지 이 문제에 관심을 갖게 되었다. 사형수를 교수대에서 구출하기 위한 노력은 계속되었다.

6월 1일, 보다 급진적인 반전 단체들이 공동으로 주최한 매디슨 스퀘어 가든의 평화 집회에서 3일 후에 있을 헌츠포인트 팰리스 집회의 안내문을 배포한 혐의로 몇몇 젊은 동지들이 체포되었다. 이 사실을 알게 된 우리는 지방검사에게, 체포된 이들이 한 일에 대한 책임은 전적으로 우리에게 있다는 서한을 보냈다. 유인물을 배포한 것이 범죄라면 진짜 범죄자는 그것을 작성한 우리라고 주장했다. 나와 사샤의 서명이 담긴 편지는 특급우편으로 보내졌지만, 아무런 답변도 오지 않았고 우리에 대한 어떤 조치도 이루어지지 않았다.

체포된 젊은이들은 모리스 베커, 루이스 크레이머, 조지프 워커, 그리고 루이스 스턴버그였다. 이들은 징병법에 복종하지 말라는 조언을 했다는 혐의로 기소되었고 재판은 줄리어스 메이어 연방 판사가 주재했다. 크레이머와 베커가 유죄 판결을 받긴 했으나 배심원단은 베커에 대해서는 관대한 처분을 호소했다. 메이어 판사에게 '관대한'이라는 말은 '악의적'이라는 말과 동의어였는지, 그는 피고인들에게 악의적 비난을 마구 퍼부었다. 판사는 크레이머를 겁쟁이라 부르며 최고형량을 부과했다. 연방 교도소 2년 복역과 1만 달러의 벌금을 선고한 것이다. 베커도 이와 비슷한 금액의 벌금과 1년 8개월형을 선고받았다. 나머지 두 사람은 무죄 판결을 받았다. 해리 와인버거는 평소와 같이 이들의 변호를 유능하게 해내며 항소까지 했다. 루이스 크레이머는 애틀랜타로 이송되기를 기다리며 유치장에 있는 동안 징병등록을 거부함으로써 복역기간이 1년 더 추가되었다.

『어머니 대지』 6월호 표지는 검은색 바탕에 "사망한 미국 민주주의를 추모하며"라는 글자와 함께 무덤을 형상화하고 있었다. 잡지의 침울한 분위기는 효과가 좋았다. 말로는 다 표현하지 못할 미국의 비극(자유의 횃불을 들었던 미국이 과거의 이상을 무덤으로 만드는 나라로 전락했다는 비극)을 이보다 더 웅변적으로 보여 줄 순 없었을 테니 말이다.

우리는 추가로 잡지를 발행하기 위해 마지막 한푼까지 돈을 모았다. 전국의 모든 연방 공무원과 편집자, 젊은 노동자와 대학생들에게도 잡지를 보내고 싶었다. 하지만 2만 부로는 필요한 물량을 충당하기 턱없이 부족했다. 우리의 가난이 이보다 더 절실히 느껴진 때는 없었다. 그때 생각지도 않던 행운이 찾아왔다. 뉴욕의 신문사들이 우리를 도와준 것이다. 신문들은 우리의 징병반대 선언문을 전재했고, 일부는 잡지의 모든 글을 그대로 실어서 수백만 독자에게 닿았다. 이제 신문은 우리의 6월호 기사를 대량으로 인용하고, 그 내용에 대해 긴 논평을 실었다.

미국 전역에서 언론은 법과 대통령령에 대한 우리의 도전을 극찬했다. 어제까지만 해도 공허한 외침에 불과했던 우리의 목소리가 온 땅에 울려퍼지게 해준 그들 도움이 고마웠다. 또한 신문들은 6월 4일로 예정된 우리의 집회를 대대적으로 홍보해 주기까지 했다.

우리의 바쁘고 흥분된 활동은 사샤의 회복에는 쥐약이었다. 그의 통증과 불편함은 나아지지 않았고 대부분의 글을 그는 침대에 누워서, 혹은 다리를 의자에 올린 채 써야 했다. 목발로 겨우겨우 걸어다니는 상태임에도 그는 다시 한번 대중집회에 나가겠다는 단호한 의지를 내비쳤다. 우리는 그가 몹시 아픈 상태라는 것을 알았지만 그는 오히려 우리더러 법석을 떤다며 농담을 했다.

헌츠포인트 팰리스를 여섯 블록 정도 앞두고 우리는 택시를 세워야 했다. 어림잡아 수만 명쯤 되어 보이는 사람들이 빽빽이 들어차서 흔들리는 인간 댐을 이루고 있었기 때문이다. 외곽에는 기마 경찰과 순경, 군인들이 군중에게 명령하고 욕설을 퍼부으며 사람들을 인도와 도로 사이로 밀어붙이고 있었다. 택시는 움직일 수 없는 상태였고, 목발까지 짚은 사샤를 집회장소까지 데려가는 것은 절망적이었다. 우리는 우회하여 팰리스 후문 쪽으로 접근했는데 그곳에는 탐조등과 기관총으로 무장한 순찰차 여러 대가 대기중이었다. 강단 쪽에 배치된 경찰관들은 우리를 알아보지 못한 채 지나가지 못하게 막았는데, 우리를 알고 있던 기자 하나가 담당 경사에게 귓속말로 알려주었다. "아, 그렇군요" 하더니 그는 소리쳤다. "그렇다 해도 아무도 입장할 수 없습니다. 자리가 꽉 찼거든요."

하지만 이는 거짓말이었다. 회장은 반 정도만 채워져 있는 상황이었고 경찰은 사람들이 들어가지 못하도록 문을 막고 있었다. 7시가 되자 경찰은 문을 잠글 것을 명령했다. 경찰은 노동자들의 출입을 막았지만 술에 취한 선원들과 군인들의 출입은 허용했다. 발코니와 앞자리는 그런 술취한 사람들로 가득 찼다. 그들은 큰 소리로 떠들고, 저속한 말을 내뱉고, 조롱과 야유를 보냈다. "민주주의를 위해 안전한 세상"을 만들겠다는 사람들에게 퍽이나 어울리는 행동이었다.

무대 뒤쪽에는 법무부 관계자, 연방 검사, 연방 보안관, '아나키스트 담당 분대' 소속 형사, 기자들이 모여 있었다. 마치 유혈 사태를 벌이기라도 할 것 같은 광경이었다. 법과 질서를 대표한다는 자들은 분명 문제를 일으킬 준비가 되어 있었다.

강당과 연단에 모인 "적국인" 중에는 교육, 예술, 문학 분야에서 저명한 남녀 인사들이 있었다. 그중 한 명은 아일랜드의 저명한 반군인 쉬히-스케핑턴 여사로, 전년도 더블린 봉기 때 살해된 평화주의 작가의 아내였다. 평화를 사랑하고 자유와 정의를 호소하는 그녀는 사랑스럽고 온화한 사람으로, 그날 저녁 우리가 대중에게 표현하고자 했던 우리 모임의 정신, 즉 인간의 생명과 자유에 대한 존중의 체현이었다.

집회가 시작되고 레너드 D. 애벗이 연단에 올라서자 군인과 수병들이 함성과 휘파람을 불어대고 발을 구르며 그를 맞이했다. 자신들이 생각한 것처럼 반응하지 않아서인지 제복을 입은 군인들은 회장 전등에서 나사를 풀어 전구를 단상으로 던지기 시작했다. 군인들이 던진 전구가 빨간 카네이션을 담아 둔 꽃병에 부딪혀 바닥에 떨어져 산산이 깨졌다. 혼란이 이어졌고, 관중은 분개하며 항의하고 경찰에게 이 괴한들을 당장 내쫓아달라고 요구했다. 우리와 함께 있던 존 리드도 경찰서장에게 난동자들을 내보낼 것을 요청했지만, 경찰 관계자는 단호히 개입을 거부했다.

의장은 장내 소란을 가라앉히기 위해 거듭 호소했고, 청중 중 일부 여성들의 도움으로 비교적 조용한 분위기가 회복되는가 싶더니 이는 결국 오래가지 못했다. 연사들이 발언을 하려고 할 때마다 모두가 같은 시련을 겪어야 했다. 곧 전쟁에 아들을 내보내야 하는 예비 군인을 둔 어머니들도 자신들의 괴로움과 분노를 표현했는데, 이마저도 미국 군복을 입은 야만인들에게 조롱을 당했다.

스텔라도 발언을 한 어머니 중 한 명이었다. 이런 적대적 분위기의 집회에서 무참히 모욕까지 당하는 것은 스텔라에게 처음 있는 일이었다. 물론 자신의 아들은 아직 징병 대상이 되기에는 어렸지만, 그녀는 다른 부모들의 비애와 슬픔을 진심으로 이해하면서 발언의 기회가 없는 사람들까지 대변할 수 있었다. 그녀는 주위의 방해에도 굴하지 않고 진지하고 열정적인 연설로 청중을 사로잡았다.

다음은 사샤 차례였다. 그 이후 다른 연설자들 몇몇이 더 발언한 후 내 차례는 마지막이었다. 사샤는 연단까지 가는 길에 부축받는 것을 거부했다. 그는 천천히 그리고 아주 힘들게 몇 개의 계단을 올라간 다음 무대를 가로질러 발치의 조명 근처에 놓인 의자로 걸어갔다.

5월 18일과 마찬가지로 그는 한쪽 다리로 서서 다른 쪽 다리는 의자에 올리고 한 손으로 테이블에 몸을 기댄 채로 버텨야 했다. 그는 똑바로 서서 고개를 높이 들고 턱에는 꽉 주고 눈을 똑바로 떠 훼방꾼들을 흔들림 없이 바라보았다. 청중들은 자리에서 일어나 사샤를 향해 긴 박수를 보냈다. 이는 부상에도 불구하고 이 자리에 나선 그에게 전하는 감사의 표시였다. 열정적인 집회의 분위기가 애국자들을 격분시킨 듯했는데, 이 애국자들 대부분은 술에 취한 게 분명했다. 또다시 소리지르는 소리, 휘파람 소리, 발 구르는 소리, 함께 온 여성들이 지르는 신경질적인 외침이 사샤를 맞이했다. 소란스러움을 뚫고 쉰목소리의 외침이 들려왔다. "그만 좀 해! 질린다 질려!" 사샤는 주눅들지 않고 발언을 시작했다. 그의 목소리는 점점 더 커졌고, 불량배들을 꾸짖다가, 설득도 해보다가, 비난하기도 했다. 그의 말이 인상적이었는지, 장내가 조용해졌다. 그러다 갑자기 짐승 같은 소리가 들려 왔다. "우리가 연단을 접수하자! 저 모자란 놈들을 잡자고!" 청중은 순식간에 자리에서 일어났고 몇몇은 그 군인을 잡으려고 달려들었다. 나는 사샤 옆으로 달려가 내가 낼 수 있는 가장 큰 목소리로 외쳤다. "동지 여러분들! 멈추세요!" 갑작스러운 등장에 모두의 이목이 내게 집중됐다. "군인과 수병들은 문제를 일으키기 위해 이곳에 파견된 사람들입니다. 경찰이 그들과 한통속인데, 우리가 이성을 찾지 못하면 유혈 사태가 벌어질 거예요. 그리고 거기서 흘리는 피는 저들의 것이 아니고 우리의 것이 될 거란 걸 기억하세요!" 내게 동의하는 외침이 들렸다. "골드만 말이 맞아!" "맞는 말이야!" 나는 잠시 멈칫하는 순간을 이용해 말했다. "여러분이 바로 지금 여기 있다는 사실과 밖에 있는 수많은 군중이 들리는 말이라면 무엇이고 찬성을 외치는 것은 곧 여러분이 폭력을 믿지 않는다는 확실한 증거가 아닌가요? 또한 여러분은 전쟁을 폭력 중에서도 가장 잔인한 종류의 것이라고 믿는다는 증거가 아닌가요? 전쟁은 고의적으로 무자비하게 살인을 저지르고 무고한 생명을 파괴하죠. 우리는 여기에 폭동을 일으키러 온 것이 아닙니다. 아니고 말고요. 우리는 도발을 거부해야 합니다. 무장한 경찰, 기관총, 군복을 입은 폭도들보다 지성과 열정적인 신념이 더 설득력이 있는 것들입니다. 우리는 오늘 밤 그것을 증명해 냈습니다. 오늘 오신 연사 중에는 미국에서 저명한 분들이 많습니다. 하지만 그분들과 내가 그 어떤 말을 하더라도 여러분이 보여준 이 훌륭한 모범에 비할 수 없을 거예요. 그러므로 저는 지금 폐회를 선언합니다. 질서정연하게 퇴장하시고, 우리 혁명의 노래를 부릅시다. 너무 무지해서 깨닫지 못하고 있는 군인들은 자신들의 그 비극적인 운명에 맡겨 두는 것으로 하지요.”

인터내셔널가의 선율은 청중들이 외치는 박수 소리를 따라 울렸고, 들어오지 못하고 밖에 있는 수많은 군중들도 목이 터져라 따라 불렀다. 지극한 인내심으로 5시간 동안을 기다린 사람들에게 열린 창문 너머로 들려오는 모든 말은 가슴에 강한 울림으로 남았다. 집회 내내 그들의 박수소리는 우레와 같이 울렸고, 이제는 환희의 노래가 울려퍼지고 있었다.

위원회 회의실에서 『뉴욕 월드』의 한 기자가 달려왔다. “당신의 정신력이 아니었다면 위험했을 겁니다.” 축하 인사를 건네는 그에게 내가 물었다. “하지만 기사로는 무엇을 쓸 건가요? 군인들의 난입시도와 이에 대한 대응을 거부한 경찰에 대해 쓸 건가요?" 그는 그러겠다고 했지만, 그가 아무리 용기를 내서 기사를 쓴다고 해도 진실한 내용이 신문에 보도되기는 어려울 거라고 나는 확신했다.

다음 날 아침 『뉴욕 월드』에는 다음과 같은 기사가 실렸다. "헌츠 포인트 팰리스에서 열린 징병제반대연맹 시위에서 폭동이 일어났다. 수많은 사람들이 부상당하고 열두 명이 체포되었다. 군복을 입은 군인들이 연사들을 비웃었고, 폐회 후 인접 거리에서 진짜 폭동이 시작되었다."

이 폭동은 신문사설이 만들어 낸 것으로 징병제 반대시위를 막기 위해 수를 쓴 것이었다. 이에 힌트를 얻은 경찰은 강당 소유주들에게 엠마 골드만이나 알렉산더 버크만에게 강당 대여를 금한다는 명령을 내렸다. 우리가 수년간 사용해 오던 곳조차 경찰의 명령에 불복할 수는 없었다. 건물 주인들은 우리에게 미안하다고 사과하면서, 체포가 두려워서가 아니라, 군인들이 가족과 위협하고 재산을 몰수하겠다고 협박했기 때문에 어쩔 수가 없다고 했다. 우리는 이스트 브로드웨이에 있는 유대 사회당에 속한 포워드 홀을 구했다. 자리가 1000석 정도인 이곳은 우리의 목적에 비하면 작은 규모였지만, 뉴욕 전체를 돌아다녀도 다른 그 어떤 건물도 구할 수 없었다. 징병법 통과 이후 이어진 평화단체와 반군사단체들의 경악할 만한 침묵은 곧 우리가 이 일을 계속해야 함을 증거했다. 우리는 6월 14일의 대규모 집회를 계획했다.

안내문을 인쇄할 필요도 없었다. 신문사에 전화를 하면 나머지는 거기서 다 알아서 해줬다. 그들은 반전활동을 계속하는 우리의 뻔뻔스러움을 비난했고, 또 우리를 막지 못하는 당국을 비판했다. 경찰은 병역기피자를 잡기 위해 초과근무를 하고 있는 상황이었다. 이미 수천 명을 체포했지만 그보다 더 많은 사람들이 등록을 거부하고 있었다. 언론은 이러한 실제 상황 같은 건 보도하지 않았고, 많은 미국인들이 정부에 저항할 수 있는 용기를 지니고 있다는 사실을 알리는 데도 큰 관심이 없었다. 우리가 자체적으로 수집한 정보로는 무고한 사람들을 향해 총을 들지 않기로 결심했다는 사람이 수천 명이 넘었다.

어느 날 내가 보낼 편지를 구술하고 있는 중에 한 노인이 『어머니 대지』 사무실을 찾아왔다. 사샤는 뒤쪽 방에서 일을 하고 있었다. 일에 몰두한 나는 방문자에게 앉으라고 권하지도 못한 채 뒤쪽 문을 가리키며 들어가도 될 거라고 했다. 몇 분 후 사샤가 나를 불렀다. 그는 샌프란시스코에서 만난 제임스 홀벡이라고 자신을 소개하며 『어머니 대지』와 『블라스트』를 수년간 구독해 온 사람이라고 했다. 이름이 익숙하다 싶었는데 우리의 호소에 그가 즉각 응답을 해주었던 기억을 해냈다. 사샤가 말하길 제임스 동지가 우리 활동에 기부를 하고자 한다 했다. 캠페인 자금이 절실히 필요했던 마당에 누군가 이렇게 제안을 해주어 감격스러웠다. 내가 그에게 무심했던 터라 그의 수표를 받아들고 뻘쭘하고 당황스러웠다. 내가 얼마나 바빴는지 설명하며 사과를 하자 그는 충분히 이해한다고 신경쓰지 말라고 나를 안심시켰다. 그러곤 시간이 별로 없다면서 인사를 하고 서둘러 사무실을 떠났다. 그가 떠난 후 수표를 보니 놀랍게도 3000달러였다. 뭔가 실수를 한 것이 분명하다는 생각에 재빨리 그를 불러세웠다. 하지만 그는 실수가 아니라고 확인해 주었다. 나는 사무실로 함께 가 그에 대해 말해 주지 않겠느냐 간청했다. 그의 노후를 위한 돈이 남아 있는지 어떤지도 알지 못한 채 이렇게 큰 돈을 받을 수는 없었다.

그는 60년 전 스웨덴에서 미국으로 넘어온 이민자였다. 일찍이 젊은 시절부터 반항아였던 그는 시카고 동지들의 사법적 살해 이후 아나키스트가 되었다. 그후로 25년 동안 캘리포니아에서 와인농장을 하면서 돈을 좀 모았다. 미국에는 친척도 전혀 없고 결혼도 하지 않았기 때문에 생활비 들어갈 것은 얼마 없었다. 고국에 있는 그의 세 자매는 이미 넉넉하게 살고 있었고 그가 죽는다면 아마도 섭섭지 않을 만큼 유산을 받을 수 있을 거라고 했다. 그는 징병반대 캠페인에 관심이 많았지만 나이가 나이인지라 적극적으로 참여하는 것은 어려웠다. 하여, 대의를 위해 얼마간 돈을 기부하면 좋겠다고 생각한 것이다. 돈 받는 것에 대해 불편한 마음 갖지 말라고 우리를 안심시키며 그는 말했다. "내 나이 여든입니다. 이제 살날이 얼마 안 남았지요. 내가 인생 대부분의 시간 동안 믿어 온 대의에 이렇게나마 도움이 되길 원해요. 나의 죽음으로 국가나 교회에 어떤 식으로든 득이 되는 건 원치 않습니다." 이 동지의 소박한 태도, 일에 대한 헌신과 관대함은 우리가 그 어떤 진부한 표현으로 감사를 해도 부족한 것이었다. 악수로 감사 인사를 했고, 그는 왔을 때처럼 가식없는 모습으로 우리를 떠났다. 그의 수표는 반전활동기금으로 은행에 입금되었다.

6월 14일, 포워드 홀에서의 집회일이 다가왔다. 그날 늦은 오후 걸려 온 전화에선 한 낯선 목소리의 경고가 들려왔다. 나에 대한 살해음모를 엿들었다며 모임에 참석하지 말라는 것이었다. 그의 이름을 물었지만 그는 알려주지 않았고 만나자는 말에도 동의하지 않았다. 내 안위를 걱정해 주어 고맙다 말하고 나는 전화를 끊었다.

사샤와 피치에게 유언장을 준비해야겠다고 농담을 했다. "그런데 나는 어쩐지 꼬부랑 할머니 될 때까지 살 것 같은데." 그래도 만에하나라는 게 있다. 간단한 메모로 유언을 남기기로 했다. "제임스 홀벡이 기부한 3천 달러는 내 평생의 친구이자 전우인 알렉산더 버크만이 맡아 반전활동과 수감되어 있는 양심적 병역거부자들을 지원하는 데 사용할 것"과 더불어 『어머니 대지』 기금의 329달러는 사무실의 부채를 갚는 데 사용하고 책 재고는 모두 판매해 수익금을 우리 운동을 위해 필요한 것들에 사용할 것, 내 책들은 막내동생과 스텔라에게 줄 것, 내 유일한 재산인 오시닝의 작은 농장은 내 친구 볼튼 홀이 나에게 증여한 것으로 스텔라의 아들 이안키스 밸런타인에게 증여한다고 적은 문서에 사샤와 피치가 증인으로 함께 서명해 주었다.

포워드 홀이 있는 이스트 브로드웨이에 도착하자 나의 살해음모 공모자 몇몇이 아니라 경찰 전체가 우리를 맞이했다. 정말로 그런지는 몰라도 회장과 인접한 럿거스 광장을 가득 채운 뉴욕 최고의 인파를 보고 있으니 그런 생각이 들었다. 군중은 광장 끄트머리로 밀려났고 건물 안으로 들어가는 데 성공한 사람들은 안에 갇혀 포로가 되었다. 내 목숨을 노리는 사람이 누군지는 몰라도 거친 경찰관들에 둘러싸여 건물로 들어가느라 아마 우리 쪽으로 가까이 다가오지도 못했을 것이다.

강당은 숨이 꽉 막힐 정도로 사람이 가득했다. 경찰과 연방 관계자는 많았지만 군인은 보이지 않았다. 포워드 홀에 이렇게 많은 미국인이 모인 것은 홀 역사상 아마 처음 있는 일일 것이다. 사람들은 전쟁과 징병에 대해 자유로운 의사표현을 하는 일이 드물고 귀한 일이 되었다는 것을 깨닫고 자신들의 지지를 보내고 싶어했다.

집회는 활기차게 진행되었고 행사는 차질없이 진행되는 듯 보였다. 그러나 집회가 끝날 무렵 징병대상자로 보이는 모든 남성들은 구금되었고, 등록증을 제시하지 못한 사람들은 체포되었다. 연방 당국이 우리의 집회를 함정으로 이용한 게 분명했다. 징병법을 따르지 않으려는 사람들을 지킬 수 없다면 더 이상의 집회는 할 수 없었다. 앞으로 우리는 인쇄물에 집중하기로 결정했다.

다음 날 오후 우리는 모두 사무실에서 바쁘게 움직였다. 사샤와 피치는 위층에서 비서 폴린과 함께 『블라스트』 다음호를 준비하고 있었고 스웨덴인 칼은 회람을 발송하고 있었다. 그는 처음엔 시카고에서 내 강의를 도왔고, 그후엔 샌프란시스코에서 『블라스트』와 일했으며 지금은 뉴욕에서 우리와 함께 일을 해오고 있는 믿을 만한 동지였다. 칼은 동지들 중에서 가장 냉철하고 믿음직한 사람 중 하나였다. 그 어떤 것도 그의 평온함을 흔들거나 한번 시작한 일을 그만두게 할 수 없었다. 그런 그를 혁명적 미국인 월터 머천트와 W. P. 베일스가 돕고 있었다.

웅웅거리는 대화소리와 딸깍딸깍 타자기 치는 소리 위로 갑자기 계단에서 무거운 발자국 소리가 들렸고 누군지 알아볼 새도 없이 남자 열댓 명이 사무실로 들이닥쳤다. 무리의 우두머리인 것 같아 보이는 남자가 외쳤다. "엠마 골드만 당신을 체포합니다. 버크만도 체포합니다. 그는 어딨습니까?" 미 연방 집행관 토머스 매카시였다. 나는 이미 그를 본 적이 있었다. 징병반대 집회에서 항상 단상 근처를 지키고 있던 자였다. 그는 항상 당장이라도 연사들에게 뛰어들 태세를 갖추고 있었다. 신문에서는 그가 우리의 체포영장을 위해 반복해서 워싱턴에 연락을 했노라 보도하고 있었다.

"당신이 바라 마지않는 훈장 꼭 받길 바랍니다." 나는 그에게 말했다. "그럼 이제 영장을 보여 주시죠." 영장 대신 그는 『어머니 대지』한 부를 내밀며 이 징병제 반대기사를 쓴 게 내가 맞는지 물었다. "물론 저죠. 제 이름이 써 있잖습니까? 뿐만 아니라 잡지에 실린 모든 기사에 대한 책임 또한 다 제게 있습니다. 그건 그렇고, 영장은 어디 있냐고 묻잖아요." 매카시는 우리에게 영장은 필요없다고 선언했다. 『어머니 대지』에는 우리를 몇 년 동안 감옥에 넣고도 남을 만한 충분한 반역죄가 담겨 있다면서.

슬렁슬렁 나는 계단 쪽으로 가서 사샤의 이름을 불렀다. "사샤! 피치! 여기 우리를 체포하겠다고 온 방문자가 있어요." 매카시와 그의 부하 몇이 나를 거칠게 옆으로 밀치더니 『블라스트』사무실로 향했다. 보안관들은 내 책상을 마구잡이로 뒤지기 시작했다. 책장에 꽂혀 있던 책이며 팸플릿을 들춰 보다가 바닥으로 휙 하고 던졌다. 한 형사가 일행 중 막내인 베일스를 붙잡고서 그도 체포한다고 했다. 수색이 끝날 때까지 월터와 칼은 물러나 있으라는 명령을 받았다.

아무래도 유치장에서 무료로 일박을 할 것 같으니 옷이라도 갈아입기 위해 내 방으로 갔다. 남자 하나가 달려와 내 팔을 붙잡았다. 나는 몸을 비틀어 빠져나오며 말했다. "당신네 두목은 여기에 깡패 경호원 없이 올라올 배짱도 없었나 본데, 그럼 최소한 당신들한테 깡패같이 행동은 하지 말라고 했었어야지. 난 도망 안 갑니다. 우리를 기다리고 있는 피로연이 있는 것 같으니 옷을 갈아입고 싶을 뿐이에요. 여기서 당신한테 내 시중들게 할 생각은 없어요." 책상을 뒤지던 남자들이 킥킥대며 웃었다. "저 여자 아주 조심해야 합니다." 한 남자 말했다. "괜찮아요 경관님, 방으로 가게 하세요." 책과 내 개인용품들을 챙겨 나왔을 때 사샤와 피치가 아래층으로 내려와 있었다. 매카시와 함께였다.

그는 요구했다. "징병제반대연맹 회원 명단을 내놓으세요."

나는 콧방귀 끼며 대답했다. "우리 역시 언제나 경찰 맞을 준비를 하고 있는 사람들이에요. 체포의 영광을 누릴 수 없는 사람들의 이름과 주소가 노출되지 않게 하는 건 기본이죠. 우리는 그 명단이 없고, 어디 있는지 알지도 못합니다."

무리는 계단을 내려가 대기중인 차량으로 향했고 매카시와 그의 조수들은 앞쪽에 사샤와 나는 뒤쪽에 탔다. 뒤에선 부보안관 두 명이 베일스를 끌고왔고 '폭탄처리반'이 그 뒤를 따랐다. 사샤와 함께 연방 요원의 차를 타다니 이런 영광이 다 있나. 우리가 탄 차는 경적을 빵빵 울려 사람들을 놀라게 하면서 혼잡한 거리를 빠르게 달렸다. 6시가 넘은 시간이라 노동자들이 공장에서 쏟아져 나오고 있었지만 매카시는 운전수가 속도를 늦추는 걸 허락지 않았고, 거리의 교통경찰이 보내는 신호를 다 무시하고 계속 달렸다. 지금 속도규정을 위반하면서 보행자의 생명을 위협하고 있다고 주의를 환기시키자 그는 장엄한 투로 대답했다. "내가 곧 미국 정부를 대표하는 사람입니다."

연방 건물에서 우리는 우리의 까다로운 변호사이자 변함없는 친구, 해리 와인버거와 동석했다. 그는 즉시 보석을 요청했지만 요원들이 일부러 우리를 공식업무 마감 시간 이후에 체포한 덕분에 우리는 유치장으로 옮겨져야 했다.

다음 날 아침 우리는 히치콕 미국 경찰국장 앞으로 끌려갔다. 뉴욕 연방 검사인 해럴드 콘텐트는 우리를 "징집에 관한 음모"로 기소하고 보석금을 높게 책정할 것을 요구했다. 판사는 보석금을 각각 2만 5천 달러로 책정했다. 와인버거의 항의는 씨알도 먹히지 않았다.

외부와 연락이 두절된 채로 며칠 동안 유치장에 갇혀 있었다. 후에 우리는 사무실을 들이닥친 자들이 『어머니 대지』와 『블라스트』 사무실에서 구독자 명단과 수표책, 우리의 다른 출판물 등을 다 압수했다는 것을 알게 되었다. 그들은 또한 우리의 서신과 단행본 출간을 위한 원고, 미국 문학에 대한 강의를 타이핑한 원고를 비롯해 수년간 쌓아 온 귀중한 자료들까지 모두 압수해 갔다. 그들이 반역행위에 해당한다고 한 것들은 크로포트킨, 말라테스타, 막스 슈티르너, 윌리엄 모리스, 프랭크 해리스, C. E. S. 우드, 조지 버나드 쇼, 입센, 스트린드베리, 에드워드 카펜터, 그리고 위대한 러시아 작가들의 작품들과 같은 다양한 '폭발물'들이었다.

우리의 친구들은 훌륭한 연대의 정신으로 우리를 돕기 위한 활동에 돌입했다. 친애하는 동지 마이클과 애니 콘이 거액의 기금을 먼저 보내 주었고 디트로이트의 아그네스 잉글리스도 재정적 지원을 해 주었다. 미국 각지에서 수많은 사람들이 도움을 보내왔다. 가난한 노동자들의 지원도 마찬가지로 굉장히 고무적이었다. 그들은 얼마 되지도 않는 저축을 기부했을 뿐 아니라 미국 정부가 요구한 5만 달러의 보석금을 마련하기 위해 장신구를 내놓기까지 했다.

아직은 다리에 치료가 더 필요한 사샤를 먼저 내보내고 싶었다. 나는 마거릿 앤더슨이 보내 준 책을 읽으며 휴식을 취하고 있었기 때문에 '무덤'에 남아도 상관없었다. 읽고 있는 책은 조이스의 『젊은 예술가의 초상』이었다. 처음 읽는 작가였는데 그의 힘과 독창성에 매료되었다.

연방 당국은 우리를 감옥에서 내보내려 하지 않았다. 우리가 보증금으로 제시한 30만 달러 상당의 부동산을 거절하며, 콘텐트 검사는 현금 외에는 받지 않겠다고 선언했다. 한 사람을 내보낼 수 있는 돈은 충분했다. 그러나 용감한 사샤는 당연히 자신이 먼저 나오는 것을 거부했기에 내가 먼저 나오게 되었다.

언론사라면 내 보석금에 기여한 사람들에 대해서는 쉽게 확인이 가능할 텐데도 『뉴욕 월드』는 6월 22자 기사에 "카이저가 엠마의 석방을 위해 2만 5천 달러를 제공했다"고 썼다. 자신들이 내키지 않는 요소를 제거하기 위해 언론이 어디까지 갈 수 있는지를 보여 주는 예시라 할 수 있었다.

연방 대배심은 징병제를 무력화하기 위한 음모에 가담한 혐의로 기소장을 제출했다. 이 범죄에 대한 최대 형량은 징역 2년에 벌금 1만 달러였고, 재판은 6월 27일로 잡혔다. 사샤가 아직 '무덤'에 있는 동안 변론을 준비할 시간이 5일밖에 없었다. 우선 사샤의 보석금을 마련하는 데 모든 역량을 집중해야 했다.

이런 상황에서 다시 한번, 중요한 사안을 직면하지 못하고 그 사이에서 감정적으로 휘둘리고 있는 벤이 있었다. 클리블랜드에서의 유죄 판결에 대한 항소심 판결이 아직 내려지지 않은 상태에서 우리가 징병반대 캠페인을 시작했을 때 그는 뉴욕으로 왔고, 평소와 다름없이 일을 하고 있었다. 몇 주 동안 순조롭게 진행되는가 싶더니 머지않아 벤은 이전에 그랬던 것처럼 감정의 희생양이 되었다. 이번에는 주일학교의 젊은 여학생이 그 대상이었다. 그녀는 현재 위험한 상황이라거나 벤이 필요하다거나 한 상황이 아니었음에도, 그리고 아직 아이가 태어나려면 몇 달이 남은 상황이었음에도 그는 참지 못했다. 반전 캠페인이 한창일 때 그는 이 예비엄마를 만나기 위해 시카고로 떠났다. 그토록 중요한 순간에 자신의 자리를 지키지 못하는 그에게 나는 참을 수 없이 화가 났고, 그로 인해 고통스러웠다. 그가 우리의 체포를 예상할 수 있었던 것도 아닌 마당에 그렇게 가 버린 그의 의지와 용기 부족에 대해 비난할 수만은 없다며 그를 이해해 보려 노력했지만 소용없었다. 우리가 구금되어 있다는 사실을 안 후에도 여전히 돌아오지 않고 있으니 말이다. 우리의 믿음을 저버린 걸까? 그를 가장 필요로 하는 순간에 나를 저버리다니, 괴로웠다. 깊은 슬픔과 굴욕감이 동시에 밀려왔다.

드디어 우리는 사샤의 보석금을 위한 2만 5천 달러를 현금으로 확보하는 데 성공했고 사샤는 6월 25일 무덤에서 풀려났다. 재판에 관한 한 우리는 한 몸과도 같았다. 우리는 법과 제도를 믿지 않았고, 정의를 기대할 수 없다는 것도 알고 있었다. 따라서 우리는 한갓 코미디에 불과한 재판을 무시하고 법적 절차를 따르는 것을 거부할 것이다. 만약 이 방법이 먹히지 않는다면 우리는 우리 자신을 변호하기 위해서가 아니라 우리의 생각을 대중에게 알리기 위하여 직접변론을 할 생각이었다. 하여 우리는 변호사 없이 법정에 나가기로 했다.

우리의 변호사 해리 와인버거에게 어떤 불만이 있거나 해서가 아니다. 오히려 반대로, 그보다 더 뛰어난 변호사, 그보다 더 진실된 친구는 아마 만날 수 없을 것이다. 그는 우리에게 돈으로 환산할 수 없는 도움을 주었다. 자신이 돌려받을 수 없다는 것을 알면서도 말이다. 우리는 그에게 깊이 감사했고, 그와 함께라면 안전하다고 느꼈다. 하지만 우리의 재판이 의미가 있기 위해서는 법정이 우리가 그간 투쟁해 온 사상을 드러내는 장이 되어야 했다. 그것만큼은 어떤 변호사도 도울 수 없는 일이었다. 우리는 다른 것엔 관심이 없었다.

해리 와인버거는 우리를 이해하면서도 대책없이 검찰을 만나지는 말 것을 단단히 경고했다. 그는 미국 법정은 우리 행위에 아무런 감흥도 없을 거라 말하며 아마도 우리가 최대형량을 받게 될 거라고 예상했다. 우리의 원칙을 위해 얻는 건 아무것도 없을지도 모른다며 말이다. 그럼에도 불구하고 우리가 직접 변론을 할 때 자신이 할 수 있는 한에서 모든 법적 지원과 조언을 해주겠다고 했다.

재판 전날 나는 브레부트 호텔에서 여러 사람을 만나 검찰의 기소를 무시할 생각임을 전했다. 프랭크 해리스, 존 리드, 맥스 이스트먼, 길버트 E. 로 등이 모인 자리에서 내가 회의를 소집한 이유를 이야기하자 오래 친하게 지낸 프랭크 해리스는 열광했다. "저항의 대명사 엠마 골드만과 알렉산더 버크만이 팔짱을 끼고 적과 맞서다니, 멋져요! 끝내줘요!" 그러면서 덧붙였다. 유럽 법정에서라면 그런 태도는 장엄한 제스처가 되겠지만 미국 판사는 다만 우리를 경멸할 게 뻔하고 2천 년 전 서기관들이 나사렛 예수를 어떻게 평가해야 할지 알지 못했던 것처럼 오늘날 신문기자들 역시 우리를 그렇게 볼 것이라고. 프랭크는 우리의 계획이 실현될 기회가 주어지지 않을 거라고 생각하면서도 여하튼 우리와 뜻을 함께했고, 지지를 약속했다.

존 리드는 일부러 사자굴에 들어간다는 생각을 좋아하지 않았다. 꼭 가야 한다면 끝까지 싸워야 한다고 했다. 그렇지만 우리가 어떤 결정을 내리든 간에 할 수 있는 모든 방법을 써서 우리를 돕겠다고 했다.

맥스 이스트먼은 우리의 제안에 심드렁했다. 유능한 변호사의 도움을 받아 법정투쟁을 통해 더 많은 것을 얻을 수 있다는 것이 그의 입장이었다. 모든 법적 수단을 동원하지 않은 채 감옥에 가는 것보다 밖에서 반전활동을 계속할 수 있는 자유를 누리는 것이 더 중요하지 않느냐는 것이었다.

6월 27일 화요일 오전 10시, 나는 목발을 짚은 사샤와 함께 연방 빌딩의 붐비는 법정으로 들어가 검찰과 마주했다. 줄리어스 메이어 판사와 해럴드 콘텐트 연방 지방검사보, 그들의 프로이센주의는 두꺼운 화장 아래 숨겨진 여인의 주름처럼, 미국적 애국심이라는 두꺼운 페인트 아래 숨어 있었다. 두 사람을 둘러싸고 있는 것은 곧 무대에 오를 단역들이었다. 뒤쪽 배경으로는 군인, 주 공무원 연방 공무원, 경호원처럼 보이는 법정 수행원, 기자들이 모여서 있었고 무대의 가장 높은 곳에는 성조기와 장식용 깃발이 매달려 있었다. 재판에 입회할 수 있는 우리 쪽 친구들은 몇 되지 않았다.

나는 공동 피고인인 알렉산더 버크만의 다리 부상으로 인해 장기간의 재판에 따른 부담을 견딜 수 없으므로 재판연기를 신청했다. 보석으로 석방된 지 며칠 되지 않은 까닭에 공소장을 숙지할 시간적 여유도 없었음을 호소했다. 콘텐트가 이의를 제기했고, 메이어 판사는 내 신청을 기각했다.

이에 나는 기소를 박해로 바꾸려 하는 정부의 의도가 너무 명백해 보인다 말하며, 그렇다면 우리는 이 절차에 전혀 참여하지 않는 것을 택하겠다고 말했다. 판사는 이런 말은 난생처음 들어 본다는 듯, 당황한 표정을 지었다. 그런 다음 우리를 변호할 변호사를 선임하겠다고 선언했다. "자유국가 미국에서는 아무리 가난한 사람도 법의 변호를 받을 권리가 있습니다"라면서 말이다. 우리는 이를 거부했고 법원은 휴정 후 재판을 속개하겠다고 했다. 점심 식사를 하면서 우리는 해리 와인버거 및 다른 친구들과 논의를 했고 다시 완전히 전투태세를 갖춘 채 법정으로 돌아왔다.

6월 27일은 마침 내 마흔여덟번째 생일이었다. 강압과 불의에 맞서 투쟁하며 보낸 28년의 인생을 기념하는 날이었다. 미국이 지금 그 어느 때보다도 집중적인 강압을 선보이고 있는 만큼 이보다 더 적절한 기념일은 없을 것 같았다. 이런 상황 속에서도 나의 생일을 잊지 않은 친구들이 나를 기쁘게 했다. 법정으로 돌아가는 길에 친구들이 내게 꽃과 선물을 준 것이다. 이토록 특별한 날, 친구들이 보여 준 사랑과 존경은 내게 큰 울림을 주었다.

사샤와 나는 이제 재판에 적극 임해야 한다고 마음을 굳힌 만큼 이 기회를 최대한 활용하기로 했다. 우리의 사상을 전할 수 있는 모든 기회를 적들로부터 가져오리라 결심했다. 만일 우리가 성공한다면 1887년 이후 처음으로 아나키즘이 미국 법정에서 목소리를 낸 사례가 될 것이다. 그걸 생각하면 무엇이든 할 수 있을 것만 같았다.

사샤를 알고 지낸 시간이 28년이 되었기 때문에 그가 스트레스를 받거나 예기치 못한 상황에 처했을 때 어떻게 행동할지, 나는 항상 알 수 있다고 믿었다. 그런데 변호사로서의 사샤의 모습은 오랜 친구인 나에게도 놀라움 그 자체였다. 첫날 재판이 끝날 무렵 나는 몇 시간 동안 질문세례를 당한 보결배심원이 거의 불쌍하다고 느낄 뻔했다. 사샤가 마치 총탄처럼 예비 배심원들에게 질문을 쏘았고, 사회적·정치적·종교적 입장에 대한 조사를 하면서는 그들의 무지와 편견을 폭로하며 몸부림치게 만들었다. 그러면서 자신들은 이 지적인 남자를 재판하기에 적합하지 않다는 것을 거의 확신시켰다. 그의 입담과 재치는 보는 이들을 완전히 사로잡아 버렸다.

사샤가 배심원들에게 질문을 마치자 배심원들은 표정에서 안도감을 감추지 못했다. 나는 사샤에 이어 결혼과 이혼 청소년의 성교육과 피임에 대한 질문을 했다. 이런 문제에 대한 나의 급진적 견해가 배심원들의 편견없는 평결을 내리는 데 방해가 되지는 않을까? 나의 질문을 제대로 전하는 일이 가장 어려웠다. 종종 연방 검사에게 방해를 받고 그와 언쟁을 벌이기도 했으며 판사는 '관련 있는' 사안에만 집중하라고 계속해서 훈계를 했다.

우리가 최종적으로 선정한 열두 명의 배심원들이 공정한 판결을 내릴 수도 없고, 또 그러지도 않을 것임은 잘 알고 있었다. 그렇지만 우리는 배심원 조사를 통해 재판과 관련된 사회적 이슈를 드러내는 데 성공했고 자유주의적인 분위기를 조성했으며, 지금껏 뉴욕 법정에서 단 한 번도 언급된 적 없는 사안들을 언급할 수 있었다.

콘텐트 검사는 우리가 쓴 글과 연설에서 남성들에게 입대 거부를 촉구했다는 사실을 증명하겠다는 말로 재판을 시작했다. 그는 증거로『어머니 대지』와『블라스트』, 그리고 징병반대 선언문 사본을 제출했다. 우리는 기꺼이 거기 실린 모든 글은 다 우리가 쓴 것임을 인정했다. 그러면서 우리가 "입대 거부를 촉구"했다는 내용이 있다면 정확한 인용페이지를 밝히고 읽어 달라고 요구했다. 그렇게 할 수 없었던 검사는 피치를 증인석으로 불러 우리가 돈을 목적으로 이 일을 했다는 말을 유도했다. 기소된 범죄와 전혀 무관한 일이었지만 판사는 기각하지 않았다. 피치는 조용하고 차분하게 이 헛소리에 구멍을 뚫었다.

그다음으로 검사 측에서 비장의 카드로 내세운 '증거'는 독일에서 자금을 받고 있다는 암시였다. "엠마 골드만은 체포되기 수일 전 은행에 3천 달러를 예금한 사항이 있습니다. 그 돈의 출처가 어디입니까?" 검사가 승리를 예감하는 듯 힘주어 물었다. 참석자들은 모두 귀를 쫑긋 세웠고 받아적는 기자들의 펜이 분주해졌다. 우리는 속으로 웃었다. 우리의 존경하는 동지 제임스 홀벡이 증인으로 출두했을 때 부들부들 떨 상대편의 얼굴을 쉽게 상상할 수 있었기 때문이다. 한 가지 아쉬운 점이라면 이 무더운 7월에 그를 이 답답한 법정으로 불러내야 한다는 것이었다.

제임스가 출두했다. 소박하고 겸손한 그는 작은 체구에 마음만큼은 크고 용감한 사람이었다. 그는 증인석에서 그 관대한 선물을 가져왔을 때 우리에게 해준 이야기를 또 한번 해주었다. "그런데 왜 엠마 골드만한테 3천 달러를 주었냐 말입니다." 콘텐트는 분노에 찬 목소리로 제임스를 닦아세웠다. "그런 큰돈을 그냥 버리는 사람이 어디 있습니까."

"아니요. 저는 버리지 않았습니다." 그의 대답에는 품위가 있었다. 엠마 골드만과 알렉산더 버크만은 자신의 동지였다고 그는 설명했다. 이들은 자신이 믿었던 이상을 위해 일하고 있지만 자신은 너무 늙어 활동을 함께할 수 없었다고. 그래서 그들에게 돈을 주었다고 말했다. 독일발 자금에 대한 회로도 이렇게 꺼져 버렸다.

다음에 꺼내든 카드는 다소 진부한 것이었다. 1893년 내 첫번째 재판에서도 사용되었던 방식이었다. 할렘 리버 카지노에서 내가 한 연설을 그대로 옮겨적으며 속기사를 자처한 형사가 증인으로 출두해 그 자리에서 내가 한 말을 인용하며 이렇게 말했다. "우리는 폭력을 믿고, 또 폭력을 사용할 것이다."

반대심문에서 우리는 그 형사가 흔들리는 탁자 위에서 메모를 했다는 점과 그가 1분에 받아적을 수 있는 글자수가 최대 100글자라는 사실을 밝혀냈다. 우리는 최고의 속기사 폴 먼터를 데리고 왔다. 먼터는 격렬한 연설에서 엠마 골드만의 연설을 받아적는 것은 몹시 어려운 일이지만 그의 최고기록은 분당 180글자라고 증언했다. 먼터에 이어 할렘 리버 카지노 소유주가 뒤를 이었다. 그는 검찰 측 증인으로 나왔는데도, 나의 연설을 매우 주의깊게 들었지만 내가 그런 표현을 사용한 것은 듣지 못했다고 증언했다. 문제를 일으키려고 온 군인들이 있었지만 그럼에도 불구하고 당시 집회는 완벽하게 질서정연했다고 말하며 "당시 상황을 구한 건 엠마 골드만이었다"고 덧붙였다. 해안경비대의 하사 하나가 그의 증언을 뒷받침해 주었다.

사람들은 어째서 검찰이 징병제가 법제화되기 전인 5월 18일에 내가 한 발언을 물고 늘어지면서 법안 통과 후의 연설에 대해서는 언급하지 않는지 궁금해했다. 물론 우리는 그 이유를 알고 있었다. 지난 집회에는 모든 사람이 볼 수 있는 곳에 속기사가 앉아 있었기 때문이다. 그러나 5월 18일에는 우리가 유능한 속기사를 확보하지 못했는데, 검찰은 이 사실을 알고 있었던 것이다. 그러니 속기사를 자청한 형사를 내세우기 얼마나 편리했을까.

"우리는 폭력을 믿으며, 또 폭력을 사용할 것이다"라는 말이 나나 다른 연사 누구의 입에서도 나온 적 없다는 것을 증명하기 위해 여러 증인을 세웠다. 첫번째 증인은 레너드 애벗이었다. 매력적인 그는 모든 이들의 호감을 샀고 가장 보수적인 사람들마저도 그의 진실성을 존경했다. 그는 5월 18일과 6월 4일의 집회를 주재했다. 그는 내가 할렘 리버 카지노나 그 외 다른 곳에서도 그와 같은 표현을 사용한 적이 없다고 혐의를 단호히 부인했다. 사실대로 말하자면 자신은 내게 좀 더 극단적이고 과격한 내용을 기대했던 게 사실이라 내 연설이 다소 실망스러운 지경이었다고 했다. 내가 젊은이들에게 징병등록을 거부하라고 조언했다는 혐의에 대해서는 5월 9일 『어머니 대지』 사무실에서 열린 모임에 내가 보낸 편지로 쉽게 반박될 거라고 말했다. 한 양심적 병역거부자가 등록에 관한 조언을 구하기 위해 우리 사무실을 찾았다가 등록이나 군복무는 대상자의 양심에 달려 있다는 말을 들었다는 증언으로 그것을 반박할 수 있다는 것이었다. 그의 뒤를 이어 헬렌 보드먼, 마사 그루닝, 레베카 셸리, 애나 슬론, 그리고 니나 리더만이 증인으로 참석했다. 이 여성들은 모두 징집반대 캠페인 초창기부터 우리와 함께 일해 온 활동가들로, 우리가 등록거부를 권하는 것을 단 한 번도 들어 보지 못했다고 강조해 말했다.

연방 검사는 필사본에서 내용이 달라졌을 수 있으니 편지의 원본을 제출할 것을 요청했다. 그는 다른 대부분의 서류와 마찬가지로 압수수색 과정에서 이 편지 역시 원본이 압수되어 자신이 가지고 있다는 것을 알고 있으면서도 당당하게 이를 요구했다. 그는 그 편지를 내놓지 않았는데 그 편지는 분명 나의 혐의를 부인하는 증거가 될 게 분명했기 때문이다.

검찰은 뛰어난 수완으로 다른 여러 방법들을 시도했다. 증인들이 대부분 외국인이라는 인상을 주어 배심원들의 편견을 이용하는 것이 그 중 하나였는데 원통하게도 검사 콘텐트는 이 증인들의 미국에서의 역사와 배경이 자신보다 훨씬 오래되었다는 것을 나중에서야 알게 되었다. 예를 들어 헬렌 보드먼은 메이플라워호를 타고 온 조상을 가진 사람이었고 애나 슬론은 아일랜드계 미국인이었다. 콘텐트는 존 리드, 링컨 스테펜스, 볼튼 홀 등 '진짜' 미국인 증인들에게서도 큰 소득을 얻지 못했다.

사샤는 검찰에 이어 우리 사건에 대한 간략한 개요를 설명했다. 그는 자신과 공동 피고인이 28년 동안 공개적으로 반군사주의를 옹호해 온 활동가라는 점을 고려할 때 우리에게 씌인 음모 혐의는 참으로 터무니없는 것이라 선언했다. 우리의 활동이 만약 음모라면 수억 명의 국민에게 죄다 알려진 음모일 거라면서 말이다. 사샤가 예리한 논리와 태도로 우리의 사례에 대한 이야기를 이어 가자 일부 배심원들은 뜨거운 관심을 보였다. 콘텐트는 이를 놓치지 않았다. 기회를 만든 그는 1914년 7월호 『어머니 대지』 한 부를 집어 들었다. 그 호가 우리 사무실에 몇 권 남아 있었다는 사실을 잊고 있었다. 사샤가 조직한 실업자 캠페인과 렉싱턴 애비뉴 폭발사건 이후, 당시 시위에 참여했던 젊은이들 일부는 오랫동안 우리 운동에서 이탈해 있었다. 대부분은 순간적 흥분에 치기어린 행동을 한 사람들인 것으로 판명났지만 불행하게도 그들이 발산한 폭력과 흥분은 인쇄되어 종이 위에 남아 있었고, 이제 검찰에게 이용당하는 상황에 놓였다. 콘텐트는 배심원단에게 우리가 모두 무력과 다이너마이트 사용을 지지했다는 인상을 심어 주려 애쓰며 선정적인 부분만 골라 읽었다. "물론 당시 골드만 양이 투어로 자리를 비웠던 것은 사실입니다. 따라서 이 특정호의 기사에 대해 책임을 질 수는 없겠지요." 콘텐트가 말했다. 사샤에게 책임을 다 전가하려는 수작이었다. 그가 말을 다 끝내기도 전에 나는 자리에서 일어났다. "검사 측에서도 제가 『어머니 대지』의 주인이고 발행인이라는 사실을 알고 있는 걸로 압니다. 그러니 잡지가 발행될 때 내가 있었든 없었든 잡지에 실린 모든 내용에 대한 책임은 저에게 있습니다" 하고 나는 선언했다. 나는 우리가 지금 고대 역사에 대한 재판을 받고 있는 거냐고 물었다. 그렇지 않다면 미국이 참전을 선언하기 3년 전에 등장한, 우정당국은 물론이고 뉴욕 주정부도 반대하지 않았던 건이 왜 지금 다시 불러내어지는 거냐고 질문했다. 이것이야말로 사안과 관계없는 것 아니냐고 판사에게 호소했지만 판사는 내 반대를 기각했다.

매일같이 법정의 긴장감은 높아졌다. 점점 적대적으로 변해 가는 분위기 속에서 법정 수행원들의 태도는 더 모욕적이 되었고, 나의 친구들은 입장이 허가되었다 해도 다시 출입이 금지되거나 거친 대접을 받았다.

법정에서 한 블록 떨어진 곳에 신병모집소가 세워져 있었는데 국가와 군악대 음악이 어우러져 울려퍼졌다. 법정에 있는 모든 사람들은 국가가 들릴 때마다 일동 기립할 것을 명령받았다. 군인들은 모두 기립했지만 우리 그룹 중 젊은 여성 하나는 이를 거부해 강제로 쫓겨났다. 한 젊은이는 말 그대로 '발로 채여' 법정을 나갔다. 사샤와 나는 주먹을 꼭 쥔 채 국가가 울리는 내내 자리에 앉아 있었다. 그들이 우리를 어쩌겠는가? 우리를 퇴장시킬 수도 없을 텐데 말이다. 피의자가 된다는 것의 예상치 못한 장점이었다.

실제로는 아무것도 증명해 내지 못한 채, 끝도 없이 '증거'를 들이밀던 검사는 재판을 종결했다. 우리의 사상과 조직적 어리석음 사이의 마지막 라운드는 7월 9일로 예정되어 있었다. 이로써 세상을 피와 눈물로 만든 세력이 우리에게 가한 기소인부절차를 준비할 시간이 48시간 남은 셈이다. 재판이 시작된 이래 우리는 한시도 쉬지 못했고, 많이 지쳤다. 지난 한주 동안 우리는 애벗과 그의 아내 로즈 유스터의 환대로 호강을 했고, 그후 다리엔에서 살고 있는 스텔라에게도 들러 잠시 휴식을 취했다.

다음 날 아침 눈을 뜨니 밝은 햇살이 방으로 쏟아져 들어오고 나무와 잔디의 싱그러운 초록 위로 펼쳐진 푸른 하늘이 보였다. 대지의 향기로 가득한 공기와 호수는 부드러운 음악으로 활기를 띠었고 자연은 마치 마법에 걸린 듯했다. 나 또한 그 마법에 걸린 것 같았다.

7월 9일 월요일, 법정으로 돌아왔을 때 일주일 동안 이어졌던 이 희비극의 마지막 장이 펼쳐질 무대가 설치되어 있었다. 메이어 판사와 콘텐트 검사, 그리고 허술하기 짝이 없는 각본과 대규모 공연단은 이미 무대에 올라 있었다. 법정은 공적으로 초청된 관리와 박수를 칠 사람들로 채워져 있었고 쇼를 취재하기 위해 셀 수 없이 많은 기자들이 참석했다. 입장이 가능한 친구들은 많지 않았지만 그래도 이전에 비하면 많은 숫자였다.

콘텐트 검사는 1893년에 나를 기소했던 검사와 비교하자면 그 능력과 카리스마 모두 비교가 안 되는 사람이었다. 재판 내내 맥빠지고 열의없는 모습이었고, 배심원들에게 하는 연설도 판에 박힌 듯했다. 한번인가 자신의 웅변을 끌어올리려 하는 순간이 있기는 했다. "여러분은 여러분 앞에 있는 이 여자가 진짜 엠마 골드만이라고 생각하십니까? 예의바르며 상냥한 미소를 띤 이 여성이 엠마 골드만이라고요? 아니오! 진짜 엠마 골드만은 오로지 단상에서만 볼 수 있습니다. 진짜 엠마 골드만은 좌중을 휩쓸어 모든 주의를 집중시키는 사람입니다. 거기서 그녀는 젊은이들 마음에 불을 지피고 폭력적 행동을 촉구합니다. 만일 여러분이 집회에서 그녀를 본다면 그녀가 법을 수호하는 기관들에 얼마나 위협이 되는 인물인지 알 수 있을 것입니다." 그러니 배심원단에게는 엠마 골드만에게 유죄 평결을 내려 미국을 '저것'부터 구해야 할 의무가 있다는 것이었다.

그후에 사샤의 마무리 진술이 이어졌다. 그는 두 시간 동안 법정 안의 남성들과 법정 전체의 시선을 자신에게 집중시켰다. 편견과 증오로 가득한 분위기 속에서 이는 결코 쉬운 일이 아니었다. 우리의 '범죄'를 입증하기 위한 증거라고 제시된 것들을 장난스럽고 유머러스하게 다루는 그의 모습에서 많은 사람들이 웃음을 터뜨렸는데 곧 판사의 제지로 중단되었다. 검찰 측 증언을 완벽히 망가뜨린 후, 단순하고 직설적으로, 그리고 명료하게 아나키즘의 논의를 펼쳤다.

사샤의 진술 이후 나의 발언이 1시간여 동안 이어졌다. 나는 자국의 민주주의에 대한 마지막 흔적까지 억압하는 정부가 해외에 민주주의를 전파하겠다는 게 얼마나 어처구니 없는 행태인지를 이야기했다. 나는 메이어 판사가 배심원들에게 대중의 지지를 얻지 못한 사상을 전파하는 사람들에 대한 편견을 묻는 질문을 하면서 한 말인 "법의 테두리 안에" 있는 사상만 허용된다는 말을 가져와 주장을 펼쳤다. 나는 그 아무리 인도적이고 평화로운 이상이라 할지라도 당시 "법의 테두리 안에 있는" 것으로 간주된 적이 없음을 지적했다. 예수, 소크라테스, 갈릴레오, 조르다노 브루노의 이름을 열거하며 물었다. "그 사람들은 '법 안에' 있었나요? 그럼 미국을 영국 식민지에서 해방시킨 제퍼슨과 패트릭 헨리는요? 윌리엄 로이드 개리슨, 존 브라운, 데이비드 소로와 웬델 필립스도 모두 법 안에 있던 사람들인가요?"

그때 창문 너머로 프랑스 국가인 「라 마르세예즈」의 선율이 흘러들어왔다. 러시아 대표단이 시청으로 향하는 길에 틀었던 음악이었다. 나는 그 기회를 놓치지 않았다. "배심원 여러분, 이 감동적인 선율이 들리시나요? 세상에서 가장 위대한 혁명 속에서 태어난 음악입니다. 그런데 그 혁명은 확실히 법의 테두리 안에 있지 않았습니다. 그리고 여러분의 정부가 새로운 러시아 대표로 추대하는 사람들이 바로 그런 사람들입니다. 불과 5개월 전만 해도 이들은 다 범죄자로 간주되었거든. 법의 테두리 안에 있지 않았으니까요!"

재판이 진행되는 동안 판사는 열심히 무언가를 읽고 있었다. 그의 책상에는 사무실에서 압수해 간 문헌이 산더미처럼 쌓여 있었다. 그는 열중한 채 읽고 있었다. 사샤의 회고록과 내 에세이들, 그리고 『어머니 대지』를. 그런 모습을 보고 나의 친구들은 판사가 우리의 사상에 관심을 갖게 된 것 같으니 아마도 공정한 판결을 내리지 않겠느냐며 내심 기대했다.

그리고 메이어 판사는 우리의 기대에 부응해 주었다. 그는 배심원단에게 엄숙히 선언했다. "피고인들은 이 사건의 변호과정에서 아주 놀라운 능력을 보여 주었습니다. 그 능력을 국가를 위해 쓴다면 나라의 큰 득이 될 텐데 그걸 국가에 대항해 쓰고 있다는 게 안타까울 따름입니다. 이 나라에서 우리는 정부의 폐지를 주장하는 사람들과 심약한 사람들을 법질서에 불복종하게 만드는 사람들을 적으로 간주합니다. 미국의 자유는 선조들이 쟁취해 냈고, 남북전쟁을 통해 유지되었으며 오늘날에는 자유를 위한 전투에서 조국을 대표해 이미 다른 나라로 떠났거나 혹은 앞으로 떠날 준비를 하고 있는 이들에 의해 지켜집니다. 피고인들이 옳고 그른지 여부는 평결에 영향을 미쳐서는 안 됩니다. 배심원의 의무는 단지 피고인들이 기소된 해당 범죄에 대한 피고인들의 무죄 또는 유죄에 대해 제시된 증거를 검토하는 일입니다."

배심원들이 퇴장했다. 해가 지고 있었고, 황혼녘에 전등이 노란색으로 물들어 보였다. 파리가 윙윙거렸고 그 소리가 방안을 채운 웅성거림과 뒤섞였다. 하루의 열기로 축축하게 젖은 채 시간이 흘렀다. 39분 만에 배심원단이 돌아왔다.

"평결이 뭡니까?" 판사의 질문에 배심원대표가 대답했다. "유죄

입니다."

나는 자리에서 일어나 외쳤다. "증거와 상반되는 평결입니다. 파기할 것을 신청합니다."

"기각합니다." 메이어 판사가 말했다.

"선고 연기와 이미 확정된 보석을 연장할 것을 신청합니다."

"기각합니다."

판사는 피고인이 판결 전에 형을 선고해서 안 되는 이유나 이에 대해 할 말이 있는지 통상 하는 질문을 던졌다.

사샤가 대답했다. "선고를 유예하고 우리에게 소명할 기회를 주는 것이 공평하다고 생각합니다. 우리는 아나키스트라는 이유로 유죄 판결을 받았고, 그 절차는 매우 부당했습니다." 나도 덧붙여 항의했다.

"미국에서 법은 불멸의 존재입니다." 판사는 형을 선고하며 말했다. "우리 법을 무력화시키는 사람들은 이 나라에 설 자리가 없습니다. 법이 허용하는 최대형량을 선고합니다."

각각 징역 2년과 1만 달러의 벌금. 판사는 또한 연방 검사에게 징역기간 만료와 함께 우리를 추방하라는 권고와 함께 재판 기록을 워싱턴 이민국에 보낼 것을 지시했다.

판사는 자신의 의무를 다했다. 조국을 위해 봉사했고, 이제 휴식을 취할 시간이었다. 그는 휴정을 선언하고 자리에서 일어났다.

하지만 나는 끝나지 않았다. "잠시만요!" 판사가 내 쪽을 바라봤다. "우리가 그렇게 빨리 수감되어야 하는 건가요? 그렇다면 지금 당장 알고 싶습니다. 여기 있는 모두가 들을 수 있게요."

"90일 이내에 항소할 수 있습니다."

"90일까지는 바라지도 않아요." 내가 반박했다. "앞으로 한두 시간 정도만 시간을 주시는 것은 어떤가요? 필요한 것을 몇 가지 챙겨야 해서요."

"죄수들은 이제 미국 연방 보안관 관리하에 있습니다." 단호한 대답을 하고 판사는 다시 돌아섰다. 나는 다시 멈추라고 외쳤다. "한마디만 더!" 그는 딱딱하게 굳어지고 붉어진 얼굴로 나를 노려보았다. 나도 그를 바라보았다. 그러곤 고개를 숙이며 말했다. "극악무도한 범죄자에게조차 허용되는 이틀간의 체류를 거부한 판사님의 관용과 친절에 다시 한번 감사드립니다."

그의 얼굴이 분노로 하얗게 질렸다. 당황한 그는 책상 위에 놓인 서류들을 공연히 만지작거렸다. 무슨 말을 하려는 듯 입술을 움직이다가는 돌연 돌아서서 법정을 떠났다.

46

자동차가 속도를 올렸다. 연방 보안관들은 나를 가운데에다 놓고는 양쪽으로 차 안을 꽉 채우고 있었다. 20분 후 볼티모어 오하이오 역에 도착하고 나니, 시간은 마치 25년을 거슬러 올라간 것 같았다. 사반세기 전, 바로 이 역에서 사샤를 태우고 사라지는 기차를 향해 힘겹게 발걸음을 옮기던 내 모습이 떠올라 쓸쓸하고 외로운 기분이 들었다.

"귀신이라도 보는 거요?"

거친 목소리가 나를 깜짝 놀라게 했다.

내가 탄 기차칸 안에는 덩치 큰 남녀가 함께 자리했는데, 연방 부보안관 부부였다. 남자가 잠시 자리를 비우고 나는 아내와 단둘이 남았다. 그날의 더위와 흥분에 더해 연방 건물에서 3시간씩이나 대기를 하느라 나는 퍽 지쳐 있었고 땀에 젖은 옷 때문에 온몸이 끈적거렸다. 물로 좀 씻어 내면 나을까 해서 화장실로 가려는 나를 여자가 따라오기에 거부했다. 하지만 그 여자는 자신이 맡은 임무는 나에게서 눈을 떼지 않는 것이므로 불편하겠지만 나를 혼자 가게 둘 수는 없다고 했다. 여자의 얼굴은 친절한 편이었다. 절대 탈출 같은 거 시도하지 않겠다 약속을 하고 나서야 그녀는 문을 반쯤 닫는 데 동의했다. 조금 씻은 후 침대에 기어 들어가자마자 잠이 들었다.

시끄러운 소리에 잠에서 깨니 남자는 이미 옷을 벗는 중이었다.

"설마 여기서 자려는 건 아니겠죠?" 내가 물었다.

"당연하지. 뭐 문제 있소?" 그가 대답했다.

"내 아내가 함께 있는데, 겁낼 것 없수다."

도덕성을 지켜 주는 데 부보안관 아내의 존재보다 더 나은 게 있겠느냐는 거였다.

나는 그에게 겁이 나는 게 아니라 욕지기가 나는 거라고 답했다. 법의 이름으로 나를 감시하는 눈은 잠들어 감겨 있었지만, 입은 활짝 벌어진 채로 심하게 코를 골고 있었다. 공기가 썩어들어가는 듯했고, 사샤에 대한 불안한 생각이 나를 괴롭혔다.

여러 사건들의 빛과 그림자로 가득했던 한 세기의 4분의 1이 지나고 있었다. 벤과의 우정이 산산조각난 고통스러운 경험도 있었지만, 활짝 피어나는 것을 멈추지 않는 다른 이들도 있었다.

대지의 정신은 종종 이상에 대한 강렬한 열망과 충돌하는데, 사샤는 오랜 시간 동안 언제나 신뢰할 수 있는 친구이자 투쟁의 동지였다. 그 생각을 하니 마음이 편안해졌고, 몇 주 동안 지속된 긴장은 수면의 축복 속에서 마침내 풀리기 시작했다. 부보안관은 하루종일 객차에서 멀리 떨어져 있었고, 다만 때맞춰 식당칸에서 식사만 가져다 줄 뿐이었다.

점심을 먹으며 내가 왜 제퍼슨시티에 있는 미주리 주립 교도소까지 끌려가는지를 물었다.

연방 교도소 중 여성 교도소가 별도로 없다고 설명하며, 예전에는 있었지만 영 "수지타산이 맞지 않아" 운영이 중단되었다고 했다.

"그럼 남자 교도소는 아니란 말인가요?" 내가 물었다.

"물론이죠. 재소자가 하도 많아져서 정부에서는 또 다른 감옥을 지으려 계획하고 있을 정도니까"라면서 연방 교도소 중 하나는 조지아 주 애틀랜타에 있는데, "거기가 바로 당신 친구 버크만이 잡혀간 곳"이라고 설명을 덧붙였다.

애틀랜타에 대해 나는 좀 더 물었다. 그는 그곳이 매우 엄격한 곳이며, '버크'가 제멋대로 행동했다간 그곳 생활이 힘들어질 거라면서 코웃음을 웃었다.

"당신 친구 감옥생활이라면 이제 닳고 닳지 않았소?"

"네, 하지만 그는 살아남았고, 애틀랜타에서도 그럴 거예요." 나는 흥분해서 대꾸했다.

부보안관 아내는 조용히 자기 할 일만 하는 사람이었기에, 나는 덕분에 글을 쓰고, 읽고, 생각할 수 있는 시간을 가질 수 있었다.

세인트루이스에서 기차를 갈아타고 제퍼슨시티로 가는 현지 기차를 기다리는 동안 약간이나마 운동을 할 수 있는 기회도 있었다. 기차역에 내려 혹시 낯익은 얼굴이 있지 않을까 열심히 둘러 보았지만, 세인트루이스에 있는 우리 동지들은 내가 언제 이곳에 도착할지 알 방법이 없다는 것을 깨달았다. 제퍼슨시티에 도착한 후 부보안관은 교도소까지 택시를 타고 이동할 것을 제안했지만 나는 걷겠다고 했다. 아마도 한동안은 이렇게 걸을 기회가 없을지도 모른다고 생각했기 때문이다. 택시를 타지 않고도 비용을 청구해 돈을 받아 낼 수 있기에, 그들로서는 반가운 말이었다.

나를 교도소장에게 인도하고 난 후, 두 사람은 나와 함께해서 즐거웠다고 말했다. 아나키스트가 이렇게 손이 안 가는 사람인 줄은 몰랐다면서. 그사이 아내는 나에 대해 호감이 생겼는지, 나만 두고 떠나게 되어 미안하다는 말까지 했다. 물론 믿을 말은 못 되겠지만.

퀸스 카운티 교도소에서 보낸 2주를 제외하고, 블랙웰 섬에서의 '휴식 치료' 이후 지금껏 어떻게든 감옥을 피해 온 나였다. 체포와 재판이 수 차례 있었지만 유죄 판결을 받은 적은 없었다. 전국의 모든 경찰들의 끊임없는 관심을 받는 사람이 자랑하기에는 민망한 기록이 아닐 수 없었다.

"지병 있습니까?"

주임 간수가 거칠게 물었다.

내 건강에 대한 예상치 못한 우려에 적이 당황스러웠다. 내가 목욕과 차가운 마실 물이 필요한 것 외에는 불평할 것이 없다고 대답하자 그녀가 퉁명스럽게 나를 꾸짖었다. "무슨 말인지 못 알아 듣는 척하지 마세요. 부도덕한 여성들이 걸리는 병 말입니다. 이곳에 오는 대부분의 여성 재소자들이 걸려 있어요."

"성병은 특정한 사람들만 걸리는 게 아니에요. 사회적으로 존경받는 사람들도 성병에 걸린 걸로 알고 있는데요. 나는 성병은 걸리지 않았지만, 여성으로서의 덕이 있어서라기보다 운이 좋았기 때문이겠죠."

주임 간수는 별스러운 걸 다 듣는다는 표정으로 나를 바라보았다. 너무 독선적이고 뻣뻣해 보이는 사람이기에 충격을 좀 줘야겠다 생각했는데, 그 효과가 나타나는 것을 보니 자못 즐거웠다. 약물과 담배 반입에 대한 일반적인 검색이 끝난 후 목욕을 할 수 있었다. 그 후에 속옷과 신발, 스타킹은 소지해도 좋다는 안내를 받았다.

내 감방에는 뻣뻣하기는 해도 깨끗한 시트와 담요가 깔린 간이침대가 있었고, 테이블과 의자, 물을 쓸 수 있는 고정식 세면대, 그리고 아, 축복도 이런 축복이 있나, 커튼으로 가릴 수 있는 화장실 공간이 구석에 자리하고 있었다. 적어도 지금까지는, 확실히 블랙웰 섬보다는 개선된 감방이었다.

나의 이 즐거운 발견을 방해하는 것은 두 가지였다. 감방 바로 앞에서 공기와 빛을 막아 버리는 벽과 내 방에서 밤새도록 들리는 15분마다 울리는 교도소 마당의 시계 소리였다.

"그래도 뭐, 다 괜찮아."

이 새로운 고문에 익숙해지는 데 얼마나 걸릴지 궁금해하며 나는 몸을 뒤척였다.

교도소에서 24시간을 보내며 이곳에서의 일과를 대략적으로 파악할 수 있었다. 이 교도소의 환경은 꽤나 진보적인 편에 속했다. 방문자가 자주 허용되었고, 별도의 식료품 주문도 할 수 있었던 데다가 일주일에 세 번씩 편지를 쓸 수 있는 기회가 주어졌다. 매일 한 번씩, 그리고 일요일에는 두 번 교정에서 휴게시간이 주어졌고, 매일 저녁 뜨거운 물 한 통을 받았고, 소포와 인쇄물도 받아 볼 수 있었던 것이다.

블랙웰 섬에 비하자면 이는 대단히 큰 장점이었다. 휴게시간은 특히나 만족스러웠다. 비록 뜰은 작고 햇볕을 가려 주는 것이라곤 아무것도 없었지만 수감자들은 간수의 간섭 없이 자유롭게 뜰을 돌아다니고, 이야기하고, 놀고, 노래할 수 있었다.

이에 반해, 일반적인 노동업무와 관련해서는 명확한 제한이 필요해 보였다. 수감자들이 하는 일은 엄청난 긴장을 요하는 어려운 작업이었기 때문이다. 나는 작업을 다 끝마치지 않아도 된다는 말을 듣긴 했지만, 그렇다고 마음이 편하진 않았다. 종신형을 선고받고 복역 중인 여성, 15년형을 선고받고 복역 중인 여성이 내 양쪽에서 엄청난 양의 일을 끝내야 하는 상황에 처해 있는데 나 혼자서 면책 특권을 누릴 생각은 없었다. 동시에, 내가 이 일을 해낼 수 없을지도 모른다는 생각에 두렵기도 했다. 이 문제는 수감자들의 주요한 토론 주제이자 가장 큰 고민거리이기도 했다.

작업장에서 일주일을 보낸 후 나는 목 뒤쪽에 극심한 통증을 느끼기 시작했는데 뉴욕에서 날아든 첫번째 소식으로 인해 내 상태는 더 악화되었다. 이미 알고 있긴 했지만 사샤가 애틀랜타로 끌려갔음을 알리는 피치의 편지였다. 피치는 애틀랜타는 너무 멀어서 아마도 친구들이 쉽게 방문하지 못할 것 같다고 했다. 그녀는 지금 걱정도 많고, 넘어야 할 산도 많았다.

연방 당국은 뉴욕 경찰과 공조해 우리 사무실이 있는 건물의 소유주를 겁박했다. 건물주가 피치에게 준비할 시간도 주지 않고 갑작스럽게 『어머니 대지』와 『블라스트』 사무실을 빼라고 한 것이다. 힘겨운 노력 끝에 라파예트 거리에 사무실을 구하긴 했지만 계속 그곳에 머물 수 있을지는 의문이었다. 애국적 히스테리가 고조되는 가운데 언론과 경찰은 모든 종류의 급진적 활동을 근절하기 위해 앞장섰다. 우리의 용감한 피치, 그리고 또 겁 없는 전사, '스웨덴인' 칼이 우리가 체포된 이후 모든 짐을 짊어져야 했음에도 두 사람은 불평 한마디 없이 오직 우리 걱정만 하면서 성실하게 자신의 자리를 지켰다. 편지에서조차 피치는 자신에 대해서 아무런 이야기도 쓰지 않았다. 아, 사랑스런 여인.

다른 편지들은 좀 더 낙관적인 것들이었다.

해리 와인버거는 메이어 판사가 우리의 항소 신청서에 서명하기를 거부했으며, 다른 연방 판사들도 마찬가지로 서명해 주지 않았지만 대법관 중 한 명이 신청을 받아들이도록 유도할 수 있을지도 모른다고, 그 경우에 보석으로 석방될 수 있을 것 같다고 편지를 보내왔다. 프랭크 해리스로부터 온 편지는 교도소에서 허용되는 책과 그 밖의 자료를 보내 주겠다는 내용이었다. 다른 편지는 나의 유쾌한 친구 윌리엄 매리언 리디로부터 온 것이었다. 내가 이제 그와 같은 주에 있기 때문에 우리는 이웃이나 다름없다면서, 내게 참다운 환대를 보여 주기 위해 열심이었다. 리디와 교도소장인 페인터와는 대학 동창으로, 그는 자신의 동창에게 엠마 골드만을 손님으로 모신 것을 자랑스럽게 생각해야 한다고 편지를 썼던 것이다. 나를 제대로 모시지 않으면 당장 쫓아온다고 으름장을 놓으며 말이다.

그는 편지에서 바쁜 활동에서 벗어나 2년 동안 자유를 누릴 수 있게 된 것을 행운이라고 생각해야 한다고 썼다. 이 자유란 내게 좋은 휴식을 의미하기도 하고, 또 그가 오래전부터 조언했던 자서전을 쓸 시간을 의미하기도 했다.

"지금이 바로 그 기회요. 집 제공되겠다, 하루에 세 끼 식사 나오 겠다, 여가시간 있겠다, 그리고 이게 다 무료잖소. 얼마나 좋소? 당신 삶을 쓰세요. 당신 삶은 다른 여자들의 것과는 다르잖아요. 우리에게 당신 이야기를 들려달라 이겁니다."

그는 종이와 연필이 들어 있는 상자를 이미 보내 놓았다면서 페 인터 소장을 설득해 내가 타자기를 소지할 수 있도록 힘써 보겠다고 했다.

"마음 꽉 다잡고 책을 쓰도록 하세요"라는 말로 그의 편지는 끝이 났다.

다른 많은 사람들과 마찬가지로 나의 사랑하는 친구 빌[리디] 또 한 전쟁의 열병에 걸려 있었지만 그는 그런 입장 차이와 별개로 우리 의 우정을 이어 갈 수 있는 큰 사람이었다. 그러나 감옥에서 글을 써 보라는 그의 제안에는 실소가 나왔다. 매일 9시간씩 고된 노동에 시 달리면서, 감방에 갇힌 채로 자신의 생각을 제대로 표현할 수 있다고 믿다니? 아무리 명석한 사람일지라도 감옥이 사람에게 어떤 영향을 미치는지는 알지 못하는 게다. 그렇다 해도 그의 편지를 받고 무척 행복했다.

스텔라와 언니들에게서도 편지가 왔는데, 엄마도 심지어 이디시 어로 쓴 편지를 보내 왔다. 세인트루이스 동지들의 편지도 감동적이 었다. 그들은 제퍼슨시티와 가까워서 매일 신선한 음식을 보내 주기 도 하고, 내게 필요한 용품들을 따로 챙겨 주기도 했다. 사샤를 위해 서도 누군가 이처럼 해줄 수 있다면 좋으련만, 사샤는 너무 멀리 떨 어져 있었다. 남부의 동지들이 사샤를 좀 돌봐 줄 수 있었으면 했다.

교도소에 이송된 지 2주 후, 나를 데려왔던 연방 보안관 부부가 나를 뉴욕으로 데려가기 위해 도착했다. 웬만해선 포기하지 않는 해리 와인버거는 기어이 대법관 루이스 D. 브랜다이스로부터 우리의 항소 신청서에 서명을 받아냈고, 그 결과 사샤와 나는 보석으로 임시 석방되었다. 이 항소에는 모리스 베커와 루이스 크레이머도 포함되었다. 해리가 메이어 판사로부터 승리를 거둔 것이다.

우리에게 허락된 자유가 짧을 것임은 알았지만, 설령 그렇다 해도 친구들에게 돌아가 구속으로 중단됐던 일을 재개할 수 있어서 좋았다. 교도소로 가는 길에 느꼈던 것과는 전혀 다른 감정으로 뉴욕행 기차에 올랐다. 부보안관 부부도 전과 달라 보였는데, 이번에는 나를 그렇게 가까이서 지켜볼 필요가 없을 것 같다면서 내 침대칸에는 아내만 머무르게 했다. 그는 마치 내가 혼자 여행하듯이 자유롭기를 바랐고, 혹 이송과정에서 생긴 불만을 기자들에게 말하는 일이 없기를 바란다고 했다. 무슨 뜻으로 하는 말인지 이해할 수 있었다.

세인트루이스 역에서 나는 여러 동지들로부터 박수를 받으며 기차에 올랐다. 물론 언론사 대표들도 함께였다. 부보안관은 전과 달리 눈에 띄게 관대해져 자신은 옆 테이블에서 지켜볼 테니 역 식당에서 내가 친구들과 함께 식사를 해도 좋다고 말해 주기까지 했다. 소중한 친구들과 함께하는 자리가 무척 즐거웠다.

돌아오는 여정이 즐거웠던 이유 중 하나는 부보안관 부부가 대체로 나와 떨어져 있었기 때문이었다. 그의 아내도 내 기차칸 안까지 들어오지 않은 채 두 사람 모두 밖을 지켰다. 답답하게 시야를 가리는 것보다 바람을 쐬는 게 나을 것 같아 나는 문을 열어 두었다. 유난히도 후텁지근한 날이었기 때문에, 만약 감옥방에 갇혀 있었다면 내게 어떤 일이 생겼을지 짐작하기는 어렵지 않았다.

구치소의 간수들은 기쁜 마음으로 돌아온 탕아를 맞이했다. 늦은 시간이어서 공식업무는 끝이 났지만 그래도 목욕은 허용되었다. 간수 중 하나는 피임 투쟁을 하던 시절의 내 오랜 친구였다. 그녀는 산아제한이 필요하다 믿었고, 그 사실을 털어놓으며 내 활동을 돕기도 했다. 한번은 카네기 홀 집회에 나의 손님으로 참석하기까지 했다.

다른 간수들이 자리를 떠난 후 이런저런 대화를 나누던 중 그녀는 독일군이 벨기에인들에게 한 짓에 대해 난리법석 떨 필요가 없다는 말을 했다. 최근 부활절 봉기가 일어났는데도 영국이 아일랜드를 대하는 것을 보면, 수백 년 전이나 지금이나 달라진 게 없기 때문이다. 아일랜드인인 그녀는 연합군에게 아무런 쓸모가 없었다.

나는 전쟁을 벌이는 국가뿐 아니라 모든 나라의 국민들이 전쟁의 끔찍한 대가를 치러야 하기 때문에 이로 인해 고통받는 사람들이 다만 안쓰러울 뿐이라고 설명했다. 내 말에 다소 실망한 표정을 지었지만 그녀는 내 침대에 깨끗한 시트를 깔아줬다. 나는 그녀가 선량한 아일랜드인이라서 좋았다.

아침에 해리 와인버거, 스텔라, 피치 등 친구들이 나를 만나러 왔고 나는 사샤에 대해 물었다. 사샤도 뉴욕으로 돌아온 건지, 그의 다리는 어떤지 말이다. 피치가 내 시선을 피했다.

"무슨 일이 있는 거야?" 나는 불안함에 다시 물었다.

"사샤는 지금 구치소에 있어요." 그녀는 죽어 가는 목소리로 대답했다. "당분간은 거기 있는 편이 더 안전할 거예요."

그녀의 말투와 태도는 나를 불안하게 만들었다. 어찌된 것인지 다시 물으니 그녀는 사샤가 샌프란시스코에서 수배 중이라는 사실을 알렸다. 사샤는 무니 사건과 관련하여 살인 혐의로 기소된 상태였는데 상공회의소와 지방검찰이 사샤를 '잡겠다'는 협박을 실행에 옮긴 것이었다. 그들은 그가 다섯 명의 동지에게 쓰인 누명을 벗겨 낸 사샤의 훌륭한 업적에 대한 복수를 하고자 했다. 빌링스는 이미 수감되어 종신형을 선고받았고, 톰 무니는 죽음을 앞두고 있었다. 다음 먹잇감은 사샤였다. 사샤를 죽이려는 거였다.

나는 손을 들어 얼굴을 가렸다. 그렇게 하면 충격을 막을 수 있기라도 하듯이. 사샤가 구치소에 있는 편이 더 안전할 거라는 말이 무슨 뜻인지 보석으로 석방되고 나서야 확실히 깨달았다. 보석으로 풀려난 그는 이제 언제라도 납치되어 캘리포니아로 끌려갈 위험에 처해 있는 것이었다. 그런 일은 이미 전에도 일어난 적이 있지 않던가.

1892년 사샤의 체포 이후, 우리 동지 중 한 명인 몰록은 그를 프릭 공격과 연결시키려는 펜실베이니아 형사들에 의해 뉴저지에서 몰래 연행된 적이 있었다. 1906년 헤이우드, 모이어, 페티본 역시 콜로라도에서 아이다호로 납치되었고, 1910년 맥나마라 형제도 인디애나에서 비슷한 일을 당했다. 정부가 미국인 노조원들에게도 그런 방법을 썼는데, '외국인' 아나키스트에게 그런 방법을 쓰지 않을 리 있겠는가. 사샤는 보석으로 나오면 더 위험하다는 것이 분명했다. 그의 신병 인도를 막기 위해 한 시도 허비할 수 없었다.

휘트먼 주지사는 반동주의자였으므로 해안지역에서 부도덕한 요원들을 쓰고도 남았다. 조직된 노동자들의 강력한 항의 외에는 그를 막을 수 있는 방법은 없었다.

'스웨덴인' 칼, 피치와 나는 곧바로 홍보위원회 구성을 위해 사람들을 불러 모았다. 그런 다음 유대인 노동조합을 이끄는 노동 지도자들을 만났다. 노동계와 문단에서 영향력 있는 남녀 인사들이 참석한 대규모 모임이 열렸고, 그 결과 돌리 슬론을 사무총장으로 하는 위원회가 구성되었다. 히브리 무역연합은 즉각적으로 반응하며 전폭적 지지를 보여 주었으며 미국의류노동자연합 공동 이사회도 그 뒤를 따랐다. 히브리 무역연합은 사샤를 위해 항소를 이끌어 내고 모든 노조가 청문회를 열도록 해보겠다고 제안했다.

사샤의 목숨이 위태로웠다. 노동계 인사들과의 회의, 노조 방문일정, 회의와 강당 준비, 조직 회람, 언론 인터뷰, 서신 발송 등 긴장감 넘치는 일상이 매순간 이어졌다. 그런 와중 사샤는 꽤 즐거운 기분을 유지했다. 그는 방문객을 만나기 위해 구치소에서 연방 건물로 이동했다가 다시 돌아오는 길에 신선한 공기를 마시며 산책을 할 수 있었다. 아직 목발에 의지해야 했고, 절뚝거리며 걷는 걸음이 다소 불편했지만 말이다. 하지만 목숨을 잃을 수도 있는 상황에 직면했을 때는 목발을 짚고 산책하는 것이 큰 도움이 된다.

매카시 연방 보안관이 우리의 방문을 감독했는데 그는 꽤 점잖게 행동했다. 많은 친구들이 사샤를 보러온다고 할 때도 그는 아무런 이의제기를 하지도 않았고, 우리가 만나고 있을 때 일부러 우리 쪽을 보지 않으려 노력했다. 실제로 그는 우리의 선의를 얻기 위해 그 나름대로의 최선을 다하고 있었던 거다.

한 번은 그가 이런 말을 한 적이 있다.

"엠마 골드만, 당신이 날 미워하는 건 알지만 간첩 법안이 통과될 때까지 한번 기다려 보시죠. 아마 당신과 버크만을 미리 체포해 준 것에 고마워할 테니. 지금 잡혔으니 2년으로 끝나는 거예요. 법안 통과 후였다면 20년형이었을 거라고요. 이 정도라면 내가 거의 당신 친구가 아닌가요."

"이보다 더 좋을 순 없네요. 당신이 감사의 표시를 충분히 받을 수 있도록 해볼게요."

사샤와의 만남은 즐거운 가족 상봉으로 바뀌었다. 임박한 위험 앞에서도 유머와 평정심을 잃지 않는 그의 태도는 연방 보안관실 직원들에게도 큰 인상을 남겼다.

그들은 사샤의 『회고록』 한 부를 요청했었는데, 후에 그 책이 몹시 감동적이었다는 말까지 해주었다. 이후 연방 보안관실 직원들은 눈에 띄게 친절해졌다. 사샤를 위해 잘된 일이었다.

우리의 노력은 서서히 결실을 맺기 시작했다. 히브리 무역연합은 노동자들에게 사샤의 지지를 위해 집결할 것을 강력히 호소했다. 망토 제작자 조합의 공동 이사회는 우리 캠페인에 500달러를 기부했고, 이후 더 많은 기부금을 약속했다. 공동 모피상인 연합, 국제 제본 연합, 83지역 인쇄노조를 비롯한 다른 여러 조직들도 우리와 긴밀히 연대했다. 그들은 사샤의 캘리포니아 송환에 항의하기 위해 최소 100명의 노동자로 구성된 대표단을 휘트먼 주지사에게 파견할 것을 제안하면서 샌프란시스코에서 자행된 사법 범죄 사실을 휘트먼 주지사에게 알리기 위한 조치를 즉각 실행했다.

나는 나의 자유가 언제까지일지 불확실한 터라 아파트를 구하지 않고 평소엔 피치의 아파트에서, 이따금 다리엔에 가서 스텔라와 주말을 보냈다. 어느 날 돌리 슬론이 남편이 외부에 있을 때 자신과 함께 지내면 어떨지 제안했다. 그녀의 집은 넓고 고풍스럽고 매력적이었으며, 무엇보다도 돌리의 환대가 정말 좋았다. 돌리는 활기 넘치는 여성이었고 사샤를 위한 캠페인에도 누구보다도 열성적으로 참여했지만, 계속되는 긴장을 견디기에는 체력이 약해 자주 침대 신세를 져야 했다. 안타깝게도 나는 할 일도 너무 많았고 또 감정을 주체할 수도 없는 상황이어서 그녀와 보내는 시간이 적었다. 그러나 그녀는 침대에만 누워 있지 않았고, 많은 일들을 해냈다.

어느 날 아침 그녀의 상태가 많이 호전된 것을 보고서 나는 집을 나섰다. 돌리는 밤새 잠을 푹 잤고 집에 남아 휴식을 취할 생각이었다. 나는 하루종일 사무실에서 일하고 저녁에는 도시 곳곳에서 열리는 여러 단체의 회의를 찾아다녔다. 일정의 마지막은 무대 기술자와 전기 기술자 노조를 만나는 것이었다. 그들과 자정에 만나기로 했건만 상자가 잔뜩 쌓인 좁고 답답한 통로에서 3시간 동안이나 그들을 기다려야 했다. 마침내 그들을 마주했을 때, 사람들의 얼굴에는 적대감이 묻어났다.

짙은 담배연기와 오래된 맥주 냄새와 함께 편견이 진동하는 분위기 속에서 발언하는 일은 마치 거센 파도를 거슬러 헤엄치는 것과도 같았다. 나의 연설이 끝났을 때 참석자 중 상당수가 사샤를 위한 캠페인을 지지한다고 밝혔지만, 지도층은 이에 반대했다. 그들은 버크만은 국가의 적이며 자신들과는 아무런 관련이 없다고 주장했다. 이 문제에 대해서는 그들끼리 입장을 정하도록 내버려두고 나는 그곳을 나왔다.

슬론의 집으로 돌아왔지만 문이 열리지 않았다. 오랫동안 벨을 눌렀지만 소용이 없었고, 그런 다음엔 문을 쾅쾅 두드렸다. 마침내 누군가 방 안에서 문을 여는 소리가 들렸고, 문이 열리자 한 여성이 나를 보고 섰다. 로버트 마이너의 전 부인인 펄이었다. 펄은 문에 새 자물쇠가 보이지 않는 거냐고 내게 따져 물었지만, 나는 그것이 나를 못 들어오게 하기 위한 거라곤 생각하지 못했다. 자신이 지금 슬론 부인을 돌보고 있으니 집에 들어오지 말라고 했다. 황당해하며 그녀를 쳐다보다가 이내 그녀를 옆으로 밀쳐내고 집안으로 들어갔다. 반쯤 열린 방문 사이로 침대에서 기절해 있는 돌리가 보였다. 그녀의 상태에 너무 놀라 펄에게 무슨 일인지 설명을 해달라 했지만 그녀는 슬론 부인이 자물쇠를 바꾸라고 명령했다는 말만 되풀이했다. 거짓말이었다.

나는 거리로 나왔고, 날이 밝았지만 잠이 절실히 필요한 피치를 깨우러 가고 싶지는 않았다. 나는 유니언스퀘어로 걸어갔다. 집 없는 떠돌이가 되는 일은 이제 다시 없을 거라 생각했는데, 이렇게 나는 다시 한번 집 없는 신세가 되었다. 방 하나를 빌렸다.

피치 역시 돌리가 자물쇠를 교체했을 리 없다고 생각했다. 펄 마이너가 남편 로버트의 모든 친구들을 극도로 싫어한다는 것은 우리 모두가 알고 있는 사실이었다. 이유는 모르겠지만, 펄은 나에게 특별히 더 원한을 품고 있었다. 참 어리석었다. 하지만 고아원 출신인 그녀가 자신의 비참한 어린 시절로 인해 정신과 마음이 뒤틀려 있기 때문이라는 것을 나는 알고 있었다.

그렇게 힘든 나날을 보내던 중 또 다른 충격이 찾아왔다. 이번엔 훨씬 더 큰 충격이었다. 조카 데이비드 호치스타인이 군면제를 포기하고 자원하여 입대한다는 소식이 들려온 것이다. 그의 어머니는 자신을 기다리고 있는 이 충격을 감히 상상도 못한 채 아들을 만나기 위해 뉴욕으로 향하고 있었다. 헬레나 언니는 얼마 전 길지 않은 투병 끝에 남편을 잃었다. 데이비드에 대한 소식이 언니에게 어떤 영향을 미칠지 생각하니 도무지 견딜 수가 없었다. 그녀가 모든 희망을 걸었던 사랑하는 아들이 군대에 가다니! 헬레나 언니가 범죄의 대명사처럼 여겼던 바로 그 일을 위해 그의 젊은 목숨을 바치려 하다니. 인생은 사악한 모순이 아니고 무엇이던가. 데이비드는 과연 자신의 의지로 군대에 자원해야 한다고 생각한 것일까? 그는 정치적으로나 사회적으로 그다지 의식적인 사람이 아니었기에 그의 등록소식이 크게 놀라운 일은 아니었다. 하나, 나는 그가 징집되지 않을 것이라고는 확신했다. 몇 년 전 폐결핵으로 쓰러진 그는 비록 지금은 괜찮아졌지만 그의 폐 상태로 보건대 면제가 확실했기 때문이었다.

그런 만큼 그가 로체스터가 아닌 뉴욕에서 신검위원회에 자진 출두했다는 소식과 자신의 건강 상태에 대해 위원회에 아무 말도 하지 않았다는 것 또한 큰 충격이었다. 그가 일부러 그랬다는 것도, 전쟁이나 조국의 윤리적 주장을 믿었다는 것도 믿을 수 없었다. 헬레나 언니의 아이들은 부모를 너무 많이 닮아 있기에, 전쟁이 싸울 가치가 있다거나 전쟁을 통해 무엇이든 해결할 수 있다고 생각할 리 없었다. 그렇다면 데이비드가 자발적으로 군에 입대하도록 유도한 요인은 무엇이었을까? 개인적인 이유가 있는 건지, 아니면 사람들에 휩쓸려 저항할 수 없었던 건지, 알 수 없었다. 이유가 무엇이든, 이제 막 예술가로서의 경력을 쌓기 시작한 이 재능 넘치는 청년이 제 목숨을 갖다 바치는 것은 얼마나 끔찍한 일이던가.

다리엔에 있는 헬레나 언니를 찾아갔다. 언니의 표정이 말보다 더 많은 말을 해주었다. 언니의 겁에 질린 표정을 보니, 아들의 헛된 희생으로 인한 타격에서 언니 자신도 살아남지 못할 수도 있다는 생각이 들어 두려웠다.

다리엔에 마침 데이비드가 있어 그와 이야기를 나누다 그만 멍해지고 말았다. 가족에 대한 그의 마음과 조카를 향한 나의 사랑에도 불구하고 우리는 너무 멀리 떨어져 있었다. 어떻게 하면 그의 마음에 닿을 수 있을까? 나는 일전에 병역의 선택은 모든 남성의 양심에 맡겨야 한다고 선언했던 사람이었다. 그런 내가 어떻게 데이비드에게 내 생각을 강요할 수 있을까? 물론, 그를 설득하고 싶은 마음은 굴뚝같지만.

나는 말문이 막혔다.

헬레나 언니에게 데이비드 역시 전쟁에 나가는 수많은 아들 중 하나이며, 언니가 흘린 눈물 역시 전 세계 어머니들이 흘린 눈물바다의 한 방울에 불과하다고 말하면서도 추상적인 이론은 비극으로 상처받는 사람들을 위한 것이 아니라는 것쯤은 알고 있었다. 언니의 고통스러워하는 모습을 보고서 나는 언니를 안심시키기 위해 할 수 있는 말이나 행동이 아무것도 없다는 것을 깨닫고 사샤를 위한 캠페인을 계속하기 위해 뉴욕으로 돌아갔다.

그가 이스트사이드에서 누렸던 사랑과 존경의 증거는 매일매일 새롭게 드러났다. 급진적인 이디시 언론은 그의 대의를 옹호하는 데 더욱더 열을 올렸다. 특히 『자유로운 노동자의 목소리』 편집자인 S. 야노프스키의 활약이 두드러졌다. 사샤나 나 모두 그와 동지로서 활동한 적도 없었거니와, 전쟁에 대한 입장도 완전히 엇갈렸기 때문에 그의 지지가 더 반가웠다. 사회주의 잡지 『진보』의 편집자 에이브 카한도 캠페인에 동조하며 사샤에 대한 지지가 시급함을 강조했다. 급진적인 유대계 인사들은 모두 진심으로 우리에게 협력을 해주었다.

아브라함 라이신, 나디르, 숄럼 아시 등 이디시 작가와 시인들로 구성된 특별 그룹 역시 우리의 노력을 지지했다. 이러한 강력한 지지로 우리는 기금 마련을 위한 연극 공연을 올렸고(막 중간중간에 아시와 라이신이 연설을 했다), 쿠퍼 유니언에서는 대규모 집회가 조직되었으며, 미국 의류 노동자 연합 회장인 시드니 힐만 외에도 알렉스 코언, 모리스 시그먼 등 잘 알려진 노동계 인사들이 사샤를 대신해 공개적으로 항의집회를 열었다.

포워드 홀과 브루클린 노동자 회관에서도 대규모 집회가 열렸다. 같은 목적을 가진 영어 집회도 상당수 조직되었다. 사회주의 일간지 『뉴욕 콜』 역시 사샤의 인도에 강력히 반대하는 기사를 썼다. 우리가 체포되고 재판을 받는 동안은 그토록 침묵을 지키던 언론들이 이 캠페인에 열성적으로 참여하는 모습을 보니 기분이 묘했다. 다행히도 우리의 집회에 경찰의 간섭은 없었고 수천 명의 사람들이 모였다. 이에 고무되어 우리는 케슬러 극장에서 특별한 행사를 마련했다. 하지만 매카시는 내가 이미 너무 많은 표현의 자유를 누리고 있으므로 나를 좀 막아야겠다고 생각한 모양이었다. 그게 다 "나를 위한 것"이라면서.

그는 내가 청중에게 연설을 할 경우 집회를 중지시키겠다고 발표했다. 우리가 이 모임을 조직한 목적은 해산의 위험을 감수하기에는 너무 중요했기에 나는 매카시에게 그의 뜻을 따르겠다고 약속했다. 매끈한 혀를 가진 영리한 사람, 야노프스키가 마지막 연사로 나섰다. 그는 빌링스-무니 사건과 사샤를 그물망에 끌어들이려는 샌프란시스코 당국의 시도를 설득력 있게 비난했다. 그런 다음 그는 매카시에게 경의를 표했다.

"엠마 골드만 입에 재갈을 물렸다지요. 그로써 이제 그녀의 목소리가 극장의 벽 너머까지 멀리 퍼질 것이라는 사실을 깨닫지 못한 바보천치네요."

그때 나는 손수건을 입에 물고 무대에 올랐고, 이에 청중은 웃음을 터뜨리고 발을 구르며 소리를 질렀다.

"매카시도 저건 멈출 수 없지!"라고 사람들은 외쳤다. 매카시는 당황한 듯 보였지만, 어쨌거나 나는 약속을 지킨 셈이다.

사샤를 지지하는 움직임이 확산되고 있는 가운데 뉴저지 연맹을 비롯한 더 많은 노동 단체가 지속적으로 우리의 목록에 추가되었다. 급진적이지 않은 그룹의 지지를 끌어내는 것은 정말이지 쉽지 않은 일인데, 피치가 이 일을 해낸 것이다.

그녀는 아일랜드 출신임을 드러내는 이름과 아름다운 황갈색 머리칼뿐만 아니라 고상하고 상냥한 성격으로 사람들을 매료시키며 그들을 공감과 행동으로 이끌었다. 그러나 그런 그녀의 차분한 태도 뒤에 켈트족의 기질이 숨어 있다는 것을 아는 이는 가까운 친구들 외에는 거의 없었다.

뉴욕에서의 활동이 많아짐에 따라 다른 도시들에서 사샤를 위한 집회에서 연설해 달라는 요청을 거절해야 하는 지경에 이르렀다. 이제 외부 일정은 정말 중요한 것들만 추려야 했는데, 내가 고른 것은 시카고에서 예정된 세 번의 강연이었다.

히브리 무역연합의 총무 맥스 파인과 부총무 파인스톤은 사회주의 변호사 모리스 힐큇이 우리 대표단과 함께 올버니로 가서 휘트먼 주지사에게 사샤의 인도에 반대하는 연설을 하기를 원했다. 나는 모리스 힐큇에 대해서 오래전부터 알고 있기는 했다. 내가 뉴욕에 처음 와, 아나키스트와 사회주의자들의 합동 모임에 자주 참석하던 시절 그 모임엔 힐코비치 형제도 있었다.

그 시절 중 특히 기억에 남는 일은 정통 유대교에 대한 저항의 표시로 열린 유대속죄일 행사였다. 자유로운 사상에 대한 연설과 춤, 풍성한 먹거리가 전통적인 금식과 기도를 대신했다. 종교적인 유대인들은 우리가 가장 성스러운 속죄일을 모독했다며 분개했고, 그 아들들이 사람들을 데리고 몰려와 우리 동지들과 전투를 벌였다. 싸움을 좋아했던 사샤는 당연히 여기서도 리더였고, 그들의 공격을 거뜬히 무찔렀다. 거리에서 난투극이 벌어지는 동안 강당 안에서는 아나키스트와 사회주의 연설가들이 연설을 하고 있었고, 당시 젊은 모리스 힐코비치도 연단에 섰다.

그로부터 20여 년이 흐른 후 힐코비치는 이름을 힐큇으로 바꾸고 성공한 변호사, 저명한 마르크스주의 이론가, 사회당의 중요한 인물이 되었다. 내 친구들 중에는 사회주의자가 참 많았지만 나는 사회주의에 통 매력을 느끼지 못했다. 내가 친구들을 좋아했던 건 그들이 사회주의 신념보다 더 크고 자유로웠기 때문이었다. 힐퀏 씨를 잘 알지는 못했지만 그의 글은 비전이 부족하다고 생각해 왔다. 그는 사회적으로 존경받는 위치에 오른 반면 나는 여전히 천덕꾸러기 신세였으므로 우리 사이에는 공통점이라곤 없었다.

그러나 전쟁, 특히 미국이 죽음의 춤판에 뛰어들면서 많은 사람들의 입장이 달라지고, 만나는 사람들이 달라지고 있었다. 과거에는 같은 사상과 노력으로 긴밀하게 연대했던 사람들이 이제는 멀어지고, 과거에는 멀리 있던 사람들이 이제는 서로 강한 유대감으로 연대하고 있었다.

모리스 힐퀏은 전쟁에 과감하게 맞서고 있었다. 이제 알렉산더 버크만, 엠마 골드만, 그리고 그 동료들과 같은 배를 타고 있었던 것이다. 우리의 공동의 적과 그의 옛 동지들의 정신나간 공격은 우리 사이의 과거의 틈을 메우고 이론적 입장 차이를 좁혔다. 실제로 나는 사회에 대한 비전을 잃어버린 다른 많은 동지들보다 힐퀏과 훨씬 더 가깝게 느껴진 게 사실이나, 그럼에도 불구하고 27년 만에 만난 그가 낯설 수밖에 없었다.

힐퀏은 사샤보다 서너 살 정도밖에 많지 않았지만 보기에는 적어도 열다섯 살은 많아 보였다. 이제 그의 머리칼은 회색으로 물들고, 얼굴에는 주름이, 눈에는 피로가 가득 차 있었다. 부와 명예, 성공을 얻은 그의 삶은 핍박받는 사샤의 삶과 너무도 달랐지만 힐퀏은 여전히 소박하고 예의 바른 태도를 유지했고, 나는 곧 그와 함께 있는 것이 편안하게 느껴졌다. 그는 사샤에게 기회가 있을 거라고 확신하지는 못했다. 만약 다른 시기였다면 범죄인 인도 조약에 맞서 싸우는 것이 어려운 일이 아닐 것이나 전쟁의 히스테리가 퍼져 있는 상황에서, 연방 음모 혐의로 유죄 판결을 받은 사샤의 전망은 그리 밝지 않다고 본 것이다.

사회당 후보로 뉴욕 시장에 출마하며 정신없이 바쁜 나날을 보내고 있었음에도 힐큇은 노동자 대표단과 함께 휘트먼 주지사를 만나 달라는 요청에 주저 없이 응했다. 그의 선거 유세 모임은 내가 사회주의 집단의 그 광기 어린 분위기에 기가 질리지 않고 참석할 수 있었던 첫번째 모임이었다. 나는 만약 힐큇이 시장으로 당선되더라도 그가 그 자리에 있던 다른 사람들과 다른 일들을 해낼 수 있을 거라고는 믿지 않았지만, 그 의도의 진정성만큼은 의심하지 않았다.

그의 선거 캠페인은 반전 선전의 가치가 컸다. 히스테리에 휩싸인 이 나라에서 표현의 자유를 누릴 수 있는 유일한 기회였고, 숙련된 연설가이자 영리한 변호사였던 모리스 힐큇은 위험한 애국주의의 절벽 사이에서 안전하게 움직이는 방법을 알고 있었던 것이다. 그가 이 선거의 기회를 잘 활용하고 있다는 것이 반가웠지만, 함께 선전을 해달라는 청은 거절할 수밖에 없었다.

나는 모리스의 반전에 대한 연설을 듣는 것이 얼마나 즐거웠는지 그에게 말했다. 그러자 그는 자신과 함께할 것을 제안하며 말했다. "그렇다면 우리와 함께하지 않겠습니까? 당신은 우리 캠페인에 큰 도움이 될 텐데요." 때가 때이니 만큼, 이번 참에 정치적 입장 차이는 제쳐두는 게 어떠냐고, 나를 설득하려고 노력했다. "전쟁의 광기를 막음으로써 우리가 할 수 있는 좋은 일을 생각해 보세요."

하지만 나는 그의 정치캠페인을 돕기에는 그를 너무 좋아하게 되었단 생각이 들었다. 그런 일은 친구가 아닌 적에게나 바랄 수 있는 일이었기에.

페트로그라드와 크론슈타트에서 사샤를 지지하는 시위가 벌어졌다는 러시아발 소식이 들려왔다. 사샤와 샌프란시스코 사건에 대한 우리의 활동은 예상치 못한 광범위한 지지를 받고 있는 것이었다. 그것은 5월과 6월에 출발한 망명자들 편에 노동자, 군인, 선원 협회에 보낸 우리의 메시지에 대한 답이기도 했다.

우리는 샌프란시스코에서의 사샤의 기소 소식을 접한 후, 우리의 좋은 친구 아이작 A. 호르비치와 유능한 비서 폴린이 러시아로 가는 데 성공했다는 것을 소식통을 통해 전해 들었다.

러시아에서의 연대의 시위가 사샤에게 어떤 의미가 될지 생각하며 떨리는 마음으로 사샤를 찾아갔다. 나는 침착해 보이려고 노력했지만 그는 곧 무슨 일이 생긴 게 틀림없음을 알아차렸다. 영광스러운 소식을 들은 그의 얼굴은 환하게 빛났고 눈은 경이로움으로 가득 찼다. 그러나 깊은 감동을 받을 때 늘 그렇듯 그는 침묵했다. 조용히 앉은 우리의 심장은 '어머니 러시아'에게 감사하는 한마음으로 뛰었다. 이제 관건은, 러시아에서의 시위를 어떻게 최대한 활용할지였다. 물론 노동 단체들에는 우리의 회의나 회람 같은 것을 통해 이 사안을 알릴 수 있는 폭넓은 인맥과 채널이 있었으나 더 중요한 건 샌프란시스코에 있는 친구들을 위해 탄원할 수 있는 위치에 있는 사람들의 관심을 끄는 일인 만큼 뭔가 다른 수단을 강구해야 했다.

사회주의자였지만 지금은 IWW에서 활동하고 있는 친구 에드 모건과 상의해 볼 것을 제안한 건 사샤였다. 그가 무니를 위해 적극적으로 활동해 주었던 걸 감안하면 자신을 위해서도 힘을 써줄 거라 생각했던 것이다.

나 또한 모건과는 오래전부터 알고 지냈다. 그는 선량한 동료였고, 주어진 일을 성실하고 지칠 줄 모르는 에너지로 해내는 사람이었다. 하지만 나는 그의 능력을 확실히 알지 못했고, 게다가 그는 엄청나게 장황했다. 우리가 요청한 일을 하고자 하는 그의 의지는 의심할 여지가 없지만, 그가 과연 워싱턴에서 중요한 일을 해낼 수 있을지는 의문이었다.

내가 틀렸다. 에드 모건은 마법사였다. 그는 우리가 몇 달 동안 얻은 것보다 단기간에 더 많은 홍보 효과를 거두는 데 성공했다. 워싱턴에서의 그의 첫번째 임무는 윌슨 대통령이 즐겨 보는 조간신문을 찾아내는 것이었고, 두번째 임무는 샌프란시스코 모함 사건으로 러시아가 동요하고 있다는 뉴스 기사를 쏟아내는 것이었다. 그런 다음 모건은 워싱턴의 영향력 있는 관리들을 불러모아 해안지역에서 벌어지고 있는 상황을 알리고 그들의 지지를 끌어냈다. 모건, 이 한 사람의 노력의 결과로 윌슨 대통령이 샌프란시스코의 노동 상황에 대한 연방 조사를 명령했다. 정부에서 한다는 조사가 어떻게 돌아가는 것인지를 알기에 거기서 많은 것을 기대하기는 어려웠지만, 그래도 대기업들의 더러운 비밀과 횡포가 마침내 세상에 드러날 수 있을지 모른다는 희망을 품을 수 있었다.

모건과 많은 노동조합원들은 나보다는 상황을 낙관하고 있었다. 그들은 빌링스, 무니를 비롯한 그들의 공동 피고인, 그리고 사샤의 완전한 무죄 석방을 기대하고 있던 것이다. 그들의 소망에 동참할 순 없었지만 에드 모건의 눈부신 업적에 대해서만큼은 정말이지 존경스러웠다.

얼마 지나지 않아 러시아에서 더 큰 소식이 들려왔다. 크론슈타트 호의 선원들이 회의에서 결의안을 채택한 결과, 러시아 주재 미국 대사 프랜시스 씨를 인질로 삼을 것이며 샌프란시스코 희생자들과 사샤가 석방될 때까지 프랜시스 대사를 풀어 주지 않겠다 선포한 것이다. 무장한 선원 대표단이 이 결정을 실행하기 위해 페트로그라드 주재 미국 대사관으로 행진했다. 혁명 이후 다른 러시아 난민들과 함께 고국으로 돌아간 우리의 오랜 동지 루이즈 베르거가 통역사로 동석했다.

프랜시스 대사는 대표단에게 샌프란시스코 일은 실수이며 무니, 빌링스, 버크만의 목숨은 절대 위험하지 않다고 장담했다.

그러나 선원들은 계속해서 버텼고, 프랜시스 대사는 선원들에게 자신이 직접 워싱턴으로 가서 샌프란시스코 포로들의 석방을 위해 미국 정부와 함께 더욱 노력할 것을 약속했다. 선원들의 위협이 대사에게 영향을 미친 것은 분명했고, 그 결과 윌슨 대통령은 이 사안에 대해 즉각적인 조치를 취하게 되었다.

대통령이 휘트먼 주지사에게 전한 메시지가 무엇이든, 우리 대표단은 휘트먼 주지사에게 매우 호의적인 응답을 받았다. 야심 찬 정치인들이 항상 숫자에 집착하듯, 우리의 대표단 역시 뉴욕의 거의 백만 명에 달하는 조직 노동자를 대표하는 100명의 남성으로 구성되었는데, 이들과 함께 모리스 힐킷과 해리 와인버거가 자리해 주지사에게 알렉산더 버크만은 결코 이 투쟁을 혼자 하는 것이 아니며, 그를 인도할 경우 미 전역의 노동계로부터 공분을 살 것이라는 점을 강조했다.

휘트먼 주지사는 피커트 지방 검사에게 사건 기록을 요청하고 사샤에 대한 기소장을 완전히 파악할 때까지 최종 조치를 연기할 것을 약속했다. 비록 소송 절차가 일시적으로 지연된 것뿐이라고는 해도 이는 분명 우리의 승리였다. 그러나 샌프란시스코 검찰은 주지사가 요청한 문서를 보내는 대신 알바니에게 "버크만 인도를 당분간 추진하지 않겠다"고 통보를 해왔다. 우리는 피커트가 사샤를 폭발과 연관시킬 만한 증거가 전혀 없었기 때문에 그 기록을 보낼 수 없다는 것을 이미 알고 있었다.

법적으로 허용된 30일 이내에 범죄인 인도 요청이 받아들여지지 않았으므로 사샤는 더 이상 구금될 수 없었다. 교도소 행정팀에서는 그가 이미 구치소를 너무 많이 뒤흔들어 놓았기 때문에 소장이 그를 없애고 싶어 안달이 났다고 말했다. 버크만 사건에 관심을 갖게 된 다른 죄수들의 흥분은 말할 것도 없고, 수많은 면회객, 산처럼 쌓이는 편지와 전보로 인해 교도소 업무가 가중된 것이다.

소장이 내게 애원하듯 말했다. "저 사람을 제발 좀 데리고 가요. 당신도 보석으로 나갔잖아요. 이제 버크만의 보석금도 빨리 좀 모아 봐요."

나는 소장을 안심시키며 말했다. 보석금은 이미 마련되었고, 나 역시 사샤로 인해 괴로워하는 그를 고통에서 구해 주기 위해서라도 그를 빼내고 싶다고. 하지만 나의 친구는 변호사와 한 약속 때문에

30일간 더 구치소에 머물기로 결정했다. 샌프란시스코 검찰이 휘트먼 주지사가 요청한 기록을 준비하는 데 시간이 더 필요하다고 통보를 해왔고 사샤는 법적으로 그들을 기다릴 필요가 전혀 없지만 와인버거는 피커트의 기록에서 우리가 두려워할 것이 아무것도 없다는 것을 증명하기 위해서라도 구치소에서 좀 더 기다려보는 게 좋을 것 같다고 했기 때문이다.

소장은 믿을 수 없다는 표정을 지었다.

자고로 아나키스트라면 자신이 하지도 않은 서약을 지켜야 한다는 의무감을 느끼는 법이다.

"당신들은 다들 제정신이 아니군요!" 그는 기가 막힌 듯 말했다. "아니, 출소할 기회가 있는데도 감옥에 남겠다고 고집하는 사람이 세상천지에 어디 있단 말이오?"

어쨌거나 사샤는 자신이 제대로 대우해 줄 것이니 차기 뉴욕 시장이 확실시되는 힐큇에게 자신에 대한 좋은 말을 좀 해달라며 내게 부탁했다. 미래의 사회주의 시장에게 무슨 말을 할 만큼 나는 그렇게 영향력 있는 사람이 아니라고 했지만 소용없었다. 우리에게 친구처럼 친절히 대해 준 자신을 옛 동지를 챙기듯 잘 챙겨 주는 것이야말로 아나키스트다운 일이라고, 소장은 거듭 강조했다.

미국이 전쟁에 참전한 지 7개월, 유럽에서 벌어진 3년 동안의 살육의 숫자를 가뿐히 앞지르고 있었다. 모든 사회 계층의 양심적 병역 거부자들이 감옥과 교도소를 가득 메우고 있었다. 새로운 간첩법은 미국을 하나의 거대한 정신병원으로 만들었고, 모든 주 및 연방 공무원은 물론 상당수의 민간인들까지 이 법으로 인해 엄청난 공격을 당하고 있었다. 그들은 공포와 파괴를 퍼뜨렸다.

불타는 애국정신으로 인해 공개 집회가 해산되고 대대적인 체포가 이어졌으며 구속된 이들에게는 엄청난 형량이 선고되었다. 급진적 출판물은 탄압되었으며 그 직원들은 기소를 당했고, 노동자들은 구타 및 살인까지 당하는 일들이 이어졌다. 애리조나 주 비스비에서는 1,200명의 IWW 노동자들이 수갑을 찬 채 국경을 넘었다. 오클라호마 주 털사에서는 타르에 깃털이 발린 채, 엄청난 구타로 반쯤 죽은 상태로 세이지 덤불에 방치되어 있는 열일곱 명의 동지들이 발견되었다. 켄터키에서는 단일세론자이자 평화주의자 비글로 박사가 연설을 하기도 전에 잡혀가 고문을 당했다.

밀워키에서는 아나키스트들과 사회주의자들이 더 끔찍한 운명을 맞이했다. 이들의 활동은 퇴직한 한 가톨릭 신부의 분노를 불러일으켰는데 그는 특히 야외 집회에서 소리를 지르는 이탈리아 젊은이들을 참을 수 없었다. 그는 경찰에 집회를 신고했고, 곤봉과 총을 들고 나타난 경찰은 군중을 향해 돌진했다. 여기에서 아나키스트 안토니오 포르나시에가 목숨을 잃었으며 또 다른 동지 오거스타 마리넬리는 치명적인 부상을 입고 5일 후 병원에서 사망했다. 총격으로 인해 경찰관도 여럿 경미한 부상을 입었다. 체포에 체포가 이어졌다.

이탈리아의 클럽 사무실이 급습당하고 출판물과 사진이 파괴되었다. 제복을 입은 폭도들이 일으킨 이 폭동에 대해 국가는 엉뚱하게도 (여성 한 명을 포함한) 11명의 사람에게 책임을 물리려 하고 있었다. 이탈리아인들이 체포되는 동안 경찰서에서 폭발이 일어났다. 범인이 밝혀지지 않았음에도 수감자들이 이 폭발 건으로 재판을 받았고 배심원단은 단 17분 만에 유죄 평결을 내렸다.

체포된 10명의 남자와 메리 발디니는 각각 25년의 형을 선고받았는데, 메리 발디니의 다섯 살짜리 아이를 기꺼이 돌봐 줄 의사와 능력이 있는 친지가 있었음에도 불구하고 법원은 아이의 양육권을 국가에 귀속시켰다.

맹목적 애국주의의 광기가 나라 전체에 퍼져나가고 있었다. 반역 혐의로 체포되어 재판에 넘겨진 IWW 회원들이 시카고에서만 160명이었고, 그중에는 빌 헤이우드, 엘리자베스 걸리 플린, 아르투로 조반니티, 카를로 트레스카, 그리고 우리의 오랜 동지 카시우스 V. 쿡도 있었다. 뉴욕의 『비평과 가이드』 편집자였던 윌리엄 J. 로빈슨 박사는 전쟁에 대한 의견을 표명했다는 이유로 투옥되었고, 인권연맹 회장이자 『유럽 전쟁의 강요』의 저자인 해리 D. 월리스 또한 아이오와 주 대븐포트에서의 강연으로 20년 형을 선고받았다.

이 끔찍함의 또 다른 피해자는 미국 여성의 최상의 모습을 보여준 이상주의자 루이즈 올리버로였는데, 인간 도살에 대한 혐오감을 표현한 회람을 작성했다는 이유로 콜로라도에서 45년형을 선고받았다. 이 넓은 미국에서 맹목적 애국주의의 테러로 감옥에 갇힌 사람이 없는 도시나 마을은 거의 없었다.

가장 끔찍한 범죄는 IWW 집행위원인 프랭크 리틀과 우연히도 똑같은 독일식 이름을 가진 또 한 명의 남자가 살해된 사건이었다. 프랭크 리틀은 몸에 장애가 있었지만, 그렇다고 해서 복면강도들이 봐줄 리는 없었다. 한밤중에 그들은 몬태나 주 뷰트, 자신의 침대에서 자고 있던 힘없는 남자를 끌어내어 외딴 곳으로 옮겨 살해한 후 철교에 매달아 두었다. 다른 '적국인'도 마찬가지로 린치를 당했는데, 이 남성의 방은 대형 성조기로 장식되어 있었고 그는 전시공채에 투자까지 했었던 것으로 밝혀졌다.

생명과 언론의 자유에 대한 공격에 더해 인쇄물에 대한 탄압이 이어졌다. 전쟁의 열기 속에서 통과된 간첩법 및 유사 법령에 따라 우정장관은 언론에 대한 절대적인 독재자로 군림했고, 이에 전쟁에 반대하는 출판물은 사적으로 배포하는 것조차 불가능해졌다. 『어머니 대지』가 그 첫번째 희생양이었고, 곧이어 『블라스트』, 『대중』과 같은 다른 출판물들의 편집진에 대한 기소가 이어졌다.

애국적 난리를 피운 건 반동세력만이 아니었다. 샘 곰퍼스는 미국 노동총연맹(AFL)을 전쟁을 미끼삼은 자들에게 넘겼고 월터 립먼, 루이스 F. 포스트, 조지 크릴을 필두로 한 자유주의 지식인들과 찰스 에드워드 러셀, 아서 불라드, 잉글리시 윌링, 펠프스 스톡스, 존 스파고, 시먼스, 겐트 같은 사회주의자들도 맹목적 애국주의의 영광을 누린 자들이었다. 사회주의자들의 전쟁 공포증, 미니애폴리스 회의 결의안, 빨강과 흰색, 파랑으로 치장한 애국 특별 열차, 노동자에게 전쟁 지지를 촉구하는 등의 모든 행위가 미국의 이성과 정의를 무너뜨리는 데 일조하고 있었다.

반면, 과거에 맹목적으로 오로지 자기네 활동에만 몰두하던 IWW 노동자들과 사회주의자들 역시 지금 수확하고 있는 작물의 씨앗을 뿌리는 데 일조한 사람들이다. 박해가 어디까지나 아나키스트에게만 집중된다면, 그들은 아무도 다른 단체가 겪는 탄압을 언급하거나 문제삼지 않았다. IWW의 그 어떤 신문도 우리의 체포와 유죄 판결에 대해 항의하지 않았다. 사회주의 집회에서 자기들과 직접적 관련이 없는 경우 단 한 명의 연설자도 『블라스트』나 『어머니 대지』가 당하는 언론탄압을 공개비난한 적 없었고, 『뉴욕 콜』에 겉치레 기사 몇 줄만 실을 뿐이었다. 맹렬한 자유의 투사였던 다니엘 키퍼가 항의문을 보냈을 때에도 『뉴욕 콜』에 게재되긴 했으나 우리 잡지와 사샤, 그리고 나에 대한 언급은 모두 삭제된 상태였다.

사람들은 참 어리석기도 하지. 반동적 조치가 취해질 때 제일 먼저 당하는 것은 가장 힘 없고 지지기반이 적은 사상을 대표하는 집단이지만, 시간이 지나면 필연적으로 자기들에게도 화가 돌아온다는 것을 왜 모르는 걸까. 이제 미국의 훈족은 더 이상 급진주의 집단을 구분하지 않게 되었다. 자유주의자, IWW, 사회주의자, 설교자, 대학교수 등 가릴 것 없이 이제 다 과거 자신들의 근시안에 대한 대가를 치르고 있었다.

수많은 애국적인 범죄의 물결에 비하면 『어머니 대지』에 대한 탄압은 사소한 문제였을 수 있지만 내게는 2년을 감옥에서 보내게 될 것이라는 전망보다 더 큰 타격이었다. 내 아이인 『어머니 대지』가 빠져나간 지금, 나에게는 관심을 가질 어떤 아이도 남지 않았다. 10년이 넘는 투쟁, 출간을 이어 나가기 위한 고단했던 투어, 많은 걱정과 슬픔 모두 『어머니 대지』를 위한 것이었는데 이렇게 한방에 목숨이 끊어지고 말다니! 우리는 다른 형태로 『어머니 대지』를 계속하기로 결정했다. 구독자와 친구들에게 회람을 통해 잡지가 받고 있는 탄압과 새롭게 구상 중인 출판물에 대해 알렸더니 많은 이들이 도움을 약속했지만, 일부는 나와 엮이고 싶지 않다고 선을 그으면서, 지금 같은 때 국가의 전쟁 정서를 무시하는 것은 무모한 일이라고 답을 했다. 문제를 일으킬 여유가 없는 사람들은 내게 지지를 보낼 수 없었던 게다.

일관성과 용기란 것은 천재성과 마찬가지로 가장 드물고 희귀한 능력임을 나는 이제 잘 알고 있다. 나의 친우 벤은 안타깝게도 이 두 가지 모두가 부족했다. 그런 남자를 10년이나 견뎌 온 내가 어떻게 위험을 피하겠다는 사람들을 비난할 수 있을까. 새로운 프로젝트는 벤을 열광시켰다. 『어머니 대지 불레틴』이라는 아이디어가 그의 마음을 사로잡았고, 예의 그 에너지를 한꺼번에 쏟아부어 출판을 성사시켰다. 하지만 우리는 서로 너무 멀리 떨어져 버렸던가 보다. 그는 『불레틴』이 전쟁으로부터 자유로워지기를 원했다. 논의해야 할 다른 문제들이 아직 너무 많으며, 정부에 대해 계속 반대만 하고 있으면 우리가 오랜 세월 동안 쌓아 온 것을 망칠 것이 분명하다면서 말이다. 좀 더 신중하고 더 실용적일 필요가 있다고 그는 주장했다. 반전 연설에서 무모한 발언을 일삼던 그가 이런 태도를 보인 것은 내게 놀라운 일이었다. 벤이 결국 이런 사람이 되었다는 게 이상하고 또 우습기까지 했다. 그의 변화는 그의 다른 모든 게 그렇듯 이유나 일관성이 없었다. 우리의 관계는 지속될 수 없었고 어느 날 그는 사무실을 박차고서 그길로 떠나 버렸다, 영영.

눈에는 물이 말랐고, 몸에선 힘이 빠진 나는 그대로 의자에 주저앉고 말았다. 곁에 있던 피치가 조용히 내 머리를 쓰다듬어 주었다.

47

『어머니 대지 불레틴』은 이전에 비하면 약소했지만, 엄혹한 시기를 보내면서 당시 우리가 할 수 있는 최선이었다. 정치 상황은 날로 암울해지고, 증오와 폭력으로 가득 찬 이 공기 속에서 드넓은 미국 땅 어디를 가도 안도는 찾아볼 수 없었다. 이러한 절망의 상황에 한 줄기 희망의 빛을 비춘 것은 또다시 러시아였다. 10월 혁명이 구름을 걷어내고 나와, 그 혁명의 불길이 지구의 가장 먼 곳까지 퍼져 나가며 2월 혁명이 내걸었던 최고의 약속이 성취되었다는 메시지를 전해 온 것이다.

리보프와 밀류코프는 자신들의 미약한 힘으로 러시아 대중과 맞섰고, 그들 이전의 차르가 그랬듯 혁명적 인민들에게 패했다. 케렌스키와 그의 당원들 역시 권력을 잡자마자 농민과 노동자에 대한 약속을 저버리며 혁명의 가르침을 얻지 못했다. 수십 년간 사회주의 혁명가들은 아나키스트들 다음으로(물론 그들은 아나키스트에 비해 수도 훨씬 많고 더 잘 조직되어 있기도 하지만) 러시아에서 강력한 촉매제 역할을 해왔다. 그들의 높은 이상과 목표, 영웅주의와 순교 정신은 수천 명의 사람들을 그들의 깃발로 이끄는 빛나는 등대였고 케렌스키, 체르노프 등 당과 지도자들은 얼마간은 2월 혁명의 정신을 받드는 듯 보였다. 그들은 사형을 폐지하고, 감옥 문을 열어젖혔으며, 농민과 노동자의 집집마다에, 그리고 속박된 모든 남녀에게 희망을 가져다주었다. 또한 러시아 역사상 처음으로 표현의 자유와 언론의 자유, 그리고 집회의 자유를 선포했는데, 이 위대한 제스처는 자유를 사랑하는 전 세계 모든 사람들의 찬사를 받았다.

그러나 민중에게 정치적 변화란 사실 자유의 외형적 상징에 불과했다. 전쟁이 종식되고 토지 접근권과 경제 생활이 재편되는 등의 진정한 자유가 곧 다가올 것이었고, 이것이 바로 혁명의 근본적이고 본질적인 가치였다. 하지만 케렌스키와 일당은 상황을 타개하는 데 실패했다. 그들은 대중의 요구를 무시했고, 밀려드는 물결에 휩쓸려 사라져 버렸다. 10월 혁명은 자신들이 믿었던 당의 실패에 대한 민중의 분노가 폭발한 결과이자, 끓어오르는 꿈과 갈망의 정점이었다.

현재 일어나는 일들의 수면 아래를 볼 수 없었던 미국 언론은 10월의 격변을 독일의 프로파간다로, 그 주역인 레닌과 트로츠키, 그리고 그들의 동료들을 카이저의 수하라고 비난했다. 기자들은 몇 달 동안 볼셰비키 러시아의 상황을 제멋대로 조작하고 꾸며냈다. 10월 혁명을 이끈 세력에 대한 그들의 무지는 레닌이 이끈 운동을 해석하려는 그들의 어리석은 시도만큼이나 끔찍했다. 볼셰비즘을 순교자의 열정과 용기를 가진 명석한 두뇌의 사람들이 받아들인 사회적 개념으로 이해한 신문은 찾아볼 수 없었다.

그러나 안타깝게도 볼셰비키를 왜곡한 것은 미국의 언론만이 아니었다. 대부분의 자유주의자와 사회주의자들 역시 이에 동조했던 것이다. 아나키스트들을 비롯한 진정한 혁명가들은 이 비난받는 사람들과 러시아에 대한 강력한 지지와 변호가 시급함을 느꼈다. 『어머니 대지 불레틴』의 칼럼에서, 연단에서, 그리고 쓸 수 있는 모든 수단과 방법을 동원해 우리는 중상모략과 비방에 맞서 볼셰비키를 옹호했다. 비록 그들이 마르크스주의자이자 정부주의자였다고는 하나, 적어도 전쟁을 거부하고 경제적 평등이 뒷받침되지 않는 정치적 자유는 공허할 뿐이라는 사실을 강조할 만큼의 지혜가 있었기 때문에 나는 기꺼이 그들의 편에 섰다. 나는 레닌의 팸플릿 「정치정당과 프롤레타리아의 문제」를 인용하며 그의 요구가 본질적으로 사회혁명가들이 원했지만 소심한 나머지 실행에 옮기지 못했던 것임을 증명하고자 했다. 레닌은 노동자, 군인, 농민 대의원으로 구성된 소비에트가 관리하는 민주 공화국을 위해 노력했다. 그는 즉각적인 제헌의회 소집, 조속한 평화상태, 배상 및 합병 금지, 비밀 조약 폐기를 요구했고 필요와 실제 노동 능력에 따라 토지를 농민에게 돌려주고 프롤레타리아트에 의해 산업을 통제하며, 기존 정부와 자본주의의 완전한 폐지를 위해 모든 국가에 인터내셔널을 결성하고, 인류의 연대와 형제애를 확립하는 것을 자신의 기획에 포함시켰다. 이러한 요구 대부분은 아나키스트 사상에 전적으로 부합하는 것이었으므로 우리의 지지를 받기에 충분했다. 내가 볼셰비키를 투쟁의 동지로서 환영하고 존경하기는 했지만, 러시아 민중 전체의 노력으로 이룩한 성과를 그들만의 공으로 돌리는 것은 받아들일 수 없었다. 10월 혁명이 그들의 영광스러운 업적이긴 했지만, 그것이 가능했던 것은 2월 혁명이라는 러시아 민중의 성취가 있었기 때문이었으니 말이다.

나는 다시 러시아로 돌아가 새로운 러시아를 재창조하는 일에 참여하고 싶었지만 나는 나의 두번째 고국 미국에 구금되어 2년의 징역형을 선고받은 상황이었다. 하지만 대법원의 판결이 내려지기까지 아직 두 달이라는 시간이 남아 있었고, 그 사이에 뭔가를 해낼 수 있을지도 모른다는 생각이 들었다.

미국 대법원의 일처리는 항상 느린 편이어서 판결을 받는 데 길게는 수 년이 걸리기도 했지만 전시인 만큼 언론이며 대중들은 아나키스트와 다른 반군들의 살점을 도려낼 것을 원했고 워싱턴은 이에 신속하게 반응했다. 12월 10일로 판결이 예정되었다. '변호사의 날'에 징병제의 위헌성과 크레이머와 베커, 버크만과 골드만 사건에 관련된 음모 문제를 제기할 변호사는 일곱 명이 채 되지 않았다.

우리의 변호사 해리 와인버거가 워싱턴으로 갔다. 그의 사건개요는 상황의 여러 국면에 대한 철저한 분석이 담겨 있다는 점에서도 훌륭했지만, 무엇보다도 그의 주장의 핵심이 인간의 가치와 사회 비전에 대한 진보적 관점이라는 점이 중요했다. 대법원의 노인들은 이제 '애국적인' 외침에 맞서기에는 너무 늙고 쇠약하다는 것은 우리도 이미 알고 있었지만 12월 10일까지 남은 시간이 얼마 없었던 나는 러시아 혁명의 메시지를 국민들에게 전하고 볼셰비키에 대한 진실을 알리기 위해 서둘러 투어를 결정했다.

무니 사건을 맡은 검찰은 곤경에 처해 있었는데, 연방 수사관들이 해당 사건을 지나치게 샅샅이 들여다보고 있었던 까닭이었다. 여기에 더해 샌프란시스코에서 피커트의 소환을 요구하는 운동이 일어났다. 지방 검사는 또한 휘트먼 주지사가 사샤의 사건 기록을 받아 볼 때까지 그의 인도를 거부한 것이 원통할 따름이었다. 빌링스-무 니 재판에서 시키는 대로 주인을 잘 섬겼던 사람이 받을 만한 대우는 아니었지만 그렇다 해도 피커트는 절망하지 않았다. 그는 대기업에 대한 자신의 충성심만큼은 꺾을 수 없음을 증명해 보였다. 그는 여전 히 레나 무니, 이스라엘 와인버그, 에드워드 D. 놀란 등 세 명의 다른 범죄자를 붙잡고 있었는데 먼저 이들을 제거한 다음, 대법원이 버크 만의 운명을 결정할 때가 되면 버크만까지 해치울 생각이었다. 자신 의 의무를 다하기 위해서라면 무릇 인내를 배워야 하는 법. 샌프란시 스코 지방검사는 자신을 위한 시간이 올 때까지 기다릴 수 있는 사람 이었다. 그는 올버니에 알렉산더 버크만 인도 요청을 일시적으로 철 회하겠다고 통보했고 사샤는 연방 음모 사건에 대한 2만 5,000달러 의 보증금을 내야 했다. 노동자들 사이에서 존경과 인기를 누렸던 사 샤를 구하기 위해 곧바로 이디시 노동 단체와 친구들이 달려들었지 만 법적 절차를 따르는 데 엄청나게 많은 시간과 노력이 필요했다. 그러나 결국 모든 문제가 해결되어 사샤는 다시 자유의 몸이 되었다. 그가 다시 우리 곁에 돌아왔다는 것은 우리 동지들에게 결코 작은 만 족감이 아니었다. 사샤는 마치 학교를 땡땡이치는 장난꾸러기 소년 같았다. 그는 우리 모두가 알고 있는 것처럼 자신 역시 곧 감옥에 가 서 더 오랜 기간 머물러야 한다는 사실을 알고 있었지만 여전히 쾌활 함을 유지했다. 아직 다리가 다 낫지 않아 휴식이 필요한 그에게 나 는 짧게나마 시골에 가서 요양을 할 것을 제안했지만, 그는 샌프란시 스코가 희생자들을 아직도 붙잡고 있는 한 쉴 생각이 없다고 말했다.

우리의 선전은 피커트의 자신감을 상당히 흔들어 놓았다. 사샤의 신병을 확보하는 데 실패한 데 이어 그에게는 다른 불행이 뒤를 따랐다. 와인버거가 배심원단의 무죄 판결을 받아내는 데에는 3분이 채 걸리지 않았고, 검찰의 증거가 위증으로 드러남에 따라 지방검사는 레나 무니와 에드 놀란에 대한 소송도 취하할 수밖에 없었던 것이다. 그러나 증거조작에 대한 정황이 자명함에도 불구하고 톰 무니와 워런 빌링스는 그의 교묘한 그물망에서 빠져나올 수 없었다. 무고한 두 남자들이, 한 명은 종신형에 처하고 다른 한 명은 죽음을 앞두고 있었다. 그러니 사샤가 어떻게 쉴 수 있었겠는가. 가당치 않은 일이었다. 석방되고 불과 며칠 만에 그는 다시 샌프란시스코 캠페인에 완전히 몰두했다.

무니 캠페인에 루시 로빈스라는 새로운 일꾼이 등장했다. 투어에서 만난 적이 있기는 하지만 어쩐지 가깝게 지내지는 않았음에도 나는 루시가 유능한 조직가이며 노동운동과 급진주의 운동에 적극적인 사람이라는 것은 잘 알고 있었다. 1915년 로스앤젤레스에서 있었던 나의 강연에 루시와 밥 로빈스가 찾아온 적이 있다. 그들과 즐거운 시간을 보내면서 우리 사이에는 우정이 싹트기 시작했다. 루시는 여성이 기계를 다루는 능력이 부족하다는 남성들의 주장을 반박했다. 그녀는 타고난 엔지니어였으며, 국내에서 어지간한 노동자 주택의 편안함과 매력을 능가하는 자동차 주택을 처음으로 고안하고 만들어 내기까지 한 사람이었다. 자동차 주택은 작은 찬장과 옷장에 욕조까지 갖추고 있는 독특한 공간이었다. 또한 루시와 밥은 완벽한 인쇄 장비까지 가지고 다녔다. 이 기발한 바퀴 달린 집을 타고 루시가

운전사가 되어 해안에서 해안으로 이동했다. 이들은 이동 경로를 따라 멈추는 지점에서 주문을 받고 그 자리에서 인쇄를 해주면서 생활비를 벌었다. 그들의 여행 동반자는 축음기 하나와 작은 개 두 마리였는데, 그 중 한 마리는 타협하지 않는 반유대주의자였다. 유대식 음악이 연주되자마자 네 발 달린 이 반유대주의자는 미친 듯이 울어댔고, 그를 불쾌하게 하는 그 음악이 멈출 때까지 멈추지 않았는데 바로 이것이 이 동지들의 행복한 여행 생활에 있어 유일한 방해요소라면 방해요소였다.

여행 중 잠시 머무는 길이었지만, 자신들이 무니를 위한 캠페인에 도울 일이 있다는 걸 알게 되자 바로 뉴욕에 남겠다고 자원했다. 이들은 바퀴 달린 집은 창고에 넣어 두고 라파예트 스트리트에 위치한 우리 사무실의 작은 방에서 살기 시작했다. 건축가, 건설업자, 기계공, 만능 재주꾼인 루시는 그런 일뿐 아니라 조합을 만들고 큰 일을 조직하는 데도 능숙한 일꾼임을 증명했다. 그녀는 '현실정치'라는 용어가 유행하기 훨씬 전부터 그 말을 이해하고 있는 사람이었다. 그녀가 사랑이나 전쟁, 그게 무엇이든 수단을 정당화할 수 없다는 우리의 입장을 견디지 못했다면, 반면 우리는 과정 중 목표를 잃더라도 결과를 얻는 게 중요하다는 그녀의 성향에 공감하지 못했다. 우리는 싸우기도 많이 싸웠지만 루시를 좋은 동료이자 친구로 여기는 마음이 줄어들지는 않았다. 무한한 에너지를 가진 생명체, 누구도 피할 수 없는 존재였으니. 사샤와 피치에게 루시라는 캠프 보좌관이 생겨서 나 또한 기뻤다. 이 세 사람이 함께라면 일이 즐거워질 수 있을 것 같았다.

해리 와인버거로부터 1월 중순이 되어서야 대법원의 판결이 나올 것 같다는 소식이 왔고, 판결 후 항소하기까지 한 달의 시간이 주어진다는 사실을 알게 되었다. 크리스마스가 가까워지면 다른 지역에서의 집회가 쉽지 않다는 점을 고려할 때 약간이라도 시간이 생긴다는 것은 꽤 고무적인 일이었다.

감옥에 가는 것을 불사하고라도 징병제에 반대한다는 우리의 입장은 헬렌 켈러를 비롯한 많은 새로운 친구들을 얻게 해주었다. 나는 오랫동안 가장 끔찍한 신체적 장애를 극복한 이 놀라운 여성을 만나고 싶었다. 그녀의 강연을 한번 들었다가 큰 감동을 받았던 기억이 있다. 헬렌 켈러의 경이로운 인간승리는 인간 의지의 불가사의한 힘에 대한 내 믿음을 더욱 굳건히 해주었다.

캠페인을 시작하면서 나는 헬렌 켈러에게 지지를 부탁하는 편지를 보냈었다. 오랫동안 답장을 받지 못한 채로 역시 그녀의 삶은 세상의 비극에 관심을 갖기에는 너무 힘든 것이구나 하는 혼자만의 결론을 내리고 있었는데 몇 주 후 그녀로부터 메시지를 받아보고 그녀를 의심했던 내 자신이 부끄러워졌다. 자기중심적인 것과는 거리가 멀고, 모든 인간을 포용하는 사랑과, 인류의 절망과 비극에 대한 깊은 연민을 헬렌 켈러는 스스로 증명하고 있었다. 그녀는 자신의 선생님이자 동료인 사람과 함께 시골에 머물고 있던 중 우리의 체포 소식을 들었다고 했다.

그녀는 편지에서 마음이 몹시 괴로웠다고 썼다. "저 역시 무언가를 하고 싶었는데, 당신의 편지를 받아보고 어떻게 해야 할지 고민하고 있었어요. 확실히 말씀드릴 수 있는 건, 더 자유롭고 행복한 사회를 만들기 위한 혁명에 제 가슴이 뛰고 있다는 겁니다. 치열한 행동과 혁명과 담대한 가능성이 가득한 지금, 한가롭게 앉아만 있는 기분이 어떨지 상상할 수 있으실는지요? 저는 봉사하고, 사랑하고 사랑받고, 일을 돕고, 행복을 주고 싶은 갈망으로 가득 차 있습니다. 이렇게 강렬히 원하기 때문에 뭔가를 이뤄 낼 것 같지만, 결국 아무 일도 일어나지 않아요. 운명은 나에게 하릴없이 기다리기만 하는 삶을 선고했는데 어째서 저는 이 고귀한 투쟁의 일부가 되고 싶다는 열망을 품게 되었을까요? 알 수 없겠죠. 지금의 광란을 지켜보면 그저 초조할 뿐이에요. 하지만 한 가지 확실한 것은 여러분은 언제나 저의 사랑과 지원을 믿고 의지할 수 있다는 것입니다. 이런 상황을 차라리 보지 않겠다고 눈을 감아 버린 사람들은 말하죠, 현명한 사람들은 이럴 때일수록 말을 아끼는 법이라고. 그러나 당신은 말을 아끼고 있지 않네요. IWW 동지들도 마찬가지고요. 당신과 그들에게 축복이 있기를 바랍니다. 동지여, 당신은 말을 아껴서는 안 됩니다. 세상의 권세 모두가 반대하더라도 당신의 일은 계속되어야 합니다. 지금처럼 용기와 불굴의 의지가 절실히 필요했던 적이 있을까요…."

이 편지를 받은 후 얼마 지나지 않아 우리는 『대중』의 주최로 열린 한 연회에서 만나게 되었다. 이 행사는 기소된 맥스 이스트먼, 존 리드, 플로이드 델, 아트 영과 같은 출판물 제작자 그룹에 대한 연대의 표시였다. 헬렌 켈러가 참석했다는 사실을 알게 되어 기뻤다. 인간의 가장 중요한 감각을 잃은 이 놀라운 여성은 그럼에도 불구하고 초능력을 통해 보고 듣고 말할 수 있었다. 내 입술에 닿는 그녀의 생생한 손가락과 내 손 위에 닿는 그녀의 섬세한 손에는 마치 전기가 흐르는 듯했고, 그 전기는 혀로 할 수 있는 이상의 것을 말해 주었다. 물리적 장벽이 사라지고, 나는 그녀의 내면의 아름다움에 매료되었다.

1917년은 가장 활발한 활동이 있었던 한해였던 만큼 그에 걸맞은 송년회가 필요했다. 스텔라와 테디의 숙소에서 열린 신년 파티에서 적절하게도 이교도 의식이 행해졌다. 지금 한 순간만이라도 모든 일을 잊고 내일 또다시 우리를 찾아올 걱정을 무시하고 파티를 즐겼다. 샴페인이 터지고, 잔이 부딪히고, 놀이와 춤 속에서 우리의 마음은 다시 젊어지는 느낌이었다. 줄리아와 친구들의 아름다운 나막신 춤은 파티의 즐거움을 더해 주었고, 충실하고 사랑스러운 줄리아는 장난과 즐거움으로 가득 차 있었다. 우리 서클의 영혼인 줄리아는 게걸스럽게 먹어치우는 친구들에게 대접할 샌드위치를 만들어 산처럼 쌓아놓는 일을 나와 함께한 내 소중한 오른팔이었다. 우리는 기분좋게 새해를 맞이했다. 삶은 매혹적이었고 자유의 모든 시간이 소중했다. 애틀랜타와 제퍼슨은 멀리 떨어져 있었다.

그 후 이어진 짧은 강연 투어는 참석인원을 다 수용할 강당을 구할 수 없을 정도로 성공적이었고, 그런 가운데 곳곳에서는 러시아에 대한 열기가 고조되고 있었다.

시카고에서는 윌리엄 네이선슨, 빌로프, 슬레이터가 정회원으로 있는 비당파적 급진주의 연맹이 주선한 아홉 번의 집회에 참석했다. 다시 의사로서의 경력을 성공적으로 이어 가고 있는 벤도 참석했다. 옛 범죄현장으로 돌아오는 라스콜리니코프처럼.

러시아에 대한 강연에서 시카고가 이렇게 자발적인 열정과 반응을 보인 적은 일찍이 없었는데 아마도 1월 15일 미국 연방 대법원이 징병법을 합헌으로 선언한 판결로 인해 더욱 관심이 집중된 것 같았다. 이 나라의 젊은이들을 바다 건너로 내모는 강제 징병이 우리나라 최고 법원의 승인 도장을 받게 됨에 따라 인간 도살에 반대하는 시위는 이제 불법으로 선포되었다. 신과 옛날 옛적 신사들 가라사대, 자기네의 무한한 지혜와 자비는 최고의 법이었다.

이 결정이 일반적인 전쟁 심리를 반영하고 하급심 판결에도 영향을 미칠 것이라 확신한 우리는 2주 전 『불레틴』을 통해 친구들에게 미리 작별을 고했다.

좋은 친구, 동지, 동료가 되어 주십시오. 우리는 이제 가벼운 마음으로 감옥에 갑니다. 바깥 세상에서 입마개를 쓰고 자유를 누리는 것보다 감옥에 갇혀 있는 편이 우리로서는 더 만족스럽습니다. 우리는 결코 겁먹지 않을 것이며, 우리의 의지 또한 꺾이지 않을 것입니다. 때가 되면 여러분들 곁으로 돌아오게 되겠지요.

이것이 여러분께 드리는 작별 인사입니다. 자유의 빛이 지금 막 낮게 타오르고 있습니다. 하지만 동지 여러분, 절망은 마십시오. 꺼져 가는 불꽃을 살리세요. 밤이 영원히 지속되지는 않을 겁니다. 곧 이 어둠에 균열이 생기고 이 나라에도 새날이 찾아올 것입니다. 우리가 이 커다란 각성을 위해 작은 힘이나마 보탰다고 느꼈으면 합니다.

— 엠마 골드만, 알렉산더 버크만.

시카고에 이어 디트로이트에서 네 번의 집회를 성공적으로 마칠 수 있었던 것은 나의 친구인 제이크 피시먼과 그의 아리땁고 유능한 아내 미니의 조직력 덕분이었다. 미국 임금 노예들의 가슴에서 러시아라는 이름의 새 희망이 깨어났다는 소식에 사람들이 한꺼번에 몰려들었다. 제퍼슨 감옥에 들어가기 전 뉴욕에서 조직하려던 정치범 사면 연맹에 대한 나의 발표는 열광적인 환호를 받았고, 시카고에서 모금된 기금에 많은 액수가 더해졌다.

앤아버에서의 두 차례 강연을 위해 필요한 준비를 해준 사람은 오랜 친구이자 훌륭한 일꾼인 아그네스 잉글리스였다. 하지만 '미국 독립혁명의 딸들'은 내 강연에 반대하고 나섰다. 회원 일부는 시장에게 항의했는데, 안쓰럽게도 그는 독일 혈통을 가진 사람이었다. 진정한 미국 독립의 정신을 실천하기 위해 그가 할 수 있는 일이 무엇이었을까? 그렇게 나의 강연은 금지되었다.

1월 말, 많은 친구들이 순진하게 품었던 희망은 끝이 났다. 대법원은 재심을 허가하지 않았고, 이들은 더 이상 법의 심판을 미루지 않기로 결정했다. 재수감일은 2월 5일이었다. 내게 주어진 7일간의 자유시간 동안 우리는 사랑하는 사람들과 보낼 수 있는 내밀한 시간을 보내고, 좋은 친구들과의 만나는 등 매 순간에 우리를 쏟아부었다. 뉴욕에서 보내는 마지막 저녁은 마지막 공식 석상과 정치범 사면 연맹의 조직을 위해 썼다.

미국과 캐나다 각지에서 온 러시아 노동자 연합 대표들이 뉴욕에서 집회를 열었고 사샤와 내가 주빈으로 초대받았다. 우리가 등장하자마자 박수가 터져 나왔고, 전체가 기립해 우리를 환영했다. 첫번째 연사로 나선 사샤는 10월 혁명을 기념하고 집회에 대한 특별한 감사의 표시로 러시아어로 몇 마디를 하려고 했다. 러시아로 연설을 시작했지만 "도로기예 토바리스트치(친애하는 동지 여러분)"라고 하고 나서는 더 나아가지 못하고 영어로 바꾸어야 했다. 나는 적어도 사샤보다는 더 잘할 수 있을 거라 생각했는데 순전한 착각이었다. 미국의 삶과 언어에 동화된 탓인지, 우리는 이제 모국어를 잃어버리고 있었다. 모국어는 잃어버리고 있다 해도 러시아 정세와 문학에 대해서는 항상 연락을 주고받아 왔고, 미국 내 급진주의자 러시아인들과 협력을 해온 우리였다. 다음 번에는 자유의 땅에서 그들의 아름다운 언어로 연설할 것을 청중에게 약속하고 연단에서 내려왔다.

정치범 사면 연맹이 결성되었다. 새로운 조직의 탄생을 축하하기 위해 레너드 애벗, 앤드류스 박사, 프린스 홉킨스, 릴리언 브라운, 루시, 밥 로빈스 등 여러 동료들이 참석했다. 프린스 홉킨스가 상임 회장, 레너드가 회계담당, 피치가 총무로 선출되었다. 이를 위해 시카고와 디트로이트에서 모금한 자금은 새 단체의 자본금으로 기부되었다. 친구들이 우리에게 작별 인사를 건넨 것은 늦은 밤, 아니 2월 4일의 이른 새벽이었다. 내 팸플릿 「볼셰비키의 진실」의 교정 작업이 남아 있었지만, 남은 작업을 피치가 무사히 끝내 줄 것임을 알기에 믿고 맡길 수 있었다.

몇 시간 후 우리는 연방 건물로 향했다. 나는 교도소까지 혼자 갈 수 있고, 비용도 내가 직접 부담하겠다고 했지만, 관계자들은 말도 안 되는 소리를 한다는 표정으로 내 제안을 거절했다. 제퍼슨시티 교도소로 가는 길은 다시 연방 보안관과 그의 부인과 함께였다.

동료 수감자들은 나를 마치 잃어버린 여자형제를 맞이하듯 반겨

주었다. 그들은 대법원의 판결을 매우 유감스럽게 생각했지만, 내가 복역을 한다면 제퍼슨시티 교도소로 돌아올 수 있기를 바랐다. 내가 만일 교도소장 페인터 씨에게 접근할 수만 있다면 교도소 상황을 개선하는 데 도움이 될 거라는 생각이 들었다. 소장은 대체로 "좋은 사람"이라는 소리를 듣는 사람이었지만 재소자들은 소장을 보는 일이 거의 없었고, 그는 여자 교도소 안에서 무슨 일이 일어나는지 아무것도 알지 못했다.

처음 2주 동안 교도소에 있으면서 나는 이미 미주리 교도소의 수감자들이 블랙웰 섬의 수감자들과 마찬가지로 사회 최하위 계층 사람들이라는 것을 알 수 있었다. 평균 이상의 집안 출신이었던 내 감방 동기 한 명을 제외한 나머지 90여 명의 재소자들은 죄다 가난하고 구질구질한 삶을 사는 불쌍한 이들이었다. 인종을 막론하고 대부분 환경으로 인해 태어날 때부터 범죄에 내몰린 사람들. 21개월 동안 이들을 매일 만나면서 이 확신은 더욱 굳어졌다. 나는 이곳에 범죄 심리학자들이 주장하는 범죄자는 없다고 생각했다. 다만, 불행하고, 상처받고, 불운하고, 절망적인 사람들이 있을 뿐이었다.

제퍼슨시티 교도소는 여러 면에서 모범적이었다. 교도소 감방은 1893년 내가 머물던 곳보다 두 배나 컸지만, 아주 화창한 날을 제외하고는 창문을 바로 마주 보고 있는 아주 운이 좋은 사람이 아니라면 좀처럼 빛이 들지 않았다. 감방은 대체로 채광이나 환기가 되지 않았다. 남부 사람들은 신선한 공기를 맡는 것에 대해 그다지 신경을 쓰지 않는 것일까? 다른 건 몰라도 새로 이사온 '하숙집'에서 이 귀중한 요소가 금기시되고 있는 건 분명했다. 지독하게 더운 날씨에만 겨우 복도의 창문이 열렸다. 모두가 똑같은 대우를 받고, 같은 독한 공기를 마시고, 같은 탕에서 목욕을 한다는 점에서 우리의 삶은 매우 민주적이었다. 하지만 이곳의 가장 큰 장점은 혼자만의 감방이 주어진다는 점이었는데 이는 타인과 어쩔 수 없이 같은 공간에서 지내는 시련을 견뎌 본 적이 있는 사람만이 진정으로 감사할 수 있는 축복이었다.

교도소에서 민간 계약 노동 제도가 공식적으로 폐지되었다는 이야기를 들었다. 이제 주정부가 우리의 새 고용주였지만, 새로운 상사가 부과한 의무 작업량은 민간업체가 부과했던 것에 비해 결코 가볍지 않았다. 재킷, 작업복, 코트, 멜빵바지 등을 재봉하는 기술을 배우기 위해 주어진 시간은 두 달이었다. 작업량은 하루에 45벌에서 121벌까지, 멜빵바지는 9벌에서 188벌까지 다양했다. 기계로 하는 경우에도 업무량이 동일하기는 했지만, 일부 작업은 육체적으로 두 배 이상 고되기도 했다. 연령이나 신체 조건에 관계없이 모두가 업무를 완벽하게 수행해야 했고 아주 심각한 질병이 아닌 한, 병조차도 재소자를 구제할 수 있는 충분한 사유가 못 되었다. 바느질에 대한 경험이 있거나 특별한 소질이 있는 사람이 아니라면, 이 일은 끝없는 고민과 걱정이 원천이 되었다. 인간 능력의 다양성에 대한 고려도 없고, 신체적 한계에 대한 고려도 없었다. 게다가 몇몇 간부들의 편애를 받는 사람들은 세상 쓸데없는 사람들이었다.

수감자들이라면 모두 작업장에 대한 공포가 있었다. 반장 때문이었다. 그는 열여섯 살 때부터 기계를 담당해 온 스물한 살의 청년이었다. 야심 찬 젊은이였던 그는 여성들에게서 어떻게 하면 작업량을 뽑아낼 수 있는지를 알 만큼 영리했다. 모욕 먼저, 이것이 실패할 경우 체벌에 대한 위협을 하면 대체로 결과가 나왔다. 이 남자에게 겁에 질린 여성 재소자들은 감히 아무도 입을 열지 못했다. 만약 누군가 입을 여는 이가 있다면, 즉시 반장의 타깃이 되었다. 심지어 작업을 마친 것의 일부를 가져간 후 업무태만으로 신고해 재소자가 처벌받도록 하는 일까지 저질렀다. 이 사람에게 한 달에 네 차례 정도 '찍히면' 이로써 등급이 내려가고, 이는 곧 '좋은 시간'을 잃어버리게 된다는 의미였다.

미주리 교도소는 성과급 제도로 운영되었는데, 그중 A등급이 가장 높은 단계였다. 그 목표를 달성할 경우 적어도 주정부 수감자들은 형량을 거의 절반으로 줄일 수 있었다. 주정부는 우리가 죽을 때까지 일을 시킬 수 있었는데, 심지어 이에 대해 보상을 해줄 의무도 없었다. 우리에게 허용된 유일한 근무 시간 단축은 매년 두 달의 휴가뿐이었다. A등급에 도달하지 못할지도 모른다는 두려움 때문에 사람들은 심하게 닦아세움을 당했다.

물론 작업장 반장은 교도소라는 거대한 기계의 톱니바퀴에 불과했고, 그 중심에는 미주리 주가 있었다. 미주리 주는 민간 기업과 거래하며 미국 전역에서 고객을 끌어모으고 있었는데, 이것을 알게 된 것은 우리가 제조한 물건에 붙이는 라벨 덕분이었다. 이곳에선 링컨 대통령도 재소자 노동을 착취하는 인물이 되어 있었는데, 밀워키의 '링컨 도매회사'의 라벨에 해방자 링컨 대통령의 사진과 함께 다음과 같은 말이 새겨져 있었던 것이다. "조국에 대한 충성, 우리 산업에 대한 충성." 우리의 노동력을 헐값에 사들인 기업들은 노조 인력을 고용한 기업들보다 훨씬 싼 값에 물건을 공급할 수 있었다. 다시 말해, 미주리 주는 우리를 노예처럼 부리고 착취했을 뿐 아니라 다른 노동자들을 공격하는 일까지 했던 것이다. 기업들의 작업량 압박은 퍽 잘 먹히는 편이었다. 그리하여 교도소장 대행인 길반 반장과 주임 간수 라일라 스미스는 기업과 함께 교도소 체제를 통제하는 3각 동맹을 구성했다.

길반은 미주리 주에서 채찍질이 유행하던 시절에 그 짓을 하던 사람이었다. 이후 다른 형태의 처벌이 채찍을 대신했는데, 휴게시간이 박탈되거나 토요일부터 월요일까지 48시간 동안 빵과 물만 먹으며 갇혀 있는 식이었다. 이때의 감방은 칠흑같이 어두워 "깜깜이"라고 불렀다. 이 감방은 약 가로 120센티미터 세로 240센티미터 크기로 완벽하게 어두웠고, 허용된 것은 담요 하나뿐이며 하루에 빵 두 조각과 물 두 컵만 먹을 수 있었다. 재소자들은 이 깜깜이 감방에 짧게는 3일, 길게는 22일까지 수감되었다. 다른 괴롭힘도 있었지만, 내가 머무는 동안 백인 여성이 당하는 일은 없었다.

길반 반장은 이 깜깜이 감방에 수감된 죄수들의 손목을 묶어 매다는 체벌을 즐겼다. 그가 종종 외치는 말은 "반드시 해내야지!" "할 수 없다는 말은 없어!"였다. "나는 이렇게 체벌하는 게 재밌어 죽겠으니까. 내 말 명심해!" 그는 심지어 화장실에 가는 것조차 금지하며 허락 없이 근무지를 이탈하지 말라고 했다. 한번은 작업장에서 길반 반장이 평소보다 더 잔인하게 행동하기에 그에게 다가가 말했다. "특히 나이 든 여성들에게 이 일은 고문과도 같은 일이란 걸 모르나요? 식사도 제대로 안 주고 지속적으로 체벌이 이어진다면 상황은 더 나빠지기만 할 거예요." 반장은 붉으락푸르락해져서는 험악하게 말했다. "여, 골드만. 당신 또 문제 일으키려고 하는구만? 내 당신이 여기 왔을 때부터 의심하고 있었지. 여기 있는 죄수들은 불만 한번 제기한 적이 없고 항상 맡은 일 따박따박 해냈어. 이 사람들 머릿속에 이상한 생각 집어넣을 생각하지 마. 당신 조심해! 우리가 지금까지 당신에게 친절하게 대해 준 거 알지? 소란을 피우기라도 하면 당신도 다른 사람들처럼 체벌 대상이야. 알아?"

나는 대답했다. "반장님, 무슨 말인지 압니다. 하지만 당신은 지금 야만적으로 일을 시키고 있어요. 탈이 나지 않고서 이 일들을 제대로 해낼 수 있는 사람이 없다는 걸 아셔야죠."

자리를 떠나는 그를 스미스 주임 간수가 뒤따랐고 나는 내 자리로 돌아왔다.

작업반장이었던 안나 군터 양은 매우 점잖은 사람이었다. 그녀는 여성들의 불만을 참을성 있게 들어 주고 몸이 아프다고 하면 종종 결근을 허락해 주었으며, 심지어 작업량이 부족한 것을 알면서도 그냥 넘어가 주었다. 게다가 내게도 그간 지극히 친절하게 대해 주었는데, 그녀에게 미리 이야기도 하지 않고 길반 반장에게 그런 발언을 한 것에 대해 죄책감이 들었다. 물론 나를 비난하지는 않았지만 내가 길반 반장과 그런 대화를 한 것은 성급한 행동이었다는 말을 했다. 안나 양은 수감자들에게 유일한 정신적 지주였고, 참으로 귀한 영혼이었다. 하지만 아쉽게도, 그녀 역시 또 다른 부하 직원에 불과했다.

이 구역의 여왕은 라일라 스미스였다. 현재 40대인 그녀는 10대 때부터 교도소에서 근무해 온 사람이었다. 작고 아담한 체격의 스미스는 딱딱하고 차가워 보이는 인상으로, 상사에게 잘 보이려는 태도의 이면에는 청교도 특유의 강인함과 엄격함이 있었다. 이제는 다 메말라 버린, 인간의 감정을 극도로 혐오하는 청교도주의 특유의 그것 말이다. 하여 그녀 가슴에는 동정이나 연민은 없었고, 다른 사람에게서 그런 감정을 느낄라치면 이내 무자비해졌다. 동료 수감자들이 나를 좋아하고 따른다는 사실만으로도 그녀에겐 나를 저주할 이유가 충분했지만 내가 소장과 잘 알고 지내는 사이라는 걸 알기에 대놓고 반감을 드러내지는 않았다. 그녀의 방식은 좀 더 교활했다.

작업장 안의 시끄러운 소음과 작업량에 대한 압박 때문에 첫 달은 정말 힘들었다. 오래전부터 앓고 있던 위장 질환이 악화되었고 목과 척추에 큰 통증이 시작되었다. 교도소 담당의는 수감자들에게 어떤 식으로든 도움이 되지 않았다. 사람들 말로는 그 담당의는 아는 것이라고는 하나도 없고 스미스를 두려워하기 때문에 아무리 죄수가 아프다 하더라도 작업장에서 내보내는 일이 없다고 했다. 겨우 몸을 지탱하고 서 있을 정도의 상태인 사람을 담당의가 다시 작업장으로 보내는 걸 본 적도 있다. 진료소에는 부인과 진료를 할 수 있는 인력도 없었고 중환자들인 경우에도 그저 감방에 갇혀 지내는 게 전부였다. 진료소에 가고 싶지는 않았지만 고통이 견딜 수 없을 정도로 심해져서 어쩔 수 없이 의사에게 갔다가 담당의의 상냥한 태도에 놀랐다. 그는 내가 몸이 안 좋다는 말을 전부터 듣고 있었는데 어째서 더 빨리 자기를 찾지 않았느냐면서 당장 휴식을 취하고 이후 담당의 허락이 있을 때까지 일을 재개해서는 안 된다는 지시를 내렸다. 예상치도 못한 그의 태도는 분명 다른 수감자들이 받는 대우와는 거리가 먼 것이었다. 나를 향한 그의 친절은 페인터 소장 때문이었을까?

의사는 매일 내 감방을 찾아와 목을 마사지해 주고 재미있는 일화들로 나를 즐겁게 해주는 것도 모자라 심지어 특별식을 지시해 보내주기까지 했다. 감방의 음울한 환경 때문인지, 회복은 더뎠다. 지저분한 회색 벽, 부족한 채광과 환기, 게다가 목의 통증으로 인해 책을 읽거나 다른 일을 하면서 시간을 보낼 수 없었던 탓에 하루가 참을 수 없이 길게 느껴졌다. 나 이전에 이 감방에 있던 수감자들은 가족 사진이나 유명 배우의 사진을 신문에서 오려 낸 것을 벽에 붙여 어떻게든 분위기를 바꿔 보려고 애썼던 모양이었다. 벽에 남아 있는 얼룩덜룩한 테이프의 흔적들이 내 불안감을 더했다. 나를 불행하게 한 또 다른 요인은 갑작스럽게 바깥으로부터의 모든 연락이 중단되었다는 점이었다. 열흘 동안 아무에게서도 편지나 전보를 받지 못했다.

감방에서 2주간 지내면서 재소자들이 어째서 차라리 고문과도 같은 일을 하기 원하는지 알 것 같았다. 그게 뭐든, 일을 할 수 있다는 사실이 절망에서 벗어날 수 있는 유일한 탈출구가 되기도 하는 것이다. 수감자 중 누구도 멍하게 보내는 시간을 좋아하지 않았다. 작업장 업무는 끔찍했지만 그래도 감방에 갇혀 있는 것보다는 나았다. 나는 업무에 복귀했다. 나를 침대로 몰아넣은 육체적 고통과 다시 작업장으로 돌아오게 만든 정신적 고통 사이의 갈등은 꽤 격렬했다.

드디어 내 앞으로 온 우편물 한 꾸러미를 받아 볼 수 있었다. 워싱턴의 명령에 따라 캔자스시티에 있는 연방 조사관에게 내 앞으로 오는 서신과 내가 보내는 서신을 모두 미리 제출해야 한다는 페인터 소장의 메모가 붙어 있었다. 감옥에 있을 때조차 사회의 위험요소로 느껴지다니, 내가 뭔가 대단한 사람이라도 된 것 같았다. 그렇지만 내가 보내고 받는 모든 편지를 교도소장과 교도관이 읽을 것을 생각하면 워싱턴이 내게 관심을 제발 좀 꺼줬으면 좋겠다는 바람이었다.

나중에야 나는 내 생각과 표현에 대해 연방 당국이 왜 염려를 하고 있는 건지, 그 원인을 알게 되었다. 소장은 내가 변호사 해리 와인버거에게 매주 편지를 써도 된다고 허락해 주었는데, 내가 보낸 편지 하나에서 펠런 상원의원이 의회에서 톰 무니에 대한 반대 연설을 한 것을 논평한 적이 있다. 캘리포니아 주지사에게 무니의 생명을 구해달라는 수천 건의 탄원서가 쏟아지고 있는 지금 미 상원의원이란 자가 그런 공격성 발언을 하다니, 참으로 수치스럽고 잔인한 일이었다. 내 편지에서 펠런 의원을 칭찬하지 않았던 것은 당연했다. 참전 이후 미국에서 나랏일 하는 모든 사람들이 게슬러[『빌헬름 텔』에 등장하는 독재자. 자신의 모자에 절을 하도록 강요했다]가 되어서 그들의 모자에 대한 경의를 표하는 게 국민으로서의 의무가 되었다는 사실을 잊고 있었다.

내 앞으로 온 편지들에는 애정과 응원과 함께 안타까운 소식도 많이 담겨 있었다. 우선, 피치의 아파트가 습격당했다. 그녀와 젊은 비서 폴린이 잠든 사이, 연방 요원과 형사들이 들이닥쳐 이들이 옷을 걸치기도 전에 폴린의 방으로 쳐들어왔다. 요원들은 탈영한 IWW 노동자 한 명을 찾고 있노라 주장했지만 피치는 그 사람에 대해 아는 바가 전혀 없었다. 그럼에도 침입자들이 책상과 편지를 뒤지고 볼테린 드 클레어의 유고집 활판을 포함한 모든 것을 압수해 가는 것을 막을 순 없었다.

스텔라는 그녀와 신실한 '스웨덴인' 칼이 그리니치 빌리지에서 시작한『어머니 대지』서점에 대한 불안감을 내비쳤다. 수상한 사람들이 끊임없이 뒤를 쫓고, 숨조차 맘 편히 쉬지 못할 정도로 상황이 끔찍해진 것이다. 그런 가운데 스텔라가 보낸『불레틴』3월호는 마치 봄의 전령과도 같았다. 여기에는 해리 와인버거가 동지 두 사람과 함께 애틀랜타의 사샤를 방문했던 이야기가 담겨 있었다. 사샤는 톰 무니의 생명을 구하기 위한 싸움은 계속되어야 한다고, 해리에게 다시한번 강조했다. 우리의 노력을 중단하는 순간 끔찍한 일이 벌어질 거라며 말이다. 아, 나의 용감한 친구 같으니! 샌프란시스코 희생자들에 대한 그의 마음은 얼마나 깊은가, 그리고 그들을 위한 그의 노력은 얼마나 대단한가! 자신이 옥에 갇힌 순간까지도 그는 자신의 운명보다 무니를 더 걱정하고 있었다.『불레틴』에서 그의 정신과 기고에 참여한 다른 친구들의 정신을 느끼고 나니 마음 한 켠이 든든했다.『어머니 대지 불레틴』을 그만두기는 죽도록 싫었지만, 스텔라가 위험에 처했다는 것을 안 이상 발행을 중단하고 서점 문을 닫으라고 편지를 보냈다.

워싱턴이 우리를 뉴욕에서 멀리 떨어진 곳으로 보냄으로써 우리의 활동에 차질을 빚으려 한 것은 의심의 여지가 없었다. 조지아 주보다 가까운 리븐워스로 보낼 수 있었는데도 굳이 사샤를 애틀랜타에 처박아 둔 데에는 그 이유밖에 없었을 것이다. 제퍼슨시티는 세인트루이스에서 차로 3시간 거리에 있고 중요한 철도 중심지이기 때문에 방문 신청자가 수용 가능한 인원보다 늘 많았다. 사샤에 대한 공격에 성공하지 않았더라면 미국 정부의 좌절을 웃어넘겼을 것이다. 들리는 바에 따르면 애틀랜타의 상황은 마치 봉건시대와 다름없었다. 펜실베이니아 연옥에서 14년을 보낸 사샤가 또다시 나보다 큰 고통을 겪게 되다니.

나를 처음으로 찾아온 방문자는 정치범 사면 연맹의 회장인 프린스 홉킨스였다. 그는 사면 연맹을 위해 여러 곳을 순회하며 지부를 조직하고, 수감 중인 피해자 수에 대한 데이터를 수집하면서 동시에 기금모금을 하고 있었다. 내 몸이 축나지 않는 다른 일을 할 수는 없는지 물으며 홉킨스는 그러지 말고 자신이 교도소장을 한번 만나 보면 어떻겠느냐고 제안하기에 린넨 수선실에 있는 재소자 중 한 명이 조만간 출소 예정이라 그곳에 빈자리가 생길 것 같다는 말을 했다. 그가 떠난 후 내 작업 변경 건에 대해 페인터 소장이 스미스 양과 논의하기로 했다는 그의 편지가 도착했지만, 후에 온 편지에서 주임 간수가 그 자리에 이미 다른 사람을 뽑았다는 내용이 적혀 있었다.

벤 케이프스가 나를 만나러 왔다. 그는 정말이지 한 줄기 햇살 같았고, 기쁨의 향유가 흐르는 듯했다. 그간 활동으로 너무 바빠서 이 남자의 존재에 감사할 시간이 없었던 것인지, 아니면 감옥에 갇혀 지내다 보니 동류에 대한 집착이 생긴 것인지는 알 수 없지만 여하간 이번 방문에서 벤의 우정이 그 어느 때보다 소중하게 느껴진 게 사실이었다. 그는 제퍼슨시티에서 가장 비싸다는 식료품점에서 엄청난 양의 진미를 상자 가득 보냈고, 동료 수감자들은 나를 찾아오는 사람들이 다 이렇게 돈이 많고 너그러웠으면 좋겠다는 소망을 내비쳤다. 화요일과 금요일은 생선이 나오는 날이었는데, 생선은 신선하지도 않고 먹잘것도 없었다. 음식이 건강식인 것도 아니고, 힘든 노동을 하는 사람들에게 충분한 양도 아니어서 화요일과 금요일은 사실상 배곯는 날을 의미했지만 이제 내 식료품 상자로 인해 더 이상 그러지 않아도 되었다.

감옥 생활은 우리로 하여금 놀라운 수완을 발휘하게 만든다. 몇몇 재소자들은 빗자루에 끈으로 가방을 연결한 독창적인 벙어리 웨이터를 고안해 냈다. 이 장치가 위층 감방의 창살을 통과해 바로 밑에 있는 내게 닿으면, 내가 그 가방에 샌드위치와 먹을 것을 채운 다음, 위층 이웃이 가방을 다시 끌어올리는 식이었다. 아래층에 사는 이웃도 동일한 방식으로 음식을 받았다. 그런 다음 복도를 따라 감방에서 감방으로 물건이 전달되었다. 질서 유지 요원들은 우리의 '뇌물'을 받고 가장 구석에 있는 이들에게까지 식량을 공급할 수 있도록 도왔다.

여러 친구들, 특히 세인트루이스 동지들이 먹을 것을 공급해 준 덕에 가능한 일이었다. 심지어 나의 침대로 스프링 매트리스를 주문하고 제퍼슨시티의 식료품점에 연락해 내가 원하는 게 무엇이든 주문한 물건을 보내 주기도 했다. 동료 재소자들과 함께 나눌 수 있었던 것은 바로 이러한 내 동지들의 연대 덕분이었다.

벤 케이프스의 방문으로 '나의 벤'에 대한 실망감은 더 커졌다. 특히 지난 2년 동안 벤으로 인해 겪은 슬픔은 그에 대한 믿음을 약화시키고 나를 괴로움으로 가득 채웠다. 나는 그가 마지막으로 뉴욕을 떠난 이후 오랫동안 나를 그에게 묶어 두었던 인연을 끊어 내기로 결심했다. 감옥에서 보내는 2년이 도움이 될 거라고 생각했다. 하지만 벤은 아무 일도 없었다는 듯이 계속 내게 편지를 보냈다. 자신의 사랑에 대한 오랜 확신이 묻어나는 그의 편지는 마치 불타는 석탄 같았다. 더 이상 그를 믿을 수 없다는 걸 알면서도 여전히 믿고 싶다는 마음이 한켠에 남아 있었다. 자신의 면회를 허락해 달라는 그의 간청을 나는 거절했다. 그에게 편지도 그만 쓰라고 할까 했지만 그 자신도 우리 캠페인 중 발생한 실형 선고를 앞두고 있었던지라 우리에게 아직 연결고리는 남아 있었다. 아버지가 될 준비를 하는 그의 모습은 내 감정에 기름을 부었다. 태어날 아이를 위해 작은 옷을 준비하며 기뻐하는 모습이나 세세한 자신의 감정묘사를 하는 것을 읽으며 그간 알지 못했던 벤의 성격의 다른 면을 엿볼 수 있었다. 내 모성애가 패배한 것이든, 아니라면 내가 그에게 주지 못한 것을 다른 누군가 주었다는 쓸쓸함이든, 그의 랩소디는 그뿐 아니라 그와 관계된 다른 모든 이들에 대한 내 화를 키웠다. 그의 아들이 태어났다는 소식과 함께 클리블랜드 항소법원이 그에 대한 판결을 유지했다는 소식을 보내 왔다. 벤은 6개월의 노동교화소 형기를 채우기 위해 클리블랜드로 떠난다고 썼다. 그토록 간절히 바라던 아버지가 되었는데, 이렇게 감옥에 가게 되었으니 얼마나 가슴이 찢어지는 것 같을까. 다시 한번 그를 대변하는 내 안의 목소리가 올라와 다른 모든 감정을 가라앉혔다.

마침내 나는 창문이 보이는 감방으로 이동 수감되었다. 덕분에 가끔 햇볕이 들어오는 것도 볼 수 있었다. 교도소장은 내가 일주일에 세 번은 목욕을 할 수 있도록 주임 간수에게 지시를 내렸는데 이러한 특권 덕분에 나의 감옥 생활은 좀 더 나아지고 있었다. 이뿐 아니라 감방 벽을 하얗게 칠해 주겠다고도 했지만 이 약속은 이루어지지 않았다. 교도소 전체에 새 페인트칠이 절실히 필요했음에도 소장은 이를 위한 예산을 확보하지 못한 것이다. 나만 예외로 할 수 없다는 그의 말에 나도 동의했다. 그리하여 벽의 흉측한 부분을 가리기 위해 고안해 낸 방법은 스텔라가 보내 준 예쁜 초록색 종이를 이용하는 것이었다. 방 전체에 종이를 붙이고, 테디가 보내 준 일본 판화와 내가 모아 둔 책들을 쌓아 놓고 보니, 꽤 아늑하고 근사했다.

여성 수감동에는 도서관이 없었는데 남성 수감동에서 책을 빌려올 수도 없었다. 한번은 스미스 주임 간수에게 어째서 남성 수감동에서 책을 빌릴 수 없는지를 물어 본 적이 있는데 "여성 재소자가 혼자 가는 것은 믿을 수 없고, 그렇다고 간수가 동행할 시간도 없기 때문"이라는 답변을 들었다. "그쪽 수감동에 있는 남자들이 여자들한테 얼쩡거릴 게 틀림없거든요." "그것 가지고 뭐 크게 잘못될 일이 있나요?" 나의 맹랑한 발언에 스미스 씨는 기가 막힌 듯했다.

스텔라에게 몇몇 출판사 사람들과 친구들을 찾아가 책과 잡지를 보내 줄 것을 부탁해 달라는 편지를 보냈다. 얼마 지나지 않아 뉴욕의 주요 출판사 네 곳에서 엄청난 양의 책을 보내 왔다. 대부분은 재소자들이 읽을 수 있는 수준을 상회하는 것들이었지만, 사람들은 곧좋은 소설을 감상하는 법을 배우게 되었다.

독서의 유익한 효과는 남편 살해 혐의로 장기 복역 중인 한 중국인 여인을 통해 확인할 수 있었다. 그녀는 항상 혼자 지내며 다른 재소자들과는 소통하지 않는 외로운 존재였고 이따금 마당을 왔다 갔다 돌며 혼잣말을 중얼거리곤 했다. 그러던 그녀가 열광적인 반응을 보인 것은 어느 날 베이징에 있는 동지들로부터 내 사진이 1면에 실린 중국 잡지를 받았을 때였다. 그 중국인 여인이 영어를 모르는 것보다 내가 중국어를 더 몰랐기 때문에 그 잡지를 여인에게 건넸다. 그리운 고국의 글씨를 보자마자 여자는 눈물을 흘렸다. 다음 날 그녀는 서툰 영어로 읽을거리가 생겨서 얼마나 좋았는지, 출판물이 얼마나 흥미로웠는지 말해 주려고 했다. 그녀는 잡지를 가리키며 "당신 대단한 여자" "여기 써 있어"라는 말을 반복했다. 우리는 친구가 되었고 그녀는 자신이 사랑하는 남자를 어떻게 죽이게 되었는지에 대한 이야기를 털어놓았다. 부부는 기독교인으로 두 사람을 결혼시킨 목사는 결혼한 그리스도인은 신 앞에서 서로가 서로에게 평생 결속되어 있다고 했다. 그러던 중 남편에게 다른 여자가 있다는 사실을 알게 되어 이에 항의하자 남편은 그녀를 때리기 시작했다. 그는 항상 다른 여자를 곁에 둘 거라고 입버릇처럼 말했고 여자는 그 때문에 남편을 죽였다. 그 이후로 그녀는 모든 '기독교'가 가짜라고 믿었고 다시는 종교 같은 것은 믿지 않으리라 다짐했다. 나 역시 기독교인인 줄 알았는데 잡지에서 내가 무신론자라는 걸 읽었다고 했다. 그러니 나를 믿지만, 감옥 안에서 흑인들이랑은 친하게 지내지 말라고 했다. 그들은 열등하고 정직하지 못한 사람들이라며. 그 말을 들은 나는 일부 사람들이 중국인에 대해서도 똑같은 이야기를 했고, 그래서 캘리포니아에 있는 중국인들이 폭행당하는 일이 있었다는 말을 했다. 그녀 또한 그 사건을 알고 있었지만 중국인은 "냄새도 안 나고, 무식하지 않다, 우린 다른 종류다"라고 강력히 주장했다.

무신론자로서 나는 주일 예배에 참석하지 않아 일요일 오후 휴게

시간의 특권을 잃었다. 어둡고 눅눅한 감방에 있을 때는 괴롭기 짝이 없었지만 지금은 오히려 이 혼자만의 시간이 반가웠다. 사람들이 빠져나간 건물 안은 조용했고, 혼자서 독서와 글쓰기에 몰입할 수 있었다. 내 친구 앨리스 스톤 블랙웰이 보낸 책 중에는 카테리네 브레시콥스키의 편지와 그녀의 전기가 담긴 책도 포함되어 있었는데 나 또한 이렇게 포로가 된 상태에서 '우리의 할머니' 바부슈카가 차르 치하에서 망명한 이야기를 읽고 있자니, 자유를 위한 투쟁은 끝나지 않고 영원히 되풀이되고 있다는 느낌을 받았다. 아무리 박해가 심했다고는 해도 그녀는 힘든 노동을 강요받은 적도 없었고, 그것은 러시아에서 정치에 반대한 다른 여성도 마찬가지였다. 그녀에게 로마노프 독재 시절의 노동캠프만큼이나 열악한 이곳의 작업장을 설명한다면 얼마나 놀랄까! 바부슈카는 블랙웰 양에게 보낸 편지 중 하나에서 이렇게 썼다. "체포, 투옥, 추방에 대한 두려움 없이 글을 쓰세요." 또 다른 글에서 그녀는 전 프린스턴 교수이자 현재 미국 대통령[우드로 윌슨]이 쓴 『새로운 자유』에 대해 열광적으로 이야기했다. 백악관에 있는 그 영웅 같은 사람이 실제로 이 나라에 저지른 일, 즉 자유를 억압하고 급습과 체포를 해댄 여파로 인해 끓어오르는 반동적 분노를 그녀가 볼 수 있다면 무슨 말을 할지 궁금했다.

브레시콥스키가 미국에 도착했다는 소식을 듣고서 마침내 소비에트 러시아에 대한 진정한 발언이 나오고, 미국의 상황에 대한 효과적인 항의가 이루어질 것이라는 희망을 갖게 되었다. 나는 바부슈카가 나만큼이나 볼셰비키의 사회주의에 반대한다는 것을 알고 있었기 때문에 그녀 역시 독재와 중앙집권으로 향하는 그들의 행보에 나처럼 똑같이 비판적일 것임을 알았다. 그렇다 해도 10월 혁명에 대한 그들의 봉사에 감사하며 미국 언론의 거짓과 오보에 맞서 볼셰비키를 옹호할 것이고 혁명을 무너뜨리려 수를 쓰는 우드로 윌슨의 음모를 비난할 것이었다. 그녀가 과연 무엇을 할지에 대한 기대로 이렇게 갇혀 있는 내 자신의 무력감을 달래고 있는 와중에 클리블랜드 도지를 비롯한 다른 재벌의 후원으로 카네기 홀에서 처음 열린 그녀의 대중연설에서 그녀가 볼셰비키를 신랄하게 비난했다는 소식은 충격으로 다가왔다. 지난 50년 동안 혁명적 활동을 통해 10월 혁명의 길을 닦은 카테리네 브레시콥스키는 이제 백군 장군들과 반유대주의자, 미국의 반동세력과 손을 잡고 러시아 최악의 적들에게 둘러싸여 있었다. 믿을 수 없었다. 내 영감의 원천이자 길잡이가 되어 준 바부슈카에 대한 믿음을 붙잡고 사실확인을 위해 스텔라에게 편지를 썼다. 1904년과 1905년에 함께 일하면서 사랑하게 된 그녀의 소박한 웅장함, 매력적이고 아름다운 성정을 생각하면 그녀를 쉽게 포기할 수 없었다. 바부슈카에게 편지를 써야 했다. 나는 그녀에게 소비에트 러시아에 대한 내 입장을 말하면서 누구나 자유롭게 비판할 권리가 있음을 믿지만 혁명을 짓밟으려는 자들에게 그녀 자신을 도구로 빌려주지 말 것을 간청했다. 스텔라가 나를 찾아왔을 때 나는 바부슈카에게 쓴 편지를 몰래 꺼내어 스텔라에게 타이핑 후 직접 전달해 줄 것을 부탁했다.

교도소에서 나는 A등급을 받았고, 이는 재소자들 모두가 원하는 가장 높은 등급이었다. 하지만 이는 전적으로 내 노력으로 이루어진 것이 아니었다. 여전히 작업량을 채우지 못하는 나를 작업장에 있던 흑인 재소자 몇몇이 친절히 도와준 덕분이었다. 체력이 더 뛰어나서 인지, 아니면 일을 더 오래 했기 때문인지 몰라도 대부분의 흑인 수 감자들은 백인 여성보다 더 나은 성과를 냈다. 이 중에는 오후 3시에 업무를 끝마칠 정도로 손재주가 남다른 사람들도 있었다. 가난하고 친구도 없고 돈이 절실히 필요했던 그들은 뒤처진 사람들을 도왔다. 이 경우 그들은 재킷 한 벌당 5센트를 받을 수 있었던 것이다. 안타깝게도 대부분의 백인들은 너무 가난해서 돈을 낼 수 없었는데 이곳에서 백만장자로 통하는 나는 사람들로부터 '대출' 연장 요청을 많이 받았고, 이에 기꺼이 응했다. 하지만 내 일을 돕는 동료들은 나로부터 보수를 받지 않으려 했다. 심지어 어떻게 그런 말을 할 수 있냐며 상처받은 시늉을 하기까지 했다. 이미 음식과 책을 나눠주고 있는 나에게 어떻게 돈까지 받을 수 있겠냐는 거였다. 그들은 내 일꾼을 자처한 이탈리아 친구 제니 드 루시아의 의견이 같았다. 그녀가 "당신한테는 돈 안 받아요" 하고 선언하자 다른 여성들도 모두 이에 따랐던 것이다. 이 한없이 친절한 영혼들 덕분에 나는 일주일에 세 통의 편지가 허락되는 A등급에 도달할 수 있었고, 나의 변호사에게 정기적으로 보내는 편지까지 포함하면 총 4통의 편지를 보낼 수 있었다.

6월 27일 전날, 흑인 동료들이 다음 날 만들 작업량인 재킷을 다 만들어 내게 선물로 주었다. 내 생일을 기억해 준 것이다. "엠마 씨가 그날은 작업장에 안 나오면 좋겠어요." 다음 날 아침 나의 책상은 친척과 동지들이 보낸 편지, 전보, 꽃은 물론이고 전국 각지의 친구들로부터 온 수많은 소포로 가득했다. 이토록 많은 사랑과 관심을 받고 있다는 사실에 기뻤지만, 감옥에 있는 동료들의 선물만큼 깊은 감동을 주지는 못했다.

독립기념일이 다가오자 재소자들은 모두 들떠 있었다. 우리는 그 날 영화 관람과 두 번의 휴게시간, 그리고 무도회를 약속받았다. 하느님이 금지하사 남성 파트너가 아니라 우리 여성들끼리 갖는 무도회였지만. 식료품 가게에서 음료를 주문할 수도 있었고, 이날은 축제 같은 하루가 될 것이었다. 아쉽게도 영화는 재미없었고 저녁 식사는 형편없었다. 여성들은 특히 스미스 주임 간수가 깜깜이 감방에서 흑인 재소자를 내보내지 않은 것 때문에 불만을 품게 되었는데, 애초에 이 여성이 갇힌 것은 스미스의 스파이로 활동하는 (역시 흑인인) 다른 재소자가 이 여성을 싫어했기 때문이었다. 피해자가 빵과 물만으로 깜깜이 감방에서 버티고 있는데, 이 여성을 그 지경에 처하게 한 재소자는 잔뜩 차려입고 독립기념일을 즐기는 모습을 보니 참을 수 없었다. 몇몇 여성이 끄나풀 재소자에게 다가갔고, 결국 이 성대한 날은 몸싸움으로 끝이 났다. 주임 간수로서 자신이 편애하는 사람뿐만 아니라 관련된 모두를 처벌해야 했던 스미스는 사람들을 모두 지하 감옥에 가뒀다.

이 애국적인 날에 있었던 일을 언급한 나의 편지는 한동안 보류되었다가 감옥에서 일어난 일에 대해서는 어떤 내용도 써서는 안 된다는 지침과 함께 반송되었다. 이전에 쓴 편지에서는 이곳의 문제를 더 자주 논의했었는데, 그 편지를 감사하는 페인터 소장은 문제없이 통과시켰더랬다. 보아 하니 내 독립기념일 이야기는 이미 주임 간수의 검열에서부터 막힌 모양이었다.

3일간 이어진 스텔라의 방문이야말로 내게 독립기념일보다 더 진정한 휴일이었다. 나는 스텔라에게 바부슈카에게 보내는 편지와 감방 동료들이 밀반출을 원하는 메모 몇 장, 가짜 상점 라벨 샘플을 전달할 수 있었다. 작업장에서부터 벗어나 사랑하는 조카와 함께 보내는 삼일간의 자유, 너무나 오래 기다렸지만 금세 끝나 버린 시간 이후 또 다시 감옥의 일상이 이어졌다.

바부슈카에게 보낸 편지에서 나는 내가 소비에트 러시아에 대한 비판의 권리를 부정한다거나 볼셰비키의 잘못을 덮어 주길 바란다고는 생각지 말아 줄 것을 간청했다. 다만 나는 그들과 생각이 다르고, 모든 형태의 독재에 반대하는 나의 입장은 무를 수 없는 것임에도 모든 정부가 볼셰비키의 목을 조르고 있는 상황에서 그런 것은 중요하지 않다고 주장했다. 나는 그녀에게 모쪼록 영광스러운 과거와 러시아 현 세대의 높은 희망을 저버리지 말고 스스로를 돌아볼 것을 간청했다.

스텔라는 바부슈카가 점점 더 쇠약해지고 머리도 하얗게 세기는 했지만, 반역자이자 투사로서 민중을 위해 불타는 예의 그 심장은 그대로였다고 말했다. 그렇다고는 해도 반동세력이 그녀를 이용하도록 허용한 것은 사실이었다. 바부슈카의 진실성을 의심하거나 그녀가 의식적으로 배신할 수 있다고 생각하는 것은 불가능했지만, 소비에트에 대한 그녀의 태도를 인정하기 어려웠다. 그녀의 비판이 정당하다 하더라도, 나는 그녀가 왜 노동자들을 위한 급진적 연단이 아닌 혁명의 성과를 무너뜨리려 혈안이 된 무리들에게 연설을 한 것인지 알 수 없었다. 나는 그녀를 용서할 수 없었고, 언젠가 자신의 편이 되어 반동세력인 볼셰비키에 맞서 함께 일하자는 그녀의 제안을 비웃었다. 브레시콥스키 같은 여성이 어떻게 미국의 끔찍한 상황을 보고도 이에 대해 아무런 언급을 하지 않을 수 있었을지 궁금했다. 그녀가 이 공포스러운 작금의 상황에 대해 암묵적으로 동의하는 모습은 세계대전에 대한 크로포트킨의 태도만큼이나 충격적이었다.

러셀, 벤슨, 시먼스, 겐트, 스톡스, 그릴, 곰퍼스 같이 정부를 위해 전쟁의 북소리를 내는 자유주의자들과 사회주의자들에 대해서는 단지 혐오감이 들 뿐이었다. 그들은 정치꾼이 아니라 그저 자신의 운명을 따르는 사람들이었으니까. 이들보다 조지 D. 헤론, 잉글리시 월링, 아서 불라드, 루이스 F. 포스트와 같은 사람들의 게르만 혐오증을 이해하는 것이 더 어려웠다. 누군가 내게 헤론의 책 『독일을 무너뜨려야 하는 이유』를 보내 주었는데 한 민족을 향한 이보다 더 잔인하고 악의적인 허위 사실은 내 평생 읽은 적이 없었다. 그것도 혁명적인 인터내셔널 때문에 교회를 떠난 사람씩이나 되어서 그런 책을 쓰다니!

아서 불라드 역시 그의 저서 『이동하는 미국』에서 자신뿐 아니라 그의 동료인 존 그릴과 다른 여럿이 퍼뜨린 허위 사실을 반복해 주장하고 있었다. 1905년 러시아에서 용감한 활동을 펼쳤고, '유니버시티 정착촌' 운동의 열렬한 지지자이기도 했던 불라드는 이제 자신의 이상과 문학적 재능을 반동의 배설물 더미에 던져 버리고 말았다. 그의 친구 켈로그 덜랜드가 살인과 파괴의 대변자가 되지 않고 자살한 것이 다행이라고 생각될 정도였다. 사랑의 실패로 인한 그의 자살은 그나마 관계된 두 사람에게만 충격을 줄 뿐이지만, 미국 지식인들이 자신의 이상을 배신한다면 그것은 국가 전체를 충격에 빠뜨리기 때문이다. 나는 미국 정부가 대놓고 펼치는 애국활동보다 이 무리의 사람들이 미국 내 만연한 잔학행위에 더 큰 책임이 있다는 느낌을 지울 수 없었다.

그런 까닭에 자신들의 정신과 용기를 잃지 않는 소수의 존재는 더 큰 기쁨으로 다가왔다. 전쟁에 대한 뛰어난 분석을 보여 주어 우리가 『어머니 대지』에도 실었던 바 있는 랜돌프 본은 자유주의 지식인들의 인격과 판단력 부족을 계속해서 폭로하고 있었다. 그와 함께 컬럼비아 대학에서 이단으로 몰려 해직된 카텔 교수와 다나 교수, 그리고 침묵하지 않고 전쟁에 대한 반대의사를 밝히는 동료들도 있었다. 그중 무엇보다도 가장 만족스러운 것은 젊은 급진주의 세대와 그들이 보여 준 패기였다. 감옥도 고문도 그들이 무기를 들게 할 수는 없었다. 디트로이트에서는 맥스 프루흐와 엘우드 무어가, 시카고에서는 시인 H. 오스틴 시먼스가 총을 들 바에야 고문을 받겠다고 선언했다. 필립 그로서, 로저 볼드윈을 비롯한 수많은 사람들이 감옥에 갔다.

로저 볼드윈의 활약은 특히나 놀라웠다. 예전에 그를 만났을 때는 사회에 대한 그의 생각을 알기 어렵고 또 모두에게 인상을 남기고 싶어하는 유의 사람이라고 생각했었다. 그런 그가 병역 기피 혐의로 재판을 받는 동안 보여 준 태도, 아나키즘에 대한 솔직한 고백, 국가가 개인을 강제하려는 권리에 대한 거침없는 거부는 전에 그에 대해 했던 생각에 죄책감이 들게 할 정도였다. 나는 그에게 편지를 써 나의 부당했던 판단을 고백하고, 이번 일을 통해 사람을 평가할 때 좀 더 신중을 기해야 함을 배웠음을 밝혔다.

감옥과 군 막사는 양심적 병역거부자들로 가득 찼고, 이들은 가장 끔찍한 대우를 받았다. 그중 가장 눈에 띄는 사례는 필립 그로서의 사례였다. 그는 정치적 이유로 전쟁에 반대하는 병역거부자로 등록했고, 입영 카드에 서명하는 것도 거부했다. 이는 연방 민사 범죄에 해당했음에도 필립 그로서는 군 당국에 넘겨졌고 군 명령에 복종하지 않았다는 이유로 30년 징역형을 선고받았다. 그는 쇠사슬에 묶인 채 지하 감옥에 갇혔고, 신체적 폭력을 비롯한 온갖 형태의 고문을 당했다. 여러 감옥에 이동 수감된 끝에 그는 마침내 캘리포니아 알카트라즈 섬에 있는 연방 군교도소로 보내졌는데, 그곳에서도 그는 군국주의와 관련된 모든 일에 참여하지 않겠다는 결연한 의지를 이어갔다. '악마의 섬'으로 알려진 지옥 같은 알카트라즈 섬 감옥에서 그는 대부분의 시간을 어둡고 축축한 감방에서 홀로 보냈다.

48

전국의 민영 교도소와 군 교도소는 간첩죄로 어이가 없을 정도로 긴 형을 선고받은 사람들로 가득 찼다. 빌 헤이우드는 20년형, IWW의 공동피고인 110명은 1년에서 10년형, 유진 V. 데브스는 10년형, 케이트 리처드 오헤어는 5년형을 선고받았다. 그러나 이들은 산송장이 될 상황을 앞두고 있는 수백 명 중 극히 일부에 불과했다.

그러던 중 뉴욕에서 몰리 스타이머, 제이컵 에이브럼스, 새뮤얼 립먼, 하이먼 라초프스키, 제이컵 슈워츠로 구성된 젊은 동지들이 체포되었다. 이들의 혐의는 미국의 러시아 개입을 반대하는 인쇄물을 배포한 것이었다. 청년들은 모두 가장 심한 수위의 고문을 받았고, 슈워츠는 야만적인 구타로 인해 위중한 상태가 되었다. 이들이 수감된 '무덤'엔 이미 재판이나 추방을 기다리는 수많은 급진주의자들이 있었고, 그중에는 우리의 충실한 '스웨덴인'도 포함되어 있었다. 이상을 위해 용감하고 결단력 있게 행동하는 이들의 모습은 벤의 일관성 없는 모습과 얼마나 대조적이던가. 심지어 그가 군대에 의료 봉사를 제안했다는 걸 듣고서 벤이 정말 갈 데까지 갔구나 싶었다. 그의 형기가 끝나야 나는 비로소 그로부터 해방되어 감정적 속박에서 벗어날 수 있는 힘을 얻을 수 있을 것 같았다. 하여 나는 그의 복역기간을 조금이나마 줄일 수 있도록 스텔라와 피치에게 그의 벌금을 모금해 줄 것을 부탁했다. 하지만 그는 석방되기 전에 이미 벌금을 납부한 상태였는데, 나나 뉴욕에 있는 동지들에게 이 사실을 알려야겠다는 생각조차 못 한 모양이었다. 이 소식을 들은 건 나를 면회하러 온 소중하고 사려 깊은 친구 중 한 명인 아그네스 잉글리스로부터였다. 나중에 벤은 내게 편지를 보내 자신의 아들과 어머니, 아내, 그리고 자신의 계획에 대해 늘어놓으며 꼭 만나자 했다. 그의 편지에 답장이 필요하다는 생각은 들지 않았다.

아그네스 잉글리스는 우정을 성스럽게 여기는 사람이었다. 1914년 우리가 처음 친분을 쌓은 후 그녀는 단 한 번도 나를 실망시킨 적이 없었다. 그녀는 내가 쓴 「내가 믿는 것」이라는 책자를 보고서 나의 활동에 매료되었음을 고백한 적이 있다. 부유한 정통 장로교 집안 출신인 그녀는 중산층의 도덕과 환경의 전통에서 벗어나기 위해 엄청난 내적 갈등을 겪었지만, 보기 드문 영적 용기로 말미암아 자신의 유산을 극복하고 점차 독립적이고 독창적인 태도를 가진 여성으로 성장할 수 있었다. 그녀는 모든 진보적 대의에 자신의 시간, 에너지, 수단을 아낌없이 기부했으며 특히나 표현의 자유를 위한 캠페인에는 빠지는 법이 없었다. 아그네스의 투쟁은 사회에 대한 적극적인 관심과 인간관계에 대한 폭넓은 이해를 결합시킨 결과물이었다. 나는 점차 동지이자 친구로서 그녀의 자질을 높이 평가하게 되었고, 그녀가 이틀 동안 나를 방문하게 된 것은 따라서 내게 큰 행운으로 느껴졌다.

제퍼슨시티를 떠나기 전 아그네스는 교도소에 다시 한번 찾아왔는데 이때 주임 간수는 그녀를 작업장으로 데려왔다. 생각지도 않고 있는데 아그네스가 기계 앞에 서 있는 것을 보고 얼마나 놀랐는지 모른다. 두리번거리는 그녀의 겁에 질린 눈동자가 마침내 나를 찾아내고는 내 쪽으로 다가오려 했지만 나는 멈추라는 손짓을 하고 내 자리에서 작별 인사를 건넸다. 다른 재소자들에겐 아마도 주어지지 않을 애틋함과 애정을, 그들 앞에서 대놓고 드러내는 것은 내 마음이 허락하지 않았기 때문이다.

민주주의를 내건 전쟁은 해외에서와 마찬가지로 국내에서도 승리를 자축하고 있었다. 그리고 그 자축의 하나로 몰리 스타이머와 그 동료들이 장기간의 징역형을 선고받았다. 아직 너무 어린 영혼들이건만, 미국 지방 판사 헨리 D. 클레이튼은 진정으로 조지 제프리스 판사[가혹한 판결로 유명한 17세기 영국의 판사]의 뜻을 이어받아 두 청년에게는 20년형, 몰리에게는 15년의 징역형을 선고하고 형이 끝나면 추방하도록 했다. 제이컵 슈워츠는 재판부의 자비를 받았지만, 경찰의 곤봉에 맞았던 부상의 합병증으로 재판이 시작되던 날 끝내 사망했다. 감방에서 그가 임종할 때 쓴 이디시어로 된 미완성 메모가 발견되었다.

"잘 있으시게, 동지들이여. 자네들이 법원에 출두하고 나면 나는 더 이상 여기 없을 것 같소. 두려움 없이 투쟁하고 용감하게 싸우시오. 먼저 떠나게 되어 유감일 따름이오. 하지만 이것이 바로 삶 그 자체인 게지요. 여러분의 긴 순교가 끝나면…"

재판을 지켜본 동지는 편지에서 "재판에서 우리 동지들, 특히 몰리 스타이머가 보여 준 지성, 용기, 불굴의 의지는 매우 인상적이었습니다"라고 썼다. 신문사 기자들조차 몰리와 공동 피고인들의 존엄성과 힘을 언급하지 않을 수 없었다. 이 동지들은 노동계급 출신으로, 우리에게조차 거의 알려지지 않은 사람들이었다. 소박한 행동과 장엄한 품격으로 그들은 인류를 위한 투쟁에서 영웅적인 인물로 이름을 올렸다.

변호인단의 통찰력이 아니었다면 클레이튼 판사 주재로 재판 중이던 중요한 사건이 하마터면 전쟁 소식의 홍수 속에 잠겨 버릴 뻔했다. 해리 와인버거는 해당 사건이 갖는 근본적인 중요성을 깨닫고 국가적 명성을 가진 증인들을 불러 언론의 관심을 촉구했다. 그는 러시아 주재 미국 적십자사 책임자 중 한 명인 레이먼드 로빈스와 이른바 "시손 문서"[볼셰비키 혁명에 독일의 지원이 있었다는 내용이 담긴 문서. 후에 위조문서임이 밝혀졌다]를 담당했던 연방 정보국의 조지 크릴을 소환했다. 혁명에 대한 군사적 개입의 근거가 될 문서를 위조하여 전 세계에 러시아에 대한 편견을 심으려는 음모에 대한 진실이 드러난 것이다. 와인버거는 우드로 윌슨 대통령이 미국 국민들 모르게 의회의 동의도 없이 불법적으로 블라디보스토크와 아르칸젤스크에 미군을 파견했음을 증명해 내며, 이러한 상황에서 미국이 공식적으로 평화를 유지하고 있는 러시아와 전쟁을 벌이는 것에 반대하여 대중의 주의를 환기시킨 피고인들의 행위는 정당할 뿐 아니라 칭찬받을 만한 것이라 주장했다.

전국을 강타한 인플루엔자가 우리 교도소에도 영향을 미쳐 수감자 35명이 감염되었다. 병원 시설이 없는 상황에서 환자들은 감방에 갇혀 있었고, 다른 수감자들은 무방비로 감염에 노출되어 있었다. 감염의 징후가 나타났을 때 의료진에게 도움을 제공하겠다고 하자 그들은 내가 훈련받은 간호사라는 것을 알고서 내 제안을 환영했다. 의사는 자신이 스미스 주임 간수에게 내가 환자를 돌볼 수 있게 할 것을 말해 두겠다 했지만 며칠이 지나도 아무런 소식이 없었다. 나중에서야 주임 간수가 나를 작업장 밖으로 데리고 나가는 것을 거부했다는 사실을 알게 되었다. 내가 이미 너무 많은 특권을 누리고 있다며, 더 이상은 참지 않겠다고 말했다는 것이다.

그리하여, 공식적으로 사람들을 도울 수 없었던 나는 비공식적으로 환자를 도울 수 있는 방법을 찾았다. 인플루엔자가 창궐한 이후 밤에는 감방문을 잠그지 않았기 때문에 가능한 일이었다. 환자의 간호를 맡은 두 재소자는 밤새 잠을 설칠 정도로 열심히 일했고, 질서유지 요원들은 내 친구들이었기 때문에 나는 급한 환자를 살피기 위해 감방과 감방을 다니며 그들을 좀 더 편안하게 해줄 수 있는 작은 일이나마 할 수 있었다.

11월 11일 오전 10시, 작업실의 전기가 꺼지고 기계가 멈추더니 그날은 더 이상 작업이 없다는 통보를 받았다. 각자의 감방으로 보내진 우리는 점심 식사 후 휴게시간을 위해 교정으로 나갔다. 전례가 없는 일이었기 때문에 모두들 무슨 일인지 궁금해했다. 1887년의 날들이 떠올랐다. 나는 나의 사회적 의식이 탄생한 날을 기념하여 출근저지 파업을 하려고 했었다. 하지만 작업장에 갈 수 있는 여성이 이미 너무 적었고, 더 이상 결석자 수를 늘리고 싶지 않았다. 예상치 못한 휴가 덕분에 나는 순교한 시카고 동지들과 영적 교제를 나누며 혼자만의 시간을 가질 수 있었다.

마당에서 쉬고 있는데 수감자 중 한 명인 미니 에디가 보이지 않았다. 그녀는 교도소 내에서 가장 불행한 존재로, 일 때문에 끊임없이 말썽을 일으키고 있었다. 할당된 작업량을 채우기 위해 안간힘을 썼지만 성공하는 법이 거의 없었는데, 일을 좀 서둘라치면 작업이 엉망이 되고, 그래서 속도를 늦추면 그날의 일을 끝내지 못하는 식이었다. 그녀는 반장에게도 괴롭힘을 당하고, 주임 간수에게도 질책을 받고, 때때로 체벌이 이어지기도 했다. 절망에 빠진 미니는 언니에게 받은 몇 푼의 돈으로 도움을 청했다. 그녀는 사소한 친절에도 고마워하는 여린 영혼으로, 나와 떼려야 뗄 수 없는 사이가 되었다. 최근 들어 그녀는 어지럼증과 머리에 심한 통증을 호소하고 있었는데 그러던 어느 날 급기야 기계 앞에서 쓰러지는 일이 발생했다. 중병에라도 걸린 것이 분명했다. 그런 상황에서도 스미스 주임 간수는 업무 면제를 거부했다. 저 여자는 지금 사기를 치고 있다고, 당신들이 더 잘 알지 않느냐며 스미스는 자기 의견을 굽히지 않았다. 어느모로 보나 용기도 없고 배짱도 없는 의사는 감히 주임 간수에게 이의를 제기하지 않았다.

마당에서 미니를 보지 못했기에 아마도 그녀가 감방에 머물러도 좋다는 허가를 받았으려니 하고 있었건만 휴게시간이 끝나고 돌아와 그녀가 빵과 물만 주어진 채로 자기 감방에 갇혀 벌칙을 받고 있다는 사실을 알게 되었다. 하지만 우리 모두는 다음 날이면 미니가 그곳을 나올 수 있을 거라고 생각하고 있었다.

늦은 저녁, 교도소의 정적은 남성동에서 들려오는 귀를 찢을 듯
한 소음으로 인해 깨졌다. 남성 재소자들은 철창을 두드리고 휘파람
을 불며 소리를 질렀다. 여성들은 불안해했고, 교도관이 서둘러 재소
자들을 안심시키기 위해 다가와서는 사람들이 지금 휴전 선언을 축
하하고 있는 중이라는 말을 전했다. "무슨 휴전을 말하는 거예요?" 나
의 질문에 그녀가 바로 대답했다. "오늘이 바로 휴전일이에요. 그래
서 여러분에게 휴일이 주어진 것이고요." 처음에는 이 말의 의미와
중요성을 한번에 파악하지 못했고, 나 역시 남성 재소자들처럼 소리
를 지르며 동요를 표출하고픈 마음이 들었다. "잠깐만요, 교도관님!"
다시 교도관을 불렀다. "제발요, 잠깐 와줘요." 내 애원에 그녀가 다
시 다가왔다. "그 말은 이제 적대 행위가 중단되고 전쟁이 종식되었
다는 말인가요? 학살에 참여하기를 거부한 사람들이 이제 감옥에서
나오게 된다는 뜻인가요? 말해 줘요, 제발요!" 그녀는 내 손을 부드럽
게 감싸 안으며 말했다. "당신이 이렇게 흥분한 모습은 처음 보네요.
게다가 당신 정도 나이 되는 사람이 이런 일로 그렇게 흥분하는 것도
처음 봐요." 참 친절하긴 했지만 교도소 업무 외에는 아무것도 모르
는 사람이었다.

　미니 에디는 다음날도 감방에서 나오지 못했다. 주임 간수는 오
히려 누군가 그녀에게 몰래 음식을 넣어 주고 있다고 의심하고는 미
니를 깜깜이 감방으로 옮길 것을 명령했다. 스미스 씨에게 미니가 계
속 빵과 물만 먹으며 축축한 바닥에서 자게 되면 죽을 수도 있다고
사정했지만 내 일이나 신경 쓰라는 거친 답변만 돌아왔다. 며칠을 더
기다리다가 소장님께 긴급한 용무가 있음을 알렸다. 스미스 씨는 봉

인된 봉투의 내용을 수상히 여기면서도 감히 소장에게 보내는 편지를 막지는 못했다. 소장이 나를 찾아왔고, 나는 미니의 사건을 보고했다. 그날 저녁 미니는 다시 자신의 감방으로 돌아올 수 있었고, 추수감사절 저녁 식사를 위해 식당에 오는 것도 허락받았다. 비록 도대체 어디서 난 돼지고기인지 의심스러운 음식이긴 했지만 며칠 동안 굶주린 그녀는 게걸스럽게 음식을 먹어치웠다. 일주일 전 미니의 언니가 과일 바구니를 보내왔고 이제야 그녀는 과일을 받아 볼 수 있었지만 그 사이 과일은 대부분 썩어 버렸고, 나는 계란과 다른 것들을 곧 보내 줄 테니 아무것도 만지지 말라고 당부했다. 자정이 되자 한 흑인 간수 하나가 미니가 고통스럽게 우는 소리를 들었다며 나를 깨웠고, 우리가 감방에 도착했을 때 미니는 바닥에 쓰러져 있었다. 감방 문은 잠겨 있었고 간수는 주임 간수를 부를 엄두를 내지 못했다. 나는 즉시 그녀를 불러야 한다고 주장했다. 얼마 후 미니의 감방에서 신음소리와 흐느끼는 소리가 들렸고, 그후에 스미스 주임 간수의 멀어지는 발소리가 들렸다. 질서 유지 요원은 스미스 씨가 미니에게 찬물을 끼얹고 여러 차례 때린 후 바닥에서 일어날 것을 계속해서 명령했다는 사실을 알려줬다.

다음 날 미니는 바닥에 매트리스만 달랑 하나 있는 독방으로 옮겨졌고, 정신이 혼미해진 그녀의 울음소리가 복도까지 울려 퍼졌다. 우리는 그녀가 음식 섭취를 거부했고 강제로 입에 음식을 집어넣었다는 이야기까지 들었다. 하지만 너무 늦어 버렸다. 미니는 그 체벌 이후 22일째 되는 날 사망했다.

감옥 생활의 비참함과 비극은 외부에서 들려오는 슬픈 소식으로 인해 더욱 악화되었다. 동생 헤르만의 아내이자 아름다운 레이가 심장병으로 사망했고 헬레나 언니도 정신 상태가 좋지 않았다. 몇 주 동안 데이비드에게서 연락이 오지 않았고, 혹 그에게 무슨 일이 생긴 것은 아닐까 하는 두려움에 사로잡혀 있었던 것이다.

그런 비극 속에 사형 선고를 받았던 톰 무니가 종신형으로 감형되면서 한 줄기 빛이 새어들어왔다. 하나, 검찰 측 증인들에 의해 무죄가 입증된 사람을 종신형에 처하는 것은 사법 정의에 대한 모독이 아닐 수 없었다. 그럼에도 불구하고 이 판정은 어떤 면에서 성과라고 할 수 있을 것이고, 이는 무엇보다도 우리 동지들의 헌신 덕분이었다. 사샤, 피치, 밥 마이너가 샌프란시스코와 뉴욕에서 시작한 캠페인이 아니었다면 러시아와 다른 유럽 국가에서의 시위도 없었을 테니 말이다. 무니-빌링스 사건의 국제적 영향력은 윌슨 대통령이 연방 수사를 명할 정도로 깊은 인상을 남겼다. 이와 같은 힘이 캘리포니아 주지사에게도 작용해 무니의 형에 영향을 미쳤다. 사샤와 그의 동료들이 조직한 선동은 마침내 톰 무니를 죽음에서 구해 낸 것이다. 결과적으로 무니와 빌링스의 자유를 위한 추가적인 일들을 할 수 있는 시간을 벌 수 있었다. 이런 사건의 전개가 다만 기쁠 뿐이고, 또한 사샤와 그의 피나는 노력이 빛을 볼 수 있다는 게 자랑스러웠다. 나는 그가 자신의 목숨을 바쳐 가면서까지 이루고자 했던 그 승리를 완성할 수 있기를 간절히 바랐다.

교도소는 격리되었고 입소자와 출소자를 제외하고는 모든 면회가 중단되었다. 엘라를 비롯한 여러 명이 새로 입소했는데 그녀는 연방 기소로 온 입소자로, 내가 그토록 그리워하던 지적 동반자 관계,

동류로서 나눌 수 있는 지적 우정을 가능케 했다. 동료 수감자들은 물론 내게 무척 친절했고, 나 또한 그들을 좋아했지만 우리는 서로 다른 세계에 속한 사람들이었다. 내가 만일 그들에게 내 생각을 이야기하거나 읽은 책에 대해 토론을 하려 했다면 그들은 자신의 부족함에 대해 자의식을 갖게 되었을 것이다. 엘라는 아직 10대였지만 인생관과 가치관을 공유할 수 있는 사람이었다.

그녀는 가난과 고난에 익숙하고 강인하며 사회 의식이 투철한 프롤레타리아였다. 온화하고 동정심이 많은 그녀는 한줄기 햇살과도 같아서 동료 수감자들에게는 힘을, 나에게는 큰 기쁨을 주었다. 많은 여성 재소자들이 늘 그녀를 잘 따랐는데, 그녀는 사람들에게 항상 수수께끼 같은 존재였다. 한 수감자가 엘라에게 물었다. "여기 뭐 때문에 왔어요? 소매치기?" "아뇨." "남자손님 받다가?" "아뇨." "마약 팔았어?" "아니에요." 대답하며 엘라는 웃었다. "그런 일 아무것도 한 적 없어요." "아니 그럼 도대체 뭘 하다가 18개월형이나 받은 거야?" "나는 아나키스트거든요." 엘라가 대답했다. 동료 수감자들은 "그 사람이 단지 무엇이라는 이유로" 감옥에 오는 게 말도 안 되는 일이라 생각했다.

크리스마스가 다가오고 있었고, 우리는 그날 어떤 일이 펼쳐질지 설레는 마음으로 기다리고 있었다. 감옥만큼이나 기독교가 완전히 의미가 없는 곳도 없고 또 기독교 계율이 이처럼 체계적으로 무시되는 곳도 없지만, 신화는 사실보다 더 강력한 법이다. 고통과 절망에 빠진 사람들을 붙잡고 있는 신화의 힘은 무서울 정도다. 외부로부터 어떤 식으로든 도움을 기대할 수 없는 여성들, 자신에게 관심을 가져

주는 사람이 단 한 명도 없는 여성들이었음에도 이들은 구세주가 탄생한 날이 오면 그들에게 어떤 친절이 찾아올 것이라는 희망에 매달렸다. 대부분의 죄수들은 순진하고 유아적인 믿음으로 산타클로스와 양말에 대해 이야기했다. 적어도 자신들의 비참한 상황을 극복하는 데 도움이 될 테니. 신에게 버림받고 인간에게 잊혀진 그들에게 신화에 매달리는 것만이 유일한 피난처가 되었다.

크리스마스가 되기 훨씬 전부터 선물이 도착하기 시작했다. 가족, 동지, 친구들이 선물을 잔뜩 보내 온 것이다. 선물로 가득 찬 내 감방은 곧 백화점처럼 보이기 시작했고 매일 추가로 선물이 도착했다. 늘 그렇듯이, 수감자들을 위한 장신구를 부탁한 나의 요청에 베니 케이프스가 엄청난 양의 물건을 보내왔다. 팔찌, 귀걸이, 목걸이, 반지, 브로치 등. 울워스 마트 재고가 민망하게 느껴질 만큼의 엄청난 양의 상품과 레이스, 목걸이, 손수건, 스타킹 같은 것들이 도착했다. 14번가의 어떤 상점과도 경쟁할 수 있을 것 같았다. 다른 친구들도 마찬가지로 관대했다. 오랜 친구인 마이클과 애니 콘은 특히 큰 호의를 베풀었다. 애니는 수년 동안 병상에 누워 끊임없는 고통에 시달리면서도 다른 사람을 가장 잘 배려하는 사람이었고, 그녀의 인내와 용기, 이타적인 친절함은 정말 드물고 귀한 것이었다. 25년 동안 가장 든든한 친구였던 애니와 마이클은 도움이 필요할 때마다 항상 가장 먼저 도움에 응답하고 우리의 운동에 협력하고, 짐을 나누어 지고, 쉬지 않고 돕고 기부를 해주는 사람들이었다. 그들은 내가 수감된 지 일주일도 지나지 않아 편지와 선물을 보내 오기 시작했다. 마이클이 쓴 바로는 보내 온 소포는 크리스마스를 맞아 애니가 모든 것을 직접 준비한 것이라고 했다. 육체적 질병을 겪으며 점점 악화되어 가고 있는 애니는 견디기 힘든 고통을 겪으면서도 다른 사람을 돕는 일을 유일한 위안으로 삼고 있었다.

이제 시기심이나 내가 누구를 더 편애한다는 의심을 불러일으키지 않으면서 동료들 각자 가장 좋아할 만한 것을 받도록 선물을 나누는 것이 관건이었다. 이에 이웃 세 명에게 도움을 요청했고, 그들의 전문적인 조언과 도움을 받아 나는 산타클로스 역할을 했다. 크리스마스 이브, 수감자들이 영화를 관람하는 동안 앞치마에 선물을 가득 채운 우리를 간수가 동행하며 감방문을 열어 주었고 그렇게 우리는 기쁜 마음으로 비밀스럽게 층을 따라 이동하며 각 감방을 차례로 방문했다. 영화관람에서 돌아와 감방 여기저기서 행복한 놀라움의 감탄사가 울려 퍼졌다. "산타클로스가 왔다 갔어! 나한테 이렇게나 멋진 것을 가져다줬다고!" "나도, 나도 받았어!" 사람들의 감탄이 메아리쳐 울렸다. 미주리 교도소에서의 크리스마스는 밖에서 보낸 그 어떤 크리스마스보다 내게 더 큰 기쁨을 가져다주었다. 고통받는 동료들의 어두운 삶에 한 줄기 햇살을 선사할 수 있게 해준 친구들에게 감사할 따름이었다.

새해 첫날에도 교도소는 시끌벅적한 웃음소리로 가득했다. 열렬히 기다리던 석방의 순간에 한해 더 가까이 다가간 행복한 이들이 있는가 하면, 종신형을 선고받은 불행한 이들이 있었다. 종신형으로 수감된 이들에게 새날, 새해를 맞이하는 희망이나 응원은 없다. 리틀 애지는 자신의 운명을 통탄하며 감방에 갇혀 지냈다. 열여덟 살 때부터 교도소에서 보내면서 서른셋의 나이에 벌써 시들어 버린 불쌍한 여인의 모습이 안타까웠다. 그녀는 남편을 죽인 죄로 사형 선고를 받은 상태였다. 이 사건은 애지의 남편과 하숙생이 술에 취해 카드 게임을 하다가 벌어졌는데 치명적인 부지깽이를 휘두른 것은 분명 이 젊은 신부가 아니라 하숙생이었을 것임에도, 그는 자신의 책임에서 벗어나려고 몸부림쳤고 그 결과 그는 검찰 측의 증거를 뒤집으며 이 여성을 파멸로 몰아넣는 데 성공했다. 새파랗게 젊은 나이란 것을 고려하여 사형에서 종신형으로 형량이 감형되었다. 나는 애지가 참으로 다정하고 친절하며 애착이 강한 존재라는 것을 알게 되었다. 10년 동안 감옥에 갇혀 있던 그녀는 면회객이 선물한 개 한 마리를 키울 수 있게 되었는데, 개의 이름은 리글스였고, 아주 못생겼지만 애지에게 리글스는 가장 아름답고, 가장 소중한, 삶과 자신을 이어주는 유일한 연결고리였다. 세상 그 어떤 어머니도 자신의 아이에게 애지가 리글스에게 준 것 같은 사랑과 관심을 줄 수는 없을 것이다. 그녀는 자신을 위해선 아무것도 요구하는 법이 없었지만 리글스를 위해선 간청하고 애원했다. 오로지 리글스를 품에 안고서야 죽어 있던 그녀의 눈이 환하게 밝아지는 것을 보고 있으면, 사법제도의 어리석음으로 인해 범죄자로 낙인찍힌 불행한 사람들 생각에 마음이 저며 왔다.

또 다른 이웃 슈바이거 부인은 주임 간수가 '나쁜 여자'라고 부르는 사람이었다. 비극적인 결혼 생활에도 불구하고 독실한 가톨릭 신자였던 그녀는 이혼이라는 탈출구를 찾지 못했다. 건강이 좋지 않아아이를 낳을 수도 없었고 이로 인해 그녀의 삶은 더 불행해지고 더외로워질 뿐이었다. 그 사이 남편은 다른 여자와 바람을 피웠고, 그녀는 집 안에 갇힌 죄수처럼 슬픔에 잠겨 울기만 하다가 살인적인 우울감에 사로잡혀 남편에게 권총을 겨누었다. 그녀는 독일 혈통이었는데, 스미스 주임 간수가 그녀를 싫어하는 또 하나의 이유였다.

새해는 데이비드의 죽음이라는 충격과 함께 시작되었다. 몇 달 동안이나 데이비드가 죽었을지 모른다는 소문은 가족들을 얼마나 괴롭혔는지 모른다. 헬레나 언니는 아들의 소식을 듣기 위해 워싱턴에 호소했지만 아무런 성과를 거두지 못했다. 미국 정부는 데이비드를 다른 수천 명의 병사들과 함께 프랑스 전선으로 보냈다고 알렸다. 남겨진 사람들의 찢어지는 마음 따위 정부가 신경쓸 리 없었다. 스텔라가 데이비드의 비극적인 죽음을 알게 된 것은 프랑스에서 귀국한 동료병사를 통해서였다.

그가 스텔라에게 전한 바로는, 데이비드는 비교적 안전한 군악대에 소속되어 있었는데, 위험하더라도 책임감 있는 직책을 맡고 싶어 했다고 했다. 데이비드는 1918년 10월 15일 아르곤 숲의 부아 드 라 페에서 휴전 한 달을 앞두고 한창 젊은 나이에 목숨을 잃었다. 불쌍한 헬레나 언니는 자신을 기다리고 있는 충격을 아직 모르고 있었다. 스텔라는 편지를 보내 공식적인 확인을 끝마치는 대로 헬레나 언니에게 통보될 것이라고 말했다. 이 끔찍한 소식이 언니를 어떻게 만들지를 예상할 수 있었기에 마음이 몹시 아팠다.

몇 달 만에 처음으로 방문자가 왔다. 바로 친한 친구이자 동료인 M. 엘리너 피츠제럴드(피치)였다. 우리가 수감된 후 그녀는 프로빈스타운 플레이어즈 극단에서 일자리를 찾았고, 그곳에서 우리와 함께했던 것처럼 열심히 일했다. 동시에 그녀는 무니-빌링스 캠페인과 정치범 사면 연맹 활동을 계속했고, 감옥에 있는 우리 동지들을 돌보기도 했다. 그간 그녀가 얼마나 열심히 일해 왔는지는 이렇게 다시 만나고 나서야 깨달을 수 있었다. 그녀는 몹시 지치고 피곤해 보였고, 오랫동안 편지를 쓰지 않는다며 그녀를 꾸짖었던 것이 후회스러웠다.

그녀는 시카고에서 열린 무니 컨퍼런스를 마치고 집으로 돌아가는 길에 제퍼슨을 방문했던 것이었다. 사샤를 보기 위해 애틀랜타도 들렀는데, 그 면회는 너무 짧고 감시도 엄격해서 불만족스러웠노라 했다. 그럼에도 사샤가 내게 보내는 쪽지를 몰래 받아오는 데에는 성공했다. 1년 전 재판 마지막 날 이후 사샤로부터 직접 연락을 받은 적이 없었는데, 그의 익숙한 필체를 보니 목구멍에 울컥 하고 뭔가 덩어리 같은 게 올라왔다. 내가 뭘 물어봐도 제대로 된 답을 피하는 피치를 보고 분명 사샤가 그곳에서 고통스럽게 지내고 있을 거라는 의심이 들었다. 피치는 마지못해 인정했다. 그곳에서 사샤는 끔찍한 시간을 보내고 있노라고. 그는 무방비 상태의 죄수들을 잔인하게 구타하는 것에 대한 항의서를 보냈다는 이유로 지하 감옥에 갇혔다. 한 젊은 흑인 수감자가 '경솔함'을 이유로 등에 총을 맞아 숨진 사건을 비난하여 교도관들의 격렬한 적개심을 사기도 했다. 그에게 도착한 크리스마스 소포는 단 한 개를 제외하고 모두 거절되었고, 그에게 보내진 다른 선물들은 그곳 직원들의 저녁 식탁에 올랐다. 사샤는 많이 초췌하고 아파 보였다고 피치는 말했다. "하지만 사샤가 어떤 사람인지 아시잖아요." 그녀는 서둘러 덧붙였다. "그 어떤 것도 그의 정신이나 유머를 없앨 순 없어요. 우리가 함께 있는 동안 내내 농담을 했는데, 나는 올라오는 눈물을 참으며 계속 그 농담에 웃어 주었어요." 그렇다. 나는 사샤를 안다. 그리고 그는 살아남을 것이다. 이제 8개월만 더 버티면…. 그가 14년 동안 버틴 인내의 힘을 보여 주기를.

피치는 자신이 조직을 도왔던 시카고 무니 컨퍼런스에 대해 몇 가지 고무적인 이야기를 들려주었다. 대부분의 노동당 정치인들은 무니의 활동을 곁길로 새게 하려고 바빴다고 했다. 무니와 빌링스를 위한 총파업 투표에서 만장일치가 나오지 않은 것은 실망스러운 일이었다. 이 파업을 의도적으로 숨기려는 시도가 있었던 게 분명했다. 이 희생자들을 해방시키기 위해 좀 더 '외교적' 방법을 사용해야겠다며 아나키스트는 빠지는 편이 좋겠다는 말을 듣기도 했다. 샌프란시스코 사건에 가장 먼저 경종을 울렸던 사샤는 자신의 목숨이 위태로운 상황에서도 이 일에 헌신했다. 그런데 이제와 아나키스트들은 이 투쟁에서 빠지라니? 아나키스트들이 다른 사람들을 위해 불에서 밤을 꺼내다가 손가락에 화상을 입은 것이 이번이 처음도 아니고 마지막도 아니지만, 빌링스와 무니가 자유를 되찾는다면 우리의 노력은 충분히 보답을 받았다고 느낄 수 있을 것이다. 물론 피치는 총파업을 이끌어 내기 위한 노력을 늦출 생각이 없었고, 나는 이 용감한 여인이 최선을 다할 것이라는 걸 이미 잘 알고 있었다.

감옥에서 가장 견디기 힘든 것은 사랑하는 사람이 고통받고 있는데도 그를 위해 아무것도 할 수 없는 무력감이다. 헬레나 언니는 내게 부모님보다 더 많은 애정과 보살핌을 준 사람이었다. 언니가 없었다면 내 어린 시절은 훨씬 더 척박했을 것이다. 언니는 큰 타격에서 휘청거리는 나를 구해 주고, 내 젊은 날의 슬픔과 고통을 달래 주었다. 그런 언니에게 가장 도움이 필요한 상황인데 나는 할 수 있는 게 아무것도 없었다.

헬레나 언니가 예전에 그랬던 것처럼 여전히 인류 전체의 고통을 느낄 수 있는 사람이라면, 나는 언니에게 자식의 상실로 고통받는 다른 어머니들이 있고, 데이비드의 갑작스러운 죽음보다 더 끔찍한 다른 비극이 있다는 이야기를 했을 것이다. 전 같았으면 헬레나 언니는 내 말을 이해했을 것이고, 자신의 슬픔도 보편적인 고통으로 완화되었을 것이다. 하지만 지금 언니는 과연 그럴 수 있을까? 레나 언니와 스텔라의 편지를 통해 헬레나 언니는 아들을 위해 흘린 눈물과 함께 사회적 동정의 샘이 말라 버렸다는 걸 알 수 있었다.

시간은 가장 위대한 치유자이며, 언니의 상처도 치유해 주기를 나는 바랐다. 그 희망을 붙잡고 출소일이 다가오기를 기다렸고, 그때가 오면 사랑하는 언니를 어딘가로 데려가 마음의 작은 평화를 가져다줄 수 있기를 고대했다.

나의 슬픔은 용감한 반항아 제시 애슐리의 죽음으로 인해 더 커졌다. 나와 같은 처지에 있는 미국 여성 중 제시만큼 혁명 운동에 전적으로 동조한 사람은 없었다. 그녀는 IWW 활동에서 중요한 역할을 담당했고, 표현의 자유와 피임 캠페인을 위해 봉사하고 또 많은 재산을 기부하기도 했다. 그녀는 징병제반대연맹에서 우리와 함께했을 뿐 아니라 징병제와 전쟁에 반대하는 모든 활동에 함께했다. 사샤와 내가 구금되어 5만 달러의 보석금이 필요했을 때 가장 먼저 1만 달러의 현금을 기부한 사람이 제시 애슐리였다. 짧은 투병 끝에 그녀가 사망했다는 소식은 갑작스러웠다. 나와 피를 나눈 사람 데이비드와,

나의 영혼의 친구인 제시의 죽음은 나를 깊이 뒤흔들어 놓았다. 하지만 이름만 들어도 모두가 아는 다른 두 사람의 끔찍한 운명, 즉 로자 룩셈부르크와 카를 리프크네히트의 운명 또한 나에게 더 큰 타격을 입혔다.

그들의 목표는 사회민주주의였고, 아나키스트라면 질색을 했다. 우리는 항상 싸웠고, 그들이 우리의 사상과 맞서 싸우는 방식이 항상 정당한 것은 아니었다. 마침내 독일에서 사회민주주의가 승리했고 대중의 분노에 겁에 질린 카이저는 나라를 떠났다. 이 소략한 혁명으로 호엔촐레른 왕가는 가문의 종말을 고했다. 독일은 공화국을 선포하며 이제 사회주의자들이 정치적 주도권을 쥐게 되었다. 하지만 오, 마르크스가 드리운 그늘의 잔인한 아이러니라니! 독일 사회당 건설을 도왔던 룩셈부르크와 리프크네히트는 정권을 잡은 정통파 동지들에 의해 무너진 것이다.

부활절과 함께 봄이 깨어나면서 내 감방은 온기와 꽃향기로 가득 찼다. 자유를 얻기까지 앞으로 6개월! 이제 인생은 새로운 의미를 얻게 되었다!

4월에는 교도소에 케이트 리처드 오헤어 부인이 합류했다. 가드너 주지사를 만나기 위해 제퍼슨시티를 방문하는 길에 그녀가 교도소에 있는 나를 방문한 적이 있다. 그녀는 간첩죄로 유죄 판결을 받았지만 대법원에서 판결이 뒤집힐 것이며, 어떤 경우에도 자신이 복역하는 일은 없을 것이라고 확신했다. 그녀의 독단적인 태도와 더불어 자신에게만큼은 예외가 있을 거라는 믿음에 다소 불쾌한 인상을 받긴 했지만 그럼에도 그녀의 행운을 빌었다. 줄무늬 유니폼을 입고 식당으로 행진하는 우리와 함께 줄을 서기 위해 기다리던 그녀를 마주쳤을 때, 나는 그녀의 기대가 빗나간 것이 진심으로 안타까웠다. 그녀의 손을 잡고 처음이라서 더 힘들 수감 생활을 조금이라도 도와줄 수 있는 말을 해주고 싶었지만, 말하거나 감정을 표현하는 것은 엄격하게 금지되어 있었으므로 그러지 못했다. 그게 아니더라도 오헤어 부인이 원하는 것 같아 보이지도 않았다. 큰 키에 강철 같은 회색 머리카락 때문인지 표정이 더욱 경직되어 보였고, 움직이는 몸짓에는 기품이 있었다. 휴게시간에 교정에서도 나는 그녀에게 따뜻한 말 한마디 건네기가 어려웠다.

오헤어 부인은 사회주의자였다. 그녀가 남편과 함께 발행하던 작은 간행물을 읽은 적이 있었는데, 그녀의 사회주의는 무색무취하다고 생각했다. 만약 우리가 외부에서 만났다면 아마도 격렬하게 다투고 평생 낯선 사람으로 살았을 것이지만 감옥에서 우리는 곧 일상적인 교제에서 공통점과 인간적인 관심을 발견했고, 이는 이론적 차이보다 더 중요한 것으로 판명되었다. 또한 겉으로 드러나는 차가움 이면에 있는 그녀의 따뜻한 마음을 발견했고, 나는 이내 케이트가 소박하고 부드러운 감성을 지닌 여성이라는 것을 알게 되었다. 우리는 금방 친구가 되었고, 그녀의 성격을 알게 되면서 호감도 또한 비례해서 커졌다.

곧 나와 케이트, 엘라, 우리 정치범들은 '삼위일체'라는 별명을 얻게 되었다. 우리는 많은 시간을 함께 보내며 매우 친밀한 사이가 되었다. 케이트는 내 오른쪽 감방에, 엘라가 그 옆이었다. 동료 수감자들을 무시하거나 그들에게서 멀어진 건 아니었지만, 케이트와 엘라는 지적인 유대를 통해 내게 새로운 세상을 보여 주었고, 나는 그 안에서 우리의 우정과 애정을 만끽했다.

케이트 오헤어는 네 명의 자녀와 떨어지는 고통을 겪고 있었는데 막내는 겨우 여덟 살이었다. 이런 고통 속에서도 케이트는 잘 버텼다. 그녀는 자녀들이 아버지인 프랭크 오헤어의 보살핌 속에 잘 지내고 있다는 것을 알고 있었고 게다가 그녀의 아이들은 지능과 성숙도 면에서 또래보다 훨씬 뛰어났기에 마음을 놓을 수 있었다. 그들은 어머니의 자궁에서 태어난 자식일 뿐 아니라 어머니의 진정한 동지였으며, 케이트를 붙들어 주는 가장 단단한 정신적 지주였다.

프랭크 오헤어는 매주, 때로는 그보다 더 자주 아내 케이트를 방문해 활동과 친구들 소식을 전해 주었다. 프랭크는 케이트의 편지를 복사해 전국에 배포하기도 했는데 그런 식으로라도 케이트는 수감의 쓸쓸함에서 벗어날 수 있었다. 이 힘든 시절을 극복하는 데 도움이 된 또 다른 요인은 그녀의 뛰어난 적응력이었다. 어떤 상황에도 적응해 내는 능력과 조용히 체계적으로 일을 해내는 그녀는 작업장 안의 끔찍한 소음과 미친 듯이 갈아대는 기계 소리에도 끄떡없는 듯했다. 그럼에도 불구하고 그녀는 우리와 함께한 지 두 달이 채 되지 않아 탈이 나고야 말았다. 일을 빨리 익히려고 무리한 결과 자신의 체력을 과대평가한 것이었다.

이런 상황에서도 케이트는 용기를 잃지 않았고, 그녀의 사면을 위해 일하는 남편 프랭크의 도움으로 버틸 수 있었다. 그녀는 반전 연설로 유죄 판결을 받긴 했지만 오헤어 부부에게는 정치인들과의 끈이 있었기에 케이트의 복역이 오래 이어지지 않을 것임은 분명했다. 나는 사면을 위해 애를 써보겠다는 친구들의 제안을 거절한 바 있지만 정치라는 시스템을 믿었던 케이트는 달랐다. 그럼에도 나는 그녀의 항소에 다른 정치범들도 포함되기를 바랐다.

그 사이 케이트는 내가 14개월 동안 노력했지만 소용없었던 변화를 미주리 교도소에 가져왔다. 그녀는 가까이 세인트루이스에 남편이 있다는 점과 언론에 쉽게 접근할 수 있다는 이점이 있었는데, 우리는 종종 둘 중 뭐가 더 좋은 것이냐며 농담 반 진담 반으로 이야기하곤 했다. 그녀가 프랭크에게 여성들을 위한 도서관이 부족하다는 비판과 음식이 나오기까지 두 시간 동안 서서 기다린다며 교도소의 열악한 상황을 비난하는 내용을 담아 쓴 편지는『포스트 디스패치』에 실렸고, 즉각적인 개선을 이끌어 냈다. 주임 간수는 이제부터 남성재소자 도서관에서 책을 빌려다볼 수 있음을 공식 발표했고, 애지의 말을 빌리자면 "이곳에 온 지 10년 만에 처음으로" 따뜻한 음식이 제공되었다.

그 사이 케이트의 영향력과는 별개로 교도소장은 다소 특이한 요소를 교도소에 도입했다. 2주에 한번씩, 토요일마다 시립공원에 소풍을 가겠다는 것이었다. 이 혁신은 너무 놀라워서 농담일 거라고 생각할 지경이었다. 하지만 실제로 다음 주 토요일에 첫 외출이 이루어질 것이고, 남성 밴드부가 댄스 음악을 연주하는 공원에서 오후 내내 시간을 보낼 수 있게 될 것이라는 확답을 받자 재소자들은 정신을 잃고 교도소 규칙 따위는 모두 잊어버리고 말았다. 모두들 웃고 울고 소리를 지르며 정신을 놓은 듯 행동했다. 이 좋은 날에 혹시라도 남아서 잔업을 하지 않으려면 작업량을 부지런히 채워야 하기 때문에 재소자들은 모두 작업에 전념하며 긴장감 넘치는 한 주를 보냈다. 휴게시간이 되면 사람들이 하는 이야기는 온통 소풍에 대한 것뿐이었고, 저녁이 되면 감방은 임박한 행사에 대한 귓속말 대화로 가득 찼다. 어떻게 하면 조금이라도 예뻐 보이게 꾸밀 수 있을지, 공원을 걸으면 어떤 느낌일지, 그리고 밴드에서 연주하는 남자들과 대화할 수 있을 만큼 가까이 갈 수 있을지에 대해서. 이 첫 사교모임을 앞두고 10년 동안 감옥 담벼락을 벗어나 본 적 없는 재소자들보다 더 흥분한 이는 없었다.

소풍이 실제로 이루어지긴 했지만 케이트, 엘라, 그리고 나에게는 끔찍한 경험이 되었다. 우리의 앞뒤로는 중무장한 경비병들이 있었고, 정해진 구역을 벗어나 단 한 발자국도 나갈 수 없었다. 교도관들은 교도소 밴드를 둘러싸고 있었고, 교도관들은 춤이 시작되는 순간 한 명의 여성도 시야에서 놓치지 않았다. 가장 우울한 건 저녁 식사였다. 이 모든 것은 인간의 존엄성에 대한 모욕이자 한 편의 희극이었다. 하지만 불행한 동료 재소자들에게는 이나마도 사막을 지나는 유대인들에게 내려진 만나와도 같은 것이었다.

스텔라에게 보낸 다음 편지에서 나는 테니슨의 시 「경기병 여단의 돌격」을 인용했다. 일주일이 지난 후 교도소장이 내게 연락해 그 시를 인용한 게 무슨 의미였는지를 물어보았다. 나는 그에게 군대의 은혜로 소풍을 가는 것보다 토요일 오후에 감방에 남는 것이 낫다고 대답했다. 숨을 곳도 없는 탁 트인 시골인 까닭에 여성들이 도망칠 위험도 사실상 없었다. 나는 그에게 호소했다. "모르시겠어요, 페인터 씨? 공원 자체가 좋은 영향력을 발휘하는 게 아니라 재소자들에 대한 당신의 신뢰가 중요한 거예요. 그러니까 적어도 2주에 한 번은 그들이 감옥을 의식하지 않아도 되는 기회가 주어졌다는 그 느낌 말이죠. 이러한 자유와 해방감은 수감자들 사이에 분명 새로운 사기를 불러일으킬 거예요."

다음 토요일에는 경비병의 수가 대폭 줄고, 우리 눈앞에 무기를 들이밀지도 않았다. 소풍에 대한 제한들이 폐지되었고, 우리는 곧 공원 전체를 온전히 즐길 수 있었다. 밴드를 연주하는 남자들은 음료가판대에서 여성들을 만나 탄산수나 진저에일을 대접할 수 있었다. 공원에서의 저녁 식사는 두 명의 교도관이 감독하기에는 너무 힘든 일이었기 때문에 점차적으로 폐기되었지만 저녁 식사 후 교도소 마당에서 2시간 동안의 휴게시간이 더 주어졌기 때문에 아무도 신경 쓰지 않았다. 수감자들에게는 이제 생각지도 않던 삶의 이유가 생겼다. 이들의 마음가짐이 달라지니 작업에도 더 열정적으로 임하게 되었고, 괴로움과 짜증도 줄어들었다.

어느 날 뉴욕의 이디시 아나키스트 주간지 편집자인 S. 야노프스키가 뜻밖의 방문을 예고했다. 캘리포니아로 강연 투어를 가던 중인데 나를 만나지 않고 제퍼슨시티를 그냥 지나칠 수는 없다며 말이다. 지난 시절 나의 격렬한 반대자이자 검열자였던 이가 나를 만나러 온다는 사실이 기뻤다. 전쟁에 대한 그의 입장, 특히 우드로 윌슨에 대한 그의 숭배는 우리 사이를 완전히 멀어지게 하는 것이긴 했다. 그토록 능력 있고 통찰력도 있는 사람이 다른 사람들과 똑같이 그런 몹쓸 정신병에 휩쓸린다는 것은 실망스러운 일이었기 때문이다. 하지만 그렇게 일관성 없는 그의 모습이 전쟁을 찬성하는 아나키스트들의 모범이 된 크로포트킨의 것보다 더 나쁘다고 할 수도 없었다. 야노프스키는 어쨌거나 연합군에 대한 열정이 더 컸다. 그는 우드로 윌슨에 대한 찬사를 썼을 뿐 아니라 "대서양의 자존심"에 대해 열광하면서 우리의 영웅을 유럽 해안으로 데려가 평화의 대축제를 열 수 있을 것이라고 말하기까지 했다. 개인이 다른 개인을 우상화하는 것은 내 원칙에 위배될 뿐만 아니라 취향에 대한 모욕이기도 했기에 내 분노를 일으켰다.

우리의 확고한 신념과 그토록 말도 안 되는 방식으로 뉴욕을 떠나게 된 우리의 사정이 야노프스키의 마음속 깊은 곳에 있는 무언가를 건드렸는지, 그는 우리를 변호하기 위해 글을 쓰고 연설했으며, 기금 모금을 도왔고, 우리의 운명에 대해 큰 우려를 표명했다. 하지만 야노프스키와의 친밀감이 형성된 것은 무엇보다도 샌프란시스코의 함정에서 사샤를 구출하기 위한 투쟁을 통해서였다. 그의 진심 어린 협조와 사샤에 대한 진정한 관심은 전에는 그에게 있을 거라 생각지 못했던 헌신적인 동지애를 확인케 했다.

나의 우편물이 또 다시 열흘 동안 지연되는 일이 발생했다. 내가 쓴 편지 두 통이 반역적인 성격을 띤 것으로 밝혀졌다는 이유에서였다. 편지의 내용은 미국의 볼셰비즘을 조사하는 의회 위원회에 대한 조롱과 미첼 파머 법무장관과 그의 정권, 급진주의를 조사하는 뉴욕주 상원의원 러스크와 오버맨의 고압적인 독재 체제에 대한 공격이었다. 이들은 어느 날 잠에서 깨어 일어나 보니 실제로 사회에 대해 생각하고 책을 읽고 있는 사람들이 있다는 사실, 심지어 더 전복적인 세력은 그에 대해 책을 쓰기까지 했다는 사실에 소스라치게 놀란 립

밴 윙클[어빙의 단편소설의 주인공. 20년 동안 잠들었다가 독립전쟁이 끝난 후 깨어난 인물이다] 같았다. 미국의 제도를 구하기 위해 범죄의 싹을 잘라내야 했다. 그 교묘한 작업들 중에 골드만과 버크만 작품이 단연 최악이었는데, 『어느 아나키스트의 교도소 회고록』과 『아나키즘과 다른 에세이들』은 금서목록에 오를 만했다.

지연되어 도착한 우편물에는 해리 와인버거가 애틀랜타 연방 교도소에서 사샤의 처우와 이와 관련하여 우리 변호인이 워싱턴에 항의했다는 소식이 담겨 있었다. 사샤는 지하 감옥에 갇혀 우편물과 읽기자료를 포함한 모든 특권을 박탈당하고 식사도 제대로 못하고 있었다. 독방 생활은 그의 건강을 해치고 있었으므로, 이에 와인버거는 의뢰인에 대한 극심한 박해에 맞서 대중 홍보 캠페인을 벌이겠다고 교도소 관계자를 위협했다. 우리의 동지였던 모리스 베커와 루이스 크레이머를 비롯해 애틀랜타의 다른 정치범들도 처지는 이와 크게 다르지 않았다.

내 편지 중에는 독일의 뛰어난 아나키스트 구스타프 란다우어의 끔찍한 죽음에 대한 내용도 있었다. 로자 룩셈부르크, 카를 리프크네히트, 쿠르트 아이스너에 이어 또 한 명의 위대한 인물이 희생되었다. 란다우어는 바이에른 혁명과 관련해 체포되었는데, 반동세력은 그를 쏜 것에 만족하지 않고, 단검을 쑤셔넣음으로써 그 끔찍한 일을 마무리했다.

구스타프 란다우어는 90년대 초 독일 사회민주당에서 분리해 나온 융겐[젊은이들] 의 지성인 중 한 명이었다. 그는 다른 혁명가들과 함께 아나키즘 주간지 『사회주의자』를 창간했을 뿐 아니라 시인이자 작가로서의 재능을 발휘하여 사회적·문학적 가치가 있는 책을 다수 저술했는데, 그의 출판물은 곧 독일에서 가장 중요한 출판물 중 하나로 자리잡게 되었다.

1900년 란다우어는 크로포트킨의 공산주의-아나키즘적 태도에서 프루동의 개인주의로 옮겨갔고, 이 변화에는 새로운 전술 개념도 포함되었다. 그는 혁명적 대중의 직접행동 대신 소극적 저항을 선호했으며, 근본적인 사회 변화를 위한 유일한 건설적 수단으로 문화적·협동적 노력을 옹호했다. 그렇게 톨스토이주의자가 된 구스타프 란다우어가 혁명 봉기와 관련해 목숨을 잃게 된 것은, 따라서 운명의 아이러니가 아닐 수 없었다.

카이저의 사회주의자들이 자신의 정치적 동족들을 몰살시키느라 바쁜 사이 베르사유에서는 독일의 운명이 결정되었다. 평화 협상가들의 길고 고통스러운 진통 끝에 나온 사산아는, 전쟁보다 더 끔찍한 결과였다. 이 결과가 독일 국민과 전 세계에 미친 공포스러운 영향은 모든 학살을 종식시키려는 우리의 입장을 완벽히 입증하는 것이었다. 그리고 순진하기 짝이 없는 우드로 윌슨은 그 외교협상 테이블에서 유럽의 상어들에게 얼마나 쉽게 속아 넘어갔는지! 한때 전 세계를 손바닥 안에 놓고 있던 강대국 미국의 대통령의 실패는 얼마나 한심하고, 얼마나 엉망진창인지! 나는 자기네의 우상이 더 이상 장로교의 가면으로 보호받지 못하는 모습을 보며 경건한 미국 지성인들이 어떤 감정을 느꼈을지 궁금했다. 전쟁을 종식시키기 위한 전쟁은 앞으로의 더 끔찍한 전쟁을 약속하는 평화로 끝이 났다.

문학에 대한 이야기를 나누는 친구들 중에서 나는 프랭크 해리스와 알렉산더 하비를 매우 좋아했다. 해리스는 항상 내게 잡지를 보내 주고 편지도 자주 보내는 사려깊은 사람이었다. 전쟁에 대한 그의 입장으로 인해 그가 보낸 서신은 전년도에 거의 도착하지 않았고, 프랭크가 편집장으로 있던 잡지『피어슨스』도 마찬가지였다. 하지만 1919년이 되어 나는 더 정기적으로 우편물을 받을 수 있게 되었는데 『피어슨스』가 마음에 들었던 것은 그 사회적 입장보다는 훌륭한 사설 때문이었다. 인류의 구제를 위해 필요한 변화에 대한 우리의 입장 차는 너무나 극명했다. 프랭크가 권력 남용에 반대했다면 나는 권력 그 자체에 반대했다. 그의 이상은 현명한 머리와 너그러운 손으로 통치하는 자비로운 통치자였지만, 나는 "그런 동물은 존재하지 않으며, 존재할 수도 없다"고 주장했다. 우리 사이에는 종종 의견 충돌이 있었지만 결코 안 좋은 방식으로는 아니었다. 그의 매력은 어디까지나 그의 사상이 아니라 문학적 재능과 예리하고 재치 있는 글솜씨, 인간 사에 대한 신랄한 논평에 있었다.

그럼에도 우리의 첫번째 충돌은 이론을 두고 벌어진 것은 아니었다. 일전에 그의 소설『폭탄』을 읽고 그 극적인 힘에 깊은 감동을 받은 적이 있었다. 역사에 대한 실제적 배경은 부족했지만 소설로서 수준 높은 작품이었고, 시카고 동지들에 대한 무지한 편견을 없애는 데 도움이 될 것이라고 생각했다. 하여, 강연에서 판매할 책에 이 책을 포함시켰고,『어머니 대지』에서 사샤의 리뷰와 칼럼을 통해 이 책을 홍보하기도 했다.

이 일로 우리는 고(故) 앨버트 파슨스의 아내 루시 파슨스로부터 거센 비난을 받아야 했는데, 그녀는 해리스가 실제 사실에 충실하지 않았음은 물론이고 앨버트가 소설 속에 존재감 없이 등장했다며『폭탄』을 비난한 것이다. 프랭크 해리스는 역사가 아니라 극적인 사건을 소설로 썼다고 주장했고 그 점에 대해서는 나도 동의하는 바였다. 그러나 앨버트 파슨스에 대해 해리스가 잘못 생각하고 있는 부분을 거부한 파슨스 부인도 전적으로 옳았다.

나는 프랭크가 파슨스의 성격을 이렇게 이해하지 못하고 있는 줄 몰랐기에, 나의 놀라움을 이야기했다. 그는 무색무취하거나 나약한 존재가 아니라 루이스 링그와 함께 드라마의 주인공이 되어야 했을 인물이었다. 파슨스는 전우들과 운명을 함께하기 위해 일부러 그 광장으로 들어갔기 때문이다. 그뿐만이 아니다. 자신의 목숨을 구할 수 있는 기회가 있었음에도 다른 이들에겐 그 기회가 주어지지 않는다는 사실을 알고 자신의 사면조차 거부했다.

프랭크가 대답하기를 링그를 자신의 소설 속 주인공으로 만든 건 그의 결단력과 용감함, 금욕주의에 깊은 인상을 받았기 때문이라고 했다. 그는 링그가 적을 경멸하고 자신의 손으로 당당히 죽음을 택한 것을 존경했다. 한 이야기에 두 명의 주인공을 등장시킬 수 없었기 때문에 그는 링그에게 우선권을 주었던 것이다. 다음 편지에서 나는 톨스토이, 도스토옙스키 등 러시아 최고 작가들의 작품도 한 명 이상의 주인공이 있는 경우가 많다는 점을 지적했다. 게다가 만약 앨버트 파슨스가 더 충실히 묘사되기만 했다면, 파슨스와 링그의 극명한 대비를 통해 소설의 극적 흥미도를 더 높일 수 있었을 것이었다. 해리스는 헤이마켓 비극의 가치가 자신의 책에서 온전히 드러나지 않았음을 인정하며 언젠가 앨버트 파슨스를 주인공으로 하여 다른 각도에서 이야기를 써보겠노라고 말했다.

알렉산더 하비와의 서신교환은 내게 큰 즐거움을 주었다. 그는 그리스와 라틴 문화를 숭배하는 사람이었고, 우리에게 있는 어떤 일도 그보다 더 중요한 건 없었다. 그는 편지에 이렇게 쓴 적도 있었다. "진정한 양심적 병역거부자는 소포클레스였습니다. 고대인의 타락은 자유의 상실로부터 비롯된 거지요. 당신을 보니 안티고네가 떠오르네요. 당신 삶에는 뭔가 장엄하고 그리스적인 게 있어요." 나는 그가 사랑해마지 않는 그 옛 세계에 노예제도가 왜 존재했는지에 대해 설명해 주길 바랐고 또 라틴어나 그리스어 문법을 모르는 내가 어찌하여 다른 무엇보다 자유를 귀하게 생각해야 하는지 알려달라고 했다. 그의 설명이라고는 영어로 번역된 그리스 희곡 몇 권이 전부였다.

친구들이 보내 준 많은 책들 덕분에 장서가 크게 늘어났는데, 그 중에는 에드워드 카펜터, 지그문트 프로이트, 버트런드 러셀, 블라스코 이바녜스, 앙리 바르뷔스, 안드레아스 라츠코의 작품과 존 리드의 『세계를 뒤흔든 열흘』도 포함되어 있었다. 흥미진진하고 스릴 넘치는 존 리드의 이야기는 내 주변의 일들을 다 잊을 수 있게 해줬다. 미주리 교도소에 갇힌 포로인 것을 잊고 러시아로 가서 그 사나운 폭풍과 기세에 휩쓸려 기적적인 변화를 가져온 바로 그 역동적인 힘과 하나가 되는 기분이었달까. 리드의 책은 내가 10월 혁명에 대해 읽었던 그 어떤 것과도 달랐다. 10월 혁명은 전 세계를 뒤흔든 사회적 지진이었고, 영광스러운 열흘간의 날들이었다.

책을 읽으며 러시아의 분위기를 만끽하고 있을 때, 이 얼마나 대단한 우연인지, 페트로그라드의 빌 샤토프가 보내 온 진한 빨간색 장미 한 바구니가 도착했다. 미국에서 있었던 수많은 전투에서 우리의 동료이자 유쾌한 동지, 친구가 되어 주었던 빌. 혁명의 한가운데서 안과 밖의 적들에게 둘러싸인 채 위험과 죽음에 직면해 있으면서도 나를 위해 꽃을 생각하는 사람!

49

감옥에서의 삶이란, 바깥에 아주 중요한 일이 있지 않는 이상 지루하기 짝이 없는 것이다. 케이트가 오기 전까지 제퍼슨에 있는 우리도 예외는 아니었다. 프랭크 오헤어가 아내의 편지를 통해 지속적으로 행한 홍보 캠페인은 많은 놀라움과 예상치 못한 결과를 가져왔다. 처음엔 도서관과 따뜻한 음식이 제공되더니 그후에는 샤워실을 설치하기 위해 배관공, 목수, 기계공이 몰려왔고, 그 다음은 교도소 벽과 감방의 페인트칠이 기다리고 있었다. 현재 케이트는 작업장에서 빠져도 좋다는 허가까지 받은 상태였다. "외부에 있는 당신 줄 덕분인가요?" 내가 물었다. "내 친구들도 저를 작업장에서 벗어나게 해주려 애썼지만 전 아직 기계 앞에 매인 몸이거든요." 케이트는 웃으며 대답했다. "당신은 페인터 씨와 정치적으로 엮인 사이는 아니잖아요. 우리는 친구거든요." "막후에서 아는 사이라 이건가요?" 케이트가 낄낄대며 답했다. "맞아요. 바로 그거예요. 이제 페인터 씨가 왜 나를 위해 이 많은 일들을 해주는지 이해하겠죠?" 그럼에도 케이트는 반드시 개혁이 필요한 곳에서 그녀의 비판을 계속해야 한다며, 작업장에 계속 남기로 했다.

한편, 수사관이 교도소를 방문할 예정이라는 사실이 알려졌다. 예의 그 자기들끼리 짜고 치는 방식이라면, 설령 수사관이 온다 한들 수감자들에게는 아무런 의미도 없을 것이지만 이번에 오는 남자는 진보적 연구 잡지 『서베이』의 윈스롭 레인이라는 사람이었다. 레인 씨는 리븐워스 군교정시설에서 벌어진 정치범들의 독특한 투쟁에 대한 보고서를 발표한 적이 있는데, 우리는 감옥에 갇힌 저항자들에 대한 그의 이해에 깊은 인상을 받았던지라 그의 방문을 긴장되는 마음으로 기다렸다.

인터뷰를 위해 사무실로 불려갔을 때 그곳엔 레인 씨 혼자서 나를 기다리고 있었다. 면회가 있을 때마다 항상 견뎌야 했던 주임 간수의 감시 없이 사람과 대화를 나눌 수 있다는 것은 얼마나 즐거운 일인지. 레인 씨는 이미 남자동과 체벌실 조사를 마쳤고, 우리는 교정기관 전반에 대해 논의했다. 나는 그가 당연히 작업장을 방문할 것이라 생각했기에 특별히 작업장에 와보라는 언급을 하지는 않았는데 놀랍게도 레인 씨는 작업장을 찾아오지 않았다. 우리 교도소에 대한 그의 기사가 어떻게 나오든, 이곳의 모든 어려움과 문제를 일으키는 바로 그 원인에 대한 관찰 없이 보고서 내용은 충분치 못할 것이라는 점이 우려되었다.

나의 50번째 생일을 미주리 교도소에서 보냈다. 반란군에게 기념일을 축하하기에 이보다 더 적합한 장소가 있을까? 50년이라니! 너무 많은 일들로 가득해 마치 500살 같은 삶이었다. 자유의 몸일 때는 나이를 거의 느끼지 못하고 살았는데, 아마도 스무 살 소녀로 뉴욕에 처음 왔을 때인 1889년을 내가 태어난 날이라고 생각하고 살았기 때문일 것이다. 자기 나이를 말할 때 농담 삼아 서부 교도소에서 보낸 14년을 빼고 나이를 말하던 사샤처럼, 나 또한 나의 첫 20년은 실제 나이로 계산해서는 안 된다고 말하곤 했다. 그때의 나는 단순히 숨만 쉬는 존재였으니 말이다. 감옥은 물론이고 해외 곳곳에서 벌어지는 비참한 상황, 미국 내 급진주의자들에게 가해지는 야만적인 박해, 사회주의자들이 곳곳에서 당하는 고문은 나를 늙게 만들었다. 거울은 속고 싶은 사람에게만 거짓말을 하는 법이다.

50년의 세월 중 30년은 사선에서 보냈다. 이 30년이라는 시간은 과연 의미가 있었던 걸까 아니라면 돈키호테가 했던 헛된 추격전을 나 역시 반복한 것에 불과할까. 그간 내가 해온 노력은 단지 내 내면의 공허함을 채우고, 내 존재의 난기류에 대한 출구를 찾는 데만 기여한 건 아닐까, 아니면 정말로 이상이 내 의식적인 진로를 결정한 것일까. 1919년 6월 27일 재봉틀 페달을 밟는 내 머릿속을 이런 생각과 질문들이 내내 맴돌며 떠나지 않았다.

몇 주 전부터 다시 몸이 안 좋아졌고 진료소의 의료진으로부터 감방에 머물러 있는 게 좋겠다는 말을 들었다. 생일에 유난히 기운이 없던 나는 담당의인 맥너니 박사 역시 내가 휴식이 필요하다는 걸 이해해 주겠거니 하고 침대에 누워 있었다. 놀랍게도 간수가 와서는 다시 작업장으로 돌아오라는 의사의 명령이 떨어졌음을 알렸다. 그러나 나는 맥너니 박사의 명령이 아니라, 이 모든 것이 주임 간수의 소행임을 확신했다. 하지만 계속되는 그녀와의 싸움도 이젠 너무 지쳐서 울며 겨자 먹기로 작업장에 나갔다. 정오가 되어 주임 간수가 나에게 추가벌칙을 부과했다는 것을 알게 되었는데, 나에게 온 꽃과 소포, 우편물 더미를 배달해 주지 않은 것이었다. 저녁이 되어서야 더위로 인해 꽃과 식물 절반이 시들어 있는 것을 발견했다. 아니 꽃이 무슨 잘못이라고! 식물에 물과 산소를 주지 않는 이런 쩨쩨한 복수라니. 나는 꽃과 풀을 깨끗이 씻고 소금물로 적셨다. 몇몇은 축 처진 고개를 들어 올리며 소생하는 듯 보였다. 사랑하는 스텔라를 비롯한 많은 친구들과 또 내가 모르는 축하객들이 보내 온 생일 축하 메시지에 고개가 절로 끄덕여졌다. 아름다운 분홍색 덩굴장미 화분은 나의 오랜 친구인 리언 배스가 선물한 것이었다. 그에게 벌어지는 가정 내 혹은 사업에서의 그 어떤 어려움도 우리 사상과 활동에 대한 그의 관심이나 나에 대한 헌신을 수그러들게 할 수는 없었다. 리언은 보상 따위는 생각하지 않고 충심으로 봉사하는 진정한 옛 기사였다. 나의 안위에 대한 그의 간청은 무척이나 감동적이었고, 개인적인 필요나 욕구에 대해서는 일축해 버리기 일쑤인 급진주의자들 중에서 이는 보기 드문 특성이었다.

뉴욕에서 온 생일축하 메시지가 50개, 로스앤젤레스에서 받은 또 다른 메시지 35개 중에는 익숙한 이름도 많았다. 캘리포니아에 있는 친구가 과수원에서 직접 오렌지 한 상자를 보내왔고, 코네티컷과 뉴욕에 직접 지은 고풍스러운 작은 극장에서 연극 공연을 올리는 오랜 친구 버틀러 대본포트는 맛있는 사과와 잼을 선물했다. 서구는 물론이고 동양에서도 축하 메시지와 더불어 내 작업과 책들이 작가들에게 어떤 의미인지 감사를 전해 왔다.

나에 대한 가족들의 애정도 세월이 흐르면서 점점 커졌다. 레나 언니의 사랑이 특히 활짝 피었다. 다른 많은 여성들이 그러하듯 언니 역시 고난과 고통으로 마음이 썩어 문드러졌을 텐데도 레나 언니는 세월이 흐를수록 더 온화하고 이해심이 깊어졌으며 심지어 겸손해지기까지 했다. 한번은 언니가 편지를 보내 "너에 대한 내 사랑을 헬레나와 비교하고 싶지는 않아. 하지만 나도 그만큼 똑같이 사랑해"라고 말한 적이 있다. 과거에 언니에게 제대로 마음을 써주지 못한 것이 못내 후회스러웠다. 나의 늙은 어머니도 이제서야 나와 매우 가까워졌는데, 어머니는 떨리는 손으로 직접 만든 선물을 계속해서 보내주었다. 어머니가 이디시어로 쓴 생일 편지에는 가장 유난스러웠던 딸아이에 대한 애정이 가득했다.

헬레나 언니야말로 내 생일의 유일한 근심거리였다. 마닐라에 있던 딸 미니가 큰 상실을 겪은 엄마를 돕기 위해 먼길을 날아왔지만 언니는 아들의 죽음에 사로잡혀 있었고, 살아 있는 자들은 언니를 돕기 위해 할 수 있는 일이 아무것도 없었다. 항상 나를 사랑으로 채워주었던 헬레나 언니가, 바로 그날 나를 슬프게 했다. 물론 언니의 상황을 이해하고 있었지만 말이다.

부자가 된 기분이 들었다. 넘치는 사랑과 사람들의 마음을 나누어 받고 나니, 내 삶과 일이 고통과 고난을 감내할 만한 가치가 있었다는 것을 증명해 주는 느낌이 들었다.

케이트는 입소 후 몇 달이 지나지 않아 타자기를 사용할 수 있는 특권을 얻었는데, 나와 서신을 교환하던 사람들은 그녀에게 얼마나 감사했는지 모른다. "상형문자를 알아내느라 몇 시간을 허비하지 않아도 되어 정말 다행이에요"라고 그들은 썼다. 예전에도 내가 블리켄

스도르퍼 타자기를 얻었을 때, 내 편지를 해독하는 시련에서 벗어났다고 사람들이 기뻐한 적이 있는데, 그들의 기쁨은 시기상조였다. 아쉽게도 나의 타이핑이 손글씨보다 더 잘 읽히지 않았기 때문이었다. 목의 통증을 참아가며 타이핑 실력을 개선하기 위해 무진장 노력을 했지만, 사람들은 무정하게도 나의 노력을 알아봐 주지 않았다. 심지어는 잘못된 타자를 치는 기이한 강박이 있는 것 같으니 정신분석을 받아보면 어떠냐는 말까지 했다. 아무리 잘 썼다고 생각한 편지에서도 사람들은 계속 결함을 찾아냈다. 그러나 케이트가 내 '비서'가 된 후 이 모든 불평이 쏙 들어갔다.

그녀는 모든 일을 다 잘했지만 그중에서도 특히 기계와 관계된 일에 뛰어났고 그 아무리 복잡한 기계라도 능숙하게 다룰 줄 알았다. 기계공 아버지를 둔 까닭에 어려서부터 아버지 가게에서 기계를 만지며 자랐던 것이다. 나중에 케이트는 부모님의 조수가 되어 일했는데 그녀의 가장 큰 자부심은 기계공 조합에 가입한 것이었다. 마음씨 좋은 케이트는 나를 위해 계속 타이핑을 해주었다. 하루의 작업을 끝내고 자기 편지에 더해 내 편지들까지 처리해 주었는데 몰염치한 나는 그녀의 선의를 거절하지 않고 계속해서 내 편지를 부탁했다. 연방 당국이 내 포럼과 『어머니 대지』를 빼앗아간 마당에 이제 편지가 곧 나의 플랫폼이 되었다. 그러면서 나는 검열을 통해 금지된 사상을 무고하게 변장시켜 표현하는 법을 배웠다.

나의 오랜 동지 제이컵 마골리스와 나는 소비에트 러시아의 장단점에 대해 열띤 논쟁을 벌인 적이 있다. 프롤레타리아 독재가 혁명을 위험에 빠뜨릴 수 있다는 그의 생각엔 동의했지만, 10월의 탄생을 도운, 적대적인 세상에 맞서 혁명을 수호하는 사람들에 대한 그의 믿음 부족은 도무지 받아들일 수 없었다. 아나키스트들이 레닌-트로츠키 그룹을 문제 삼아야 할 때가 분명히 올 테지만, 적어도 러시아가 안팎의 적들로부터 위험에 처해 있는 동안은 아니라는 점을 나는 분명히 강조했고 나의 동지는 개입론자들의 편에 설 생각은 없다고 말했다. 그럼에도 그는 아나키즘을 그 어떤 정치적 학파에게서도 자유로운 지위를 유지해야 하는 것이라고 믿었고, 과거에도 항상 우리와 싸워 온 정치세력들이 러시아에서 국가 기계가 충분히 강해졌다고 느끼는 순간 우리를 짓밟아 버리지 않을까 우려했다. 우리의 논쟁은 꽤 오랫동안 계속되었고, 제이컵과의 개인적인 대화만큼이나 내게 좋은 자극이 되었다.

뉴욕 친구들에게 보낸 다른 편지들에서 나는 우리와 다양한 캠페인에서 함께 일한 동료인 로버트 마이너를 옹호하는 내용을 실었다. 뉴욕의 한 일간지에 러시아에 대한 그의 글 한 편이 실렸는데, 이것이 급진주의자들의 분노를 불러일으킨 것이었다. 볼셰비키에 대한 그의 비판 중 일부는 그럴듯하지만, 그 내용에는 밥이 썼다고는 도무지 믿기 어려운 구절들이 포함되어 있었다. 그의 글이 분명 조작되었다는 생각이 들었다. 나는 레닌, 트로츠키, 지노비예프의 강령을 완벽히 받아들이지 않는 모든 사람을 반역자로 의심하는 것은 참으로 유아적 발상이 아닐 수 없다고 주장했다. 그들도 우리와 마찬가지로 인간이며 당연히 실수도 저지를 것이다. 후자에 대한 주의를 환기시킨다 해서 혁명에 해가 되지는 않을 것이다. 명백히 왜곡된 것으로 보이는 글에 대해서는 로버트 마이너가 미국으로 돌아와서 해명할 때까지 기다리는 게 옳을 것 같았다.

아니나 다를까. 미국으로 돌아온 마이너는 러시아에 타격을 주고 급진주의자 진영에서의 자신의 입지를 손상시키기 위해 일간지 편집진이 자신의 기사를 고의적으로 수정했음을 증명했다. 그는 사샤와 내가 석방되는 대로 우리와 만나 러시아 상황에 대한 보고를 자세히 해줄 생각이었다.

"X"라고 서명한 『해방자』의 한 기사에서는 러시아의 아나키스트들에 대한 무지막지한 공격이 담겨 있었다. 스텔라는 맥스 이스트먼으로부터 나의 반박문이 게재될 수 있을 거라는 확답을 받았고, 나는 러시아 동지들에게 제기된 혐의를 분석하는 데 몇 번의 일요일을 할애했다. 우선 나는 글쓴이가 자신의 주장에 대한 근거를 하나도 제시하지 않았을 뿐만 아니라 자신의 주제에 대해 심각한 무지를 드러냈으며, 심지어 자신의 이름에 서명할 용기조차 부족했다는 점을 지적했다. 나는 그가 공개적으로 나와서 공정하게 논쟁할 것을 요구했다. 맥스 이스트먼은 편지를 보내와 내 반박글을 높이 평가하는 바이며, 곧 잡지에도 게재될 것이라고 했으나 그의 약속은 지켜지지 않았고, 내 반박문은 게시되지 않았다.

놀랍지도 않았다. 이전부터 표현과 언론의 자유에 대한 맥스 이스트먼의 관점은 별스러웠다. 그의 시적 영혼은 항상 자신과 자신의 그룹을 위해 표현의 권리를 갈망했지만 아나키스트에게만큼은 적용되지 않았다. 맥스 이스트먼은 오래된 마르크스주의 전통에 따라 사는 사람이었다.

상대방에게 공평하지 않다는 것은 본질적으로 자신의 약함을 드러내는 사인이다. 그리고 사실 맥스 이스트먼은 강하지도 용감하지도 않은 사람이었다. 재판에서 보여 준 그의 정신적 묘기와 '백악관의 최고 의원'의 정책에 대한 미화와 예찬만 생각하더라도 그렇다. 그게 뭐 어떻단 말인가? 그는 시인이자 미남으로, 왕의 몸값에 걸맞은 다른 재능도 가지고 있었다. 사회적 전투를 벌일 때 평범한 군인이 되기보다 최소한 자신만의 영역에서 나폴레옹이 되는 편이 더 낫다.

카테리네 브레시콥스키가 내 호소에 답장하지 않고 미국을 떠나버렸다는 소식에 마음이 아팠다. 또한 그녀는 미국 정부가 고상한 이상이라는 미명하에 저지른 범죄에 대해 어떠한 항의도 표명하지 않았다. 앨리스 스톤 블랙웰은 이 수많은 잘못 앞에 침묵하는 그녀의 태도에 문제제기를 했는데, 이에 우리의 베테랑 투사는 러시아의 불우한 어린이들을 도울 수 있는 기회를 위태롭게 할 수 없다고, 자신이 미국에 온 건 그 때문이라는 대답을 했다.

케이트는 연방 수감자들에 대한 불공정한 처우에 대해 지속적으로 불만을 제기했고, 마침내 공식 수사관이 우리를 심문하기에 이르렀다. 우리는 주정부 수감자들과 동일한 임무를 수행하도록 강요받았고 실패할 경우 똑같이 처벌을 받았음에도 그 혜택에 있어서는 동일하지 않았다. A등급으로 승격할 시, 연방 수감자들에게 주어지는 것은 일주일에 세 번의 편지를 쓸 수 있는 권리에 불과한 반면 주정부 수감자들은 매년 5개월씩 감형될 뿐 아니라 가석방 자격도 부여되었다. 조사관은 우리를 따로따로 인터뷰했다. 그는 케이트에게 이런 말을 했다. "당신과 골드만 씨가 다른 수감자들 등을 떠민 게 틀림

없군요. 수감되어 있는 처지에 솔직하게 이야기를 하는 것은 늘 어려운 일이죠. 하지만 이번에는 달랐어요. 자유롭게 의사표현을 했고, 사람들이 한 이야기는 다 같았습니다." 연방 수감자들은 이 조사가 가져올 결과에 희망을 걸고 거기에 필사적으로 매달렸다. 나는 『서베이』의 레인 씨가 작성한 교도소 환경에 대한 비판적인 기사가 잡지에 실릴 수도 없었다는 걸 알고 있었지만 그렇다고 동료 수감자들의 희망을 뭉개고 싶진 않았다.

프랭크 해리스가 보내 온 한 뭉텅이의 편지는 우리 사이에 형성된 상호 존중의 관계를 더욱 공고히 해주었다. 그가 쓴 『현대의 초상』에서 토머스 칼라일, 제임스 M. 휘슬러, 존 데이비슨, 리처드 미들턴, 리처드 버튼 경을 가장 성공적인 작가들로 꼽고 있는 점에 큰 감명을 받았다. 프랭크의 단편 소설 중에 내가 좋아하는 건 「투우사 몬테스」, 「낙인」, 「마법의 안경」이었는데, 내가 생각하기에 이 책들이 그의 문학적 걸작이라고 썼다. 자신의 모든 작품을 훌륭하다고 하지 않으면 상처를 받는 경향이 있다는 것을 알고 있었던 만큼 나의 선호를 밝힘으로써 우리의 우정을 손상시키게 될까 봐 두려웠지만 프랭크 해리스는 나를 "위대하고 빈틈없는 비평가"라고 부르며 친절하게 대답해 주었다. 그는 편지에 다음과 같은 내용을 썼다. "당신의 석방이 다가온다는 사실에 내 영혼이 기쁘긴 하지만 나는 여전히 블레셋인의 불구덩이에서 끓고 있겠지요. 어째서 나를 이곳에서 추방하지 않는 걸까요? 여행경비를 절약할 수 있을 텐데요." 그리고 나의 출소를 위한 연회를 준비하는 것을 모쪼록 허락해 달라고 부탁했다. 사샤에 대한 언급이 없기에 나는 그 제안은 감사하지만 받을 수 없다고 말했다. 나의 오랜 친구를 포함하지 않고서 공적인 감사를 받을 수 없기 때문이었다.

스텔라가 알려 오기로는 마거릿 생어 부인도 비슷한 행사를 계획하고 있는 것 같았다. 놀라운 일이 아닐 수 없었다. 우정은 위태로운 상황에서 그 진면모가 드러나는 법이다. 샌프란시스코와 관련하여 사샤의 운명이 위태로운 상황이었음에도 생어 부인은 아무런 도움도, 관심도 보이지 않았었다. 물론 홍보위원회 명단에 이름을 올리는 것을 허락할 정도의 선의는 있었지만, 다른 급진주의자들은 그보다 더한 일을 했다. 그 외에도, 사샤는 그녀를 특별한 동료로 언급했음에도 생어 부인은 항상 모든 일에서 뒤로 물러나 몸을 사리고 있었다. 상처를 주고 싶지는 않았지만 그녀의 제안을 거절할 수밖에 없었다.

1919년 8월 28일, 사샤와 나는 2년의 형기 중 20개월을 채워 가고 있었다. 우리는 비록 사악하기 짝이 없는 아나키스트였지만, 모범수로서 각각 4개월 감형을 받았다. 우리는 더그아웃에 있는 다른 선수들보다 훨씬 더 오래 일했고 그런 만큼 명예롭게 제대하고 전선에 돌아올 수 있었어야 했다. 하지만 줄리어스 메이어 판사는 우리의 가치를 높게도 평가하시어 다른 결정을 내렸다. 벌금 2만 달러! 미 경찰국장이 교도소에서 내 재정 상태에 대한 질문을 했다. 아나키스트 선전은 돈벌이 사업이 아니라 즐거움 때문에 하는 일이라 말했을 때 그는 믿을 수 없다는 표정을 지었다. 카이저가 독일을 떠날 때 너무 서두르는 바람에 우리를 위한 준비를 소홀히 했나 보라고 비꼬듯 말하자 그는 자신이 들은 것을 더더욱 믿을 수 없어 했다. 국장은 "이 문제에 대해 살펴보겠다"고 하면서 버크만과 나는 벌금 납부를 위해 한 달을 추가로 복역해야 한다고 선언했다. 두 달에 2만 달러라니! 사샤와 내가 이렇게 단기간에 많은 돈을 벌 수 있을 거라고 생각이나 했던가?

이제 30일만 버티면 된다. 그러고 나면 혐오스러운 작업실과 통제, 숨막히는 감시, 수천수만 가지 굴욕이 수반되는 감옥에서 풀려나게 될 것이다. 사샤와 함께 다시 일상으로 돌아와 우리 일을 할 수 있을 것이다. 가족 곁으로, 동지 곁으로, 친구들 곁으로. 참으로 매혹적인 꿈이었지만 이 꿈은 곧 이민 당국에 의해 사라져 버렸다. 엘리스섬[출입국 관리소]이 귀빈 두 분을 기다리고 있었던 것이다. 나는 이제 누구를 위해 일하게 될까 궁금했다. 오랫동안 기다려온 러시아일까, 아니면 나의 오래된 불꽃인 미국일까. 불확실한 운명 속에서 확실한 것은 단 한 가지뿐이었다. 사샤와 나는 과거에 우리가 항상 해왔던 방식으로 우리의 미래를 맞이할 것이다.

마지막 날들이 다가오고 있었다. 한 가지 아쉬움이 있다면 이곳에 친구들을 남겨 두고 떠나야 한다는 점이었다. 내 마음속에서는 이미 내 딸처럼 되어 버린 어린 엘라에게는 아직 6개월의 복역 기간이 남아 있었다. 머지않아 사면이 확실시되는 케이트에 대해서는 걱정을 하지 않아도 될 것이었다. 그렇게 되면 엘라와 함께할 사람이 아무도 없을 텐데, 엘라와 헤어지는 게 너무나 마음 아팠다. 그리고 종신형을 선고받은 불쌍한 나의 애지, 아직 활기 있고 질서정연한 에디, 그 외에도 내게 소중한 존재가 된 다른 불운한 동료들…. 나는 뉴욕에 있는 친구들에게 에디에 대한 관심을 촉구했다. 몇몇은 그녀가 가석방되면 일자리를 주겠다고 제안해 왔다. 친구들은 그녀가 감옥에 "어떤 죄목"으로 들어갔는지 알고 있느냐 묻기도 하고 "과연 괜찮을까?" 묻기도 했다. 나는 동료 수감자들에게 어떤 혐의로 들어와 있는 건지 감히 물어볼 엄두를 내지 못했다. 다만 그들이 스스로 내게 말할 때까지 기다렸다. 에디에게 내 친구들의 말을 전했더니 그녀가 답했다. "내가 마약을 훔쳤거나 아니면 사용했다고 생각할 수 있어요. 나 그 사람들 비난 안 해요. 날 속인 남자를 죽이고 들어왔다고 그 사람들한테 말해 줘요." 나는 바깥의 친구들에게 이곳 재소자들에게는 자기들만의 법칙이 있고, 이 사람들은 목숨 걸고 그걸 지킨다고, 교도소에 갇히지 않은 외부 사람들보다 어쩌면 더 나은 점이기도 하다는 내용의 답장을 보냈다. 앨리스 스톤 블랙웰은 에디에 대해 뭐 하나 물어보는 것 없이 그녀의 일자리를 구해 줬고, 거기에 더해 차비까지 대주겠다고 했다. 하지만 거기에 주임 간수가 끼어들어 에디에게 겁을 줬다. "엠마 골드만 친구들은 다 볼셰비키이고 나쁜 여자들"이고, 뒤에 그런 후원자가 있다는 사실을 이사회가 알게 된다면 가석방 기회는 사라질 것이라면서. 이에 에디는 자기를 위해 아무런 일도 하지 말아 달라고 간청했다.

수감되어 있는 동안 친구 둘을 더 잃었다. 호레이스 트라우벨과 이디스 드 롱 자무스였다. 그들의 병에 대해 전혀 알지 못했던 터라, 사망소식은 큰 충격으로 다가왔다. 호레이스의 시적 감수성은 그의 무덤까지 함께했다. 친구들이 마지막 조의를 표하기 위해 모인 바로 그 순간, 교회에 불이 난 것이다. 높이 솟아오른 붉은 불꽃이 그의 유해를 맞이했다. 반역자로서의 그와 인간으로서의 호레이스 트라우벨을 그대로 보여 주는 듯한 상징으로 느껴졌다.

검푸른 머리카락과 아몬드 모양의 눈, 대리석처럼 하얀 피부를 가져 일본인형처럼 생긴 이디스는 이국의 땅에서 피어난 한 떨기 연꽃과도 같았다. 시애틀의 부유하고 엄청난 부르주아 집안에서 태어났음에도 그녀는 이상하고 특이한 존재였다. 이후 뉴욕 리버사이드 드라이브에 있는 그녀의 아파트는 급진주의자들과 지적인 보헤미안들의 만남의 장소가 되었고 이디스는 그들의 아이디어와 작업에 생기를 불어넣는 자석 같은 역할을 했다. 그러나 그녀의 관심사는 사회적인 것이라기보다는 이국적인 것과 화려한 그림 같은 것에 대한 동경에서 비롯된 것이었다. 예술에서와 마찬가지로 삶에서도 이디스는 창의력이 부족한 몽상가였다. 어떤 이는 그녀가 하는 일보다 그녀라는 사람 자체를 더 사랑했다. 이디스의 성격과 타고난 매력이야말로 그녀의 가장 큰 재능이었던 거다.

1919년 9월 28일 토요일, 나를 위해 뉴욕에서부터 와준 고마운 조카 스텔라와 함께 미주리 교도소를 떠났다. 말로만 자유가 되었다뿐이지, 나는 연방 건물로 끌려가 부동산이나 현금을 소유하지 않았다는 진술서를 작성해야 했다. 연방 요원이 나를 위아래로 훑어보며 말했다. "옷을 그렇게 잘 차려입고서 돈이 없다고 주장하는 게 웃기군요." 내가 답했다. "이러나 저러나 재소자들 사이에서는 백만장자로 통했으니까요."

이민국의 조사를 기다리는 동안 정부가 요구한 1만 5천 달러의 보증금이 확보되었고, 나는 마침내 자유를 얻었다.

50

세인트루이스는 역으로 우리를 마중 나온 친구들과 기자, 카메라맨들로 인산인해를 이뤘다. 이렇게 많은 사람을 만나는 것이 너무 힘들었고, 혼자 있고만 싶었다.

동부로 가는 길에 벤이 살고 있는 시카고에 들를 생각이라고 하자 스텔라는 많이 불안해하며 가지 않으면 안 되겠느냐고 나를 설득했다. "벤에게서 벗어나려고 수개월 동안 투쟁하며 얻은 평화를 잃게될 텐데요." 그런 걱정은 할 필요가 없다고 스텔라를 안심시켰다. 감방의 고립과 외로움 속에 있다 보면 영혼의 적나라한 모습을 마주할 용기를 얻게 된다. 또한 시련에서 살아남은 사람은 다른 영혼의 벌거벗은 모습에 상처받지 않는 법을 배운다. 나는 벤과의 관계를 더 잘이해하기 위해 고통의 시간을 보내며 정말 열심히 노력했다. 내가 꿈꾼 것은 다만 좀스럽지 않고 옹졸하지 않은, 서로에게만 열광하는 사랑이었다. 하지만 나는 이제 위대한 것과 작은 것, 아름다운 것과 추한 것은 한곳에서 흘러나오는 샘물 같은 것으로 우리 삶을 구성하고있기 때문에 이를 따로 떼어 놓을 수 없다는 것을 알게 되었다. 이제 나의 인식이 명확해진 가운데 그 속에서 벤의 좋은 점들은 더욱 선명하게 부각되었고, 사소한 것들은 더 이상 중요하지 않게 느껴졌다. 항상 감정에 따라 움직이는 원초적이기까지 한 그는 늘 적당히 하는 법을 몰랐다. 이것저것 잴 것 없이 아무런 조건이나 제약 없이 자신을 바쳤다. 그는 자신의 가장 좋은 시절을 일에 대한 열정으로 내게 헌신했다. 여자가 사랑하는 남자를 위해 많은 일을 하는 것은 드문 일이 아니다. 수천 명의 내 여자 동료들이 남성을 위해 자신의 재능과 야망을 희생했으니. 하지만 여성을 위해 그렇게 한 남성은 거의 없다. 벤은 그 극소수에 속하는 사람이었고, 나의 일을 위해 전적으로 자신을 바쳤다. 그의 삶을 이끈 그의 감성은, 곧 그의 열정도 이끌었다. 그러나 본성의 고삐가 풀려 버린 후 그는 한 손으로 다른 손에 든 풍성한 선물을 파괴해 버렸다. 나는 아낌없이 베푸는 그의 힘과 아름다움을 한껏 즐기면서도, 사랑하는 이가 극복하려고 하는 것을 무시하는 자기중심적 이기주의에는 맞서 싸우기까지 했다. 성애적 측면에서 벤과 나는 같은 나라 사람이지만, 문화적으로는 수억광년 떨어진 곳에 사는 사람들이었다. 그에게 있어 사회적 충동, 인류에 대한 연민, 사상, 이상은 순간의 기분일 뿐이고 스쳐 지나가는 것이었다. 그에게는 기본적인 진리나 내면의 욕구를 감지하고 이를 자신의 것으로 전환할 수 있는 수단이 없었다.

반면 나는 인류와 연결되어 있었다. 그 정신적 유산이 곧 내 것이었고, 그 가치는 내 존재로 변모했다. 인간의 영원한 투쟁이 내 안에 뿌리내리고 있었고, 이것이 우리 사이에 심연을 만들었다.

감옥의 고독 속에서 나는 나를 괴롭히는 벤이라는 존재를 피하며 살았다. 이따금 내 마음은 그의 이름을 울부짖었지만, 곧 나는 그 울음소리를 잠재웠다. 마지막으로 그를 본 그날 이후 감정적 혼란에서 질서를 바로 세우기 전까지는 다시는 그를 만나지 않겠다고 스스로에게 다짐한 터였다. 나는 다짐을 지켰고, 수년간 나를 괴롭힌 그 갈등은 이제 아무것도 남아 있지 않았다. 그것이 사랑이건 미움이건. 이제 새로운 친밀함과 더불어 그가 내게 준 선물에 대한 고마운 마음만 남았기에 벤을 만나는 일이 두렵지 않았다.

시카고에서 그는 큰 꽃다발을 들고 나를 찾아왔다. 예전과 똑같은 벤이었다. 본능적으로 손을 내밀고는 나에게서 아무런 반응이 없자 놀란 듯 눈을 크게 뜨고 있는 남자. 그는 달라진 게 없었기에 나를 이해할 수 있을 리 없었다. 그는 자신의 집에서 파티를 열어 주고 싶다며 초대에 응하겠는지 물었다. "물론이죠. 아내와 아이를 만나러 갈게요." 그리고 벤의 집에 갔다. 지나간 것들을 묻어 버리고 나니 평온함이 찾아왔다.

로체스터에서 사람들은 언제나처럼 나를 따뜻하게 맞아 주었다. 헬레나 언니는 메인에 있으면서 내게 편지를 보내 왔다. "나도 내가 여기 어떻게 와 있는지 모르겠어. 미니가 데려왔어. 내가 이 큰 슬픔에서 벗어날 수 있을 거라고 어떻게 생각할 수 있지? 난 이해할 수가 없어. 자연과 사람을 보면 볼수록 더 큰 상실감을 느껴. 내 불행은 어딜 가나 날 따라다니나 봐." 로체스터로 가는 길에 스텔라는 헬레나 언니의 상태를 설명하며 마음을 단단히 먹으라고 했다. 내가 상상했던 최악의 모습보다 언니의 상황은 더 심각했다. 뼛속까지 쇠약해진 언니는 생기를 잃은 걸음걸이로 간신히 움직이는 허리가 굽어 버린 할머니 같았다. 반쪽이 된 얼굴은 잿빛이었고, 텅 빈 눈동자에는 형언할 수 없는 절망이 담겨 있었다. 언니를 끌어안으니 그 불쌍한 작은 몸은 흐느낌으로 경련을 일으켰다. 데이비드의 사망 소식을 들은 후로 우는 것밖에, 아무것도 하지 않았다고 사람들은 말했다.

"나를 데려가 줘, 뉴욕에서 같이 살게 해줘." 언니가 내게 간청했다. 언제고 내 곁에 있는 것이 언니의 젊은 시절 꿈이었다. 이제 그 꿈을 현실로 만들 때가 왔노라고, 언니는 거듭 강조했다. 나는 안쓰러움과 두려움을 동시에 느꼈다. 내 삶은 매우 위태로웠고, 한 치 앞도 알 수 없는 불확실성과 위험이 나를 기다리고 있었다. 언니가 과연 그런 삶을 견딜 수 있을 것인가? 하지만 이것 외에 언니를 구할 수 있는 방법은 없는 것 같았다. 언니에게는 마음을 사로잡을 무언가, 특히 몸을 쓰는 일이 필요했다. 딸과 나를 돌보는 것으로 죽음에서 언니를 구할 수 있을지 모른다는 생각이 들었다. 마지막 희망이라 생각하고 언니에게 그러자고 했다. 언니에게는 당장 뉴욕에 아파트를 빌리겠다고 말했고, 미니가 언니를 조만간 뉴욕으로 데려오겠다 했다. 깊은 한숨을 내쉬는 언니는 이제야 안심이 되는 듯했다.

헬레나 언니가 망가지면서 이제 두 가족을 돌보는 일은 레나 언니의 책임이었다. 언니는 모두를 위해 불평 한마디 없이 일했고, 자신의 체력을 훨씬 뛰어넘는 일을 하면서도 아무런 대가를 바라지 않았다. 레나 언니의 삶이야말로 시인의 찬사도, 리라의 연주도 없이 조용한 힘으로 영웅처럼 살아가는 수백만 삶 중 하나였다. 귀향길에 느꼈던 다소간의 우울함은 네 살배기 사랑스러운 이안의 금빛 눈망울과 여든한 살이 된 엄마의 활기찬 에너지로 인해 금세 깨졌다. 엄마의 건강은 좋지 않았지만 자선 활동으로 여전히 바쁘게 지내며 자신이 소속된 수많은 곳에서 감동을 주는 존재로 남았다. 항상 강인하고 자기주장이 강했던 엄마는 아버지의 죽음 이후 진정한 절대자가 되었다. 그 어떤 정치가나 외교관도 재치나 명민함, 강인한 성품 면에서 엄마를 능가할 순 없었다. 내가 로체스터를 방문할 때마다 엄마는 새롭게 정복한 것에 대한 이야기를 해주었다. 이곳의 정통 유대인들은 수년 동안 고아원과 가난한 노인들을 위한 주택의 필요성에 대해 논의해 왔는데 엄마는 말보다는 행동을 하는 사람이었던지라 장소들을 물색하며 다니다 부지를 구입한 후 몇 달 동안 유대인 동네를 돌아다니며 기부를 받아 대출금을 갚았다. 사람들이 말로만 이야기하던 그 시설을 짓기 위해서였다. 고아원 개원식 날, 어머니보다 더 자랑스러운 여왕은 없었다. 엄마는 자리가 자리인 만큼 "와서 한마디 하고 가라"며 나를 초대하기까지 했다. 나는 일전에 노동자들이 노동의 결실을 거두고, 모든 어린이가 사회적 부를 누리는 것이 내가 하는 일의 목표라 말한 적이 있다. 엄마는 장난기 어린 눈을 반짝이며 내게 응수했다. "그래, 내 딸아, 그것은 미래를 위해 참 좋은 일이지. 하지만 지금 이 고아들과 세상에 홀로 남은 늙고 쇠약한 사람들은 어떻게 하란 말이니? 대답을 해다오." 나는 할 말이 없었다.

엄마의 또 하나의 업적은 로체스터의 수의 제조업체 하나를 폐업하게 만든 것이었다. 이 업체의 여자 사장은 유대식 수의를 독점으로 공급하는 일을 했다. 이 수의가 없으면 정통 유대인들은 마지막 안식을 취할 수 없는 처지에 놓이는 것이었다. 극빈층의 한 할머니는 수의가 필요했지만, 가족들은 그 비싼 수의를 살 돈이 없었다. 이 사실을 알게 된 엄마는 예의 그 활기찬 태도로 일에 착수했다. 죽은 사람들로 자기 배를 불린 피도 눈물도 없는 괴물을 찾아가 당장 그 가난한 가정에 수의를 무료로 제공할 것을 요구했고, 만약 거절할 시 회사를 무너뜨리고 말 거라고 협박했다. 업체는 꿈쩍도 하지 않았고, 이에 엄마의 작업이 시작되었다. 직접 하얀색 천을 사서 가난한 이들을 위해 손수 수의를 만들었고, 도시에서 가장 큰 도매상을 찾아가 재료를 원가에 대량으로 팔아 준다면 하늘에 재물을 쌓을 것이라며 주인을 설득했다. "당신을 위해서라면 뭐든지요, 골드만 부인." 그 주인 남자의 말을 전하며 엄마는 자랑스러워했다. 다음 수순은 유대인 여성들을 조직해 수의를 바느질하도록 하는 일이었다. 그리고 한 벌당 10센트에 수의를 제공한다는 사실을 지역사회에 널리 알렸다. 당연하게도 이 교묘한 계획은 독점 업체의 파산을 가져왔다.

넘치는 에너지와 동정심이 특징인 엄마에 대해서는 참 많은 일화가 있지만, 그중에서도 타우베 골드만 부인이 어떻게 강력한 집회소의 여의장을 꿈쩍 못하게 했는지에 대한 이야기만큼 나를 즐겁게 해준 것은 없었다. 한번은 회의에서 엄마의 이야기가 좀 지나치게 길어지고 있었다. 다른 회원이 발언권을 요청하자 의장은 소심하게 골드만 부인이 이미 발언시간을 넘겼다고 쭈뼛거리며 말했다. 그러자 엄마는 허리를 곧추세우고는 더 당당히 선언하듯 말했다. "미국 온 나라가 내 딸 엠마 골드만의 발언을 막을 수 없었는데, 이번이 그 엠마 골드만 엄마를 입 다물게 할 수 있는 절호의 기회네요!"

엄마는 자녀들에게 애정 표현하는 방법을 항상 알지는 못했다. 물론 가장 사랑했던 우리 '막내' 동생은 예외였지만. 그럼에도 나는 엄마가 나를 사랑한다는 큰 증거를 보여 줬던 순간을 기억한다. 신기하게도 엄마는 나를 따로 불러서 유언을 남겼고 자신에게 가장 소중한 보물을 나에게 남긴다고도 했다. 엄마가 죽은 후에도 내가 그걸 사용한다고 과연 약속할 수 있을까? 서랍에서 보석 케이스를 꺼내 엄숙하게 엄마가 내게 내민 것은 여러 자선 단체에서 받은 메달들이었다. "딸아, 내가 너에게 남기는 것은 이것이야." 웃음을 참으며 엄마에게 대답했다. 나도 메달을 많이 받긴 했지만 엄마가 받은 것보다는 반짝이지 않는다고. 이 메달을 달고 다닐 순 없지만 소중히 간직하겠노라고.

사샤가 출소하자마자 해리 와인버거는 애틀랜타로 갔다. 감옥에서의 운명도 그에게 결코 친절하지 않았건만, 이번에는 그에게서 사흘이라는 시간을 빼앗아갔다. 사샤는 9월 28일이 아닌 10월 1일에 출소했다. 출소와 함께 그는 많은 형사를 만났는데, 그중에는 샌프란시스코의 피커트 검사도 있었다. 그들은 사샤를 체포해 가려 했지만, 연방 경찰이 사샤의 신병에 대한 권리는 자기네에게 있다고 주장하고 나섰다. 이민 당국 출두를 위해 친구들이 1만 5천 달러의 보증금을 모아줬고, 마침내 사샤는 다시 우리 곁으로 돌아올 수 있었다. 초췌하고 창백해 보였지만, 그 외에는 평소의 금욕적이고 유머러스한 모습 그대로였다. 하지만 곧 사샤가 매우 아픈 상태라는 것을 알게 된 우리는 처음에 괜찮은 줄 알았던 그의 모습이 석방의 기쁨과 자유의 환희가 밀려 온 덕분이라는 걸 깨달았다. 미국 정부의 교도소가 펜실베이니아 서부 교도소가 14년 동안 하지 못했던 일을 21개월 만에 해낸 것이다. 애틀랜타는 그의 건강을 망가뜨리고 육체적 폐허로 되돌려 보냈으며, 그 경험의 공포를 그의 영혼에 새겨 놓았다.

사샤는 다른 수감자들에게 가해진 잔혹행위에 항의했다는 이유로 지하 감옥에 갇혀 있었는데 감방은 너무 좁아 움직이기조차 힘들었고, 24시간에 한 번만 비워지는 배설물 양동이로 인해 악취로 가득했다. 하루에 허용된 음식은 작은 빵 두 조각과 물 한 컵이 전부였다. 후에는 유색인종 죄수를 위해 탄원했다는 이유로 또다시 가로 80센티미터, 세로 140센티미터의 '구멍' 형벌을 받았는데, 똑바로 서 있지도 못할 정도의 구덩이에 갇히는 것이었다. 이 '구멍'은 철창으로 막힌 이중문과 블라인드가 설치되어 있어 빛과 공기가 완전히 차단되었다. '무덤'으로 알려진 이 감방에서 사람은 서서히 질식하게 되는데, 이는 애틀랜타 교도소에서 알려진 최악의 형벌로, 죄수의 영혼을 파괴하고 자비를 구걸하도록 강요하기 위해 고안된 형벌이다. 하나 우리의 사샤가 구걸 같은 걸 했을 리가. 질식하지 않기 위해 그는 바닥에 납작하게 누워 이중문과 돌이 만나는 홈 가까이 입을 댄 채로 버텼다. 그래야만 살아남을 수 있었으니까. '무덤'에서 나온 후에는 3개월 동안 서신을 받아 보는 특권을 박탈당했고, 책이나 기타 읽기자료도 허용되지 않았으며, 또한 어떤 운동도 허용되지 않았다. 그 후 그는 2월 21일부터 퇴소일인 10월 1일까지 7개월 반 동안 계속 독방에 격리된 채로 지냈다.

출소 후에도 애틀랜타에서의 기억은 사샤를 괴롭혔다. 밤이 되면 그는 악몽에 시달리며 식은땀에 젖어 잠에서 깨곤 했다. 그를 찾아오는 감옥의 유령은 내게는 새로운 고통이 아니었지만, 그런 상태의 사샤를 본 적이 없던 피치에게는 너무나 불안한 일이었다. 1916년 이후 수많은 고통과 걱정을 겪어 온 그녀는 이미 지치고 우울한 상태였다. 프로빈스타운 플레이하우스에서 맡은 직책과 함께 무니 총파업, 사면 캠페인, 전국 사면의 날 준비 등 거의 모든 일을 도맡아 하고 있었으니 말이다. 보석금과 재판을 위한 기금 모금을 하는 일, 수감된 사람들을 돌보는 일 대부분이 피치에게 맡겨졌다. 그녀를 돕는 소수의 동지들(폴린, 힐다, 샘 코브너, 미나 로웬손, 로즈 네이선슨)의 도움으로 피치는 혼자서 그야말로 엄청난 양의 일을 해냈다.

　이러한 활동을 해나가는 데 있어서 육체적 노력보다 더 힘든 것은 빌링스-무니 투쟁에 새롭게 등장한 세력에 대한 깊은 실망감이었다. 노동당 정치인들은 캘리포니아 동지들의 전투적인 캠페인 정신을 거의 무력화시키다시피 했다. 이들의 소극적인 태도로 인해 7월 첫째 주에 예정되었던 총파업은 완전히 실패로 돌아갔는데 동일한 보수파가 반대표를 던진 탓에 10월 총파업의 기회를 날리기도 했다. 일부 급진적 단체도 정치범과 노동교화소 수감자들을 시위 대상에 포함시키기를 거부하면서 사기를 떨어뜨리기는 마찬가지였다. 피치는 일반 사면 요구를 통해 무니와 빌링스 투쟁 또한 강화될 수 있을 것임을 주장했지만, 에드 놀란처럼 전투적인 사람조차 처음에는 그녀의 제안에 반대표를 던질 정도였다. 물론 나중에 태도를 바꾸고 그녀의 입장을 지지하긴 했지만. 대부분의 노동 단체에서 비전과 중추가 되는 핵심세력의 부족으로 분열이 일어났고 이에 대한 결과를 감당하는 건 감옥에 있는 반군의 몫이었다.

　사샤의 상태는 점차적으로 악화되고 있었다. 친구인 보브신 박사의 검진 결과 수술이 필요하다는 소견이 나왔지만, 고집불통 사샤는 의사의 조언을 완벽히 무시했다. 환자를 속이기 위해 피치와 내가 의사와 공모할 필요가 있었다. 늦은 오후의 어느 날, 보브신 박사는 두 번째 검사를 위해 조수와 함께 도착했다. 사샤는 어디로 갔는지 알 수가 없었다. 그가 돌아왔을 때 우리는 그가 『어머니 대지』의 전 비서였던 애나 배런의 어머니가 그를 위해 준비한 정통 유대인 축제에 초대받아 다녀왔다는 걸 알게 되었다. 보브신 박사는 성대한 만찬으로 뱃속이 가득 찬 환자를 수술한 적이 없었기 때문에 망설였지만 지금이 아니면 기회가 없었다. 의사는 사샤를 한 번 더 살펴봐야 한다는 구실로 사샤를 수술대 위로 끌어올리는 데 성공했다. 그런 다음 재빨리 에테르를 주입해 마취를 시켰다. 마취제를 거부하며 사샤는 교도소 부소장이 자신을 죽이려 한다고 소리치며 맹렬히 싸웠고 "이 죽일 놈의 자식, 내 가만두지 않겠다"라고 소리소리를 질렀다. 안타깝게도 나는 그날 중요한 선약이 있어서 자리하지 못했지만, 끝나고 서둘러 집으로 돌아왔다. 오는 길에 약국으로 달려가는 피치를 만났는데, 유령처럼 하얗게 질린 그녀는 사샤에게 이미 여럿을 재울 만큼의 충분한 에테르를 투여했음에도 아직 더 많이 필요하다고 했다. 집에 돌아오니 방은 한바탕 전쟁이라도 치른 듯했다. 조수의 안경이 깨져 있었고 얼굴에는 열상이 생겼다. 보브신 박사가 받은 피해도 만만치 않았다. 사샤는 이미 의식을 잃었지만 여전히 이를 악물고 부소장을 비난하는 말을 중얼거리며 수술대에 누워 있었다. 그에게 다가가 손을 잡고 다정하게 말을 걸었다. 꽉 잡은 그의 손이 나에게 응답하듯 느껴졌고, 그제서야 그는 진정되었다.

수술 후 정신을 차리고 나서 그는 침대 밑을 공포에 질려 쳐다보았다. "망할놈의 부소장 자식!" 사샤는 목이 찢어질 듯 울었다. 우리는 그를 붙잡고 괜찮다고, 지금 친구들과 함께 있는 거라며 안심시켰다. "피치와 내가 곁에 있어요." 내가 속삭였다. "아무도 당신을 해치지 못해요." 그는 믿을 수 없다는 듯 나를 바라보았다. "하지만 그 인간이 바로 저기 서 있는데? 내 이리 볼 수 있는데 말이오?" 그가 주장했다. 그건 그가 애틀랜타에 있던 시절을 상상하는 것뿐임을 설득하는 데는 적지 않은 노력이 필요했다. 그는 나의 눈을 지그시 바라보며 말했다. "당신이 그렇게 말한다면, 사실일 테지. 나는 당신을 믿으니까." 그러고는 마침내 안심하는 듯했다. "참 묘하지. 인간의 마음이란 건 말이야." 그는 평화롭게 잠들었다.

제퍼슨시티에서 돌아왔을 때는 우리가 오랜 기간 동안 천천히 쌓아 온 것들이 모두 파괴되고 난 후였다. 급습으로 압수된 작품들은 아직 반환되지 않았고, 『어머니 대지』, 『블라스트』, 사샤의 『교도소 회고록』, 그리고 내 에세이는 금서목록에 올랐다. 우리가 감옥에 있는 동안 모금한 거액의 돈과 우리의 스웨덴 옛 동지가 기부한 3천 달러는 양심적 병역 거부자들의 항소와 정치사면 및 기타 활동에 사용되었다. 책도, 돈도, 집도 아무것도 남아 있지 않았다. 전쟁의 회오리가 휩쓸고 지나간 후, 우리는 모든 것을 새롭게 시작해야 했다.

나를 찾은 첫 손님은 몰리 스타이머로, 다른 동지와 함께였다. 비록 전에 두 사람을 만난 적은 없지만 재판에서 보여 준 몰리의 놀라운 모습과 그녀에 대해 알고 있는 모든 것을 통해 마치 그녀가 항상 내 인생에 있었던 것처럼 느껴졌다. 이 용감한 여성을 직접 만나서 존경과 사랑을 전할 수 있어서 기뻤다. 그녀는 작고 예스럽게 생긴 외모였는데, 몸이며 이목구비 모두 일본인 느낌이 났다. 작은 체구에도 불구하고 그녀는 남다른 힘을 보여 줬고, 진지함과 복장의 엄격함에서도 러시아 혁명가들의 전형적인 모습이 보였다.

몰리와 함께 온 동지는 자신들이 지하에서 발행하는 회보에 글을 써달라고 요청하기 위해 대표 자격으로 나를 만나러 왔다고 했다. 안타깝게도 그들의 요청에 응할 수는 없었는데, 이미 과중한 업무에 시달리고 있는 상황에서 비밀 활동까지 추가하기는 어려웠기 때문이다. 『어머니 대지』의 지하판을 계속해 볼까 생각했었지만 다른 사람들에게 혹시 해를 끼치게 될까 봐 그만뒀다는 이야기도 했다. 공개적으로 하는 활동이라면 위험 같은 건 두렵지 않았지만, 비밀 혁명 단체에는 늘 스파이와 정보원이 있는 법이다. 그런 이들의 함정에 걸리고 싶지는 않았다. 몰리는 내 입장을 이해했다. 그녀 자신도 자신을 포함한 동료들을 경찰에 넘긴 배신자 로산스키라는 청년에게 받은 충격에서 아직 회복하지 못한 상태였으니 말이다. 하지만 그녀는 자유가 억압된 나라에서 배신당할 위험을 무릅쓰고라도 우리의 사상을 전파해야 한다고 했다. 그 방법에 있어서 결과가 위험에 상응하지 않는다고 생각했기에 그러한 부적절한 노력에 관여하는 것을 거부하자 나를 찾아온 방문객들은 크게 실망했고 함께 온 젊은 남성은 분개하기까지 했다. 그들의 마음을 상하게 하는 건 괴로웠지만 내 결정은 변함없었다.

우리 사이의 또 다른 의견 불일치는 소련에 대한 내 태도 때문이었다. 나의 젊은 동지들은 아나키스트들이 볼셰비키를 다른 정부와 마찬가지로 대해야 한다고 생각했지만 나는 전 세계 반동주의자들로부터 공격을 받고 있는 소비에트 러시아를 평범한 정부로 간주해서는 안 된다고 주장했다. 볼셰비키에 대한 비판에 반대하지는 않았지만, 어쨌든 그들이 덜 위험한 상황에 처할 때까지는 볼셰비키에 대한 적극적인 반대를 승인할 수는 없는 노릇이었다.

아직 어려 보이는 몰리를 안아주고 싶었지만, 그녀의 표정은 어린 나이답지 않게 근엄해 보였다. 포옹 대신 마음을 담아 악수만 나누고 그녀를 떠나보내야 했다. 몰리는 강인한 의지와 부드러운 마음을 가진 멋진 여성이었지만 두려울 정도로 확고한 신념을 가지고 있었다. 스텔라에게 농담삼아 "스커트를 입은 알렉산더 버크만"이라고 말했을 정도였다. 몰리는 진정한 혁명가 정신을 가진 공장의 일꾼이었다. 그녀는 열세 살에 일을 시작했고 당국의 손에 넘어갈 때까지 계속 공장에서 일했다. 그녀는 본질적으로 아직 제대로 살아보기도 전에 목숨을 바친 차르 시대 러시아의 이상주의자 젊은이들 같았다. 사랑스러운 젊은 동지에게 아 이 얼마나 무서운 운명이란 말인가, 공장에서 내내 일만 하다가 미주리 교도소에서 기쁨도 하나 없이 15년이라니.

곧 아늑한 아파트를 구했고, 미니가 헬레나 언니를 데리고 도착해 우리 셋은 이사를 했다. 한동안은 헬레나 언니가 스스로 잘 해나가는 것 같아 보였다. 바느질과 수선 등 집안일을 돌보느라 바쁜 언니에게 더 많은 일을 주기 위해 친구들을 자주 저녁 식사에 초대하곤 했다. 언니는 성실하게 음식을 준비해 주었고, 멋지게 서빙까지 해줄뿐 아니라 그 멋진 성격으로 사람들을 매료시키기까지 했다. 그러나 이 새로운 생활이 주는 활력은 사라지고 오래된 슬픔이 다시 언니를 덮쳐 왔다. 자신은 삶의 의미와 목적을 잃어버렸노라고, 언니는 계속해서 말했다. 그녀 안의 모든 것이 죽어 있었고, 부아 드 라페에서 죽어간 데이비드처럼, 언니 역시 그랬다. 이대로 계속할 순 없다고, 그냥 끝내야 한다고 말하는 언니를 도와 저 연옥에서 나오게 해야 했다. 언니는 매일같이 애처로운 호소를 반복했고 자신의 청을 거절하다니 잔인하고 일관성 없다며 나를 비난하기도 했다. 나는 항상 모든 사람은 자신의 삶에 있어서 자신의 의지에 따라 행동할 권리가 있으며, 불치병으로 고통받는 사람은 살기를 강요받아서는 안 된다고 주장해 왔기 때문이다. 그러나 가망 없는 동물에게도 해줄 수 있는 구호를 나는 언니에게 주기를 거부하고 있었다.

정신나간 짓일지 몰라도 헬레나 언니의 말이 맞다고 생각했다. 나는 일관성이 없었다. 언니가 삶에서 벗어나려고 필사적으로 몸부림치면서 날마다 조금씩 죽어 가는 것을 보았다. 언니의 뜻에 따라 주는 것이 곧 인류애일지도 모른다는 생각이 들었다. 회복의 희망이 없는 상황에서 자신의 비참함을 끝내거나 혹은 그런 처지의 사람을 돕는 것이 정당화될 수 있는지에 대해서는 의심하지 않았다. 헬레나 언니가 너무 딱해서 나는 언니의 바람을 들어주어야겠다고 결심했지만, 차마 그럴 수 없었다. 내게는 어머니이자 언니였고, 친구이자 어린 시절의 모든 것이었던 사람의 목숨을 끊을 수는 없었다. 한밤중 고요한 시간에도 언니와의 씨름은 계속되었다. 낮에 언니를 혼자 두고 나올 때면 집에 돌아가는 길에 혹시 쓰러져 있는 언니를 발견하진 않을까 끔찍한 공포에 떨곤 했다. 언니를 보살펴 주는 사람 없이 미니와 내가 둘 다 외출하는 법은 없었다.

두 차례 연기된 나의 추방 심사가 마침내 10월 27일로 확정되었다. 사샤는 애틀랜타를 떠나기 전에 이미 성명을 발표했다. 그는 교도소에서 추방 문제에 대해 심사를 하겠다고 자신을 찾아온 연방 이민국 직원에게 그 어떤 대답도 거부했다. 대신 그는 자신의 입장을 담은 성명서를 발표했다.

본 심사의 목적은 저의 '마음의 자세'를 결정하기 위함입니다. 물론 과거의 것이든 현재의 것이든 제 행동과는 무관합니다. 이는 순전히 제 견해와 의견에 대한 질문입니다.

저는 개인이든 집단이든 누구든 사상에 대해 심문을 당할 권리를 부정합니다. 생각이란 건 자유로운 것이고, 또한 자유로워야 하는 겁니다. 저의 사회적 견해와 정치적 의견은 제 개인적인 관심사입니다. 단순히 생각만으로 책임을 질 필요는 없지요. 생각의 결과가 행동으로 표현된다면, 그때 비로소 책임이라는 것이 생기는 것이지 행동 이전에 생기는 것이 아닙니다. 사상의 자유를 범박하게 정리하자면, 물론 표현의 자유, 언론의 자유가 당연히 수반된다는 전제하에 어떤 의견도 법이 될 수 없고 어떤 의견도 범죄가 될 수 없다는 것입니다. 정부가 특정 의견을 규제하거나 다른 이들의 의견을 금지하는 등 사상을 통제하려는 시도는 독재의 극치라 하지 않을 수 없습니다.

이렇게 제게 제안된 심사는 내 양심에 대한 명백한 침해입니다. 따라서 나는 이를 단호히 거부하는 바이며, 여기에 참여할 생각이 없음을 밝히는 바입니다.

— 알렉산더 버크만

시민권자도 아니고, 딱히 이 문제가 그의 주요한 관심사가 아니었음에도 사샤가 추방에 반대하는 나의 투쟁에 동참한 이유는 그러한 정부 방식을 최악의 독재라고 생각했기 때문이었다. 나 역시 나를 출국시키려는 워싱턴의 계획에 이의를 제기한 또 다른 이유가 있었다. 1909년 미국 정부가 내 시민권을 박탈하기 위해 사용했던 수상한 방법에 대해 그들은 여전히 나에게 설명해야 할 의무가 있다. 그리고 나는 이것을 밝혀내리라고 결심한 참이었다.

나는 항상 러시아를 다시 방문하고 싶었고, 2월 혁명과 10월 혁명 이후에는 반드시 고국으로 돌아가 러시아 재건을 도와야겠다고 생각하고 있었다. 하지만 나는 가더라도 내 자유의지로, 내 뜻에 따라 가고 싶었으므로 정부가 나를 강제할 권리를 거부했다. 정부가 가진 막강하고 잔인한 힘을 알고 있었지만 싸워 보지도 않고 항복할 수는 없었다. 우리 재판에 대해 그랬던 것처럼 더 이상 결과에 의해 속지 않을 것이다. 그때나 지금이나 나의 관심사는 미국의 정치적 주장의 허구성과 시민권이 신성하고 양도할 수 없는 권리라는 허상을 공개적으로 폭로하는 것이었다.

이민국 직원들 앞에서 심사를 받을 때, 조사관들은 내 서류를 잔뜩 쌓아놓은 책상에 앉아 있었다. 분류되고, 표로 정리되고, 번호가 매겨진 문서를 한번 살펴보라며 내게 건넸다. 대부분 절판된 지 오래인 여러 언어로 된 아나키스트 출판물과 내가 10년 전에 했던 연설문에 대한 보고서 등이었다. 당시 경찰이나 연방 당국에서도 이의를 제기하지 않았던 것들이 이제 내 범죄 전력을 증명하고 나를 추방하기 위한 근거로 제시되고 있었다. 내가 참여할 수조차 없는 희극이라는 걸 알았기에 당연히 나는 그 어떤 질문에도 답하지 않았다. 나는 심사 내내 침묵을 지켰고, 마지막에 심사관에게 내 진술서만 전달했다.

본 과정이 제가 저지른 범죄 혐의, 악행 또는 반사회적 행위를 입증하기 위한 목적이라면, 저는 소위 '심사'라고 불리는 이 비밀스럽고 삼류적인 방식에 반대합니다. 그러나 제가 특정한 범죄나 행위로 기소되지도 않았음을 아는 만큼 이것이 순전히 저의 사회적·정치적 의견에 대한 조사라면, 저는 이러한 절차가 완전히 폭압적이고 진정한 민주주의가 근본적으로 보장하는 것들에 정반대되는 것이므로 이에 더욱 강력하게 항의하는 바입니다. 모든 인간은 박해 없이 자신만의 의견을 가질 권리가 있습니다. [⋯]

국민이 희망과 열망을 자유롭게 표현하는 것이야말로 건전한 사회에서의 가장 크고 유일한 안전입니다. 사실, 이러한 자유로운 표현과 토론만이 인류의 진보와 발전에 가장 유익한 길을 제시할 수 있습니다. 그러나 추방과 반아나키스트 법이 향하는 바는 이와 유사한 다른 모든 억압 조치와 마찬가지로 이것과 정반대의 길을 가고 있습니다. 그것은 민중의 목소리를 억누르고 노동의 모든 열망에 재갈을 물리는 것입니다. 이것이 바로 우리 산업 군주들이 그토록 영속시키고 싶어하는 자신들의 계획에 맞지 않는 사람들을 추방하는 경향과 불공평한 법원 절차가 가하는 실제적이고 끔찍한 위협입니다.

저는 제 존재의 모든 힘과 강렬함을 다해 미국 국민의 생명과 자유에 대한 제국적 자본주의의 음모에 항의하는 바입니다.

— 엠마 골드만

신문은 몰리 스타이머가 단식투쟁을 벌이고 있다고 보도했다. 보석으로 석방된 이후 주 경찰과 연방 경찰이 몰리를 계속 쫓아다녔기 때문에 우리 모두는 그녀를 걱정하고 있었다. 그녀는 11개월 동안 여덟 번이나 체포되어 하룻밤 또는 일주일 동안 경찰서에 구금되었다가 풀려났고, 확실한 혐의도 없이 다시 체포되는 일이 반복되었다. 최근 노동자 위원회의 사무실이 있던 러시아 인민의 집이 급습당했을 때, 몰리는 이민 당국에 끌려가 8일간 구금되었고 1천 달러의 보증금을 낸 후에야 풀려났다. 나중에는 친구와 함께 길을 걷던 중에 "보스가 당신 좀 보자신다"며 형사 두 명에게 끌려가 뉴욕 '폭탄 처리반' 책임자 사무실에 3시간 동안 심문도 받지 못한 채 구금되었고, 후에 경찰서로 끌려가 감금당했다. 다음 날 아침, 신문을 통해 그녀가 "폭동 선동" 혐의로 기소되었다는 소식을 접했다. 그녀는 무덤으로 이송되었고 일주일간 구금된 후 5천 달러의 보석금을 내고 풀려났다. 간신히 집에 도착했을 때는 또다시 연방 체포 영장을 소지한 세 명의 형사가 찾아왔고, 그녀는 곧 엘리스 섬으로 연행되었다. 그 후로 그녀는 그곳에 계속 갇혀 있었다. 미국 정부는 이 40킬로그램도 안 되는 조그마한 여인을 어떻게든 무너뜨리기 위해 온 힘을 다해 짓누르고 있었다.

몰리에게는 이미 15년의 수감 생활이 기다리고 있었는데, 단식투쟁으로 힘을 낭비하지 말라고 그녀를 설득하고 싶었다. 해리 와인버거는 변호사로서 그녀를 방문할 수 있었기 때문에 그와 동행해 몰리를 만나러 갈 수 있었다. 몰리는 매우 쇠약해진 상태였지만 불굴의 의지로 버티고 있었다. 이전의 우리 사이에 있었던 의견 차이로 인한 악감정의 흔적 같은 건 전혀 보이지 않았다. 오히려 나를 매우 반갑게 맞아 주었고 또한 행동은 친절하고 다정했다.

몰리의 말에 따르면 그녀는 항상 감방 안에 갇혀 있었고, 다른 정치범들과 어울릴 권리도, 추방 대상자들과 어울릴 권리도 거부당했다고 했다. 아무리 항의를 해봤자 소용이 없어 결국 단식투쟁을 결심했다고. 그녀에게 가해진 조치들이 극단적인 것은 분명 맞지만, 그러나 건강을 해치면서까지 단식을 하기에는 그녀의 삶이 우리 운동에 있어 너무나 중요하다고 그녀를 설득했다. 이민국장이 그녀에 대한 처우를 바꾸도록 설득하면 이 단식을 중단하겠는지 물었다. 처음에는 망설였지만 결국 동의했다. 이번에는 주저하지 않고 나의 훌륭한 전우를 품에 안았다. 그녀는 내가 세상의 잔인함으로부터 보호해 주고 싶었던 어린아이와도 같았다.

우리는 국장을 설득해 몰리가 다른 사람들과 어울려 지낼 수 있는 권리를 허용케 하는 데 성공했다. 체면을 위해 그는 "먼저 그 문제를 조사해 보겠다"고 약속했고, 스타이머 양 역시 "자기 입장을 양보한다는 조건하에" 상황에 변화를 주기로 했다. 몰리에게 메시지를 보내어 앞으로 음식을 먹겠다는 확답을 들었다.

같은 날 저녁, 지칠 줄 모르는 돌리 슬론이 사샤와 나를 위해 준비한 환영식 만찬이 브레부트 호텔에서 열렸다. 이렇게 우리끼리만 하는 행사는 퍽 내키지는 않았다. 카네기 홀처럼 대형장소라면 저렴한 입장료로 많은 사람이 참석할 수 있기 때문에 우리는 그 편을 선호했던 것이다. 하지만 뉴욕 시 전체에서 친절한 전통을 이어 온 브레부트의 경영진이 아니면 그 어떤 장소도 확보할 수 없는 상황이었다.

이 행사를 함께하기 위해 멀리서 온 많은 친구들이 불가피하게 참석하지 못하게 되어 저녁을 보내는 마음이 다소 심란했다. 하지만 저녁의 멋진 분위기는 그 아쉬움을 만회하고도 남았다. 재능 있는 반항아 시인인 롤라 리지는 사샤와 내게 헌정한 아주 생생한 시를 낭송하며 청중을 감동시켰고, 다른 연사들도 우리에게 아낌없는 찬사를 보내주었다. 세계대전으로 인해 우리 곁을 떠났던 옛 동료이자 변치 않는 친절한 영혼 해리 M. 켈리도 다시 우리 곁에 돌아왔다.

나는 엘리스 섬의 영웅적인 젊은 반란군 몰리에 대한 이야기를 하며 이 여성의 용기와 혁명적 성실함은 많은 남성 동지들을 부끄럽게 만들 지경이라는 점을 지적했다. 떠오르는 세대의 몰리와 그 동지들은 우리 선배 아나키스트들이 갈아엎는 데 일조한 바로 그 토양에서 생겨났다고 나는 말했다. 그들은 우리 정신의 자식들이며 또한 우리의 유산을 이어 갈 것이라고. 이러한 자긍심 속에서 우리는 미래를 확신에 차서 바라볼 수 있을 것이다.

케이트 리처드 오헤어의 사면을 위해 활동하던 급진적 여성 그룹들이 준비한 케이트 출소 기념 행사도 열렸다. 크리스털 이스트먼이 사회를 맡았고, 엘리자베스 걸리 플린과 나를 포함한 연사들이 참여했다. 나는 제퍼슨시티 교도소에서의 케이트의 삶과 그녀가 그곳의 불우한 사람들을 위해 이룩한 업적에 대해 이야기했다. 케이트의 훌륭한 동지애를 생각하면서 그녀의 성격을 고스란히 드러내는 교도소 일화 몇 가지를 들려주었다. 특히 케이트의 머리에 대한 콤플렉스 이야기는 청중을 즐겁게 했다. 케이트는 머리에 정교한 핀이나 장식 없이 작업장에 나타난 적이 단 한 번도 없었는데 이 의식에는 상당한 시간과 노력이 필요했다. 아침에는 이 의식을 치를 기회가 없었으므로 케이트는 저녁 시간을 할애해 이 의식을 치르곤 했던 것이다. 한 번은 밤에 케이트가 욕설을 퍼붓는 바람에 잠에서 깬 적이 있다. "케이트, 무슨 일이에요?" 그녀에게 물었다. "젠장, 머리핀에 또 걸렸어요." "허영 부리긴." 나는 케이트를 놀리듯 말했다. "당연하죠. 그러지 않고 어떻게 내 아름다움을 뽐낼 수 있겠어요? 엠마도 잘 알겠지만, 이 세상에 대가 없이 얻을 수 있는 것은 없으니까요." "글쎄요, 나라면 머리를 마는 그 헛수고에 돈을 쓸 것 같지는 않은데 말예요." "어허, 엠마, 이 사람 말하는 것 봐. 남자 동지들한테 한번 물어봐요. 최고의 연설보다 멋진 헤어스타일이 더 중요하다는 것 정도는 금방 알 수 있을걸요?" 함께 식사를 하던 동료들이 이 말에 환호했고, 나는 그들 대부분이 케이트의 의견에 동의한다는 걸 확실히 알 수 있었다.

신들은 내게 보살필 사람과 일을 제공하는 데 있어서 아낌이 없었다. 사샤가 병상을 떠나자마자 다른 환자가 병실을 찾아왔다. 침대 신세를 지게 된 스텔라가 우리의 간호를 필요로 했다. 유일하게 내가 쉴 수 있는 때는 나의 친구 얼라인 반스돌이 그런 것처럼 몇몇 친구들이 나를 납치할 때였다.

얼라인 반스돌을 처음 만난 건 시카고에서 열린 강연에서였다. 얼라인은 연극에 관심이 많았고 시카고에서 현대 연극을 무대에 올린 적도 있었다. 우리는 함께 즐거운 시간을 많이 보냈고, 그러면서 그녀가 사회 문제, 특히 자유로운 모성과 피임에 대해 폭넓게 인식하고 있다는 것을 알 수 있었다. 무니-빌링스 사건에 대한 그녀의 관심은 그녀의 태도가 단순한 이론에 불과한 게 아니라는 것을 증명했다.

그녀는 무니-빌링스 변호에 가장 먼저 지지를 보내온 인물로, 이를 위해 거액의 기부금을 보내오기도 했다. 하지만 얼라인이 나를 진심으로 아끼고 있다는 것을 느낀 것은 내가 감옥에 들어가고 나서였다. 그녀는 출소하는 나를 환영하기 위해 해안지역에서 시카고까지 찾아왔는데 이를 통해 4년 전 시작된 우리의 우정이 더욱 돈독해지는 느낌이었다. 뉴욕에 도착해서 그녀는 내가 잠시나마 세상의 시름을 잊을 수 있도록 얼마나 애를 썼는지 모른다.

어느 날, 나의 임박한 추방에 대한 이야기를 나누던 중 나는 우연히 입센의 말을 인용하며 이상의 성취보다는 이상을 향한 투쟁이 중요하다는 취지의 말을 했다. 내 삶은 풍요롭고 다채로웠고 후회할 것도 없었다. "그럼 물질적인 결과는요?" 얼라인이 갑자기 질문을 했다. "내 아름다운 외모 빼고는 아무것도 없네요." 나는 농담으로 대답했다. 나의 친구는 곰곰이 생각하더니 수표를 현금화할 수 있는지 물었다. 할 수는 있지만 그녀의 수표책에 내 이름이 적혀 있지 않은 편이 낫다고 조언했다. 얼라인은 자기 돈을 자신이 원하는 대로 처분할 권리가 있으며, 정부가 이를 통제할 권한은 없다고 주장했다. 그러고는 추방에 맞서 싸우거나 강제 출국을 당할 경우 필요한 곳에 쓰라며 5천 달러짜리 수표를 건네주었다.

얼라인의 고마운 행동에 감정을 추스르느라 감사를 표할 정신도 없었다. 그 늦은 저녁에 나의 추방과 관련해 내가 가장 불안하게 느끼는 것은 다름 아닌 의존에 대한 두려움이라고 그녀에게 말했다. 미국에 온 후 나의 두 발로 서지 못할지도 모른다는 두려움을 느낀 적은 단 한 번도 없었다. 돈을 위해 독립을 포기하느니 차라리 가난 속에서 독립을 지키고 싶었다. 그것만이 내가 수전노가 자기 물건을 지키듯 지켜 온 유일한 보물이었다. 수년간 몸 바치고 고통받았던 내 땅에서 쫓겨난다는 것은 결코 유쾌한 일은 아니다. 하지만 무일푼에 당장 적응할 희망도 없이 다른 나라에 가는 것은 정말이지 재앙과도 같은 일이었다. 그것은 가난이나 결핍에 대한 두려움이 아니라, 생존 수단을 빼앗을 수 있는 권력을 가진 사람들의 지시를 따라야만 한다는 것에 대한 두려움이었다. 바로 이 유령이 가장 두려웠다. "당신이 준 이 수표는 평범한 선물이 아니에요." 나는 얼라인에게 말했다. "이 수표는 나를 자유롭게 해줄 뿐 아니라, 나의 독립과 자존감을 지켜 줄 거예요. 무슨 말인지 알죠?" 그녀는 고개를 끄덕였고, 나는 이루 말할 수 없는 감사함으로 가슴이 벅차올랐다.

휴전 후 1년이 지났고, 모든 유럽 국가에서는 정치적 사면이 이루어지고 있었다. 오로지 미국만이 감옥 문을 열지 않고 있었다. 오히려 공식적인 급습과 체포가 증가했다. 러시아인으로 알려졌거나 급진적 사상에 동조하는 것으로 의심되는 노동자들이 직장이나 길거리에서 체포되지 않은 도시는 거의 없었다. 이 급습의 배후에는 미첼 파머 법무부 장관이 있었는데 급진주의자라고 하면 생각만 해도 치가 떨리는 모양이었다. 체포된 사람들 중 상당수가 경찰의 잔인함에 의한 피해자가 되었다. 뉴욕, 시카고, 피츠버그, 디트로이트, 시애틀 및 기타 산업 중심지에는 구치소와 감옥이 이러한 소위 '범죄자'들로 가득 차 있었다. 강의 요청이 쇄도했다. 연방 정부의 추방 광풍으로 외국인 노동자들이 공포에 떨고 있었고, 이 문제에 대해 연설하고 대중을 계몽해 달라는 요청이 많았다.

우리의 운명이 위태롭게 걸려 있는 가운데, 사샤는 여전히 기운을 차리지 못하고 있었다. 그런 상황에 강연 투어를 시작한다는 것이 터무니없어 보였지만 차마 거절할 수는 없었다. 내 두번째 조국의 수치에 대해 목소리를 높일 수 있는 마지막 기회가 될지도 모른다는 예감이 들었다. 사샤와 상의한 결과 그는 내가 가는 게 맞다고 했고, 나는 사샤도 나와 동행하면 어떨지 제안했다. 애틀랜타의 악몽을 잊는 데 도움이 될지도 모르고 또 어쩌면 이것이 우리 동지들과 미국에서 하는 마지막 캠페인일지도 모르니 말이다. 사샤는 흔쾌히 동의했다.

친구들은 우리가 이 캠페인에 착수하는 것을 기를 쓰고 반대했다. 우리의 추방 문제가 아직 연방 정부에서 검토 중인 단계인데 결과를 미리 예단하고 이런 행동을 하는 건 바람직하지 않다고 주장하면서 말이다. 하지만 사샤와 나는 지금이 러시아를 대표해 목소리를 낼 수 있는 최고의 순간이라고 생각했기에 개인적인 이해관계가 이 결정에 영향을 미치는 것은 허용할 수 없었다.

뉴욕에서 디트로이트를 거쳐 시카고에 이르기까지 우리의 투어 내내 지역 및 연방 요원들은 우리의 움직임을 감시하고, 모든 발언을 기록하고, 우리를 침묵시키려는 시도를 멈추지 않았다. 그럼에도 우리는 계속했다. 우리가 할 수 있는 마지막 노력이었고 주사위는 이미 던져졌다고 생각했다.

경찰의 집회 방해에 대한 선정적인 언론의 보도와 집회에 참석하지 말라는 경고, 청중들의 참석을 막기 위해 동원된 여러 방법들에도 불구하고 디트로이트와 시카고에서 열린 집회에는 수천 명의 청중이 운집했다. 평범한 집회가 아니라 정부의 절대주의에 대한 격렬한 분노와 우리 자신에 대한 경의를 표하는 거대한 시위였고, 새로운 희망과 열망에 감격하여 깨어난 집단적 영혼의 웅변적인 목소리였다. 우리는 단지 그 열망과 꿈을 표현했을 뿐이다.

12월 2일, 시카고에서 친구들이 마련한 송별 만찬에서 헨리 클레이 프릭의 사망 소식을 듣고 기자들이 몰려들었다. 우리는 처음 듣는 이야기였지만 신문기자들은 우리의 송별회가 프릭의 죽음을 축하하기 위한 것이라고 의심했다. "프릭 씨가 방금 돌아가셨습니다." 사샤를 비난이라도 하듯 한 젊은 기자가 말했다. "이에 대해 하실 말씀 있으신가요?" "신에게 추방당한 게지." 사샤가 무미건조하게 대답했다. 나는 프릭 씨가 알렉산더 버크만으로부터는 모든 부채를 상환받았음에도 정작 그는 자신의 의무를 다하지 못한 채 죽어 버렸음을 덧붙였다. "무슨 뜻이죠?" 기자가 설명을 요구했다. "그러니까, 헨리 클레이 프릭은 이미 지나간 시간의 사람이에요. 그는 살아서나 죽어서나 오래 기억되지 못했을 거예요. 그를 유명하게 만든 사람은 다름 아닌 알렉산더 버크만이었으며, 프릭은 오로지 버크만의 이름과 연관된 사람으로만 남을 테죠. 그의 전 재산을 내놓더라도 그런 영광을 누리는 건 불가능했을 거예요."

다음 날 아침, 해리 와인버거로부터 연방 노동부가 추방 명령을 내렸으니 12월 5일까지 자진출두하라는 전보가 도착했다. 이틀의 자유와 또 다른 강의가 우리를 기다리고 있었다. 뉴욕에서 처리해야 할 일이 많았던 사샤는 일처리를 위해 뉴욕으로 떠났고 나는 나의 마지막 강연을 위해 남았다. 폭풍이 거세게 몰아치고 파도가 높아져도 나는 끝까지 맞서기로 결심했다.

다음 날 키티 벡과 벤 케이프스와 함께 가장 속도가 빠른 뉴욕행 기차를 탔다. 사람들은 시카고를 떠나는 내게 성대한 환송을 해주었고, 친구들과 동지들은 기차역 플랫폼을 독점이라도 하듯 가득 채웠다. 완전한 연대와 애정을 담은 얼굴들이 기차역을 바다처럼 빼곡히 메우고 있었다.

나는 두 명의 동반자와 함께 미국에서 가장 빠른 기차를 타고 있었다. "미국에서의 마지막 여행이 될지도 모르는데, 침대칸이나 객실을 이용하죠"라고 친구들이 말했다. 이렇게 기쁠 수가…. 식당칸은 그다지 좋지 않았고 샴페인도 마찬가지였다. 베니는 금주령에도 불구하고 어떻게든 두 병을 구해 왔고, 포터들을 능숙하게 다루면서 그들의 마음을 사로잡았다. 포터는 우리 방을 바쁘게 오가며 연신 상황을 살폈다. "좋은 물건이네요." 그는 한쪽 눈을 찡긋하며 미소를 지었다. 베니가 물었다. "조지, 얼음 한 통만 갖다 줄 수 있어요?" "물론이죠. 한 통 통째로 가져오겠습니다." 벤은 조지에게 술이 충분친 않지만 잔을 더 가져와서 함께 마시자고 제안했다. 이 영리한 흑인 포터는 자신이 철학자이자 예술가였음을 증명했다. 삶에 대한 그의 관찰력은 예리했고 승객과 승객들의 약점을 잘도 흉내 냈다.

키티와 나는 둘이서 새벽까지 이야기를 나눴다. 자연이 그녀를 너무 아낌없이 주는 성격으로 만들어 둔 탓인지, 그녀의 삶은 매우 비극적이었다. 그녀에게 기부는 하나의 의식이었으며, 그녀가 가진 유일한 충동은 그 기부에 최선을 다하는 것이었다. 사랑하는 사람이든, 친구든, 거지든, 길고양이든, 개든…. 키티는 그 대상에 항상 자신의 마음에 든 모든 것을 비워 냈다. 스스로를 위해선 아무것도 요구한 적 없음에도 나는 그렇게도 애정이 절실한 존재를 본 적이 없었다. 주변 사람들은 그녀의 존재를 당연하게 받아들였고, 실제로 그녀의 마음의 갈망을 이해한 사람은 거의 없었다. 키티는 받기 위해 태어난 게 아니라 베풀기 위해 태어난 사람이었다. 그것은 그녀의 최고의 업적이자 동시에 최고의 패배이기도 했다.

뉴욕 그랜드 센트럴 터미널에서 사샤, 피치, 스텔라, 해리 등 가까운 친구들이 우리를 기다리고 있었다. 사랑하는 헬레나 언니에게 작별 인사를 하러 아파트에 들를 시간조차 남지 않았다. 우리는 택시에 몸을 싣고 곧장 엘리스 섬으로 향했다. 사샤와 나는 자진출두를 했고, 해리 와인버거는 보증금으로 예치한 3만 달러의 반환을 요구했다.

"엠마 골드만 씨, 이제 끝이네요?" 한 기자의 질문에 내가 답했다. "이제 시작일지도 모르죠."

51

내가 엘리스 섬에서 배정받은 방에는 이미 러시아 노동자 연합 급습으로 체포된 에셀 번스타인과 도라 립킨이 있었다. 그 사무실 급습에서 발견된 문서는 영어 문법과 산술에 관한 교과서였음에도 현장의 사람들은 선동적인 출판물을 소지한 혐의로 구타당하고 체포되었다.

이 추방 명령에 서명한 공무원이 놀랍게도 노동부 차관보 루이스 포스트라는 사실을 알게 되었는데, 정말이지 믿을 수 없었다. 열렬한 단일세론자이자 언론과 자유의 옹호자, 두려움 없는 자유주의 주간지 『퍼블릭』의 전 편집장, 매킨리 사건 당시 당국의 잔인한 수법을 폭로하고 나를 변호했던 사람, 리언 촐고츠조차 헌법상 권리가 보호되어야 한다고 주장했던 사람이 이제 추방의 옹호자가 되었다니? 매킨리 비극과 관련하여 나의 석방 후 집회를 주재하겠다고 제안할 정도였던 급진주의자가 이제 와서 그런 방법을 지지할 수 있는 것일까? 그의 집에 초대되어 포스트 부부의 대접을 받은 적이 있었다. 우리는 아나키즘에 대해 이야기를 나누었고, 그는 아나키즘의 이상주의적 가치에 대해서는 인정하면서도 그 실제적 적용 가능성에 대해서는 의문을 품었다. 그는 여러 차례 표현의 자유 투쟁에서 우리를 도왔고, 존 터너의 추방과 관련해 펜과 목소리로 강력하게 항의하기도 했다. 그런데 바로 그 루이스 F. 포스트가 이제 급진주의자 추방을 위한 첫번째 명령에 서명을 하다니!

친구들 중 일부는 연방 정부 공무원으로서 루이스 포스트가 법의 명령을 지지하겠다는 선서를 어길 수 없었을 거라는 점을 지적했다. 그가 그 직을 수락하고 선서를 한 순간 바로 그는 자신이 몇 년 동안 공언하고 노력해 온 이상을 거스른 것이라는 사실을 사람들은 고려하지 않는 듯했다. 만약 루이스 포스트가 진실한 사람이었다면 윌슨이 나라를 전쟁으로 몰아넣었을 때 자신의 진실을 지키며 사임했어야 옳다. 아니라면 적어도 자신의 의견에 반대하는 사람들을 추방하라는 명령을 내릴 수밖에 없는 상황에 처했을 때 사임했어야 했다. 나는 포스트가 스스로를 수치스럽게 만들었다고 생각했다.

미국 급진주의자들에게 체력과 근성이 부족하다는 것은 참으로 비극이 아닐 수 없었다. 그러나 루이스 F. 포스트에게 그의 스승이자 단일세론의 아버지인 헨리 조지보다 더 대범한 입장을 기대할 이유가 있던가? 헨리 조지 역시 마지막 순간에 시카고 동지들에게 등을 돌렸는데. 당시 그의 발언은 큰 무게를 지니고 있었던 만큼, 만약 그가 나서기만 했더라면 그가 무죄라고 믿었던 사람들을 구하는 데 도움을 줄 수 있었을 것이다. 하지만 그의 정치적 야망은 그의 정의감보다 더 강했다. 루이스 F. 포스트는 자신이 존경하는 단일세론자 스승의 발자취를 따르고 있을 뿐이었다.

나는 여전히 성실하고 도덕적인 단일세론자가 있다는 생각을 하며 위안을 얻었다. 볼튼 홀, 해리 와인버거, (표현의 자유 투쟁을 할 때마다 나와 함께한 동지) 프랭크 스티븐스, 다니엘 키퍼를 비롯한 수많은 사람들이 전쟁과 새로운 독재에 맞서 자신의 입장을 고수했다. 양심적 병역 거부자로 체포된 프랭크 스티븐스는 이에 항의하며 보석을 거부하기도 했다. 다니엘 키퍼 역시 진정한 자유주의자였다. 그에게 있어 자유는 그의 공적 활동에서와 마찬가지로 사적 영역에서도 그를 움직이게 하는 힘이었다. 그는 미국의 참전과 '선택적' 징병제에 반대하며 적극적으로 투쟁에 참여한 최초의 단일세론자였다. 그는 미첼 파머, 뉴턴 D. 베이커, 그리고 다른 나약한 퀘이커교도나 평화주의자들과 같은 유형의 배신자들을 진심으로 혐오했다. 친구인 루이스 F. 포스트의 배신도 용서하지 않았다.

미국 지방법원의 줄리어스 메이어 판사는 해리 와인버거가 제출한 인신보호영장을 기각하고 우리의 보석을 허가하지 않았다. 하지만 청문회를 통해 귀중한 정보를 얻을 수 있었는데 검찰 측은 제이컵 커쉬너가 죽은 지 수년이 지났다고 주장했지만, 실제로 그는 1909년 시민권이 취소될 당시 이미 사망한 상태였던 것이다. 이를 통해 연방 당국이 사망한 제이컵 커쉬너의 시민권을 박탈해 나의 시민권까지 박탈하려는 고의적인 조치를 취했다는 것을 확실히 확인할 수 있었다.

우리 변호인단은 쉽게 패배를 받아들이지 않았다. 한곳에서 두들겨 맞으면 다른 곳에서 총을 갈고 닦았다. 다음 목표는 미국 대법원이었다. 해리 와인버거는 영장실질심사를 신청하면서 보석을 허가해 줄 것을 요청할 생각이라고 우리에게 알렸다. 그렇게 된다면 적어도

시민권 취득을 위한 싸움은 계속할 수 있을 것이다. 해리는 불도저 같은 사람이었고, 나는 미국 땅에서 남은 시간을 최대한 활용하고 싶었다.

사샤와 나는 오래전부터 추방과 관련하여 팸플릿을 만들고 싶었는데, 엘리스 섬 당국이 원고를 압수할 것이 분명했기 때문에 비밀리에 원고를 준비하고 발송해야 했다. 우리가 밤에 글을 쓰는 동안 방 동료들이 보초를 서주었고 아침에는 함께 산책을 하면서 각자 작성한 내용에 대해 토론하고 제안을 주고받았다. 사샤는 최종 수정본을 만들어 원고를 몰래 빼돌려 줄 친구들에게 전달했다.

매일같이 새로운 추방 대상자가 나왔다. 여러 주에서 온 이들은 대부분 옷도 돈도 없는 상태였다. 수개월 동안 감옥에 갇혀 있다가 갑작스럽게 체포될 당시의 모습 그대로 뉴욕으로 이송된 것이다. 그런 상태에서 그들은 겨울의 긴 항해를 앞두고 있었다. 우리 동지들에게 옷과 담요, 신발 등 기타 다른 의복에 대한 도움의 요청을 보냈고 곧 보급품이 도착하기 시작했다. 추방을 앞두고 있는 사람들에게서 기쁨이 솟아났다.

엘리스 섬에 도착한 이민자들의 상황은 끔찍하기 그지없었다. 숙소는 혼잡했고, 음식은 심히 끔찍했으며, 게다가 그들은 중범죄자 취급을 받고 있었다. 이 불행한 사람들은 그저 고국에서의 삶을 접고 약속과 자유, 기회의 땅인 미국으로 온 것에 불과하거늘 몇 달 동안 갇혀서 부당한 대우를 받으며 불확실한 상황에 처하게 된 것이다. 1886년 캐슬 가든 시절과 상황이 거의 변한 게 없다는 사실이 놀라울 따름이었다. 이민자들이 우리와 어울리는 건 허락되지 않았음에도 우리는 어떻게든 그들로부터 메모를 전해 받을 수 있었다. 물론 온갖 유럽의 언어들로 쓰인 것들이라 우리의 언어구사력을 최대치로 사용해야 하긴 했지만. 안타깝게도 우리가 그들을 위해 할 수 있는 일은 많지 않았다. 우리는 버림받은 이방인들에게 미국 전체가 야만적인 관료들로만 대표되지 않는다는 것을 보여 줘야 한다며 미국 친구들을 독려했다. 할 일이 산처럼 쌓여서 사샤와 나는 권태를 느낄 틈이 없었다.

나의 신경통 발작은 몹시 시의적절했는데, 엘리스 섬의 치과의사는 내 통증을 완화하는 데 실패했고, 국장은 내 치과 담당의가 나를 진료하는 것을 허가하지 않았다. 참을 수 없는 고통에 나는 강력히 항의했고, 마침내 섬 당국은 워싱턴과 논의할 테니 지시를 기다리라고 했다. 48시간 동안 나의 치아 통증 문제는 연방 정부의 논의거리가 되었다. 비밀 외교가 마침내 해결되고 워싱턴은 결국 내가 남성 경비원과 보호자를 대동하고 치과에 가는 것을 허락했다.

치과 진료실은 만남의 장소가 되었다. 피치, 스텔라, 헬레나 언니, 예고르, 작은 이안, 친애하는 막스, 그리고 다른 친구들까지 한자리에 모였다. 치료를 기다리는 것이 기쁨이 되었고, 시간이 너무 빨리 지나가는 것만 같았다.

해리 와인버거는 워싱턴에서 관료주의적 소심함과 관공서들의 요식행위로 인해 예상치 못한 어려움을 겪고 있었다. 법원 서기는 그의 서류가 인쇄된 형태가 아니라는 이유로 접수를 거부했는데 해리는 화이트 대법관에게 항소하는 데 성공했다. 12월 11일에 그의 신청에 대한 변론이 허용되었지만 법원은 오심명령을 기각했고 사샤에 대한 추방 유예 신청도 거부되었다. 내 소송 건 같은 경우에도 문서를 인쇄해 제출할 것을 요청받았고, 일주일 안에 반송되었다.

사샤가 국외로 쫓겨난다면 나도 함께 갈 것이었다. 그는 나의 영적 각성과 함께 내 삶에 들어왔고, 내 존재 자체가 되었으며, 그의 긴 수난의 길은 영원히 우리의 공통된 유대감으로 남을 것이다. 그는 30년 동안 나의 동지이자 친구, 동료였는데, 그만 혁명에 참여하고 나는 뒤에 남는다는 것은 상상할 수 없는 일이기도 했다.

"남아서 싸움을 계속할 게 아니오?" 휴게시간에 사샤가 내게 물어왔다. 내가 미국에 남을 권리를 얻어 낸다면, 러시아뿐만 아니라 추방자들을 위해 많은 일을 할 수 있을 것이라고 그는 덧붙였다. 항상 선전의 가치를 먼저 고려하는 사샤다운 말이라고 생각했다. 그 순간에도 그와 떨어질 것에 대한 고통을 억누르기 힘들었다. 하지만 나는 진짜 사샤를 알고 있었다. 그 자신은 인정하지 않을지 모르지만 그의 엄격한 혁명가적 모습 이면에는 지극히 인간적인 면모가 많다는 것을. "혁명가 양반, 소용없어요. 나를 그렇게 쉽사리 떼어 낼 수 있을 줄 알아요? 나는 이미 결정을 내렸고, 당신이랑 함께 갈 거예요." 나의 말을 듣고 그는 아무 말 없이 내 손을 꼭 잡았다.

우리를 이토록 환대해 주는 미국에서의 마지막 날들이 얼마 남지 않았고 여성 동지들은 마지막 준비를 위해 소처럼 일했다. 사랑스러운 스텔라가 하지 못할 힘든 일이란 없었고, 그건 피치에게도 마찬가지였다. 아린 마음을 안고서도 우리가 함께 있을 때는 항상 밝은 표정을 지었다. 그들과 막스, 헬레나 언니, 그리고 다른 사랑하는 사람들과의 이별은 정말 가슴 아픈 일이었다. 하지만 우리 모두 다시 만날 날이 올지도 모른다. 물론 헬레나 언니는 빼고. 나의 딱한 언니에 대해 그런 희망을 품기는 어려웠다. 나는 그녀가 오래 버티지 못할 것을 직감했고, 언니도 그렇게 느끼고 있다는 걸 알았다. 우리는 필사적으로 서로를 붙잡고 있었다.

12월 20일 토요일이 우리의 마지막이 될지도 모른다는 막연한 예감 속에서 정신없이 바쁘게 지냈다. 우리는 엘리스 섬 당국으로부터 크리스마스 전에는, 적어도 앞으로 며칠 동안은 추방되지 않을 것이라는 확답을 받았다. 그러는 동안 우리는 유죄 판결을 받은 범죄자처럼 사진을 찍고, 지문을 채취하고, 일람표를 작성했다. 이날은 또 우리를 개인적으로 또 단체로 찾아오는 친구들로 꽉 찬 날이었다. 당연한 일이지만, 기자들도 우리를 찾아왔다. 우리가 언제 어디로 떠나는지 알고 있느냐, 러시아에서의 계획은 무엇이냐와 같은 질문을 했다. "저는 '미국 내 자유를 위한 러시아 친구 협회'를 조직해 보려고요." 나는 기자들에게 답했다. "'러시아를 위한 미국 친구들 협회' 사람들은 러시아의 해방을 위해 많은 일을 했어요. 이제 해방된 러시아가 미국을 도울 차례가 아닐까 싶네요."

해리 와인버거는 여전히 희망에 차 있었고 투지도 넘쳐났다. 그는 곧 나를 미국으로 데리고 올 테니 그때를 대비하라고 했다. 밥 마이너는 이 상황을 믿을 수 없다는 듯 웃고만 있었다. 많은 전투를 함께하고 나와 함께하는 것을 좋아했던 그이기에 우리가 미국을 떠나는 것이 그에겐 큰 사건인 듯했다. 그는 말 그대로 우상처럼 여겼던 사샤가 추방당하는 것을 개인적으로 큰 상실감으로 느꼈다. 피치와의 이별의 아픔은 그녀가 기회가 닿는 대로 소비에트 러시아에서 우리와 함께 일하기로 결정함으로써 다소 완화되었다. 우리의 방문객들이 떠나려고 할 때 와인버거는 우리가 며칠 더 섬에 머무르게 되었다는 통보를 받았다. 우리는 기쁜 마음으로 친구들과 함께 다음 주 월요일에 다시 만나기로 했다. 이 섬에서는 '주일'에 방문객이 허용되지 않기 때문이었다.

나는 두 명의 여자 동지들과 공유하던 감방으로 돌아갔다. 주정부가 에셀에게 부과한 범죄적 아나키스트 혐의는 철회되었지만 추방 사실에는 변함이 없었다. 에셀은 어렸을 때 미국으로 건너왔고, 가족 모두가 미국에 있으며, 사랑하는 남자 새뮤얼 립먼은 리브워스에서 20년형을 선고받았다. 그녀는 러시아에 연고가 없을뿐더러 러시아어도 잘하지 못했다. 그렇긴 하지만 고작 열여덟 살에 불과한 그녀가 강력한 미국 정부를 두려워하게 만드는 데 성공했으니 이는 자랑스러워할 만한 일이라며 쾌활한 모습을 보였다.

도라 립킨의 어머니와 자매들은 시카고에 살고 있었다. 그들은 뉴욕 여행을 감당할 수 없을 정도로 가난한 노동자들이었고, 도라는 사랑하는 사람들에게 작별 인사도 하지 못한 채 떠나야 한다는 것을 알고 있었다. 에셀과 마찬가지로 그녀도 오랫동안 이 나라에 머물며 공장에서 노예처럼 일하며 이 나라의 부를 일구는 데 일조했다. 이제 그녀는 쫓겨날 처지였지만 다행히도 그녀의 연인도 마찬가지로 추방 대상자였다.

이 젊은 여성들과는 엘리스 섬에서 처음 만났지만, 이곳에서 보낸 2주 동안 우리 사이에는 강한 유대감이 형성되었다. 오늘 저녁에도 내가 서둘러 중요한 편지에 답장을 하고 동지들에게 작별 인사 메시지를 적는 동안 룸메이트들이 다시 한번 보초를 서주었다. 자정 무렵 갑자기 감방으로 다가오는 발자국 소리가 들렸다. "누군가 오고 있어요!" 에셀이 속삭였다. 나는 종이와 편지를 얼른 베개 밑에 숨기고는 침대에 몸을 던져 이불을 덮고 잠든 척했다.

발걸음은 우리 방에서 멈추더니 짤랑거리는 열쇠소리가 들리고, 그 후에는 시끄럽게 쇠문이 열렸다. 간수 둘과 주임이 들어와서는 명령했다. "자 당장 일어나서 어서 짐 싸!" 잔뜩 긴장한 에셀은 마치 열이라도 난 것처럼 몸을 떨며 힘없이 가방을 뒤졌고 간수가 못 기다리고 소리를 질렀다. "거기, 서둘러! 어서!" 거친 목소리로 명령했다. 나는 끓어오르는 분노를 참을 수 없었다. "옷이라도 입을 수 있게 좀 나가 주시죠?" 나의 강력한 요구에 그들은 감방을 나갔지만 문은 여전히 반쯤 열린 채였다. 나는 내 편지를 빼앗기고 싶지 않았다. 편지가 당국의 손에 넘어가는 것도 원치 않았고, 그렇다고 해서 편지를 없애고 싶지도 않았다. 편지를 맡길 사람을 찾아야겠다고 생각하고는 드레스 가슴께에 푹 집어넣고는 큰 숄로 몸을 감쌌다.

어두컴컴하고 난방도 되지 않는 긴 복도에 추방될 남성들이 모여 있었는데, 그중에는 모리스 베커도 있었다. 다른 러시아 청년들과 함께 그날 오후 섬에 도착한 것이었다. 무리 중 한 명은 목발을 짚고 있었고, 다른 한 명은 위궤양을 앓고 있어 섬 병원으로 옮겨졌다. 사샤는 이 아픈 이들이 보낼 짐을 싸는 것을 돕느라 바빴다. 사람들은 짐을 정리할 시간도 없이 서둘러 감방에서 쫓겨나다시피 했다. 자정 무렵 강제 기상을 당한 이들은 가방과 짐을 들고 복도에 서 있었다. 일부는 여전히 잠에 취한 채 지금 무슨 일이 일어나고 있는지 깨닫지 못하고 있기도 했다.

춥고 피곤했다. 의자나 벤치도 없이, 우리는 무슨 헛간 같은 곳에서 오들오들 떨며 서 있었다. 이 갑작스러운 공격에 놀란 남자들은 탄식과 질문으로 복도를 가득 메우고 있었다. 일부는 사건 재검토를 약속받았고, 다른 일부는 보석에 대한 최종결정을 기다리고 있었다. 이들은 아무런 사전 예고도 없이 추방을 맞이했고, 한밤중에 들이닥친 공격에 망연자실할 따름이었다. 사람들은 뭘 어떻게 해야 할지 몰라 무기력하게 서 있었다. 사샤는 이들을 한데 모아 도시에 있는 친척들에게 연락을 취해 보자고 제안했다. 사람들은 필사적으로 이 마지막 희망을 붙잡고 그를 자신들의 대표이자 대변인으로 임명했다. 그는 섬 국장을 설득해 이 사람들이 자비로 뉴욕에 있는 친구들에게 돈과 생필품을 요청하는 전보를 보내는 것을 허가받았다.

전보를 받아가는 소년들이 바쁘게 왔다갔다 하면서 급히 작성된 특송 편지와 전보를 수거해 갔다. 자기 사람들에게 연락을 할 수 있다는 사실은 이 실의에 빠진 사람들에게 기쁨이 되었다. 섬 관료들은 이들을 격려하고 직접 배달비를 걷었고 답장을 받을 시간도 충분하다며 사람들의 전보를 모았다.

그러던 중 주 및 연방 수사관, 이민국 직원, 해안경비대원들로 복도가 가득 차게 되면서 마지막 전보를 보내기가 어려워졌다. 나는 이민국장 카미네티를 알아봤다. 제복을 입은 병사들이 벽을 따라 자리를 잡자 곧 명령이 떨어졌다. "줄들 서!" 갑자기 정적이 흘렀다. "앞으로!" 명령소리가 복도 안에 울려 퍼졌다.

땅에는 눈이 수북이 쌓여 있었고, 살을 에는 듯한 매서운 바람이

불었다. 무장한 민간인과 군인들이 제방으로 가는 길을 따라 줄지어 서 있었다. 아침 안개 사이로 바지선의 윤곽이 희미하게 보였다. 추방자들은 제복을 입은 남자들의 양옆으로 한 명씩 행진했고, 얼어붙은 땅을 밟는 쿵쿵거리는 발소리와 함께 욕설과 위협이 뒤따랐다. 마지막 남자가 건널 판자를 넘었을 때, 여성들과 나는 앞뒤의 경찰관들로부터 따라가라는 명령을 받았다.

우리가 들어간 곳은 선실이었다. 철제 난로에서 큰 불이 활활 타오르며 열과 연기가 선실 안을 가득 채우고 있었다. 숨이 막힐 듯했다. 공기도, 물도 없었다. 그러다 한바탕 큰 움직임이 일었다. 배가 출발한 것이었다.

시계를 보니 4시 20분이었다. 1919년 12월 21일 '주일' 새벽. 위쪽 갑판에서는 겨울 눈보라를 맞으며 오르내리는 남자들의 소리가 들렸다. 옛 러시아 시절 시베리아로 향하는 정치범들의 운명이 떠올라 현기증이 났다. 과거의 러시아가 내 눈앞에 펼쳐졌고 혁명 순교자들이 유배지로 내몰리는 모습이 겹쳐졌다. 하지만 이곳은 뉴욕이었다, 무려 자유의 땅이라는 미국! 배의 작은 창 너머로 멀리 사라져 가는 대도시가 보였고, 건물들이 뻗어 있는 스카이라인이 눈에 들어왔다. 내가 사랑하는 도시, 신대륙의 대도시였다. 정말이지, 미국이었다. 차르 러시아 시절의 끔찍한 장면을 반복하는 미국! 고개를 드니 자유의 여신상이 보였다.

동이 틀 무렵 바지선이 대형 선박과 나란히 섰고, 우리는 빠르게 이동하여 객실을 배정받았다. 새벽 6시였다. 지친 나머지 침대로 기어 들어가 바로 잠이 들었는데 누군가 내 이불을 잡아당기는 바람에 잠에서 깼다. 아마도 선박 승무원인 것 같은 하얀 옷을 입은 여성이 내 침대 옆에 서 있었다. 승무원은 침대에 그렇게 오래 누워 있다니, 혹시 아픈 거냐고 내게 물었다. 시간이 벌써 저녁 6시였던 것이다. 나는 12시간 동안 수면의 축복을 받아 끔찍한 광경을 보지 않을 수 있었다. 복도로 나서자 누군가 내 어깨를 거칠게 잡는 바람에 깜짝 놀라 돌아봤다. "어디 가는 거지?" 군인이 물었다. "화장실에 갑니다. 이의 있습니까?" 그는 나를 붙잡고 있던 손을 내리고는 나를 따라 화장실 앞까지 왔고, 내가 나올 때까지 기다렸다가 선실까지 함께 왔다. 우리가 도착하자마자 경비원이 문 앞에 있었는데 객실을 떠날 때마다 어디를 가든 따라다닐 거라고 다른 여성 친구들이 알려주었다.

다음 날 정오, 우리는 보초병의 안내를 받아 장교 식당으로 향했다. 큰 테이블에는 함장과 그의 부하들, 민간인과 군인들이 앉아 있었다. 별도의 테이블은 우리를 위한 자리였다.

점심 식사 후 나는 추방 담당 연방 공무원을 만나고 싶다고 요청했다. 담당자는 뷰포드 원정대를 맡기 위해 파견된 출입국 조사관 F. W. 버크셔였다. 객실은 마음에 들었는지, 음식은 괜찮았는지 그는 조심스럽게 물었다. 우리는 불평할 것이 없다고 대답하면서 우리 남성 동지들은 어떻게 지내고 있는지 물었다. 식사를 가져가서 갑판에서 만나 함께 먹어도 되는지 말이다. "불가능합니다." 그렇다면 나는 알렉산더 버크만을 보길 원한다고 요청했다. 또다시 불가능하다는 답이 돌아왔다. 이 조사관에게 나는 문제를 일으키고 싶지는 않으며, 24시간을 줄 테니 그 동안 마음을 바꿔서 내가 친구와 이야기할 수 있게 조정해 줄 것을 요구했다. 만약 24시간 이내에 내 요구에 대한 응답이 없다면 단식투쟁에 돌입할 거라고.

다음 날 아침 사샤가 경비원을 동반하고 나를 만나러 왔다. 그의 얼굴을 못 본 지 몇 주가 지난 것 같았다. 그는 다른 동료들의 상황이 정말 끔찍하다고 말했다. 마흔아홉 명이 배의 화물칸에 갇혀 있었는데 수용인원의 두 배를 족히 넘기는 숫자였다. 나머지 사람들은 다른 두 칸에 나눠 타고 있었다. 3단 높이의 침대는 낡고 오래되어 아래층에 있는 사람들은 몸을 돌릴 때마다 위층의 철망에 머리를 부딪혔다. 지난 세기 말에 건조된 이 배는 스페인-미국 전쟁에서 수송선으로 사용되었으나 이후 안전하지 않다고 판단되어 폐기된 상태였다. 남자들이 머무는 3등 선실 바닥은 항상 젖어 있었고 침대와 담요는 축축했다. 씻는 것은 소금물로만 가능했고, 비누도 없었다. 음식도 끔찍했는데 특히 빵은 반밖에 안 구워진 통에 먹을 수도 없었다. 무엇보다도 최악이었던 점은 246명의 남성이 단 두 개의 화장실을 썼다는 것이다.

사샤는 남성들과 함께 식사할 것을 요청하는 일을 더 이상 밀어붙이지 않는 게 좋겠다고 했다. 주어진 배급량으로는 견뎌 내지 못하는 아픈 사람들을 위해 식량을 최대한 아껴 두는 편이 나을 것 같다면서 말이다. 그러는 동안 그는 어떤 개선을 해나갈 수 있을지 고민했다. 사샤는 자신이 제출한 요구사항 목록을 가지고 버크셔와 협상을 벌이고 있었다. 다시 한번 활기찬 에너지로 가득한 사샤를 보게 되어 기뻤다. 그는 다른 사람들이 자신에게 의지하고 있다는 것을 알게 되는 순간 자신의 신체적 고통 같은 건 잊어버렸다.

장교들은 식당에서 성탄절을 성대하게 축하했다. 에셀과 도라는 너무 아파서 침대칸을 떠나지 못했고, 나는 혼자서 간수들과 있는 것을 견딜 수 없었다. 그들의 크리스마스 잔치는 내게 너무나 큰 조롱이었다. 낮 동안 갑판으로 나가 봤지만 남자들을 볼 수 없었다. 사샤와 나는 버크셔를 끈질기게 설득했고 마침내 사샤와 도라의 연인이 우리를 방문할 수 있다는 허가를 받아냈다.

추방자들과 뷰포드 호의 책임자들 사이에 마찰이 생기기 시작했다. 신선한 공기를 마시며 운동할 수 없는 점에 대해 사샤는 전우들을 대신해 항의했다. 연방을 대표하여 와 있는 버크셔 조사관은 우리의 요구를 기꺼이 들어주고 싶어했지만, 대규모 군대를 지휘해 본 적이 없어서 두려운 게 분명했다. 조사관은 이 문제를 군사책임자인 대령에게 넘기려 했지만, 사샤는 추방자들이 군사 포로가 아닌 정치범이기 때문에 이에 응할 수 없다며 거부했다. 사람들은 포로처럼 갑판 아래에 계속 갇혀 있었고, 문 앞에는 밤낮으로 보초병이 지키고 서 있었다. 버크셔는 우리 동지들이 단단히 마음을 먹은 상태라는 걸 알았고, 그들의 분노가 정당하다고 생각했다. 크리스마스에 버크셔는 사샤에게 '상부 당국'이 바깥 운동을 허가했음을 알렸다.

그렇다 하더라도 우리는 그들을 만날 수 없었다. 다른 나라의 정치범들은 휴게시간에 성별에 관계없이 자유롭게 서로 어울릴 수 있었지만, 미국의 청교도주의는 그런 것을 부적절하다고 여기는 모양이었다. 남자들이 바람을 쐬러 갑판으로 나가는 동안 우리는 객실에 갇힌 채 도덕성을 지키고 있었다. 그들이 바깥 운동을 허락받은 곳은 파도가 배를 휩쓸고 흠뻑 젖게 하는 가장 낮은 갑판이었다.

거친 물살에 맞아 많은 사람들이 병에 걸렸다. 거칠고 제대로 조리도 되지 않은 음식은 위장에 탈을 일으켰고, 눅눅한 침대로 인해 많은 사람들이 류머티즘에 걸렸다. 늘어나는 환자를 돌보느라 너무 바빴던 선박 의사는 사샤에게 도움을 요청했다. 간호사로 봉사하겠다는 나의 제안은 거절당했지만, 거의 항상 침대에 누워 있어야 하는 나의 두 룸메이트들을 돌보느라 나 역시 쉴 틈이 없긴 했다. 당시 크리스마스는 임박한 분쟁의 전조로 매우 긴장된 분위기였다.

경비병들은 극도로 적대적이었지만 시간이 지나면서 서서히 변하는 게 보였다. 처음에는 뭐든 못하게 하고, 과묵하던 사람들이 이제는 비교적 그 심각함을 내려놓은 듯했다. 혹시 장교가 다가오는지 살피며 우리와 이야기를 나누곤 했던 것이다. 얼마 지나지 않아 그들은 나에게 자신들이 속았다는 것을 털어놓았다. 근무 명령은 승선 전날에야 그들에게 전달되었는데, 항해의 목적과 예상 기간에 대해서도 아는 바가 없었을뿐더러 우리의 목적지도 전혀 알지 못한 상태였다. 그들은 어딘가로 이송되는 위험한 범죄자들을 경호해야 한다는 말만 들었던 거다. 경비병들은 장교들에 대한 불만이 많았고, 일부는 대놓고 장교들 욕을 했다.

첫날 나를 거칠게 붙잡았던 경비병은 우리에게 적대감을 가장 오래 품고 있었는데 어느 날 저녁 우리 방 앞을 계속 왔다갔다하는 그가 지쳐 보이기에 계속 걷느라 지쳤을 테니 잠시 앉아서 쉬라고 제안하며 그 앞에 야영용 의자를 놓아 주었더니, 그가 마침내 무너졌다. "이러면 안 됩니다." 그가 낮은 소리로 말했다. "병장님이 올지도 모릅니다." 그래서 나와 역할을 바꾸자고 했다. 누가 오는지 내가 보초를 서겠다면서. "맙소사!" 더 이상의 자제력을 잃어버린 그는 외쳤다.

"사람들은 당신이 흉측한 악당이라고 했어요. 매킨리 대통령을 죽인 것도 당신이고, 항상 누군가에 대한 음모를 꾸미고 있는 사람이라고요." 그 이후부터 그는 내게 매우 친절해졌고 어떤 부탁이든 들어줄 준비가 되어 있었다. 아마도 그가 동료들에게 이 사건에 대해 이야기를 한 것인지, 그의 친구들은 우리에게 친절을 베풀고 싶어하며 우리 방 주변을 맴돌았다. 우리 객실에는 그 외에도 또 하나의 매력이 있었으니 바로 미모의 젊은 동반자 에셀이었다. 병사들은 그녀에게 열광했고, 틈만 나면 아나키즘에 대해 토론하며 우리의 운명에 대해 큰 관심을 보였다. 그들은 자신들의 상사를 끔찍이도 싫어했다. 심지어 상사들을 바다에 빠뜨리고 싶다고 하기까지 했는데, 그 이유는 병사들이 노예 취급을 받으며 온갖 구실로 처벌을 받았기 때문이었다.

그런 중에서도 매우 정중하고 인간적 면모가 있는 중위가 한 사람 있었다. 그가 책을 몇 권 빌려 갔는데, 돌려주면서 칼리닌이 소련 대통령이 되었다는 소식과 함께 우리가 백군 점령 지역으로 끌려가지는 않을 것이라는 암시가 담긴 쪽지를 책에 끼워 놓았다. 정확히 우리가 어디를 가는지 알지 못한다는 불확실성은 추방자들 사이에서 항상 큰 불안과 걱정의 원인이었는데 친절한 장교가 알려준 정보는 최악의 두려움을 가라앉히는 데 큰 도움이 되었다.

그 사이 우리 동지들은 경비병들을 '동요'시키고 그들과 친목을 도모하느라 바빴다. 군인들은 "러시아에서 유용하게 쓰일 것 같다"며 여분의 신발과 옷을 판매하겠다는 제안을 하기도 했다. 사샤의 재치와 유머러스한 이야기는 미국 청년들의 마음을 사로잡는 데 큰 역할을 했다. 보초를 세워 망을 보게 시키면서 자신은 사샤에게 와서 재미있는 이야기를 해달라고 했다. 사샤는 그들의 관심을 불러일으키는 방법을 알고 있었고, 이제 병사들은 사샤에게 볼셰비키와 소비에트에 대해 질문하기 시작했다. 그들은 혁명이 어떤 변화를 가져왔는지 알고 싶어했고, 붉은 군대에서는 병사들이 직접 장교를 선출하고, 위원이나 장군도 감히 사병을 모욕할 수 없다는 이야기를 듣고 놀라움을 금치 못했다. 장교와 병사가 평등하게 지내고 모두가 같은 배급을 받는 것이 멋지다고 생각한 것이다.

최하급 3등 선실은 춥고 습했다. 추방자 중 상당수는 따뜻한 옷을 장만할 기회가 없었기 때문에 많은 고통을 받았다. 사샤는 혹 보급품을 받아 여유가 있다면 불우한 사람들과 나눌 것을 제안했고, 사람들은 흔쾌히 이에 응했다. 사람들은 손가방과 여행용 가방, 트렁크의 짐을 모두 풀고서 자신에게 꼭 필요하지 않은 물건을 모두 내어놨다. 코트, 속옷, 모자, 양말, 기타 의류를 갑판 아래 한켠에 쌓아두고 배분 담당을 골랐다. 사샤가 들려준 이 이야기는 추방자들의 놀라운 연대와 동료애를 놀랍도록 잘 보여 주는 사례였다. 자신도 가진 게 넉넉하지 않으면서 사람들은 마지막 남은 것까지 모두 내어놓았다. 분배는 매우 공정하고 정의롭게 이루어졌으므로 불만을 제기하는 사람은 아무도 없었다.

수백 개의 목구멍에서 울려 퍼지는 러시아의 선율이 뷰포드 호에 울려 퍼졌다. 갑판 위에 선 남자들의 우렁찬 목소리가 파도 위로 솟아오르며 선실에 있는 우리에게도 들려왔다. 리더의 파워풀한 바리톤이 첫 소절을 열창하자 모든 군중이 합창에 동참했다. 혁명가, 농민의 슬픔과 동경이 담긴 금지된 옛 러시아 민요, 연인을 따라 감옥과 망명지로 영웅적으로 떠난 여인들을 추모하는 네크라소프의 작품 속 노래가 울려 퍼졌다. 배에 탄 모두가 숨을 죽였고, 경비병들도 걷던 걸음을 멈추고 심금을 울리는 선율에 귀를 기울였다.

사샤는 보조 승무원과 가까워질 수 있었고, 그를 통해 우편망을 조직했다. 우리 사이에는 매일같이 수많은 메모가 오갔고, 덕분에 서로에게 무슨 일이 일어나고 있는지 알 수 있었다. 우리가 '맥'이라고 부른 이 친구는 너무 헌신적이어서 우리의 운명에 대해 개인적으로 마음을 쓰기 시작했다. 매우 영리하고 독창적이었던 맥은 우리가 그를 필요로 할 때마다 딱 그 자리에 나타나곤 했다. 그는 갑자기 앞치마 밑에 손을 넣고 걷는 습관이 생겼는데, 우리를 찾아올 때마다 조그만 선물을 빼먹는 법이 없었다. 식료품 저장실의 별미, 선장의 식탁에 있던 달콤한 음식, 심지어 프라이드 치킨과 빵까지 우리의 침대 밑이나 사샤의 침대 밑에 숨겨져 있었다. 그러던 어느 날 그는 동료들을 대표해 왔다는 병사 몇 명을 사샤에게 데려오기까지 했다. 이들에게는 중대한 임무가 있었다. 추방자들에게 총과 탄약을 공급하고, 책임자를 모두 체포한 후 뷰포드 호의 지휘권을 사샤에게 넘기고, 모두 다같이 소비에트 러시아로 항해하자는 제안을 가지고 온 것이었다.

우리가 영국 해협에 도착한 것은 1920년 1월 5일, 수로 안내인이 들고 간 우편 가방에는 미국으로 보내는 첫번째 편지가 들어 있었고 안전을 위해 프랭크 해리스, 알렉산더 하비, 그리고 다른 동지들에 비해 서신에 대한 감시가 덜한 미국인 친구들 앞으로 보냈다. 버크셔는 우리가 미국으로 전보를 보내는 것도 허용해 주었다. 8달러라는 적지 않은 금액을 내야 했지만 우리가 살아 있고 무사하다는 소식에 친구들이 느낄 안도감을 생각하면 그만한 가치가 있었다.

영국 해협을 떠날 때 연합군 구축함이 우리를 뒤따랐다. 이 전함의 존재로 말미암아 뷰포드 당국에 대한 두려움이 두 배가 되었다. 추방자들은 배급되는 빵의 품질에 대해 계속해서 불만을 토로했는데 자신들의 항의가 계속 무시당하자 파업을 하겠다며 위협했다. 버크셔가 사샤에게 추방자들이 따라야 할 "대령의 엄격한 지시"를 가지고 오자, 사람들은 그의 면전에 대고 웃음을 터뜨렸다. "우리가 인정하는 유일한 대령은 버크만이야"라고 그들은 외쳤다. 대령이 사샤를 불렀다. 그는 배의 기강이 해이해진 것에 대해 한바탕 호통을 치고 추방자들과 병사들이 어울린다고 목소리를 높였으며 병사들에게 숨겨진 무기를 찾게 하겠다고 협박했다. 사샤는 동료들이 저항할 것이라고 대담하게 말했다. 이후 대령은 이 문제를 다시 거론하지 않았는데, 아마도 자신이 지휘하는 군대에 대한 신뢰가 없는 게 분명했다. 사샤는 전직 요리사 출신의 추방자가 무급으로 일을 할 테니 빵 굽는 걸 맡길 것을 제안했다. 대령은 자신의 권위에 대한 도전을 참을 수 없었지만 사샤가 고집을 꺾지 않기도 했고 또 이미 그가 버크셔까지 꼬드겨 둔 터라 어쩔 도리가 없었다. 사샤의 계획대로 일이 풀리고, 이후 사람들은 최고 품질의 빵을 먹을 수 있었다. 이에 따라 심각한 문제는 피했지만 파업이 거론되었다는 것과 우리 동지들의 조직화된 입장은 이 배의 지휘를 책임진 이들에게 영향을 미쳤다. 독점적인 힘에 대한 자신감이 흔들리는 상황에서 연합군 구축함이 가까이 있다는 것은 참 유용했다. 견장과 수병들에 대해 거리낌 없고, 파업과 직접 행동을 신봉하는 급진주의자 299명이 탑승한 상황에서 책임자들에게 이 군함은 그야말로 신의 선물과도 같았다.

또 다른 문제는 뷰포드 선박 그 자체에 있었다. 낡고 오래된 이 배는 애초부터 항해에 적합하지 않았고, 긴 여행으로 인해 상태는 더 나빠지기만 했다. 미국 정부는 이 배가 안전하지 않다는 것을 충분히 인지하고 있었음에도 500명 이상의 목숨을 이 배에 맡겼다. 우리는 독일 해역과 발트해로 향하고 있었는데, 발트해에는 여전히 기뢰가 산재해 있었다. 안타깝게도 영국 구축함이 필요한 건 그런 위험한 상황 때문이었다. 선장은 위험이 임박했음을 깨달았다. 그는 구명정을 준비하도록 명령하고 사샤에게 경보 발령시 신속하게 대응할 수 있도록 12척의 구명정과 대원들의 조직을 위임했다.

추방자 중 상당수는 미국 은행과 우편 저축에 상당한 금액을 예치하고 있었는데 그들은 돈을 인출할 시간도 없었고, 가족에게 송금할 기회도 주어지지 않았다. 사샤는 버크셔 측에 보유 재산에 대한 진술서를 작성하여 미국에 있는 친족이 해당 금액을 수령할 수 있는 권한을 갖도록 조정해 줄 것을 제안했다. 조사관은 이 아이디어가 좋았지만, 사샤에게 일을 맡겼다. 사샤는 며칠 동안 밤늦게까지 데이터를 수집하고 증언을 받아 적으며 지칠 줄 모르고 일했다. 33개의 진술서를 작성한 끝에 미국에 남겨 두고 온 돈은 총 45,470.39달러인 것으로 밝혀졌다. 어떤 이들은 개인적으로 금고에 돈을 넣어 두었는데, 자신들을 개처럼 내쫓은 미국 정부를 믿을 수 없다고 했다. 오랜 세월 고된 노동과 경제난을 겪은 끝에 얻은 전부였으니 말이다.

19일간의 위험한 항해 끝에 마침내 킬 운하에 도착했다. 심하게 파손된 뷰포드 호는 수리를 위해 24시간 동안 대기해야 했기에 추방자들은 갑판 아래에 갇혔고, 특수 경비병이 보초를 섰다. 독일 바지선이 우리 배를 나란히 따랐다. 그들이 우리 선실 앞에 있어 나는 창문을 통해 우리가 누구인지 알리는 쪽지를 던졌다. 그들이 내 편지를 전달하는 데 동의를 해주어 나는 내가 쓸 수 있는 가장 작은 독일어로 우리의 추방과 그에 따른 반응, 사면 혜택 없이 수감된 혁명가들의 처우에 대해 설명하면서 종이 두 장을 빽빽이 채웠다. 나는 이 편지를 독립사회주의자들의 기관인 '레푸블릭'에 보냈고, 독일 노동자들에게 러시아 혁명만큼이나 근본적인 혁명을 이루자는 호소를 덧붙였다.

3등 선실에 갇혀 매캐한 공기에 질식할 뻔한 남자들은 항해 초반 자신들이 얻어 낸 운동할 권리를 요구하며 격렬하게 항의했다. 그 와중에 부두에 있는 독일 노동자들에게 비밀 메시지가 담긴 '미사일'로 폭격을 가했다. 수리공들은 일을 끝내고 내 편지를 안전하게 손에 쥔 채 미국에서 온 정치 추방자들과 사회주의 혁명을 위한 환호를 외치며 자리를 떴다. 전쟁조차 파괴할 수 없는 동지적 연대를 보여 주는 감동적인 장면이었다.

우리의 목적지가 라트비아 서부의 리바우라는 사실을 알게 되었지만, 이틀 후 무선전보를 통해 발트해 전선에서 전투가 계속되고 있다는 정보가 들어와 뷰포드 호의 항로가 변경되었다. 다시 한번 우리는 여러 가지 의미에서 망망대해에 있었다. 추방자들과 승무원들은 지루하고 위험한 항해로 인해 조바심과 짜증을 내기 시작했다. 떠난 사람들에 대한 그리움과 앞으로 일어날 일에 대한 불안감이 나를 가득 채우고 있었다. 평생을 한 토양에 있던 뿌리는 다른 곳으로 옮긴다 한들 쉽게 뿌리내리지 못한다. 나는 희망과 의심 사이에서 불안과 초조함을 느꼈다. 내 마음은 여전히 미국에 있었던 거다.

끔찍한 여행이 마침내 끝이 났다. 핀란드의 항구 한코에 도착했다. 3일치 식량을 공급받은 우리는 지역 당국에 인계되었고 이로써 미국의 의무가 끝이 났다. 이제 두려워할 것도 없는 셈이다.

핀란드를 여행하는 동안 우리는 열차 안에 갇혀 있었고, 객차 안과 플랫폼에는 총검을 든 보초병이 있었다. 에셀과 도라를 비롯해 많은 남성 동지들이 아팠음에도 우리는 밖으로 나오는 게 허용되지 않았으므로 열차가 식당이 있는 역에 정차하더라도 음식을 사먹을 수 없었다. 국경인 테리요키에 도착해서야 우리 객실 문이 열렸고, 보초병이 철수했다. 우리 개인 물품을 관리해도 좋다는 허가가 떨어졌지만 놀랍게도 우리 식량 대부분은 핀란드 군인들이 가져간 후였다. 핀란드 외무부 대표와 총참모부 군 장교가 나타나더니 우리에게 당장 러시아로 건너갈 것을 요구했다. 그들은 미국인 정치 추방자들을 없애고 싶어 안달이었다. 우리는 먼저 소비에트 러시아에 우리의 도착을 알리지 않고서는 그러지 않겠다며 요청을 거부했다. 핀란드 당국과의 협상이 이어졌고, 마침내 우리는 모스크바로 두 번의 무전을 보낼 수 있는 허가를 받았는데, 하나는 인민 외무위원 치체린에게, 다른 하나는 페트로그라드의 오랜 친구 빌 샤토프에게 보냈다. 얼마 지나지 않아 소비에트 위원회가 도착했다. 치체린은 페인버그를 대표로 파견했고, 페트로그라드 소비에트는 시 공산당 서기장 조린에게 우리를 맞이할 것을 위임했다. 고리키의 아내인 안드레예바 여사도 동행했다. 국경을 넘어가기 위해 짐을 옮길 준비가 신속하게 이루어졌다. 바로 그 순간 용감한 붉은 군대에 의해 데니킨이 이끌던 백군이 궤멸되었다는 소식이 발표되었고, 249명의 추방자들이 내지르는 기쁨의 만세소리로 공기가 터져나가는 것 같았다.

모든 게 준비되었다. 여행 28일째 되던 날, 마침내 우리는 소비에트 러시아의 문턱에 닿았다. 기대와 간절한 희망으로 가슴이 떨려 왔다.

52

소비에트 러시아! 성스러운 땅, 신비한 사람들! 인류의 희망을 상징하기 위해 왔으며, 또한 인류를 구원할 운명인 사람들. 사랑하는 마투쉬카[어머니], 나는 당신을 섬기러 왔답니다. 부디 저를 당신의 품으로 데려가 주시고, 저를 당신 안에 부어 주시고, 제 피를 당신의 피와 섞고, 당신의 영웅적인 투쟁에서 제 자리를 찾고, 당신의 필요에 맞추어 저를 가져다 써주세요!

국경에서 페트로그라드로 가는 길에, 그리고 페트로그라드 역에서 우리는 친애하는 동지들이 받을 법한 환영을 받았다. 중죄인으로 미국에서 쫓겨난 우리가 이곳 러시아에서 이 나라를 해방시키는 데 도움을 준 아들딸들의 형제로서 환영을 받은 것이었다. 노동자, 군인, 농민들이 우리를 둘러싸고 손을 잡아 주었고, 우리가 다 같은 형제임을 느끼게 했다. 창백한 얼굴, 움푹 들어간 눈동자에서는 빛이 타오르고 한껏 상한 몸에서 결연한 숨결이 느껴졌다. 위험과 고통은 그들의 의지를 더욱 굳건히 하고 엄격하게 만들 뿐이었다. 하지만 그

속에는 어린아이처럼 넉넉한 러시아인의 마음이 숨어 있었고, 또 그 마음은 우리에게도 고스란히 전해졌다.

어디를 가나 음악과 노랫소리가 우리를 반겼고, 굶주림과 추위, 파괴적인 질병에 맞서 용기와 불굴의 의지로 버텨 낸 놀라운 이야기들이 들려왔다. 혁명투쟁의 불길 속에서 위대하게 일어선 그 소박한 민중들 앞에서 나는 감사의 눈물을 흘렸고 마음 깊이 겸허함을 느꼈다.

페트로그라드에서 세번째 환영식이 끝난 후, 함께 여행을 떠났던 토바리시치(동지) 조린은 사샤와 나를 초대했고 우리는 대기 중이던 자동차에 함께 탔다. 어둠이 대도시를 뒤덮으면서 바닥에 쌓인 눈 위로 환상적인 그림자가 드리워졌다. 거리에는 사람이 거의 없다시피 했고, 무덤 같은 정적을 깨는 건 차의 덜컹거리는 소리뿐이었다. 우리는 밤의 어둠 속에서 갑자기 나타난 인간 형상 때문에 몇 번이나 속도를 늦추고 차를 멈춰 세웠다. 중무장한 군인들이 손전등을 비추며 우리를 수색했다. 퉁명스러운 목소리로 "프로푸스크, 토바리시치!"(통행허가증, 동지!) 하고 외쳤다. "군사적 예방조치"라며 조린이 설명했다. "페트로그라드는 최근에야 니콜라이 유데니치의 위협에서 벗어났으니까요. 우리가 어떤 기회를 잡기에는 여전히 너무 많은 반혁명 세력이 도사리고 있어요." 차가 모퉁이를 돌고 밝은 조명이 켜진 건물을 지나며 조린이 말했다. "체카[볼셰비키 비밀경찰]와 감옥은 대체로 비어 있습니다." 차가 커다란 집 앞에 멈춰 섰고, 수많은 창문에서 불빛이 쏟아져 나왔다. 조린은 "아스토리아는 차르 시대에 유행했던 호텔"이라며 "지금은 페트로 소비에트의 퍼스트 하우스"라고 설명했다. 우리는 이 호텔에 묵게 될 것이며 나머지 추방자들은 과거 귀족 자제들을 위한 최고급 기숙학교였던 스몰니에 수용될 것이라고 했다. "여성들은요?" 내가 물었다. "에셀 번스타인과 도라 립킨, 이 두 친구와 헤어진다고 생각하면 견딜 수가 없어요." 조린은 아스토리아에 그들을 위한 방을 확보해 보겠노라 약속하긴 했지만, 그 소비에트 하우스는 대부분 고위 관리나 특별 손님들만 머무는 곳이었다. 그의 아파트에 도착하니, 우리를 위한 준비가 진행되고 있었다.

조린의 아내인 리자는 하루종일 우리를 친절하게 맞아 준 조린만큼이나 친절하게 인사를 건네며 우리를 따뜻하게 맞이했다. 우리가 분명 배고플 거라며 음식을 대접해 주었다. 음식이 많지 않아서 우리는 청어, 카샤, 차 등 그녀가 내놓는 모든 것을 다 나눠 먹어야 했다. 조린 부부는 음식을 입에 대는 것 같지도 않았고, 나는 내 짐을 정리하면서 이곳의 부족한 식량을 보충해 주겠노라 약속했다. 미국 친구들이 우리에게 엄청난 양의 보급품을 제공해 준 데다가 뷰포드 호를 떠나면서 받은 식량 중 일부를 챙겨 두었다. 미국 정부가 자신도 모르는 사이 러시아 볼셰비키를 먹여 살린다는 생각에 속으로 웃음이 났다.

조린 부부는 미국에 살았었다고 했지만, 우리가 미국에서 만난 적은 없었다. 물론 그들은 우리를 알고 있었고, 리자는 뉴욕에서 내 강연을 들은 적도 있다고 했다. 두 사람 모두 영어에서는 외국 억양이 강했지만 그들의 러시아어는 우리보다 훨씬 유창했다. 나는 미국에서 35년 동안 모국어를 쓸 일이 없었던 탓에 러시아어 능력이 마비되었다. 게다가 조린 부부는 우리의 상황을 너무나 잘 이해해 주면서 우리와 영어로 대화를 해주기까지 했다. 그들은 우리에게 혁명과 그 성과와 희망, 그리고 우리가 알고 싶었던 다른 많은 것들에 대해 이야기해 주었다. 10월까지의 사건과 그 이후의 전개에 대해 그들이 해주는 이야기는 좀 더 자세하긴 했지만, 환영식에서 들었던 내용과 크게 다르지는 않았다. 봉쇄와 그로 인해 치러야 했던 희생, 러시아를 둘러싼 철의 고리와 개입주의자들의 파괴적인 방해, 데니킨, 콜차크, 유데니치의 무장 공격, 그들에 의해 초래된 혼란과 끔찍한 어려움 속에서도 전선에 나가 싸우며 적들을 물리친 혁명 정신에 관한 이야기였다. 싸움은 산업 전선에서도 이어져 구시대의 폐허에서 새로운 러시아를 건설할 수 있었다. 조린 부부는 이미 많은 부분에서 재건이 이루어졌음을 알려주며, 우리가 직접 확인할 기회가 있을 거라고 했다. 학교, 노동자 대학, 엄마와 아이를 위한 사회적 보호, 노인과 병자를 돌보는 일 등은 프롤레타리아 독재 덕분에 가능한 일이었다. 물론 아직 러시아도 완벽하지 않고, 러시아에 반대하는 사람들도 많은 게 사실이다. 봉쇄, 개입, 반혁명 음모자들(그 대부분은 러시아 지식인들이었다)이 가장 큰 위협이었는데 혁명이 직면한 장애물과 국가가 겪고 있는 질병에 대한 책임은 바로 그들에게 있었다.

지금 러시아가 직면한 엄청난 과제는 과거 미국에서의 투쟁이 한심하게 보일 지경이었다. 진정한 불의 시험은 아직 우리 앞에 있었던 것이다! 나는 실패할지도 모른다는 생각에, 이 아는 것 없고 무지한 수백만 명이 이미 도달한 높이가 어느 정도인지도 가늠할 수 없다는 생각에 떨려 왔다. 조린 부부는 진지하고 명백한 헌신으로 이 위대함을 상징하는 존재들이었고, 그런 이들을 친구로 둔 것이 자랑스러웠다. 그들과 헤어진 건 자정을 넘긴 후였다.

호텔 복도에서 한 젊은 여성을 만났는데, 그 여성은 우리를 만나기 위해 조린 가족에게 가는 중이었다고 했다. 미국에서 온 친구가 우리를 보고 싶어 기다리는 중이라면서. 우리는 그녀를 따라 한 아파트의 4층으로 갔고, 문이 열리자 오랜 동지 빌 샤토프가 나를 와락 안아주었다. "빌, 왔군요! 조린 말로는 시베리아로 떠났다고 했는데!" 나는 놀람을 감추지 못하고 말했다.

"우리를 만나러 국경에는 왜 오지 않은 거요? 우리가 보낸 전보를 못 받았소?" 사샤가 끼어들었다. 빌은 웃으며 말했다. "이 미국인들 서둘기는. 사샤, 일단 자네 좀 안아 봅시다. 그리고 혁명 러시아에 무사히 도착한 것을 축하하는 건배를 들죠. 이야기는 그 후에." 빌은 우리를 소파로 안내해서는 우리를 양쪽에 두고 앉았다. 함께한 이들도 우리를 따뜻이 맞아 주었다. 안나(빌의 아내), 여동생 로즈, 그리고 로즈의 남편. 뉴욕에서 만난 적은 있지만 복도의 희미한 불빛 때문에 로즈가 누군지 알아보지 못했다.

뉴욕에서 마지막으로 봤을 때보다 빌은 살이 좀 올라 있었다. 그가 입은 군복은 그의 배를 강조해서 보이게 하고 또 얼굴은 딱딱해 보이게 하는 효과가 있었다. 하지만 그는 어느 모로 보나 예전의 빌이었다. 충동적이고 다정하며 유쾌한 우리의 친구. 그는 미국, 샌프란시스코 사건, 투옥과 추방에 관한 질문을 쏟아냈다. 우리는 대답을 슬쩍 피했다. "이제 와 그런 얘기 해서 뭐하나요. 당신에 대한 이야기가 더 궁금해요. 어떻게 아직 페트로그라드에 있는 거예요? 그리고 왜 미국인 추방자 행사위원회에 참여하지 않았던 거예요?" 다소 당황한 빌은 우리의 질문을 피하려 했지만, 우리는 끈질기게 물었다. 조린에 대한 불확실함을 견딜 수 없었고, 그가 우리를 고의로 속였다고는 생각하고 싶지 않았다. "당신은 하나도 안 변했네. 아주 변함없이 끈질긴 해충이에요"라면서 나를 놀렸다. 그는 러시아의 고된 삶에서 사람들은 단순한 모임을 가질 시간도 없다는 이야기를 했다. 그와 조린은 하는 일이 달라서 만날 일도 거의 없다고. 그래서 조린이 봤을 땐 그가 떠났을 거라고 생각했을 수도 있다고 설명했다. 그의 시베리아 여행은 몇 주 전에 결정되긴 했지만, 여행에 필요한 장비를 구하는 데 어려움을 겪음에 따라 좀 지연되었다. 심지어 아직까지도 떠나기 위한 준비와 해결해야 할 일들이 많이 남은 상태였다. 2주 정도는 더 도시에 머무를 시간이 있을 텐데 우리더러 함께 머물러도 좋다고 했다. 미국과 러시아에 대해 이야기할 시간이 생길 테니 오히려 좋다며. 그는 우리의 무전을 받고 위원회에 참여하고 싶다고 요청했지만 거절당했다. 말을 하지 않은 건은 그런 첫인상으로 혹 우리가 러시아에 대한 편견을 갖게 되는 것은 현명하지 못한 일이라 생각했기 때문이었다. "거절! 거절이라니?" 사샤와 내가 소리쳤다. "당신에게 시베리아 여행을 명령하고 옛 동지와 친구들을 만날 권리마저 거부하는 그 독재는 어디서 오는 거죠? 왜 혼자서라도 오지 않았나요?" "프롤레타리아트의 독재가 그런 거죠." 빌이 내 등을 두드리며 너그럽게 대답했다. "하지만 우리 그 얘기는 나중에 하죠." 그는 진지하게 말을 이어 갔다. "이제 나는 여러분에게 공산주의 국가는 우리 아나키스트들이 항상 주장해 온 것과 정확히 일치한다는 것을 말하고 싶네요. 혁명에 대한 위험으로 인해 중앙집권적 권력은 더 강화되었어요. 그런 상황에서 자신의 의지대로 행동하는 건 불가능하죠. 미국에서처럼 훌쩍 기차에 올라타거나 자동차를 타고 어디든 가는 그런 건 있을 수 없어요. 어디를 가든 허가를 받아야 하니까요. 그렇다고 해서 내가 미국의 '축복'을 그리워한다는 생각은 말아요. 나는 러시아를 위해, 혁명을 위해, 그 영광스러운 미래를 위해 살고 있으니까요."

빌은 우리도 자신이 러시아에서 느낀 것과 같은 감정을 갖게 될 것이라고 확신했다. 함께 보내는 첫 몇 시간 동안 우리는 허가증이나 통행증 같은 사소한 일에 대해 걱정할 필요가 없었다. "통행증! 나도 트렁크 한가득 가지고 있고, 당신들도 곧 그렇게 될 거예요." 빌은 장난스럽게 눈을 반짝이며 말했다. 그의 기분을 알아차리고는 하려던 질문을 삼켰다. 하루종일 사람들을 만나느라 어떻게 지나갔는지 기억조차 나지 않는 하루였다. 정말 하루에 이 일이 다 일어날 수 있는 걸까, 나는 생각했다. 도착한 지 몇 년이 지난 것만 같았다.

빌 샤토프는 2주 동안 우리를 떠나지 않았고, 우리는 대부분의 시간을 함께 보내며 종종 새벽까지 이야기를 나누었다. 그가 우리 앞에 펼쳐 놓은 혁명의 캔버스는 그 누구도 그린 적 없던 훨씬 더 큰 범위의 것이었다. 인물이 몇몇 등장하고, 그들의 역할과 중요성이 드넓은 배경에 의해 강조되는 식의 그림이 아니었다. 크고 작은, 높은 곳과 낮은 곳이 대담한 부조로 눈에 띄었고, 혁명의 완전한 승리를 앞당기려는 집단적 의지가 담겨 있었다. 빌은 레닌, 트로츠키, 지노비예프와 영감을 받은 소수의 동지들이 엄청난 역할을 한 것은 사실이지만, 그 뒤에 숨은 진정한 힘은 깨어난 대중의 혁명적 의식이라고 열렬한 신념으로 선언했다. 농민들은 1917년 여름 내내 주인의 토지를 몰수했고, 노동자들은 공장과 상점을 점령했으며, 수십만 명의 군인들이 전선에서 돌아오고 있었다. 크론슈타트 선원들은 직접 행동이라는 아나키즘적 모토를 혁명의 일상으로 옮겼으며, 좌파 사회주의 혁명가들은 아나키스트들과 마찬가지로 농민들에게 토지 국유화를 독려했다. 이 모든 세력은 러시아를 휩쓸고 지나간 폭풍에 활력을 불어넣어 10월의 엄청난 소용돌이 속에서 완전한 표현과 해방을 찾는 데 도움이 되었다.

눈부신 아름다움과 압도적인 힘이 우리 친구의 열정과 웅변으로 두근거리는 생동감을 얻으며 서사시로 탄생했다. 하지만 마법의 주문을 깬 것도 역시 빌이었다. 그는 러시아의 영혼이 변화하는 모습을 보여 줬으니 이제 육체의 병도 보게 해줘야 한다고 했다. 그러면서 강조해 말하길 "혁명적 청렴성의 기준이 당원 카드인 사람들이 우려하는 것처럼 편견을 갖지는 말라"고 했다. 머지않아 우리도 국가의 힘을 약화시키는 끔찍한 고난에 직면하게 될 것이라면서. 그의 목적이라고 한다면, 우리가 이 질병의 원인을 진단하고 확산의 위험을 지적하며 과감한 조치만이 병을 치료할 수 있다는 것을 알아차리도록 준비시키는 것이었다. 러시아의 경험은 그에게 우리 아나키스트들이 혁명에 대해서는 낭만주의자들이어서 혁명이 수반하는 대가나 혁명의 적들이 치르게 될 무서운 대가, 또 혁명을 통해 이룬 것들을 파괴하려는 악랄한 수법들이 있다는 사실을 망각하는 경향이 있다는 것을 가르쳐 주었다. 자신의 이상에 대한 논리와 정의만으로 불과 칼을 들고 싸울 수는 없는 노릇인 게다. 반혁명 세력은 러시아를 고립시키고 굶겨 죽이기 위해 힘을 합쳤고, 봉쇄로 인한 인명 피해는 엄청났다. 개입과 그 여파에 따른 파괴, 피바다를 만든 백군의 공격, 데니킨, 콜차크, 유데니치의 무리들이 저지른 학살과 짐승 같은 보복, 그리고 전반적인 혼란은 혁명에 있어 가장 선견지명이 있는 사람들조차 상상하지 못했던 전쟁을 강요하고 있었다. 혁명적 윤리에 대한 낭만적인 생각 없이 유지될 수 없는 전쟁이었지만, 혁명의 사지를 찢으려 달려드는 굶주린 늑대들을 몰아내기 위해 반드시 필요한 전쟁이기도 했다. 빌은 자신이 아나키스트이기를 멈춘 적이 없으며 마르크스주의 국가 기계의 위협에 둔감해지지 않았다고 우리를 안심시켰다. 이러한 위험은 더 이상 이론적 논의의 대상이 아니라 기존의 관료주의, 비효율성, 부패로 인해 실제 현실이 되어 있었다. 그는 독재 정권과 그 시녀인 체카가 사상과 언론, 진취성을 무자비하게 억압하는 것을 혐오했다. 하지만 그것은 필요악이었다. 아나키스트들은 레닌의 본질적으로 아나키즘적이었던 혁명의 요청에 가장 먼저 응답했고, 따라서 일정 정도 권리가 있었다. "우리는 그 권리를 얻고 말 거요. 의심하지 말아요." 빌은 당당하게 외쳤다. "그렇지만 지금은 아니라오. 다시 권력을 잡기 위해 필사적으로 싸우는 반동세력으로부터 러시아를 구하기 위해 모든 신경을 곤두세워야 하는 지금 같은 상황에서는 말이죠." 빌은 공산당에 가입하지 않았고 앞으로도 가입하지 않을 것이라고 우리를 안심시켰다. 하지만 그는 볼셰비키와 함께하고 있으며, 모든 전선이 사라지고 유데니치, 데니킨, 그리고 나머지 차르 패거리와 같은 마지막 적을 몰아낼 때까지 계속 싸울 것이다. "엠마와 사샤도 그래 주겠죠." 빌은 결론을 내리듯 말했다. "나는 확신해요."

우리 동지는 열정적인 음유시인이었고, 우리 시대의 가장 대단한 사건인 혁명의 이야기를 노래했다. 혁명의 기적은 많았고, 십자가에 못 박힌 사람들의 순교라는 공포와 비애도 있었다.

우리는 빌의 말이 전적으로 옳다고 생각했다. 혁명과 그 성과를 지키기 위해 우리의 모든 것을 바쳐야 한다는 절대적 필요성에 비하면 다른 그 어떤 것도 중요하지 않았다. 우리 동지의 믿음과 열정은 나를 황홀하게 했다. 하지만 어둠 속에 홀로 남겨졌을 때 종종 느껴지는 불안이 내 안에 계속 남아 있었고, 나는 여기서 완전히 자유로워지지 못했다. 마법에 걸린 공간에서 몽유병 환자처럼 움직이면서 그 황홀감을 되돌리기 위해 노력했다. 가끔은 거친 목소리나 흉측한 광경에 반쯤 정신을 차린 채 비틀거리며 현실로 돌아올 때도 있었다. 우리가 참석했던 페트로-소비에트 회의에서 표현의 자유가 제한되는 모습이나 스몰니 식당에서 당원들에게 더 좋은 음식이 더 많이 제공된다는 사실 등 이와 유사한 불의와 악이 내 관심을 끌었다. 아이들이 과자와 사탕으로 배를 채우는 모범 학교 옆에는 음침하고 시설이 열악하며 난방도 되지 않는 더러운 학교, 늘 배고픈 아이들이 소떼처럼 모여 있는 학교들이 나란히 있곤 했다. 공산주의자들을 위한 특별 병원은 모든 현대적 편의 시설을 갖춘 반면, 다른 기관에는 최소한의 의료 및 수술 필수품조차 부족했다. 공산주의라는 미명하에 서른네 가지 등급으로 나뉜 배급에서 일부 시장과 특권을 누리는 상점은 버터, 달걀, 치즈, 고기를 팔아 호황을 누리고 있었다. 노동자와 여성들은 냉동 감자, 벌레 먹은 시리얼, 썩은 생선을 배급받기 위해 끝도 없는 줄을 서서 오랜 시간 기다려야 했는데 말이다. 얼굴이 통

퉁 붓고 파랗게 질리기까지 한 여인들이 안쓰러운 물건을 팔기 위해 붉은 군대의 군인들과 흥정을 벌이고 있었다.

나는 조린, 아스토리아에 살고 있는 젊은 아나키스트 키발치치, 지노비예프와 다른 사람들에게 이러한 모순을 지적하면서 이야기했다. 이것들이 도대체 어떻게 정당화될 수 있으며 설명될 수 있기는 한 거냐고. 다들 하는 말은 똑같았다. "우리를 둘러싼 봉쇄와 지식인들의 방해공작, 데니킨, 콜차크, 유데니치가 공격을 해오는 지금 당신은 무엇을 할 수 있나요?" 이 책임은 자신들에게 있다고 말하기는 했다. 하지만 전선이 청산되기 전까지는 오래된 악을 근절할 수는 없는 노릇이었다. "우리와 함께 일합시다. 버크만과 함께요. 어떤 직책을 맡더라도 우리에겐 큰 도움이 될 겁니다."

내게 기꺼이 도움을 요청하는 그들을 보며 깊은 감동을 받았다. 당연히 그들과 합류할 생각이었다. 우리가 과연 어디에서 어떤 일을 해야 가장 큰 도움이 될지 알게 되는 대로 최선을 다해 그들과 함께 일할 것이었다.

지노비예프는 그의 명성에 걸맞은 강력한 지도자의 모습이 아니었다. 약하고 힘 없어 보이기까지 했다. 목소리는 사춘기 소년이 내는 고음처럼, 호소력이 부족해도 한참 부족했다. 그러나 듣기로 그가 혁명의 탄생을 충실히 도왔고, 혁명의 발전을 위해 지칠 줄 모르고 일하는 사람이라고 했고, 그는 분명 신뢰와 존경을 받을 자격이 있었다. "봉쇄와 콜차크, 데니킨, 유데니치, 혁명 반대 세력 사빈코프, 멘셰비키 반역자들과 우파 사회주의 혁명가들은 끊임없는 위협입니다." 지노비예프는 힘주어 말했다. "그들은 복수를 공모하고 혁명의 죽음을 계획하는 일을 멈추지 않습니다." 지노비예프의 호소는 사람들의 이구동성에 비극적 기운을 더했다. 나도 다른 사람들과 함께 참여했다.

그러나 곧 다른 목소리가 깊은 곳에서 들려왔고, 거칠고 비난하는 듯한 그 목소리는 나를 심히 불안하게 했다. 페트로그라드에서 열린 아나키스트 회의에 참석하라는 요청을 받고서 우리 동지들이 비밀리에 은신처에 모여 회의를 해야 한다는 사실에 적잖이 놀랐다. 빌 샤토프는 혁명과 군사 전선에서 우리 동지들이 보여 준 용기에 대해 큰 자부심을 느끼며 그들이 수행한 영웅적인 역할에 찬사를 보냈다. 왜 그런 업적을 가진 사람들이 숨어야 하는지 이해할 수 없었다.

그 답은 곧 푸틸로프 제철소 노동자, 공장 노동자, 크론슈타트 선원, 붉은 군대의 병사, 사형 선고를 받고 탈출한 옛 동지 등 다양한 사람들을 통해서 들을 수 있었다. 혁명 투쟁의 주역들은 자신들이 권력을 잡도록 도운 사람들에 대한 고뇌와 비통함으로 외치고 있었다. 그들은 혁명에 대한 볼셰비키의 배신, 노동자들에게 강요된 노예제, 소비에트의 무력화, 언론과 사상의 탄압, 반항하는 농민이나 노동자, 군인, 선원, 모든 종류의 반란군으로 가득 찬 감옥에 대한 이야기를 해주었다. 트로츠키의 명령에 따라 기관총을 들고 아나키스트 모스크바 본부를 급습한 일, 체카에서 청문회나 재판 없이 처형이라는 이름으로 행하는 대량살상에 대한 이야기들이었다. 이러한 혐의와 비난은 나를 망치처럼 내리쳤고, 나는 기절할 지경이었다. 나는 온 신경을 곤두세우고 귀를 쫑긋 세우며 듣는데도 무슨 말인지 제대로 알아듣기 힘들었다. 도대체 무슨 말인지 의미를 파악하지 못했다. 이 괴물 같은 일들이 사실일 리가! 조린이 감옥을 가리키며 거의 비어 있다고 하지 않았던가? 사형은 폐지되었다고도 하지 않았던가? 그리고 빌 샤토프는 레닌과 그의 동료들에게 찬사를 보내며 그들의 비전과 용맹을 찬양하지 않았던가? 빌은 소비에트 지평선의 어두운 부분을 은폐하지는 않았다. 그럴 수밖에 없는 이유와 볼셰비키, 나아가 혁명에 복무하는 모든 반군에게 강요된 방식들을 설명해 주었다.

이 음침한 곳에 있는 사람들은 분명 제정신이 아니어서 이런 터무니없는 이야기를 하는 게지, 공산주의자들에게 죄가 있다면 그것은 반혁명 조직과 봉쇄, 혁명을 공격하는 백군에 맞서기 위한 것임을 알면서도 그들을 비난하는 건 사악하다고 생각했다. 나는 이런 신념을 담아 발언했지만, 내 목소리는 곧 조롱과 비아냥소리에 묻혀 버렸다. 눈뜬 장님 같은 발언으로 나는 많은 비난을 받아야 했다. "그게 바로 그놈들이 당신한테 물린 재갈이오!" 동지들이 내게 소리쳤다. "당신과 버크만은 순진하게 그것을 믿어 버린 거지. 그리고 그 조린! 아나키스트를 증오하고 모두 총으로 쏴 죽이는 아나키스트 혐오자! 빌 샤토프도 마찬가지로 배신자라고!" 사람들은 외쳤다. "당신들은 그 사람들을 믿고 우리를 안 믿는 거요? 당신 눈으로 직접 볼 때까지 한번 기다려 보시오. 그때 가서 노래를 부르시지."

분노에 찬 소란이 가라앉자 사형 선고를 받은 도망자 한 명이 발언권을 요구했다. 창백한 얼굴에는 주름이 깊이 팼고 쫓기는 듯한 큰 눈에는 고통이 묻어났으며 억눌린 흥분으로 목소리가 떨려 왔다. 그는 최근의 사건과 혁명의 길에 놓인 어려움에 대해 길게 설명했다. 아나키스트들은 반혁명의 위협에 눈을 감지 않았다고 그는 말했다.

전선의 전우들과 적과의 전투에서 목숨을 바친 수많은 동료들이 증명하듯, 그들은 목숨을 걸고 싸웠다. 실제로 농민 반란군 포브스탄티를 이끌고 데니킨을 물리치고 가장 중요한 시기에 모스크바와 혁명을 구한 것은 아나키스트 네스토르 마흐노였다. 러시아 전역의 아나키스트들은 바로 그 중요한 순간 총구를 겨누며 혁명의 적들을 몰아냈던 것이다. 그러나 그들은 또한 반혁명적 해충, 즉 대중의 혁명 정신을 붕괴시키고 프롤레타리아 세력과 그들의 단결을 깨뜨리는 첫 번째 쐐기가 된 브레스트-리토프스크 조약이라는 전염병과도 싸우고 있었다. 아나키스트들과 좌파 사회혁명주의자들은 볼셰비키의 위험한 조치이자 신의를 저버리는 행위라며 처음부터 반대한 일이었다. 볼셰비키가 도입한 라즈베스트카 정책, 즉 무책임한 군사 부대에 의한 강제 수탈은 대중의 불만에 기름을 붓는 셈이었다. 이는 농민과 노동자들 사이에 증오심을 불러일으키면서 반혁명 음모를 위한 비옥한 토양으로 일구어 갔다. "샤토프는 이 모든 것을 알고 있는데, 어째서 이런 사실을 당신에게 숨겼습니까?" 그가 울부짖었다. "빌 샤토프는 '소비에트스키' 아나키스트가 되어 크렘린에 있는 이들을 위해 일하고 있어요. 레닌이 그를 체카에서 구해 주고 대신 시베리아로 보낸 이유가 바로 그거죠. 샤토프는 페트로그라드에서 사실상 총독 같은 지위로 부르주아 측근들과 음험한 일들을 꾸미고 다니는데, 노동자와 농민, 군인과 선원들은 이보다 훨씬 가벼운 죄목으로도 총살을 당해요. 볼셰비키는 그저 감사해야 할 주인장인 게죠. 샤토프는 페트로그라드를 가혹하게 다스렸어요. 페트로그라드 체카의 우두머리인 가학적 인간 우리츠키를 죽이고 도망 중이던 카네기예서를 쫓아가

잡은 후에 아나키스트라는 샤토프가 그 불행한 사냥감을 잡아 승리를 거머쥐고는 체카에 넘겼고 그는 총살당했습니다!"

"그만, 그만!" 나는 소리를 질렀다. "거짓말은 이제 그만 듣고 싶어요! 빌은 그런 짓을 할 수 있는 사람이 아니에요. 내가 아는 빌은 가장 친절하고 온화한 사람이고, 나는 그 사람을 오래 알고 지냈어요. 그런 일을 할 수 있는 사람이 아니에요." 스스로를 아나키스트라고 하면서도 보복적이고 비열한 태도를 취하는 이들에게 분노를 느꼈다. 나는 조린의 무고함을 위해 싸우며 지노비예프를 유능하고 힘있는 지도자로 옹호했다. 또 오랜 동지이자 친구인 빌의 고귀한 인품과 큰 정신, 명확한 비전을 찬양하며 그에게 지지를 보냈다. 사흘 동안 흡입한 유독가스로 인해 나의 불타는 믿음이 꺼지는 것을 나는 한사코 거부하고 있었다.

사샤는 심한 감기에 걸려 누워 있었고 아나키스트 그룹 회의에 참석할 수 없을 정도로 몸이 좋지 않았다. 그러나 나는 계속해서 그와 회의에서 있었던 일을 나누었고, 회의 마지막 날에는 정신을 놓고 그의 방으로 뛰어들어가 내가 들은 끔찍함에 대해 이야기했다. 그는 이 혐의를 무능하고 불만을 품은 사람들의 무책임한 떠들기라고 일축했다. 페트로그라드 아나키스트들은 미국의 동지들 중에서도 행동은 제일 안 하면서 비판은 제일 많이 하던 사람들의 모습과 꼭 같다고 그는 말했다. 어쩌면 그들은 독재의 폐허, 전쟁과 임시정부의 실책에서 하루아침에 아나키즘이 새롭게 떠오를 것이라 기대할 만큼 순진했는지도 모른다. 사샤는 볼셰비키가 취한 과감한 조치에 대해 비난하는 것은 터무니없는 일이라고 했다. 반혁명과 사보타주의 질곡에서 러시아를 해방시킬 수 있는 방법은 과연 무엇이었을까? 그는 이 문제를 해결하기 위해서라면 못 쓸 방법이 없다고 생각했다. 혁명적 필요성은 설령 우리 마음에 들지 않더라도 모든 조치를 정당화하는 것이기 때문이다. 혁명이 위험에 처한 한, 혁명을 훼손하려는 자들은 반드시 대가를 치러야 한다. 그 어느 때보다 단호하고 맑은 눈을 가진 나의 오랜 친구 사샤. 나는 그에게 동의했지만 동지들의 끔찍한 이야기는 여전히 내 마음에 남아 나를 불편하게 했다.

사샤의 병으로 인해 잠 못 이루는 밤의 유령이 다시 찾아왔다. 페트로그라드에는 의사가 적고 의약품은 부족했으며 병은 모든 곳에 만연했다. 조린은 즉시 의사를 불렀지만 환자의 열이 너무 심해 오래 기다릴 수 없는 상황이었다. 나의 이전 직업이 이보다 더 쓸모가 있던 때는 없었다. 뷰포드 호의 친절한 의사가 준 작고 잘 갖춰진 약 상자의 도움으로 사샤의 열을 내리는 데 성공했다. 2주간의 지극한 간호를 받은 후 그는 침대에서 일어났다. 여전히 마르고 창백한 모습이긴 했지만 이제 완전한 회복의 길에 들어선 것이었다. 이 무렵 남자 둘이 우리를 찾아왔다. 『런던 데일리 헤럴드』의 편집자 조지 랜즈버리와 미국 특파원 배리 씨였다. 그들은 영어를 구사할 수 있는 사람들이 준비가 되어 있지 않은 상황에 당황한 모양이었다. 그들은 러시아어를 한 마디도 하지 못했지만 모스크바에 가고 싶어했다. 우리는 페트로그라드 내무부 국장이자 러시아 외무부 장관인 라비치 여사에게 이들의 상황을 알렸다. 그녀는 사샤에게 모스크바를 방문하는 영국 방문자들과 동행해 달라고 요청했고, 사샤는 흔쾌히 동의했다.

그가 모스크바로 떠나면서 나 역시 운신의 폭이 넓어졌다. 조린 부부가 항상 내가 관심있어 할 만한 곳으로 데려가 주려 했지만 나는 이제야 잃어버린 러시아어를 되찾는 중이었으므로 혼자 가는 편이 좋았다. 아나키스트 회의는 비밀리에 열렸기 때문에 나는 조린 부부에게 회의에서 나온 이야기를 하기는커녕 그 회의 자체에 대해 함구해야 하는 상황이었다. 그들 앞에서 왠지 모를 죄책감이 들었다. 게다가 조린이 나를 피하는 것 같다는 느낌도 들었다. 나는 그에게 공장들을 좀 방문하는 게 가능할는지를 물었다. 나를 위해 프로푸스크 몇 곳을 확보해 보겠노라 했지만, 약속을 지키지는 못했다. 그는 또한 아내인 리자에게도 짜증을 냈는데, 리자가 나에게 상점 집단의 여성들에게 연설을 해줄 것을 부탁했기 때문이다. 물론 동의하진 않았다. 아직 러시아어가 내 발목을 붙잡고 있기도 했고, 게다가 나는 가르치기 위해 러시아에 온 것이 아니라 배우기 위해 온 것이 아니던가. 조린은 내 거절에 크게 안도하는 것 같았다. 당시에는 그의 행동을 크게 주목하지 않았지만, 나를 공장에 데려다주겠다는 약속도 지키지 않자 나는 뭔가 잘못된 것이 아닌가 하는 생각이 들기 시작했다. 회의에서 사람들이 한 말처럼 상황이 나쁘게 돌아가는 건 아닐 거라고 생각했는데, 그렇다면 왜 조린은 나를 공장 노동자들과 만나지 못하게 하는 걸까? 그럼에도 불구하고 조린 부부와의 관계는 퍽 좋은 편이었다. 그들은 자신과 자신의 필요 같은 건 전혀 생각지 않는 열렬한 반란군이었다. 가진 게 별로 없음에도 항상 자신들 것은 나눠주었지만, 우리가 주는 것은 아무것도 받지 않으려 했다. 특히 조린은 더 단호했다. 내가 미국에서 보내 온 식량을 가져올 때마다 그는 이렇게 다 줘버리다간 나도 곧 배를 곯을 거라며 경고하곤 했다. 리자 역시 설득하기 어려운 건 마찬가지였다. 곧 아기를 낳을 예정인 그녀에게 나는 새로 태어날 아기를 위한 준비를 돕게 해달라고 간곡히 부탁했다. 리자는 단호했다. "말도 안 돼요. 프롤레타리아 러시아에서는 아기 옷에 신경 쓰는 사람은 없어요. 그런 건 자본주의 국가의 돈 많은 부르주아 여성들이나 하게 둬야죠. 우린 더 중요한 일을 해야 하는 사람들이잖아요."

오늘날의 아기들이 그녀가 그토록 만들고자 하는 미래의 상속자가 될 것이라고 이야기하고 싶었다. 아이가 태어나기 전에 가장 필요한 것들을 생각해 주는 건 마땅한 일이 아닐까? 하지만 리자는 내 말을 웃어 넘기며 나를 감상적인 사람이라고 불렀다. 자신이 생각했던 투사의 모습이 아니라면서. 조린 부부에겐 편협한 당파성이 있음에도 불구하고 그를 뛰어넘는 훌륭한 자질이 있었고, 나는 그 점을 좋아하고 또 존경했다. 처음 몇 주 동안은 그 자질을 그다지 많이 볼 수는 없었지만 말이다. 이제 혼자서 돌아다닐 수 있게 되었으니 조린 부부의 도움이 필요하지 않았고 더군다나 이제는 내 삶에 점점 다른 사람들이 들어오고 있었다.

빌 샤토프가 우리에게 말한 것 중 한 가지는 확실했다, 바로 통행증이었다. 소비에트 러시아에서의 허가증은 차르 치하에서의 여권보다 더 큰 역할을 했다. 소비에트 기관이나 주요 관계자들을 방문할 때는 말할 것도 없고, 허가 없이는 호텔 출입조차 할 수 없었다. 사람들은 모두 통행증과 신분증이 들어 있는 서류철을 가지고 다녀야 했다. 조린은 반혁명 음모자들을 막기 위해 필요한 예방책이라고 했지만, 러시아에 있으면 있을수록 그게 무슨 소용인가 싶었다. 비싼 종이 가격에도 불구하고 허가증 발급을 위해 너무 많은 양의 종이가 사용되었고, 이를 확보하는 데도 많은 시간이 낭비되었다. 그런데 또 한편으로는 그 양이 너무나 많아서 실제적 통제가 이루어지지도 않았다. 정신이 제대로 박힌 반혁명주의자라면 허가증을 받겠다고 몇 시간씩 줄을 서서 기다리며 자신을 발각될 위험에 노출시키겠는가? 차라리 다른 방법을 찾아내는 편이 안전할 텐데. 아무래도 상관 없었다. 내가 만난 공산주의자들은 모두 반혁명에 대한 집착에 시달리는 듯 보였는데, 그간 많은 공격을 받았기 때문일 테다. 하지만 내가 어찌 문제삼을 수 있겠나. 내가 러시아에 머문 시간이 너무 짧아서 혁명의 적들에 대처하는 방법에 대해 조언하기에는 부족해도 한참 부족한 것을. 이미 이렇게 위대한 업적을 이뤘는데, 그 성가신 종잇조각을 가지고 대체 뭘 하고 있는 건지 나는 알 수 없었다. 어디를 가나 나는 적대적인 세계에 대항하여 혁명적 요새를 지키는 사람들의 숭고한 용기, 이타적인 헌신, 소박한 장엄함을 목격해 왔다. 그래서 나는 러시아의 다른 얼굴을 보지 않기로 하고 스스로 합리화하고 있었던 것 같다. 하지만 상처투성이의 일그러진 얼굴을 언제까지고 무시할 수는 없었다. 그 얼굴은 나를 계속 불러서 자신을 보라고, 자신의 고통을 보라고 강요했다. 나는 아름다움과 광채만을 보고 싶었고, 그 힘과 능력을 믿을 수 있기를 갈망했지만, 그 반대편의 끔찍한 모습은 내가 거부할 수 없는 힘으로 나를 끌어들였다. "봐! 보라고!" 그 얼굴은 미소를 지으며 나를 불렀다. "페트로그라드에는 모든 가정집들에 난방을 공급하고, 모든 공장을 돌릴 수 있을 만큼 광활한 숲이 펼쳐져 있는데도 도시는 추위로 죽어가고 있고 기계는 얼어붙어 있잖

아. 페트로그라드에 식량을 공급하기 위해 비옥한 우크라이나가 강제 징발을 당하면서 많은 식량을 북쪽으로 수송했음에도 불구하고 도시는 여전히 굶주리고 있지. 식량의 절반 가량이 오는 길에 사라지고, 나머지는 굶주린 민중이 아닌 시장으로 빠지지. 그리고 고로코바야(체카의 본부)에서 계속되는 총격은 또 어떻게 설명할 건데? 귀머거리라도 된 거야? 도덕적으로 결함이 있는 아이들 용으로 계획된 감옥은 또 어떻고? 35년 동안 아동의 목숨을 가지고 거래한 사람들을 혐오해 왔던 당신이 이 감옥을 보고도 화가 나지 않는단 말이야? 공산당이 교묘하게 숨겨놓은 이 끔찍한 얼룩들은 어떻게 할 거야?"

덫에 걸린 토끼처럼 나는 우리 안에 갇혀 이 두려운 모순의 철창을 두드리며 이리저리 뛰어다녔다. 맹목적으로 나는 이 치명적인 타격을 막아 줄 사람을 찾았다. 모스크바에서 막 돌아온 지노비예프와 존 리드가 설명해 줄 수 있을 거라고 생각했고 또 막심 고리키라면 러시아 얼굴의 어느 쪽이 진짜이고 어느 쪽이 거짓인지 확실히 말해 줄 수 있을 것 같았다. 모든 잘못에 대해 천둥 같은 목소리를 내며 아이들에 대한 범죄를 불같은 말로 단죄했던 위대한 현실주의자인 그라면 나를 도와줄 수 있을 것이다.

고리키에게 편지를 보내 만나 줄 것을 청했다. 나는 소비에트 러시아의 미로에서 길을 잃고 수많은 장애물 앞에서 끊임없이 비틀거리며 혁명의 빛을 헛되이 더듬고 있었다. 지금 내겐 그의 친절한 안내의 손길이 필요했다. 답장을 기다리는 동안 나는 지노비예프에게 물었다. "페트로그라드에서 가까운 곳에 숲이 있다는데, 왜 도시 사람들이 다 이렇게 추위에 떨어야 하죠?" 지노비예프는 답했다. "연료야 얼마든지 있지만 그게 무슨 소용이 있겠습니까. 적들이 우리의 이동 수단을 파괴했고, 봉쇄로 인해 말과 병사들도 죽었습니다. 그런데 우리가 어떻게 숲에 가겠습니까.” “페트로그라드 인구는 얼마나 되나요?” 나는 계속해서 물었다. “협력을 해보는 건 어떤가요? 사람들이 도끼와 밧줄을 들고 이동해서 각자 필요한 만큼 나무 짐을 해오게 하는 건 불가능한가요? 그런 공동의 노력을 통해 사람들의 고통도 줄고 동시에 당에 대한 적대감도 줄어들지 않을까요?” 지노비예프는 추위로 인한 고통을 줄이는 데는 도움이 될지 모르지만 주요 정치 정책을 수행하는 데는 방해가 될 거라 했다. 그 정책들이란 게 무엇인가? 지노비예프는 설명했다. “프롤레타리아 전위의 손에 모든 권력이 집중되는 것이죠. 혁명의 전위, 즉 공산당입니다.” 나는 그의 말에 반대했다. “지불해야 할 대가가 지나치게 큰 거 아닌가요?” “불행히도 그렇죠.” 그가 동의하면서 말했다. “하지만 프롤레타리아 독재는 혁명기에 유일하게 실행 가능한 프로그램입니다. 당신네 위대한 스승들이 제안한 아나키스트 그룹이랄지 자유로운 공동체 같은 건 몇 세기 후에는 가능할지 모르겠어요. 하지만 데니킨과 콜차크가 우리를 당장이라도 짓밟을 준비가 되어 있는 지금의 러시아에서는 불가능합니다. 그들이 러시아 전체를 파멸시켰는데 당신네 동지들은 고작 한 도시의 운명을 걱정하고 있군요.” 인구 100만 명이던 도시가 40만 명으로 줄었다. 공산주의 정치 프로그램의 눈에는 한갓 사소한 문제에 불과할 테지. 낙담한 나는 당이 하는 말을 죽어라 믿고 마르크스주의 성좌에 안주하며 자신이 그 별자리의 주요 별 중 하나라는 자의식에 사로잡힌 그 남자를 두고 일어섰다.

존 리드는 미국에서 알던 활기차고 모험심이 강한 예의 그 모습으로 마치 한 줄기 빛처럼 내 방에 들어왔다. 그는 라트비아를 거쳐 이제 미국으로 돌아가려던 참이었다. 다소 위험한 여정이었지만, 소비에트 러시아의 감동적인 메시지를 고국에 전하기 위해서라면 더 큰 위험도 감수하겠다고 했다. "멋져요, 놀라워요. 안 그래요, 엠마?" 그가 흥분감에 소리를 높였다. "당신이 수년 동안 꾸던 꿈이 러시아에서 이루어졌어요. 우리나라에서는 경멸과 박해를 받던 그 꿈이 레닌과 그의 경멸받는 볼셰비키 무리의 마술 지팡이에 의해 이곳 러시아에서 이루어졌다고요! 수세기 동안 차르가 통치한 나라에서 그런 일이 일어날 거라고 생각조차 할 수 있었나요?"

"레닌과 그의 동지들이 한 게 아니에요." 나는 그가 한 말을 정정했다. "그들의 큰 역할을 부인하는 건 아니지만 러시아 민중 전체는 영광스러운 혁명적 과거를 가지고 있거든요. 이 시대 그 어떤 땅도 순교자들의 피만으로 이루어지지 않았죠. 무덤에서 새 생명이 솟아날 수 있도록 죽음을 택한 개척자들의 긴 행렬이 있었던 겁니다."

잭은 젊은 세대가 기성세대의 앞치마 끈에 영원히 묶여 있을 수는 없으며, 특히 그 끈이 목에 단단히 묶여 있을 때는 더욱 그러하다고 주장했다. "당신의 옛 선구자들, 브레시콥스키와 차이콥스키, 체르노프와 케렌스키, 그리고 나머지 사람들을 봐요. 그들이 지금 어디 있는지! 블랙 헌드레드, 유대인 미끼꾼, 공작 파벌과 함께 있죠. 혁명을 무너뜨리기 위해 그들을 돕고 있잖아요. 그들이 과거에 뭘 했든 알 게 뭐예요. 내가 관심 있는 건 지난 3년 동안 이 배신자 집단이 무슨 짓을 했는지예요. '자 모두 벽으로 전진!' 러시아어 표현 하나를 배웠는데 말이죠, '라즈스트렐랴트'라는 말이에요. 총살을 실행하라는 뜻이죠."

"그만, 잭! 그만해요." 내가 울부짖었다. "그 단어는 러시아 사람이 말하더라도 끔찍한 말이에요. 당신의 미국식 억양으로 그 단어를 말하니 내 피가 얼어붙을 것 같네요. 혁명가들이 언제부터 대량 처형만이 문제에 대한 유일한 해결책이라고 생각하게 된 거죠? 반혁명이 활발한 시기에는 물론 총을 쏘는 것이 불가피할 때도 있겠죠. 하지만 단지 의견이 다르다고 해서 냉혹하게 사람들을 벽에 세우는 것이 정당화될 수 있을까요?" 나는 그에게 소비에트 정부가 그런 야만성은 말할 것도 없고 총살 같은 방법이 무용하다는 것을 깨달았을 거라고 말했다. 그렇지 않았더라면 사형제도를 없앴겠느냐고. 조린이 말해 준 것처럼 말이다. 잭이 벽에 사람을 세우는 것에 대해 그토록 가볍게 말하도록 한 그 법령이 취소된 게 과연 맞던가? 그러고 보니 밤에 총소리가 자주 들려왔는데 조린은 그 소리를 쿠르산티(장교를 양성하는 군사 훈련 학교의 공산주의자 학생들)의 표적 훈련이라고 설명했었다. "잭, 뭐 아는 거 있어요?" 내가 물었다. "진실을 말해 줘요."

그는 포고령이 발효되기 전날 반혁명분자로 간주되는 수감자 500명이 총살당했다는 사실을 알고 있노라고 했다. 열정이 과했던 체카 요원들이 저지른 어리석은 실수였고, 이들은 이 일로 심한 질책을 받았다. 그 후로 다른 총격 사건에 대해서는 들은 바가 없다고 했다. 나를 항상 순수 혁명주의자로 생각한 그는 내가 혁명을 수호하기 위해서라면 그 어떤 일도 마다하지 않을 거라 생각했는데 내가 겨우 음모자 몇 명의 죽음에 그렇게 흥분하는 모습을 보고 놀란 모양이었다. 마치 그것이 세계를 혁명하는 데 있어서 중요하기라도 한 것처럼!

"내가 미쳤나 봐요, 잭. 아니면 혁명의 의미를 이해하지 못했거나." 내가 말했다. "나는 혁명이 인간의 생명과 고통에 대한 무관심을 의미한다거나 대량 학살 외에는 문제를 해결할 수 있는 다른 방법이 없다고는 믿지 않아요. 사형제 폐지 법령이 발표되기 전날 500명이 목숨을 잃었다고요! 당신은 그것을 '어리석은 실수'라고 했죠, 나는 그것을 '비열한 범죄'라고, 혁명이라는 이름으로 자행된 '최악의 반혁명적 만행'이라고 부르겠어요."

잭이 나를 진정시키면서 말했다. "뭐 좋아요. 당신은 지금까지 혁명을 이론으로만 다뤄왔어서 실제 혁명에 대해 좀 혼란스러운가 보군요. 이제 시간이 지나면 괜찮아질 거예요. 당신은 워낙 명석한 혁명가니까, 지금 당장은 당혹스러워 보일지라도 앞으로 모든 걸 제대로 볼 수 있게 될 겁니다. 자 기운 내시고, 어디 한번 미국서 가져온 미국식 커피 한 잔 맛봅시다. 내 나라가 당신에게 받은 것에 대한 보답으로 줄 수 있는 건 많이 없지만 굶주린 러시아에서 그곳의 아들이 당신에게 큰 감사를 표하는 바입니다."

그토록 가벼운 주제로 금세 돌아갈 수 있다니, 그의 능력이 그저 놀라울 뿐이었다. 인생의 모험에 대한 열정으로 가득한 예전의 잭과 똑같았다. 그의 가볍고 즐거운 분위기에 동참하고 싶었지만 내 마음은 여전히 무거웠다. 잭과 만나고 나니 나의 최근의 삶과 사람들, 나의 친구들과 헬레나 언니, 그리고 다른 많은 소중한 사람들에 대한 기억이 되살아났다. 두 달 동안 누구에게서도 연락이 없었다. 이 불확실성으로 말미암아 내 우울증과 불안 증세가 심해졌다. 그런 와중 모스크바로 오라는 사샤의 편지는 내게 새로운 활력을 불어넣어 주었다. 그는 모스크바가 페트로그라드보다 훨씬 더 활기차고 흥미로운 사람들을 만날 수 있는 곳이라고 썼다. 수도에서 몇 주를 보내고 나면 혁명적 상황을 명확히 파악하는 데 더 도움이 될 것이라면서. 당장이라도 가고 싶었다. 하지만 소비에트 러시아에서는 표를 사고 기차를 타는 것만으로는 부족하다는 걸 이제는 나도 알고 있었다. 여행 허가를 받기 위해 몇 날 며칠을 줄을 서고, 다시 티켓을 구하기 위해 긴 줄을 서서 기다리는 사람들을 보아 왔다. 조린의 도움이 있었음에도 열흘이 지나서야 떠날 수 있었다. 나를 모스크바로 가는 소비에트 관리들 일행에 끼워주기로 한 것이다. 국가 시인인 데미안 베드니가 나와 함께할 예정이었고, 나를 내셔널 호텔에 묵게 해줄 것이었다. 조린은 다소 멀게 느껴지긴 했지만 여느 때와 마찬가지로 그의 의무를 다하듯 나를 챙겨 주었다.

역에 도착하니 내가 함께할 일행은 온통 저명한 사람들이라는 걸 알게 되었다. 로자 룩셈부르크, 란다우어, 리프크네히트가 되는 운명을 피하는 데 성공한 카를 라데크, 페트로그라드 노동조합 위원장인 치페로비치, 막심 고리키, 그리고 몇 명의 하급 간부들도 나와 같은 차에 타고 있었다.

고리키는 이전에 내 편지에 답장을 보내면서 직접 한 번 만나 이야기를 좀 하자고 했었다. 나는 그를 찾아가긴 했지만 '이야기'는 할 수 없었다. 그는 심한 감기에 걸려 계속 기침을 하고 있었고 그를 둘러싼 여자 네 명이 그를 보살피고 그의 심부름을 하고 있었다. 그는 차에서 나를 보고는 이동 중에 미뤄 둔 이야기를 하면 되겠다며, 나중에 내가 있는 칸으로 넘어오겠다고 했다. 하루 대부분을 그를 기다리며 보냈다. 고리키는 나타나지 않았다. 소비에트 당원들을 위해 샌드위치와 차를 가져온 포터를 제외하고는 그 누구도 내 칸에 오지 않았다. 옆 칸에 있던 라데크는 사람들에게 재미있는 일화를 들려주고 있는 참이었다. 진정한 러시아 사람이라면 모두 한꺼번에 이야기를 하는 법인데 이곳에서는 작고 긴장한 라데크가 다른 선수들을 앞질렀고, 몇 시간 동안이고 계속해서 그만 혼자서 떠들고 있었다. 머리가 멍해져서 이따금 졸았다.

그러다 내 위에 우뚝 솟은 초라하고 앙상한 모습에 잠에서 깼다. 막심 고리키가 고통에 찌든 농부 같은 얼굴로 내 앞에 서 있었던 것이다. 옆에 앉으라고 권하자 그는 피곤하고 지친 모습으로 구부정하게 자리를 잡았는데, 실제 나이인 쉰 살보다 훨씬 나이 들어 보였다.

고리키와 이야기 나눌 수 있는 기회에 대해 기대하고 기다렸지만, 어떻게 시작해야 할지 몰라 혼잣말처럼 이야기를 시작했다. "고리키 선생님은 저에 대해 아무것도 모르겠지만⋯, 나를 그저 혁명에 반대하는 개혁가라고 생각할지도 모르고, 아니면 내가 개인적인 불만이나 '아침 식사로 나오는 버터 바른 토스트와 자몽' 같은 미국의 물질적 축복을 받지 못해서 여기서 뭐가 잘못되었는지를 찾아내려고 한다는 인상을 받을지도 모르지만⋯" 실제로 모리스 베커는 자신이 일하던 공장의 참을 수 없을 정도로 썩은 공기, 심하게 쌓인 오물과 먼지에 대한 불만을 토로했었다. 이에 위원장은 그를 향해 소리쳤다. "당신은 오만방자한 부르주아요. 자본주의 미국의 안락함을 갈망하는 게지. 프롤레타리아 독재 정권은 말이야, 빵과 차를 보관하는 사물함을 치우는 일이나 환기를 시키는 것보다 더 중요한 할 일들이 있다고." 나는 그 이야기를 듣고 눈물이 나올 만큼 웃긴 했지만, 막심 고리키가 나를 자본주의 미국의 호화로운 삶을 소비에트 러시아에서 찾지 못해 불만을 품은 호사스러운 부르주아로 볼까 봐 불안해졌다. 하지만 고리키가 볼셰비키 하급 간부나 할 법한 어리석은 헛소리를 할 거라고 생각하는 것 자체가 어리석은 일이라며 스스로를 안심시켰다. 가장 비루한 삶에서 아름다움을 발견하고 가장 천박한 삶에서 고귀함을 발견할 수 있는 그의 선견지명은 내가 더듬거리며 하는 말을 오해하기엔 너무 예리했다. 그는 그 누구보다 이 모든 사태의 원인과 고통을 잘 알고 있었다.

마침내 나를 먼저 소개하고 나서야 나를 괴롭히는 일들에 대해 이야기할 수 있을 것 같다는 말을 시작했다. "그럴 필요 없습니다." 고리키가 끼어들며 말했다. "미국에서의 활동에 대해서는 이미 잘 알고 있어요. 설령 내가 당신에 대해 아는 게 전혀 없다 하더라도 미국에서 당신이 사상 때문에 추방당했다는 사실만으로도 당신의 혁명적 진정성은 충분히 증명될 겁니다. 그 이상은 필요 없어요." 이에 나는 "정말 친절하시네요"라고 답하고 말을 이어 갔다. "준비한 이야기를 좀 해도 될까요." 고리키는 고개를 끄덕였고, 나는 10월 혁명 초기부터 볼셰비키에 대한 나의 믿음과 극소수의 급진주의자조차 감히 레닌과 그의 동지들을 대변하지 못하던 시절에 그들과 소비에트 러시아에 대한 나의 옹호에 대해 이야기했다. 한 세대 동안 우리의 횃불이 되어 주었던 카테리네 브레시콥스키와도 멀어졌는데 이론적으로는 항상 정치적 반대자였던 사람들을 옹호하기 위해 분노와 증오의 광야에서 울부짖는다는 것은 결코 쉬운 일이 아니었다. 하지만 혁명이 위태로운 상황에서 누가 그런 입장 차이 같은 걸 생각할 수 있을까. 레닌과 그의 동료들은 나와 내 동지들이 바라던 이상과 삶의 체현과도 같았다. 하여, 우리는 그들을 위해 싸웠고 혁명의 요새를 지키고 있는 사람들은 목숨까지 기꺼이 바칠 것이다. "제가 소비에트 러시아를 위해 미국에서 벌인 투쟁의 어려움과 제가 감수한 위험에 대해 과장해 말하고 있다거나 혹은 뽐내려고 이러는 것이 아니라는 걸 알아주시길 바랍니다." 내 말에 고리키는 고개를 저었고 나는 하던 말을 계속 했다. "또한 제가 비록 아나키스트이긴 하지만 아나키즘이 옛 러시아의 잔해에서 하룻밤 사이에 일어날 수 있다고 생각할 만큼 순진하지도 않다는 말을 믿어 주셨으면 합니다."

그는 손짓으로 내 말을 멈췄다. "만약 그 말이 맞다고 한다면, 그리고 내 당신을 의심하는 건 아닙니다만, 그런 당신이 소비에트 러시아에서 발견한 불완전함에 대해 어떻게 그렇게 당황할 수 있습니까? 오래 혁명가로 살아왔으니 혁명이 냉혹하고 가차없는 작업이라는 것을 알아야 하지 않나 이 말입니다. 우리의 불쌍한 러시아, 후진적이고 거친 러시아 민중은 수세기에 걸친 무지와 어둠에 젖어 있으며, 세계 어느 민족보다 잔인하고 게으릅니다!" 나는 러시아 민중에 대한 그의 고발에 숨이 턱 하고 막혀 왔다. 나는 아주 끔찍한 혐의라고 대꾸했다, 만일 그게 사실이라면. 또한 참신한 관점이기도 했다. 이전에는 러시아 작가가 그런 말들을 사용한 적이 없었다. 막심 고리키는 이러한 독특한 견해를 최초로 제기한 사람이며, 봉쇄의 모든 책임을 데니킨과 콜차크에게 돌리지 않은 최초의 인물이기도 하다. 다소 짜증이 난 그는 "우리의 위대한 문학가들의 낭만적 개념"이 러시아를 완전히 잘못 표현했으며 끝없는 악행을 저지르기까지 했다고 말했다. 혁명은 농민들의 선함과 순진함에 대한 거품을 걷어냈다. 혁명은 민중이 영리하고, 탐욕스럽고, 게으르고, 심지어 고통을 주는 것을 즐기는 야만적인 존재라는 것을 증명했다. 그는 반혁명 세력인 유데니치의 역할은 너무 명백해서 특별히 강조할 필요도 없다고 덧붙였다. 그렇기 때문에 그는 50년 넘게 혁명을 이야기하다가 막상 혁명이 이루어지자 뒤통수를 치며 방해공작과 음모를 꾸민 지식인들을 언급할 필요조차 없다고 생각했다. 하지만 이 모든 것은 주요 원인이 아닌 부수적인 요인에 불과했다. 그 뿌리는 러시아의 잔인하고 미개한 민중에게 있다고 그는 말했다. 러시아 민중에게는 문화적 전통도 없고, 사회적 가치도 없으며, 인권과 생명에 대한 존중도 없다는 것이었다. 그들은 강압과 강제 외에는 어떤 것으로도 움직일 수 없는 사람들이었다. 오랜 세월 동안 러시아인들은 이것밖에 모르고 살았으니 말이다.

나는 이러한 혐의에 강력하게 항의했다. 다른 나라의 우월한 자질에 대해서는 확신이 있는 모양인데, 그 분명한 믿음에도 불구하고 가장 먼저 혁명을 일으킨 것은 무지하고 미개한 러시아 민중들 아니냐고 주장했다. 그들은 12년 동안 세 차례의 혁명으로 러시아를 뒤흔들었고, 10월 혁명에 생명을 불어넣은 것은 바로 이 민중과 민중들의 의지였다.

"매우 설득력이 있군요"라면서도 고리키는 "그러나 정확하지는 않아요" 하고 반박했다. 그는 10월 혁명에서 농민들의 몫을 인정하면서도 사실 그것은 의식화된 사회적 감정이 아니라 수십 년 동안 쌓인 분노가 표출된 것에 불과하다고 생각했다. 레닌의 인도가 없었다면 위대한 혁명적 목표를 달성하기는커녕 중간에 다 파괴되었을 것이 분명하다며. 고리키는 레닌이야말로 10월 혁명의 진정한 모체라고 주장했다. 혁명은 그의 천재성에 의해 잉태되고, 그의 비전과 믿음에 의해 키워졌으며, 그의 멀리 내다보는 인내심에 의해 성숙해졌으니 말이다. 페트로그라드 노동자들, 크론슈타트의 선원 및 군인들과 함께 볼셰비키의 작은 무리는 이 잉태된 혁명을 태어나게 하는 데 도움을 주었을 뿐이다. 10월의 탄생 이후, 그 발전과 성장을 이끈 것은 다시 레닌이었다.

"당신의 레닌은 정말 기적을 만들어 내는 사람이군요." 내가 말했다. "하지만 나는 당신이 항상 그를 신적인 존재로 여겼다거나 그의 동지들이 오류를 범하지 않는다는 입장을 갖진 않았던 걸로 기억하는데요." 나는 고리키가 케렌스키 시절에 잡지 『생명』에서 볼셰비키를 신랄하게 비난했던 것을 떠올렸다. 무엇이 그를 변하게 한 것인가? 고리키는 자신이 볼셰비키를 공격했던 것은 인정했지만, 일련의 사태를 겪으면서 야만적인 국민을 가진 원시 국가에서의 혁명은 과감한 자기방어 수단 없이는 살아남을 수 없다는 것을 확신하게 되었다고 했다. 볼셰비키는 많은 실수를 저질렀고 계속해서 실수를 저질렀다. 이는 자기들 스스로도 인정한 바다. 그러나 전체를 위해 개인의 권리를 억압하는 체카, 감옥, 테러, 죽음은 그들의 선택이 아니었다. 이러한 방법은 소비에트 러시아에 어쩔 수 없이 강요된 것이었고 혁명 투쟁에서 피할 수 없는 것이었다.

고리키는 지쳐 보였고, 내 칸을 떠나려고 일어서는 그를 나는 붙잡지 않았다. 그는 내게 악수를 건네고는 피곤한 걸음으로 걸어 나갔다. 나 또한 피곤하고 이루 말할 수 없이 슬펐다. 두 명의 고리키 중누가 더 러시아의 영혼에 가까이 다가갔는지 궁금했다. 『밑바닥에서』와 『마카르 추드라』, 『첼카시』를 만들어 낸 작가일까, 아니면 "멍청하고 잔인한 야만인"으로 러시아 민중을 그린 『스물여섯 명의 사내와 한 처녀』를 쓴 작가일까? 고리키가 창조한 인물들은 얼마나 인간적이었는지, 얼마나 순진무구하고 죄책감이 없었는지, 그들의 좌절에 내 마음은 얼마나 아팠던지! 그는 "흙먼지와 진흙밖에 없는 가장 깊은 곳"에서 그들과 함께 살았고, 그들의 "생명을 향한 가혹한 외침"을 들었으며, "자신이 남긴 고통을 증언하기 위해 올라왔다"고 했다. 그것이 러시아의 진정한 영혼이었을까, 아니면 레닌의 숭배자 고리키가 묘사한 모습이었을까? "1억 명에 달하는 잔인한 야만인들을 묶어 두기 위해서는 야만적인 방법이 필요한 법이다." 그는 실제로 이런 끔찍한 말을 믿었던 걸까, 아니면 그가 믿는 신의 영광을 높이기 위해 만들어 낸 말일까.

막심 고리키는 나의 우상이었고, 나는 그의 발밑에 있는 진흙을 볼 수 없었다. 이제 비로소 한 가지 확신은 생겼다. 그는 물론이고 다른 누구도 내 문제를 해결해 줄 수 없다는 것이다. 러시아 혁명 투쟁의 원인과 결과에 대한 공감 어린 이해와 함께 시간과 인내만이 나의 문제를 해결해 줄 것이다.

차에 타고 있던 사람들은 모두 잠자리에 들었고, 객차 안은 조용해졌다. 기차는 속도를 내며 달렸다. 잠을 청해 봤지만 계속해서 레닌 생각만 났다. 이 사람은 도대체 무엇이길래 그의 행보에 동의하지 않는 사람들까지 모두 그에게 끌리게 하는 걸까? 트로츠키, 지노비예프, 부하린, 그리고 내가 만난 다른 저명한 인물들은 모두 많은 문제에 대해 의견이 달랐지만 레닌에 대한 평가만큼은 만장일치였다. 그는 러시아에서 가장 명석한 두뇌를 가졌고, 어떤 대가를 치르더라도 자신의 목표를 추구하는 강철 같은 의지와 끈질긴 인내심을 가진 사람이었다고 모두가 확신했다. 하지만 아무도 그 남자의 관대함에 대해 언급하지 않는다는 점이 이상했다. 레닌을 공격한 도라 카플란을 생각했다. 볼셰비키와 레닌을 전적으로 지지했던 빌 샤토프의 친구가 들려 준 그녀의 이야기는 페트로그라드 시절에 받은 첫번째 충격 중 하나였다. 그는 레닌이 부상에서 살아남지 못했다면 그야말로 러시아의 재앙이었을 것이라며 레닌에 대한 공격을 정면으로 비난했다. 그러면서도 그는 도라 카플란의 혁명적 이상주의와 강인한 성격은 높이 평가했는데, 이로 인해 이미 체카의 고문관들도 크게 당황한 바 있다. 레닌이 브레스트-리토프스크 협상을 통해 혁명을 배신했다는 확신은 그녀에게 동기를 부여해 주었다. 그리고 그녀의 입장은 아나키스트뿐만 아니라 좌파 사회주의 혁명가들이 소속된 당 전체가 공유하는 바였다. 공산주의자 중 상당수도 그녀와 같은 견해였다. 트로츠키, 부하린, 조페 등 볼셰비키의 주요 인사들은 카이저와의 화해 문제를 놓고 지도자와 격렬하게 대립했다. '페레디슈카'(휴지기, 숨 쉴 공간)라는 기발한 슬로건에 힘입은 레닌의 영향력은 모든 반대의견을 잠재웠다. 많은 사람들이 페레디슈카가 실제로는 '자디슈카'(교살에 의한 사망)로 판명날 거라는 주장을 했다. 그렇게 되면 혁명은 끝이 나는 것이고, 그 책임은 레닌이 져야 할 거라고 했다. 한낱 소녀에 불과했던 도라 카플란은 그 순간의 정신적 혼란을 행동으로 옮겼다. 레닌이 혁명을 죽이기 전에 레닌을 죽이려 한 것이다!

"러시아에서 빠르게 움직이는 것은 체카뿐입니다." 나의 정보원은 냉소적인 미소를 지으며 말했다. "재판에 시간을 낭비하지도 않고, 청문회를 열 기회도 없거든요." 도라 카플란은 갖은 고문에도 일에 개입된 다른 이들의 이름을 발설하지 않았고 결국 총살당해 죽었다. 레닌은 온 나라에서 수백만 명의 사랑과 찬사를 받는 사람이었지만, 그 불행한 젊은 여성을 구하기 위해서는 아무것도 하지 않았다. 그 끔찍한 이야기는 몇 주 동안이고 나를 괴롭혔다. 레닌이 빌 샤토프를 체카의 '신속한 조치'로부터 구해 냈다는 사실을 알게 되었을 때 안도감과 함께 레닌의 인간성에 대한 새로운 믿음이 생겼다. 그는 꽤 높은 곳까지 올라갈 수 있는 사람일지도 모른다고 생각했다. 아마도 그때 너무 위중해서 도라를 구하지 못했을 수도 있고 아니면 도라가 고문을 당하고 있다는 사실을 모르고 있었을 수도 있다. 그로부터 거의 두 달이라는 시간이 지났다. 이제 나는 한때 범죄자이자 망명자로 쫓겨났지만 지금은 러시아의 운명과 미래를 손에 쥐고 있는 그 남자를 만나러 가는 길이었다.

반쯤 잠든 상태에서 포터가 "모스크바!"라고 외치는 소리를 들었다. 플랫폼에 도착했을 때 데미안 베드니를 비롯한 동료 승객들은 이미 출발하고 없다는 것을 알았다. 사샤에게 내가 도착했음을 알릴 방법이 없었고, 수도에 있는 그 누구도 내가 온다는 사실을 알지 못했다. 역의 소음과 번잡함 속에서 길을 잃은 채 가방과 짐을 들고 서 있는 내 자신이 무력하게 느껴졌다. 러시아에서는 눈앞에서 모든 것이 사라질 수 있다는 경고를 들은 적이 있다. 나는 택시를 찾을 수도 없었고 어떻게 해야 할지 몰라 멍하니 서 있기만 했다. 그때 내 귀에 익숙한 목소리가 들려왔다. 카를 라데크가 친구들과 이야기를 나누고 있었던 것이다. 그는 여행 내내 내 근처에 오지도 않았고, 내가 누구인지 알고 있다는 기색도 전혀 없었다. 그런 그에게 도움을 청하는 것이 썩 내키지 않았는데 갑자기 그가 먼저 몸을 돌려 내 쪽으로 다가왔다. 혹시 누구를 기다리고 있는 거냐고 그가 물었다. 친절한 말 한마디에 그를 안아 주고 싶은 지경이었지만 '부르주아적 감상주의'를 드러내서 스캔들을 일으킬까 봐 참았다. 나는 이 표현이 조롱의 의미로 쓰이는 것을 자주 들었다. 나는 조린이 붙여 준 내 임시보호자보다 라데크가 더 기사도적일 것임을 확신했다. 그는 나를 모스크바까지 무사히 데려다주고 그곳에 방까지 마련해 주겠다고 단단히 약속하고는 사실상 도망친 것이나 다름없었다. "기사도라니, 말도 안 되는 소리 마시죠." 라데크가 웃으며 말했다. "당신이 설령 우리 당원이 아니더라도 우린 동지잖소?" "그런데 제가 누군지를 아시나요?" "러시아에서는 뉴스가 빠르게 퍼지죠. 첫째 당신은 아나키스트이고, 둘째 당신은 엠마 골드만이잖소. 그리고 마지막으로, 전제주의 미국에서 쫓겨났죠. 이 세 가지만으로 당신은 제 동지애와 도움을 받을 자격이 충분합니다."

그는 나를 불러 '운전사 동지'에게 어디에서 내려줄지 알려달라고 했다. 나는 동지 알렉산더 버크만이 있는 거리의 이름과 번호만 알고 있다고 설명했다. 아마도 버크만은 내가 올 거라 생각지 않을 것이고 그곳에 지금 있지 않을 수도 있었다. 게다가 그는 자기 방도 없는 상태였다. 라데크는 "어떤 돼지"가 나를 "그런 곤경에 빠뜨렸는지" 알고 싶다고 했다. 나는 그가 얼마나 중요한 사람인지 안다면 그런 표현을 쓰지 않을 것이라 말해 주었다. "왜, 국가에 노래를 만들어 바치며 일용할 양식을 받는 분 있잖아요." "데미안을 말하는 거군!" 라데크는 "어려운 일은 일단 피하고 보는 뚱뚱한 돼지"라면서 소리를 질렀다. 그는 모스크바에서 방을 구하기는 쉽지 않다고 말하며, 모스크바는 워낙 사람이 많고 숙소는 많지 않다고 설명했다. 하지만 걱정할 필요는 없다며, 나를 크렘린에 있는 자기 아파트로 일단 데려갈 테니 그 후에 일을 다시 살펴보자 했다.

페트로그라드가 폐허가 된 후 모스크바는 활동을 위한 진정한 솥단지로 변모했다. 사방은 인파로 가득하고, 거의 모든 사람들이 짐을 꾸리거나 썰매를 끌며, 러시아인들만이 하는 식으로 서두르고, 밀치고, 욕설을 퍼부었다. 가죽 재킷을 입고 벨트에 총을 찬 군인과 굳은 표정의 남성들이 눈에 띄었다. 모스크바가 무장 캠프 같다는 잭 리드의 말은 결코 과장이 아니었던 거다. 페트로그라드에도 군사력의 전시가 부족하지는 않았지만, 모스크바에 도착한 첫날 아침에 본 군인과 체카 요원이 페트로그라드에서 보낸 10주 동안 본 것보다 훨씬 많았다.

라데크와 그의 차는 우리가 가는 길에 있는 보초병들에게 잘 알려져 있었다. 자동차가 크렘린궁의 입구를 지나갈 때도 차는 멈춰 세워지지 않았다. 돌담을 보노라니 차르 정권에 대한 기억이 떠올랐다.

수세기 동안 통치자들은 거대한 궁전의 웅장함 속에 살았고, 술에 취한 난교와 온갖 더러운 짓거리가 광활한 홀에서 벌어졌다. 전설보다 더 기적적인 것은 시간의 흐름에 따라 변하는 얼굴이라는 생각이 들었다. 어제는 무소불위의 권력을 누렸고, 별처럼 양도할 수 없는 권위를 누렸던 이들이 오늘은 왕좌에서 쫓겨나 오로지 한 줌의 사람들만이 그들을 위해 울어주며 대부분의 사람들에게는 잊혀지니 말이다. 옛 강자들의 자리에 새로운 러시아를 건설하는 것은 극단적으로 모순된 것처럼 보였다. 끔찍한 과거의 그림자가 드리워진 채로 어떻게 그들이 편안함을 느끼거나 안심할 수 있을까. 크렘린궁에서 보낸 몇 시간은 죽은 자가 다시 살아나는 듯한 기묘한 느낌을 주기에 충분했다. 라데크 부인의 너그러운 환대와 지난날의 일들 같은 건 전혀 의식하지 않고 행복해하는 통통한 아기의 모습이 내 괴로운 생각을 떨쳐내는 데 도움이 되었다. 카를 라데크는 그야말로 진정한 에너지 발전소 같은 사람이었다. 늘 어딘가에 바쁘게 전화를 걸었고, 아이에게 달려가 무릎에 앉히고, 여학생처럼 이야기하고 낄낄대고 활기차게 뛰어다녔다. 그는 식사 중에도 잠시도 가만히 앉아 있지 못했다. 그는 어디에나 있으면서 동시에 어디에도 없는 것처럼 보였다. 아기보다 남편을 더 예의주시하며 살피는 듯한 라데크 부인은 남편의 상태에도 개의치 않는 듯했다. 그가 풍선처럼 올라갈 때마다 그녀의 손은 그를 부드럽게 제지했고, 앞에 놓인 음식을 다 먹지 않으면 아기처럼 먹이겠다고 위협하기도 했다. 끝도 없이 반복되는 장면에 좀 지치긴 했지만 아무튼 재미있는 광경이었다.

점심 식사 후 호스트는 나를 서재로 초대했고 우리는 햇살이 가득 들어오는 크고 웅장한 방으로 들어섰다. 아름답게 조각된 오래된 가구와 벽에는 바닥부터 천장까지 책이 빼곡히 들어차 있었다. 이곳에서 보는 라데크는 전혀 다른 사람이었다. 그의 긴장감은 사라지고 묘한 평온함이 찾아왔다. 그는 독일 혁명과 사회주의자들이 러시아 10월처럼 철저한 혁명을 이루지 못해 실패한 것에 대한 이야기를 시작했다. 그는 독일에서 근본적인 변화는 일어나지 않았다고 강조했다. 몇몇 급진적인 성과는 미미했고, 비겁한 사회주의 정부는 반혁명 세력인 융커들을 해체하지도 않았다. 스파르타쿠스 봉기가 노동자들의 피로 억압된 것은 당연한 귀결이었다. 그는 카를 리프크네히트, 로자 룩셈부르크, 아나키스트 구스타프 란다우어의 끔찍한 최후에 대해 깊은 감정을 담아 말했다. "내 동지 란다우어를 자랑스러워할 만한 이유가 있소" 하고 그가 말했다. 그는 위대하고 보기 드문 정신을 가진 사람이었기 때문이었다. 학자이자 휴머니스트였던 란다우어는 혁명에 참여한 대중과 함께 끝까지 영웅적인 삶을 살다가 죽었다. "구스타프 란다우어 같은 아나키스트가 우리와 함께 일할 수만 있다면!" 라데크는 열광적으로 외쳤다. "하지만 당신과 함께 일하는 아나키스트는 많잖아요. 그중 일부는 매우 유능한 것으로 알고 있는걸요." 내가 대답했다. "사실입니다." 그는 인정하면서 말을 이어 갔다. "그러나 그들은 란다우어가 아니잖습니까. 그들 중 다수는 부르주아 이데올로기를 가지고 있고, 혁명 투쟁에 대한 해석에 있어서는 소부르주아적이기까지 해요. 다른 사람들은 명백히 반혁명적이며 소비에트 러시아에 직접적인 위험이 됩니다." 지금 그의 어조는 얼마 전 역에서나 점심을 먹으면서 보여 준 태도와는 사뭇 달랐다. 가혹하고 편협했다.

　방문객들 때문에 우리의 대화가 중단되었지만 아쉬움은 없었다. 라데크에게 많은 빚을 진 건 사실이지만 그가 생각하는 공산주의의 전지전능함은 내가 받아들이기에는 과도했다. 나는 아기와 놀아주기 위해 서재에서 나왔다. 그 아기는 아직 교리와 신념에서 자유로웠고 인류를 하나의 틀에 가두려는 모든 권력의 어리석은 노력과 거리가 먼 순진함을 가지고 있었다.

　라데크가 군사령관에게 방을 구해 달라고 몇 번이고 전화를 한 끝에 마침내 결과를 얻을 수 있었고, 밤 10시경 그는 나를 차에 태워 호텔까지 보내 주었다. 어떤 위급한 상황에서도 언제든지 연락하라고 나를 안심시키며 끝까지 친절하게 대해 주었다.

　그 시간의 모스크바는 페트로그라드만큼이나 황량하고 어두웠다. 가는 골목마다 수많은 보초병이 있었고, 우리가 탄 차도 검문을 받았다. "프로푸스크, 토바리시치!"(허가증 주시오, 동지) 나는 여전히 라데크의 집에서 있었던 일을 생각하고 있었다. 그들은 낯선 이에게 마음을 다해 호의를 베풀어 주었다. 하지만 내가 그들의 정치적 신념에 어긋난다고 생각했대도 과연 그랬을까? 딱하기도 하고 사랑스럽기도 한 인간의 마음이란, 계급과 당파의 갈등에서 자유로울 때는 너무나 친절하고 관대하지만, 결국 그 둘로 인해 뒤틀리고 굳어져 버린다.

　사샤와 같은 도시에 있으면서도 연락이 닿지 않는 것은 새로운 경험이었다. 라데크가 하루 종일 연락을 시도했지만 사샤를 찾을 수 없었다. 내가 불안해하는 모습을 본 라데크는 버크만이 자정 전에는 반드시 숙소로 돌아올 거라고 장담했다. 반혁명에 대한 보호 조치로 다른 곳에 머무는 것이 엄격히 금지되기 때문이라고 설명했다. 아무도 주택 담당관에게 그를 등록하지 않은 채 하룻밤 재워 주지 못할 뿐 아니라 그런 등록 없이 자정 이후 다른 사람 집에 머물 수 없다는 것이었다. 그런데 라데크는 어떻게 내게 자신의 아파트에서 하룻밤을 묵게 해주겠다는 제안을 할 수 있었느냐고 묻자, 크렘린궁은 예외라고 했다. 불청객을 막기 위해 삼엄한 경비가 이루어지는 데다가, 가장 책임감 있는 당원들만 거주하기 때문에 원치 않거나 의심스러운 낯선 사람을 숨겨 두지 않을 것이라고 믿을 수 있었으니 말이다. 어쨌든 자정 이후에 버크만에게 다시 전화해 보라고 라데크는 조언했다. 그때쯤이면 분명 들어올 거라면서.

라데크가 옳았다. 1시에 나는 사샤와 드디어 통화를 할 수 있었다. 내가 올 거라 예상하지 못했기 때문에 하루 종일 자리를 비웠던 거다. 그의 허가증 기한이 자정까지이므로 지금 당장 나한테 올 수는 없지만, 내일 아침에 찾아오겠다고 했다.

전화기 너머로 들려오는 사샤의 목소리만으로 큰 위로가 되었다. 이 거대하고 낯선 도시에서 느꼈던 외로움이 사라지는 것 같았다. 나의 오랜 친구가 "같이 커피 한 잔 마시자"며 이른 시간에 도착했다. 페트로그라드를 떠난 이후 이런 경험은 처음이라고 그는 말했다. 그의 푹 꺼진 뺨을 보니 배가 고팠을 거라는 확신이 들었다. 그가 적어도 몇 주는 버틸 수 있을 만큼의 식량을 미국 보급품에서 가져갔다는 것을 알고 있었기 때문에 다소 이상하다는 생각이 들었다. 랜즈버리는 식량을 싸가는 그를 놀리기까지 했다. 소비에트 정부의 손님으로서 자신은 부족함 없이 대우 받을 것이며, 당연히 "동지 버크만"도 그럴 거라고 확신했다. 사샤는 내게 보낸 편지에서 몸이 좋지 않다는 말은 했지만 음식이 부족하다는 점이나 랜즈버리가 약속을 지켰는지에 대해서는 일언반구 언급이 없었다. 예쁘게 보이려고 수술이라도 한 거냐고 농담 삼아 물었더니 사샤가 웃으며 대답했다. "러시아에서는 그럴 필요가 없소." 그리스도의 빵으로도 감당할 수 없을 정도로 많은 사람이 굶주리고 있었기 때문에 그의 보급품은 그리 오래 가지 못했다고 그는 설명했다. 랜즈베리 씨의 동지애로 말하자면, 오로지 외무부의 공식 대표로 온 사람이 그를 데려갈 때까지만 지속되었다. 영국인 편집자는 카라칸 외무부 차관보의 관저인, 전 설탕왕이 살던 궁궐 같은 집에 머물렀지만, 사샤가 묵을 방은 없었고, 랜즈버리는 그의 여행 동반자이자 통역이 다른 곳에서 숙소를 구할 수 있는지에 대해서는 아무런 관심을 보이지 않았다. 사샤가 함께 올 거라는 이야기는 전해 듣지 못했다는 말을 들었을 뿐 아니라 엎친 데 덮친 격으로 그는 신원을 확인할 수 있는 종이 한 장도 가지고 있지 않았다. 결국 사샤는 카리토넨스카야 거리에 있는 소비에트 주택으로 보내졌는데 거기서도 담당관은 남는 방이 없다고 했다. 사샤는 그 집에 머물고 있던 사회주의 혁명가 덕분에 곤경에서 벗어날 수 있었는데 이 남성은 최근 시베리아에서 함께 일하고 있는 현지 공산주의자들의 보고서를 본부에 전달하러 온 참이었다. 그는 전권을 가진 주택 담당관의 분노를 불러일으킬 위험을 무릅쓰고 사샤를 자신의 방으로 초대했다. 숙소 문제가 임시로나마 해결된 후 사샤는 치체린에게 전화를 걸었고, 치체린은 즉시 그에게 자격증명을 발급해 주었다. 그

종이 한 장이 진정한 마법의 열쇠가 되어 많은 문이 열렸고, 마음도 몇 개 열었다. 카리토넨스키 소비에트 주택 담당관은 갑자기 그곳에 빈 방이 있다고 알려왔는데, 사샤가 부적을 만들자마자 관리들이 갑자기 친절해진 것이다.

카리토넨스키의 음식은 나쁘지 않았지만 성인 남성에게는 몹시 부족한 양이었다. 함께 머물던 다른 거주자들은 어떻게든 추가로 음식을 구해 공동 식탁으로 가져왔지만, 사샤는 굳이 신경쓰지 않았다. 그를 가장 힘들게 하는 건 심각한 위장 장애를 유발하는 검은 빵이었다. 그런 까닭에 그는 아예 먹는 걸 멈춘 것이다. 하지만 이제 내가 모스크바에 왔으니 늘 그랬던 것처럼 이것저것 남은 것들로도 맛있는 식사를 준비할 수 있지 않겠냐며 농담을 했다. 내 소중한 사샤! 이 얼마나 놀라운 적응력과 삶의 우스운 면에 대한 탁월한 감각인가!

사샤는 그가 지낸 곳의 가장 큰 매력은 그곳에 사는 흥미로운 유형의 인간들이었다고 했다. 중국인, 한국인, 일본인, 힌두교 대표단이 10월 혁명의 업적을 연구하고 자국의 해방 운동에 힘을 보태기 위해 러시아를 방문했다.

모스크바에 있는 우리 동지들은 상당한 자유를 누리고 있는 것 같다고 사샤는 말했다. 그룹 골로스 트루다의 아나키-생디칼리스트들은 아나키즘 문학을 출판하고 트베르스카야에 있는 서점에서 공개적으로 판매하기도 했다. 보편주의-아나키스트들은 협동조합 식당이 있는 클럽룸을 운영하며 매주 공개 모임을 열어 혁명적 문제에 대해 자유롭게 토론했다. 크로포트킨의 친구이자 자신의 인쇄소를 운영하기도 했던 옛 그루지야 동지 아타베키안도 아나키스트 신문을 발행했다. "모스크바의 아나키스트들에게는 그토록 많은 자유가 부여되는데 페트로그라드 서클에는 전혀 주어지지 않다니, 너무나 예외적인 상황이네요. 페트로그라드 동지들이 제기한 볼셰비키에 대한 끔찍한 혐의는 대부분 조작된 것임에 틀림없지만, 한 가지 분명한 것은 그들이 비밀리에 만나야만 했다는 사실이에요." 사샤는 자신역시 이상한 모순을 꽤 많이 발견했다고 했다. 많은 동지들이 명백한이유 없이 감옥에 갇히는가 하면, 또 다른 동지들은 활동을 하면서어떤 방해나 폭행을 당하지도 않았다. 하지만 보편주의자 그룹이 우리를 특별 컨퍼런스에 초대했으니 우리가 직접 모든 걸 배울 수 있는좋은 기회가 될 거라고 했다. 컨퍼런스에서는 혁명과 작금의 상황에대한 아나키즘적 관점을 세 명의 유능한 연사가 발표할 예정이었다.

러시아 현실을 더 잘 이해할 수 있을 거라는 희망에 부풀어 컨퍼런스를 손꼽아 기다렸다. 그동안 나는 하루에도 몇 시간씩 모스크바를 돌아다녔는데, 때로는 사샤와 함께, 때로는 사샤 없이 다녔다. 그가 지내는 곳은 호텔에서 걸어서 한 시간이나 걸리는 너무 먼 곳이었고, 노면 전차는 물론이고 택시도 거의 없었다. 하지만 나는 사샤에게 적어도 하루에 한 끼는 나와 함께 할 것을 청했다. 그는 기운을 좀차려야 했고, 또 나는 페트로그라드에서 식료품을 좀 챙겨 왔기 때문이었다. 모스크바의 시장은 항상 활짝 열려 있었고, 그 안에서 많은거래가 이루어졌다. 그곳에서 생필품을 사는 것이 혁명에 대한 배신이라는 생각은 들지 않았다. 조린은 어떤 종류의 거래도 최악의 반혁명 행위이며 엄격하게 금지되어 있다고 말했고, 내가 오픈 마켓에 대한 이야기를 하자 그는 그곳에는 투기꾼들만 있을 거라고 확신했다.

먹을 것을 앞에 두고도 굶어 죽는다는 것은 말도 안 되는 일이라 생각했다. 굶어죽는 데에는 영웅주의도 없었고, 여기서 혁명이 얻는 것도 없는 까닭이었다. 굶주린 사람들은 생산을 할 수 없고, 생산 혁명이 없이는 혁명은 실패할 수밖에 없다. 조린은 식량 부족에 대한 책임은 봉쇄와 연합군의 개입, 백군 장군들에게 있다는 주장만 주구장창 해댔는데 나는 러시아의 병폐의 원인에 대해 똑같은 말만 늘어놓는 것에 지쳐 가고 있었다. 물론 조린을 비롯한 다른 공산주의자들이 제시한 사실에 이의를 제기하지는 않았지만, 소비에트 정부가 식량이 시장에 유통되는 것을 막지 못한다면 최소한 시장을 폐쇄해야 한다고 생각했다. 공공장소에서 식료품 판매가 허용되는 상황에서 사람들이 그것을 가지고 어느 정도 이익을 보지 못하게 막는 것은 상처에 소금을 뿌리는 것이 아닌가? 화폐 유통이 허용된 것은 물론이고 정부가 대량으로 발행까지 한 마당에 말이다. 이러한 주장에 대해 조린은 혁명에 대한 나의 이론적 개념들이 실제 상황에 대한 이해를 흐리고 있다고 했다.

모스크바의 주요 시장은 한때 유명했던 수카레프카로, 러시아에서 본 것 중 가장 놀라운 부조화스러운 장면을 연출했다. 계급과 신분을 벗어나 모든 종류의 사람들이 그곳에 모였다. 귀족과 농민, 배운 사람들과 안 그런 사람들, 부르주아, 군인, 노동자는 어제의 적과 흥정하며 불쌍하게 울부짖거나 열광적으로 물건을 사들였다. 이전의 장벽은 공산주의의 형평성이 아니라 빵, 빵, 빵에 대한 공동의 필요성에 의해 무너졌다. 이곳에서는 정교하게 조각된 이콘과 녹슨 못, 아름다운 보석과 화려한 장신구, 다마스크 숄과 빛바랜 면 이불 같은 걸 구할 수 있었다. 과거 사치품의 잔재와 부의 마지막 보물들 사이로 군중이 몰려들었고, 탐나는 물건을 차지하기 위해 서로 뒤엉켜 다투었다. 원시적 본능의 압도적인 스펙터클이 아무런 제지나 두려움 없이 자신을 드러냈다.

수카레프카는 규모가 작은 시장들에 대한 차별을 더 노골적으로 증거했다. 내셔널 호텔 근처의 작은 시장에서는 끊임없이 급습을 당하면서도 노파와 누더기를 입은 아이들, 부랑자들이 자신들 처지만큼이나 비참한 물건들과 함께 필사적으로 살아남기 위해 발버둥쳤다. 고약한 냄새가 나는 츠치(야채 수프), 냉동 감자, 검고 딱딱한 비스킷, 성냥 몇 상자 등 그들은 떨리는 손으로 지나가는 행인들에게 애원하며 내밀었다. "물건 사세요. 바리냐(아가씨), 이것 좀 사세요. 주의 사랑으로 제발 하나만 사주세요." 급습으로 그들의 보잘것없는 물건은 압수되고, 수프와 크바스가 광장 바닥에 쏟아지고, 이 불행한 사람들은 투기꾼으로 감옥에 끌려가게 된다. 운 좋게 급습을 피해 도망친 사람들은 시장으로 기어들어가 흩어진 성냥과 담배를 주워들고 다시 비참한 장사를 시작했다.

볼셰비키는 다른 사회주의 반군들과 마찬가지로 자본주의 사회에서 발생하는 대부분의 악의 원인으로 굶주림의 위력을 항상 강조한 바 있다. 그들은 원인은 그대로 둔 채 결과만 처벌하는 시스템을 지치지도 않고 비난해 댔다. 이제 와서 어떻게 그리도 똑같이 어리석고 놀라운 길을 갈 수 있는지 의아했다. 그렇다, 사실 끔찍한 굶주림은 그들이 만든 것은 아니다. 봉쇄와 개입주의자들의 책임이 가장 컸다. 그렇다면 피해자를 괴롭히고 처벌해서는 안 되는 이유가 더 많지 않은가? 시장 급습을 목격한 사샤는 그 잔인함과 비인간성에 경악을 금치 못했다. 그는 군인들과 체카 요원들이 군중을 해산시키는 잔인한 방식에 강력히 항의했고, 치체린이 준 신분증 덕분에 간신히 체포를 면할 수 있었다. 치체린이 준 신분증을 본 체카 요원들은 어조와 태도를 완전히 바꾸어 "이방인 동지"에게 진심 어린 사과를 하기까지 했다. 자신들은 오로지 상부의 명령을 따를 뿐이고 자신의 의무를 다하는 것이므로 책임이 없다고 했다.

크렘린의 새로운 권력은 구권 못지않게 두려움의 대상이었으며, 그 공식 인장도 똑같이 놀라운 효과를 발휘한다는 것이 분명했다. "변화는 어디에 있는 거죠?" 사샤에게 물었다. "먼지 몇 점으로 거대한 용기를 측정할 수는 없는 거지요." 그는 대답했다. 하지만 그게 고작 몇 점 먼지에 불과한 게 맞나, 나는 의문이 들었다. 내가 볼셰비키를 중심에 놓고 미국에서 건설했던 혁명적 구성 전체를 무너뜨릴 수 있는 돌풍처럼 보였기 때문이다. 하지만 그들의 진실성에 대한 나의 믿음은 너무 강해서 내가 목격하는 모든 악과 잘못에 대해 책임을 묻기에는 역부족이었다. 소비에트 러시아가 전 세계에 선포한 것과는 완전히 상반되는 추악한 사실들은 날로 늘어났다. 마주하지 않으려 애써 봐도 가는 곳곳마다 도사리고 있었다.

공산주의자들이 거의 독점적으로 점령하다시피 한 내셔널 호텔은 먹을 수 없는 식사를 준비하느라 귀중한 식료품과 시간을 낭비하는 대규모 주방 인력이 근무하고 있었다. 그 옆에는 주인을 위해 하루 종일 요리하는 개인 하인들이 있는 또 다른 주방이 있었는데, 그 주인이란 바로 소비에트의 저명한 관리들이었다. 관리들과 그 친구들은 보통 사람들이 빈약한 배급량을 채우기 위해 고갈된 체력을 소진하는 동안 종종 세 배 이상의 배급을 받는 특권을 누렸다.

주택이 배정되는 과정에서도 이와 비슷한 불공정이 드러났다. 널찍하고 가구가 잘 갖춰진 아파트는 금전적인 대가를 지불할 경우 쉽게 구할 수 있었지만, 하급 관리들은 물도 난방도 빛도 안 들어오는 음울한 아파트에 방 한 칸을 얻으려 해도 몇 주 동안 굴욕적인 시간을 보내야 했다. 그런 노력 끝에 찾은 방이 두 사람에게 이중으로 배정되지 않은 경우라면, 그건 정말 운이 좋은 거였다. 너무 거짓말 같아서 믿기 어려웠지만 내가 아는 어린 소녀와 미국에서 온 오랜 동지였던 마냐와 바실리 세메노프 등 여러 친구들의 개인적인 경험을 종합하건대 의심의 여지는 없었다. 이들은 혁명이 일어나자마자 가장 먼저 러시아로 귀환한 사람들 중 하나였다. 그 후 그들은 소비에트 기관에서 가장 힘든 일을 맡아 성실히 일했지만, 숙소를 배정받기까지는 수개월이 걸렸고, 마침내 숙소를 얻을 때까지 수많은 곳을 떠돌아다녀야 했다. 그런데 기쁨도 잠시, 자신들에게 배정된 곳에 도착했더니 이미 다른 남자가 그곳을 점령하고 있었다. "하지만 우리가 같은 방에서 살 수는 없잖아요." 그녀가 남자에게 말했더니 그가 되물었다. "왜 안 된답니까? 소비에트 러시아에서는 그렇게 까다롭게 굴면 못 써요. 이 방 하나 얻으려고 내가 얼마나 애를 썼는데, 포기할 여유 같은 건 없다고요. 내가 바닥에서 자고 침대는 당신이 쓰는 건 어떻소." 그가 제안했다. "그런 제안 감사하지만, 생면부지 사람이랑 그렇게 가까이 있을 순 없죠. 나가서 제가 묵을 곳은 다시 찾아보겠어요." 그녀는 그렇게 말하고 방을 나왔다.

혁명 러시아의 끔찍한 상처를 오래 무시하고 있을 순 없었다. 모스크바 아나키스트 모임에서 알게 된 사실, 좌파 사회주의 혁명가들의 정세 분석, 정치적 성향 같은 것이 없는 평범한 사람들과의 대화를 통해 혁명 드라마 무대 뒷면과 함께 분장을 벗은 독재 정권의 민낯을 볼 수 있었다. 그 역할은 공개적으로 선포된 것과는 다소 차이를 보였다. 볼셰비키의 강제적 세금 징수는 총칼을 앞세웠고, 마을과 도시들에 막대한 피해를 입혔다. 시끄러운 사람들을 책임이 있는 위치에서 제거했으며 볼셰비키가 권력을 잡을 수 있게 해준 지성과 믿음, 용기를 가진 가장 전투적인 세력을 정신적으로 사살했다. 아나키스트와 좌파 사회주의 혁명가들은 10월 혁명 당시 레닌의 졸로 이용당했고, 이제 레닌의 신조와 정책에 의해 멸종 위기에 처했다. 노부모, 어린 자녀 할 것 없이 정치적 난민을 인질로 잡는 시스템이었다. 체카가 밤마다 벌이는 오블라바(거리 및 주택 습격)에 주민들은 겁에 질려 잠에서 깨어나고, 얼마 되지도 않는 소지품을 다 뒤짚어 엎고서 혹시라도 비밀문서 같은 게 있는지 이것저것 뜯어서 보다가 포위된 집에 의심할 거리도 없는 사람들이 방문이라도 할라치면 군인들의 포획 작전이 시작된달지 하는 일들이 일상이었다. 혐의라 이름 붙이기에도 어설픈 죄목에 긴 징역형, 고립 지역으로의 추방, 심지어 처형이 이루어졌다. 이런 이야기를 들으면서 나는 엄청난 충격을 받았는데, 사실상 본질적으로 페트로그라드 동지들이 들려준 이야기들과 같은 것이었다. 당시 나는 볼셰비키에 대한 대중의 찬양과 눈부심에 현혹된 나머지, 그런 비난이 진실일 것이라 믿지 못했다. 나는 내 동지들의 판단과 관점을 신뢰하지 않았던 거다. 볼셰비즘은 존재감을 잃었고, 내 눈앞에 그 벌거벗은 영혼을 드러냈는데도 나는 믿지 않았다. 겉으로 보기에는 너무나도 분명한 진실을 내면의 눈으로는 보지 못했다. 나는 크게 놀랐고 당황했고 무언가가 땅 밑으로 나를 잡아끄는 것처럼 느껴졌다. 하지만 나는 물에 빠진 사람이 지푸라기라도 잡는 심정으로 가느다란 희망에 매달렸다. 괴로움에 나는 소리쳤다. "볼셰비즘은 모든 왕좌의 운명을 정하는 자이며 탐욕스러운 마음이 저지르는 악행과 조직화된 부와 권력의 증오스러운 적이야! 그 길은 가시밭이고, 험난하고, 가파른 오르막이지. 그러나 사람들이 스스로 속게 만들고 가진 것 없고 억압받는 이들의 희망을 이용해 유다처럼 굴고, 자신의 궁극적 목표를 배신하는 것으로 어떻게 시대에 뒤처지거나 실수를 저지르는 것을 막을 수 있을까? 세계에서 가장 빛나는 별이 하는 일식이 죄가 될 수 있을까!"

모스크바 아나키스트 회의조차도 이 혐의에서 그렇게 멀리 나아가지는 못했다. 우리가 자신들의 합법화와 동지들의 석방을 당국에 요구하는 터무니없는 비논리적 결의안에 반대를 했을 때 그들은 우리에게 말했다, 소비에트 국가는 자본주의 정부나 부르주아 정부와 다르다고. 우리가 "어느 나라에서도 아나키스트는 정부에 호의를 구걸한 적이 없으며, 국가에 대한 충성심을 믿지도 않죠. 볼셰비키에 대한 신의가 깨졌다고 하면서 이런 청원을 하는 건 이상하지 않나요?"라고 물었지만, 러시아 동지들은 볼셰비키 정부는 그 범죄사실에도 불구하고 혁명적이었으며, 그 성격과 목적이 프롤레타리아적이었다고 주장했다. 이에 우리는 청원서에 서명하고 관계 당국에 제출하는 데 동의했다.

사샤와 나는 볼셰비키가 공동의 투쟁을 하는 형제라는 확고한 믿음을 가지고 있었다. 우리의 삶과 모든 혁명적 희망이 거기에 걸려 있었기 때문이다. 레닌과 트로츠키, 그리고 그들의 동료들은 혁명의 영혼이자 가장 열렬한 수호자라고 우리는 확신했다. 루나차르스키, 콜론타이, 발라바노프를 찾아가 보기로 했다. 잭 리드는 이들에 대해 깊은 존경과 애정을 담아 이야기하며, 이 사람들은 사람과 사건에 대해 평가할 때 당원카드 외에 다른 기준을 사용할 수 있는 사람이라고 했다. 제대로 된 시각으로 사태를 볼 수 있게 도와줄 것이라며. 이들을 어떻게 만날 수 있는지 수소문했다. 그리고 우리의 옛 스승인 크로포트킨. 비록 세계대전에 대한 입장을 두고 의견이 엇갈렸지만, 그의 위대한 인격과 예리한 정신에 대한 우리의 사랑과 존경만큼은 그대로였다. 우리에 대한 그의 마음도 변함없을 거라고 확신했다. 실은 러시아에 도착하자마자 사랑하는 동지를 만나고 싶었더랬다. 그는 모스크바에서 60여 킬로미터 떨어진 드미트로프 마을, 자신의 작은 집에서 살고 있었고, 소비에트 정부로부터 모든 생필품을 충분히 공급받고 있었다고 들었다. 당시에는 여행이 불가능하지만 봄쯤에는 준비될 수 있을 거라고 조린이 장담을 했었다.

이 여행의 고단함을 치유할 수 있는 건 오로지 크로포트킨을 만나는 일뿐이었다. 어떻게든 그에게 연락해야겠다는 생각이 들었다. 그야말로 내가 의심과 절망의 구덩이에서 벗어날 수 있도록 도와줄 수 있는 사람이었다. 그는 2월 혁명 이후 러시아로 돌아와 '10월'을 목격했다. 자신의 소중한 꿈의 일부가 실현되는 것을 목격한 것이다. 사물을 꿰뚫어보는 정신을 가진 그라면, 정곡을 찔러 줄 것이다. 꼭 그에게 가야 했다.

알렉산드라 콜론타이와 안젤리카 발라바노프는 내셔널에 거주하고 있었기 때문에 쉽게 접근할 수 있었다. 콜론타이를 먼저 찾았다. 콜론타이 여사는 쉰 살이라는 나이와 최근 받은 큰 수술을 감안했을 때 놀라울 정도로 젊고 환해 보였다. 키가 크고 위엄 있는 여성이었는데, 불같은 혁명가라기보다는 모든 면에서 웅장한 여인으로 느껴졌다. 그녀의 옷차림과 방 두 개짜리 집은 고급스러운 취향을 보여주었고 책상에 놓인 장미는 러시아풍의 회색빛으로 적잖은 놀라움을 자아냈다. 추방 후 처음 만나는 거였는데 그녀는 입으로는 "위대하고 중요한 러시아"에서 마침내 나를 만나게 되어 기쁘다고 말하면서도 악수는 어정쩡하고 냉담했다. 내가 이미 숙소는 찾았는지, 하고 싶은 일은 있는지 등을 물어왔다. 아직 내가 가장 잘할 수 있는 분야를 결정하기에는 모든 게 불확실하다고 대답했다. 아마도 나를 불안하게 하는 것들, 내가 발견한 모순에 대해 그녀와 이야기를 나눌 수 있다면 더 분명히 파악할 수 있을 것이었다. 그녀는 내가 처음 겪는 힘든 시기를 잘 극복할 수 있도록 도와주겠다며 모든 것을 말해 보라고 했다. 모든 신규 이민자가 이 같은 상태를 지나긴 하지만, 곧 모두가 소비에트 러시아의 위대함을 알게 될 거라고 그녀는 확신했다. 사소한 것이야 뭐가 문제가 되겠냐면서. 나는 내 문제가 사소하지 않고 내게 매우 중요하고 생사가 달린 일이라는 점을 전달하고 싶었다. 그 문제를 어떻게 해석하느냐에 내 존재가 걸려 있다고 말이다. "좋아요, 계속 말해 보세요." 그녀가 무심하게 말했다. 그녀는 안락의자에 기대어 앉았고 나는 내가 알게 된 끔찍한 일들에 대해 이야기하기 시작했다. 내 말을 끊지 않은 채 주의 깊게 경청하는 그녀의 냉담하고 잘생긴 얼굴에는 내 장황한 설명으로 동요하는 기색은 전혀 보이지 않았다. "우리의 생생한 혁명적 그림에 흐릿한 회색 점들이 있는 게 사실입니다." 나의 결론까지 들은 그녀는 이렇게 말했다. "이토록 후진적인 나라에서 이토록 무지한 국민과 이토록 거대한 사회적 실험을 하는 걸 전 세계가 반대하고 있는데 그 정도는 피할 수 없는 일들이겠죠. 군사적 전선이 사라지고 대중의 정신적 수준이 높아지면 이런 문제들은 사라질 겁니다." 그리고 내가 거기에 도움이 될 거라고 그녀는 말했다. 내가 여성들 사이에서 내 일을 할 수 있을 거라면서, 여성들은 육체적으로나 다른 면으로나 삶의 가장 단순한 원칙에 무지하고 어머니와 시민으로서 자신의 기능에 대해서도 무지하다는 점을 이야기했다. 내가 미국에서 여성들에 대한 훌륭한 일들을 해왔으니 러시아에서 훨씬 더 활동적인 일들을 할 수 있지 않겠느냐고. "그 칙칙한 회색 점 몇 개 때문에 우울해하는 건 그만두고 나와 함께 일해 보지 않을래요?" 그녀는 자신의 제안을 마무리지으며 말했다. "친애하는 동지, 엠마 씨. 그 점들은 정말 아무것도 아니에요. 진짜, 아무것도 아니라고요."

사람들은 급습당하고 투옥되고 사상 때문에 총살을 당하고 있었다. 노인과 젊은이들이 잡혀가고, 모든 시위마다 재갈이 물리고, 죄악과 편애가 만연하고, 인간의 최고 가치가 배신당하고, 혁명의 정신이 매일 십자가에 못 박히는 이 모든 것이 '칙칙한 회색 점 몇 개'에 불과한 것일까, 나는 궁금했다. 뼈가 시리는 기분이 들었다.

이틀 후 아나톨리 루나차르스키를 만나러 갔다. 그의 숙소는 러시아인들의 마음속에 철옹성 같은 권위의 성채로 자리 잡은 크렘린 궁에 있었다. 나는 여러 가지 자격증명을 가지고 있었고, 나와 함께 있는 사람은 공산주의자들이 높이 평가하는 '소비에트적인' 아나키스트였음에도 인민교육위원장을 만나러 가는 길은 매우 느리고 더뎠다. 보초병들은 우리의 허가증을 면밀히 살피며 우리가 온 목적에 대해 계속 질문을 했다. 마침내 우리는 예술품과 사람들로 가득 찬 대형 살롱인 리셉션 룸에 도착했다. 그들은 '알현'을 기다리는 예술가, 작가, 교사라고 동행이 설명을 해주었다. 다들 딱하고 잘 먹지도 못한 듯 보였고, 다만 위원장 개인 사무실 문만을 뚫어져라 바라보고 있었다. 그들의 눈에는 희망과 두려움이 교차했다. 내 식량 배급이 문화부 장관에게 달려 있지는 않았지만 나도 덩달아 불안해졌다. 루나차르스키의 인사는 콜론타이의 인사보다는 더 따뜻하고 진심 어린 것이었다. 그 역시 내가 적합한 일자리를 찾았는지를 물었다. 아니라면 부서 내 여러 직책을 제안할 수도 있다면서 말이다. 그는 미국의 교육 시스템이 소비에트 러시아에 도입되고 있으며, 그 나라 출신인 내가 프롤레타리아트에 적용되는 방식과 관련해 의미 있는 제안을 해줄 수 있을 거라고 했다. 나는 크게 숨을 들이쉬었다. 내가 여기에 온 이유를 순간 잊고 말았다. 미국 최고의 교육학자마저 결함을 발견하고 거부했던 교육 시스템이 이곳 혁명 러시아에서 모델로 받아들여지고 있다? 루나차르스키 역시 매우 놀란 표정이었다. 그는 이 시스템이 정말 미국에서 반대되고 있는 거냐며, 반대는 누가 하는 것인지를 물었다. 그 반대자들이 제안한 변화는 무엇인지도. 나는 그와 다른 교사들에게 이 모든 문제를 설명해야 했고, 그는 이를 위해 특별 회의를 소집했다. 그는 내가 많은 도움이 될 거라고 이야기하며, 아이들을 대할 때 아직도 오래전 방법만을 고집하고 심지어는 정신적 결함이 있는 아이들을 교육시키기보다는 감옥에 보내기를 선호하는 교사들 사이에서 반동세력과 싸우는 데 내가 큰 도움이 될 거라며 나를 설득했다.

그의 배움에 대한 열의는 미국의 공립학교 시스템을 러시아에 이식하려는 시도에 대한 나의 분노를 다소 완화시켜 주었다. 루나차르스키가 수년 동안 허름하고 쓸모없는 교육체계를 현대화하기 위해 노력해 온 이들에 대해서 알지 못한다는 것은 명백했다. 나는 러시아의 교육자들에게 새로운 삶과 가치의 땅에서 낡은 방식을 답습하는 부조리함을 지적하지 않을 수 없었다. 하지만 미국은 내 마음속에서 수백만 마일 떨어진 곳에 있었다. 러시아는 모든 경이로움과 비애로 나를 집어삼키고 있었다.

루나차르스키는 보수적인 교육관료들과 겪은 어려움과 소비에트 언론에서 벌어지고 있는 결함 아동과 그 처우에 대한 논란에 대해 계속 이야기했다. 그는 막심 고리키와 함께 감옥에 반대하는 개혁적인 목소리를 내고 있는 인사였다. 그 자신도 어린이들을 대하는 데 있어 그 어떤 형태로든 강압적 방식을 쓰는 것에 반대했다. "아이들의 현대적인 접근 방식에 있어서 당신이 고리키보다 더 맞는 생각을 하고 있는 것 같네요"라고 나는 말했다. 그러나 그는 부분적으로는 고리키의 의견에 동의했는데, 러시아의 젊은 세대 대부분이 수년간의 전쟁과 내전으로 인해 나쁜 유전으로 오염되었기 때문이라고 답했다. 그러나 처벌이나 공포로는 활기를 되찾는 일은 불가능함을 강조했다.

"훌륭하군요. 그런데 지금 공포와 처벌은 프롤레타리아 독재에서 하고 있는 방법이 아닌가요? 이런 방법에 동의하지 않으십니까?" 그는 동의하지는 않지만 러시아가 봉쇄로 인해 피를 흘리고 여러 전선에서 공격을 받는 동안 일시적으로 사용되는 것이라고 했다. "이것들이 청산되면 진정한 사회주의 공화국을 건설하기 위해 본격적인 작업이 시작될 것이며, 독재는 당연히 사라질 겁니다." 하지만 그는 새로운 관료주의가 성장하고 체카의 권력이 강해지고 있는 작금의 상황은 무시한 채 데니킨과 유데니치, 그리고 그 일당에게 소비에트 러시아의 모든 결점에 대한 책임을 묻는 것은 어리석은 일이라고 생각했다. 그는 러시아의 교육을 상부에서 하달하듯 선포하는 것 역시 나쁜 정책이라고 생각했다. 아이들을 위해 많은 일이 이루어지고 있었지만, 진짜 힘든 일은 아직 남아 있었다. "참 이단적이네요!" 내가 말했다. 그는 웃으며 자기는 보통 이단보다 더 최악이라고 말했는데, 자신이 일전에 지식인도 필수불가결한 존재일 뿐 아니라 결국 인간이기 때문에 굶어 죽어서는 안 된다고 주장했기 때문이라고 했다. 그는 프롤레타리아트에 대한 큰 믿음을 가지고 있었지만, 그 무오류성을 맹신하지는 않았다. "조심하지 않으면 파문당할 거예요." 내가 그에게 경고를 할 지경이었다. "네, 아니면 선생님이 지켜보는 교실 구석에 처박히던가요." 그가 우리끼리만 아는 미소를 지으면서 말했다.

루나차르스키는 생기가 넘치는 성격의 소유자라는 인상을 주지는 않았지만, 인간미가 넘쳤고 나는 그런 점이 마음에 들었다. 내 문제를 털어놓고 싶었지만 그가 이미 너무 많은 시간을 할애했고, 문 뒤에서 기다리며 나를 욕하는 사람들이 있어서 더 이상 시간을 끌 수는 없었다. 내가 떠나기 전에 루나차르스키는 자신의 부서가 내게 적합한 곳이며, 곧 소집할 회의에서 연설하기 전까지는 모스크바를 떠나서는 안 된다고 다시 한번 강조했다.

내셔널로 돌아가는 길에 나는 동행인으로부터 인민교육위원장이 감상적일 뿐만 아니라 산만한 두뇌와 낭비꾼으로 여겨지고 있다는 사실을 알게 되었다. 그는 프롤레쿨트(프롤레타리아 문화)를 위해 거의 아무것도 하지 않았고, 대신 부르주아 예술을 보호하기 위해 막대한 돈을 썼다. 무엇보다도 그는 마지막 남은 반혁명 지식인들을 구하는 데 대부분의 시간을 할애하고 있었다. 막심 고리키의 협조로 그는 돔 우트체니(배운 자들의 집)에 옛 교수와 교사들을 복직시키는 데 성공했다. 그곳에서 그들은 일하는 동안 따뜻한 곳에서 지내며 줄을 서지 않고도 배급을 받을 수 있었다. 그는 또한 당적에 관계없이 러시아의 저명한 작가, 사상가, 과학자들에게 소위 아카데믹용 배급을 확립하는 중대한 범죄를 저질렀다고 했는데, 아카데믹용 배급은 사치품과는 거리가 멀었고 결코 풍족하지도 않았다. 공산주의자 중 높은 자리에 있는 책임자 상당수는 이보다 더 나은 배급을 받았지만 그들은 지식인을 '편애'한 루나차르스키를 못마땅해했다고 그는 설명했다.

딱한 편견쟁이들, 그들에게 혁명이란 건 복수와 사회적 사다리의 발판만을 의미하는 것이겠구나. 그들은 혁명이라는 배를 가라앉히고도 남을 위협적인 존재였다. 루나차르스키도 이를 알고 있었다. 콜론타이는? 그녀는 분명 더 잘 알고 있을 거라고 확신했다. 하지만 그녀는 거칠고 힘든 곳을 부드럽게 만들려는 외교관이었다. 발라바노프도 같은 유형의 사람일지 궁금했다. 그녀는 그 반대라는 것을 확신할 수 있는 기회가 마침내 생겼다.

러시아를 대표하는 두 공산주의자 여성은 서로 정반대의 모습을 보였다. 안젤리카 발라바노프는 콜론타이가 가진 것들을 상당 부분 결여하고 있었다. 콜론타이가 잘 뻗은 골격과 미모, 젊음을 유지한 경쾌함, 세련미와 정교함 등을 가졌다면 발라바노프는 그렇지 못했다. 하지만 안젤리카에게는 단순히 멋진 외모를 뛰어넘는 무언가가 있었다. 그녀의 크고 슬픈 눈동자에는 심오함과 연민, 부드러움이 빛났고, 창백한 얼굴에는 민족의 고난과 조국의 아픔, 평생을 섬겨온 억압받는 자들의 고통이 깊이 새겨 있었다. 그녀의 작은 방에 갔을 때 소파에 몸을 잔뜩 구긴 채 앓고 있었음에도 나를 보자마자 금세 내게 모든 관심과 걱정을 보냈다. 왜 자신의 이웃이라는 사실을 알리지 않았냐고 그녀는 물었다. 당장이라도 만났을 텐데. 그리고 왜 이리 한참 지나서야 자신을 찾은 것이며, 뭐 필요한 게 있는지를 물었다. 뭐든 내가 원하는 것이 있으면 자신이 살펴보겠다고 했다. 미국에서 왔으니 러시아의 가난에 적응하는 것이 쉽지 않을 거라면서. 배고픔과 결핍 외에는 아무것도 몰랐던 이곳 사람들과는 분명 다를 거라면서. 아, 러시아 대중들의 인내, 고통을 참아내는 힘, 공포스러운 확률과 정면승부한 영웅들! 어린아이처럼 약해 보이지만 거인처럼 강하다. 그녀는 러시아에서 보낸 그 어떤 해보다 '10월' 이후 러시아 민중을 더 잘 알게 되었다고 했다. 그녀는 민중에 대해 더 확고한 믿음을 갖게 되었고, 모든 것을 포용하는 사랑으로 그들과 함께 울고 웃었다.

해질녘이었다. 도시의 소음은 감방 같은 방을 뚫고 들어오지 못했지만 방은 감동적인 소리로 활기를 띠었다. 내 눈앞의 쪼그라들고 잿빛으로 변해 버린 얼굴이 어느새 내면의 빛으로 아름답게 빛나고 있었다. 내가 말 한마디를 하지 않아도 안젤리카 발라바노프는 내가 겪는 의심과 어려움을 짐작하고 있었다. 나는 러시아 민중에 대한 그녀의 헌사가 혁명의 궁극적 승리를 가능케 하는 것에 민중 스스로의 정신적 자원만큼 중요한 것은 없음을 느끼게 해주는, 그녀만의 독특한 방식이라고 생각했다. 내가 생각한 게 맞느냐 물었더니 그녀는 고개를 끄덕였다. 그녀 자신도 고군분투한 바 있기에 내가 지금 매우 힘든 상황이라는 것을 알고 있었고, 모쪼록 내가 10월 혁명의 정점을 놓치지 않기를 바랐다.

　　나는 그녀의 소파로 걸어가 이미 회색으로 변해 버린 굵게 땋은 머리를 쓸어내렸다. 편하게 이름으로 부르라고 하면서 발라바노프는 나를 안아주었다. 그녀는 내게 같은 층에 있는 동료를 불러서 사모바르를 가져다 달라는 부탁을 전해 달라고 했다. 그녀는 바렌야(과일 젤리)를 먹었고 스웨덴 동지들이 비스킷과 버터를 주었다. 민중들은 먹을 빵조차 충분치 않은데 이런 사치를 누리는 것에 몹시 죄책감이 든다 했다. 하지만 그녀의 위장 상태는 좋지 않았고 그래서 소화해 낼 수 있는 음식이 거의 없었기에 겉으로 보이는 것만큼 그리 일관성 없는 모습은 아니었을 것이다. 만연한 냉담과 무관심 속에서도 이런 이타적인 모습을 보는 것 자체가 내게는 큰 감동이었다. 그녀와 헤어지면서 나는 사랑하는 헬레나 언니를 품에 안은 이후 처음으로 울음을 터뜨리고야 말았다. 안젤리카는 놀라 물었다. 자신이 내게 고통을 줄 만한 말을 한 건지, 아니면 내가 아프거나 문제가 있는 거냐며. 나는 그녀에게 마음을 열고 이곳에서 느낀 충격과 환멸, 악몽, 도착 이후 나를 억누르고 있던 모든 두려운 일과 생각들을 쏟아냈다. 누가 어떻게 대답해 줄 수 있냐고, 누가 이 책임을 질 수 있는 거냐고 하면서 말이다.

안젤리카는 모든 좌절의 배후에는 개인적·사회적 의미에서 삶 자체가 있는 거라고 대답했다. 삶은 고단하고 잔인한 것이며, 이 삶을 살아가는 사람들도 마찬가지로 잔인하고 독해지기 마련이다. 삶은 회오리와 소용돌이로 가득 차 있으며, 그 흐름이란 건 폭력적이고 파괴적이다. 예민하거나 상처에 쉽게 위축되는 사람은 이 엄혹함을 잘 견디지 못한다. 인간도 그렇고, 사상도, 이상도 마찬가지다. 더 섬세할수록, 더 인도적일수록 생명의 충격으로 인해 더 빨리 죽고야 만다. 이 말에 나는 반발했다. "그 말은 복수심을 품은 운명론 아닌가요? 어떻게 그런 태도를 당신의 사회주의적 관점과 유물론적 역사관, 인간 발전 개념과 조화시킬 수 있는 거죠?" 안젤리카는 러시아의 현실을 통해 자신은 이론이 아니라 삶이 인간 사건의 진로를 결정한다는 확신을 갖게 되었다고 설명했다. "삶! 삶!" 나는 조바심을 내며 물었다. "인간의 창조성이 부여하는 것 외에 삶이란 게 무엇인가요. 삶이라는 신비한 힘이 그것을 무위로 돌릴 수 있다면 인간의 노력은 무슨 소용이 있는 거죠?" 안젤리카는 살면서 더 나은 것을 위해 노력한다는 것 외에는 삶에 특별한 의미가 없다고 대답했다. 그러나 자기가 하는 말은 크게 신경쓰지 말라는 말을 서둘러 덧붙였다. 아마 자기가 하는 말은 모두 틀렸을 것이고, 삶이 요구하는 대로 온전히 살아갈 수 있는 사람들이 하는 말이 맞을 거라면서. "'일리치'를 만나러 가는 게 좋겠네요." 그녀는 삶의 요구를 충족시키는 방법을 아는 사람은 일리치 레닌뿐이라며, 분명 일리치가 나를 도울 수 있을 거라 했다. 안젤리카는 내가 일리치를 만날 수 있게 주선해 주었다.

만감이 교차하는 마음으로 사랑스러운 작은 여인을 떠났다. 나는 그녀의 풍부한 사랑의 샘에서 많은 위로와 위안을 받았지만, 동시에 악과 학대를 묵인하는 것에 대해서는 반대했다. 내가 아는 그녀는 자신의 입장을 굽히는 법이 없는 투사였다. 무엇이 그녀를 그렇게 소극적으로 만들었을까 궁금했다. 내가 볼셰비키 신문들에서 읽은 것처럼 공산주의자들에게는 비판의 권리가 있는 걸까? 그렇다면 안젤리카는 왜 당 안과 밖에서 그녀의 펜이나 목소리를 사용하지 않는 걸까? 이 점이 신경 쓰여 우리에게 차를 대접해 준 여성 동지에게 물어보았다. 그녀를 통해 안젤리카가 제3인터내셔널의 서기였다는 사실을 알게 되었는데 그녀는 지노비예프, 라데크, 부하린이 이끄는 파벌적 관료주의에 맞서 단호하게 싸웠다. 그 결과 그녀는 가장 수치스럽게 쫓겨났고 더 이상 책임 있는 그 어떤 일도 할 수 없었다. 안젤리카가 자신이 겪은 개인적인 불의와 모욕에 신경을 쓴 것은 물론 아니었다. 그러나 그녀는 자신에게 가해지는 음모와 중상모략의 방법이 지도자들과 다른 성실한 동지들에게도 사용되고 있음을 알았다. 이 독은 당의 몸통을 갉아먹고 있었고, 안젤리카는 그것이 혁명에 재앙적인 결과를 가져올 수 있다는 것을 알고 있었다. "이런 사악한 방법을 막을 방법은 없나요?" 안젤리카의 친구에게 내가 물었다. 그녀가 대답하길 적어도 러시아 내에서는 아무도 막을 사람이 없을 것이고, 혁명이 위험에 처하지 않는 한 아무도 해외에서 시위를 할 생각 같은 건 하지 않을 거라 했다. 이러한 자각은 안젤리카의 건강을 해치고 의지를 마비시키기에 이르렀다. 그녀를 정신쇠약에 걸리게 한 건 다름아닌 당이 사용하고 있는 방법 때문이었다. 사람들을 고통스럽게 하면서 공포에 몰아넣고 사람 목숨을 싸구려로 여기는 당의 방식들. 안젤리카는 감히 이것들을 똑바로 마주할 수 없었던 거다.

아, 친애하는 나의 동지 안젤리카. 이제야 그녀를 더 잘 이해할 수 있었고, 그녀가 말하는 삶의 흐름이라는 게 무얼 의미하는 건지 알 것 같았다. 그렇지만 그녀의 태도에 동의하는 건 아니었다. 이대로 항복할 수는 없다. 나는 러시아 병폐의 숨겨진 근원을 조사해야 한다고 생각했고, 그 원인을 밝혀내어 큰소리로 선포해야 한다고 생각했다. 제아무리 공산당이라 하더라도 내 혀를 묶을 순 없을 것이다.

사샤를 보지 못한 채로 며칠이 지났다. 그는 카리토넨스카야에서 내셔널까지의 긴 여정에 너무 지쳤노라고 했다. 하지만 안젤리카를 만난 다음 날 아침, 그의 숙소로 오라는 급한 전화를 받았다. 사샤가 병상에 누워 있는데 곁에는 아무도 없었다. 모든 일을 내려놓고 나는 다시 간호사가 되었다. 그의 열은 좀처럼 내리지 않았지만, 살고자 하는 그의 끈질긴 의지가 더 강했다. 이번 병으로 인해 사샤는 몸이 극도로 쇠약해졌고, 더 이상 혼자 지낼 수 있는 상태가 아니었다. 나는 카리토넨스카야에 있을 수 없었고 그건 사샤도 마찬가지였다. 주택 담당관이 이제 그의 임대기간이 만료되었으니 방을 비워야 한다고 통보했기 때문이다. 우리는 일주일 안에 페트로그라드로 떠날 계획이었기 때문에 공식 허가증을 얻기 위해 씨름하는 건 지금 단계에서 무용하다고 판단했다. 우리는 내셔널로 갔고, 다행히 내 방은 아스토리아에서 묵었던 방보다 크기도 더 컸고 여분의 소파도 있었다. 안젤리카는 사샤가 내셔널에 있다는 사실과 그가 아프다는 것을 알게 되자 즉시 사샤의 수호천사가 되어 주었다. 그녀의 스웨덴, 노르웨이, 네덜란드 동지들은 어쩐지 계속해서 늘어났고, 그들은 사샤에게 계속해서 맛있는 음식을 가져다주었다. 나는 여러 경로를 통해 안젤리카가 동료들에게 '감상적인 부르주아'로 여겨졌다는 사실을 알게 되었다. 그녀가 아픈 아기를 위한 우유, 임산부를 위한 여분의 물건, 나이 들어 쓸모없는 사람들을 위한 낡은 옷을 구하는 등 자선 활동에 시간을 낭비하고 있다고 그들은 말했다.

안젤리카가 레닌을 만나러 가자고 제안했을 때, 나는 소비에트 생활의 가장 두드러진 모순에 대한 메모를 작성하기로 결심했지만, 언제 어떻게 만나러 갈지 가타부타 들은 바가 없어서 아무것도 하지 않고 있는 참이었다. 어느 날 아침 '일리치'가 사샤와 나를 만나기 위해 기다리고 있으며, 그의 차가 우리를 태우러 왔다는 안젤리카의 전화 메시지를 듣고 우리는 적이 당황했다. 우리는 레닌이 업무로 너무 바빠서 만나는 것이 거의 불가능하다는 것을 알고 있었다. 우리에게 생긴 이 놀라운 예외는 놓칠 수 없는 기회였다. 우리는 작성한 메모가 없더라도 논의에 대한 올바른 접근 방식이 필요하다고 생각했고, 더 나아가 모스크바 동지들이 우리에게 맡긴 결의안을 그에게 제시할 기회라고 생각했다.

레닌의 차는 혼잡한 거리와 모든 초소를 지나 크렘린궁으로 무서운 속도로 돌진했고, 허가증 확인을 위해 단 한 번도 멈추는 일 없이 모든 보초병을 지나쳤다. 다른 건물과 동떨어진 채 오래되어 보이는 한 건물 입구에서 내린 우리는 엘레베이터를 지키고 서 있는 무장 경비를 보았는데 아마 우리가 온다는 사실을 이미 알고 있었던 모양이었다. 그는 아무 말 없이 문을 열고 우리를 안으로 안내한 다음 문을 잠그고 열쇠를 다시 주머니에 넣었다. 1층에 있는 병사에게 우리 이름을 외치는 소리가 들렸고, 그다음에도 그다음에도 우리 이름을 부르는 똑같은 큰 소리가 이어졌다. 엘리베이터가 천천히 올라가는 동안 합창단이 우리의 도착을 알리고 있었다. 꼭대기에서 경비원이 엘리베이터의 잠금을 해제하고 잠그는 과정을 반복한 후 안내와 함께 우리는 넓은 리셉션 홀로 향했다. "골드만 동지, 버크만 동지." 잠시 기다려 달라는 요청을 받고서 거의 한 시간을 기다렸다. 한 젊은이가 우리에게 따라오라고 손짓했다. 우리는 활기차게 돌아가는 사무실, 타자기의 딸깍거리는 소리, 분주하게 움직이는 배달원들을 지나쳐 아름다운 조각 작품으로 장식된 거대한 문 앞에서 발걸음을 멈췄다. 우리를 남겨 두고 그 젊은 직원이 사라졌는데 안에서 무거운 문을 열어 우리를 안으로 들였다. 그 후 그는 또 사라지며 문을 닫았다. 우리는 문턱에 서서 도무지 익숙해지지 않는 이 생경한 절차의 다음 단계를 기다리고 있었다. 그때 날카로운 눈빛으로 응시하는 두 개의 눈동자가 우리를 뚫어지게 바라보는 게 느껴졌다. 그 눈동자의 주인은 거대한 책상 뒤에 앉아 있었고, 그 위에 놓인 모든 물건은 매우 정밀하게 정리되어 있었으며, 방의 나머지 부분도 마찬가지였다. 수많은 전화 스위치와 세계 지도가 그려진 보드가 남자 뒤쪽 벽 전체를 덮고 있었고, 양옆에는 무거운 책으로 가득 찬 유리 책장이 늘어서 있었다. 빨간색으로 장식된 커다란 직사각형 테이블과 등받이가 곧게 뻗은 의자 12개, 창가에는 안락의자가 여럿 놓여 있었다. 질서정연한 단조로움을 덜어 줄 다른 요소는 불타는 듯한 빨간색 외에는 없었다.

경직된 생활 습관과 냉철한 성격으로 유명한 그에게 그보다 더 적합한 배경은 없을 듯했다. 세계에서 가장 우상화된 인물이자 공포와 증오의 대상인 레닌이 이처럼 단순한 환경에 있지 않았다면 도무지 어울리지 않았을 것이다.

"일리치는 준비하는 데 힘 빼면서 시간을 낭비하지 않습니다. 그는 목표를 향해 곧장 나아가죠." 조린이 자랑스럽다는 듯이 말한 적이 있다. 실제로 1917년 이후 레닌이 걸어 온 모든 발걸음이 이를 증명했다. 설사 우리가 믿지 않았다 하더라도 우리를 맞이하는 태도와 방식을 통해 일리치 감성의 경제를 금방 확신할 수 있었을 것이다. 그는 다른 사람이 가진 것을 재빨리 파악하고 자신의 목적에 맞게 최대한 활용하는 기술이 탁월했다. 그보다 더 놀라운 것은 자신이나 방문객이 웃기다고 생각하는 것에 대해 웃음을 감추지 않는 모습이었다. 특히 그가 누군가를 불리하게 만들 수 있다면 위대한 레닌은 그를 웃게 만들기 위해 웃음을 터뜨릴 것이다.

그의 면밀함은 우리를 뼛속까지 파고들었고 부싯돌 같은 그의 두뇌에서 화살처럼 쏟아지는 질문이 우리에게 차례로 쏟아졌다. 미국의 정치 및 경제 상황은 어떤지, 가까운 미래에 미국에서 혁명이 일어날 가능성은 있는지, 미국 노동 연맹은 부르주아 이데올로기로 가득 차 있는지, 아니면 곰퍼스와 그의 일당만 그럴 뿐이지 나머지 계급 사람들은 비옥한 토양일 수 있는지? IWW는 어떻게 그런 힘을 가지고 있으며, 아나키스트들의 활동은 최근의 재판에서 드러난 것처럼 실제로 그렇게 효과적인지? 그는 방금 우리의 법정 연설문을 다 읽은 상태였다. "이것 참 물건이군요. 자본주의 시스템에 대한 명쾌한 분석과 화려한 선전!" 그는 우리가 어떤 대가를 치르더라도 미국에 남을 수 없었다는 것이 안타깝다 했다. 물론 소비에트 러시아에서는 우리를 너무나 환영하지만 "당신의 가장 훌륭한 동지들이 우리 편에 있었던 것처럼" 미국에서도 다가오는 혁명을 돕기 위해 그런 전사들이 절실히 필요하다는 것이었다. "그리고 버크만 동지, 당신도 샤토프 못지않게 대단한 조직가군요. 당신의 동지 샤토프는 진짜배기요. 무에서 유를 창조하고 열두 사람 몫을 해내니. 그는 현재 시베리아에서 극동공화국 철도청장이고 다른 많은 아나키스트들도 함께 중요한 직책을 맡고 있지요. 진정한 이념적 아나키스트로서 우리와 협력할 의향이 있다면 모든 것이 열려 있습니다. 버크만 동지는 아마도 곧 자기 자리를 찾을 수 있을 것 같소만 이 중요한 시기에 당신이 미국을 떠나게 된 것은 유감입니다. 그리고 또 골드만 동지? 정말 대단한 분야를 다뤘군요. 그곳에 머무를 수도 있었을 텐데, 버크만 동지는 쫓겨났지만 당신은 왜 남지 않았죠? 뭐 어쨌거나 여기 있으니까. 하고 싶은 일을 생각해 본 적이 있소? 전쟁에 대한 당신의 입장, 10월 혁명을 옹호하고 우리를 위해 싸운 것, 소비에트에 대한 당신의 믿음을 보면 당신은 이념적 아나키스트 같은데요, 당신의 위대한 동지 말라테스타가 전적으로 소비에트 러시아에 충성하는 것처럼…. 뭔가 하고 싶은 일이 있습니까?"

먼저 숨을 돌린 건 사샤였다. 사샤가 영어로 말하기 시작하자 레닌이 바로 유쾌한 웃음을 지으며 그를 막았다. "동지, 내가 영어를 이해할 것 같소? 단 한 마디도 모르오. 다른 외국어도 한 마디도 모르오. 해외에 오래 있었으면서도 외국어를 못합니다. 우습지 않소?" 그러곤 다시 웃음을 터뜨렸다. 사샤는 러시아로 말을 계속했다. 그는 우리 동지들이 그렇게 높이 평가받는 것을 듣고 있자니 몹시 자랑스럽긴 했지만 어째서 아나키스트들이 지금 소비에트 감옥에 갇혀 있는 건지 물었다. "아나키스트라고요?" 일리치는 사샤의 말을 끊었다. "말도 안 되는 소리. 도대체 누가 그런 헛소리를 떠들고 다니고, 또 동지는 그걸 어떻게 믿을 수 있단 말이오? 감옥에 도적이나 마흐노 파는 몇 있지만 이념적 아나키스트는 없습니다."

이에 내가 끼어들었다. "자본주의 미국 또한 아나키스트를 철학과 범죄 두 가지로 나눈다는 걸 생각해 보세요. 철학적 아나키스트는 고위층에서도 받아들여지며, 그중 한 명은 윌슨 행정부 의회에서 고위직에 오르기도 했죠. 영광스럽게도 우리가 속해 있는 두번째 부류는 박해를 받고 종종 투옥되기도 하죠. 러시아에서도 미국과 차이가 없이 이런 구분이 있는 것 같은데 어떻게 생각하시죠?" 레닌은 내 추론이 잘못되었다며, 서로 다른 전제에서 비슷한 결론을 도출하는 것은 어리석은 짓이라고 했다. "표현의 자유는 부르주아적 편견이며, 사회적 병폐에 대한 미봉책에 불과합니다. 노동자 공화국에서는 경제적 복지가 표현의 자유보다 더 큰 비중을 차지하며, 물론 여기서 보장되는 자유는 더 큽니다. 프롤레타리아 독재 정권이 그 길을 이끌고 있지요. 지금은 매우 심각한 장애물에 직면해 있는 상황이고, 그중 가장 큰 장애물은 농민들의 반대입니다. 그들은 못, 소금, 직물, 트랙터, 전기가 필요하거든요. 우리가 이걸 줄 수 있다면 그들은 우리와 함께할 것이고, 어떤 반혁명 세력도 그들을 되돌릴 수 없을 것이오. 현재 상황에서 러시아에서 자유를 외치는 것은 러시아를 무너뜨리려는 반동들의 먹잇감이 될 뿐입니다. 도적들만이 그 죄를 지을 수 있으며, 그들은 반드시 철창 안에 갇혀야 하죠."

사샤는 레닌에게 아나키스트 회의 결의문을 건네며 투옥된 동지들이 도적이 아니라 이념적 아나키스트라는 모스크바 동지들의 확신을 전했다. "우리 동지들이 합법화를 요구하는 것이야말로 우리가 혁명과 소비에트와 함께하고 있다는 증거입니다." 레닌은 이 문서를 받아들고는 다음 당 집행위원회 회의에 제출하겠다고 약속했다. 이후에 결정사항에 대해 통보를 해주겠지만, 어쨌거나 이것은 사소한 일이며 진정한 혁명가를 방해할 만한 일은 아니라고 했다. 논의할 다른 사항이 더 있느냐는 질문에 우리는 미국에서 반대파의 정치적 권리까지 쟁취하기 위해 싸웠으며, 따라서 우리 동지들의 정치적 권리가 거부되는 것은 우리에게 사소한 일이 아니라고 말했다. 나는 '의견'을 가졌다는 이유로 아나키스트나 혹은 다른 사람들을 박해하는 정권에는 협력할 수 없다고 그에게 알렸다. 게다가 더 끔찍한 악이 횡행하고 있었다. 어떻게 하면 그가 목표로 삼고 있는 높은 목표와 이들을 조화시킬 수 있을 것인가? 그중 몇 가지만을 이야기했다. 돌아온 그의 대답은 나의 태도가 부르주아적 감상주의라는 것이었다. 프롤레타리아 독재 정권은 생사를 건 투쟁을 벌이고 있는 와중에, 이런 사소한 배려 같은 신경 쓸 가치가 없다며. "러시아는 국내외에서 큰 진전을 이루고 있고 세계 혁명에 불이 붙었는데, 동지는 피를 흘리는 것에 대해 한탄하고 있다니. 터무니없는 일이고, 알아서 극복해야 하오." 그는 "무언가를 하라"며 "그것이 혁명적 균형을 되찾는 가장 좋은 방법이 될 것"이라고 조언했다.

레닌의 말이 맞을지도 모른다고 생각했다. 어쩌면 그의 조언을 활용하는 게 좋을 것이다. 당장 시작하겠다고 나는 답했다. 러시아 내에서의 작업이 아니라 미국을 위한 선전 가치가 있는 작업을 하겠다고. 나는 미국의 '러시아 자유의 친구들'이 차르 정권에 대항해 러시아를 도왔던 것처럼 미국의 자유를 위한 투쟁을 지원하기 위한 활동체인 '미국의 자유를 위한 러시아 친구들' 모임을 조직할 거라고 했다.

내내 자리에서 움직이지 않던 레닌은 거의 자리에서 뛰어내릴 뻔했다. 그는 몸을 돌려 우리를 마주보고 서서는 말했다. "거참 기발한 아이디어요!" 그는 껄껄 웃으며 손바닥을 비볐다. "아주 훌륭하고 실용적인 제안이군요. 당장 진행하도록 하시죠. 그리고 버크만 동지도 협조해 주시는 거요?" 사샤는 이 문제에 대해 우리는 충분히 논의를 했고 이미 세부적인 계획도 세워 두었다고 대답했다. 필요한 시설만 갖추면 바로 시작할 수 있었다. 레닌은 사무실, 인쇄물, 택배, 필요한 자금 등 모든 것이 제공될 것이라며 우리를 안심시켰다. 그에게 작업 계획서와 프로젝트에 관련된 항목별 예산안을 보내면 제3인터내셔널이 알아서 해줄 거라 했다. 그것이 우리 작업에 가장 적합한 방법이며, 그곳에서 필요한 모든 도움을 받을 수 있을 거라고.

깜짝 놀란 우리는 서로를, 그리고 레닌을 바라보았다. 동시에 우리는 우리의 노력이 볼셰비키와의 연계 없이 자유롭게 존재해야만 효과가 있을 것임을 설명하기 시작했다. 작업은 반드시 우리만의 방식으로 수행되어야 할 것이었다. 미국인의 심리와 그에 맞는 최선의 방식을 알고 있는 건 다름 아닌 우리였기 때문이다. 그러나 우리가 이야기를 더 하기도 전에 좀 전에 사라졌던 젊은 직원이 갑자기 나타났고, 레닌은 우리에게 손을 내밀어 인사를 하며 만남을 종결하려 했다. "작업계획서 보내는 거 잊지 마시오." 그가 우리 뒤에다 대고 소리를 질렀다.

안젤리카의 친구 말로는 당 정치국 내 '파벌'이 인터내셔널에도 만연해 전체 노동운동을 오염시키고 있다고 했다. 레닌도 이 사실을 알고 있을까? 이 또한 그에게는 사소한 일에 불과할까? 이제 레닌이 러시아에서 벌어지는 모든 일을 알고 있다는 확신이 들었다. 그의 감시를 피할 수 있는 것은 아무것도 없었고, 그가 판단하고, 그의 그 권위 있는 도장을 받기 전까지는 아무 일도 할 수 없었다. 불굴의 의지를 가진 이는 다른 모든 사람을 자신의 뜻대로 쉽게 구부리려고 하며, 말을 듣지 않는 경우 부러뜨려 버린다. 우리 또한 그가 구부리거나 부러뜨리게 될까? 우리가 첫번째 잘못된 발걸음을 내딛는다면, 즉 공산주의 인터내셔널의 하위기관이 되는 것을 받아들인다면 위험이 들이닥치는 건 시간문제였다. 우리는 러시아를 돕고, 우리가 인생 최고의 시절을 바쳤던 미국의 해방을 위해 계속 일하고 싶었다. 그러나 파벌의 통제에 복종하는 것은 우리의 과거를 모두 배신하고 독립성을 완전히 포기하는 것을 의미했다. 우리는 그런 취지의 내용을 담아 레닌에게 편지를 보냈고, 사샤가 세심하게 준비한 계획의 세부 개요도 동봉했다.

우리가 레닌의 의견에 동의한 건 한 가지, 우리가 일을 시작해야 한다는 점이었다. 하지만 어떤 정치 세력이나 소비에트 기관에서 일하고 싶지는 않았다. 대중과 직접 소통하고 대중을 위해 봉사할 수 있는 무언가를 찾아야 했다. 모스크바는 노동자보다 국가 관료가 더 많은 수도였으며, 어디를 가나 관료주의가 횡행했다. 사샤가 여러 공장을 방문해 본 결과, 많은 경우 눈에 띄게 방치되고 황폐한 상태였다. 대부분의 공장은 실제 공장 노동자보다 소비에트 관리와 공산당 야체이카(세포조직) 조직원이 훨씬 많았다. 노동자들과 대화를 나눠본 후 사샤는 그들이 산업 관료의 오만함과 자의적인 방식에 분노하고 있다는 사실을 알게 되었다. 모스크바가 우리가 일할 곳이라는 확신은 이로써 더 굳어졌다. 적어도 루나차르스키가 약속을 지켰더라면! 하지만 그는 업무에 쫓겨 교사 회의를 소집하지 못했다고 했다. 그 일이 끝나려면 아마 몇 주가 걸릴지도 모른다. 그는 각자 독립적인 방식으로 일을 처리하면서도 모두가 조화롭게 리듬을 만드는 것이 얼마나 어려운 일인지를 잘 알고 있었다. 러시아에서 유일하게 효과적인 발언이 가능할 장소였기 때문에 나는 이 사정을 받아들여야 했다. 루나차르스키는 자신과 계속 연락을 취하자면서 편지를 끝맺었다.

독재 정권이 아무리 만연해 있더라도 우리의 독립적인 노력은 꺾을 수 없다는 미묘한 암시였다. 그렇다 하더라도 모스크바에서는 아니었다. 결국, 정부의 모든 자리에는 필연적으로 독재자와 아첨꾼, 궁정관료와 스파이, 관료에게 붙어먹는 사람들 무리가 생겨나는 법이다. 모스크바도 예외는 아니었다. 우리는 모스크바에서 우리가 있을 곳을 찾을 수 없었을 뿐 아니라 고군분투하는 대중들에게 다가갈 수도 없었다. 크로포트킨 동지를 만나고 다시 페트로그라드로 돌아가기로 결정했다.

조지 랜즈버리와 배리 씨가 특별 열차를 타고 드미트로프에 갈 예정이라는 소식을 들었다. 이들과 함께하도록 허가를 구하고자 했다. 물론 이 언론관계자 둘이 있는 가운데 크로포트킨을 만나야 한다는 것이 내키지는 않았지만 말이다. 드미트로프 여행을 전혀 준비하지 못한 우리에게 이것은 예상치 못한 특별한 기회였다. 사샤는 서둘러 랜즈버리를 만나러 갔다. 랜즈버리는 우리가 동행하는 것에 동의했고, 우리가 원하는 다른 사람도 데려가도 좋다고까지 했다. 그는 사샤에게 오랫동안 나를 다시 만나고 싶었기 때문에 그럴 수 있다면 매우 기쁠 것이라 말했다. 내가 모스크바에 있다는 것을 알면서도 나를 찾는 수고를 하지 않았다는 점을 고려하면 그의 말은 믿을 게 못되었지만 말이다. 하지만 가장 중요한 것은 크로포트킨을 만나는 것이었고, 우리는 동지 알렉산더 샤피로를 초대했다.

달팽이처럼 기어가는 기차는 물탱크가 있는 곳마다 정차했다. 크로포트킨의 집에 도착했을 때는 이미 늦은 저녁이었다. 그는 몹시 병들고 지쳐 보였고 마치 1907년 파리와 런던에서 만났던 건장한 남자의 그림자 같아 보였다. 러시아에 온 이후 나는 저명한 공산주의자들로부터 크로포트킨은 현재 매우 편안한 환경에서 살고 있으며 식량과 연료가 부족할 일이 없다는 말을 반복해서 들었건만, 현실은 크로포트킨과 그의 아내 소피, 딸 알렉산드라가 난방조차 제대로 되지 않는 방 한 칸에서 지내고 있었다. 다른 방의 온도는 영하였으므로 사람이 지낼 수 없었다. 최근까지만 해도 드미트로프 협동 조합에서 충분한 식량을 공급해 주었는데 얼마 안 가 이 조직은 비슷한 다른 많은 조직들처럼 해체되었고, 조직원 대부분은 체포되어 모스크바의 부티르키 교도소로 이송되었다. 그간 어떻게 살아온 거냐고 물었다. 소피는 소 한 마리와 텃밭에 겨우내 먹을 수 있는 농작물이 있다고 설명했다. 우크라이나의 동지들, 특히 마흐노가 그들에게 추가 식량을 공급해 주려고 많은 애를 써주었다. 크로포트킨이 최근에 병에 걸려 영양을 더 잘 챙겨야 하는 상황이 아니었다면 이보다는 형편이 더 나았을 것이다.

러시아의 가장 위대한 인물 중 한 명이 굶어 죽어가고 있는데 책임감 있는 공산주의자들을 일깨울 수 있는 방법은 과연 없는 것인가? 아나키스트로서 그에게는 별 관심이 없을지라도 과학과 문학을 연구한 사람으로서 그가 중요한 인물이라는 것을 공산주의자들이 모르고 있을 리 없다. 레닌, 루나차르스키, 그리고 다른 고위간부들이 현 상황에 대해 보고를 받지 못했을 거란 생각이 들었다. 내가 주의를 환기시킬 수 있을까? 랜즈버리는 내 의견에 동의했다. "소비에트 정부의 거물급 인사들이 크로포트킨과 같은 위대한 인물이 곤궁하게 살도록 내버려 두는 건 말도 안 되죠. 우리 영국인들이라면 분개할 만한 일입니다." 그는 즉시 소비에트 동지들에게 이 문제를 제기할 것이라고 말했다. 소피는 그의 소매를 계속 잡아당기며 그를 멈추려 애썼다. 그녀는 남편이 우리 이야기를 듣지 않기를 바랐던 것이다. 그러나 그 사랑스러운 영혼은 우리가 그의 안위에 대해 논의하고 있다는 사실을 전혀 알지 못한 채 알렉산더와의 대화에 깊이 빠져 있었다.

크로포트킨은 볼셰비키의 그 어떤 제안도 받아들이지 않았다고 소피는 말했다. 불과 얼마 전, 루블화가 여전히 강세를 보이고 있을 때 그는 정부 출판부에서 자신의 문학 작품을 출판할 수 있는 권리로 25만 루블을 주겠다는 제안을 거절했다. 볼셰비키가 다른 사람들 책을 다 몰수하고 도용했으니 자신의 책에도 똑같이 하지 그러냐고 했다. 하지만 그의 동의 없이는 불가능했다. 그는 사회주의라는 이름으로 모든 혁명적·윤리적 가치를 폐기한 정부와는 그 어떤 거래도 한 적이 없고, 앞으로도 그럴 생각이 없다고 했다. 뿐만 아니라 루나차르스키가 제안한 아카데믹 배급도 거부했는데, 이에 대해 소피는 남편을 도무지 설득할 수 없었다. 점점 쇠약해져 가는 남편 몰래 약을 먹였는데 그녀는 그의 양심의 가책보다 중요한 건 그의 건강이라고 생각한다고 미안해하며 말했다. 게다가 과학 식물학자로서 소피 자신도 아카데믹 배급을 받을 자격이 있었다.

사샤는 크로포트킨에게 러시아에서 발견한 혁명적 모순의 미로, 울부짖는 악의 원인에 대해 들었던 다양한 해석, 레닌과의 만남 등에 대해 이야기하고 있었다. 우리는 상황에 대한 그의 관점과 반응을 듣고 싶었다. 그의 대답은 그가 마르크스주의와 그 이론에 대해 그가 항상 견지해 온 것이었다. 그는 그 위험성을 예견하고 항상 경고해 왔던 것이다. 모든 아나키스트가 그랬고, 그 자신도 거의 모든 저서에서 이에 대해 다루었다. 사실, 우리 중 누구도 마르크스주의적 위협이 어느 정도까지 커질지 완전히 깨닫지 못하고 있었다. 아마도 그것은 마르크스주의라기보다는 예수회 정신의 교리라고 해야 맞을 것이다. 볼셰비키는 종교재판소의 독재를 능가하는 독재 체제를 구축하며 독재에 중독되었다. 그들의 힘은 유럽의 뛰어난 정치인들에 의해 강화되었고 봉쇄, 반혁명 세력에 대한 연합군의 지원, 개입, 그리고 혁명을 분쇄하려는 다른 모든 시도는 러시아 내부에서 볼셰비키 폭정에 반대하는 모든 항의를 침묵시키는 결과를 낳았다. "반대 목소리를 낼 사람이 없을까요?" 내가 물었다. "그 목소리에 무게를 실을 수 있는 사람 중에서요. 예를 들어 크로포트킨 동지 당신과 같은?" 그가 슬픈 미소를 지었다. 그는 내가 이 나라에 좀 더 오래 머물러 봐야 알 수 있을 거라고 했다. 그들이 물리는 재갈은 세계에서 제일 단단한 것임을. 물론 그도 항의했고, 베라 피그네르와 막심 고리키를 비롯한 다른 사람들도 여러 차례 항의를 했지만 아무런 효과도 없었고, 체카가 계속 문 앞을 지키고 선 상태에서는 그 어떤 글도 쓸 수 없었다. 집안에 '범죄 혐의가 있는' 물건을 보관하거나 다른 사람에게 발각될 위험에 노출시킬 수는 없는 노릇이었다. 그것은 두려움 때문이 아니라 체카의 감옥에 갇힌 채로는 세상에 도달하는 것이 부질없고 또 불가능하다는 것을 깨달았기 때문이다. 그러나 무엇보다도 가장 큰 문제점은 러시아를 둘러싼 적들이라고 할 수 있었다. 볼셰비키에 반대하는 모든 말과 글은 외부 세계에서는 혁명에 대한 공격과 반동세력에 동조하는 것으로 해석될 수밖에 없었다. 특히 아나키스트들은 두 개의 불 사이에 있는 존재들이었다. 그들은 크렘린의 막강한 권력과 화해할 수도 없고, 러시아의 적들과 손을 잡을 수도 없다. 크로포트킨에게 유일한 대안은 대중에게 직접적인 혜택을 줄 수 있는 일을 찾는 것뿐이었다. 우리 역시 그런 결정을 내린 것을 그는 기뻐했다. "당신을 당의 앞치마 끈에 묶어 두려는 레닌이 볼썽사납군. 지혜와 기민함이 얼마나 멀리 떨어져 있는 건지 잘 보여 주는 것 같소. 누구도 레닌의 명민함을 부인할 수는 없지만, 농민에 대한 태도나 부패한 영향력 안팎에 있는 사람들에 대한 평가에서 그는 진정한 판단력이나 현명함을 보여 주지 못했거든."

날이 저물고 있었고, 소피는 남편이 이제 그만 잠자리에 들어야 한다고 했다. 하지만 그는 끈질기게 버텼다. 동료들과 오랫동안 단절된 채로 있었고 실제로 어떤 종류의 지적 접촉도 하지 않아 왔노라고 그는 말했다. 그래서인지 처음엔 우리의 방문이 그를 안정시키는 효과가 있는 것 같았지만 이제 그는 지친 기색을 보이기 시작했고 우리는 떠나야 할 때라고 생각했다. 지친 가운데에서도 그는 온화하고 거침없었다. 다른 건 못하더라도 우리를 문가까지는 배웅하겠다고 고집을 부리고는 다시 한번 우리를 사랑스럽게 안아 주었다.

기차는 새벽 2시에 출발할 예정이었고, 지금 시간은 겨우 11시였다. 여성 포터는 잠들어 있었는데 불을 돌보는 것을 잊어버린 탓에 차 안은 몹시 추웠다. 남자 몇몇이 화로에 불을 뗐지만 연기 외에는 아무것도 나오지 않았다. 한편 랜즈버리는 멋진 모피 코트를 귀까지 감싸고 크로포트킨의 나이 때문에 소비에트 문제에 적극적으로 참여할 수 없는 것이 얼마나 안타까운지를 이야기했다. 일의 중심에서 멀리 떨어져 있던 크로포트킨은 볼셰비키의 장대한 업적을 제대로 평가할 수 있는 위치에 있지 않은 게 사실이라는 것이었다. 너무 추워 오들오들 떨고 있었던 데다가 크로포트킨의 상태에 너무 마음이 아픈 나머지 이에 대꾸할 기운도 나지 않았다. 하지만 나의 동지들이 나를 대신해 논쟁을 벌였다. 모스크바 역에서 사샤는 런던에서 온 또 다른 편집자와 이야기를 나누었다. 굶주리고 헐벗은 아이들이 빵 한 조각만 달라며 우리를 둘러쌌다. 나는 가지고 있던 샌드위치를 아이들에게 나눠줬고, 아이들은 맛있게 먹었다. "끔찍한 광경이오." 사샤가 한마디했다. "이봐요, 버크만, 당신 너무 감상적이군요." 랜즈버리가 말했다. "런던 이스트엔드에 있는 이보다 더 빈곤한 아이들을 내 얼마든지 보여 줄 수 있어요." 사샤가 대답했다. "물론 그러시겠죠. 하지만 혁명이 영국이 아닌 러시아에서 일어났다는 사실은 잊으셨나 보군요."

여행 이후 감기에 심하게 걸려 고열로 2주 동안 누워만 지냈다. 안젤리카는 다시 한번 아름다운 수호천사가 되어 매일같이 나를 방문하며 돌봐주었고, 한 번도 빈손으로 내 방에 온 적이 없었다. 보편주의자 그룹의 동지들도 큰 도움이 되었다. 그들과 상냥한 안젤리카의 보살핌 덕분에 훨씬 빨리 자리에서 일어날 수 있었다. 그들은 일주일은 더 누워 있으라고 난리였다. 여행이 고단했고, 내가 완전히 회복도 안 되었으니 말이다. 하지만 나는 더 이상 모스크바를 견딜 수 없었다. 내게 모스크바는 어느덧 내가 파괴되지 않으려면 도망쳐야 하는 괴물이 되었다. 페트로그라드에서 유용한 일을 할 수 있을 거라는 희망이 있기도 했고. 또 고향 소식에 대한 간절한 그리움도 있었다. 5개월이 지나도록 아무 소식을 듣지 못했는데 미국에 있는 친구들이 아는 주소는 페트로그라드였던 것이다. 알 수 없는 불안과 뒤섞인 내 열망은 서둘러 북쪽 도시로 돌아가야 한다는 생각과 결합해 점점 강해졌다.

실제로 4주 전에 도착한 우편물이 나를 기다리고 있었다. 어째서 내게 전달해 주지 않은 거냐고 리자 조린에게 물었다. "그게 무슨 소용이 있었겠어요. 미국에서 무슨 소식이 왔든 당신이 모스크바에서 보고 들었을 것보다 중요하고 흥미롭지 않을 거라고 생각했어요." 편지는 피치와 스텔라에게서 온 것이었다. "그다지 중요하지 않은" 그 소식은 헬레나 언니의 사망 소식이었다. 수많은 사람을 짓밟는 수레의 톱니바퀴가 되어 버린 사람들에게 개인적인 슬픔은 어떤 의미일까? 나 역시 톱니바퀴 중 하나가 된 것 같았다. 사랑하는 언니를 잃고 눈물이 나지도 않았고, 후회하는 감정이 들지도 않았다. 다만 온몸이 마비되어 거대한 공허에 떨어진 것 같았다.

나의 추방이 헬레나 언니의 그렇지 않아도 만신창이가 된 상태에 마지막 큰 타격이 되었노라고 스텔라는 썼다. 그 소식을 들은 순간부터 줄곧 몸이 약해졌다고 했다. 죽음은 그녀에게 삶보다 더 친절했다. 급작스러운 뇌졸중으로 순식간에 찾아왔기 때문이었다. '사랑하는 나의 언니, 데이비드를 잃은 후 바라고 바라던 소원이 이루어졌네. 고통받던 언니의 영혼이 마침내 영원한 안식을 찾았길 바라. 지금은 편안한 거지? 희망의 낙엽이 흩날리는 삶, 죽어 가는 믿음의 시든 가지를 가진 사람들은 그렇지 않거든'.

피치의 편지도 또 다른 충격이었다. 친구인 얼라인 반스돌이 러시아로 가기 위한 모든 준비를 마치고서, 피치도 함께 가기로 했는데 마지막 순간에 워싱턴이 이 둘의 여권을 거부한 것이었다. M. 엘리너 피츠제럴드는 "알렉산더 버크만과 엠마 골드만의 동료인 악명 높은 아나키스트"로 너무 잘 알려져 있었기 때문에 당국은 출국을 허용할 수 없다고 선언한 것이었다. 얼라인 반스돌이 급진주의자들과 연계

되어 있다는 사실은 그녀가 내게 준 수표를 통해서 추적해 냈다. 피치가 어둠의 경로로 러시아에 오는 방법을 찾으려 했다 해도 아마 불가능했을 것이다. 그녀는 우리와 함께하지 못하게 된 것에 크게 상심했지만, 이 상황에 대해 우리가 이해해 줄 거라고 믿는다고 했다.

페트로그라드로 돌아왔을 때 뷰포드 호의 동료 승객 수가 상당히 줄어 있었다. 일부는 고향으로 돌아가는 데 성공했고 또 다른 일부는 미국에서 볼셰비키 옹호에 격렬하게 반대했던 이들이지만 결국 소비에트 정권과 화해의 길을 걸었다. "로마에 가면 로마 법을 따르라잖아"라던 그들은 이제 로마 사람들과 함께 울부짖을 것이다. 추방자 중 공산주의자 11명은 모두 풍족한 삶을 누렸다. 그들은 식탁에 고기 음식이 잔뜩 준비된 것을 알았고 제일 좋은 숙소와 제일 좋은 음식은 당연히 그들 차지였다.

나머지 그룹은 그야말로 가장 비참한 상황이었다. 미국에서 수년간 일해 온 경험이 있음에도 불구하고 러시아에서 마땅한 일자리를 구하는 것이 불가능했다. 한 기관에서 다른 기관으로, 위원회에서 위원회로 보내지면서 그들의 노력이 과연 필요한지, 그렇다면 어디에서 필요한지 아무도 결정하지 못했다.

러시아는 이 사람들이 줄 수 있고 또한 기꺼이 주고자 하는 것이 절실히 필요했음에도 그들의 생산력을 강제휴식 상태로 만들 뿐 아니라 그들의 헌신을 증오로 바꾸기 위한 모든 노력을 기울이고 있었다. 미국에서 추방될 다른 많은 노동자들과 혁명을 돕기 위해 소비에트 러시아로 몰려들 노동자들의 미래가 이것일지, 우리는 궁금했다. 우리는 가히 범죄적이라 할 정도의 이런 어리석음이 반복되지 않도록 뭐라도 해야 했다. 사샤는 이미 러시아에 있는 미국인 추방자들과 예상되는 다른 추방자들을 위한 정보센터를 제안했다. 그는 추방자들을 맞이할 계획을 세워 나갔다. 우리가 도착했을 때보다 음식이나 숙소를 더 잘 배분하고 또 경제적인 면에서나 실용적인 면에서나 더 나은 방식을 고민한 것이다. 그의 프로젝트에는 난민을 직업과 업종별로 분류하여 유용하고 필요한 일자리에 배치하는 것이 포함되었다. 사샤는 말했다. "미국에서의 훈련과 경험이 생산적인 채널에 현명하게 투입되었다면 혁명에 얼마나 큰 도움이 되었을지 생각해 보시오." 그의 계획은 우리 자신과 도시의 다른 추방자들에게도 즉각 도움이 되는 기회를 제공했다.

나는 이 문제에 대해 라비치 여사에게 다시 연락을 취해 보면 어떨지 제안했다. 일하는 맵시가 있던 사람인 만큼 사샤의 아이디어를 곧바로 알아봐줄 거라고 생각했다. 페트로그라드 외무부 치체린을 대신하는 그녀는 이 도시 민병대 대장이자 공장 여성 단체의 위원장이기도 했다. 그녀는 아스토리아에 살고 있었고 또 우리는 그녀가 책상에 앉아 오랜 시간 일을 한다는 것을 알고 있었다. 새벽 2시에 그녀에게 전화를 걸어 만남을 요청했다. 그녀는 내게 즉시 방문하라고 요청하며 치체린에게서 "골드만과 버크만 동지" 앞으로 온 메시지도 마침 도착한 참이라고 했다.

라비치 여사는 미국발 추방자들이 대거 러시아로 향하고 있다는 것을 우리에게 알려주며, 치체린 동지가 우리에게 그들의 입국 관련한 사항을 준비하라고 지시했다 했다. 사샤의 계획을 실행해 보기 가장 적절한 기회였다. 시간은 늦고 강도 높은 업무로 피곤함에도 불구하고 라비치 여사는 프로젝트에 대한 충분한 설명을 다 들을 때까지 우리를 붙잡아 두었다. 게다가 자신의 협조에 대해서는 걱정 말라고 우리를 안심시키며 비서를 불러 우리가 하는 작업을 여러모로 수월히 진행되도록 도우라는 지시를 내렸다.

라비치 여사는 약속을 지키는 사람이었고, 우리가 이동 시간을 절약할 수 있도록 자동차까지 제공해 주었다. 그녀의 비서 카플란은 진지한 사람으로 우리를 도울 준비가 되어 있었다. 우리가 다양한 부서에 접근할 수 있도록 여러 가지 허가증을 가지고 우리 앞길을 열어 주었다. 얼마나 열성적이었는지, 결과를 좀 더 빨리 내고자 한다면 체카 요원 동지와 함께하는 게 어떤지 제안할 정도였다. 그를 안심시키며 나는 말했다. 과감성 면에서는 좀 덜할지 몰라도 더 효과적인 방법은 잘 알고 있다고. 그는 소비에트 공화국에 정말로 그런 방법이 있냐 물었고 아쉽게도 러시아 고유의 것은 아니고 미국에서 수입한 것이라고 나는 대답했다. 바로 미국에서 온 초콜릿과 담배, 연유였다. 초콜릿, 담배, 연유가 러시아 소비에트의 마음을 부드럽게 달래고 진정시키는 효과는 거부할 수 없는 것이었고, 회유와 명령, 위협이 실패한 곳에서도 이것만큼은 반드시 먹혔다.

라비치와 카플란은 보통 몇 달이 걸렸을 일을 우리가 2주 만에 해냈음을 인정했다. 세균이 득실대는 낡은 건물 세 채를 개조해 추방 예정자들이 사용할 수 있도록 시설을 갖췄고, 줄을 서지 않도록 미리 식량 배분을 마쳐 두었으며, 필요시를 대비해 의료 서비스는 물론, '수상' 구조를 위한 요원까지 확보해 두었다.

그동안 사샤와 에셀은 라트비아 국경에서 추방자들을 맞이하는 환영 행사를 맡았다. 페트로그라드에 도착할 것으로 예상되는 수천 명의 난민을 태우기 위해 두 대의 기차를 대기시키고 국경에서 기다리고 있었는데 그곳에서 2주를 헛되이 기다린 끝에 소비에트 정세의 혼란과 혼돈에 또 다른 실수가 추가되었다는 사실을 알게 되었다. 전쟁 포로의 귀환을 알리는 무전을 외무부가 미국인 추방자를 의미하는 것으로 오독한 것이었다. 사샤는 치체린에게 몇 차례 전보를 보내 이 상황을 설명하면서 전쟁 포로들일지라도 이 기차를 이용해 페트 페트로그라드로 데려오겠다고 제안했다. 그러나 전쟁 포로들은 전쟁 위원회에서 처리할 예정이니 그는 국경에 남아 미국인 추방자들을 기다리라는 명령을 받았다. 하지만 사샤는 전쟁 포로 호송대를 통해 이미 이후에 미국으로부터 오는 정치적 난민은 없다는 사실을 확실히 확인한 후였다. 사샤는 오지도 않을 사람들을 기다리느라 준비한 열차와 식량을 그대로 두라는 모스크바의 지시를 따르는 대신, 먹을 것은 물론이고 의료지원도 없이 허허벌판에 떨구어진 1,500명의 전쟁 포로들을 이 열차에 태워 페트로그라드로 보내기로 결정했다.

우리는 우리가 준비한 건물을 전쟁 포로들을 위해 사용할 것을 제안했고, 라비치 여사는 이 제안에 찬성했다. 하지만 병사들은 전쟁부의 관할하에 있기 때문에 먼저 허가를 받아야 한다고 했고, 이 문제에 대해서는 더 이상의 말을 듣지 못했다. 많은 노력과 시간을 들여 개조한 숙소가 봉쇄되었고 건장한 민병대원 3명이 배치되어 경비를 섰다. 우리의 모든 노동력은 낭비되었고, 추방자나 전쟁 포로들을 유용한 일을 위해 조직화하려는 사샤의 계획은 수포로 돌아갔다.

국가기구 외부에서 실질적인 작업을 해볼까 하면 마찬가지로 실망스러운 결과로 이어졌다. 하지만 우리가 주눅들쏘냐!

캄메니 오스트로프(섬)로 알려진 페트로그라드 지역에 있던 옛 부자들의 궁궐 같은 저택은 노동자들을 위한 요양소로 바뀔 예정이었다. "멋진 아이디어죠?" 조린이 말했다. "6주 안에 끝마쳐야 해요." 이 작업을 가능케 하는 건 미국의 속도와 효율성밖에 없었다. 우리가 도움이 되지 않을까? 우리는 힘을 합쳐 작업에 몰두했지만, 또다시 소비에트 관료주의라는 넘을 수 없는 벽에 부딪혔다.

우리는 처음부터 동지들을 위한 요양원을 준비하는 데 고용된 노동자들에게 하루에 적어도 한 끼는 따뜻한 식사가 제공되어야 한다고 주장했다. 나는 조리와 공평한 배급을 감독하는 일을 맡았다. 한동안은 모든 것이 순조롭게 진행되었고, 작업자들은 만족한 듯 보였으며, 러시아에서는 이례적으로 빠른 진전을 보이고 있었다. 그러나 작업자 가운데 볼셰비키 참모들과 그들의 지인들이 늘어남에 따라 정작 노동자들의 배급량이 줄어들기 시작했다. 전혀 쓸모도 없는 인력이 괜히 사무실을 지키고 앉아 노동자들의 몫을 빼앗고 있다는 걸 알아차리는 데는 그리 오랜 시간이 걸리지 않았다. 이 작업에 대한 노동자들의 열의가 시들해질 조짐이 보였고, 결과가 분명히 나타나기 시작했다. 우리는 조린에게 한 그룹의 사람들이 여가와 휴식을 즐기기 위해 다른 그룹의 노동자를 부당하게 차별대우하는 것에 항의했다.

마찬가지로 우리는 대학 학위를 가진 걸 범죄 취급하며 사람들을 집에서 강제 퇴거시키는 것에도 반대했다. 10월부터 섬의 일부 주택에서 노교사와 교수들이 점거 농성을 벌이고 있었지만, 아무도 그들의 문제에 관심이 없었다. 이제 그 가족들은 집을 잃게 되었고, 집을 지을 가능성조차 사라졌다. 조린은 사샤에게 퇴거 명령을 집행하라고 요청했지만 사샤는 공산주의 국가의 불한당 역할을 단호히 거부했다.

조린은 우리의 '계급적 감상주의'에 분노했다. 버크만처럼 혁명의 전적이 있는 사람이라면 어떤 일에도 위축되어서는 안 되며, 부르주아 기생충이 시궁창에서 죽든 네바 강에 몸을 던지든 아무런 차이가 없는 거라고 그는 말했다. 우리는 오지도 않은 미래라는 이름으로 부정하고 배신하는 것보다 공산주의를 러시아의 일상으로 옮기는 것이야말로 더 혁명적인 일이라고 답했다. 하지만 조린은 자신의 신념에 눈이 멀어 그 신념의 붕괴와 파괴적인 효과를 보지 못하고 있었다. 이제 그는 섬으로 가는 길에 우리를 태워 가지 않았다. 우리가 이 작업을 하는 이유가 그의 차를 타고 가는 안락함 때문이 아님을 분명히 하기 위해 우리는 도보로 3시간 걸리는 그 길을 걸어서 이동했다. 얼마 지나지 않아 우리 자리는 국가기구의 손아귀에 쉽게 놀아나는 다른 사람들이 꿰차고 앉았다. 이해할 수 있는 바였다.

요양소는 환호 속에 개원했다. 넓은 살롱을 채운 녹슨 철제 침대와 빛바랜 실크, 플러시 천으로 된 가구는 도무지 칙칙하고 차갑고 전혀 매력적이지 않았다. 조금이나마 자존심이 남아 있는 사람이라면 이런 환경에서 편안함을 느끼거나 휴식을 취할 수 없을 것이었다. 많은 이들이 우리의 견해에 동의했고, 심지어 일부는 당 관계자 몇몇이나 말단 직원들 외에는 캄메니 오스트로프에 있는 노동자 요양소 내부를 볼 일이 없을 거라 확신하기도 했다.

혁명의 진정한 비극이 독초로 무성해져 소중한 생명을 앗아가는 것을 고통스럽게 생각하며 우리는 다만 우리의 길을 갔다. 그래도 우리는 절망하거나 포기하지 않았다. 어디서든, 어떻게든 우리의 길을 닦아 나가면 될 것이다. 아주 작게 시작해도 괜찮다. 우리는 더 바라지 않는다. 우리가 인내심을 가지고 노력한다면 분명 그 정도는 찾을 수 있을 것이다.

조린은 소비에트의 주방은 혐오스러운 곳이라고 우리에게 반복해서 말한 바 있다. 몇 가지 개선 사항을 제안해 줄 수 있겠는지 그가 물었다. 사샤는 구역질나는 식당을 탈바꿈하는 새로운 프로젝트에 완전히 몰두하면서 다시 살아났다. 며칠 만에 그는 평소와 같이 치밀하게 모든 항목을 꼼꼼하게 준비하며 프로젝트의 윤곽을 잡았다. 도시 전체를 아우르는 구내식당 체인은 기존 주방에서 발생하는 막대한 음식 낭비와 불필요한 직원을 없애는 것을 목표로 했고, 주어진 식재료가 부족하더라도 소박하지만 맛깔스러운 요리를 깨끗하고 밝은 분위기에서 제공하는 것을 우선으로 했다. 사샤는 그 일을 맡을 것이고 나도 도울 수 있을 것이었다. 식당 몇 개부터 먼저 시작하고 점차로 확장해 갈 예정이었다.

지노비예프는 놀라운 아이디어라며 찬사를 보냈다. 왜 이전에는 아무도 생각하지 못했을까 의아해하며 매우 간단하고 쉽게 수행할 수 있다는 점에 놀라워했다. 이 프로젝트를 두고 사방에서 열의를 보였고 저마다 뭘 하겠다는 약속을 보내왔다. 혁명 이후 페트로그라드의 상점들은 다 문을 닫고 봉쇄되었다. 사샤는 필요한 가구를 선택하고, 인부들을 고용해 공간을 리모델링하고, 필요한 물품 등을 준비할 수 있었다. 나의 동지가 다시 갑판 위에 올라 지휘를 시작했다. 그의 계획에 따라 조직은 창의적으로 만들어지고 있었다.

이번엔 아무런 문제도 없겠거니 생각했지만 이번에도 어김없이 관료주의가 모든 활동을 차단했다. 가장 예상치 못한 곳에서 어려움이 나타나기 시작했다. 고위급 간부들은 사샤의 일을 돕기에는 너무 바빴고, 아마도 곧 일어날 것으로 예상되는 세계 혁명을 앞두고 있는 마당에 식당 개선 문제 같은 건 사소해 보였을 게다. 일반적인 일들에 있어 즉각적인 개선을 강조하는 것은 터무니없는 일이었다. 아무리 열심히 해도 혁명의 진로에 큰 영향을 미치지 못하기 때문이었다. 게다가 버크만은 더 중요한 일을 할 수 있는 사람이었다. 고작 개혁 같은 것을 하는 데 귀중한 시간을 빼앗겨서는 안 되었다. 사람들은 모두 그를 무쇠와 철의 혁명가라고 생각했기 때문에 더 실망한 듯했다. 대중을 먹여 살리는 것이 혁명의 첫번째 관심사이고, 민중을 돌보고, 그들의 만족과 기쁨, 희망과 안전을 생각하는 것이 진정으로 유일한 혁명의 존재 이유이자 도덕적 의미라고 주장하는 버크만을 순진한 사람 취급을 했다. 이러한 감성은 그들이 보기에 순전히 부르주아 이데올로기였던 거다. 붉은 군대와 체카는 혁명의 힘이자 혁명을 가장 잘 방어할 수 있는 조직이었다. 자본주의 세계는 이를 알고 있기에 무장한 러시아의 위력 앞에 떨고 있는 거였다.

앞선 희망들처럼 또 하나의 희망이 사라졌다. 하지만 강인한 심장은 맥박이 뛸 때마다 다시 태어나는 법. 사샤의 결단력과 추진력은 그 어느 때보다 강했다. 나의 유대적 인내심도 항복 같은 건 몰랐다. 모든 소비에트 하천이 같은 진흙탕으로 이어질 리는 없다고 생각했다. 깊고 험난한 바다로 뛰어드는 사람들도 분명 있을 것이다. 인내심을 갖고 다른 할 일을 찾아야 했다.

　나는 볼셰비키 평의회 고위직에 있는 지노비예프의 친구 라셰비치의 아내에게 병원의 상황에 대해 물어보았다. 경력직 간호사로 병원 상황 개선에 내가 쓰임이 있을 거라고 하자 그녀는 페트로그라드 보건위원회 위원인 페르부킨 동지에게 이 문제를 알리기 위해 애써 주었다. 연락이 오기까지는 몇 주가 걸렸다. 연락을 받자마자 서둘러 보건위원회로 달려갔다.

　"훈련받은 간호사가 러시아에 온 지 몇 달이 지났는데도 아직 근무를 배정받지 못하다니!" 페르부킨이 외쳤다. 그가 도움이 절실히 필요하다는 것을 진즉 알았어야 했는데. 병원은 의료 시설과 수술 도구는 말할 것도 없고, 조제실도 부족하고 숙련된 의료진도 마찬가지로 부족했다. 한마디로 모든 게 열악한 상황이었다. 수백 명이라도 미국 간호사가 필요한 상황이었는데, 나는 지금까지 아무것도 하지 않고 뭘 한 거냐며 당장이라도 일을 시작하라고 했다. 도움이라면 얼마든지 주겠다고, 왕진용 차까지 제공할 수 있으니 믿어도 좋다면서 내가 시작할 준비가 되면 바로 함께 진료를 나서겠다고 했다. 내일 아침부터 가능하겠는지 묻기에 일찍 오겠다고 대답했지만, 다만 당면한 중대 임무에서 내 능력과 중요성을 과대평가해서는 안 된다고 그에게 당부했다. 물론 나는 최선을 다할 것이고, 그것만큼은 약속할 수 있었다. 그는 내가 나이 든 혁명가이자 공산주의자 동지라고 들었다면서 그 약속이면 충분하다고 말해 주었다. 나는 공산주의자가 맞긴 하지만 더 크게는 아나키스트라고 말해 주었는데, 그는 "아 네네 그렇죠" 하며 이해한다는 듯 대답을 했다. 사실상 그 둘은 차이가 없다면서. 많은 아나키스트들이 이 사실을 깨닫고 볼셰비키 당에 전적으로 동조하며 열정적으로 활동하고 있다는 것이다. 나는 "혁명을 지키기 위한 일이라면, 내 마지막 숨이 붙어 있을 때까지 동지와 같은 마음이지만 독재 정권의 공산주의에는 그럴 수 없다"고 했다. 국가 공산주의의 강압적이고 강제적인 형태와 자유롭고 자발적인 협력을 기반으로 하는 아나키스트 공산주의 사이가 그 어떤 관계에 있는 건지 나는 도무지 이해할 수가 없어서 이 둘 사이를 화해시키지 못하고 있는 참이라고.

공산주의자들이 순식간에 말과 태도를 바꾸는 것을 자주 봐왔기 때문에 페르부킨 위원장의 갑작스러운 변화에도 놀라지 않았다. 민중들의 건강을 깊이 염려하던 친절한 의사, 병들고 고통받는 이들을 돌볼 간호사가 부족하다고 한탄하던 인도주의자는 순식간에 적개심과 분노를 뿜어 내는 정치 광신도가 되었다. 나의 관점이 환자를 돌보는 데 문제가 된다고 보는지, 아니면 간호사로서의 쓰임에 영향을 미칠 것이라고 생각하는지 나는 물었다. 그는 억지 웃음을 지으며 소비에트 러시아에서는 일하고 싶은 사람은 누구나 환영한다고 대답했다. 나는 정치적 입장을 떠나서 어떤 사람이 진정한 혁명가라면 그의 사상은 문제가 되지 않는다고 말하고, 나를 그렇게 대해 줄 수 있는지 물었다. 그 어떤 서약도 미리 할 수는 없지만, 최선을 다해 돕겠다는 약속은 지키겠다고 하면서.

다음 날부터 일주일 동안 나는 매일 그를 방문했다. 페르부킨은 먼젓번에 언급했던 진료에 나를 데려가지 않았다. 그는 몇 시간 동안 나를 사무실에만 붙잡아 두고 공산주의 국가의 무오류성과 볼셰비키 독재 체제의 무결성을 설파했다. 나는 의심의 여지 없이 이를 받아들이거나, 아니면 이곳을 떠나야 했다. 끔찍한 병원, 의료품 부족, 적절한 환자 치료의 부재, 이것들은 새로운 삼위일체에 대한 믿음에 비하면 사소한 문제들이었다. 보아하니 나는 더 이상 "절실히 필요한" 사람이 아닌 모양이었다. 나는 업무에서 배제되었다.

아스토리아 호텔 이웃인 젊은 키발치치의 도움으로 몇 군데 병원을 방문할 수 있었다. 정말이지 끔찍한 상태였다. 그에 대한 진짜 원인은 열악한 장비나 간호사 부족이 아니었고 그것은 어디에나 존재하는 정부, 즉 공산주의자 '세포조직원', 위원장, 영원한 의심과 감시였다. 훌륭한 업적을 세우고 자신의 일에 헌신한 의사와 외과의사들은 매번 방해를 받았고 공포와 증오, 두려움의 분위기 속에서 마비되곤 했다. 그들 중 공산주의자들도 무기력하긴 마찬가지였다. 일부는 아직 정권에 의해 인간의 감정이 완전히 사라지지 않은 상태였는데 지식인 출신이라는 이유로 그들은 의심인물로 간주되어 감시를 받았다. 페르부킨이 왜 나를 직원으로 두지 않았는지 그제야 이해할 수 있었다.

반복되는 강압적인 조치들을 겪으면서 유토피아라는 소비에트 독재에 대한 거친 각성이 일어났다. 이러한 각성은 '10월'의 선명한 목소리에서 시작된 볼셰비키에 대한 내 소중한 믿음을 뿌리 뽑는 데 일조했다.

태머니 홀에서 있었던 제9차 당 대회는 예의 그 강압적으로 밀어붙이는 방식을 통해 노동의 군사화를 성급하게 추진했고, 이로써 모든 노동자가 노예화되는 게 분명해 보였다. 상점과 공장에서 협동 경영 대신 1인 지배 체제가 확립되면서 대중은 3년 동안 최악의 위협으로 배워 온 바로 그 세력의 손아귀에 다시 놓이게 된 것이다. 이전에는 혁명을 방해하는 흡혈귀이자 적으로 비난받던 지식인 출신 '전문가'와 전문직 남성들은 이제 고위직에 임명되어 공장 노동자들을 쥐락펴락하는 막강한 권력을 쥐게 되었다. 노동자에 의한 산업 통제권이라는 '10월'의 주요 성과를 한 방에 무너뜨리는 조치였다. 사실상 모든 사람을 중범죄자로 낙인찍고, 마지막 남은 자유의 여지마저 빼앗고, 거주와 직업 선택권을 박탈하고, 특정 지역 이상을 벗어날 권리 없이 지정된 구역에 묶어 두는(어길 시 가혹한 처벌이 이어졌다) 노동 블록의 도입으로 모욕은 더욱 심화되었다. 이러한 반동적이고 반혁명적인 조치들은 당 내 의미 있는 소수집단의 반발에 부딪히고 투쟁을 불러일으켰을 뿐 아니라 일반 국민들에게도 비난을 받았던 것은 사실이다. 우리도 그것을 비난한 이들 중 하나였고, 사샤는 볼셰비키에 대한 그의 굳건한 믿음에도 불구하고 이 반동적 조치들에 더 격렬하게 반대했다. 그는 아직 내면의 눈으로 이미 명백한 것을 볼 준비가 되어 있지 않았고, 또한 볼셰비키라는 프랑켄슈타인이 만든 괴물이 '10월'의 성과를 무너뜨리는 비극적 운명을 인정할 준비가 되어 있지 않았다.

혁명에 대한 나의 '조급함'과 광범위한 문제들에 있어서의 판단력 결여, 혁명에 대한 어린아이 같은 접근 방식에 대해 우리는 몇 시간이고 논쟁을 벌였다. 그는 내가 자본주의 악의 주요 원인으로 경제적 요인을 항상 과소평가해 왔다고 했다. 경제적 필요성이야말로 소비에트 지도부의 손을 들어 준 바로 그 이유였던 걸까? 계속되는 외부로부터의 위험, 러시아 노동자들의 나태함과 생산량 증가 실패, 농민들의 가장 필요한 도구 부족 등으로 인해 농민들은 도시로 식량을 공급하는 것을 거부했고 이에 따라 볼셰비키는 이러한 절박한 조치를 통과시킬 수밖에 없었던 거라고 했다. 물론 그 역시 그러한 방법을 반혁명적인 것으로 간주하며 그렇게 해서는 목적을 달성할 수 없다고 생각하기는 했지만 레닌이나 트로츠키 같은 인물이 혁명을 고의적으로 배신했다고 의심하는 것은 터무니없는 일이라 믿었다. 그렇지 않은가, 그들은 대의를 위해 목숨을 바쳤고, 그들의 이상을 위해 핍박과 비방, 감옥과 망명까지 다 겪은 사람들이거늘! 그런 사람들이 그럴 순 없는 거다.

나는 볼셰비키의 배신을 추궁할 생각은 전혀 없다고 사샤를 안심시켰고, 실제로 나는 볼셰비키가 제 목표에 나름대로 일관되고 충실한 입장을 보이고 있다고 보는 편이었다. 차라리 지금 그들과 일하는 우리 동지들보다도 어떤 면에서는 나았다. 특히 레닌은 완벽한 사람같이 느껴졌다. 확실히 그의 정책에 엄청난 변화가 있었음에도, 정치적 곡예사로서 그의 뛰어난 민첩성을 부인할 수는 없었다. 그는 자신의 목표에서 벗어난 적이 없었고 심지어 그의 가장 악랄한 적들마저도 그를 비난하지 않았다. 하지만 내가 생각하기에 그의 목표가 바로 이 모든 러시아 비극의 핵심이었다. 절대적 우월성과 독점적 권력을 가진 공산주의 국가를 세우겠다는 목표 말이다. 그 목표를 위해 혁명을 파괴하고 수백만 명을 사형에 처하고 러시아를 최고의 아들딸들의 피로 물들여야 한다면 어떨까? 하지만 크렘린의 철인은 당황하지 않았다. '사소한 일, 약간의 피를 흘리는 일'은 그의 궁극적인 목표에는 영향을 미치지 않았다. 명확한 비전과 의지의 집중, 흔들리지 않는 결단력 면에서 레닌은 존경할 만한 인물이다. 그러나 그의 목적과 방법이 혁명에 미친 영향에 있어서 나는 그를 개입주의자보다 더 큰 위협으로 간주했다. 그의 목표는 애매하고 또한 방법 면에서는 더 기만적이었기 때문이었다.

사샤 역시 이를 부인하지는 않았고, 정치 기계의 틀에 끼워 맞추려는 우리의 시도가 얼마나 절망적인지 나만큼이나 확신하고 있었다. 하지만 그는 내가 레닌과 그의 동지들에게 혁명적 필요성에 의해 어쩔 수 없이 행한 방법에 대한 책임을 묻고 있다고 생각했다. 이 점을 가장 먼저 강조한 건 샤토프였다. 분별 있는 동지들이라면 모두 그런 태도를 가지고 있다고 사샤는 주장했다. 그리고 그 자신도 실제적인 혁명이라는 것은 이론의 영역에 머물러 있는 급진주의자들이 말하는 혁명과 완전히 다르다는 것을 깨달았다 했다. 그것은 피와 철을 의미했고, 이는 피할 수 없는 일이었다.

오랜 친구와의 소중한 동행과 지적 조화는 소비에트라는 미로를 헤쳐 나가는 고통스러운 여정을 상당히 완화시켜 주었다. 내 삶을 휩쓸고 지나간 토네이도 속에서 사샤만이 내게 남은 전부였다. 그는 내게 소중한 모든 것을 대표했고, 나는 그가 포효하는 러시아의 바다에 안전하게 닻을 내린 것처럼 느껴졌다. 문득 튀어나오는 우리의 의견 차이는 그래서 거대한 파도처럼 나를 압도했고, 나는 거기에 멍이 들고 상처 입었다. 시간이 지나면 나의 친구가 자신의 오류를 깨닫게 될 것이라 나는 확신하고 있었다. 볼셰비키를 옹호하는 그의 필사적인 시도는 우리가 10월 혁명을 위해 미국에서 처음으로 벌였던 패배한 전투에서 최후의 저항이었다는 것을 나는 알고 있었다.

모스크바에 머물며 만난 많은 사람 중에 알렉산드라 티모페예브나 샤콜이라는 흥미로운 젊은 여성이 있었다. 그녀는 샤피로를 통해 우리가 모스크바에 있다는 사실을 알게 되었고, 자신도 아나키스트인 만큼 미국에서 온 유명한 동지들을 만나고 싶다 했다. 게다가 그녀는 페트로그라드 혁명 박물관에서 시작한 프로젝트에 대해 우리와 이야기를 나누고 싶어했다. 그녀는 러시아 혁명과 혁명 운동에 관한 문서를 찾기 위해 러시아 전역을 백방으로 뒤지는 작업을 계획하고 있다고 설명했다. 수집된 자료는 궁극적으로 대격변 연구를 위한 아카이브 자료로 활용될 것이었다. 우리도 거기에 동참하겠는지 물었다.

러시아의 혁명적 일상을 직접 보고, 혁명이 대중을 위해 무엇을 했는지, 혁명이 대중의 존재에 어떤 영향을 미쳤는지 직접 배울 수 있는 기회라고 생각한 우리는 한동안 이 계획에 푹 빠져 지냈다. 다시는 이런 기회가 없을지도 몰랐다. 하지만 곧, 러시아의 격렬한 삶 속에서 죽은 자료를 수집하는 것은 씁쓸한 아이러니라는 생각이 들었다. 30년 동안 사회적 전투의 한가운데에 서서 항상 최전방에 서 있었던 우리가 아닌가. 이제 우리는 다시 태어난 조국에서 이보다 더 적은 것에도 만족해야만 하는 걸까? 우리는 좀 더 중요한 일을 할 수 있길 갈망했다. 우리가 온몸과 마음을 바쳐 해낼 수 있는 더 위대한 일을.

페트로그라드로 돌아온 후 우리는 확실히 될지 안 될지도 모르는 일들을 열심히 쫓아다니며 새로운 거점을 확보하느라 너무 바쁜 나머지 샤콜 동지와 그녀의 제안에 대해서는 생각할 틈조차 없었다. 하지만 쓸모 있는 일을 할 수 있는 희망이 다 사라진 지금, 그녀의 제안이 떠올랐다. 우리의 무의미한 존재에서 벗어날 수 있는 탈출구가 될지도 모르는 일이었다. 우리가 수집하게 될 자료가 미래 역사가들로 하여금 혁명과 볼셰비키의 올바른 관계를 정립하는 데 도움이 될 수 있다면 그 또한 가치 있는 일이라고 생각했다. 어쩌면 우리가 올바른 관점을 갖는 데도 도움이 될 것이었다. 우리가 방문하게 될 여러 지역과 그곳에서 만날 다양한 사람들, 그들의 삶, 관습, 습관 등이 우리에게 유용한 배움의 기회가 될 거라며 서로를 위로했다. 마땅히 다른 선택지가 없었으므로 이 프로젝트를 하기로 했다. 혁명 박물관이 있는 겨울 궁전으로 가는 길에 나는 사샤에게 말했다. "새로 하는 프로젝트도 거품이 되지 않았으면 좋겠네요."

샤콜은 부재중이었는데, 모스크바에서 발진티푸스에 걸려 거의 죽었다 살아났다는 이야기를 들었다. 지금은 회복 중이긴 하나 앞으로 2주 정도는 일터로 돌아갈 수 없을 거라고 했다. 그럼에도 그녀는 우리가 방문하기로 약속한 박물관을 알려주었고, 30대 중반의 유쾌하고 지적인 외모의 비서관 M. B. 카플란이 우리를 맞이했다. 그는 우리에게 박물관을 안내해 주면서 현재까지 달성한 성과를 보여 주겠다고 제안했다. 방방마다 귀중한 자료로 가득 차 있었는데, 그중에는 스파이 시스템이 어떻게 돌아갔는지를 밝히는 제3정치부 기록을 비롯한 차르 정권의 비밀 기록 보관소가 있었다. 방대한 컬렉션은 대부분 이미 정리, 분류가 완료되어 가까운 시일 내에 전시할 준비를 마친 상태였다. 비서관은 설명했다. "우리의 일은 이제 겨우 시작에 불과해요. 러시아에 대영박물관뿐만 아니라 다른 어떤 나라에 존재하는 그 어떤 박물관보다 더 완벽하고 독특한 박물관을 설립하려는 우리의 목표를 달성하려면 몇 년이 더 필요하겠죠. 어떤 나라도 러시아처럼 풍부한 혁명적 보물이 흩어져서 그 손실과 파괴로부터 구출되기를 기다리고 있지는 않으니까요." 시간을 끌면 끌수록 잃어버릴 것들이 많아서 박물관은 가능한 한 빨리 수집팀을 꾸려 파견하기를 원했다. 카플란은 이 프로젝트에 열과 성을 다했고, 함께하는 공동 연구자들도 박물관의 미래와 박물관이 계획한 작업에 똑같이 열정적이었다. 다들 우리의 도움을 받고 싶어했다.

5월 하순이었음에도 겨울 궁전의 광활한 방에는 냉기가 돌았다. 따뜻하게 옷을 입었지만 추위에 금세 몸이 움츠러들었다. 우리는 페트로그라드의 혹독한 겨울 내내 끔찍하게 축축한 이곳에서 일하는 남성과 여성들이 그저 경이로울 따름이었다. 3년 가까이 이곳에서 일하고 있는 사람들의 얼굴에는 푸른 얼룩이 져 있었고, 손은 동상에 걸려 있었다. 일부는 심각한 류머티즘과 결핵에 걸리기도 했다. 비서관 카플란은 자신의 건강 역시 많이 안 좋아졌음을 시인했다. 하지만 당시 러시아는 혁명 중이었고, 그와 그의 동료들은 러시아의 미래를 건설하는 데 일조할 수 있는 특권을 누리게 되어 기쁠 뿐이었다. 그들 대부분은 카플란과 마찬가지로 당원이 아니었다.

카플란은 우리의 도움을 구하고자 하는 마음이 간절했는데, 그의 열정은 거부할 수 없을 정도로 전염성이 강해서 우리는 그에게 동의하지 않을 수 없었다. "그럼 당장 근무 보고를 하는 게 좋겠네요." 그가 제안했다. 파견을 나가기 전까지 아직 해야 할 일이 많았다. 여행에 필요한 장비를 조달하고 철도 차량 두 대를 준비했는데, 한 대는 6명으로 구성된 스태프가 타고 다른 한 대는 수집할 자료를 실을 수 있도록 준비했다. 수많은 부서의 허가를 받는 일이나 허가증을 발급받는 일, 보급품과 여정을 위한 권리를 확보하는 일 등 여러 형식적 절차들을 살펴야 했다. 서둘러야 하는 건 당연했고, 당장이라도 시작해야 했다.

우리는 좀 더 가벼운 마음으로 친절한 비서관과 공동연구자들을 떠날 수 있었다. 아직 박물관의 다른 구성원들이 느끼는 것처럼 우리가 수행할 일에 대해 똑같이 느끼지는 못했다. 우리가 해야 할 더 중요한 일이 있다는 것을 알면서 서류나 문서 수집에만 만족할 수 없었기 때문이었다. 하지만 그들의 헌신과 불굴의 의지는 우리 마음속 절망감을 조금은 덜어 주었다. 그것은 소비에트 생활을 하면서 가장 자극이 되는 특징이라 할 수 있었는데, 전혀 예상치 못한 곳에서도 러시아의 새로운 정신을 접하게 된다는 것이었다. 가장 어두운 시기에 우리는 종종 소비에트의 공식적인 표면 아래에 숨겨진 가장 영웅적인 인내와 헌신을 발견하곤 했다. 공적으로 매일 찬사를 받고 화려한 시위와 군사적 과시로 잔치를 벌이는 그런 종류와는 차원이 달랐다. 당 외부에서는 아무도 그 관리들이 하는 일 같은 건 믿지 않았다. 국가 기계 앞에서는 별 도리가 없긴 하지만, 심지어 그 진영 내부에서조차 겉으로만 번드르르한 공허한 말들을 싫어하는 이들이 많았다. 이 사람들은 당의 저속한 과시를 자신들의 목표와 진실성이라는 일심전력으로 보완해 냈다. 그들은 묵묵히 자신의 임무에 매진하며 혁명에 모든 것을 바치면서도 대가를 바라는 법이 없었다. 배급이나 상찬, 그 밖의 인정 같은 것을 원하지 않았다. 이 위대한 영혼들은 볼셰비키 정권에서 증오스러운 많은 부분을 정화시켜 주었다.

파견 준비가 다소 느리게 진행됨에 따라 우리는 우리의 관심과 유사한 박물관과 미술관 등을 방문하고 그와 동시에 다른 일들도 할 수 있는 시간이 있었다. 그러던 중에 아나키스트 소녀 둘이 체포되었다는 소식이 들려왔다. 각각 15세와 17세인 소녀들은 고용기록장부의 모멸적인 측면과 도시 내 슈팔레르니와 고로코바야 감옥에 수감된 정치범들의 견디기 힘든 환경에 대한 항의문을 배포한 혐의로 체포된 것이었다. 몇몇 페트로그라드 동지들이 이 문제에 대해 우리에게 도움을 요청했고, 우리는 즉시 볼셰비키 지도부를 찾아갔다. 조린은 우리를 포기한 지 이미 오래였다. 우리는 천국에 갈 길을 잃은 자들이었던 것이다. 지노비예프 역시 나를 특별히 좋아하지 않는 것 같았는데, 그건 피차 마찬가지였다. 그러나 그는 항상 사샤에게만큼은 매우 친절했고, 사샤는 체포된 아나키스트들 건으로 그를 찾아갔다. 같은 건으로 나는 라비치 여사를 찾았다. 항상 소박하고 겸손하며 관료들의 권력남용에 대해 인정할 준비가 되어 있는 사람이란 걸 알았기 때문이다. 안타깝게도 정치범은 그녀의 관할 밖이었다. 이러한 사안은 체카의 관할이었는데, 페트로그라드 지부의 수장인 공산주의자 바카예프가 아나키스트에게 매우 보복적인 것으로 알려져 있었다. 뷰포드 추방자들이 도착한 첫날, 바카예프는 그들에게 "소비에트 러시아는 아나키스트들의 헛짓은 용납하지 않습니다"라며 깊은 인상을 남긴 바 있다. 그런 사치는 자본주의 국가에나 어울리는 것이라고 그는 말했다. 프롤레타리아 독재하에서 아나키스트들은 복종하거나 탄압받거나 둘 중 하나였다. 우리 동지들이 그런 발언에 반발하자 바카예프는 추방자 247명 전원에게 가택연금형을 내렸다. 이 사실을 삼일 후에야 알게 된 우리는 극도로 흥분했다. 조린은 이 사건을 안타까운 오해 정도로 최소화시켰고, 체카 동지에게 스몰니에 있는 우리 동지들의 숙소에서 무장 경비대를 철수하도록 설득했다. 그런데 그 이후로 그러한 '안타까운 오해'는 너무나도 자주 일어났다.

지노비예프와 라비치 여사의 입김은 바카예프에게 즉각적인 영향을 미쳤다. 아스토리아에 살고 있던 바카예프가 나에게 전화를 걸어 자기를 좀 보자고 했다. 그는 체포된 아나키스트 소녀들이 "강도짓"을 다신 안 한다는 것을 우리가 보증하는 조건으로 그들을 석방하겠다고 제안했다. 나는 반혁명적이라고 여겨지는 방식에 반대하는 항의의사를 내세웠다는 이유로 이 소녀들에게 그런 무지막지한 용어를 쓴다는 것에 놀라움을 금치 못했다. "당신의 그 잘난 당이 스스로 확신이 없다면, 끝도 없이 상상의 강도와 반혁명주의자들한테 괴롭힘을 당하겠죠." 나는 말했다. 나는 자신의 감정을 표출할 필요가 있다고 생각한다면 우선 나 자신부터 침묵하지 않을 것이기 때문에, 누구를 보증하는 것 같은 일은 거절한다고 했다. 나는 알렉산더 버크만 동지를 대변해 말할 수도 없지만, 누군가를 대신해 약속을 함으로써 그 말에 상대를 구속하는 일 같은 걸 거절할 게 분명하다고 바카예프에게 말했다. 정치범에 대한 열악한 처우에 대해 나는 체카의 위원장에게 소비에트 러시아의 감옥이 미국의 감옥보다 낫지 않다는 사실이 알려진다면 미국 교도소 측에 좋은 먹잇감을 던져 주는 것임을 확인시켰다. 바카예프에게 제대로 먹힌 것 같았다. 독재정권을 비판함으로써 자신의 계급을 해쳐서는 안 된다는 것을 아직 깨닫지 못했다 할지라도 그 소녀들도 프롤레타리아이기 때문에 그는 소녀들에게 기회를 주겠다고 선언했다. 그는 또한 감옥의 상황이 크게 과장되긴 했지만 개선이 필요한 부분을 살펴보겠다고도 했다.

감옥에 있는 사람들을 출소시키는 것은 미국에서 우리가 하던 많은 일 중 하나였는데 혁명 러시아에서도 이와 같은 일이 필요할 거라고는 꿈에도 생각하지 못했다. 가장 치열하게 싸웠던 우리로서는 이런 가당치도 않은 일이 벌어질 거라고는 정말 상상조차 못한 것이다. 하지만 지금까지 우리가 한 일은 레닌이나 크레스틴스키에게, 그리고 지금 이렇게 더 시시한 사람에게까지 투옥된 동지들을 위한 탄원을 하는 것뿐이다. 이런 상황 속에서도 우리는 여전히 파토스와 유머를 볼 수 있었고 우리 자신의 어리석음에도 웃는 법을 잊지 않았지만, 종종 내 웃음은 내 눈물을 가리기 위한 것이었다.

그럼에도 불구하고 우리에게는 우리의 노력을 후회하지 않을 이유가 있었고, 특히 우리의 가장 훌륭한 동지 중 한 명인 브셰볼로드 볼린의 경우 더욱 그랬다. 그는 아나키스트 네스토르 마흐노가 이끄는 우크라이나 농민 반군 대열에서 교육을 담당하며 활동했으며, 볼셰비키가 대중의 효과적인 지도자이자 뛰어난 전략적 통찰력과 탁월한 용기를 지닌 인물로 칭송했던 인물이기도 하다. 여러 반혁명 시도들을 다 물리치고 붉은 군대가 데니킨 장군의 무리를 몰아내는 데 물리적으로 도움을 준 것은 마흐노와 그의 반군 부대였으니, 그런 칭송에 이유가 없는 것은 아니었다. 그러나 트로츠키의 절대적 명령에 군대를 복종시키기를 거부했다는 이유로 마흐노는 적이자 도적으로 규정되었고, 그의 군대 전체가 반혁명 세력으로 비난을 받았다. 볼린은 교육자였지 마흐노의 군사 작전에 참여한 적은 없었음에도 우크라이나 체카는 그런 구분 같은 건 하지 않았다. 그들은 볼린을 체포해 하르코프 감옥에 구금했는데, 그는 열병에 걸려 위험한 상태였다. 그 사이 트로츠키가 그를 처형하라는 전보 명령을 보냈기 때문에 우리 동지들은 볼린의 위험한 상황을 알아차렸다. 우리 동지들은 죄수를 모스크바로 이송해 오려 했는데, 그곳에서 볼린은 혁명적 성실성과 높은 지적 성취도를 지닌 인물로 공산당 지도부에게 잘 알려져 있는 인물이었기 때문이다. 동지들은 당시 수도에 있던 모든 아나키스트들에게 호소문을 돌려 그의 이송을 요구하는 서명을 받았고, 사샤와 지역 동지 아스카로프를 대표로 선정해 이 탄원서를 공산당 서기장 크레스틴스키에게 제출했다.

크레스틴스키는 아나키스트들에게 매우 광신적이고 비열한 태도를 보였는데, 처음에는 볼린이 죽어 마땅한 반혁명가라고 주장하더니 그 다음엔 그가 이미 모스크바로 이송되었다고 했다. 사샤는 두 가지 점에서 그가 모두 틀렸다는 것과 볼린에게 최소한 자신의 진술을 할 기회가 주어야 함을 설득하는 데 성공했다. 하르코프 감옥에서 볼린은 그런 기회를 갖지 못했기 때문이다. 크레스틴스키는 결국 사샤의 주장에 굴복했고 하르코프 당국에 볼린을 수도로 이송하라는 전보를 보내겠다고 약속했다. 얼마 지나지 않아 우리 동지가 모스크바로 끌려와 부티르키 감옥에 갇힌 것으로 보아 그는 약속을 지킨 것 같았다. 그리고 곧 브세볼로드 볼린은 완전히 석방되었다.

페트로그라드 소녀 둘까지 석방되고 나니, 우리의 긴 여정이 시작되기 전에 다른 일을 할 여유가 생긴 것 같았다. 먼저 산업 현장을 방문했다.

공장 상황에 대한 여러 소문을 들으면서도 공장에 직접 접근할 수 없었기 때문에 그 이야기를 믿기 어려웠다. 표현과 언론의 자유가 없는 나라에서 여론이란 건 과장이나 허위 사실에 근거할 수밖에 없다는 사실을 깨달은 지는 오래였다. 결론을 내리기 전에 공장들을 직접 조사해야 했다.

오랫동안 기다려 온 공장 방문과 노동자들과 직접 이야기를 나눌 수 있는 기회는 라비치 씨가 갑자기 페트로그라드를 찾은 미국 기자의 안내를 맡아 달라고 요청했을 때 찾아왔다. 알고 보니 핀란드 테리오키에 도착했을 때 우리를 인터뷰했던 신문기자 중 한 명이었다. 까마득히 오래전의 일처럼 느껴졌다. 국경에서 그 기자는 자신이 계속해서 소비에트 러시아에 들어오려고 시도하는데 잘 안 되고 있다며 사샤에게 연락해 언론인 입국에 대한 결정권자인 치체린에게 말 좀 잘 넣어 달라고 부탁하기까지 했다. 솔직한 표정과 태도는 호의적인 인상을 주는 사람이었지만, 그 외에는 이름이나 어디 소속인지 등 그에 대해 아는 것이 전혀 없었다. 우리가 국경을 넘는 마지막 순간에서야 그는 우리에게 명함을 주었다. 사샤는 그를 대신해 탄원을 할 수는 없지만 인민외교위원회에 메시지를 전달하겠다고 약속했다. 사샤는 실제로 약속을 지켰고, 치체린에게 존 클레이튼이라는 젊은 기자가 러시아에 오기를 간절히 원하고 있으며, 그가 미국의 반동 신문 중 하나인 『시카고 트리뷴』 소속이라는 것을 알렸다.

이 문제에 대해 가타부타 더 들은 바가 없기도 했고, 바쁜 러시아 생활 속에 우리는 클레이튼의 존재를 잊고 지내고 있었다. 그래서 페트로그라드로 돌아와 존 클레이튼이라는 사람을 아느냐고 묻는 라비치 여사의 전화를 받았을 때 여간 놀란 게 아니었다. 그는 러시아로 건너가려다 국경에서 체포되어 체카에 구금되어 있었는데 자신이 신뢰할 수 있는 사람들을 알고 있고 그들이 자신을 위해 보증을 서줄 거라며 우리 이름을 댄 모양이었다. 나는 라비치에게 사샤가 치체린에게 했던 말을 되풀이하면서, 이미 소비에트 땅에 와 있으니 그를 풀어 주는 편이 나을 거라고 했다. 그는 소비에트 정부가 허용하는 것 이상을 볼 수 없고, 볼셰비키의 검열을 통과하지 않고는 어떤 뉴스도 보낼 수 없는데 그를 두려워할 이유가 없지 않은가? 라비치 여사는 내가 말한 내용을 국경 수비대 체카에 전하고 최종 결정은 그들에게 맡기기로 했다. 클레이튼에 대한 소식은 그후로 더 이상 들리지 않았는데, 어느 날 아스토리아에 있는 내 방 문 앞에서 그를 만나고는 얼마나 놀랐는지 모른다. "어디서 오는 거예요?" 들어오라는 말도 없이 다짜고짜 물었다. "말도 마세요." 그는 불쌍해 보이는 모습으로 대답했다. "이 나라에 들어오려고 목숨을 걸었어요. 좋은 뜻을 가지고 왔는데 여기서 개만도 못한 취급을 받고 있네요." "무슨 일이 있었던 거예요?" 내가 물었다. "아이구야, 들어오라는 말도 안 하는 건가요? 제 모험담을 다 이야기하자면 하루 종일 걸릴 것 같은데요." 그가 안돼 보이긴 했다. 그리고 설령 그가 미국 기자라 할지라도 무례하게 굴고 싶지는 않았지만, 생각해 보면 나만큼이나 그럴 만한 이유가 있는 사람이 또 있나 싶었다. "좋아요. 들어와서 어디 한번 다 이야기해 보시죠." 내가 가볍게 말했다. 그의 얼굴이 밝아졌다. "고마워요, E. G." 그는 말했다. "그들이 당신을 냉담한 볼셰비키로 만들 수 없다는 걸 알고 있었다니까요." 나는 그의 말을 고쳐 주었다. "말도 안 되는 소리 말아요. 볼셰비키라고 다 냉담한 것도 아니거니와 그런 사람들이 있다면 러시아 대중을 굶겨 죽이려는 다른 세력과 결탁한 당신네 정부의 은혜로 만들어진 것일 뿐이거든요."

클레이튼은 핀란드에서 스키를 타고서 뇌물을 주고 넘어오다 붙잡혀 더러운 체카 교도소에 수감되었다가 마침내 모스크바로 이송되어 "자유의 몸"이 된 지 6주가 되었다고 했다. "자유라고요?" 나는 놀라서 물었다. 그렇다, 하지만 그가 보고 듣는 것이 전부가 아니었다. 쥐꼬리만 한 이야기라고 해도 건질 게 하나도 없었다. 그리고 또 그의 처지로 말하자면, 모스크바에 도착한 이래로 온갖 종류의 차별과 모략을 당하고 있었다. "썩었다고밖에 할 말이 없네요. 그리고 판단오류라고나 할까요? 언론인을 이렇게 대우하다니 말입니다." 그는 씁쓸하게 말했다.

속담에 그 사람의 마음을 얻으려면 배를 채우라는 말이 있듯이, 우선 클레이튼의 헝클어진 마음을 달래 줄 무언가가 필요했다. "이야기 나눌 시간은 충분하니, 우선 커피 한잔 마실까요?" "세상에, 이보다 더 반가운 말이 있을까 싶네요." 그는 기쁨에 사무친 듯 보였다. 연거푸 커피 두 잔을 마시고 나니 억울함이 다소 가신 듯, 이성적인 판단을 할 수 있게 된 것 같았다. 공장 시찰 투어를 하기 전에 클레이튼은 자신의 위치가 얼마나 불안정한지를 이야기하며 여기에 상처를 받는다는 것이 좀 말도 안 되는 일이라는 것도 인정했다. 어쨌거나 그는 알려진 사람이 아니었고, 『시카고 트리뷴』에서 왔다는 것도 딱히 대단한 자격이 되지는 못했기 때문이다. 스파이와 음모는 공산주의자들에게 광적인 반응을 일으켰다. 러시아가 혁명의 적들로부터 받은 온갖 박해를 생각하면 당연한 일이긴 했다. 그가 말한 것처럼 자신이 정말 좋은 의도로 이곳에 온 것이라면 그는 자신의 불쾌한 경험을 더 큰 시각에서 바라봐야 했다. 그렇지 않으면 그는 여성을 국유화하고 부르주아의 귀와 손가락을 인민에게 먹였다는 식의 미국 언론에 보도된 것과 다를 바 없는 잔학한 것들에 대해서만 기사를 쓸 것이기 때문이다. 클레이튼은 그런 허위사실을 유포하는 일은 절대 없을 거라고 맹세했다. "한번 보시라니까요, 제가 그러나 안 그러나." 나는 30년 동안 디오게네스의 등불을 들고 미국 언론의 공정성이나 정확성을 찾아 헤매며 기다렸다. 물론 몇 가지 예외가 있긴 했지만, 있더라도 매우 적었다. 그리고 그 예외에 『시카고 트리뷴』은 없었다. 그가 예외가 되기를 바랐다.

공식 대변인이 되는 건 내 취향에 맞는 일은 아니었지만 안타까운 처지의 사람들을 위한 나의 도움 요청에 항상 응답해 주던 라비치의 청을 거절할 수는 없었다. 게다가 나는 볼셰비키의 정치적 테두리 안에서 일하지 않기로 확실히 결정했지만, 러시아 상황이 너무 거대하고 중대해서 아직 완전히 제대로 파악하지 못했다고 느꼈다. 내게 지금 중요한 것은 소비에트 러시아가 아직 여전히 수많은 전선에서 목숨을 걸고 싸워야 하는 상황에서 미국 언론이 이에 반대하는 기사를 내지 않는 것이었다. 그렇기 때문에 나는 클레이튼이 나의 도움을 받아 정보를 확보하는 것을 원치도 않았고, 또 그에게 고의적인 거짓

말을 해야 할지도 모른다는 생각에 마음이 영 편치 않았다. 나는 라비치 여사가 클레이튼에게 공장 방문을 허락했을 때 자신이 무슨 일을 하는지 알고 있었을 거라고 생각했다. 어쩌면 내가 알고 있는 것처럼 상황이 그렇게 나쁘지 않을 수도 있었다. 아니면 나와 함께 가면 상황이 덜 가혹해 보일 거라고 생각했을 수도 있다. 다행히 사샤가 우리와 동행했다. 그렇게 되면 우리 중 한 명은 뒤처져서 작업자들과 대화할 수 있고, 다른 한 명은 클레이튼에게 공식적인 상황을 설명할 수 있을 것이다.

푸틸로프 작업장은 대부분의 기계가 버려진 채 방치되어 있었고, 다른 기계들은 수리할 수 없는 상태였으며, 작업장은 더럽고 방치된 상태였다. 사샤가 클레이튼에게 공장 매니저가 무슨 이야기를 하는지 설명하는 동안 나는 뒤에 남았다. 내가 볼셰비키가 아니라 미국에서 온 동지라고 하기 전까지 나와 말을 섞지 않으려는 남자들도 있었다. 미국에서 왔다는 말에 많은 게 달라졌다. 그들은 내게 할 말이 너무 많지만, 벽에도 귀가 있는 법이라고 했다. "일한 지 하루도 지나지 않았는데 복귀하지 않는 동료들이 있어요." "아파서 그런가요?" "아니요. 항의를 좀 했거든요." 내가 당국에서 듣기로는 여기 푸틸로프의 노동자들은 중요한 산업 중 하나에 종사하면서 다른 노동자들보다 훨씬 더 나은 배급량, 그러니까 하루에 2파운드의 빵과 다른 물품들에서도 특별 배급을 받고 있다고 하더라고 말하자 남자들은 놀라서 나를 바라보았다. 그중 한 명이 검은 덩어리를 내밀며 빵을 먹어 보라고 했다. "더 세게 깨물어야 할 거요." 그들은 쓸쓸하게 말했다. 이에 더 힘을 주어 먹어 보려 하다가, 치과 치료비를 감당할 수 없는 형편이라 이 가죽 조각은 돌려드려야겠다고 하니 주변에 모여 있던 사람들이 와하하 웃었다. 나는 빵이 형편없고 양이 부족하다는 이유로 공산당을 비난할 수는 없지 않냐고 되물었다. 푸틸로프 노동자와 다른 산업에 종사하는 형제들이 생산량을 늘린다면 농민들은 더 많은 곡물을 재배할 수 있을 것이었다. "예예" 하고 그들은 대답했다. "노동의 군사화를 설명하면서 매일같이 듣는 이야깁죠." 몰아붙이지 않더라도 공복에 작업하는 것만으로 충분히 힘들고 이제는 도무지 불가능한 일이 되었다. 새로운 법령은 안 그래도 비참한 상황에 괴로움을 더할 뿐이었다. 그나마 전에는 마을에서 식량이라도 좀 구할 수 있었는데 이제 노동자들은 마을에서 너무 멀리 떨어져 있어서 그럴 수도 없게 되었다. 게다가 관리와 감독관의 수가 늘어나면서 먹는 입이 늘어난 것이다. "이곳에 고용된 7천 명 중 실제로 작업을 하는 사람은 2천 명 남짓이에요." 근처에 있던 나이 든 직원이 말했다. 혹시 시장을 보았느냐고, 남자 하나가 귓속말로 물었다. 돈을 낼 수 있는 사람들도 물건을 구하기 어려운지를 물었는데 대답할 시간이 없었다. 주변에 있던 이가 경고를 해주어 남자들은 서둘러 작업장으로 돌아갔고 나도 이내 동료들과 합류했다.

우리의 다음 목적지는 마치 군사 캠프처럼 보였는데, 무장경비병이 거대한 창고 주변과 공장 내부 곳곳에 배치되어 있었다. "왜 저렇게 경비가 많은 겁니까?" 샤샤가 담당자에게 물어보았다. 밀가루가 포대째 차에 실려 사라지고 있어서 그렇다는 답이 돌아왔다. 군인들은 그것에 대처하기 위해 있다는 것이었다. 도난을 막지는 못했지만 범인 일부는 체포되었다 했다. 투기꾼들에게 속아 넘어간 노동자들이라는 그들의 공식적인 설명이 왠지 그럴듯하게 들리지 않았다. 나는 공장에서 일하는 노동자들에게 접근하기 위해 속도를 좀 늦췄다. 나는 그들의 마음을 여는 비밀번호를 알고 있었다. "미국에서 전투적 프롤레타리아트의 연대의 인사와 담배 선물을 전합니다." 단단한 턱에 지적인 눈빛을 가진 젊은 남자가 밀가루 자루를 어깨에 메고 지나가다가 나를 보았다. 그가 다음 자루를 가지러 돌아왔을 때 나는 마법의 열쇠를 사용했고, 먹혀 들어갔다. 무장한 군인들이 왜 그곳에 있는지 말해 줄 수 있나요? 노동을 군사화하는 새 법령에 대해 알지 못하는 겁니까? 노동자들은 자신들의 혁명적 인간성에 대한 모욕이라며 분개했고 그 결과 10월에 그들을 도왔던 형제 병사들은 이제 감시견이 되어 우리를 감시하게 된 겁니다. 밀가루 도난 사건과 이를 방지하기 위한 경비병을 둔 게 맞냐고 물었다. 남자는 씁쓸하게 웃음을 지어 보였다. 공장 문을 열고 닫는 사람이 저 위원회 사람들인데 밀가루를 훔치는 게 누군지는 그 사람들이 더 잘 알지 않겠어요? "그럼 혁명은요? 노동자들에게 혁명이 가져다준 건 아무것도 없나요?" 내가 물었다. "아 그거요, 이미 오래전에 다 끝났죠. 지금은 고여 있는 물이죠. 하지만 다시 댐이 터질 날이 오겠죠."

저녁이 되어 사샤와 서로의 노트를 비교하면서 소비에트의 공장 상황에 대해 우리가 알고자 했던 것은 다 알게 되었다는 데에 동의했다. 검은색을 흰색으로, 회색을 진홍색으로 만드는 것에 별 거부감이 없는 공식 가이드에게 의심스러운 영광을 맡겨 둘 수 있을 것이다. 사샤는 앞으로 다시는 가이드 역할을 맡지 않겠다고 단호하게 거절했고, 나는 다음 날 아침 클레이튼을 라펌 담배공장으로 데려가는 것으로 원치 않는 일을 마무리했다. 이곳의 상태는 꽤 양호했는데, 현재 작업 매니저가 이전에 공장주였기 때문이다.

얼마 지나지 않아 클레이튼은 러시아를 떠나면서 다음 번엔 돌아와서 더 오래 머물며 상황을 더 면밀히 조사하겠다고 했다. 자신의 아내가 러시아 사람이고, 아내가 가이드 역할을 해줄 것이므로 우리의 시간과 선의에 기댈 필요가 없다고 했으며 또한 러시아에 대해 오해의 소지가 있는 기사를 절대 쓰지 않겠다 충실히 약속을 했다.

'오해의 소지'라는 말에 나는 좀 웃고 말았다. 그 불쌍한 친구는 내 러시아 생활 자체가 '오해의 소지' 그 자체이고, 나뿐 아니라 다른 사람들까지 그렇게 만들고 있다는 것을 알 리가 없었다. 다시 한번 내 두 발로 굳건히 설 수 있는 때가 올까 싶었다.

파견 준비는 매우 느리게 진행되고 있었고, 내 신경은 거의 한계점에 다다랐다. 최근 들어 얻게 된 나의 평정심은 대중이 처한 끔찍한 상황을 알게 됨으로써 산산이 부서졌다. 안젤리카 발라바노프의 도착으로 내 마음은 다소 가벼워졌다.

그녀는 영국 노동당 사절단 접대 준비를 위해 모스크바에서 파견된 것이었다. 불쌍한 안젤리카, 그녀 역시 안내자의 역할로 전락했다. 한때 빛나던 신념의 그림자와 숨바꼭질을 해야 하는 상황에서 그녀도 나만큼이나 괴로워할 것이라는 확신이 들었다.

저명한 영국인 손님이 사용하도록 지정된 곳은 수도에서 가장 아름다운 곳 중 하나인 네바 강변의 나리쉬킨 궁전이었다. 10월부터 봉쇄되어 있던 궁전이어서 안젤리카가 내게 정리를 도와달라고 청했다. 기꺼이 동의했지만, 사실 그 작업에 내가 꼭 필요한 것은 아니었다. 세 명의 유능한 스태프들이 더 짧은 시간에 그 일을 더 잘 해냈다. 안젤리카가 외로워서 그런가 보다고 생각했고, 그녀는 한눈에 보더라도 건강이 좋아 보이지 않았다. 그녀는 나와 함께 있는 것을 편하게 느꼈고, 나 역시 그녀와 함께 있는 게 좋았다. 비록 우리 둘 다 가장 마음에 두고 있는 주제에 대해 솔직하게 이야기할 수는 없었지만. 그것은 마치 열린 상처를 파헤치는 것과 같았을 것이다. 안젤리카는 또한 사샤를 매우 좋아했고, 방문객들을 위해 준비 중인 환영의 글에 대한 통역과 번역을 위해 이미 사샤에게 도움을 청해 둔 터였다.

마침내 도착한 사절단 대부분은 앵글로색슨 특유의 "내가 너보다 낫다"는 태도를 장착한 사람들이었다. 물론 그들은 개입에 반대했고, 소비에트 러시아에 대한 공격을 거부했다고 자랑스럽게 떠들어댔지만, 혁명이나 공산주의에 관해서라면 "감사하지만, 됐습니다" 같은 입장을 취했다. 영국 노동 대중과 전 세계 노동자들에게 더 많은 내용을 전달하기 위한 요량으로 마련된 행사였고, 이 행사를 효과적으로 홍보하기 위해 모든 노력이 기울여졌다. 우리츠키 궁전 광장에서 열린 웅장한 군사 전시회는 프로그램의 시작에 불과했다. 다른 일정들은 훨씬 더 설득력이 있었다. 나리쉬킨 궁전에서의 만찬, 굶주린 러시아에서 낼 수 있는 최고의 음식으로 차려진 식탁, 모범 학교, 엄선된 공장, 요양소 등을 직접 둘러보는 투어, 옛 차르의 별장에서 사절단 대표들과 함께한 연극 공연, 발레, 콘서트, 오페라 등이 축제의 일부였다. 영국인들이 이런 환대를 거부할 수 있을 리가. 대부분의 사절단 사람들은 이 쇼에 깜빡 넘어갔고, 오래 머물수록 더 유연해졌으며 일부는 수세기 동안 독재 통치에 익숙해진 러시아와 같은 후진국에서는 독재와 체카가 불가피하다고 나를 설득하기 위해 최선의 논리를 펼쳤다. "우리 영국인들이라면 참지 않겠지만, 문명화된 방식에 낯선 무지한 러시아 대중은 다르죠." 대표단 한 명은 소비에트 정부가 이토록 부족하기 짝이 없는 인적 자원으로 큰 성공을 거둔 데에는 놀라운 지능과 기술이 있었기 때문이라는 점을 지적했다. 평범한 영국인이라면 당연히 그런 일을 참지 않을 테지만…. 이 지적에 나는 "평균적인 영국인들은 신사가 탄 마차를 세 블록이나 따라 달려가서 2펜스라는 거금을 구걸하는 편을 선호하죠"라고 반박했다. 그가 대꾸했다. "런던에서 그런 광경을 봤다면 그것은 분명 도시의 찌꺼기일 뿐입니다." 내가 다시 말했다. "제 말이 바로 그거예요. 영국에는 그런 찌꺼기들이 너무 많고, 그것들은 당신 나라의 근본적인 경제 변화를 가로막는 최악의 걸림돌이 될걸요. 하지만 당신네 영국에는 혁명 같은 게 없다는 걸 제가 깜빡했네요. 혁명은 무지하고 문명화되지 않은 러시아에서나 일어날 수 있는 일이니까요."

영국적 우월감에 방해받지 않고 나머지 발레를 보기 위해 나는 객석 뒤편으로 자리를 옮겼다. 문이 열리더니 군복을 입은 남자가 들어왔다. 다시 불이 켜지고서 보니 레온 트로츠키였다. 3년 만에 본 그의 외모나 성격은 어찌나 많이 달라져 있던지! 그는 더 이상 1917년 봄 뉴욕에서 보았던 창백하고 마른 체격에 왜소한 망명자가 아니었다. 박스석에 앉은 남자는 군더더기 살은 없었지만 키도, 몸통도 다 커진 것 같았다. 그의 창백했던 얼굴은 이제 구릿빛으로 변했고, 붉은 머리와 수염은 놀랍게 희끗희끗해졌다. 이제 권력을 맛본 그는 자신의 권위를 의식하는 듯 보였다. 자랑스러운 표정으로 자신을 드러내는 동시에 영국 손님들을 바라보는 그의 눈빛에는 경멸과 업신여김마저 느껴졌다. 그는 아무와도 이야기 나누는 일 없이 곧 자리를 떠났다. 나를 알아보지 못했고 나도 굳이 내 존재를 알리지 않았다. 그와 나의 세계 사이의 간극이 너무 넓어져 이제는 건널 수 없는 지경에 이른 것 같았다.

영국 대표단 중에 정신의 눈은 감아 버린 채 입 벌리고 러시아의 상황을 경이롭게 바라보는 사람들만 있는 건 아니었다. 노동과 관련되지 않은 사람들이 주로 그랬는데, 그중 한 명이 버트런드 러셀 씨였다. 그는 처음부터 혼자 다니는 편이 낫겠다며, 매우 정중하지만 단호하게 공식적인 안내를 받지 않겠다고 선언했다. 그는 또한 궁전의 4분의 1을 차지하고 특별한 음식을 먹는 영광을 누리는 것에 대해 그다지 기뻐하는 모습을 보이지 않았다. "저 러셀이란 사람 좀 수상한데." 볼셰비키가 속삭였다. "하긴 뭐, 부르주아에게 뭘 기대하겠어?" 이 이야기를 듣고 안젤리카의 가슴은 거의 무너져 내렸다. 그녀는 사람의 눈을 가리는 것은 어리석은 일일 뿐만 아니라 범죄 행위라고 했다. 봉쇄된 러시아의 처참한 궁핍과 비참함을 깨닫게 하기 위해선, 상황을 있는 그대로 볼 수 있어야 한다고 주장했다. 어쩌면 러시아를 굶주리게 하는 세력에 대항해 세계의 양심을 일깨우는 데 도움이 될지도 몰랐다. 물론 체카의 생각은 달랐다. 대표단이 가는 길을 명백하게 막아서진 않았지만 말이다.

어느 날 러셀은 뉴욕 『네이션』과 런던 『데일리 헤럴드』 대표 자격으로 파견된 미국 특파원 헨리 G. 알스버그와 함께 우리를 찾았다. 알스버그는 에스토니아에서 존 클레이튼을 만나 우리가 아스토리아에 머물고 있다는 사실을 전해 듣고 그와 함께 우리에게 필요한 식료품도 몇 가지 준비해 가져다주었다. 예상치 못한 식료품이 저장실에 채워졌다는 사실에 기뻐하며 우리를 찾아온 손님들에게 대접할 점심을 준비했다. 대단한 식사는 아니었지만 손님들은 다마스크와 고급 접시에 담긴 궁전 나리쉬킨 살롱의 만찬보다 더 맛있게 먹었다고 입을 모으며, 우리와 함께라면 두려움이나 편견 없이 자유롭게 이야기하고 러시아의 현실에 대한 부분을 볼 수 있다고 했다. 우리로서도 국가의 안녕을 진지하게 걱정하는 외부인들을 처음 만나보는 것인지라 이 방문객들과 함께하는 모든 순간을 소중히 여겼다. 나는 특히 헨리 알스버그가 마음에 들었는데, 성실함과 여유로움, 솔직함, 동지애 등 미국이 가진 최고의 장점만을 고스란히 가진 사람이었다. 러셀씨는 내성적이긴 했지만 우아하고 소박한 성품의 소유자였다.

안젤리카는 모스크바로 출발하기 전 대표단의 마지막 사교 행사에 우리를 초대했고 우리는 통역사 자격으로 참가했다. 같은 날 저녁 그녀는 대표단과 함께 떠났다. 안젤리카는 사샤도 꼭 모스크바에 올 것을 당부했는데 우리의 파견 업무를 위한 준비가 아직 끝나지 않았기 때문에 사샤는 아직 신경쓸 일이 많은 상황이었음에도 안젤리카를 거부할 수는 없었다.

우리의 업무를 위한 준비는 가장 중요한 열차 준비만 빼고 다 끝나 있었다. 저명한 공산주의자인 야트마노프 혁명박물관 위원장과 카플란이 몇 주 동안이나 애썼지만 성과는 없었다. 그들은 사샤가 친분이 있는 지노비예프를 통해 이 문제를 해결할 수 있을 거라고 생각했지만 사샤는 여전히 영국 노동당 공관 소속으로 모스크바에 머물고 있었다. 평생을 격렬한 활동으로 가득 채웠던 사람에게 한가함이란 견딜 수 없는 것이었지만 러시아에 온 후 인내심을 가지고 영혼을 다스리는 법을 배웠다. 프롤레타리아 독재 체제는 영원할 텐데 몇 주, 몇 달, 심지어 몇 년이 더 걸리든 그게 무슨 상관이랴.

사샤는 돌아와 열차 마련에 더 열정적인 에너지로 임했다. 그는 수도에서 행복하지 않았다. 영국 노동당 대표단을 위한 인형극은 그를 심히 괴롭게 했다. 우리의 안쓰러운 안젤리카와는 상관없는 일이었다. 그녀는 손님들을 카라칸과 모스크바 역의 관리자들에게 인계하자마자 바로 업무에서 밀려났다. 그들은 버트런드 러셀만 남겨 둔 채 영국인들을 전부 데리고 떠났다. 과학과 진보 사상계에 있어서의 러셀의 위치나 업적에 대해 아는 사람은 아무도 없었다. 사샤는 혼자서 고급 승용차를 몰고 떠나려던 카라칸을 불러 아찔한 상황을 피할 수 있었다. 카라칸은 버트런드 러셀에 대해 들어 본 적이 없다며, 대체 그 남자가 누구냐고 물을 정도였지만 충분히 이럴 만한 가치가 있는 인물이라는 사샤의 말을 믿고 러셀과 사샤를 자신의 차에 태웠다.

사샤는 영국 대표단을 위해 마련된 공개 전시회와 시연회에 불참했다. 이제 그런 쇼라면 지긋지긋하다고 했다. 또한 그는 공개 행사에서 순진한 영국인들에게 허무맹랑한 말들과 거짓을 통역할 수도 없었다. 그는 안젤리카를 위해 몇 가지 결의안을 번역하고 대표단과 함께 상점과 공장을 시찰하는 투어에 동행했다. 카를 라데크는 그에게 레닌이 쓴 글을 영어로 번역해 달라고 부탁했고, 사샤를 제3인터내셔널 본부로 데려오기 위해 공식차량을 보내기도 했다. 그곳에서 라데크는 '좌익소아병'에 관한 레닌의 원고를 건네주었다. "내가 얼마나 놀랐을지 상상해 보시오." 이 이야기를 들려주면서 사샤는 말했다. "한눈에 딱 보더라도 볼셰비키와 입장이 다른 모든 혁명가들에 대한 맹렬한 공격이 담겨 있다는 걸 알았을 때 내가 어땠을지 말이오. 내가 라데크에게 말했지. 이 책자의 서문을 쓸 수 있다는 조건으로 번역을 해주겠다고." 내가 말했다. "그런 불경한 막말을 하다니, 라데크는 분명 당신이 미쳤다고 생각했을 거예요." 나의 유머러스한 친구가 대꾸했다. "맞소. 나를 정신병 걸린 자기 형제로 착각할 정도로 화를 내더군." 라데크는 더 이상 이 이야기를 꺼내지 않았고, 사샤도 자기 갈 길을 갔다. 하지만 곧 모스크바에서 그의 큰 관심을 끈 다른 일들도 있었다. 수많은 사람들이 다시 감옥에 갇혔는데, 그중에는 1917년 혁명에 주도적으로 참여했던 보편주의자 그룹의 에이브 고딘 동지도 포함되어 있었고 이들은 아무런 혐의도 없이 구금되어 있는 상태였다. 체포 사유를 알려달라는 거듭된 요구가 받아들여지지 않자, 이들은 항의의 표시로 단식투쟁을 선언했다. 사샤는 당국이 우리 동지들의 범죄를 명시하거나 석방토록 하기 위해 바쁘게 움직였다. 많은 어려움 끝에 공산당 서기장 프레오브라젠스키를 면담하게 된 사샤가 수감자들이 오랜 단식투쟁으로 위험할 정도로 쇠약해졌다고 이야기하자 프레오브라젠스키는 "빨리 죽으면 우리에게는 더 좋소"라고 냉정하게 대꾸할 뿐이었다. 사샤는 러시아 아나키스트들은 그나 그의 당에 책임을 묻고자 하는 의도가 전혀 없다는 점을 밝히며 그의 정권이 동지들을 계속 박해한다면, 앞으로 일어날 수 있는 모든 일에 대해 책임을 저야 할 주체는 정권 자체라고 했다. "날 협박하는 거요?" 공산당 서기장이 물었다. 사샤는 답했다. "그저 피할 수 없는 사실을 말한 것뿐입니다. 늙은 혁명가로서 당신이 알아야 할 거라고 생각했습니다."

우리의 모스크바 동지들은 쥐꼬리만 한 자유를 누리고 있었다. 이 계획된 근절이라는 새로운 정책의 목적은 무엇일지 우리는 다만 궁금했다. 사샤는 우리가 레닌에게 전달한 결의안에 담긴 모스크바 아나키스트 회의의 입장 때문이 아닐까 생각했다. 공산당 위원회의 답변이 도착했는데 거기에는 "철학적인 아나키스트들은 소비에트 정부와 협력하고 있다"고 쓰여 있었다. 그렇지 않은 다른 사람들은 혁명의 적으로 간주되어 사회혁명파나 멘셰비키 같은 반혁명파보다 더 나은 대우를 받을 자격이 없다는 것이었다. 여기서의 암시를 알아챈 체카는 그에 맞춰 행동했다.

이런 끔찍한 상황 속에서도 우리는 여전히 무력했다. 러시아 내에서 우리 측의 항의는 크로포트킨이나 피그네르의 항의보다 더 큰 효과를 거두지 못할 것이었다. 폴란드 전선으로 인해 국가가 위험에 처한 상황에서 해외에 있는 노동자들에게 어떤 호소도 할 수 없다고 생각했다.

처음 폴란드와의 전쟁 소식을 듣고서 나는 비판적인 태도는 일단 내려놓고 전선에서 간호사로 봉사했다. 당시 라비치 여사는 페트로그라드에 없었기 때문에 조린을 찾아갔다. 아이가 태어난 이후 다시 조린 부부와 자주 만나고 있었다. 엄마와 아이가 몹시 아파 그들을 보살펴 주어야 했기 때문이다. 이로써 요양소에 대한 의견 차이 이후 심해지던 조린의 반감이 다소 누그러졌다. 소비에트 러시아가 어려울 때 러시아를 돕겠다는 나의 제안은 그를 깊이 감동시킨 듯했다.

그는 사샤와 내가 끝끝내는 자신의 당과 협력하게 될 것을 알고 있었다고 말했다. 독재와 혁명은 동일한 것이며, 독재에 봉사한다는 것은 곧 혁명을 위해 일하는 것임을 깨닫는 데에는 단지 시간이 좀 필요한 것뿐이라고 그는 생각했다. 그는 나의 제안에 대해 관계 당국에 문의하고 결과를 알려주겠다고 약속했지만 이후 나는 아무 말도 듣지 못했다. 그렇다 한들 있는 힘껏 국가를 돕겠다고 하는 내 결심에 영향을 끼치진 못했다. 그 무엇도 국가를 돕는 일보다 중요한 건 없었다.

그 사이 사샤는 파견대를 위한 열차를 확보하는 데 성공했다. 여섯 칸짜리 낡고 오래된 풀만이었지만, 그는 곧 우리가 사용할 수 있도록 청소와 페인트칠, 소독까지 다 마쳤다. 모두가 실패한 일을 큰 성공으로 이끈 사샤는 파견대의 총책임자로 임명되었다. 샤콜은 사무국장으로 지명되었고, 나는 역사 자료를 수집하는 일 외에도 세 가지 업무를 맡게 되었는데 사실상 우리 모두가 공유하는 일이었다. 나는 재무팀, 가정부, 요리사로 일하게 된 것이다. 직원 중 한 러시아 부부는 혁명 문서 전문가였다. 우리 그룹에 여섯번째로 합류한 사람은 젊은 유대인 공산주의자였는데, 그의 특별한 임무는 지역 당 기관을 방문하는 것이었다. 우리 서클에서 유일한 공산주의자인 그는 자신이 아나키스트 세 명과 비당파주의자 둘 사이에 끼어 있다는 것을 알고 처음에는 상당히 당황한 듯했다.

우리 차량에는 매트리스, 담요, 접시 및 다른 도구들이 필요했고, 나는 야트마노프에게 겨울 궁전의 보급품을 챙겨 오라는 명령을 받았다. 이 명령을 받은 나는 차르의 가재도구가 보관되어 있는 궁전 지하실로 내려갔다. 최근까지도 왕실이 국가 행사에 사용했던 이 부를 보고 있자니, 지위와 권력의 덧없음이 그 어느 때보다 강렬하게 다가왔다. 온 나라의 수고로움이 귀중한 도자기, 희귀한 은, 구리, 유리, 다마스크에 담겨 그곳에 모여 있었다. 방마다 식기류와 접시들이 천장까지 쌓여 있고 먼지로 두껍게 뒤덮인 방은 더 이상 존재하지 않는 영광을 목격하는 침묵의 증인이었다. 그리고 나는 그 웅장함 속에서 우리 파견대를 위한 접시를 찾기 위해 뒤적거리고 있었다. 이보다 더 환상적이고 인간 운명의 덧없는 본질을 잘 보여 주는 이야기가 있을까?

우리 용도에 맞는 것을 고르는 데 하루가 꼬박 걸렸고, 그마저도 실제 사용하기보다는 박물관에 놓이기에 더 적합한 물건들이었다. 나는 모든 러시아 군주와 그 가족이 먹었던 접시에 청어와 감자, 운이 좋으면 보르시도 먹게 될 거라는 사실에 딱히 기뻐할 수는 없었다. 하지만 미국의 신문들이 이런 사건을 어떻게 보도할지 생각하니 재미있기도 했다. 로마노프 왕가의 문장이 새겨진 리넨과 자기를 사용하는 아나키스트 버크만과 골드만! '혁명의 딸들'[미국의 애국적 역사보존 단체]과 같은 자유롭게 태어난 미국인들이 그가 죽었든 살았든 왕족에 얼마나 집착하는지, 그리고 왕족의 낡은 부츠라도 기념품으로 갖기 위해 얼마나 목을 매는지!

1920년 6월 30일, 소비에트 땅에 도착한 지 7개월 만에 우리는 개조한 차량을 '막심 고리키'라는 야간 열차에 이어붙여 모스크바로 향했다. '중심부'인 만큼, 이곳에 들러 교육부, 보건부, 외무부 등 다양한 부서에서 추가 허가증 발급을 받아야 했고, 체카를 방문하는 것도 잊지 않았다. 반혁명 문서를 수집하는 것이 우리 임무의 일부가 될 것이기 때문에 우리는 체카로부터 반혁명 문서 소지에 대한 면책 조항이 담긴 문서를 받아야 했다. 수도에서 며칠이면 준비를 마칠 수 있을 거라고 생각한 우리의 예상과 달리 2주의 시간이 더 걸렸다.

도시는 최근 발생한 사건들로 인해 혼란에 빠져 있었다. 제빵사들은 파업 중이었고, 제빵사들의 집행위원회는 해산되었으며 위원들은 감옥에 갇혀 있었다. 인쇄조합 역시 악랄하게 당하며 이와 비슷한 운명을 맞았다. 그들은 영국 노동당 대표단을 손님으로 모시고 집회를 준비했는데 이곳에 갑자기 사회혁명당의 지도자이자 전 제헌의회 의장인 체르노프가 등장한 것은 그야말로 놀라움 그 자체였다. 체카는 오랫동안 숨어 있던 체르노프를 찾고 있었다. 긴 검은 수염으로 위장한 채 등장한 체르노프를 사람들은 처음에 알아보지 못했다. 볼셰비키에 반대하는 그의 열정적인 연설에, 집회에 모인 이들은 박수갈채를 보냈지만 공산당 의장이 그를 체포할 것을 명령하자 그는 그를 둘러싼 군중 속으로 사라져 버렸다.

적색노동조합회의 제2차 총회에 참석하기 위해 많은 외국 대표단이 도착하면서 도시는 흥분으로 가득 차 있었다. 그중 스페인, 프랑스, 이탈리아, 독일, 스칸디나비아에서 온 아나코-생디칼리스트 회원들을 만날 수 있어서 기뻤다. 영국 대표단에는 영국에서 온 노동자들이 포함되어 있었는데, 전에 왔던 사절단보다 더 전투적이었다. 우리가 모스크바에 있다는 사실을 알게 된 사람들은 우리를 찾았고 우리는 많은 회의를 함께 했다. 그중 가장 명석했던 이들은 스페인의 피스타니아와 독일의 아우구스틴 소치로, 각국의 아나코-생디칼리스트 노동 단체를 대표했다. 이 두 사람은 전적으로 혁명에 동참했고 볼셰비키에 동조했지만 모든 것을 장밋빛으로 보는 유형의 사람들이 아니었다. 그들은 상황을 진지하게 연구하는 관찰자로서 직접 사실을 파악하고 혁명이 진행되는 과정을 관찰하고자 했다. 무엇보다도, 우리 동지들이 공산주의 국가 아래서 어떻게 지내고 있는지 그들은 궁금해했다. 아나키스트와 다른 혁명가들이 박해받고 있다는 소문이 유럽에 퍼져 나간 것이었다. 해외에 있는 동지들은 이 문제에 대해 우리로부터 연락이 없는 한 그러한 소문을 믿지 않노라 했다. 동지들은 소치와 피스타니아를 통해 실제 상황에 대한 소식을 전해 들을 수 있기를 원했다. 안타깝게도 근거 없는 소문만은 아니라고 사샤는 설명했다. 아나키스트, 좌파 사회주의 혁명가, 무장 노동자, 농민들은 소비에트의 감옥과 수용소에 수감되어 도적과 반혁명주의자로 비난받고 있었으니 말이다. 당연히 이들의 혐의는 잘못된 것이었고, 오히려 대부분은 10월에 적극적으로 참여했던 진실한 동지들인 경우가 많았다. 이들을 빼내기 위한 우리의 노력이 효과를 발휘한 것은 극히 일부에 불과했다. 아마도 아나코-생디칼리스트 대표들은 해외 좌파 노동단체의 대표로서 소비에트 당국으로부터 더 큰 성과를 거둘 수 있지 않을까 싶었다. 사샤는 대표단이 교도소를 방문하고 수감자들과 대화할 권리를 요구하고, 또한 우리 동지들에 대한 구제를 요청하면 어떨까 생각하면서도 대표단과 이야기하는 것을 선뜻 내켜 하지 않았다. 자신 스스로도 정리가 잘 안 된 상황이다 보니 다른 사람들에게 어떤 주장을 하는 게 쉽지 않았고, 또 대표단에게 편견을 심어 주고 싶지도 않다고 했다. 그들이 스스로 알게 되는 수밖에 없지 않냐며.

하지만 나는 이 문제에 대해 다르게 생각했다. 우리의 외국 동지들은 전투적 노동 단체의 공인된 대표들이었다. 그들이 신문 기자들처럼 우리가 말한 내용을 혁명에 해를 끼치는 데 사용할 리 없었다. 편견을 심어 줄 생각은 없지만, 그렇다고 사실을 숨겨서도 안 된다고 생각했다. 나는 적어도 유럽과 미국에 있는 우리 동지들이 반짝이는 소비에트 메달의 이면을 볼 수 있기를 바랐다. 소치와 피스타니아, 그리고 IWW 영국인 회원이 내 이야기를 주의 깊게 경청했지만, 나는 그들의 얼굴에서 브레시콥스키와 밥 마이너, 그리고 러시아의 실제 상황을 들려주던 다른 친구들의 이야기를 들으며 나 역시 그랬던 것처럼, 믿을 수 없어 하는 표정을 읽을 수 있었다. 그들을 탓할 순 없는 노릇이었다. 전 세계의 억압받는 이들에게 볼셰비키는 그 자체로 혁명의 대명사가 되었으니 러시아 밖의 혁명가들은 그것이 얼마나 사실과 다른지 쉽게 인정할 수 없었을 것이다. 다른 사람의 경험으로는 배울 수 없는 법이다. 그렇다 한들, 나는 대표단에게 솔직하게 이야기한 것을 후회하지는 않았다. 상대방이 어떤 인상을 받았든, 내가 그들의 신뢰와 믿음을 저버리지 않았다는 것만은 알 수 있으리라.

유럽과 미국은 내게서 수십 년 떨어져 있는 것으로 느껴졌다. 그래서 외국인 방문객들을 가까이에서 만나고 러시아 밖의 아나키스트와 혁명적 노동 활동에 대해 배울 수 있어서 기뻤다. 해외에 있는 노동자들에게 메시지를 보내 달라는 대표단의 요청에 나는 이렇게 답했다. "여러분이 다가오는 혁명에서 러시아 형제들의 정신을 본받되, 그 아무리 열렬한 시위와 붉은 구호를 외치더라도 모쪼록 정치지도자에 대한 순진한 믿음은 갖지 않기를 바랍니다! 그것만이 미래의 혁명이 국가에 예속되어 관료적 채찍에 다시 노예가 되는 것을 막을 수 있는 길입니다."

참으로 반갑게도, 모스크바에서 좌파 사회주의 혁명가들의 지도자인 그 유명한 마리야 스피리도노바와 그녀의 친구 보리스 캄코프를 만날 수 있는 기회가 있었다. 마리야는 농부로 변장하고 숨어 살고 있었기 때문에 체카로부터 그녀의 행방을 숨기려면 각별한 주의가 필요했다. 그래서 그녀는 믿을 수 있는 동료를 보내 사샤와 나를 자신의 집으로 초대했다.

스피리도노바로 말하자면 러시아의 영웅적인 여성들의 은하계에서도 가장 높은 곳에 있는 인물이었다. 탐보프의 주지사 루카노프스키 장군을 공격한 것은 열여덟 살 소녀로서는 대단한 업적이 아닐 수 없었다. 마리야는 몇 주 동안 그 남자의 뒤를 끈질기게 쫓으며 이 악명 높은 농민 사형집행인을 공격할 기회를 참을성 있게 기다렸다. 루카노프스키를 태운 기차가 역으로 들어왔을 때, 마리야는 경호원들이 소녀를 알아채기 전에 주지사에게 달려들어 총을 쐈다. 체포 후 고문을 당하는 동안에 그녀가 보인 행동도 그에 못지않게 놀라웠다. 머리카락을 뜯기고, 옷이 찢겨나가고, 맨살이 담뱃불로 타들어 가고, 얼굴이 으깨지는 고통을 당하면서도 마리야 스피리도노바는 침묵으로 일관하며 고문자들에게 경멸을 보냈다. 이러한 고문에도 불구하고 공모자를 알아내거나 그녀의 정신을 꺾는 데 실패하자 그녀는 비공개 재판을 받고 사형 선고를 받았다. 그녀는 유럽과 미국 등지의 엄청난 항의 덕분에 구사일생으로 살아났고, 시베리아 종신 유배로 형량이 감형되었다. 12년 후, 역사의 판도가 바뀌었다. 차르 니콜라이는 왕좌에서 쫓겨났고, 수천 명에 달하는 절대주의의 희생자들은 지하 감옥과 유배지에서 승리를 거머쥐고 돌아왔다. 그중에는 그 고난이 급진주의자들에게도 잘 알려진 마리야 스피리도노바도 있었다. 그녀의 빛나는 성격은 내가 미국에서 활동 중일 때도 나를 고양시키고 자극을 주었고, 그래서 그녀는 러시아에서 내가 가장 먼저 만나고 싶은 사람 중 한 명이기도 했다. 하지만 그녀의 행방을 아는 사람은 아무도 없는 것 같았다. 잭 리드를 포함해 내가 물어볼 때마다 공산주의자들은 그녀가 신경쇠약으로 쓰러져 소비에트 요양소에서 간호를 받으며 건강을 회복하고 있다고 말할 뿐이었다. 시베리아에서 해방된 이후의 마리야 스피리도노바의 삶과 투쟁에 대해 처음 알게 된 것은 모스크바에 도착했을 때였다. 감옥에서 겪은 고통으로 건강이 산산조각이 났고, 또 거기서 결핵까지 걸린 탓에 몸이 쇠약해졌지만, 그럼에도 불구하고 그녀는 자신의 몸을 아끼는 법이 없었다. 러시아는 그녀를 필요로 하고 있었고, 자신의 젊은 시절을 바쳤던 농민들이 그녀를 부르고 있었다. 케렌스키와 그의 당에게 배신당한 농민들은 이제 그 어느 때보다 그녀를 필요로 했다. 사회주의 혁명 임시정부는 국민들에게 세계 학살을 계속하도록 강요하고 있었고, 마리야는 이를 두고 볼 수 없었다.

마리야 스피리도노바는 캄코프, 스타인버그 박사, 트루토프스키, 이즈마일로비치, 카홉스카야 등 당의 급진파들과 함께 좌파 사회주의 혁명당을 조직했다. 레닌과 그의 동지들과 나란히 10월의 격변을 위해 일했고 부지불식간에 볼셰비키의 집권을 도운 이들이었다. 스피리도노프나와 동지들의 열렬한 지지를 의식하지 않을 수 없었던 레닌은 농민 의회가 마리야를 의장으로 선출하고, 스타인버그 박사를 정의 인민위원장으로, 트루토프스키를 농업위원장으로 임명하는 것을 승인할 수밖에 없었다. 그러나 볼셰비키와의 결별에는 브레스트-리토프스크 조약이 결정적이었다. 좌파 사회주의 혁명가들은 카이저와의 평화를 혁명에 대한 치명적인 배신으로 여긴 것이다. 마리야는 볼셰비키와의 협력을 거부한 첫번째 인물이었다. 그녀는 케렌스키 정권에서 그랬던 것처럼 공산 정부로부터 단호히 등을 돌렸고, 동지들은 그녀의 뒤를 따랐다. 그리고 그녀의 고난은 다시 시작되었다. 이후 체포되어 크렘린 감옥에 수감되었고, 탈옥, 재수감, 그리고 더 많은 감옥을 전전했다. 그럴수록 농민들 사이에서 그녀의 영향력은 박해와 함께 더욱 커질 뿐이었다. 공산주의자들은 별 수 없이 정신이상을 이유로 마리야를 제지해야 한다는 편리한 설명에 기댔다.

모스크바의 큰 연립주택 6층, 미주리 교도소에서 내가 있던 감방보다 크지 않은 방에서 작고 나이 들어 보이는 여성이 아무 말 없이 나를 부드럽게 안아주었다. 마리야 스피리도노바였다. 겨우 서른셋의 나이에 몸은 쪼그라들었지만 그 수척한 얼굴에 홍조가 있었고, 눈은 열광적으로 빛났다. 그녀의 정신은 변함없이 자유로웠고, 여전히 불굴의 신앙의 고지를 향해 나아가고 있었던 거다. 그 순간 내가 무슨 말을 했더라도 다 진부하게 들렸을 것이다. 나도 내가 무슨 말을 하는지 도통 알 수 없었다. 내 손을 잡은 그녀의 손은 안정감을 주었고, 우리를 감싼 정적이 그녀의 부드러운 손길처럼 편안하게 느껴졌다. 마리야가 말하고 나는 들었다. 3일 동안, 거의 쉬지 않고 내 모든 신경을 집중해 그녀의 이야기를 들었다. 말하는 그녀의 어조는 차분했고, 정신은 맑았으며, 시각은 예리했다. 러시아 각지에서 온 농민들의 편지가 곧 그녀가 들려준 이야기의 증거였다. 농민들은 어머니 러시아에 닥친 커다란 불행을 부디 깨우쳐 달라고 마리야를 향해 울부짖었다. 그들은 그리스도의 재림을 믿듯 혁명을 믿었다. 약속된 축복과 주인으로부터의 해방, 혁명이 가지고 올 평화와 형제애를 위해 준비하고 기다렸다. 자신들이 얼마나 열심히 일했는지, 혁명의 신성한 힘을 얼마나 믿었는지, 그녀가 누구보다도 제일 잘 알지 않느냐고 사람들은 썼다. 이제 모든 것이 무너졌고 희망은 잿더미로 변했다. 옛 주인한테는 땅만 빼앗겼다면 이제 새로운 주인에게는 농작물은 물론이고 마지막 하나 남은 씨앗까지도 빼앗기고 있는 형편이었다. 자신들이 가진 것을 털어가는 방법만 조금 달라졌을 뿐, 전과 똑같았다. 전에는 코사크와 가죽채찍이 있었다면, 지금은 체카와 총이었다. 똑같이 벌어지는 구타와 체포, 똑같이 행해지는 비정한 잔인함과 닦아세움. 달라진 건 아무것도 없었다. 이 상황을 파악할 수도, 이해할 수도 없었고, 그렇다고 뭐가 어떻게 된 건지 설명을 해줄 사람도 없었으며, 설령 이야기를 해준다 한들 그 사람을 믿을 수도 없었다. 그런 그들에게 여전히 천사 마리야가 있었다. 자신들을 결코 속인 적 없는 마리야이니, 이제 새 그리스도가 십자가에 못을 박히셨는지, 또 고통받는 땅을 구하기 위하여 다시 한번 부활하실 것인지를 자신들에게 알려 달라고 했다.

마리야에게는 농민들이 거친 종잇조각이나 더러운 천조각에 써서 보내 온 편지들이 셀 수 없이 많았고, 이 편지들은 큰 어려움에도 불구하고 그녀에게 몰래 전달되었다.

내가 말했다. "볼셰비키는 농민들이 도시에 식량을 공급하는 것을 거부했기 때문에 강제 몰수가 이루어졌다고 주장하고 있어요." 사실이라곤 한 톨도 들어 있지 않다고 마리야는 확신했다. 농민들은 실제로 위원회를 통해 '중앙'과 거래하는 것을 거부했다. 그들은 소비에트가 있었고, 따라서 노동자들의 소비에트와 직접 접촉해야 한다고 주장했다. 소박한 사람들이 늘 그렇듯 소비에트의 의미와 목적을 문자 그대로 받아들인 것이었다. 소비에트는 그들에게 도시의 노동자들과 연락을 취하고 필요한 제품을 교환하는 매개체였다. 이러한 요구가 거부되고 소비에트 총회가 해산되고 위원들이 투옥되자 농민들은 독재 정권에 대항해 일어났다. 게다가 강제로 농산물을 수탈하고 마을에 대한 징벌적 원정을 진행하면서 농민들을 적대시하고 괴롭히기까지 했다. 이렇게는 농민들을 이길 수 없는 법이다. 일리치가 농민을 몰살시킬 수는 있지만 농민을 정복할 수는 없다는 말이 사람들 사이에 암암리에 돌았다. 마리야는 말했다. "러시아 산업의 80%가 농업이고, 농업이 국가의 근간이기 때문에 농민들 말이 맞다고 할 수 있죠. 농민이 레닌을 위해 일하는 게 아니라, 레닌이 농민을 위해 일해야 한다는 사실을 레닌이 깨닫기까지 시간이 좀 걸리긴 할 거예요."

스피리도노바는 내게 이런 이야기를 하면서도 자신이 받은 박해나 질병, 결핍에 대해 단 한 마디도 하지 않았다. 그녀에게 가장 중요한 일부가 광활한 인간의 바다에 쏟아지는 것을 느낄 수 있었고, 바다에 쏟아지면서 만들어 내는 잔물결 하나하나가 모든 것을 받아안는 그녀의 심장으로 되돌아가는 것만 같았다. 방문 셋째 날 작별 인사를 나누기 직전까지 그녀의 우주적 흐름을 거스르는 어떤 개인적인 흐름은 흔적조차 발견할 수 없었다.

사샤는 보리스 캄코프와 함께 동석했다. 캄코프는 그의 친구 마리야가 그랬듯, 독재 정권 3년 동안 농민들에게 자행된 악행에 대해 차분하고 침착하게 고발했다. 우리가 머무는 동안 마리야가 말이나 표정에서 그 남자가 공동의 이상에 대한 연대감 외에 다른 감정을 불러일으킨다는 것을 나타낸 적은 없었다. 이제 캄코프는 내륙지역으로 떠나려던 참이었고, 여행 중에 먹을 빵을 제외하고는 아무것도 필요한 게 없다고 단호히 말했다. 그가 마리야의 몫에서 아무것도 가져가지 않을 것임은 분명했다. 누군가 계란과 체리를 가져왔고, 캄코프가 사샤와 이야기하는 동안 마리야는 손수건으로 싼 작은 식량 꾸러미를 그의 책 자루에 몰래 집어넣었다. 키도 크고 덩치까지 큰 남자 옆에 나란히 서 있으니 마리야는 더 작아 보였다. 그녀는 말없이 그의 눈을 올려다보며 가느다란 하얀 손으로 그의 손을 소매 위로 가볍게 쓸어내렸고, 아무도 눈치채지 못할 정도로 그에게 살짝 기대고 있었다. 그는 위험한 임무를 수행하러 떠나기 때문에 마리야는 그가 다시는 돌아오지 못할지도 모른다고 생각했다. 어떤 시인도 그녀의 단순한 몸짓으로 표현한 것보다 더 큰 사랑과 그리움을 노래하지는 못할 것이었다. 말로 표현할 수 없을 만큼 아름답고 감동적인 모습이었고, 그로써 그녀는 영혼의 깊은 샘을 단번에 드러내 보였다.

모스크바 기차역의 한쪽 선로에 세워진 붉은색 차량에 러시아를 방문한 헨리 G. 알스버그와 앨버트 보니를 비롯한 많은 방문객이 몰려들었다. 두 사람 모두 우리 여행을 부러워하며 함께 가고 싶어했다. 사샤와 내가 더 좋아한 사람은 알스버그였다. 우리는 그에게 소비에트 당국으로부터 필요한 증명서를 받아오면 우리 대원들과 함께 갈 수 있도록 설득해 보겠다고 했다.

출발 당일 그는 지노비예프와 외무부, 체카의 서면 허가를 받아왔다. 그러나 외무부 체카 담당자는 알스버그가 모스크바 현지 체카에서 추가 비자를 발급받아야 한다고 했다. 그를 관할하는 카라칸의 비서(외무부)는 그에게 이 추가 비자가 필요하지 않으며, 외무부는 그가 여행에서 그 어떤 불편도 겪지 않을 것임을 "보장"한다고 분명히 밝힌 바 있는데 말이었다. 알스버그는 망설였지만 우리는 모스크바 체카의 허가증에 대해서는 걱정 말고 이 기회를 놓치지 말라고 부추겼다. 미국 여권과 두 개의 친소 신문사를 대표하고 있다는 사실만으로도 심각한 어려움을 피할 수 있을 터였다. 우리 쪽 사무국장이 알스버그의 합류에 동의를 해주었고, 사샤의 방에 마침 여분의 침대가 있었다. 그리하여 그는 우리의 일곱번째 멤버가 되었다.

모스크바에서의 체류는 놀라움으로 가득했다. 마지막 놀라움은 출발 한 시간 전에 찾아왔다. 한 남자가 헐레벌떡 우리를 찾으며 달려왔다. "E. G. 날 못 알아보겠소? 나 크라스노쇼코프요, 시카고에서는 토빈슨이었고. 노동자 연구소 집회에서 의장을 맡았던, 당신과 사샤의 동료 윈디 시티[시카고]의 회장을 잊은 거예요?" 그의 변화는 트로츠키만큼이나 완벽했다. 그는 키가 더 크고 어깨도 넓어 보였고, 행동에도 자신감이 넘쳤지만, 붉은 군대 총사령관의 군사적 엄격함과 경멸적인 표정은 없었다. 그는 당 간부와의 중요한 회의를 위해 모스크바에 온 것이었는데, 우리를 다시 만나고 싶어 일주일 동안 도시에 머물렀지만 마지막 순간까지 우리를 찾지 못하고 있던 참이었다. 그는 할 얘기가 많으니 재회를 축하하기 위해 며칠 더 머물다 가라고 성화였다. 시베리아에서 많은 식료품과 요리사를 데리고 왔으니, 우리에게 소비에트 러시아에서 처음으로 진정한 만찬을 선사하겠다며 말이다. 크라스노쇼코프는 미국에 있을 때와 마찬가지로 자유롭고 관대한 친구였지만, 계획을 변경할 수 없었던 우리에게 그와 함께 보낼 수 있는 시간은 몇 시간밖에 없었다.

사샤는 아직 도시에 남아 막바지 업무를 처리하고 있었지만 곧 돌아올 예정이었다. 한편 크라스노쇼코프는 러시아에 도착한 이후 겪은 모험담을 들려주고 있었다. 그는 극동공화국의 최고 담당자가 되었고, 빌 샤토프도 그곳에 있었으며, 미국의 다른 아나키스트들도 그와 함께 일하고 있었다. 그가 있는 러시아 지역에서는 표현과 언론의 자유가 보장되어 있으며, 우리가 선전할 수 있는 모든 기회가 있다고 확신했다. 사샤와 내가 꼭 와야 한다고 그는 몇 번이고 말했다. 우리의 도움이 필요하니, 자신을 믿어도 좋다고 말이다. 샤토프는 철도청장으로서 훌륭하게 일을 해내고 있었고, 우리를 데려오지 않을 거면 아예 올 생각도 하지 말라 했다고 했다. "표현의 자유와 언론의 자유? 모스크바는 그에 대해 어떤 입장인가요?" 내가 물었다. 크라스노쇼코프는 먼 지역은 상황이 다르기도 하고, 그곳에서는 비교적 자유롭게 일할 수 있다고 설명했다. 아나키스트, 좌파 사회주의 혁명가, 심지어 멘셰비키까지 그와 협력하며 표현의 자유와 공동의 노력이 최고의 결과를 가져온다는 것을 증명하고 있었다.

생각만 해도 정말 멋진 장관이라며, 꼭 한번 직접 보고 싶다고 대답했다. 아마도 지금의 파견 업무가 끝나면 그다음 일정이 시베리아가 되도록 시도하는 것도 해볼 만한 일일 것이다. 사샤가 도착하자 다시 한번 기쁨이 넘쳐났다. 시간이 얼마 없어 아쉬울 따름이었다. 우리의 친구는 우리가 떠나는 것을 싫어했고, 언제쯤 극동공화국을 방문할 수 있을지, 갈 준비가 되면 알려주겠다고 성실하게 약속해야 했다. 그는 우리의 여정을 돕고 또 우리에게 필요한 모든 자유와 박물관에 필요한 많은 자료를 제공하겠다고 약속했다.

우리의 첫번째 목적지는 하르코프로, 페트로그라드와 모스크바 다음으로 번성해 보이는 곳이었다. 수많은 침략과 정권교체, 도시가 겪은 황폐화에도 불구하고 사람들은 잘 먹고 지내는 듯했고, 평온해 보였다. 그런 속에서도 신발, 모자, 양말 등 의류 품목에 대한 품귀 현상은 뚜렷했다. 애어른, 남자여자 가릴 것 없이 다 맨발이었고, 일부는 나무와 짚으로 만든 기이한 모양새의 샌들을 신고 있었다. 여성들은 최고급 리넨과 바티스트로 된 드레스를 입고 손으로 직접 만든 레이스와 색색의 스카프를 두르는 등 조화롭지 않은 복장을 하고 있었다. 모스크바 거리의 단조로움을 벗어나 화려한 자수 장식을 한 지역 의상을 보고 있으니 기분이 좋았다. 그리고 무엇보다도 사람들! 이렇게 아름다운 사람들을 한곳에서 보는 건 처음이었다. 검은 머리와 수염, 구릿빛 피부, 몽환적인 눈빛과 빛나는 치아를 가진 남자들과 빼곡한 머리숱에 보기 좋은 피부색, 반짝이는 검은 눈동자를 가진 여성들은 북쪽의 형제들과는 전혀 다른 종족으로 보였다.

시장은 사람들이 모이는 주요 장소이자 온갖 흥미로운 것들이 모여 있는 곳이었다. 블록 단위로 펼쳐진 가판대에는 과일, 채소, 버터,

기타 식료품이 높이 쌓여 있었다. 러시아에 그런 풍요로움이 존재한다는 사실이 믿기 어려웠다. 일부 테이블에는 나무를 조각하고 칠한 장난감들이 산더미처럼 쌓여 있었는데, 그 모양과 디자인이 독특했다. 페트로그라드와 모스크바의 아이들이 부러지고 모양이 엉망인 인형과 코사크 말이라고 부르는 다 망가진 나무 조각을 가지고 노는 걸 보면서 나는 얼마나 가슴이 아팠던가. 케렌스키 돈으로 2달러를 주고 멋진 장난감을 한아름 사들고 왔다. 페트로그라드의 아이들에게 줄 기쁨은 돈으로 비교할 수 없는 것임을 알았기 때문이다.

특별한 허가 없이 다른 도시로 물건을 반입하는 행위는 투기로 간주되어 반혁명 범죄로 취급되었고, 종종 사형을 뜻하는 최고형에 처해지기도 했다. 사샤도 나도 그런 금지령에서 혁명적 필요성은커녕 지혜나 정의도 볼 수 없었다. 식료품 투기가 실제로 범죄일 수 있다는 데는 동의하지만 가족을 위해 감자 반 자루나 베이컨 1파운드를 들여오려는 사람들을 투기꾼이라고 비난하는 것은 터무니없는 일이었다. 러시아 대중은 처벌을 받을 게 아니라 여전히 불굴의 삶의 의지를 가지고 살아나간다는 사실에 감사를 받아야 했다. 굶주림으로 서서히 죽어가는 것이 아니라 그런 불굴의 삶에 러시아의 희망 역시 있는 것이리라.

우리의 탐험을 시작하기 훨씬 전부터 우리는 미래의 역사가들을 위해 먼지가 쌓인 문서를 가져오는 일이 옳은 것이라면 현재의 궁핍을 해소하기 위해, 특히 우리 친구들 중 병들고 궁핍한 사람들을 위해 약간의 식량을 가져오는 일 역시 옳은 일이라고 생각했다. 하르코프 시장의 풍부한 식료품을 보고 돌아오는 길에 보급품을 확보해야겠다는 결심이 더욱 굳어졌다. 굶주리는 도시의 모든 남성과 여성, 어린이를 먹일 수 있을 만큼 충분한 양을 가지고 갈 수 없는 것이 못내 아쉬울 뿐이었다.

모스크바는 더웠지만 하르코프는 쩽하니 더웠고, 기차역은 마을에서 몇 마일 떨어진 곳에 있었다. 하루 종일 자료를 수집하고 차량으로 돌아와 식사를 하는 것은 물리적으로 불가능했다. 도시에 있는 동지들이 사무국장인 알렉산드라 샤콜, 헨리 알스버그, 사샤, 그리고 나를 위해 식사를 준비할 수 있는 방을 구해 주었다. 친소계 미국 특파원이었던 헨리는 방을 구하는 데 어려움이 없었고, 사샤를 초대해 함께 방을 썼다. 샤콜은 차에서 자는 편이 더 낫다고 했다. 러시아 부부는 도시에 친구가 있어 알아서 이동했고, 우리 공산당원은 그의 당원 동지들이 돌봐주었다. 준비를 다 마치고 우리는 각 대원에게 소비에트 특정 기관을 취재하도록 배정된 임무를 수행하기 시작했다. 사샤의 임무는 노동, 혁명, 협동조합 조직을 방문하는 것이었고, 나는 교육과 사회복지 부서를 방문하는 것이었다.

우리를 맞이하는 기관들의 반응은 다소 떨떠름했다. 공무원들이 대놓고 불쾌감을 드러낸 것은 아니지만, 그들의 태도에서 냉랭함이 느껴졌다. 사샤가 우크라이나 공산주의자들이 지역 문제에 대한 자결권을 박탈한 모스크바에 느꼈던 분노를 상기시키기 전까지는 이런 박대를 의아하게만 생각했었다. 그들은 우리의 임무에서 '중앙'으로부터 또 무언가가 내려왔음을 본 것이다. 모스크바의 명령을 무시하는 건 할 수 없다 해도 우리의 작업을 방해할 수는 있었다. 이에 우리는 우리가 곧잘 쓰던 그 수법을 쓰기로 했다. 우리는 우크라이나의 혁명적 업적에 대한 연구 여행을 위해 미국에서 온 동지이며, 이에 대해 글을 쓰러 왔다고 이야기한 것이다. 변화는 즉각적이었다. 사람들은 아무리 바빠도 하던 일을 잠시 멈추고 미소와 함께 필요한 정보를 제공해 주었으며, 우리는 자료를 한 더미씩 들고 돌아오곤 했다. 일반적인 방식으로 결코 볼 수 없었을 우크라이나 독재 정권의 방법과 효과를 우리의 방식을 통해 더 많이 보고 배울 수 있었다. 우리는 러시아 대원들보다 더 많은 정보를 수집할 수 있었는데, 심지어 우리 공산주의자보다도 많은 양이었다.

이 불쌍한 공산주의자 대원은 남부의 동지들에게 정말 끔찍한 대우를 받았다. 그들은 모스크바가 그들의 모든 움직임을 지시하면서 그들의 등을 무겁게 짓누르고 있다면서 그 어떤 자료나 문서 제공도 거부했다. 중앙이 자신들의 역사적 부를 빼앗아 가도록 내버려 두지 않겠다는 것이었다.

이런 가족 다툼의 재미있는 점은, 잘못 운영되고 있는 기관이나 추악한 상황을 접할 때마다 우크라이나 사람들은 이를 다 모스크바의 간섭으로 설명하곤 했다는 것이다. 반대로, 책임자로 있는 사람이 만일 중앙에서 온 공산주의자라면 우크라이나 사람들이 죄다 반유대주의자이고 북부 공산당이 다 유대인이라고 생각하는 사람들이어서 모스크바의 업무를 방해하고 있다고 주장할 것이다. 두 진영 사이에서 우리는 실제적 사실과 모스크바에 대한 광범위한 적대감의 실제 원인을 파악하는 데 별다른 어려움을 겪지 않았다.

돈 유역에서 막 돌아와 하르코프에서 만난 한 러시아인 엔지니어는 우크라이나의 상황에 대해 상당한 시사점을 주었다. 그는 상황의 모든 책임을 모스크바에 돌리는 것은 어리석은 일이라고 말했다. 남쪽의 공산주의자 역시 독재 방식에 있어서 북쪽의 레닌 추종자들과 전혀 다르지 않았다. 오히려 러시아의 다른 어느 곳보다 우크라이나에서 독재자들의 독재가 더 무책임했다. 그는 광산에서의 경험을 통해 자신들에게 협조하지 않는 지식인들에 대한 무자비한 박해를 확신하게 되었다. 감옥과 강제수용소의 비효율성과 비인간성에 대해서는 그 자신이 그랬던 것처럼 우리도 감옥과 강제수용소를 일단 한번 방문해 보면 납득할 수 있을 것이라 했다. 다만 한 가지, 북쪽의 동지들과 차이점이 있다면 이곳 사람들은 세계 혁명이 임박했다는 사실에 개의치 않았고, 혁명이나 국제 프롤레타리아트에도 관심이 전혀 없었다는 점이다. 그들이 원한 것은 오로지 독립된 공산주의 국가를 세우고 러시아어가 아닌 우크라이나어로 지휘하는 것이었다. 그 엔지니어는 이것이 모스크바에 대한 불만의 주된 이유라고 밝혔다.

우크라이나의 반유대주의 분위기에 대해 묻자 그는 모든 우크라이나 공산주의자가 유대인에 반감이 있다는 것은 사실이 아니지만, 널리 퍼져 있는 분위기가 있다는 것은 인정했다. 그는 인종적 편견에서 자유로운 볼셰비키를 많이 알고 있었다. 어쨌든 그들 사이에서도 반유대주의가 얼마나 만연해 있는지 스스로도 잘 알고 있는 마당에 북부 공산주의자들이 우크라이나 형제들에게 반유대주의 혐의를 씌운 것은 부당하다고 생각했다. 붉은 군대에는 반유대주의가 팽배했다. 모스크바는 철권통치로 이를 막으려 했지만, 소규모의 반유대주의 발생을 완전히 막는 데는 성공하지 못했다. 지금까지 우크라이나에서 인종 학살을 자행한 건 백군뿐이긴 하다. 우크라이나의 붉은 군대가 이 악에 대처할 의지와 능력이 있는지 여부는 아직 밝혀지지 않았다.

우리는 현지 교도소와 구치소를 방문하기로 결정했다. 가장 큰 어려움은 최근 소비에트 기관의 학대와 권력남용을 감시하는 일종의 감시자들의 감시자 역할을 하는 노동자-농민 감찰국의 여성 감독관으로 인한 것이었다. 강제수용소와 교도소가 그녀의 관할이기 때문에 우리는 그녀에게 우리의 자격증명을 제시했는데 그걸 받아 본 여자는 눈살을 찌푸렸다. 하르코프의 교도소 환경은 지역 당국이나 그 누구의 관심사도 아니라고 그녀는 단호하게 선언했다. 우리는 실망하여 돌아나오다가 자신을 디벤코라고 소개하는 동지를 만났는데, 알렉산드라 콜론타이의 남편이라고 했다. 나에 대한 이야기를 들었다며 기꺼이 도움을 주겠다면서 감독관과 문제를 논의하는 동안 기다려 달라고 했다. 그가 어떻게 구워삶았는지 몰라도 다시 만난 그녀는 상당히 온화해져 있었다. 그녀는 우리가 그렇게 유명한 미국인 동지들인 줄 몰랐다며, 얼마든지 감옥과 수용소를 방문하라고 허가하면서 즉시 자신의 차에 태워 우리를 데려다주기까지 했다.

두 형벌 기관은 우크라이나의 공산주의 관리와 독재에 관한 엔지니어의 진술을 뒷받침해 주고 있었다. 칸츨라거라고 불리는 이 수용소는 위생 시설이 전혀 갖춰지지 않은 낡은 건물에 수천 명의 수감자를 수용하고 있었고, 그 정도 인원이 있기에 말도 안 되게 작은 규모의 건물이었다. 초만원에, 냄새나는 이 기숙사형 감방에 가구라곤 침대로 사용하는 널빤지 같은 것뿐이고, 그나마도 두 사람, 때로는 세 사람이 함께 사용해야 하는 척박한 환경이었다. 낮에는 바닥에 쪼그리고 앉아 지냈고, 심지어 그 자세로 바닥에서 밥까지 먹어야 했다. 구역별로 마당으로 나가는 시간은 한 시간 정도였고, 나머지 시간 동안은 실내에서 지내야 했다. 수용된 사람들의 범죄는 사보타주에서 투기에 이르기까지 다양했으며, 우리의 엄격한 가이드가 말한 것처럼 모두 반혁명주의자였다. "수용자들에게 유용한 작업을 제공할 수는 없나요?" 내가 물었다. "혁명의 적들과 그런 부르주아적 시간낭비를 할 여유 같은 것 없어요." 그녀가 답했다. "전선이 청산되고 나면 저 인간들을 더 이상 해를 끼칠 수 없는 곳으로 보내 버릴 거니까."

차르 시절의 정치 감옥이 본격 가동되고 있었다. 그때나 지금이나 통치자의 권위에 감히 의문을 제기하는 사람은 그게 누구라도 잡혀들어간다. 이전 정권에서 경비병이었던 사람들이 지금 간수가 되어 있었다. 조사 도중 우리는 잠긴 문 두 개를 보고 멈춰섰다. 다른 곳들과 달리 이 문들만 닫힌 이유를 물었다. 처음에는 답을 회피했다. 우리는 미국의 감옥 시찰관들이 보게 되는 건 대체로 뻔한 것들이고, 그래서 글을 쓸 적에도 명백한 교정학에 대한 것만 쓰게 된다는 점을 지적했다. 하지만 우리는 그런 피상적인 것을 보자고 온 게 아니다. 마침내 감독관은 우리를 예외로 인정해 주며 우리에게 모쪼록 감옥 제도를 포함한 소비에트 러시아의 모든 조치의 배후에는 혁명적 필요성이 있었다는 사실을 이해하길 바란다는 말을 덧붙였다. 문이 잠긴 감방에 갇힌 사람들은 위험한 범죄자라고 감독관은 확신에 차 말했고, 그중 여자 하나는 반혁명 도적단 마흐노의 일원이었고, 그 옆 감방에 있는 남자 또한 반혁명 음모를 꾸미다 잡혔노라 설명했다. 둘 다 가혹한 대우와 최고형을 받아 마땅하지만 그럼에도 불구하고 그녀는 하루에 몇 시간 동안 감방을 개방하도록 명령했고, 간수 입회하에 다른 수감자와도 대화를 나눌 수 있도록 허락했다고 했다.

마흐노 일원이라는 늙은 여인은 겁에 질린 토끼처럼 감방 구석에 웅크리고 있었다. 문이 열리자 그녀는 멍한 표정으로 눈을 깜빡였다. 그러다 갑자기 내 앞쪽으로 와락 다가오더니 냅다 소리를 질렀다. "바리냐, 제발 날 내보내 주세요. 난 아무것도 몰라요, 아무것도 몰라요!" 나는 그녀를 진정시키고 어쩌면 내가 도울 수도 있지 않겠냐며 무슨 일인지 이야기를 들어 보자고 했다. 하지만 그녀는 자기는 마흐노에 대해 아무것도 모른다고 흐느끼면서 정신을 놓은 상태였다. 복도에서 나는 우리의 가이드에게 저렇게 아무것도 모르는 노인을 반혁명 분자라고 생각하고 가둬 놓는 것은 얼토당토않은 일이라고 했다. 그녀는 독방과 처형에 대한 두려움에 반쯤 미쳐 있었고, 더 오래 갇혀 있으면 완전히 정신을 놓을 게 분명했다. "그건 당신들의 감상적인 생각일 뿐이죠." 가이드는 엄한 목소리로 말했다. "우리는 지금 사방이 적으로 둘러싸인 혁명기에 살고 있다 이겁니다."

옆방에 있던 남자는 고개를 숙인 채 낮은 의자에 앉아 있었다. 갑작스럽게 문 쪽으로 눈을 돌린 남자는 공포에 질린 사냥꾼 같은 표정을 지으면서도 기대에 차 우리를 보았다. 그러다 정신을 차리자마자 그는 온몸이 빳빳해지며 경멸에 찬 눈빛으로 우리 가이드를 노려보았다. 한숨소리보다 더 작았지만 무시무시한 두 단어가 정적을 깨고 그 효과를 발휘했다. "악당들! 살인자들!" 그가 우리를 관리 중 하나로 착각했다는 사실에 끔찍한 기분이 들었다. 설명을 하려고 그에게 한 발 다가갔지만 그는 우리를 외면한 채 손이 닿지 않는 곳에 다만 꼿꼿하게 서 있었다. 나는 무거운 마음으로 동료들을 따라 복도를 나섰다.

사샤는 아무 말도 하지 않았지만, 그도 나만큼이나 충격을 받았음을 느낄 수 있었다. 무심한 듯 복도를 걸어가면서 사샤는 우리가 비밀스럽게 들은 정보를 통해 알게 된 그곳에 수감된 젊은 아나키스트를 찾고 있었다. 나의 부르주아적 감상 때문에 감독관은 계속 나를 제지했는데, 사샤에게 목표를 달성할 기회를 주기 위해 감독관이 내게 설교를 하게 내버려 두었다. 나는 방금 떠나온 두 명의 포로에 대한 생각을 떨쳐낼 수 없었다. 어떤 파멸이 그들을 기다리고 있는지 너무나 잘 알고 있었기 때문이다. 특히나 남자는 자부심과 독립심을 아직 가지고 있었다. 내것은 다 어디로 갔지, 나는 생각했다. 속은 벌레가 다 먹어치운 지 오랜데 그저 껍데기만 붙들고 있는 건 아닌가 하면서.

사샤와 단둘이 있게 되었을 때 감옥에 갇힌 동지가 사샤에게 전한 내용을 알게 되었다. 노동자-농민 감독관은 체카 출신이었고, 그녀는 일반적인 체카 방식대로 교도소를 운영하려고 했다. 정치범들을 독방에 가두는 등 가장 가혹한 규제를 도입한 것이다. 수감자들은 극단적인 방법까지 쓰지 않으면서 변화를 일으키려고 노력했다. 그러나 반쯤 정신이 나간 농민 여자와 죽을 운명에 처한 남자가 격리 수용되자 수감자 전체가 들고 일어나 항의를 했다. 단식투쟁이 이어졌다. 비록 원하는 결과를 얻어 내지는 못했지만, 두 명의 동료 수감자를 위해 하루 중 잠깐 감방을 개방하는 것까지는 성공했다. 독재 정권의 변화를 촉구하기 위한 또 다른 단식투쟁이 가까운 시일 내에 계획되고 있었다.

공포에 질린 남자의 표정과 그의 울부짖음에 담긴 증오를 이해할 수 있었다. "악당들! 살인자들!" 그는 사형 집행 전 완전히 고립된 채 언제 치명적인 총알이 그의 심장에 박힐지 모르는 불확실함 속에 놓여 있었다. '혁명적 필요성'이 이토록 정교한 잔인함을 설명해 줄 수 있을 것인가? 만약 내가 10월에 러시아에 왔더라면 이 질문에 대한 해답이나 적절한 결말을 찾았을지도 모른다. 이제 나는 날마다 내 숨통을 조여 오는 굴레에 갇힌 기분이었다.

나의 고충을 가장 잘 이해해 준 사람들은 하르코프에 있는 동지들이었다. 조지프와 리아 굿맨, 아론과 파냐 바론, 플레신 등 대부분이 미국 출신으로 미국에서 나의 활동과 관련되었던 사람들이었다. 플레신은 『어머니 대지』 사무실에서 함께 일도 했던지라 나를 더 잘 알고 있었다. 올가 타라투타를 필두로 영웅적인 하르코프 동지들은 모두 혁명을 위해 봉사했고, 혁명의 최전선에서 싸웠으며, 백군의 징벌, 볼셰비키의 박해와 투옥을 견뎌 냈다. 그들의 혁명적 열정과 아나키스트로서의 신념을 꺾을 수 있는 건 아무것도 없었다. 그들에게는 고통스러운 망설임도, 그들을 괴롭히는 의심도, 답이 없는 질문도 없었다. 그래서 나의 미결정 상황에 다소 충격을 받은 듯했다. 나는 항상 내 자신에 대해 확신이 있었고, 어떤 문제에서도 흔들리는 법이 없었노라고 그들은 말했다. 하지만 내가 그리도 절실히 바라던 러시아에 막상 와서는 제대로 생각을 할 수가 없었다. 그리고 항상 명확하고 단호한 사샤는 어째서 이 죽은 양피지를 모으는 데 에너지를 낭비하는 대신 조직과 선전 활동을 한다고 하지 않았을까?

우리가 러시아에 온 것이 그들에게 큰 자극이 되었노라고 그들은 말했다. 우리가 미국에서 열정적으로 수행했던 작업을 소비에트 땅에서도 계속할 것이라고 확신하는 듯했다. 물론 그들은 우리가 볼셰비키가 혁명적 구호를 저버렸다는 확신이 들 때까지 우리가 볼셰비키에 대한 믿음을 포기하지 않을 것임을 알고 있었다. 조지프와 아론 바론은 바로 이 이유로 그들의 조직인 나바트에서 목숨을 걸고 페트로그라드에 있는 우리에게 접근하기 위해 파견된 사람들이었다. 볼셰비키가 혁명을 무력화시켰다는 그들의 이야기는 우리를 설득하기에 충분하지 않았나? 아나키스트들에 대한 박해와 네스토르 마흐노에 대한 그들의 비열함과 배신으로도? 독재 정권이 혁명의 정신을 배신했다는 차고 넘치는 증거를 이미 보여 주지 않았던가? 분명, 우리는 공산주의 국가에 대한 우리의 입장을 결정할 만큼 충분히 듣고 보았다.

아론 바론과 조지프는 실제로 페트로그라드에서 우리를 방문했었다. 두 사람 모두 볼셰비키의 추적을 피해 비밀리에 도시에 들어온 것이었다. 2주 동안 머물며 그들은 공산주의자들을 혁명의 반역자로 만든 상황과 원인에 대한 생생한 이야기를 들려주었다. 그러나 우리를 아는 사람이라면 우리가 마흐노나 심지어 우리 동지들에 대한 잘못된 정책 때문에 레닌, 트로츠키와 그 동료들의 혁명적 진실성에 대한 믿음을 포기할 것이라고 생각하지 않을 것이었다. 하르코프의 동지들은 자신들이 섣부르게 기대부터 했다는 점을 기꺼이 인정했다. 하지만 그들은 소비에트 러시아에서 여덟 달이나 있으면서 실제 상황이 어떤지 직접 볼 수 있는 기회가 있었는데도 어째서 여전히 망설이고 있는 거냐고 반문했다. 이 운동에는 우리가 필요했다. 할 일이 방대했다. 우크라이나의 아나키스트들을 강력한 연합 단체로 조직해 노동자와 농민에게 선전을 통해 다가갈 수 있을 텐데 특히 농민들에 있어서라면 네스토르 마흐노의 도움에 기댈 수 있다. 농민들은 마흐노를 잘 알았고 또 신뢰했다. 그는 전국의 아나키스트들에게 남부에서 제공할 수 있는 선전 가능성을 활용하라고 거듭 촉구한 바 있었다. 동지들은 그가 자금, 인쇄기, 종이, 택배 등 필요한 모든 것을 우리 마음대로 사용할 수 있도록 할 것이라는 점을 강조하며 우리의 신속한 결정을 간청했다.

만약 내가 러시아에서 활동하기로 결심한다 하더라도 마흐노의 지원은 제3인터내셔널을 통한 레닌의 원조 제안과 크게 다를 것이 없음을 지적했다. 나는 백군 세력에 대항하는 투쟁에서 혁명에 대한 마흐노의 공헌이나 그의 포브스탄티 군대가 노동자들의 자발적인 대중 운동이었다는 사실을 부정하지는 않는다. 그러나 나는 아나키즘이 군사 활동을 통해 얻을 수 있는 게 단 하나라도 있다거나, 우리의 선전이 군사적 또는 정치적 전리품에 의존해야 한다고도 생각하지 않았다. 하지만 지금 요점은 이게 아니었다. 나는 그들 일에 참여할 계제가 아니었고, 볼셰비키에 있어서도 마찬가지였다. 나는 레닌과 그의 당을 혁명의 진정한 챔피언으로 옹호했던 것에 대하여 나의 심각한 판단오류를 인정할 준비가 되어 있었다. 그러나 러시아가 여전히 외부의 적들로부터 공격을 받고 있는 한 나는 그들에 대한 적극적인 반대에 나서지 않을 것이다. 더 이상 그들의 가면에 속지는 않았지만, 내게 있어 진짜 문제는 훨씬 더 깊은 곳에 있었다. 그것은 바로 혁명 그 자체였다. 혁명의 결과는 내가 생각했던 모습과 완전히 정반대의 것이어서 과연 무엇이 옳은 것이었는지 더 이상 알기 어려웠다. 내 오래된 가치관은 산산이 부서졌고 나는 난파된 배에서 가라앉거나 헤엄을 쳐야 했다. 내가 할 수 있는 일이라고는 물 위에서 정신을 차리고 시간이 나를 안전한 해변으로 데려다줄 것을 믿는 것뿐이었다.

하르코프에서 만난 가장 지적인 동지였던 플레신과 마르크 므라치니는 나의 어려움을 이해해 주었고, 당장 나 자신부터 길을 잃은 마당에 다른 사람들을 이끌 처지가 안 된다며 그들의 제안을 거절하는 내 마음을 알아주었다. 그 외 나머지 나바트 그룹은 불만과 분노를 감추지 못했다. 그들이 알던 엠마 골드만이 아니라, 힘없이 창백한 지금의 엠마 골드만을 그들은 받아들이려 하지 않았다. 이제 그들은 더 큰 기대를 안고 사샤를 찾았다. 사샤라면 혁명이 그에게 어떤 요구를 하더라도 결코 의심하지 않을 것임을 그들도 잘 알고 있었다. 그는 항상 나보다 더 뛰어난 공모자였고, 마흐노와 함께 일하거나 적어도 그의 협조를 받아들이는 것이 어떤 의미인지 이해할 것이다. 가장 진실하고 사랑스러운 조지프와 리아는 특히 사샤의 마음을 사로잡기 위해 계획을 세웠다. 마침 마흐노의 진영에서의 초대를 가지고 도착한 파냐 바론이 합류했다. 우리도 함께하길 원하는지를 물었다. 그녀라면 우리를 그에게 안전히 안내해 줄 것이었다. "당신도 가겠소?" 사샤가 물었다. 그가 가겠다고 고집한다면 나도 함께 가야 한다고, 어떤 상황에서도 그를 혼자 위험에 직면하게 두지 않을 거라고 답했다. 하지만 우리의 탐험은 어떻게 되는 것인가? 끝까지 함께하겠다고 그들에게 약속했고, 그는 이 파견 업무에서 중차대한 임무와 책임을 맡았다. 다시 우리의 일로 돌아갈 수 있을 것인가? 사샤는 마흐노와 그의 포브스탄티 군대와 접촉할 기회가 생기지마자 박물관 일과 우리 임무에 대한 생각은 거의 내려놓은 상태였다. 그러나 그는 "약속은 약속이니까 우리는 반드시 지켜야 한다"면서 말했다. "아마도 농민 지도자를 만날 다른 기회가 오겠지."

하르코프에서의 체류는 갑작스럽게 끝이 났다. 당 집행부에 의해 우리 자료가 압류되어 우크라이나에서 빼내갈 수 없는 상황임을 알게 되었다. 더 이상의 힌트는 필요 없었다. 그날 밤 우리는 폴타바로 가는 기차에 우리 차량을 연결하고 서둘러 출발했다.

속도에 익숙한 미국인이라면 이런 느린 여행을 비웃고 조롱할 수 있지만, 러시아의 모든 기차역에서 기차를 타기 위해 며칠, 심지어 몇 주를 기다려야 하는 사람들에게는 느린 속도도 장점이라면 장점이었다. 다 해진 옷을 입고 꾸러미를 이고 진 사람들이 지쳐서 소리지르고 욕하고 서로를 밀치고 넘어뜨리면서 광란의 몸싸움을 벌이는 모습은 참으로 끔찍한 광경이었다. 한 번도 아니고 여러 번, 군인들 총구에 밀려난 후에 다시 난간이나 계단에 달라붙는 데 성공할 때까지 사람들은 끈질기게 몇 번이고 기차에 달려들었다. 러시아 단테의 손길을 기다리는 지옥이 따로 없었다.

포터를 포함해 겨우 8명이 탑승한 기차를 타고서 승강장에 있는 수백 명의 사람들이 지붕이나 심지어 범퍼에라도 올라가려고 아우성을 치는 모습을 보는 일은 결코 편안한 일이 아니었다. 그럼에도 우리는 도울 수 있는 일이 없었다. 발진티푸스 감염의 위험은 차치하고서라도, 우리가 운반하는 귀중한 물건 때문에 아무도 차에 태울 수 없었기 때문이다. 러시아에서 지위고하를 막론하고 도둑질은 새로운 현상이 아니었다. 수년간 이어져 온 붕괴와 궁핍은 그 범위를 넓히고 손재주를 완성했다. 이러한 소매치기의 기술로부터 컬렉션이나 차 안의 다른 어떤 것도 보호할 수 없었기에 비참한 군중을 차에 태울 수 없다는 것은 확실했다. 나는 일부 여성이나 어린이의 탑승을 허용하는 것은 어떠냐고 제안했다. 유대인들은 이 계획에 찬성했고, 비유대인들은 반대했다. 러시아 부부는 처음부터 매우 불만이 많은 사람들이었다. 그들의 특별 임무는 불협화음을 만드는 것 같았다. 샤콜은 복수심에 불타는 슬라브인이었지만, 이제는 동료에 대한 연민과 동정심으로 가득 차서 봉건 영주의 여인처럼 말했다. 그녀는 더러운 생물과 가까이 하는 걸 견딜 수 없고 발진티푸스나 그에 못지않은 위험한 질병에 걸릴까 봐 죽을 만큼 두렵다고 했다. 감염의 위험을 감수할 수는 없었다. 딱한 사람 같으니, 좁은 세상을 가졌을 뿐인 사람을 비난할 수는 없었다. 내가 매일 아침 승강장을 닦고 소독하겠다고 약속했지만, 사샤의 확신만큼 설득력이 있지는 않았다. 사람들을 자신이 원하는 곳으로 부드럽게 이끌고 그곳에 가보고 싶다고 생각하게 만드는 것이 내 오랜 친구의 기술이었다. 샤콜을 우리 편으로 만들고 난 후, 우리의 주장을 펼치는 건 어렵지 않았다.

인생의 모든 것은 상대적이며, 필요에 따라 가치가 달라지는 법이다. 우리 차는 이제 궁전보다 더 탐나는 곳이 되었다. 몇몇 사람들에게 바람과 뜨거운 매연으로부터 하룻밤을 보호해 주었고, (철로에서 흔히 일어나는 일인) 지붕에서 떨어지는 것을 방지해 주었다. 삶이란 건 값싸고, 사람들은 자신의 작은 몫에 몰두해 살아가기 때문에 그런 문제들은 사소하다고 느꼈다. 다음에 뭐가 올지도 몰랐고, 신경쓰지도 않았다. 군인들을 제치고 열차에 틈도 없이 다닥다닥 붙어 앉고 나면 사람들은 뒤도 앞도 보지 않았다. 다만 지금 이 순간을 탐욕스럽게 낚아챌 뿐이다. 그러고는 금세 눈물과 저주, 비명 같은 건 잊어버렸다. 다시 흥겹고 재미나게 놀 수 있다고 느끼고는 크고 풍성한 목소리로 노래를 불렀다. 이 얼마나 대단한 사람들인지! 이 얼마나 만화경 같은 정신의 변화인지!

'중앙'에서 받은 자격증명은 하르코프보다 폴타바에서 더 쓸모가 있었다. 레브콤(지방 정부 역할을 하는 혁명위원회) 서기의 환대를 받으며 소비에트의 모든 부서를 마음대로 드나들 수 있었기 때문이다. 이런 도움 덕분에 우리 원정대는 자료 수집에 어려움이 없었다. 이곳에서 수집한 자료에는 폴타바를 침공한 (결국 붉은 군대에 의해 격파되었지만) 여러 부대와 군대가 남긴 대량의 반혁명 문서가 포함되어 있었다. 우리가 발굴한 기록, 법령, 선언문, 군사 상징물, 각종 신기한 무기들이 우리 차에 실려 승리의 기쁨을 안겨주었다.

나는 헨리 알스버그와 함께 시찰을 나갔다. 헨리는 현지 소비에트 주요 관료와 공산당 외부 인사들을 인터뷰하고 싶어했다. 통역을 맡아달라는 그의 요청을 나는 기꺼이 수락했다.

신기하게도 폴타바에는 수많은 침략자들의 물리적 흔적이 거의 남아 있지 않았다. 건물과 공원에는 거의 피해가 없었다. 위풍당당한 나무들이 제자리에 서서 인간이라는 하찮은 존재를 높은 곳에서 경멸하듯 내려다보고 있었다. 만개한 꽃들과 그 옆으로 나 있는 채마밭들이 꽃을 보호할 울타리도 없이 그냥 놓여 있었다. 하르코프에서부터의 여행에서 만난 고통스러운 장면을 뒤로하고 자연의 풍요로움과 그늘진 골목을 따라 걷고 있자니 마치 천국과도 같았다.

소비에트 기관들은 우리에게 거의 관심이 없었고, 모스크바의 공식에 따라 기존의 원트랙 아이디어에 맞춰 관리되고 운영되고 있었다. 관료들 인터뷰를 통해 새로운 사실을 알게 되는 일은 없었다. 이를 통해 금기시되는 부류의 사람들을 찾아볼 수 있었는데, 우연찮게 우리는 거기에 속하는 두 사람을 만났고, 그들의 도움으로 생각하는 바는 크게 다를지언정 공통의 운명으로 뭉친 큰 그룹의 사람들을 만날 수 있었다. 이 과정에서 만나게 된 여성 두 명 중 한 명은 러시아 구파의 마지막 작가인 블라디미르 코롤렌코의 딸이었다. 다른 한 명은 1914년에 설립된 '세이브더칠드런'이라는 단체의 수장으로, 그 후로 수년 동안 온갖 우여곡절을 겪으면서도 계속 활동해 온 사람이었다. 그들 집으로 초대를 받은 우리는 그곳에서 서클에 속한 다른 사람들과 접촉할 기회를 가졌다. 항상 러시아 대중의 계몽과 구제를 위해 헌신했던 오랜 급진파 지식인들이었다. 그들은 독재 정권과 화해할 수 없었지만, 그렇다고 그에 맞서 적극적으로 활동하지도 않았음을 솔직하게 인정했다. 실제로 그들은 볼셰비키와 경제적 협력관계를 이루며 사회 복지 부서에서 일했다. 그럼에도 불구하고 그들은 사보타주를 획책한다는 이유로 박해를 받고 있었고, 세이브더칠드런은 반혁명 단체로 지역 당국에 의해 수차례 급습을 당했다. 루나차르스키의 명시적 허가가 있었음에도 말이다.

헨리는 호스트에게 볼셰비키에 대해 어떤 비난이 있다 하더라도 아이들을 방치했다는 혐의는 받을 수 없다고 했다. 사실 볼셰비키는 다른 어떤 나라보다 그 부분에 있어서 많은 노력을 기울이고 있었기 때문이다. 그렇다면 민간 복지 협회가 필요한 이유는 무엇이겠냐고 우리의 호스트가 슬프게 물었다. 그들은 아이들에 관련된 일에서 볼셰비키의 진정성을 폄하할 의도는 전혀 없을 뿐만 아니라 실제로 그들은 아이들을 위한 여러 가지 일들을 해왔고 앞으로도 더 많은 일을 할 것이라 했다. 하지만 이는 특권층 어린이들에게만 해당되는 이야기였다. 빈곤층의 수는 놀라울 정도로 증가했고, 그 수는 수천 명씩 늘어났다. 아직 나이가 어린 아이들 사이에서도 매춘, 성병, 온갖 형태의 범죄가 만연했고, 열여덟 살에 임신하는 일도 흔했다. 생각이 깊은 공산주의자들은 이 재앙이 정치적 법령이나 체카로 치유될 수 없다는 것을 알고 있었다. 다른 각도에서 다른 방법으로 해결해야 했다. 그들은 세이브더칠드런의 협력을 환영했고, 루나차르스키는 특히 아낌없는 지원을 보낸 인물 중 하나였다. 문제는 지역 당국이었다. 그들은 루나차르스키와 그의 관점에 대해 아무런 관심이 없었다. 다만 지적인 비당파주의자에게서 실제적이든 잠재적이든 배신자를 발견하면서 그에 맞는 대우를 할 뿐이었다.

핍박받고 괴롭힘을 당하는 진영에서 자주 발견하곤 하던 웅장한 정신은 코롤렌코 양과 그녀의 동료들에게서도 볼 수 있었는데, 자신들을 위해 아무것도 요구하지 않으면서 루나차르스키가 하는 일과 그들이 돌보는 아이들을 위해 탄원을 간청한 것이었다. 이곳 젊은이들이 만든 수공예품은 폐지, 헝겊, 짚, 심지어 버려진 신발로 만든 장난감 등이었는데 동물, 인형, 상상의 동물 등 독특한 컬렉션을 선보였다. 여성들은 우리에게 "미국의 어린이들"을 위한 표본이라며 강하게 어필했다. 나는 미국 어린이들보다는 페트로그라드에서 제대로된 장난감 구경도 못하고 있는 어린 아이들이 더 좋아할 것 같다고 호스트들을 안심시켰다.

블라디미르 코롤렌코는 심각한 병에서 회복 중이었으며 손님을 맞이할 수 없는 상황이었지만 그의 딸은 아버지를 만나 우리에 대해 이야기하겠다며 다음 날 우리를 부모님 집으로 초대했다.

저녁에 나는 정치 적십자사 회장인 X 여사를 찾았다. 이 조직은 과거에 로마노프 왕조의 정치적 희생자들을 돕는 일을 해왔다. 새로운 정권이 이들에게 어떤 일을 할 수 있도록 허용했는지가 궁금했다. X 여사는 눈처럼 하얀 머리에 크고 부드러운 푸른 눈을 가진 아름다운 여성으로, 요즘은 거의 만나보기 힘든 옛 러시아 이상주의자의 전형이었다. 1914년 이후 이루 말할 수 없이 비참한 시기를 겪었지만 여주인은 따뜻함, 친절함, 최고의 환대를 잃지 않았다. 후덥지근한 저녁, 우리는 작은 발코니에서 부글부글 끓는 사모바르를 사이에 두고 앉았다. 밝은 달과 커다란 찻주전자에 담긴 석탄이 낭만적인 감성을 더했다. 하지만 우리의 대화는 러시아의 현실, 차르의 지하 감옥과 유배지를 가득 채운 불행한 사람들에 관한 것이었다. 여사는 그룹의 활동이 더 제한적이 되었다고 말했다. 과거에는 존재하지 않았던 이유들로 인해 그들은 점점 더 많은 어려움에 시달리고 있었던 것이다. 독재와 정권에 조금이라도 반대하는 것으로 의심되는 사람들에 대한 박해는 정치인들로부터 이전의 윤리적 지위와 일부 반동 세력을 제외한 모든 이들에게 받았던 높은 평판을 빼앗아 갔다. 이제 그들은 도적, 반혁명주의자, 인민의 적으로 비난받고 있었다. 끔찍한 혐의를 검증할 수단이 없었던 대중은 볼셰비키의 혐의를 그대로 믿었다. 새로운 정권은 러시아의 꽃에 카인의 낙인을 찍고 대중의 존경을 잃게 하는 데 있어 구정권보다 더 많은 노력을 기울였다. "나는 이것이 볼셰비키의 가장 시커먼 범죄이며, 소위 혁명적 필요성이라는 그들 자신의 관점에서도 가장 비난받을 만한 일이라고 생각해요"라고 그녀가 씁쓸히 말했다. 여사는 적십자는 이제 두 전선에서 활동해야 한다고 설명하며 하나는 정치범들을 물질적으로 도와 굶주림으로 인한 죽음에서 구하고, 다른 하나는 그들에 대한 잔인한 거짓말을 퍼뜨리는 것을 막아야 한다는 것이었다. 이 주제에 대해 대중을 계몽하려는 최소한의 시도도 반혁명적인 것으로 간주되어 조직 전체가 탄압당하고 관련된 모든 사람이 체포될 수 있기 때문에 대중의 마음을 얻는 것은 거의 불가능에 가까웠다. 또 다른 장애물은 철도 및 기타 통신 수단의 전반적인 혼란으로 인해 수감된 정치범들을 면회하거나 그들과 연락을 유지하는 것이 매우 어려웠다는 점이었다. 볼셰비키 러시아의 이상주의자들에게 식량보다 더 중요한 것은 동지들의 격려와 영감이었거늘, 이들은 가장 중요한 것을 거부당한 것이었다. 우리의 여주인은 동지들에게 있어 가장 견디기 힘든 것이 바로 이것이었다고 결론내렸다.

나는 그녀에게 볼셰비키가 정적을 없애기 위해 사용한 비열한 방법을 처음 알게 되었을 때 받았던 큰 충격과 그것들을 인정하지 않으려는 나의 오랜 투쟁에 대한 이야기를 했다. 레닌과 만났던 이야기와 그가 감옥에 갇히는 사람은 도적과 반혁명분자뿐이라고 주장했다는 것도 말이다. 그와 같은 정도의 정신적 수준을 가진 사람이 자신의 방법을 정당화하기 위해 그런 비열한 거짓에 굴복하다니, 믿기 어려웠다. X 여사는 고개를 저었다. 레닌의 방식에 익숙하지 않은 것이 분명하다며, 그의 초기 저서만 보더라도 그가 수년 동안 정치적 반대자들에 대한 공격, 즉 "그들을 가장 사악한 존재로 혐오하고 미워하게 만드는" 방법을 따르고 옹호했다는 걸 알 수 있을 거라 했다. 피해자들이 스스로를 방어할 수 있을 때조차 그런 전술을 썼는데, 이제 러시아 전체를 자신의 무대로 삼은 상황에서 이미 상처난 곳에 소금을 뿌리는 짓을 하지 않을 이유가 있을까? "네, 그리고 나머지 급진주의 세계는 레닌에게서 혁명적 메시아를 보기 때문이죠." 내가 말했다. "저의 동지 알렉산더 버크만도 그랬고 저도 그렇게 믿었어요. 우리는 미국에서 레닌을 위한 싸움을 가장 먼저 시작한 사람들 중 하나이기도 하고요. 지금도 우리는 볼셰비키 신화와 그 힘으로부터 자유로워지기 힘들다는 것을 뼈저리게 느끼고 있습니다."

밤은 깊어 갔고, 나는 코롤렌코에 대한 이야기가 듣고 싶었다. 나는 그가 톨스토이처럼 수십 년 동안 러시아에서 위대한 도덕적 동력이 되어 왔다는 것을 알고 있었다. 1917년 이후 그가 어떤 영향력을 발휘할 수 있었는지가 궁금했는데 X 여사가 코롤렌코의 처제이자 위대한 작가와 매우 가까운 사이라는 정보를 들었더랬다. 하여 나는 그녀에게 코롤렌코에 대한 이야기를 해달라고 간청했다.

야스나야 폴랴나의 선지자[톨스토이]는 다행히도 새 옷을 입은 혁명에서 살아남은 낡은 독재 정권을 보는 일은 피했고, 새로운 차르에게 항의 편지를 써야 하는 고통에서 벗어날 수 있었지만 그녀의 형부는 사정이 달랐다. 블라디미르 코롤렌코는 일흔이 다 되어 건강이 좋지 않았지만, 대부분의 시간을 체카에게 무고한 생명을 구해 달라고 호소하거나 레닌, 루나차르스키, 막심 고리키에게 처형을 중단해 달라는 탄원서를 쓰며 보냈다. 고리키는 계속해서 큰 실망만을 안겨주었다고 그녀는 말했다. 막심은 황량한 마을에서 망명하는 것보다 레닌과 함께하는 것이 더 안전한 안식처고, 크렘린궁이 더 쾌적한 거처라고 생각하는 것 같았다. 막심 고리키는 러시아 작가들 사이에서 이들을 격려하고 돕고 어려움에 처한 이들의 편에 서는 명예로운 전통에 부응할 용기조차 없었다고 그녀는 덧붙였다.

막심 고리키와 나누었던 대화가 떠올랐다. 볼셰비키 독재에 대한 그의 어설픈 사과하고는. 하지만 한때 그렇게 존경했던 사람에게 불순한 동기가 있었을 거라고 생각하고 싶지 않았다. 그래도 그는 나름대로 좋은 일을 하지 않았느냐고 나는 그의 입장을 대변해 말했다. 나이 든 과학자와 작가들의 이익을 위해 돔 우치코니크를 조직하는 데 도움을 주었고, 러시아에서 출판되는 모든 것을 정부가 독점하는 것에도 반대의 목소리를 냈던 그였다. 여사는 고리키의 공로를 기꺼이 인정하면서도 그처럼 마음이 넓고 동정심이 많았던 사람에게 그런 것들은 대수롭지 않은 일이라고 했다. 그가 한 작은 선행은 단지 양심의 가책을 달래기 위한 것일 뿐, 정의와 품위에서 비롯된 것이 아니라는 거였다. 나는 막심 고리키가 레닌 정책의 정당성을 진심으로 믿었을 수도 있다는 점을 강조했다. 그는 정치인이 아니라 시인이었고, 레닌의 이름에 담긴 화려함 때문에 그를 숭배하게 됐을지도 모를 일이었다. 고리키가 팥죽 한 그릇에 장자권을 팔 수 있다고 믿기보다는 차라리 그렇게 생각하는 편이 나았다.

코롤렌코가 반복적으로 불경죄를 저질렀음에도 불구하고 아직까지 그의 신분이 유지되고 있다는 사실이 그저 놀라울 따름이라는 나의 말에 X여사는 특별할 것 없는 일이라고 대답했다. 레닌은 매우 영리한 사람이니까요, 그녀는 설명했다. "그는 크로포트킨, 베라 피그네르, 코롤렌코가 자신의 비장의 카드가 될 거라는 걸 알고 있었던 거죠. 레닌은 그들이 여전히 자유를 누리고 있다고 생각하게 할 수 있다면 자신의 독재 체제에서 반드시 총과 재갈만 사용하는 것은 아니라고 효과적으로 반박할 수 있다는 걸 깨달은 거예요. 실제로 세상 사람들이 다 그 미끼를 물기도 했죠. 진짜 이상주의자들이 수난을 받을 때 세상은 침묵했거든요. 그렇게 차르의 감옥은 풍성한 수확을 거두고 있고, 총살은 당연한 일로 계속되고 있어요." X여사는 결론지으며 말했다.

좁은 객실로 돌아가기에는 가슴이 너무 답답한 느낌이 들었다. 새벽 2시가 넘은 시각이었는데, 벌써 해가 뜨는 게 보이는 듯했다. 나는 동행한 친구에게 함께 산책하자고 제안했다. 바깥 공기는 포근했고 거리는 한산했다. 폴타바는 평온한 잠에 빠져 있었다. 우리는 각자 저녁의 인상에 젖은 채 조용히 걸었다. 나는 당장 눈앞에 보이는 것을 넘어 러시아의 삶에 르네상스의 희망을 품을 수 있는 지점까지 내다보기 위해 애쓰고 있었다. 화강암 산책로에서 규칙적으로 떨어지는 쿵쿵거리는 발걸음 소리가 가까워져 깜짝 놀랐다. 한 무리의 군인들이 어깨에 소총을 메고 행진하고 있었고, 그 가운데에는 사람들이 모여 있었다. "그리고 당연히 총살은 계속된다"는 말이 머릿속을 스쳐 지나갔다.

전날 저녁의 여운이 채 가시지 않은 아침, 헨리 알스버그와 함께 코롤렌코의 집으로 향했다. 나무와 덩굴에 숨겨진 보석 같은 곳이었다. 오래된 전통 가구와 화려한 구리, 황동, 다채로운 우크라이나 농부들의 수공예품이 어우러진 매혹적인 장소였다.

머리와 수염이 하얗게 샌 블라디미르 코롤렌코는 농민들이 입는 튜닉을 입고서 마치 몇 세기 전의 세계를 보여 주는 것 같았다. 하지만 그가 말을 시작하자마자 환상은 금세 사라졌다. 그는 아직 너무나 강렬하게 살아 있었고 우리가 미국에 대해 들려줄 수 있는 모든 이야기에 깊은 관심을 보였으며, 매우 즐기는 듯했다. 그는 미국의 많은 사람들을 알고 있다고 했다. 미국의 친구들은 항상 러시아 국민들의 모든 호소에 관대하게 반응했고, 그는 또한 미국의 광범위한 민주주의를 존경한다고 말했다. 우리는 너무 소심하고 정치적으로 혼란스러워 영향력을 행사할 수 없는 일부 소수를 제외하고는 이제 민주주의는 거의 남아 있지 않을 것이라고 대답했다. 우리는 러시아에 대한 코롤렌코의 이야기를 듣고 싶었고, 대화의 방향을 그쪽으로 자연스럽게 이끌어갔다. 그 주제는 분명히 이 나이 든 작가의 열린 상처였고, 얼마 안 가 나는 이 문제를 파헤친 것을 후회했다. 그는 자신이 루나차르스키에게 쓴 편지의 사본을 주겠다는 말로 나의 죄책감을 다소 덜어 주었는데, 그 편지는 내가 그를 만나러 온 바로 그 주제를 다루고 있었다. 그것은 루나차르스키가 그에게 집필을 의뢰한 6편의 시리즈 중 첫번째 글로, 독재 정권에 대한 그의 솔직한 태도를 담았다. 그는 "이 편지들은 결코 빛을 보지 못할지도 모르지만 당신들이 여는 박물관에 모두 소장될 것"이라고 말했다. 알스버그는 코롤렌코에게 그의 발언을 인용해 미국에서 글을 써도 될지를 물었고, 이에 코롤렌코는 반대하지 않는다 답하며, 자신은 이미 지나치게 오래 침묵했다고 덧붙였다. 그는 러시아가 여전히 직면한 위험에 대해 알고 있었지만, "그 위험이 아무리 크다 해도 혁명을 위협하는 내부의 위협만큼 심각한 것은 아니"라고 했다. 볼셰비키는 대규모 처형과 인질 납치 등 모든 형태의 테러가 혁명적 필요성에 의해 정당화될 수 있다고 주장했는데 코롤렌코에게 그것은 혁명의 기본 이념과 모든 윤리적 가치에 대한 최악의 비극이었다.

"혁명은 인류애와 정의의 가장 높은 표현을 의미한다는 것이 저의 생각입니다." 그가 덧붙였다. "그런데 독재 정권은 이 두 가지를 모두 박탈하죠. 국내에서는 공산주의 국가가 매일 혁명의 본질을 훼손하고 차르의 자의성과 야만성을 훨씬 뛰어넘는 행위로 혁명을 대신하고 있어요. 예를 들어, 헌병은 저를 체포할 권한이 있습니다. 공산주의자 체카도 저를 쏠 수 있는 힘이 있죠. 동시에 볼셰비키는 세계 혁명을 선포할 수 있는 용기를 가졌습니다. 실제로 러시아에서의 실험은 해외의 사회 변화를 장기간 지연시킬 수밖에 없습니다. 유럽 부르주아들이 반동적 행태를 보이는 데 있어 러시아의 잔혹한 독재보다 더 좋은 구실이 있을까요?"

코롤렌코 부인은 남편이 아직 회복되기 전이라 무리하지 말아야 한다고 우리에게 주의를 주었다. 그러나 노작가가 러시아에 대해 한 번 이야기를 하기 시작하면 도무지 멈추기가 쉽지 않았다. 너무 지쳐 보이는 그의 모습을 보고 우리는 감히 더 이상 머물러 있을 엄두를 내지 못했다. 그러나 나는 그가 나의 혁명적 신앙에 새로운 자극을 주었다는 말을 하지 않은 채 떠날 수는 없었다. 혁명의 의미와 목적에 대한 그의 훌륭한 견해는 소비에트 러시아에서 8개월 동안 거의 파괴될 뻔했던 나의 생각을 단단히 만들어 주었다. 그것만으로도 나는 그에게 얼마나 감사한지 모른다.

아름다운 폴타바에 더 오래 머물면서 그곳에서 만난 멋진 영혼들과 더 많은 시간을 보내고 싶었지만 우리 대원들은 계속 다음 곳으로 넘어가야 했다. 다음 목적지는 키예프였으나 이 낡은 러시아 열차의 엔진이 말을 안 들어 우리는 파스토프에서 멈춰섰다.

지연된 것이 싫지는 않았다. 끔찍한 반유대인 대학살에 대해 많이 읽고 또 듣기도 했지만, 그 참상을 직접 마주한 적은 없었다. 마을로 가는 길, 우리는 시장 광장에 도착할 때까지 길가에서 짐승 한 마리도 보지 못했다. 가판대 열댓 개에는 양배추, 감자, 청어, 시리얼 등이 구색도 갖추지 못하고 볼품없이 놓여 있었고, 가판대를 지키고 앉은 사람은 대부분 여성이었다. 그 여성들은 갑작스럽게 몰려든 손님들을 보고 놀라기보다는 황급히 손수건으로 이마를 가리고 겁에 질려 몸을 움츠렸는데 그러면서도 그들의 눈은 사샤, 헨리, 그리고 우리의 젊은 공산주의자로 구성된 우리 일행을 향해 공포에 질린 채로 고정되어 있었다. 우리도 어찌나 당황했는지 모른다. 무리에서 그나마 이디시어를 할 수 있었던 내가 가까이에 자리잡은 한 나이든 유대인 여성에게 말을 걸었다. 여성 동행자만 빼고 우리는 모두 유대인이고, 미국에서 왔다고 설명하면서 왜 여자들이 그렇게 이상하게 행동했는지 말해 줄 수 있는지 물었다. 그녀는 남자들을 가리켰다. "저 사람들을 안 보이게 해주세요." 그녀가 간청했다. 남자들이 자리를 비켰다. 사무국장인 샤콜과 나 둘만 남자 여성들이 우리쪽으로 가까이 다가오기 시작했다. 곧 사람들 전체가 우리를 둘러싸고 각자 자신의 고민을 털어놓기 위해 경쟁적으로 이야기를 했다.

미국인들이 도착했다는 소식은 빠르게 퍼져나갔고, 마을 전체가 발 빠르게 움직이고 있었다. 남자들이 회당에서 달려오고, 여자들과 아이들은 낯선 사람들을 보자고 먼곳에서부터 서둘러 달려왔다. 파스토프의 골(노예) 이야기를 들으려면 기도의 집에 와야 한다고 한 남자가 선언하듯 말했다. 회당으로 향하던 도중 랍비, 카신(노래하는 사람), 마지드(설교자)가 귀한 손님을 맞듯 우리를 맞아 주었다. 모두들 두려울 정도로 흥분해 손짓하고 떠들었고, 대부분의 여성들은 마침내 메시아가 온 것처럼 웃고 울었다.

세 명의 남성 동료들까지 회당에 합류했다. 모인 사람들은 한꺼번에 마을의 비극적인 이야기를 들려주려고 했고 우리는 세 명씩 그룹을 지어 차례대로 우리에게 무슨 일이 있었는지 이야기해 주는 건 어떤지 제안했다. 이를 통해 우리는 우크라이나에서 발생한 최악의 대학살 중 하나에 대한 일관된 설명을 들을 수 있었다. 파스토프는 이 지역을 침략한 모든 백군에 의해 반복적으로 유대인 학살이 자행된 곳이었다. 그 전부터 이곳 사람들은 데니킨과 페틀류라, 그리고 다른 군 병력에게 고통을 당해 왔다. 그중에서도 가장 잔인한 대학살은 1919년 데니킨이 조직한 학살이었다. 일주일 내내 지속된 이 전쟁은 4천 명의 목숨을 앗아갔고, 키예프로 탈출하는 과정에서 수천 명이 더 목숨을 잃었다. 그러나 죽음이 최악의 고통이 아니었다고 랍비는 무너진 목소리로 말했다. 훨씬 더 끔찍한 것은 나이에 관계없이 여성, 그중에서도 어린 여성은 남자 가족이 보는 앞에서 반복적으로 군인들에게 성폭행을 당했던 일이다. 유대인 노인들은 회당에 갇혀 고문을 당하고 살해당했으며, 그 아들들은 시장 광장으로 쫓겨나 비슷한 운명을 맞았다.

늙은 랍비가 그때의 충격을 이야기하다가 몸이 떨려오는 바람에 다른 위원들이 이야기를 이어갔다. 파스토프는 한때 남쪽에서 가장 번영한 도시 중 하나였다. 데니킨 무리는 지칠 때까지 피의 난교를 벌인 후에 모든 집을 약탈하고, 가져갈 수 없는 물건은 부수고, 집에 불을 질렀다. 마을 대부분이 파괴되었다. 소수의 생존자들은 대부분 노인과 어린아이들로, 어디선가 빨리 도움이 오지 않는 한 서서히 죽어갈 운명이었다. 신께서 그들의 기도를 들으시고 유대 세계에 큰 재앙이 닥쳤다는 사실을 알고 절망할 뻔한 순간에 우리를 보내주셨다 했다. "보루크 아도나이!" "주의 이름이 찬송 받으소서." 엄숙히 외치는 남자의 목소리를 모두가 따랐다. "보루크 아도나이!"

종교적 열정이 이들을 끔찍한 경험에서 구해 낼 수 있는 전부였고, 그들의 말을 들어 줄 여호와가 없다는 것을 확신했음에도 불구하고 나는 황폐해지고 분노한 파스토브의 가난한 회당에서 벌어지는 이 비극적인 장면에 기이하게도 감동을 받았다. 아마도 여호와보다는 미국의 유대인들이 그들의 기도에 응답할 가능성이 더 높았지만, 아쉽게도 사샤와 나는 그들에게 닿을 수가 없었다. 우리가 할 수 있는 일이라곤 끔찍한 대학살에 대해 글을 쓰는 것뿐이었다. 하지만 아나키스트 언론을 제외하고는 어떤 신문이 우리의 이야기를 써줄지는 확신할 수 없었다. 이들에게 우리가 미국에서 아하스베루스[방랑하는 유대인]로 간주된다고 말하는 것은 너무 잔인한 일이었다. 이 엄청난 비극을 우리는 오로지 급진적인 노동계와 우리 동지들에게만 알릴 수 있었다. 하지만 우리에겐 헨리가 있지 않던가. 그는 이 불행한 사람들을 위해 많은 일을 할 수 있을 것이고, 나는 그가 그렇게 해 줄 것임을 확신했다. 동료 여행자는 우리와 6주 동안 함께하며 가슴 아픈 장면을 많이 목격해 왔지만 그가 파스토프에서처럼 크게 영향을 받는 것을 본 적이 없었다. 일반적인 의미에서 그가 깊이 공감하지 못했다는 말은 아니었다. 헨리는 감정의 덩어리였지만, 그의 남성적 자존심은 그런 감정을 느끼는 게 여성들의 전유물이라고 생각하고 있었던 것이다. 그럼에도 불구하고 유대인들의 박해 이야기를 들으며 그의 친절한 마음이 더 아팠던 것은 사실이었다. 데니킨이 해온 끔찍하고 잔인한 짓을 생각했을 때 물론 놀랄 일은 아니었지만. 회당에 모인 사람들은 의심할 여지없이 하늘이 메신저를 보낸 거라고 생각했다. 사람들은 헨리에게 열정적으로 달려들어 그를 놓아 주지 않았다.

미국에 있는 친척들에게 보내는 편지와 메시지를 가지고 나타난 주민들이 우리를 빙 둘러쌌다. "미국 어딘가"에 있다는 아들, 딸, 형제, 삼촌에게 전달해 달라며 작은 낙서를 가져온 여성들은 정말 딱했다. 친척들이 사는 곳의 주소나 아니면 최소한 이름이라도 알려달라고 했다. 사람들은 아무것도 아는 게 없었다. 어떤 사람들은 사랑하는 사람의 이름만으로 충분하다고 생각한 모양이었다. '미국'이 파스토프보다 큰 곳이라는 말을 듣고 사람들은 구슬프게 울었다. 어떻게든 편지를 보내야 한다고, 어떻게든 편지가 전달될 수 있게 해달라며 간청하는 사람들을 거절할 용기가 우리에겐 없었다. 사샤는 우리쪽 동지들을 통해 미국 내 이디시 언론에 보내는 방법을 제안했다. 우리가 떠나면서 받은 축복은 그동안 우리가 받은 그 어떤 것보다 엄숙했다.

파스토프의 끔찍한 모습에는 두 가지 특징이 있었다. 마을의 비유대인들은 학살에 가담하지 않았다. 그리고 볼셰비키 군대가 이 지역에 들어온 이후 어떤 대학살도 일어나지 않았다. 우리 정보원들은 붉은 군대도 반유대주의에서 자유롭지 못했지만 파스토프에 소비에트의 권위가 확립되면서 새로운 학살의 공포가 사라졌고, 마을 사람들은 그 이후로 레닌을 위해 기도하고 있다고 인정했다. "왜 오직 레닌을 위해서만 기도하죠?" 우리가 물었다. "트로츠키나 지노비예프는요?" 한 늙은 유대인이 탈무드 억양으로, "트로츠키와 지노비예프는 예후딤[유대인]"이라고 설명하며 되물었다. "자기 민족을 돕는 당연한 일을 한 것인데, 그에 대해 칭찬받을 자격이 있는 건가요? 하지만 레닌은 고이[비유대인]잖소. 그러니 우리가 그를 축복하는 이유를 이해할 수 있으시겠죠." 우리도 고이 정권에 적어도 한 가지 구원의 은총이 있다는 사실에 감사했다.

데니킨 대학살 당시 영웅적인 구조 활동을 펼친 비유대인 의사가 있다는 이야기를 들었다. 그는 유대인의 생명을 구하기 위해 수도 없이 심각한 위험을 무릅썼다고 했다. 마을사람들은 그에게 찬사를 보내며, 그의 고귀한 용기를 보여 주는 수많은 일화들을 우리에게 들려주었다. 우리는 의사를 기차로 초대해 저녁 식사를 함께 나누었다.

그는 파스토프에서 벌어진 대학살을 기록한 일기장을 가지고 있었고, 새벽까지 그 일기장을 읽으며 우리는 그의 이야기에 귀를 기울였다.

키예프에 도착하기까지 6일 동안 하르코프와 파스토프 사이에서 겪었던 여행의 악몽이 다시 반복되었다. 비록 우리에게 멍과 상처를 남겼지만 이 전쟁 같은 장면을 볼 때마다 우리는 가장 큰 고난을 극복한 슬라브인들의 놀라운 끈기를 다시금 깨닫게 되었다.

역마다 기차를 타기 위해 몸싸움을 벌이는 절망적인 인간 군상 중에서도 마을의 빈민층, 가난하고 누더기 같은 아이들의 모습을 보는 것이 가장 괴로웠다. 애어른 할 것 없이 꾀죄죄한 누더기를 걸쳐 입은 사람들이 굶주린 눈빛과 애원하는 목소리로 빵 한 조각만 달라고 우리를 둘러싸곤 했다. 전쟁과 분쟁, 비인간성의 무고한 희생자들은 여행의 두려운 파노라마 속에서 항상 내게 가장 가슴 아픈 광경이었다.

사샤와 헨리가 역에서 본 인파는 마을 시장의 인파에 비하면 아무것도 아니었다. 시장에서 사람들은 마치 개미처럼 굵고 단호하게 공격했다. 사람들은 상인들과, 또 그들을 몰아내라는 명령을 받은 민병대원들에게 눈엣가시 같은 존재였다. 시장에서 사람들을 몰아내봤자 금세 더 많은 사람들이 모여들었다. "사람들을 몰아낸다고 뭘 해결할 수 있다는 거죠?" 내가 헨리에게 말했다. "봉쇄로 인해 러시아가 굶주리고 있는 상황에서 다른 방법이 없어 보이네요." 그가 대답했다. 이 사태의 주된 책임이 봉쇄 때문이지 일반적인 비효율과 관료주의적 프랑켄슈타인 괴물이 아니라고 나는 여전히 믿고 싶었다. 어떤 정부 기관도 큰 사회 문제에는 대처할 수 없는 법이라고 나는 헨리에게 말했다. 막대한 자원과 강력한 조직을 갖춘 미국도 전쟁에서 사회 세력의 협력을 이끌어내야 했다. 세계대전을 승리로 이끈 건 우드로 윌슨의 장군들이 아니라 정부 밖에서 훈련된 효율적인 병사들이었다. 독재 정권은 사회의 세력들로부터 전혀 도움을 받지 않았고, 따라서 그들의 에너지와 능력은 방치될 수밖에 없었다. 수천 명의 러시아 국민들이 조국을 위해 봉사하고 싶어도, 제3인터내셔널의 21개 조항을 감당할 수 없어 결국 포기했다. 그렇다면 공산주의 국가가 어려운 사회 문제를 해결하는 데 성공할 수 있으리라고 어떻게 기대할 수 있을 것인가?

헨리는 볼셰비키 정권에 대한 나의 조바심은 바쿠닌과 같은 혁명이 즉각적인 아나키즘은 아니더라도 더 건설적인 결과를 가져올 것이라는 나의 믿음 때문이라고 했다. 사실 러시아 혁명은 바쿠닌 방식이 주도했지만 이후 카를 마르크스 방식으로 변모했다. 진짜 문제는 거기에 있는 것 같았다. 아나키즘이 과거의 잿더미에서 불사조처럼 솟아날 것이라고 기대할 만큼 순진하지 않지만 혁명을 일으킨 대중이 혁명의 방향을 결정할 기회를 가질 수 있길 바랐다. 헨리는 독재 정권이 모든 권력을 독점하지 않았더라도 러시아 국민들이 건설적인 일을 해낼 수 있지는 않았을 거라고 했다. 그러면서 봉쇄가 해제되고 군사 전선이 청산되면 볼셰비키가 더 잘 해내지 않겠냐고 확신했다. 나도 그의 희망을 나눠 가질 수 있다면 얼마나 좋을까! 하지만 고삐가 풀릴 기미는 조금도 보이지 않았다. 오히려 원래의 혁명에서 모든 삶이 짓눌릴 때까지 고삐는 점점 세게 당겨 왔다.

우리의 논의는 더 이상 진전되지 못했다. 그나마 헨리와 이런 문제에 대해 이야기할 수 있다는 사실이 다행이었다. 우리 무리의 러시아인들, 특히 샤콜과는 이런 이야기를 할 수조차 없었다. 그녀도 나만큼이나 상황을 잘 알고 있었지만 러시아나 정권에 대해 약간의 비판적 발언도 견디지 못했다. 슬라브인인 그녀의 침울한 성향이 때때로 버겁긴 했지만 그래도 나는 그녀가 좋았다.

물에 몸을 좀 담그고, 충분히 쉬어야 했다. 키예프에서 발견할 수 있는 풍부한 자료, 특히 반혁명적 자료에 대한 기대감 때문에 좀처럼 쉴 수 없었지만 말이다. 드네프르 강에 위치한 키예프는 우크라이나에서 벌어진 붉은 군대와 백군 간의 모든 전투의 중심지였다. 얼마 전까지만 해도 폴란드가 침공해 오기도 했다.

페트로그라드에 있는 동안 사샤와 나는 폴란드 점령군의 기물 파손에 대한 소비에트 언론의 분노를 접했던 터였다. 루나차르스키와 치체린은 폴란드 점령군들이 도시의 모든 예술적 가치가 있는 보물을 다 부쉈다고 발표하며 아름다운 건축으로 유명한 고대 성당인 소피아 성당과 블라디미르 성당은 폐허가 되었다 했다. 도시에 도착해 우리는 옛 러시아 수도의 대부분이 폐허가 된 것을 보게될까 봐 내심 두려웠다. 하지만 우리는 두더지 언덕도 산으로 만들어 버리는 소비에트의 선전 방법을 간과하고 있었다. 폴란드군이 실제로 키예프에 많은 피해를 입힐 의도가 있었을지는 몰라도 목적을 달성하는 데는 실패한 것이 분명했다. 작은 다리 몇 개와 철로 몇 개가 파괴된 것이 전부였기 때문이다. 그외에 우리를 기다리고 있는 폐허는 없었다. 반면에 우리는 적이 많은 물자를 남겼다는 것을 확신했지만, 이를 확보하는 것에는 어려움이 따랐다. 지역 공산주의자들은 '중앙'에서 온 우리를 경멸하듯 무시하면서 모스크바에 대한 적대감을 표했다. 그들은 모두의 수호신처럼 보이는 듯한 레닌을 제외하고는 북쪽 동지들에 대한 존중이 전혀 없는 것 같았다. 지노비예프에 대한 언급만 들어도 얼굴을 붉힐 정도였는데, 우리가 지노비예프의 개인 사절단이고 자신들을 염탐하러 왔다고 생각한 것 같았다. "지노비예프란 사람이 그러니까 대체 뭡니까?" 그들은 쓸쓸한 듯 말했다. "그 사람이 도대체 뭐길래 우리의 귀중한 역사적 자료를 넘기라 마라 명령을 하느냐 말입니다. 호화로운 크렘린궁과 스몰리니에 안전하게 들어앉아서 명령을 내리는 것이야 쉽지"라고 그들은 말했다. 하지만 우크라이나, 특히 키예프 주민들은 끊임없이 위험에 노출되어 있고 이곳의 이스포콤(집행위원회)은 매 시간 새로운 침략에 대한 두려움에 떨고 있는데 과연 지노비예프의 명령 같은 걸 신경이나 쓸 것인가? 자신들에게는 돌봐야 할 더 중요한 일들이 있노라고 했다. 도시의 생활을 돌봐야 했고, 그들은 우리의 임무 때문에 낭비할 시간이 없었다.

　낙담한 사무국장은 이스포콤의 전권을 가진 베토슈킨 위원장과 만나고 돌아와서는 거의 눈물을 흘릴 뻔했다. 위원장은 단호하게 우리에게 협력을 거부했고, 여기에서 더 이상 시간을 낭비하지 않는 편이 나을 것 같았다. 그녀의 비관론에도 불구하고 우리가 가진 뇌물들로 '열려라 참깨'를 실행해 볼 마음을 먹었다. 이전에는 절망적인 상황에서도 꽤 효과가 있던 작전이었다. 키예프라고 안 되리라는 법이 있나? 우리에게는 진짜 미국사람이 있었고, 게다가 본격 특파원이기도 했다. 당국이 그의 중요성을 무시할 수는 없을 것이었다. 헨리도 동의하며 미소를 지어 보였다. 그는 상냥한 눈에 장난스럽게 반짝이는 눈빛으로 내가 통역사로서 이미 그가 사람들에게 물어보려던 것보다 더 많은 말을 유도했고, 그들이 혁명 박물관을 도와 후손들에게 봉사할 것이라고 생각하게 만드는 데 성공하지 않았느냐고 말했다. 우리 둘이 있을 때 그는 우크라이나 사람들이 우리 임무에 협조하도록 유도할 수 있을 것 같다는 자신감을 내비쳤다.

그리고 헨리의 프레스 카드는 마법처럼 작동했다. 베토슈킨이 직접 나와서 우리를 맞이했을 뿐만 아니라, 우리는 그의 내실로 초대되어 페틀류라, 데니킨, 그리고 붉은 군대에 의해 우크라이나에서 쫓겨난 다른 모험가들에 대한 길고 흥미로운 이야기를 들을 수 있었다. 사무실에서 나오면서 그는 우리에게 방 두 개를 제공하라는 명령과 함께 그의 비서에게 가능한 모든 지원을 제공하라는 지시를 내렸다. 나는 또한 베토슈킨으로부터 당 위원회의 배급을 받았는데, 우리 일행의 러시아 대원들은 수락했지만 사샤와 나는 거절했다. 시장에는 식량이 충분했고 식료품을 사는 데에도 지장이 없었기 때문에 우리는 우리 방식대로 지불하는 것을 선호한다고 그에게 알렸다.

볼셰비키가 도시로 돌아온 지 얼마 되지 않은 까닭에 소비에트 부서에는 우리의 목적에 맞는 자료가 거의 없다는 것을 알 수 있었다. 어떤 기록을 남기기에는 새로운 정부가 아직 너무 혼란스러웠던 거다. 누가 어떤 일을 하는지 아는 사람이 아무도 없었고, 위에서 떨어지는 명령에 모두가 잠자코 따랐다.

또한 백군들이 귀중한 자료를 거의 남겨 놓지 않기도 했다. 키예프를 점령한 세력이 열네 차례 바뀌는 동안 그 많은 세력이 동의하고 협력한 것은 단 하나, 유대인 학살뿐이었다.

지금은 소비에트 클리닉으로 알려진 유대인 병원에서 우리는 파스토프에서의 데니킨 학살의 희생자들을 만났다. 그 도시에서 학살이 있고서도 꽤 오랜 시간이 흘렀지만 아직도 많은 여성과 소녀들이 많이 아팠고, 평생 불구가 된 사람도 적지 않았다. 가장 끔찍한 케이스는 자신의 부모가 고문받고 폭력적으로 죽음에 이르는 것을 목격한 아이들이 받은 충격과 고통이었다. 이 병원의 외과의사인 만델스탐 박사로부터 병원이 전쟁터였던 대학살 당시 그가 겪은 끔찍한 경험담을 들을 수 있었다. 그는 또한 데니킨이 한 짓을 두고 그간 있었던 모든 공격 중 최악이었다고 했다. 그는 대부분 비유대인이었던 직원들의 영웅적인 저항이 없었다면 단 한 명의 환자도 살아 있지 않았을 것이며, 건물도 온전치 못했을 거라고 말했다. 그들이 용감하게도 자신의 자리를 지키며 많은 환자들을 구해 낸 것이다. "다행히 볼세비키가 돌아와서 그 이상의 잔학 행위는 없었죠." 그가 말했다.

키예프에서 발견한 놀라운 발견 중 하나는 『어머니 대지』였다. 대학살에 관한 자료와 관련하여 만났던 사람으로부터 받은 것이었는데 처음 그는 우리의 일에 거의 관심을 보이지 않다가 다음 날이 되자 내가 미국에서 발행한 잡지 한 묶음을 들고 우리 기차로 찾아와서는 버크만과 내가 누구인지 왜 진즉 말하지 않은 거냐고, 알았더라면 자신이 그토록 심드렁하게 대하진 않았을 거 아니냐며 우리를 나무랐다. 그가 우리 잡지를 받은 것은 바로 전날로, "미국인들"의 방문에 대해 이야기한 친구로부터 받은 것이었다. 그제서야 그는 이 도시에 와 있는 이 유대인들이 누구인지 알게 되었다. 나는 잡지가 어떻게 키예프까지 온 건지 궁금했다. 지금껏 러시아로 책을 보낸 적이 없다고 확신했기 때문이었다. 우리를 찾아온 사람은 친구인 자슬라브스키가 미국에 있는 형으로부터 받았노라고 설명했다. "자슬라브스키? 뉴욕 브루클린의 오랜 동지 말인가요?" 내가 물었다. "바로 그 사람입니다." 그는 대답하면서, 우리가 누구인지 알게 된 이상 자신의 집에 와서 차를 마셔야 한다며 지역 유대 지식인들도 초대하겠다고 선언하기에 이르렀다. 우리가 키예프에 있었고 자신들이 우리의 존재를 알지 못하고 지나갔다는 걸 이후에 알게 된다면 자신을 결코 용서하지 않을 거라며 말이다. 떠나기 전에 그 남자는 자신이 라다(우크라이나 국회) 유대인 문제 담당 장관을 지낸 라츠케라고 일러주었다.

러시아의 대격변 속에서 미국에서의 이전 삶이 희미한 기억 속으로 사라지는 가운데, 꿈은 살아 있는 불씨를 잃고 나 자신은 어디 하나 붙잡을 곳 없는 그림자가 되어 모든 가치가 증발해 버리는 것만 같았다. 갑작스러운 『어머니 대지』의 등장으로 목적도 없고 쓸모도 없는 내 존재에 대한 비통함이 되살아났다. 갈망, 이 역겨운 갈망이 나를 사로잡았고, 내 존재의 골수가 차갑게 식었다. 몹시 동정심 많은 현지의 동지인 소냐 아브루츠카야가 도착하면서 나는 다시 현실로 돌아올 수 있었다. 그녀와 함께 온 다른 사람은 농부 복장을 한 젊은 여성이었는데, 자신을 네스토르 마흐노의 아내인 갈리나라고 소개했다. 갈리나와 소냐, 그리고 우리 모두를 위협하는 위험에 대한 괴로움을 잊고 있었다. 볼셰비키가 마흐노의 목에 죽든 살든 현상금을 책정했다는 걸 알고 있었는데 그들은 이미 마흐노를 잡지 못한 것에 대한 복수로 그의 형과 아내의 가족 몇을 죽인 참이었고, 그와 조금이라도 관계가 있다고 의심되는 사람은 목숨이 위태로웠다. 갈리나의 존재가 알려진다면 죽음은 불가피했다. 당국에도 잘 알려져 있는 데다가 볼셰비키를 포함한 누구라도 찾아올 수 있는 우리에게 온다는 것은 너무나 큰 위험이 아니던가? 갈리나는 항상 위험 속에 살기 때문에 이제는 신경쓰지 않는다고 하기도 했고, 다른 사람을 통하기에는 그녀가 우리를 찾아온 이유가 너무나 중하기도 했다. 그녀가 가져온 메시지는 사샤와 내게 네스토르가 계획 중인 쿠데타에 동참해 달라는 전언이었다. 그는 키예프에서 멀지 않은 곳에 자신의 군대와 함께 있었다. 그의 계획은 남쪽으로 향하는 기차를 붙잡아 우리를 포로로 잡는 것이었다. 나머지 일정은 계속 진행할 수 있을 것이며 우리에게 자신의 입장과 목표를 설명한 후에 소비에트 영토로 안전하게 돌아갈 수 있도록 해주겠다고 했다. 그렇게 해야만 우리가 그와 무슨 꿍꿍이를 꾸민다는 의혹에서 벗어날 수 있을 테니 말이다. 참으로 절박한 계획이란 것을 그 자신도 알고 있었지만, 실제로 상황이 절박하기도 했다. 볼셰비키의 거짓말과 비난은 그와 그의 포브스탄티 군대의 혁명적 진실성을 검게 물들이고 아나키스트이자 국제주의자로서 그의 동기를 왜곡시켰다. 우리야말로 그가 러시아 밖의 프롤레타리아 세계에 자신의 입장을 밝히고, 자신이 도적도 아니고 학살자도 아니며, 실제로 유대인에 대한 범죄를 저지른 개별 포브스탄티를 자신의 손으로 처벌했다고 설명할 수 있는 유일한 기회였다. 그는 목숨 바쳐 혁명과 함께할 것이며, 우리의 연대를 통해 서로 대화하고 그의 목표를 우리에게 제시할 수 있기를 희망한다고 촉구했다. 그러니 자신의 계획에 동의하겠느냐고.

무모할 정도로 대담하고 기발한 계획이었던 데다가 마흐노의 전령이 지닌 아름다움과 젊음으로 인해 그 모험성이 더욱 빛났다. 사샤와 헨리까지 도착하여 우리 모두는 갈리나의 열정적인 호소에 매료되고야 말았다. 사샤의 상상력에 불이 붙었고 그는 거의 동의할 준비가 되어 있었다. 나 또한 수락하고 싶다는 강한 유혹을 느꼈다. 하지만 탐험의 동반자인 다른 사람들을 고려해야 했다. 심각한 결과로 이어질 게 뻔한 일을 하면서 맹목적으로 동료들을 끌어들일 순 없었다. 우리의 발목을 잡은 또 다른 요인도 있었다. 아직 혁명 단체로서 볼셰비키에 묶여 있는 마지막 실타래를 끊어내지 못한 나 자신이었다. 머리로는 더 이상 용납할 수 없었음에도 마음으로는 여전히 면죄부를 주려고 하는 사람들을 고의적으로 속이는 죄를 지을 수 없다고 생각했다.

도시 전체를 뒤져 봐도 마흐노의 아내를 위한 은신처는 없었다. 보안이 허술하기는 하더라도 하룻밤을 지낼 수 있는 유일한 곳은 내 방뿐이었다. 갈리나와 함께 보낸 시간은 긴장과 감동으로 가득했다. 이따금 그녀의 사랑스러운 얼굴을 비추는 옅은 달빛을 제외하고 우리는 어둠 속에 앉아 있었다. 그녀는 내 숙소에 있는 자신의 존재가 얼마나 위험한지 전혀 모르는 것 같았다. 그녀는 해외, 특히 미국에 있는 자매들의 삶과 일에 대한 정보를 매우 중요하게 생각하면서 이를 알고자 했다. 미국에서 여성들은 무엇을 하고 있으며, 독립과 인정을 위해 무엇을 성취하고 있는지, 남녀의 관계, 여성의 아이에 대한 권리, 피임에 대한 권리는 어떠한지 등 원시적인 환경에서 태어나고 자란 소녀의 지식과 정보에 대한 갈증은 놀라울 지경이었다. 그녀의 열정적인 열의는 전염성이 강해서 잠시나마 내 삶의 큰 주축이 되던 부분을 일깨워 주었다. 아침이 밝아오자 우리는 헤어질 수밖에 없었다. 갈리나는 용감하고 당당한 걸음으로 여명 속으로 걸어 나갔고 나는 문 뒤에 서서 사라지는 그녀의 모습을 지켜보았다.

갈리나의 방문 이후 아무리 공식적인 임무라 할지라도 원조를 받는 것에 있어서 마음이 편치 않았다. 볼셰비키에 관한 한 어떤 신뢰의 위반이 있을 거라고 의식하고 있었던 건 아니지만 말이다. 내 생각에 마흐노의 아내는 반혁명주의자가 아니었고, 설사 내가 그녀를 반혁명주의자라고 생각했더라도 체카의 손에 죽게 내버려 두어서는 안 되었다. 마찬가지로 레브콤[지방혁명위원회]과는 더 이상 볼일이 없다는 것을 깨닫고 더 이상 방문하지 않기로 했다.

키예프에 안젤리카가 도착하면서 새로운 일이 시작되었다. 안젤리카는 이탈리아와 프랑스 대표단의 가이드로 왔는데, 그녀를 만났을 때 어찌나 부드러움과 사랑으로 가득 찬 인사를 보내주던지, 그 덕분에 현지 볼셰비키들은 나를 자신들의 일원이라고 생각하게 된 듯했다. 또한 안젤리카는 베토슈킨에게 미국에서의 우리의 과거를 감동적으로 공개했고, 베토슈킨은 우리가 단지 박물관 탐험대의 일원으로만 자신을 소개한 것에 대해 약간 성을 내기까지 했다. 도시에 온 지 거의 2주가 지날 때까지 우리의 진짜 정체를 암시조차 하지 않았다는 사실에 그는 볼멘소리를 하며 우리의 숙소에서 나와 소비에트 하우스의 손님이 되어 달라고 간청했다.

알렉산드라 샤콜은 당의 요구와 봉사에 아낌없이 헌신하기 위해, 그리고 공산주의자를 깨우기 위해 자기 인생의 절반을 바칠 수 있노라고 말한 적이 있다. 이제야 그녀가 한 말을 이해할 수 있을 것 같았다. 나도 베토슈킨의 손을 잡고 이렇게 말할 수 있다면 무엇이든 할 수 있을 것 같았기에. "난 당신과 함께입니다. 당신의 눈으로 당신의 대의를 보고 당신과 당신의 진실한 동지들과 같은 맹목적인 믿음으로 봉사하겠어요." 안타깝게도 교리와 신념을 넘어선 삶을 추구하는 사람들에게 있어 정신적 고통에서 벗어날 수 있는 쉬운 방법은 없었다.

우리는 소비에트 하우스로 짐을 옮기지 않았고 베토슈킨에게 아무것도 해주지 않아도 된다고 말했다. 하지만 안젤리카가 통역으로 있던 이탈리아와 프랑스 공관을 기념하기 위해 마련한 만찬에 대한 초대는 수락했다. 두 달 넘게 남쪽에 머물면서 러시아는 물론 서방 세계와도 완전히 단절된 채로 지내고 있던 우리에게 안젤리카는 떠나온 후 처음으로 만난 북쪽 친구였다. 안타깝게도 그녀 역시 계속 이동 중이었기 때문에 우리에게 전해 줄 소식은 거의 없었다. 하지만 그녀는 앨버트 보니가 체포되었다는 충격적인 소식을 전해 주었다. 반혁명 세력으로 의심받았다는 말에 나는 콧방귀를 뀌었다. "말도 안 되는 소리!" 실소만 나왔다. 앨버트는 출판업자에 불과했고, 혁명적이든 아니든 기존 제도에 반기를 드는 것과는 거리가 먼 사람이었다. 나는 서둘러 사샤와 헨리에게 이 소식을 알렸다. 그들은 보니가 소비에트 정부에 위험 인물로 여겨졌다는 소식을 듣고 매우 즐거워했다. 그러나 우리는 체카에 체포되는 것이 농담이 아니라는 것을 알았기에 우리가 서명한 전보를 레닌에게 보내 달라고 안젤리카에게 간청했고, 그녀는 흔쾌히 수락했다.

연회에 가는 길에 사샤는 거리 전체를 에워싸고 있던 체카 때문에 멈춰야 했다. 체카는 모든 보행자를 멈춰 세우고 서류를 검사했다. 사샤의 서류는 완벽했음에도 장교는 기를 쓰고 그를 붙잡았고 어떤 설명으로도 체카를 포기하게 할 수가 없었다. 다행히도 같은 처지에 놓인 인근 그룹에서 소란이 시작되었다. 러시아인이라면 남 일에 끼어들지 않고는 참을 수 없는 법, 체카 요원들은 사샤의 존재를 잊고 자리를 떠났다.

구 상업 클럽의 정교한 객실과 정원은 행사를 위해 밝은 조명과 갓 딴 꽃들로 장식되었다. 테이블 위에 놓인 와인과 과일만 보고 있자면 도시를 휩쓸고 지나간 폭풍의 흔적 같은 건 찾아볼 수 없었다. 목과 팔에 보석을 단 건강한 여성들이 레이스를 당겨 묶은 채 거닐고, 연미복을 입은 덩치 좋은 신사들이 이 홀에서 잔치를 벌이던 그 옛날처럼. 황금색 배경과 플러시 천으로 장식된 화려한 클럽은 허름한 옷을 입은 창백한 얼굴의 프롤레타리아들에게는 어울리지 않았다. 갈라 파티에 참석한 150여 명 중 싸구려 장식 때문에 괴로워하는 공산주의자는 아마도 안젤리카가 유일했을 것이다. 사랑하는 이탈리아 동지들의 존재조차도 그녀에게 그다지 위로가 되지 않았다. 그녀의 오른쪽에는 지아신토 세라티가, 왼쪽에는 프랑스 공산주의자 자크 사둘이 대화를 나누고 있었다. 그러나 그녀의 고통스럽고 방황하는 눈빛은 레닌, 트로츠키, 지노비예프, 붉은 군대, 제3인터내셔널, 세계 혁명을 기리는 이 희극 전체에서 자신이 얼마나 완전히 소외되고 있는지, 얼마나 다른 세상에 와 있는지를 말보다 더 잘 표현하고 있었다. 불협화음을 들을 줄 모르는 사람들에게 독성이 있는 말들이 흘러 넘치고 있었다. 그것은 나를 움찔하게 만든 것처럼 그녀 역시 움찔하게 했다. 비록 우리의 심적인 음조는 완전히 달랐지만 말이다.

프랑스 대표단에 있었던 두 명의 아나코-생디칼리스트는 우리가 계속 연회에 남아 있도록 유도했다. 그들은 같은 날 밤 임무를 마치고 떠날 예정이었고, 우리를 역으로 초대해 이야기를 나누고 싶어했다. 우리가 보여 준 많은 것에 감명을 받긴 했지만 썩 편치만은 않은 것들을 보기도 했노라고 그들은 말했다. 그들이 정치 기계에 대한 정보와 데이터를 수집한 결과 프롤레타리아가 실제로 차지하는 비중이 거의 없다는 것을 확신한 것이다. 그들은 프랑스로 돌아가 이 자료를 자신들 협회에 보고하는 데 쓸 예정이었는데 데이터 반출에 주의하라는 우리의 경고에 놀란 듯했다. 데이터를 반출해 이용하는 것이 허용되지 않을 수도 있다고 알리자 그들이 대꾸했다. "말도 안 돼요! 우리는 러시아인도 아닐뿐더러 공산당의 규율에 얽매이지도 않아요." 그들은 대규모 생디칼리즘 단체의 대표인 프랑스인이었다. 누가 감히 그들을 막을 수 있을까? 우리가 설명했다. "체카라면 당연히 할 수 있죠." 그들은 우리가 지나치게 걱정을 한다고 생각했다.

라즈케가 우리를 위해 마련한 저녁 만찬은 대표단 연회처럼 풍성하지는 않았지만, 호스트가 할 수 있는 최선을 발휘한 결과였다. 그러나 우리의 관심은 만찬 자체가 아니라 그 안에 깃든 선한 의지와 정신이었다. 자리에 있는 누구라도 자유롭게 의사를 표현할 수 있었고, 다양한 의견과 정서를 표현하는 데 부족함이 없었다. 이디시 지식인의 모든 직업군의 사람들이 와 있는 듯했다. 다들 미국 방문객들을 만나 그들의 견해, 희망, 두려움을 나누기 위해 왔다. 공산주의자는 한 명도 없었지만 거의 모든 사람이 인종적 이유로 정권을 열렬히 옹호했다. 자리에 참석한 만델스탐 박사와 마찬가지로 그들 역시 유대인의 안전이 가장 큰 관심사였다고 솔직하게 인정했다. 볼셰비키가 대학살을 막고 있기 때문에 유대인들은 소비에트 정부를 지지해야 한다고 주장하는 것이었다. 전반적인 공포와 불안한 분위기 속에서 우리 동포들을 보호하는 것에 만족하는 정도인지 아니면 정권을 믿을 수 있는 건지를 묻자 그들은 독재 체제가 개인의 진취성과 노력에 치명적이라는 데 동의했다. 하지만 딱히 선택의 여지가 있는 것도 아니기에 다만 유대인으로서 수세기 동안 겪어 온 차별에서 벗어났다는 사실 하나에 기쁠 따름이었다. 우크라이나처럼 반유대주의가 팽배한 환경에서는 충분히 이해할 수 있는 두려움의 결과였지만 사회적 에너지를 쓰는 기준으로 봤을 때는 쓸모없는 것 이상도 이하도 아니었다. 내겐 이게 가장 중요한 점이었다. 나는 10월의 격변을 유대인이나 비유대인의 관점에서 해석하기보다는 모든 인류 또는 적어도 러시아의 모든 사람들에게 발생하는 가치로 해석할 수 있었다.

우리 모임의 젊은 층은 다른 관점을 가지고 있었다. 그들은 볼셰비키가 대학살을 막은 공로를 전적으로 부인하지는 않았지만, 소비에트 정권 자체가 유대인 증오라는 독초가 자랄 수 있는 비옥한 토양이었다고 주장했다. 차르 독재 체제하에서 페스트가 가장 반동적인 세력에 국한되어 있었다면 이제 전국의 모든 지역이 이 바이러스에 감염된 것이었다. 농민, 노동자, 지식인 모두 유대인을 징벌적 원정, 강제 식량 징수, 군사화, 협박의 책임이 있는 공산주의자나 위원장이라고 여겼다. 볼셰비즘은 유대인 학살을 막는 안전판이 아니라 유대인 학살을 부추기는 원동력이라는 것이 그들의 주장이었다.

사샤는 양측 모두 권력의 남용을 비난하는 실수를 저지르고 있지만, 악은 권력 그 자체에 있다는 점을 강조했다. 혁명의 목표를 집권당의 목표에 종속시킨 것은 공산주의 국가와 독재 정권이었다. 10월의 목적은 러시아의 창조적 에너지를 방출하여 새로운 삶을 자유롭게 구축하는 것이었고 독재 정권의 목표는 절대 권력자로서 강력한 정치 기계를 조직하는 것이었다. 그것이 바로 이 나라에서 벌어지고 있는 분열의 근원이었다. 반유대주의의 증가, 교회로의 복귀, 농민과 노동자들의 반혁명적 감정, 젊은 세대의 냉소주의 및 이와 유사한 징후는 볼셰비키가 10월 당시 그들이 한 엄숙한 약속을 지키지 못한 직접적인 결과였다.

참석자 중 일부는 우리의 관점에 호의적이었고, 다른 일부는 단호하게 반대했지만 반감이나 악감정은 없었는데, 라츠케의 집에서 열린 모임의 매력은 바로 그런 점이었다.

사샤는 그가 만난 멘셰비키로부터 풍부한 자료를 수집할 수 있었다. 이들은 남부에서 혁명이 시작된 첫 2년 동안 강력한 교육 및 사회 세력이었지만, 이후 볼셰비키와 사회민주주의 노조가 공산주의의 마차에 올라타면서 청산되었다. 그 멘셰비키는 우크라이나 노동의 역사와 당의 역사에 관한 귀중한 자료를 구하는 데 성공했고, 개인적으로 남긴 많은 양의 메모와 일기를 사샤에게 넘겼다. 그는 또한 노동 소비에트 본부의 책상 서랍에서 반혁명 기록물을 몰래 빼내기도 했다. 이 자료는 경찰 기록, 라다 회의록, 상업 통계 등이 기묘하게 뒤섞인 것들이었는데, 그 엉망인 기록 속에서 사샤는 페틀류라가 우크라이나의 독재자로서 발행한 최초의「유니버설」[우크라이나의 자치권을 선언한 문서]에서 남부 국가 민주주의의 원칙을 공식적으로 선언한 내용을 접할 수 있었다. 우리 사무국장이 발견한 가장 중요한 자료는 시 공공 도서관에 보관되어 있다가 잊혀진 것으로 보이는 데니킨의 자료 더미였다. 광적인 민족주의자였던 사서는 샤콜의 호소에도 모르쇠로 일관했지만 그는 귀중한 문서들을 혁명 박물관에서 후손을 위해 보존하는 것보다 지하실에 쥐의 먹이가 되도록 방치한 사실이 미국에 알려질 경우 조롱과 불명예를 감당할 수 없을 것이라는 주장에 직면하면서 마음을 바꾸게 되었다.

키예프에서의 마지막 날은 일요일이었고 우리는 아름다운 드네프르 강을 따라 여행할 기회를 가졌다. 유람선이 경치에 활기를 불어넣었고, 저 멀리 웅장한 성당과 교회가 자리하고 있었다. 강을 따라 더 멀리 떨어진 곳에는 고대 수도원이 있는 오래된 마을이 있었는데 친절한 수녀님들이 빵과 직접 벌통에서 채취한 꿀로 우리를 대접해 주었다. 기도와 육체노동으로 바쁜 와중에 그들은 조국에서 벌어진 일들로 인해 전혀 영향을 받지 않았고, 또한 무슨 일이 일어났는지 알지도 못했다. 수세기에 걸친 미신에 젖어 있던 그들은 새로운 생명이 태어나기 위해 고군분투하는 이 과정의 의미를 깨닫지 못했다. 채소를 기르고, 벌을 기르고, 마을 아이들에게 바느질과 수선을 가르치고, 낯선 사람에게 친절하게 대하면서 그들이 하고 있는 일이 곧 구원의 은총이었으니. 소피아 대성당과 블라디미르 대성당의 형제 수도사들은 그렇지 않았다. 그들은 여전히 많은 수의 사기꾼들의 믿음을 바탕으로 계속해서 번창해 나갔다. 엄숙한 체하는 사기꾼들은 사람들에게 동굴을 안내하고 마른 뼈가 드러난 성인들이 행한 기적을 과장해 보여 주기에 바빴다. 이 혁명적인 러시아에서 참으로 이상한 광경이지 않은가!

오데사로 가는 길에 우리는 좋은 친구 헨리 알스버그를 잃었다. 무심코 자신의 체포를 자초하는 실수를 저지른 것이다. 헨리는 모스크바 체카의 동의를 얻지 못한 채 탐험대에 합류했는데, 만약 소비에트가 그의 행방을 알아채지 못했더라면 탐험을 끝까지 이어갈 수 있었을 것이다. 그런데 그는 체포된 앨버트 보니를 대신해 레닌에게 보낸 전보에 자신의 서명을 추가했던 것이다. 그 결과 수도의 전 러시아 체카에는 허가 없이 감히 무단으로 지역을 이탈한 범죄자를 체포하라는 명령이 떨어졌다. 러시아에서는 달팽이 걸음의 속도로 일이 진행되다 보니 우리가 그곳에 있는 동안 명령이 키예프에 도착하지 못했는데 우리가 가는 길을 따라 모든 역에 명령이 전달되어 즈메린카에 도착했을 때 마침내 체포된 것이다.

우리가 그 어떤 말을 해도 헨리를 구할 순 없었다. 담당 체카는 알스버그의 서류가 완벽하고 치체린과 지노비예프의 증명서가 유효하지만 모스크바 체카의 허가를 받지 않았다며 그를 체포하라는 엄격한 명령을 내렸다. 도무지 헨리를 혼자 보낼 수 없어 사샤와 내가 모스크바까지 동행하겠다고 제안했지만 헨리는 받아들이지 않았다. 간수들 기분을 좋게 해줄 만큼의 러시아어는 충분히 한다며, 헨리는 농담을 했다. 그가 할 수 있는 말은 "포잘루이스타(제발)", "니체보(아무것도)", "스파시보(감사합니다)"가 전부였고, 실용적인 목적만 생각하면 그 말들로 충분할지도 모른다. 그는 필요하다면 좀 덜 정중한 표현을 사용할 수도 있고, 게다가 어느 나라 경찰이든, 경찰을 상대하는 법은 잘 알고 있다고 했다. 그는 두려움이 없었고 자신에 대해서라면 걱정할 필요가 없다고 우리를 안심시켰다. 용감한 헨리! 하지만 내가 고집한 한 가지는 그가 노트를 가져가서는 안 된다는 것이었다. 그들이 헨리를 곤경에 빠뜨릴 게 분명한 마당에 우리가 노트를 가지고 있다면 더 안전할 뿐 아니라, 노트 없이 헨리도 더 안전할 거라고 생각했기 때문이다.

우리는 즉시 알스버그를 대신해 레닌, 루나차르스키, 지노비예프에게 전보를 보냈지만 전보가 목적지에 도착할지에 대해서는 확신할 수 없었다.

훌륭한 정신과 유쾌함, 준비된 재치를 겸비한 헨리는 우리에게 소중한 존재였다. 그런 그가 체카 요원들의 손에 이끌려 떠나는 모습을 보고 있으려니 어찌나 마음이 무겁던지. 불쌍한 헨리는 그렇지 않아도 최근에 불운을 겪었는데, 바로 지갑을 도둑맞은 것이었다. 돈을 잃어버리는 일은 누구에게도 유쾌한 일이 아니지만 러시아에서라면 특히 재앙과도 같았다. 헨리와 사샤가 기차를 놓치고 몇 시간 후에야 우리와 다시 합류했기 때문에 당시 나는 헨리를 위로할 기회가 없었다. 그들은 다만 모험에 대한 열정으로 가득 차 있었다. "그렇지만 그 도둑은! 돈은 찾았나요?" 내가 물었다. 헨리가 웃으며 대답했다. "그렇게 많은 사람들 속에서 도둑을 찾을 가능성은 아주 적죠."

알스버그의 체포는 남은 여정 동안 우리를 쫓아온 일련의 역경이 시작되었음을 증명했다. 즈메린카에서 간신히 빠져나온 우리는 12군단의 패배와 키예프에서 폴란드군의 진격 소식을 들었다. 후퇴하는 군용 열차로 인해 선로가 막혔고 역에서는 모든 것이 극심한 혼란에 빠졌다. 우리 차는 남쪽으로 향하는 열차에 붙었다가 다시 분리되어 반대 방향으로 보내지기를 여러 번 반복했다. 마침내 우리는 운 좋게도 다음 목적지인 흑해의 대도시로 향하는 부대와 함께 이동할 수 있었다. 그곳에서 우리는 코카서스에 갈 계획이었지만, 브랑겔 장군의 움직임에 따라 계획이 변동되었다. 그의 군대는 로스토프 교외의 알렉산드롭스크를 점령해 우리가 크림반도로 갈 수 있는 길을 차단했다. 10월 말에 우리의 자격증명이 만료될 텐데, 우편으로 이를 갱신하려면 몇 달이 걸릴 터였다. 문서가 허용하는 기간보다 더 오래 남쪽에 머무르는 것은 위험을 무릅쓰는 일이긴 하지만, 일단 오데사에 도착하면 어려움을 벗어날 방법을 찾을 수 있을지도 몰랐다.

마침내 흑해의 대도시에 도착했을 때, 전날 발생한 엄청난 화재로 전신국과 전기국이 잿더미가 되어 도시가 완전히 암흑에 잠겨 있었다. 홀로코스트는 백군의 방화로 밝혀졌고, 도시에는 계엄령이 선포되었다. 폴란드군이 키예프를 점령했고 브랑겔이 북진하고 있다는 보도가 나오면서 도시에는 전반적인 긴장감이 고조되었다. 사람들은 상황이 어찌 되어 가는지 알 수 있는 수단이 없었기 때문에 불안감만 커졌다.

의심과 공포의 분위기가 소비에트 기관을 지배하고 있었다. 샤콜과 사샤, 그리고 내가 소비에트 집행위원회에 들어서자 모든 시선이 우리를 향했다. 위엄과 권위가 있는 기관에 들어가기 전 우리의 신원과 목적에 대해 면밀히 조사가 이루어졌는데, 담당자는 자신의 위치의 중요성을 분명히 의식하고 있는 다소 젊은 남자였다. 그는 우리의 인사에 대꾸도 하지 않은 채 우리에게 앉으라는 말조차 하지 않았다. 그는 책상 위의 서류에 계속 파묻혀서 마침내 만족스러운 표정을 지을 때까지 오랫동안 꼼꼼히 문서를 검토했다. 그러고서 고작 한다는 말이, 자신이 해줄 수 있는 건 다른 소비에트 부서에 대한 출입증을 주는 것뿐이고, 거기서 "허용된 시간 이후" 거리에 나갈 수 있는 서면 허가를 받을 수 있을 거라고 했다. 우리를 위해 그가 해줄 수 있는 일도 더 이상 없거니와 우리 박물관 일에 관심도 없었다. 지식인들은 이런 한가한 일을 하고 있지만 노동자들은 혁명을 지키기 위해 할 더 중요한 일이 있다고, 다른 모든 것은 시간 낭비라고 그는 선언하듯 말했다. 그 남자의 태도와 무뚝뚝함은 분명 좋지 못한 조짐이었다. 자신의 진실함에 대한 그의 말은 설득력이 떨어졌지만 사샤는 그의 혁명적 열정에 감사하며 더 이상 그의 선한 본성에 부담이 되는 일은 하지 않겠다고 예의를 갖추었다. 그러자 자신의 책상을 뻣뻣하게 지키고 선 그의 모습에서 비꼬는 듯한 태도가 사라졌다.

동료들은 집행위원회 위원장을 사로잡고 있는 것은 대체로 지식인에 대한 증오인 것 같다는 내 인상에 동의했다. 그동안 지식인들에 대한 지독한 분노로 가득 찬 프롤레타리아 공산주의자들을 많이 만났지만, 오데사의 위원장만큼 잔인할 정도로 솔직한 사람은 없었다. 그런 광신도들이 무장한 적보다 혁명에 더 해롭다는 느낌을 지우기 어려웠다. 우리 대원 중 누구도 집행위원회에 다시 방문해서는 안 되며, 우리 스스로 가능한 모든 일을 해내기로 결정했다.

계단을 내려가는데 여러 명의 젊은이들이 우리에게 다가왔다. 그들은 우리를 잠시 쳐다보더니 소리를 질렀다. "사샤! 엠마! 왜 여기 있어요?" 볼셰비키의 엄격함을 만난 후인지라 미국에서 온 동지들과의 뜻밖의 만남은 기분좋은 놀라움이 되었다. 우리의 임무를 알게 된 그들은 다음 기차를 타고 도시를 빠져나갈 수 있을 거라고 했고, 하지만 공무원들의 도움은 기대해선 안 된다고 말해 주었다. 이스포콤 위원장을 필두로 대부분 반중앙주의자였고, 지역 공산주의자가 아닌 모든 것에 반대하는 사람들이었다. 그들은 최악의 사보타주주의자들로 명성이 자자했다. 독단적인 광신도였던 위원장은 알파벳 ABC 이상으로 배운 사람을 싫어했고, 마음만 먹었다면 모든 지식인을 총살했을 것이라고 한 동지가 설명했다. 우리 동지들은 이 도시에서 꽤 책임 있는 업무를 맡고 있는 미국인 동지 오로도프스키가 박물관을 위한 우리의 노력에 도움을 줄 수 있을 것 같다고 제안했고, 이에 다른 몇몇 동지들도 우리를 돕겠다고 했다. 멘셰비키 역시 우리에게 제공할 정보와 자료가 있었다. 그들은 최근 노조에서 쫓겨났지만, 그중 몇몇은 여전히 볼셰비키가 감히 체포할 수 없을 정도로 간부들에게 영향력이 컸다.

오로도프스키는 일류 인쇄업자로 실용적인 사고방식을 가진 사람이었다. 그는 정부 출판국에 들어가 당국을 놀라게 할 정도의 일처리를 보였다. 그는 압수되고 방치된 것들로 도시 최고의 인쇄소를 만들었고, 그곳을 우리에게 보여 주며 자부심을 내보였다. 그야말로 청결, 질서, 효율적인 생산의 모델이었다. 하나 그의 노력은 매번 방해를 받아야 했다. 아무래도 그는 '우리네 일원'으로 간주되지 않았기 때문에 의심을 받았던 것이다. 그는 이 일을 사랑했고 혁명을 위해 무언가를 하고 있다고 생각했지만, 피할 수 없는 시기가 다가오는 것을 예견하는 것이 슬펐다. "아, 혁명!" 그는 한숨을 쉬며 말했다. "혁명이 어떻게 된 거지?"

오로도프스키를 통해 우리는 경제 부서에서 활동하는 다른 아나키스트들을 만날 수 있었다. 그들 모두는 오로도프스키처럼 여기의 기준에 '전적으로' 맞지 않으므로 자신들은 그저 일시적으로만 용인될 뿐이며 끊임없이 곤경에 처할 위험에 처했다고 느끼고 있었다. 그 중 가장 흥미로운 인물은 프롤레타리아 출신의 샤흐보로스토프였는데, 그는 평생을 노동자들 사이에서 보낸 사람이었다. 그는 독재 정권 아래서 노동자들을 위해 싸웠고 볼셰비키 치하에서도 멈추지 않았다. 그는 가장 전투적인 아나키스트 중 한 명으로 노동자들의 큰 사랑을 받았다.

가까이서 지켜본 결과 샤흐보로스토프는 가장 진실하고 인간적인 사람이라는 것 외에도 그에 대해 들었던 모든 것을 증명했다. 그에게는 집행위원회 위원장의 경직성과 뻣뻣함이 없었다. 그의 태도는 관심과 친절로 가득했고 매너는 지극히 소박했다. 어떻게 자유를 유지할 수 있었느냐는 질문에는 "순전히 운이 좋았다"고 답하며 "노동자들의 지원도 있었다"고 덧붙였다. 노동자들은 그의 유일한 목적이 공산주의 국가의 끊임없는 침략에 맞서 투쟁하는 노동자들을 돕는 것임을 알고 있었던 거다. 그는 지는 싸움을 하고 있다는 것을 알면서도 자신이 자유를 누리는 한 이 싸움을 계속하는 것이 자신의 의무라고 생각했다.

샤흐보로스토프는 우리 젊은 동지들이 저지른 광범위한 사보타주 혐의를 입증했다. 그는 대부분의 소비에트 관료들은 단순히 비효율적일 뿐이지만, 일부 관료들은 국민 복지를 위한 모든 노력을 의도적으로 방해하는 사보타주주의적 행태를 보였다고 덧붙였다. 그는 레닌의 슬로건을 적용하기 위해 최근 부르주아들에게 감행한 일반 급습에 대한 끔찍한 사례를 언급했다. "강도들을 털어라." 모든 집과 상점, 판잣집은 침략당했고 마지막 남은 하나까지 체카에 의해 약탈당하고 몰수당했다. 급습으로 인해 소유주들이 놀랄 정도로 큰 피해를 입었다. 노동자들은 절실히 필요했던 의류와 신발을 공급해 주겠다는 보장을 받았었는데, 새로운 징발 사실을 알게 된 노동자들은 자신들에게 한 약속을 이행할 것을 요구했다. 샤흐보로스토프는 짜증스러운 얼굴로 말하길 "공공경제부서에서 수십 개의 상자를 받았는데, 열어 보니 거지에게도 줄 수 없는 넝마, 낡고 찢어진 물건들뿐이었습니다. 급습을 감행한 사람들이 먼저 자신들 물건을 챙기고, 또 시장에 팔아 한몫 챙길 물건을 빼놓는 식이었는데, 부르주아들은 시장에 나온 물건을 잽싸게 사들였죠. 스캔들이 너무 커서 사람들 입막음을 할 수조차 없었어요. 올바른 생각을 가진 당원들이 조사를 요구했는데, 그 결과가 뭔지 아세요? 일부 부하직원들이 총살당한 거였습니다. 그러나 부패는 만연해 있고 총살로 근절할 수 있는 것이 아니죠."

샤흐보로스토프와 금속노조 동지는 여러 노동 단체의 위원장 회의를 소집해 혁명 박물관 프로젝트에 대해 알리고 우리의 노력에 관심을 갖도록 하겠다고 약속했다. 사샤는 대표단에게 연설하고 우리의 사명을 설명하는 역할을 맡았다.

일주일 동안의 소비에트 기관에 대한 조사를 통해 우리 동지들이 오데사 사보타주에 대해 이야기한 것은 실제의 절반에도 미치지 않는 것이었음을 확실히 알게 되었다. 현지 공무원들은 러시아에서 만난 사람들 중 최악의 게으름뱅이들이었다. 최고 위원부터 마지막 바리슈냐(젊은 여성) 타이피스트까지 이들은 2시간 늦게 출근하고 1시간 일찍 퇴근했다. 몇 시간 동안 자기 차례를 기다리던 신청자가 "너무 늦었다"며 내일 오라는 말만 듣고 창구가 닫히는 경우도 적지 않았다. 소비에트 당국으로부터 거의 아무런 도움을 받지 못했으며 "너무 바빠서 1분 1초도 여유가 없다"고 그들은 확신을 담아 말했다. 그러나 정작 그들은 대부분의 시간을 담배와 수다로 보냈고, '젊은 여성'들은 손톱과 입술을 다듬는 일에만 열중할 뿐이었다. 가장 노골적이고 뻔뻔한 공공의 기생충이 아닐 수 없었다.

이러한 사보타주와 싸우기 위해 특별히 만들어진 '노동자 농민 감독기구'는 그 존재 목적에 거의 관심이 없는 듯했다. 그들 대부분은 악명 높은 '투기꾼'이었고, 차르나 케렌스키의 화폐를 바꾸고 싶은 사람은 (엄격히 금지되어 있는 일이었지만) 어떤 관리에게 가서 거래를 할 수 있는지 알려주곤 했다. 한 분디스트[유대인 노동자 조직 분트의 구성원]는 "일반 시민들은 그런 투기를 하면 총살형이다. 하지만 누가 이런 관리들을 감히 건드릴 수 있겠느냐"고 반문했다. "저 사람들 다 한 패거리인데." 소비에트 최고위층의 부패와 독재는 이 도시에서 공공연한 비밀이라고 그는 말했다. 특히 체카는 목을 자르는 갱단에 불과했다. 돈을 지불할 능력이 없는 피해자에 대한 갈취, 뇌물 수수, 무차별 총격은 일반적인 관행이었다. 사형 선고를 받은 거물 투기꾼들이 엄청난 몸값을 지불하고 체카에 의해 풀려나는 일은 다반사였다. 또 다른 관행은 저명한 죄수의 가족에게 그가 처형되었다는 사실을 알리는 것이었다. 가족들이 슬픔에 잠겨 있을 때 체카 요원들이 도착해 실수였다면서 사형수가 아직 살아 있으니, 아주 큰 돈이 있어야만 목숨을 구할 수 있다고 말하는 식이었다. 가족과 친구들이 자신의 모든 것을 처분해서 마련한 금액을 내고 나면 처음에 실수라고 했던 것이 사실은 실수가 아니었다고 설명하는 요원은 더 이상 오지 않았다. 누군가 항의라도 할라치면 감히 체카를 '부패한 사람' 취급했다며 체포되어 총살을 당했다. 거의 매일 새벽이면 죽음을 맞이할 사람들을 실은 트럭이 도시 외곽을 향해 맹렬한 속도로 '체카 거리'를 질주하곤 했다. 죽을 운명에 처한 사람들은 손발이 묶인 채로 마차에 엎드리고 있고 무장 경비병들이 그들을 지켜보고 있었다. 체카 요원들은 이동 경로를 따라 열린 창문으로 모습을 드러내는 모든 사람에게 총을 쏘았다. 돌아오는 트럭을 따라 좁게 난 붉은 색의 띠만이 라즈메냐트(파괴)로 가는 마지막 길에 끌려간 사람들의 이야기를 전하는 유일한 증거였다.

며칠 후 이 분디스트는 유명한 유대인 시인 하임 나만 비알릭이 포함된 서클의 멤버이자 시오니스트인 란데스만 박사와 함께 우리를 찾아왔다. 박사는 로쉬 하쇼나[유대 새해 명절]가 머지 않았다는 것을 우리도 알고 있을 테니, 자신의 가족과 함께 멋진 날을 축하하게 되면 기쁠 것 같다고 말했다. 우리는 로쉬 하쇼나가 다가오고 있다는 것을 몰랐지만, 그와 함께 명절을 보내고 싶을 만큼은 확실히 유대인이라고 대답했다.

지금은 소비에트 요양소로 변한 란데스만 가문의 옛 개인 병원과 인접한 저택은 몹시 아름다운 곳에 자리하고 있었다. 고지대에 자리 잡은 이 건물의 한쪽은 나무와 관목이 무성한 숲 속에 묻혀 있었고, 다른 한쪽은 흑해를 바라보고 있었는데, 언덕 밑으로는 파도가 치고 있었다. 우리는 정해진 시간에 맞춰 도착했지만, 오데사에 내려진 계엄령 탓에 손님 일부는 외출허가를 받지 못한 상태였다.

란데스만 박사의 클리닉은 오데사에서 최고라는 명성을 누리고 있었다. 볼셰비키는 노동자 요양소로 사용하기 위해 이곳을 압수했지만, 아직 단 한 명의 프롤레타리아도, 심지어 일반 당원도 이곳을 찾지 않았다. 오직 고위 관리들만 가족들과 함께 올 뿐이었다. 마침 체카의 수장인 데이치가 심각한 '신경쇠약'으로 치료를 받고 있었다.

"어떻게 저런 사람을 참고 치료할 수 있죠?" 내가 물었다. "제게 선택의 여지가 없다는 사실을 잊으셨군요. 게다가 의사로서 직업 윤리에 따라 누구에게도 의료 지원을 거부할 수 없습니다." "이런 부르주아적 감상주의라니!" 내가 대꾸하며 웃었다. "체카의 수장만 이득을 보고 있는 셈이죠." 그도 나와 같은 느낌으로 대답했다.

테라스에 앉은 우리 앞에 사모바르가 놓여 있고, 하늘은 파랑과 자수정색이었으며, 태양은 불덩어리가 되어 흑해로 천천히 가라앉고 있었다. 공포와 고통이 가득한 도시는 멀리 떨어져 있는 것처럼 보였고, 구석구석 초록빛으로 뒤덮인 장면은 한 편의 목가적인 서사시 같았다. '이것을 좀 더 오래 볼 수 있다면…' 하고 생각하는 사이에 이 장면은 순식간에 사라졌다.

새로 도착한 손님 무리에는 비알릭도 있었다. 그는 시인이라기보다는 부유한 상인처럼 보이는 정사각형 얼굴에 넓은 어깨를 가진 사람이었다. 강렬하고 감각적인 이목구비를 가진 늘씬한 남성 한 명이 유대인 박해와 대학살에 대한 유명한 권위자라며 소개가 되었고, 사샤는 즉시 그 주제에 대해 대화를 나누려 했지만 식사 도중 갑자기 얼굴이 창백해지면서 실례한다며 자리에서 일어섰다. 란데스만 박사와 함께 나는 사샤가 쓰러지기 직전에 막을 수 있었다. 그는 고통에 몸부림치며 숨을 헐떡였고, 급기야는 의식을 잃었다. 영원할 것 같았던 30분이 지나, 박사는 그를 어느 정도 회복시켰다. 뜨거운 물병으로 몸을 따뜻하게 감싼 그는 안도감을 느꼈지만 여전히 매우 쇠약한 채였다. 나는 란데스만 박사에게 나의 친구가 미국을 떠날 때부터 매우 아팠고, 그 이후에도 건강이 좋지 않았음을 알렸다. 특히 그 거무튀튀한 빵이 그의 상태에 영향을 미친 것 같았고, 남쪽에서 흰 빵을 구할 수 있게 된 후로 그는 상당한 호전을 보였다. 호스트는 사샤가 또 다른 발작이 있을 수 있으니, 그 가능성을 염두에 두고 하룻밤을 함께 지내는 게 좋겠다고 했다. "그게 무슨 소용이 있겠습니까?" 환자가 끼어들었다. "우리는 모스크바로 가야 합니다." 의사는 파견업무는 그것대로 진행하되, 사샤와 그의 '간호사'는 문제의 원인을 찾을 때까지 오데사에 남을 것을 제안했다. 사샤는 조용히 잠이 들었고 나는 그의 마르고 창백한 얼굴을 다만 바라만 보고 있었다. 아주 오래전, 우리가 처음 만났을 때부터 내가 사랑한 그 얼굴 그대로였다. 러시아에서 그를 잃는다는 것은 상상조차 할 수 없었다. 생각만으로 나는 몸서리를 쳤고, 그 잔인한 상상을 끝까지 할 수도 없었다. 나의 친구는 평화롭게 누워 있었고, 나는 식당으로 돌아가 내 삶, 그리고 친구이자 동지와 함께 겪은 투쟁들에 대해 생각했다.

식탁을 막 치우려고 할 때 사샤가 아무 일도 없었다는 듯이 갑자기 들어왔다. 자기 몫의 식사를 그렇게 쉽게 끝낼 줄 알았냐고 그는 활짝 웃으며 말했다. 자신의 식욕은 아직 왕성하며, 자신과 란데스만 부인의 예술적인 요리 사이를 가로막을 수 있는 건 아무것도 없다고 선언하듯 말했다. 사람들은 크게 웃음을 터뜨렸다. 박사는 환자에게 기름진 음식은 먹지 말라고 했지만 사샤는 아나키스트가 좋아하는 음식을 먹지 못하게 막는 법은 없다고 했다. 경이로움에 그를 바라보았다. 31년 전 뉴욕의 삭스 카페에서 스테이크와 커피를 추가로 주문해 먹던 바로 그 청년의 모습이었다. 불과 한 시간 전에는 환자였던 사샤는 지금 음식을 양껏 먹을 수 있을 뿐만 아니라 모인 사람들의 중심이 되었다. 그는 오랫동안 만나고 싶던 사람을 드디어 만났다면서 남은 저녁 시간 동안 대학살 전문 '수사관'을 붙잡았다.

그는 이 주제에 대해 걸어 다니는 백과사전과도 같은 존재였다. 대학살이 벌어진 72개 도시를 방문하며 풍부한 데이터를 수집했던 것이다. 그는 우크라이나의 여러 정권에서 이루어진 유대인 학살은 차르 치하에서 자행된 최악의 학살보다 더 극악무도한 것이었다고 말했다. 그는 볼셰비키가 집권한 이후 대학살은 없었다고 인정했지만, 볼셰비키가 대중의 반유대주의 감정을 격화시켰다는 키예프의 젊은 작가들 의견에는 동의했다. 언젠가는 복수라는 미명하에 대규모 학살이 일어날 것임을 그는 확신했다.

사샤는 그와 격렬하게 논쟁을 벌였다. 그는 미래의 가능성에 대한 추측을 제쳐두고 볼셰비키가 대학살을 끝냈다는 것은 일반적으로 인정된 사실이라고 강조했다. 그것은 질병 자체가 아니라, 오래된 질병의 모든 폭력적인 증상을 근절하려는 진지하고 단호한 목적을 말하는 게 아니던가? 선동자는 볼셰비키가 유대인의 자위권을 박탈하고 자위의 목적을 위해 조직하는 것을 금지했다고 주장하며 이에 반대했다. 유대인들은 미래의 공격에 대비해 무장할 수 있도록 허가를 신청했다는 이유로 소비에트 정부에 대항하는 음모를 꾸미고 있다는 의심까지 받아야 했다. 란데스만 박사도 옆에서 지역 당국이 이디시 보이스카우트 부대 결성을 허용하지 않았다고 덧붙였다. 그는 이러한 단체가 유대인을 보호하는 역할을 할 뿐만 아니라 오데사에 사는 모두가 당하고 있는 악명 높은 폭력배들로부터 시민을 보호하는 역할을 할 수 있을 거라고 말했다.

사샤를 자세히 살펴본 의사는 위궤양으로 진단을 내리고 치료를 위해 요양소에 입원할 것을 제안했다. "의사에게 속을 들여다보이면 분명 뭔가 근본적으로 잘못된 것을 발견할 게 뻔해요." 사샤가 농담을 하며 이 훌륭한 의사의 제안을 뿌리쳤다. 그는 원정이 계속되어야 하며, 당연히 자신도 함께해야 한다고 했다.

우리는 란데스만 가족의 관대한 환대에 진심으로 감사를 전했다. 사회적인 이상에 있어서 우리는 서로 멀리 떨어져 있었지만, 러시아에서 이들을 만난 것이 참으로 행운이라 여겨질 만큼 가장 인간적이고 친근한 사람들이었다. 오데사의 역사적 가능성이 소진되어 우리는 이제 떠나야 했다. 크림 반도는 말할 것도 없고, 전체 경로가 브랑겔 장군 진격 선상에 있었다. 우리는 48시간 이내에 키예프로 출발하는 기차와 연결될 수 있을 거라는 약속을 받았지만 감히 그런 행운을 기대하기는 어려울 거라고 생각하고 있었다. 그렇다고 해도 희망을 버리지는 않았다. 한편 비서와 사샤는 귀중한 기록물이 구조를 기다리고 있는 니콜라옙스크행을 결정했다. 샤콜은 군용 트럭이 곧 그 도시로 떠날 것이며, 군인들이 그녀와 사샤의 합류를 허용하도록 설득할 수도 있다는 말을 슬쩍 들은 참이었다. 될지 안 될지 불확실했지만 그 무엇도 두 사람의 모험심을 막을 수는 없었다.

나는 다른 대원들과 함께 오데사에 남아 키예프로 향하는 여정을 위해 차량을 준비하고 있었다. 내가 씻고 있을 때 한 젊은 여성이 들어왔다. 그녀는 영어로 내게 말을 걸더니 자기 소개도 하지 않은 채 대뜸 미국에서부터 나를 알았다고 말하기 시작했다. 남편과 함께 디트로이트에서 내 강의를 들었다고 했다. 우리가 도시에 있다는 사실을 알게 된 그녀가 차 한잔 하자며 버크만과 나를 집으로 초대하기 위해 온 것이었다. 남편과 함께하지 못해 못내 아쉽다 말하며 지금 남편은 아파서 병원에 입원해 있지만 우리를 몹시 보고 싶어한다고 했다. 사실, 자신이 올 수 없어서 옛 동지였던 우리에게 아내를 보낸 것 바로 그 남편이었다. 버크만은 현재 자리를 비웠고, 나는 나대로 할 일이 많았기 때문에 그녀의 초대에 감사하면서도 그 초대에 응할 수 없다고 설명했다. 하지만 환자를 방문해 볼 수는 있을 것이었다. "러시아에서는 꽃의 존재를 잊고 살기 쉽죠." 나는 그녀에게 말했다. "남편분께 꽃을 가져다주면 좋겠네요." 그런 다음 남편의 이름과 병원을 물었다. "제 남편은 란데스만 요양소에 있어요. 이름은 데이치이고요." 마치 독사에라도 물린 것처럼 나는 의자에서 벌떡 일어났다. 그 여자도 마찬가지였다. 몇 초 동안 우리는 서로를 노려보며 서 있었다. 마침내 내 목소리를 찾고서 나는 문을 가리키며 명령하듯 말했다. "당장 나가세요. 당장! 우리는 당신이나 당신 남편과 엮이고 싶은 생각 없으니까." "내가 지금 누군지 알고 그렇게 말하는 거예요?" 그녀는 분이 풀리지 않는 듯 외쳤다. "내 남편이 체카 수장이라는 걸 모르나 보지?" "알아요. 당신이랑 같은 방에서 같은 공기를 마시고 싶지도 않을 만큼 잘 알고 있죠. 그러니 어서 떠나 주시죠."

그녀는 방을 나가지 않고 뻔뻔스럽게 앉아서 시온주의자와 부르주아들과 어울린다고 나를 꾸짖기 시작했다. 혁명 러시아를 위해 헌신한 자신의 남편보다 그런 도적 같은 사람들이랑 어울리는 것을 더 좋아하다니, 나도 반혁명주의자가 된 게 분명하다며 나를 비난했다. 데이치는 나로 하여금 자신을 방문하도록 강제할 수 있으며, 아마도 자신의 스승 E. G.가 어떻게 되었는지를 알게 되면 분명히 그럴 거라고 했다. 여자가 이야기하게 그냥 내버려뒀다. 나의 사회적 건축물들이 이미 하나둘씩 무너져 내리고 있었다. 가장자리 한쪽이 무자비하게 잘려 나가더라도 이제 별 상관 없었다. 나는 논쟁할 힘도 없었고, 혁명이라고 칭송받는 괴물 같은 존재와 그 괴물을 섬기는 괴물들을 이해하게 만들 수 있다는 믿음도 없었다.

사샤는 예상보다 하루 늦게 사무국장과 함께 돌아왔다. 기차가 오데사를 떠나고 나서야 나는 전능한 체카 수장의 아내와의 만남을 그들에게 이야기했고 동료들은 니콜라옙스크로 떠났던 흥미진진한 여행 이야기를 들려주었다. 그들은 라즈비오르스트카(강제 농산물 수탈)와 볼셰비키 토벌대로 인해 황폐화된 마을을 방문하며 끔찍한 경험을 했다. 나의 동료들이 탄 보급 트럭에 동승한 체카 요원들은 정복당한 나라의 무책임한 독재자처럼 가장 가난한 농가의 마지막 닭

한 마리까지, 가져갈 수 있는 모든 것을 징발해 갔다. 사샤는 니콜라옙스크로 가는 길목에서 체카 군대의 양옆으로 길게 늘어서서 자신들이 몰수당한 곡물을 오데사로 운반하는 농민들을 보기까지 했다고 전했다.

키예프로 돌아가는 여정에서 우리는 부유한 로마 사람이라도 된 것처럼 식재료를 사모았다. 시장에는 여전히 많은 식재료들이 있었지만, 지난번에 왔을 때에 비해 가격이 엄청나게 올라 있었다. 우리는 페트로그라드에서라면 훨씬 더 높은 금액일 거라고 확신했다. 그나마 구할 수나 있으면 다행이겠지만. 그러니 빈손으로 친구들에게 돌아가서는 안 된다고 생각했다. 물론 투기꾼으로 체포될 위험도 있었다. 이러한 위험과 오명에 노출되는 것을 감수할 다른 이유가 무엇이 있을까? 동정심, 다른 사람들과 나누고 싶은 마음, 불행과 고통을 덜어 주고 싶은 욕구? 하지만 이러한 단어들은 더 이상 독재정권의 사전에는 존재하지 않는 것이었다. 우리는 러시아뿐만 아니라 해외에서도 비난받을 것임을 잘 알고 있었다. 우리는 투기 혐의나 볼셰비키에 대한 우리의 현재 태도에 대해 우리 자신을 변호할 수단이 없었음에도 북쪽의 굶주린 친구들을 위해 식량을 확보할 기회를 포기할 수는 없었다. 하지만 무엇보다 가장 결정적인 이유는 사샤와 그의 건강에 대한 걱정 때문이었다. 그가 다시 쓰러졌을 때 우리는 오데사에서 그리 멀지 않은 곳에 있었다. 이번에는 그 상태가 더 오래 지속되고 더 심각하기도 했다. 그의 몸 상태에서는 거무죽죽한 빵과 벌레 먹은 시리얼이 독이 되었을 게 틀림없다. 나는 그의 목숨을 위태롭게 할 공산주의 국가의 어떤 법도 몰랐고, 특히 굶주린 사람들에게 식량을 가져다주는 것을 반혁명 범죄로 규정하는 불합리한 명령은 더더욱 알지 못했다. 이에 나는 식량을 공급하고 그 결과를 감수하기로 결심했다. 아무도 소비에트의 루블을 지불 수단으로 받아들이지 않았다. "그 쓰레기로 우리가 뭘 할 수 있겠어요?" 농민과 상점 주인들은 되묻곤 했다. "포장지로도 쓸모가 없고, 담배의 경우 이미 담배 자루가 있거든요." 그들은 모직물, 신발 또는 기타 의류를 선호하는 가운데 차르의 돈이나 심지어 케렌스키의 돈도 받았다.

즈나멘카로 돌아왔을 때 헨리의 모습이 생생하게 떠올라 슬퍼졌다. 그를 잊었다거나 그의 운명에 대해 무관심해진 것은 결코 아니었다. 그러나 그가 우리와 떨어져나간 후 우리가 겪은 일들이 너무나 고단해서 우리의 힘을 다 써버리고야 말았다. 그는 우리에게 있어 너무나도 훌륭한 동반자이자 우리가 음식을 해나가는 데 있어서 든든한 조력자였던 까닭에 반강제로 떠나게 된 그의 자리가 더없이 크게 느껴졌다. 나를 제외하고는 우리 그룹에서 요리를 할 줄 아는 사람은 아무도 없었다. 헨리는 플랩잭[두툼한 팬케이크]을 만드는 전문가로서 큰 자부심을 가지고 있었고, 7인분의 음식을 하루에 두 끼 준비하는 데 있어서 그 덕분에 나는 단 얼마라도 쉴 수 있었다. 우크라이나의 7월과 8월의 더위 속에서 움직이는 기차의 작은 엔진칸에서의 요리는 기꺼이 나를 돕는 조수가 아니었다면 고문과도 같았을 것이다. 즈나멘카는 이러한 추억을 되살려주었고, 우리의 다정한 친구 헨리를 잃은 슬픔이 갑절로 크게 다가왔다.

도착하자마자 들은 정보에 따르면 전에 들었던 것처럼 키예프가 폴란드에 점령된 것은 아직 아니었지만 적이 성문에 거의 다다랐다고 했다. 도시를 점령한 자들의 위협과 고난에 지속적으로 노출됨에 따라 주민들은 전보다 훨씬 더 괴로워했다. 사람들은 소비에트 정권을 어느 정도 받아들이고 있었지만 이제 소비에트는 철수를 앞두고 있었다. 레브콤에는 길거리에서 만난 사람보다 실제 상황에 대해 더 잘 알고 있는 사람이 없는 듯했다. 베토슈킨은 자리를 비웠고 그의 비서는 오히려 오데사에 대해 이야기하고 싶어했다. "라코프스키 동지가 최근에 돌아와서는 그곳 상황이 얼마나 잘 돌아가고 있는지에 대해 찬사를 보냈거든요." 그가 말했다. 우리는 오데사에서 높은 숙련도에 도달한 것은 단 한 가지, 바로 사보타주뿐이라고 그에게 확신을 담아 말했다. "진심으로 하는 말인가요?" 그는 기쁨에 겨워 외쳤다. "라코프스키는 우리가 오데사처럼 잘하지 못하고 있다고 했거든요."

관리들이 말하길 소비에트 군대는 그 모든 위험에도 불구하고 그 자리에 남아 있을 것이지만 도로가 봉쇄되기 전에 모스크바로 출발하는 게 좋을 거라 했다. 사샤는 다음 날 기차가 북쪽으로 출발할 것이며, 우리 차를 그 기차에 연결해 주기로 했다는 기쁜 소식을 전했다. 크림반도로 가는 여정을 더 이상 진행할 수 없다는 사실에 울적해졌지만, 당시 상황에서는 어쩔 수 없는 일이었다. 하지만 사샤는 우리가 안 좋은 기분에 오래 빠져 있게 내버려두는 사람이 아니었다. 그날 저녁 그는 특히 더 유쾌하게 일화를 들려주고 농담을 던지며 우리를 웃게 만들어 주었다.

이른 아침 샤콜과 나는 누군가 문을 두드리는 소리에 잠에서 깼다. 아직 잠이 덜깬 상태에서 왜 그런 바보 같은 장난을 쳤냐고 묻는 사샤의 목소리가 들려왔다. 객실 문을 열었을 때 그는 담요에 몸을 싸고 서 있었다. "내 옷 어디 있소?" 그가 물었다. "당신들이 내 옷을 숨긴 거 아니오?" 비서는 그를 보자마자 소리를 질렀지만, 곧 우리는 모르는 일이라며 그를 안심시켰다. 그는 이내 자신의 방으로 돌아갔고 자신의 문서 포트폴리오와 소비에트 돈 일부를 제외하고 모든 것이 사라졌다고 했다. 도둑들이 입을 옷 하나도 남기지 않고 깨끗이 털어간 거였다. 라비치 여사의 비서가 사샤에게 빌려주었던 귀중한 브라우닝 시집과 피치가 선물한 작은 금시계도 사라졌다. 물건들은 사샤의 머리 바로 위 침대에 매달려 있었고, 사샤나 차 안에 있던 다른 사람을 깨우지 않고 그것을 훔치기 위해 매우 교묘한 수법을 썼을 것이다. 사샤는 일단 다른 사람들에게서 필요한 물품을 빌려서 채비를 하고 자신의 손실을 이야기했다. 그 와중에 그는 혼자 껄껄 웃으며 말했다. "그렇지만 제 바지를 훔친 사람은 모를 겁니다. 제 돈은 절대 찾을 수 없는 비밀 주머니에 들어 있기 때문이죠." 잠시 동안 무슨 뜻인지 이해하지 못하다가 사샤가 바지와 함께 강탈당한 것 중엔 우리의 전 재산인 1,600달러가 포함되어 있다는 사실이 떠올랐다. 바로 전날 저녁에 내 페티코트가 마르는 동안 그에게 600달러를 맡겨 놓은 참이었는데 말이다. "우리의 독립이!" 나는 소리를 질렀다. "이제 물건너갔네요!"

러시아에서의 모든 쓰라린 실망과 우리 자신과 우리의 일을 찾기 위한 투쟁을 거치면서 나를 붙들어 준 것은 오직 하나, 물질적 독립이라는 생각이었다. 그게 가능해지면 우리는 굶주림에 내몰린 다른 많은 사람들처럼 구걸하거나 움츠러들지 않아도 될 테니 말이다. 우리가 자존심을 지키고 독재 정권의 제안을 거부할 수 있었던 것은 미국 친구들이 우리를 지켜 준 덕분이었다. 이제 그것이 다 사라진 것이다. "이제 어쩌죠, 사샤?" 내가 울며 물었다. "우린 이제 어떻게 되는 거죠?" 그가 참지 못하고 대꾸했다. "당신은 우리 목숨보다 빌어먹을 돈에 더 신경을 쓰는 것 같구려. 내가 움직였거나 차 안에 있던 다른 사람이 움직였다면 강도가 우리를 쏴 죽였을 거라는 걸 모르겠소?" 그는 내가 물질적인 것에 집착하는 사람인 줄 몰랐다며, 돈을 먼저 생각하다니 우습다고 덧붙였다. "존재하기 위해 자신이 가진 모든 것을 포기해야 하는 상황은 그렇게 우습지 않아요." 내가 대답했다. 나는 볼셰비키 정부의 손에 놀아날 가능성을 직면할 수 없었다. 차라리 도둑이 모든 것을 끝내는 편이 나았겠다는 생각까지 들었다.

도둑이 들던 날 밤 나는 객실의 숨 막히는 더위 때문에 잠을 잘 수 없었고, 바람을 쐬러 복도로 여러 번 나갔었다. 사샤는 맞은편 복도 창문에서 들어오는 바람을 쐬기 위해 객실 문을 열어 둔 채로 있었다. 문을 닫아야 한다는 직감이 들었다. 당시에 강도를 예상한 것은 아니었지만 말이다. 우리 차에서는 소비에트 군인들이 순찰하는 역을 한눈에 볼 수 있었고 순찰하는 군인들 눈에 띄지 않고 우리 차량을 지날 방법은 없었다. 창문 옆 부대에 걸려 있는 커다란 베이컨 덩어리는 쉽게 가져갈 수 있을 것 같았다. 하나, 사샤에게는 너무 더운 날씨였기에 문을 열어 두기로 했다. 하지만 도난당할지도 모른다고 생각했던 바로 그 품목은 여전히 그 자리에 있었다. 페트로그라드에서였다면 도둑이 고기를 가져갔을 테지만 키예프에서는 옷이 더 탐났을 것이다. 어찌됐든 강도가 우리 차에 들어올 수 있었다는 건 의심할 여지없이 경비병의 협조를 받았기 때문일 것이었고, 그렇다면 범인은 철도 노동자일 것이었다. 한동안 수상하게 행동을 했던 포터도 의심을 피할 수는 없었다. 사샤는 우리 물건, 특히 돈을 되찾아야 한다고 주장했다. 그가 나간 동안 우리 차는 밤새 서 있던 자리에서 멀리 옮겨졌다. 이러한 절차는 드문 일이 아니었고 이에 대해 우리는 신경도 쓰지 않고 있었지만 사샤가 민병대원 두 명과 경찰견 한 마리를 데리고 돌아왔을 때에야 그 중요성을 깨달았다. 사냥개는 냄새를 맡았지만 엔진의 증기에 의해 흔적은 사라져 버린 후였다. 사샤는 기대를 내려놓지 않고 동료들과 함께 자신의 옷을 되찾기를 바라며 시장을 돌아다녔다. 하지만 도둑들은 너무 조심스러웠던 모양이었다. 그들은 시간을 두고 안전해질 때까지 기다리고 있었다. 사샤는 수색을 포기하지 않고 몇 명의 동지들에게 최소 한 달 동안 매일 시장을 방문해 그 어떤 가격에도 바지를 되살 것을 이야기해 두었다. 그는 나를 위로하며 말했다. "걱정 마시오. 돈이 든 비밀 주머니는 절대 찾지 못할 거요." 끝도 없는 친구의 낙관주의를 나도 나누어 가질 수 있다면 좋으련만.

브랸스크에서 우리는 브랑겔의 완패라는 기쁜 소식을 들었다. 이상하게도 네스토르 마흐노가 위대한 승리를 가져오는 데 실질적으로 도움을 준 영웅으로 선포되고 있었다. 반혁명가, 도적, 브랑겔의 원조자로 그의 목에 현상금까지 걸려 있던 사람이 이제는 영웅이라니, 볼셰비키 측의 갑작스러운 전선 변경은 무엇 때문인지가 궁금했다. 또한 이 사랑의 향연은 과연 얼마나 지속될 것인가. 트로츠키는 한때 농민 반군의 지도자를 찬양하고, 그다음에는 그를 사형에 처해야 한다고 주장했었다.

우리의 기쁨에 슬픈 소식이 구름을 드리웠다. 소비에트 신문에서 존 리드의 사망 소식을 읽었다. 사샤와 나는 모두 잭을 매우 좋아했고 그의 죽음을 개인적으로 큰 상실로 느꼈다. 작년에 핀란드에서 돌아왔을 때 마지막으로 본 적이 있는데, 그때 그는 많이 아픈 상태였다. 그가 페트로그라드에 있는 호텔 인터내셔널에 간병인도 없이 홀로 입원해 있다는 소식을 들었었다. 핀란드 감옥에서 얻은 괴혈병으로 팔다리가 부어오르고 온몸이 궤양으로 뒤덮여 잇몸이 심하게 손상된 비참한 상태였다. 불쌍한 존 리드는 몸도 몸이지만 정신은 더욱 고통스러웠을 것이다. 지노비예프가 그의 동반자로 보낸 러시아 공산주의자 선원에게 배신을 당했기 때문이었다. 잭이 미국에 있는 동료들에게 가져가려던 귀중한 문서와 거액의 돈을 모두 빼앗겼다. 이는 잭의 두번째 실패였고, 그는 이 실패를 마음에 깊이 새겼다. 2주간의 간호로 그는 간신히 다시 일어설 수 있었지만, 동지들의 목숨을 위협하는 지노비예프의 방식에 대해 여전히 두려운 마음이 있었고 심히 괴로워했다. "불필요하고 무모한 짓"이라고 그는 계속 말했다. 그 자신도 일의 성공 가능성을 알아보기 위해 두 번이나 부질없는 짓을 벌였으니 말이었다. 하지만 적어도 그는 스스로를 돌볼 수 있었고 눈을 크게 뜨고 그 일에 뛰어들었다. 게다가 미국인으로서 그는 러시아 동지들과 같은 심각한 위험을 감수하지도 않았다. 그는 제3인터내셔널의 영광을 위해 한낱 젊은이들에 불과한 공산주의자들이 희생되고 있다고 토로했다. 나는 말했다. "혁명적 필요성, 적어도 당신 동지들은 항상 그렇게 말하겠죠." 그도 그렇게 믿고 있었지만, 자신과 다른 사람들의 경험을 통해 그 필요성을 의심하게 되었다. 소비에트 정권에 대한 그의 믿음은 여전히 열렬했지만, 그는 특히 자신들은 항상 안전한 자리에 있는 사람들이 사용하는 일부 극단적인 방법에 의구심을 갖기 시작했다.

모스크바에서 우리는 리드의 아내인 루이즈 브라이언트의 존재를 알게 되었다. 평소 같으면 그녀를 찾지 않았을 것이다. 루이즈를 알고 지낸 건 그녀가 잭과 사귀기 전부터였다. 매력적이고 생동감 넘치는 그녀는 사회적 시위를 진지하게 받아들이지 않긴 하지만 그럼에도 좋아하지 않을 수 없는 사람이었다. 두 번 정도, 그녀의 깊이가 부족하다는 것을 깨닫는 일이 있었다. 뉴욕에서 재판을 받는 동안 잭이 용감하게 우리를 도울 때 루이즈는 우리를 교묘하게 피했다. 평화로운 시기에는 항상 우정을 과시했지만, 위험한 전쟁 기간에 자신의 이름이 우리와 연결되는 것을 두려워했던 것이 분명했다. 하지만 나는 그다지 중요한 일이 아니라고 생각했다.

훨씬 더 심각하게 나를 화나게 한 일은 그녀가 러시아에 관한 책에서 아나키즘을 잘못 표현한 것이었다. 나의 조카 스텔라가 미주리 교도소에 보내 준 책이었는데, 미국 언론에 보도된 러시아의 여성 국유화라는 어리석은 이야기가 반복되고 있는 것을 보고 분노를 금할 수 없었다. 루이즈는 아나키스트들이 이 법령을 최초로 공표했다고 주장하고 있었다. 자신의 거친 주장에 대한 증거를 제시하는 데 아무런 수고도 하지 않았을뿐더러 증거를 요구하는 내 편지에 대한 답장도 하지 않았다. 나는 이를 볼셰비키의 싸구려 언론 비방과 동급이라고 생각하면서 루이즈와는 더이상 함께 일하지 않기로 결심했다.

지금은 아주 오래전 일인 것 같았다. 잭을 잃은 슬픔에 루이즈가 완전히 무너져 내렸다는 것을 친구를 통해 들었다. 나는 그녀의 비극에 너무 마음이 아픈 나머지 우리의 과거에 대해서는 생각할 겨를도 없이 그녀를 찾아갔다. 남편을 잃고 완전히 산산조각이 난 엉망진창의 아내가 있었다. 그녀는 발작하듯 울음을 터뜨렸고 나는 그 어떤 말로도 달랠 수 없었다. 나는 다만 그녀를 품에 안고 떨리는 그녀의 몸을 조용히 껴안았다. 잠시 후 진정한 그녀는 잭의 죽음에 대한 슬픈 이야기를 들려주기 시작했다. 그녀는 선원으로 변장하고 큰 어려움 속에서 러시아로 향하고 있었는데, 페트로그라드에 도착해서 잭이 동부에서 열리는 회의 참석을 위해 바쿠로 가라는 명령을 받았다는 사실을 알게 되었다. 그는 핀란드에서 수감되었던 일로 아직 완전히 회복되지 않았기 때문에 지노비예프에게 자신을 보내지 말아 줄 것을 간청했다. 하지만 제3인터내셔널의 수장에게 양보는 없었다. 리드에게 당 대회에서 미국 공산당을 대표하라고 언명한 것이다. 바쿠에서 잭은 발진티푸스에 걸렸고 루이즈가 도착한 직후 모스크바로 이송되었다.

나는 잭이 모스크바로 돌아와 가능한 모든 치료와 보살핌을 받았을 것이라고 확신하며 그녀를 위로하려 했지만, 그녀는 남편이 아무런 처치도 받지 못했다고 항변했다. 의사들이 진단에 동의하기까지 일주일이라는 시간이 흘렀고, 그 후 잭은 무능한 의사에게 넘겨졌다. 병원에는 간호에 대해 아는 사람이 아무도 없었고, 오랜 논쟁 끝에 루이즈가 잭을 돌볼 수 있도록 허락을 받았다. 그러나 그는 점점 정신이 혼미해져 사랑하는 사람의 존재조차 인지하지 못했을 것이었다. "그는 전혀 말을 하지 못했나요?" 내가 물었다. "무슨 말인지 알아들을 수 없었지만 계속 같은 말을 반복했어요. '덫에 걸렸어, 덫에 걸렸어' 그 말만 계속요." "잭이 정말 그렇게 말했다고요?" 나는 놀라움에 외쳤다. "왜 묻는 거죠?" 루이즈가 내 손을 꽉 붙잡으며 물었다. "수면 아래를 들여다본 순간부터 제가 느꼈던 감정이 바로 그거거든요. 덫에 걸린 느낌. 정확히 그 느낌이에요."

잭도 자신의 우상이 다 좋은 것만은 아니라는 걸 알게 된 것일까, 아니면 다가오는 죽음이 그의 마음을 잠시 밝혀 준 것일까 궁금했다. 죽음은 진실을 적나라하게 드러낸다. 죽음은 속이는 법을 모른다.

우리는 다음 날 혁명 박물관에 보고하기 위해 페트로그라드로 떠날 예정이었지만 루이즈가 장례식에 남아 달라고 간청했다. 그녀는 외롭고 버림받았다고 느꼈고, 우리가 유일한 친구라며 간곡히 부탁했다. 잭이 떠난 마당에 이제 루이즈에게 볼셰비키에 대한 관심은 아무것도 남지 않았다. 사실 이미 그렇게 느끼고 있었다고 했다. 공개 장례식은 항상 내게도 참을 수 없는 일이었지만, 그럼에도 불구하고 나는 그녀 곁에 남아 고통스러운 시련을 이겨 낼 수 있도록 돕겠다고 약속을 했고, 만일 사샤가 다른 대원들에게 하루만 출발을 연기해 달라고 설득할 수 있다면 장례식에 사샤도 참석할 수 있을 거라고 루이즈에게 말했다.

루이즈는 친구인 헨리 알스버그가 남긴 메시지를 내게 전해 주었다. 자신을 모스크바로 데려다준 간수의 친절 덕분에 체카 감옥에서 구출되었다는 취지의 이야기였다. 그 동지가 그를 체카로 데려가기 전에 외무부에 있는 친구들을 만나도록 해주었고 그가 특히 만나고 싶어 했던 누오르테바가 체카 관계자와 연락을 취한 후 석방을 주선했다는 것이다. 만약 그가 체카에 수감되었다면 친구들이 그를 빼내기까지 몇 달이 걸렸을 것이었다. 헨리는 이후 리가로 떠났지만 봄에 돌아올 계획이었다. 체포 당시 우리가 그에게 준 돈 200달러를 루이즈를 통해 돌려주었는데, 이제와 그 돈은 우리에게 아주 귀중한 재산이 되었다. 적어도 몇 달 동안은 사샤가 강도를 당하기 전처럼 물질적으로 독립해야 했다.

여행 내내 우편물을 받아보지 못했는데, 외무부에서 오랜 친구인 에셀 번스타인이 미국에서 온 우편물 뭉치를 건네주면서 『시카고 트리뷴』의 기사 스크랩까지 함께 주었다. 존 클레이튼이 쓴 이 글은 "E. G.가 미국으로 돌아가기 위해 벽에 걸린 성조기 앞에서 기도하고 있다"는 내용을 담고 있었다. 그리고 내가 그에게 볼셰비키와 그들이 나를 대하는 태도에 대해 격렬하게 불만을 토로했다는 것이었다. 에셀이 말했다. "물론 이 말 같지도 않은 얘기를 믿는 사람은 아무도 없겠지만, 그래도 누오르테바를 만나야 할 거예요." 그녀가 말한 남자는 외무부 홍보실 책임자였다. 나는 사과를 할 이유가 없다고 생각했다. 다만 러시아에서 나를 괴롭혔던 다른 미국 기자들보다 클레이튼이 더 정직하고 품위 있을 거라고 믿었던 내 자신이 혐오스러웠다. 클레이튼은 내게 신뢰할 수 있는 사람이라는 인상을 심어 주었건만. 혹 데스크 편집자가 그의 기사를 조작한 것일까? 그가 언급한 깃발은 잭 리드가 내 벽에 걸린 피치의 사진 위에 농담 삼아 붙였다가 떼어내는 것을 잊고 있던 미니어처 엠블럼이었다. 친구의 순진한 장난이 환상적인 거짓말로 둔갑하는 순간이었다. 정말이지 역겨웠다. 정권에 대해 내가 불평을 했다고? 그런 주제가 나올 때면 클레이튼에게 특별히 더 과묵했던 내가? 소비에트 국민은 그들이 원하는 것을 믿을지 모르지만, 나는 아무런 설명도 하지 않기로 했다.

산테리 누오르테바는 나를 친절하게 맞아주며 큰 편지 꾸러미를 전해 주었다. 그는 클레이튼 이야기는 언급하지도 않았고 그건 나 또한 마찬가지였다. 그는 자신의 여권이 워싱턴에 제출된 최초의 소비에트 여권이었단 사실을 상당한 자부심을 가지고 이야기했다. 그는 현재 외무부 영-러 부서의 책임자로 우편 문제에 있어서 기꺼이 도움을 주겠다 했다. 클레이튼의 글에 대한 문제를 거론하지 않은 그의 재치에 감사했다.

서둘러 차로 돌아와 편지를 읽었다. 스텔라, 피치, 그리고 다른 친구들이 보내 온 편지는 마침내 우리가 일할 수 있는 영역을 찾았다는 사실에 기뻐하고 있었다. 그들은 이제 우리가 우리의 에너지와 이상을 잘 표현할 수 있을 것이라고 믿어 의심치 않았다. 좀 더 나중 날짜로 온 편지에는 클레이튼의 이야기를 스크랩한 내용이 포함되어 있었는데, 나는 그 중 하나를 완전히 어리둥절해하며 읽고 또 읽었다. 스텔라를 위해 내가 잭 리드에게 전달했던 편지였는데, 그가 핀란드에서 체포되면서 빼앗긴 것이었다. 몇 번 읽고 나서야, 신문 편집자가 스텔라에게 보낸 내 편지를 존 리드에게 보내는 연애편지로 바꿨다는 사실을 깨달았다! "불쌍한 루이즈, 내가 잭과 사랑에 빠졌다는 사실을 그녀가 알는지 모를는지!" 나는 웃으며 사샤에게 말했다.

모스크바에 있는 동지들로부터 10월 초에 도시 전체에 대한 급습이 있었다는 소식을 들었다. 수많은 희생자 중에는 마리야 스피리도

노바도 포함되어 있었다. 당시 그녀는 장티푸스를 앓고 있었지만 체카는 그녀를 체포해 교도소 병원으로 보내 버렸다. 위대하고 이상주의적인 영혼! 그녀의 고난은 끝이 없었다.

모스크바에 있던 파냐와 아론 바론이 네스토르 마흐노에 관한 진전 상황을 알려주었다. 붉은 군대는 브랑겔에 대항할 수 없었고, 볼셰비키는 결국 포브스탄티의 지도자에게 도움을 요청한 것이다. 그와 그의 군대는 모든 아나키스트와 마흐노의 대원들을 석방하고 소비에트 정부가 그들에게 총회의 권리를 부여하는 조건으로 이에 동의했다. 마흐노는 계약서를 작성할 때 사샤와 나를 대표로 지명했다. 이 사실은 우리에게 전달되지 않았지만 볼셰비키는 마흐노의 요구를 받아들였고 실제로 많은 포브스탄티와 일부 동지들이 석방되었다. 러시아 전역에서 온 동지들이 하르코프에서 열기로 합의한 집회도 허가해 주었다. 볼린과 다른 사람들은 이미 그 도시로 떠났고, 전국 각지에서 동지들이 기다리고 있었다.

모스크바를 뒤덮은 회색 하늘, 우울한 빗줄기, 다른 장례식에서도 볼 수 있었던 인조 화환이 잭 리드가 붉은 광장에서 작별을 고하는 모습이었다. 그토록 아름다움을 사랑했던 남자의 마지막에 아름다움은 없었고, 그의 예술가적 영혼을 위한 색채도 없었다. 그를 동지라 부른 이들의 겉만 번지르르한 연설에는 영감을 일으키는 불꽃 같은 것은 찾아볼 수 없었다. 존 리드의 정신에 가까이 다가간 유일한 사람은 알렉산드라 콜론타이로, 그가 들었더라면 기뻐했을 말을 찾아냈다. 루이즈는 잭을 향한 소박하고 아름다운 헌사를 하던 중 관이 무덤으로 내려가는 순간 기절하듯 바닥에 쓰러졌다. 사샤는 누오르테바가 마련해 준 자동차로 그녀를 들다시피 해서 옮겨야 했다. 얼마 전 도착한 우리의 오랜 미국인 친구 W. 보브신 박사가 슬퍼하는 루이즈를 돕기 위해 우리와 동행했다.

페트로그라드에 있는 혁명 박물관에서 우리는 전선에서 돌아온 영웅으로 환대를 받았다. 4개월 동안의 여정 끝에 살아서 돌아온 것만으로 상당한 성과였으며, 역사적 가치가 있는 자료들을 다 구해 낸 것 역시 큰 성과였다고 그들은 말했다. 그들은 미래가 우리의 희생에 상응하는 보상을 해줄 것이라고 확신했다. 이제 박물관이 우리에게 해줄 수 있는 일은 한 달간의 휴식을 주는 것이었다. 이후 우리는 박물관의 상임 직원으로 일하게 될 테니, 야트마노프와 카플란은 우리에게 다른 일을 찾을 필요가 없다고 알려주었다. 한 달 안에 우리는 새로운 여정을 시작할 것이었다. 우리에게는 목적지와 경로를 선택할 수 있는 특권이 부여되었다. 브랑겔 세력이 완전히 소탕된 크림반도나 세메노프와 콜차크가 마침내 퇴각한 시베리아가 우리의 목표 지점이 될 터였다. 두 곳 모두 많은 자료가 우리를 기다리고 있었고, 우리는 그 자료들이 박물관을 풍성하게 만들어 줄 것이라 믿었다.

"겨울에 시베리아는 갈 곳이 못 돼요." 러시아 멤버들이 치를 떨며 말했다. 우리 역시 극동공화국에 오라는 크라스노쇼코프의 초대를 기억하고 있었지만 그 제안이 특별히 반갑지는 않았다. 그러나 박물관장은 바로 결정을 내릴 필요는 없다 했다. 알렉산더 오시포비치와 엠마 아브라모브나(사샤와 나를 말하는 거다)는 정말 휴가가 필요한 사람들로 보인다면서.

사샤와 나는 다른 비공산주의자들처럼 살 수 있는 방을 구하기 위해 주택관리부에 신청하기로 했었다. 하지만 숙소를 확보하는 데 한 달 이상 걸릴 것이고, 우리는 한 달 안에 또 다른 여행을 떠날 예정이었기 때문에 신청을 좀 미루는 게 좋겠다는 결론에 이르렀다. 차량 안에 머물고 싶었지만 난방 문제와 시내까지 이동하는 문제가 있었다. 라비치 부인이 호텔 인터내셔널에 거처를 마련하면 어떨지 제안했다. 보통 외국인 방문객이 쓰는 호텔이었는데 요금은 한 달에 15달러로 객실과 매일 두 끼의 식사를 제공하는 매우 합리적인 수준이었다. 무엇보다도 가장 큰 매력은 호텔의 청결함과 목욕을 할 수 있는 기회가 있다는 것이었다. 그곳은 러시아에서 공산주의자가 아닌 다른 부류의 사람들을 위해 처음으로 마련된 장소였고, 우리는 그곳에서 지낼 수 있다는 사실에 안도했다.

밀수품으로 간주되지 않는 박물관 자료는 차에서 쉽게 옮길 수 있었지만 우리가 가져온 음식은 그렇지 않았다. 철도 게이트를 자유롭게 통과할 수 있는 자격이 있었기 때문에 의심을 사지 않을 수 있었지만, 네 명이서 일주일 동안 물건을 옮겨야 했다. 친구의 아파트에서 우리는 모든 것을 소포 포장을 해서 아픈 친구들, 그리고 음식과 과자가 필요한 자녀를 둔 사람들에게 보냈다. 아주 이기적으로 느껴질지 모르겠지만 나는 사샤를 검은 빵으로부터 보호하기 위해 겨울 동안 흰 밀가루를 충분히 보관할 심산이었다. 하지만 이제 곧 또 다른 여정이 시작될 것이었으므로 이 작업은 곧 불필요해졌다. 조금이나마 다만 몇 사람이라도 그들의 어려움을 덜어 줄 수 있었단 사실에 작은 보람을 느꼈다.

우리가 세웠던 계획들에도 불구하고 우리는 크림반도나 극동공화국에 가지 않았다. 대신 우리는 야트마노프의 말처럼 "한 해를 마무리하기 위해" 아르칸젤스크로 여행을 떠났다. 그 지역은 과거 우리나라가 불명예스러운 역할을 했던 개입주의 작전의 중심지였던 까닭에 그곳을 탐험할 기회가 주어졌다는 사실에 우리는 적이 기뻤다.

그 여행을 함께한 이는 단 세 사람. 러시아 부부는 페트로그라드에서 난로를 껴안고 지내고자 했고, 우리의 젊은 공산주의 협력자는 대학에서의 학업을 재개해야 했다.

아르칸젤스크로 가는 길에 야로슬라블과 볼로그다에 들렀다. 두 도시 모두 혁명에 반대하는 음모자들의 중심지 역할을 했던 곳이었다. 전자는 한때 유명했던 혁명가 사빈코프의 봉기 거점이었던 곳으로, 수천 명의 피가 흘렀던 곳이고 볼로그다는 프란시스 미국 대사와 개입을 지지하는 다른 선전꾼들의 본거지였다.

야로슬라블의 감옥은 죽음을 피해 도망친 사빈코프 군대의 장교들로 가득 차 있었으며, 아직도 처절한 분쟁을 목격하는 중에 있었다. 두 도시 모두에서 박물관에 특별한 가치가 있을 만한 것은 찾을 수 없었다.

북쪽 드비나 입구에 있는 아르칸젤스크는 철도 종착역에서 얼어붙은 강을 건너가야 했다. 도착했을 때 그곳의 온도는 영하 50도였지만 눈부신 태양과 건조하고 상쾌한 공기 덕분에 페트로그라드에 비해 훨씬 덜 추운 것처럼 느껴졌다. 사려 깊은 조카 스텔라가 엘리스 섬을 마지막으로 방문했을 때 자신의 모피 코트를 내게 입혀 주었더랬다. 하지만 모피를 입으면 마치 짐승이 살아서 목 위로 기어오르는 듯한 기분이 드는 특이한 증상 때문에 한 번도 입어 본 적은 없었다. 사람들에게 아르칸젤스크의 서리에 대해 충분히 경고를 들은 바, 나는 예방책으로 외투를 가져왔다. 볕이 좋아서 낡은 벨루어 코트와 스웨터를 입고도 괜찮다는 사실을 깨달았을 때 얼마나 안도감이 들었는지 모른다. 얼어붙은 강을 가로질러 아르칸젤스크의 깨끗한 거리를 걷는 것은 러시아 마을에서는 꽤나 신기한 일이었다. 실제로 이 도시는 우리에게 수많은 놀라움을 선사했다. 남쪽에서 경멸받던 우리의 자격증명은 이곳에서 모든 소비에트 기관의 문을 활짝 여는 진정한 요술 지팡이가 되었다. 이스포콤의 의장과 다른 모든 위원들은 우리 사절단을 돕기 위해 최선을 다했을 뿐만 아니라 우리의 숙박이 기억에 남는 경험이 될 수 있도록 애써 주었고, 또 실제로 그렇게 되었다. 주민들에 대한 그들의 형제애적인 태도, 그들의 힘이 닿는 한 공평하게 식량과 의복을 공급하려는 노력을 보건대 이곳에서는 '중앙'과는 다른 원칙이 작동하고 있다는 것 같았다. 아르칸젤스크에서 책임자로 있는 사람들은 차별, 잔인함, 사냥이 공산주의의 아름다움이나 바람직함을 인민에게 설득하거나 소비에트 정권을 사랑하게 만들도록 계산된 것이 아니라는 위대한 진리를 이미 파악하고 있었다. 그들은 더 효과적인 방법을 모색했다. 보다 공정한 식량 배급을 조직하여 식량 투기를 폐지했고 또한 주민들이 정당한 관심과 정중한 대우를 받는 협동조합 매장을 도입해 굴욕적이고 지친 줄서기를 없앴다. 그들은 모든 소비에트 기관에 우호적인 어조와 분위기를 도입하기도 했다. 이것이 공동체 전체를 마르크스나 레닌의 제자로 바꾸지는 못했을지라도, 다른 지역에 널리 퍼져 있던 불만과 반목을 없애는 데는 크게 일조했다. 사람들은 공산주의자들이 도시에 있는 미국인들의 사례를 통해 조직, 효율성, 질서를 습득했다고 말했다. 그렇다면 그들은 확실히 적임자임을 증명한 셈이다. 사보타주, 낭비, 혼란 등 소비에트 생활의 일반적인 특징이 이곳 아르칸젤스크에서는 거의 완전히 사라졌기 때문이었다.

이 건장한 북쪽의 아들들은 인간 생명에 대한 존중과 신성함의 인정이라는 매우 소비에트스럽지 않은 것을 간직하고 있었던 것 같다. 전직 수녀, 승려, 백군 장교, 부르주아 계급을 나누지 않고 필요한 업무에 투입시킨 것은 놀라운 일이었다. 러시아의 다른 곳이었다면 그런 제안을 하는 것만으로도 우리는 반혁명주의자, 아니라면 적어도 매우 의심스러운 인물로 낙인찍혔을 게 분명했다. 이곳에서는 새로운 방법을 통해 수백 명의 생명을 구하고 정권에 추가 인력을 확보하는 데 기여했다. 물론 체카가 없어졌다거나 사형이 폐지된 것은 아니었다. 이런 것들이 없다면 독재 정권은 존재할 수 없을 테니까. 다만 아르칸젤스크에서는 체카가 다른 곳에서처럼 전지전능한 권력을 누리지 못했다. 테러와 복수만이 유일한 기능인 국가 내 기구를 구성하지 않게 된 것이다. 이러한 조치가 정말로 혁명적 필요성에 의한 것이었다면, 러시아 북부에서 백군들은 자신들의 야만적인 방법을 정당화할 수 있었을 것이다. 공산주의자뿐만 아니라 공산주의에 조금이라도 동조하는 사람들도 고문과 죽음을 당했다. 백군에 의해 가족 전체가 무자비하게 몰살당하는 일이 비일비재했다. 이스포콤의 위원장 쿨라코프만 하더라도 가족을 모두 잃었다. 열두 살 어린 막내 여동생조차 적의 잔인함을 피해 갈 수 없었고, 급진적이거나 자유주의적인 모든 가정이 혁명을 분쇄하러 온 자들의 잔인한 손길을 피하는 것은 불가능했다.

"당연히 깊은 분노 속에서 싸움에 나섰습니다." 교육부 의장이 우리에게 말했다. "우리는 필사적으로 반격했지만 적이 도주한 후에는 보복이나 공포가 필요하다고 생각지는 않았습니다. 복수는 국민을 적대시하는 것 외에는 다른 목적이 없다고 생각했거든요. 그저 우리는 백군들이 남긴 혼란에서 질서를 되찾고 포로들 중 최대한 많은 생명을 우리 쪽으로 돌리기 위해 노력했습니다."

"다른 동지들도 그런 '감상적인' 방식에 동의를 했던 건가요?" 놀라서 묻는 내게 그가 대답했다. "물론 아닙니다. 과감한 조치가 필요하다고 주장하는 사람들이 많았고, 혁명에 반대하는 음모를 꾸민 자들이 대가를 치러야 한다고 주장하는 사람들이 여전히 있습니다." 의장이 계속 설명하기를, 더 분별있는 동지들이 우세했고, 전직 백군 장교도 다양한 계층에서 활용될 수 있음은 경험을 통해 증명된 바라고 했다. 그들 중 상당수는 교사로 고용되어 충실하고 유용한 일을 하고 있었다. 다른 여러 부서도 마찬가지였다. 게다가 수녀와 승려처럼 보수적인 세력들조차도 인도적인 대우에 호응해 주었다. 그에게 삶에 대한 의지가 신조에 의해 좌우되지 않는다는 것을 가르쳐 준 것은 감상이 아니라 좋은 상식이었다고 그는 덧붙였다. 수녀와 승려도 일반인들과 마찬가지로 자연의 법칙을 따라야 했다. 회랑과 수도원에서 쫓겨난 후 계속 음모를 꾸밀 경우 죽음이, 일을 거부하면 굶주림이 기다린다는 것을 알게 된 그들은 어떤 식으로든 자신을 유용하게 만들고자 했다. 그는 우리가 학교, 보육원, 예술 및 공예 스튜디오를 방문한다면 이를 확실히 알 수 있을 거라고 했고, 우리는 그렇게 했다. 예고 없이 불시에 방문했음에도 해당 기관들의 상황이 모범적이라는 것을 알게 되었다. 그곳에서 일하는 수녀들과 이야기를 나눴는데, 그 중 상당수는 25년 동안 속세와 떨어져 살고 있었다. 정신적으로 그들은 여전히 수녀원에서 살고 있었다. 비록 그들은 그들을 둘러싸고 새롭게 변화하고 있는 어떤 힘에 대해서는 이해하지 못했지만 그래도 도자기, 농업, 동화책 삽화, 연극의 무대 배경 등 아름다운 일을 하고 있었다. 또한 빼어난 기술을 가진 장인들과 목공 조각가들과도 이야기를 나눌 기회가 있었다. 그들 중 몇몇은 반혁명 음모에 연루된 혐의로 체포된 사람들이었다. 한 사람은 자신이 하는 일이 예전만큼 많은 돈을 벌지 못한다고 한탄했지만 적어도 그는 목숨을 건졌고 자신이 좋아하는 일을 계속할 수 있게 되었으니 더 이상 바랄 것이 없다고 말했다.

며칠 후 최고의 선생님으로 꼽히는 백군 장교 한 명을 만날 기회가 있었다. 그는 독재 정권을 인정할 수는 없지만 외국이 개입하는 일의 어리석음과 그 범죄성을 깨달았다고 솔직하게 인정했다. 연합군은 그의 나라에 많은 것을 약속했지만, 그들이 한 일은 러시아를 분열시키는 것뿐이었다. 미국인들은 괜찮은 사람들이라고 그는 생각했었다. 그들은 주로 자기들끼리 지냈고, 미국 병사들은 어두워지면 거리를 떠났으며, 식량과 의복도 넉넉하게 제공해 줬다. 떠나면서 그들은 남은 물품을 전부 나눠주고 갔다. 영국은 달랐다. 영국 병사들은 지역 여성들을 범했고, 장교들은 독단적이고 거만했으며, 롤린스 장군은 영국 군함이 출발하기 전에 막대한 보급품을 바다에 침몰시키도록 명령했다. '개입'이라면 이제 그의 관심사가 아니었다. 그는 가르치는 것과 아이들을 매우 좋아했는데 이제 일생일대의 기회를 얻게 되었으니 말이다.

다양한 정치 집단에 속한 사람들도 비슷한 생각을 가지고 있었다. 거의 모든 사람들이 소비에트 정권이 개간 정책을 성실하고 성공적으로 수행하고 있으며, 공산주의적 관점에 동의하지 않는 사람들에게도 사회적 범위가 점차 넓어지고 있다는 데 동의했다. 즉, 과거를 이유로 차별을 받는 사람은 아무도 없다는 것이었다.

우리가 북쪽에서 수집한 방대한 자료 중에는 차르 정권과 점령 기간 내내 지하에 존재했던 수많은 혁명 및 아나키스트 출판물들이 있었다. 그중 가장 인상적이었던 것은 침략자들에게 사형 선고를 받은 한 선원이 남긴 마지막 메시지로, 정확한 정보를 얻기 위해 영국 장교들에게 당한 고문에 대한 자세한 설명이 담겨 있었다. 반혁명 세력에 의해 훼손된 남녀의 사진도 있었다. 또한 사샤는 노동 소비에트 의장 베친으로부터 임시정부가 북쪽의 혁명적 노동운동을 분쇄하려 했던 흥미로운 자료도 얻을 수 있었다. 베친은 다른 사람들과 함께 반역죄로 재판을 받고 북극지방의 무시무시한 요카난 감옥에서 서서히 죽어갈 운명이었다. 그는 체포와 재판, 투옥 과정을 기록한 일기를 보관하고 있었고, 사샤의 끈질긴 설득 끝에 박물관에 기증을 결심했다.

아르칸젤스크는 어찌나 흥미롭던지, 예정된 체류기간을 2주나 넘기고야 말았다. 아직 무르만스크를 방문해야 했고, 자격증명은 연말까지만 유효했다. 우리는 아쉬운 마음으로 그동안 사귀었던 친구들과 도시에서 만난 멋진 사람들과 작별했다.

사흘만 더 가면 우리의 목표지점에 도달하는데도 우리는 어쩔 수 없이 돌아서야 했다. 폭설과 폭풍우가 우리의 길을 막았고, 진행 상황은 달팽이걸음이었다. 이대로 목적지에 도착하려면 몇 주가 걸릴 텐데, 먼저 산 높이 쌓인 눈을 치워야 할 것이었다. 페트로그라드를 80킬로미터 앞두고 우리는 또다시 눈부신 눈보라 때문에 발이 묶였다. 다행히 며칠 동안은 버틸 수 있는 연료와 식량이 있었다. 그 상황에서 할 수 있는 다른 방법이 없었기 때문에 참고 기다리기로 했다.

크리스마스 이브, 여전히 길 위에서 기다리던 샤콜과 사샤는 내게 깜짝 선물을 안겨주었다. 크리스마스용 장식과 색초로 꾸며진 작은 소나무가 우리 객실을 환하게 밝혀 준 것이다. 미국도 이 선물에 기여한 바가 있었다. 아니 좀 더 정확히 말하자면 우리가 항해하기 전에 내게 선물을 보내온 여자 친구들의 덕이었다. 아르칸젤스크에서 제공한 럼주로 만든 따뜻한 그로그가 축제를 완성시켜 주었다.

1년 전, 1919년의 크리스마스가 떠올랐다. 사샤와 나는 뷰포드 호의 다른 많은 반군들과 함께 일과 동지, 사랑하는 사람들과 떨어져 미지의 목적지를 향해 순항하고 있었다. 적의 손에 들어간 우리 남성 동지들은 엄격한 군대의 규율 아래서 소처럼 갑판 아래로 몰려다니며 형편없는 음식을 먹었고, 우리 모두는 전쟁 지뢰의 위험에 노출되어 있었음에도 신경 쓰지 않았다. 소비에트 러시아는 100년 동안의 영웅적인 투쟁의 성취인 해방과 재탄생을 위해 우리에게 손짓하고 있었으니 말이다. 우리의 희망은 하늘 높은 줄 모르고 올라가고, 우리의 믿음은 붉게 타올랐으며, 우리의 모든 생각은 어머니 러시아에게 집중되었다.

이제 1920년에 맞이하는 크리스마스였다. 우리는 러시아에 있었고, 폭풍우가 몰아친 후 고요한 땅, 보석처럼 빛나는 하늘 아래 어머니 러시아는 흰색과 초록의 옷을 입고 있었다. 바퀴 달린 집은 따뜻하고 아늑했다. 오랜 친구와 새로운 친구가 곁에 있었다. 연말 분위기를 만끽하는 그들과 함께 나 또한 즐거움에 동참하고 싶었지만 소용없었다. 내 생각은 1919년에 머물러 있었다. 그로부터 1년이 지난 지금 내게 남은 것은 열렬한 꿈과 불타는 믿음, 기쁨의 노래의 잿더미뿐이었다.

노동조합의 운명에 대한 흥분이 최고조에 달했을 때 페트로그라드에 도착했다. 이 문제는 이미 지난 10월 제8차 전러시아 소비에트 대회를 준비하기 위한 당 회의에서 논의된 바 있었다. 노동조합은 공산주의의 학교 역할을 해야 한다고 레닌은 선언했고, 트로츠키와 옛 마르크스주의 학자 랴자노프, 노동계를 이끌던 콜론타이의 반대의견은 일리치의 독단에 굴복해야 했다. 트로츠키는 혁명을 구할 수 있는 유일한 것은 노동의 군사화와 국가의 필요에 대한 노동조합의 완전한 종속이라고 주장했다. 레닌은 모든 반대자들을 똑같이 경멸했는데, 트로츠키는 마르크스를 전혀 모르고 있다고 했고 콜론타이의 견해는 제대로 무르익지도 않은 거라고 비난했다. 랴자노프는 자신이 무슨 말을 하는지도 모른다면서 6개월 동안 모든 공개 발언을 금지당했다.

마침내 콜론타이와 노동 야당을 대표하는 구공산주의자 슐랴프니코프에 의해 불만이 터져나왔다. 혁명은 노동자들의 투쟁에 의해 이루어졌으며, 러시아의 진정한 독재는 프롤레타리아 독재임을 전 세계가 확신하고 있노라고 그들은 주장했다. 그 대신 대중은 모든 권리를 박탈당하고 국가의 경제 생활에 대한 발언권을 거부당하고 있었다. 이 대담한 두 노동 지도자는 자신의 목소리를 낼 방법이 없는 지치고 고단한 대중의 생각과 감정을 대변하고 있었다.

그후 몰아친 폭풍으로 인해 당은 분열의 위기에 처했다. 무언가 조치가 필요했고, 레닌은 기회를 놓치지 않았다. 그는 감히 "소부르주아 이데올로기"적 감정을 표출하는 이단자들에게 조롱을 퍼부었다. 순식간에 반대파의 숨통이 조여 왔다. 노동자들의 요구를 담은 콜론타이의 팸플릿은 탄압을 받아 그것을 쓴 콜론타이가 중징계를 받았고, 유약하고 늙은 슐랴프니코프는 당 집행위원회 위원으로 임명되어 필요한 휴식을 취하라는 명령을 받아 침묵을 지켰다.

단원을 재구성하면서 조직된 우리의 세번째 투어는 크림반도행으로 결정되었다. 하지만 막판에 공산당 역사에 대한 자료 수집을 목적으로 새로 만들어진 공산당 기관인 이스파르트의 명령에 의해 우리의 계획은 좌절되었다. 혁명 박물관은 앞으로 이 새로운 조직이 모든 것을 담당할 것이며, 이스파르트는 공산주의적 성격으로 인해 그러한 모든 일에서 우선권이 있다는 것을 통보했다. 또한 혁명 박물관은 회원 중 일부를 이스파르트의 작업에 배정할 수 있는 특권이 있긴 했지만 그들은 우리 차량을 몰수할 수도 있었다.

새로운 기관의 자의성은 박물관 모든 구성원의 독립성을 축소하고 업무 범위를 제한하려는 고의적인 시도로 느껴졌다. 독실한 공산주의자였던 야트마노프조차도 모든 것을 자기들이 맡겠다고 주장하는 당의 열성분자들에 대해 결코 온화한 표현을 쓰지 않았다. 그는 싸워 보지도 않고 이런 방식에 굴복하는 것은 상상할 수 없는 일이라고 선언했다. 그는 즉시 페트로그라드 측에서 이 문제를 다루겠지만, 우리는 우선 모스크바로 가야 했다. 사샤는 지노비예프를 만나기로 했고, 나는 페트로그라드 박물관의 의장인 루나차르스키를 만나야 했다. 이스파르트의 결정은 페트로그라드에 대한 지노비예프의 관할권을 침해하는 것이었기 때문에 그는 반드시 이에 항의할 것이고, 러시아의 모든 문화 분야의 수장으로서 루나차르스키는 자신의 영역에 대한 침략을 용납하지 않을 것이라고 야트마노프는 단언했다.

성공할 가능성은 거의 없었지만 모스크바로 가는 데 동의를 했다. 그러나 우리는 이 일에서 이스파르트가 이길 경우 박물관과의 제휴를 중단할 것이며 그러한 조치는 분명 우리에게도 고통스러울 것이라고 선언했다. 우리는 정치위원이 우리의 업무와 움직임을 통제하는 것이 어떤 의미인지 너무나도 잘 알고 있었다. 이는 독재와 스파이 활동을 의미하며 파벌의 이해관계, 분쟁, 혼란을 수반하는 것이었다. 우리가 지금껏 많은 고위직 제안을 거절했던 이유도 그런 보호 감독에 굴복하고 싶지 않았기 때문이었다.

지노비예프는 이스파르트가 페트로그라드 박물관의 작업을 독점하고 자신의 프로그램을 방해하려는 시도에 매우 격분했다. 그는 새로운 기관의 동료들에게 항의 편지를 써서 사샤를 통해 전달했고, 사샤는 이를 전하는 것과 함께 그들과 논쟁을 벌였다. 혁명 박물관은 이스파르트의 영역을 침범한 것이 아니라 모스크바 기관과 충돌하지 않는 독자적인 작업을 계획하고 있었으며, 페트로그라드 박물관의 집행위원회 위원장으로서 그는 그러한 독재적인 간섭을 용납하지 않는다고 지노비예프는 썼다. 그는 또한 이스파르트가 자의적인 결정을 계속한다면 자신이 직접 레닌에게 이 문제를 제기할 것이라는 말로 사샤를 안심시켰다.

루나차르스키 역시 "모든 문화적 노력을 자신의 손아귀에 넣으려는 바보들"에 대해 분노했다. 그는 그러한 전술에 항의하겠다고 약속했지만, 곧 그가 실제로는 권위가 없다는 것을 알게 되었다. 전러시아 교육 위원회의 진정한 실세는 오랜 공산주의자였던 포크롭스키였으며, 이스파르트를 설립한 것도 바로 그였다. 루나차르스키는 해외에서 오랫동안 살았고 그곳 문화계에서 잘 알려져 있었기 때문에 유럽에서의 영향력을 활용하고자 당에서 허수아비처럼 세워 놓은 인물에 불과했다.

모스크바에서 숙소를 구하는 것은 항상 어려운 문제였지만 다행히도 우리는 집을 구걸하는 불쾌한 일을 피할 수 있었다. 우리의 좋은 친구인 안젤리카 발라바노프가 외국 단체가 사용하던 주택에 둥지를 튼 루소-이탈리아 지부를 담당하고 있었던 것이다. 당시 안젤리카는 직원들과 함께 그곳에 살고 있었는데, 마침 방 두 개가 비어 있어서 우리를 초대해 주었다.

페트로그라드 박물관을 위한 우리의 노력은 공산당 기관의 집중된 권력에 의해 사방에서 막혀 결실을 맺지 못하고 있는 상황이었다. 페트로그라드에서 개인적으로 보고를 하라고 재촉해 옴에 따라 우리는 그곳으로 돌아가기로 결정했다. 드미트로프로부터 우리의 옛 동지 크로포트킨이 폐렴에 걸렸다는 소식을 들었을 때 우리는 이미 티켓을 산 이후였다. 7월에 그를 방문했을 때 건강하고 활기찬 모습을 보았던 터라 충격이 더 컸다. 그때 그는 지난 3월에 만났을 때보다 더 젊고 좋아 보였다. 그의 눈에서 나오는 반짝임과 활기찬 모습이 감동적이었다. 소피의 텃밭과 꽃이 만개한 크로포트킨의 집은 여름 햇살 속에서 더 아름다운 곳이었다. 그는 자신의 동반자와 그녀의 정원사로서의 기술에 대해 자랑스럽게 이야기하면서 사샤와 나의 손을 잡아끌고 소피가 특별한 종류의 상추를 심어 둔 밭으로 우리를 활기차게 이끌었다. 그녀는 배추만큼 큰 상추를 키우는 데 성공했고, 잎은 아삭하고 싱싱했다. 크로포트킨 자신도 땅을 가꾸긴 했지만 진정한 전문가는 소피였다고 거듭 강조해 말했다. 심지어 지난 겨울에는 감자 수확량이 너무 많아서 소의 사료로 쓰고 채소가 떨어진 드미트로프의 이웃과 나눠 먹고도 남을 정도였다고 했다. 사랑하는 크로포트킨은 정원에서 장난을 치며 이 문제들에 대해 마치 중요한 세상사처럼 이야기하고 있었다. 신선함과 매력으로 우리를 이끌었던 우리 동지의 젊은 정신은 우리에게 감염되듯 전해졌다.

오후에 서재에서 그는 다시 과학자이자 사상가가 되어 사람과 사건에 대한 명쾌하고 통찰력 있는 이야기를 했다. 우리는 독재, 혁명적 필요에 의해 강요된 방법과 당의 본질에 내재된 방법에 대해 논의했다. 나는 그가 혁명과 대중에 대한 내 믿음이 파산하고 있는 상황을 더 잘 이해할 수 있도록 도와주기를 바랐다. 그는 마치 인내심을 가지고 아픈 아이를 달래듯 나를 이해시키려 했다. 절망할 이유는 없습니다, 그는 말했다. 그는 내 내면의 갈등을 이해했고, 시간이 지나면 혁명과 체제를 구별하는 법을 배워야 한다고 확신했다. 혁명과 체제는 완전히 서로 다른 세계이고, 시간이 지날수록 그 사이의 심연은 점점 더 넓어질 수밖에 없었다. 러시아 혁명은 프랑스 혁명보다 훨씬 더 강력하고 전 세계적으로 더 큰 의미가 있었다. 전 세계 대중의 삶 깊숙이 파고들었고, 인류가 이로부터 거둘 풍성한 수확을 누구도 예상하지 못했다. 공산주의자들은 중앙집권적 국가라는 개념을 확고하게 고수하면서 혁명의 방향을 잘못 잡을 운명에 처했다. 그들의 목적은 정치적 패권이었으며, 목적을 달성하기 위해 모든 수단을 정당화하는 사회주의의 예수회가 될 수밖에 없었다. 그러나 그들의 방식은 대중의 에너지를 마비시키고 국민을 공포에 떨게 했다. 국민 없이는, 국가 재건을 위한 노동자들의 직접적인 참여 없이는 창의적이고 본질적인 어떤 것도 성취할 수 없는데도 말이다.

크로포트킨은 우리 동지들이 과거에 사회 혁명의 근본적인 요소에 대해 충분히 고려하지 못했다고 주장했다. 이러한 격변의 기본 요소는 국가의 경제 생활을 조직하는 일이고 러시아 혁명은 우리가 이에 대비해야 한다는 것을 증명했다. 그는 생디칼리즘이 러시아에 가장 부족한 것, 즉 국가의 산업 및 경제적 부흥을 위한 통로를 제공할 수 있을 것이라는 결론에 도달했다. 그는 아나코-생디칼리즘을 언급하며 협동조합의 도움으로 그러한 시스템이 미래의 혁명들을 러시아가 겪고 있는 치명적인 실수와 두려운 고통에서 구할 수 있을 것이라고 말했다.

크로포트킨이 쓰러졌다는 슬픈 소식을 들었을 때 이 모든 것이 생생하게 떠올랐다. 그를 보지 않은 채로 페트로그라드로 떠난다는 것은 상상도 할 수 없었다. 러시아에는 숙련된 간호사가 부족했고, 나는 나의 선생님이자 친구인 그를 위해 최소한 그를 간호할 수는 있을 것이었다.

그의 딸 알렉산드라가 모스크바에 와 있고 드미트로프에 가려고 한다는 소식을 들었다. 알렉산드라는 영국에서 교육을 받은 러시아 출신의 유능한 간호사가 크로포트킨을 담당하고 있다고 알려주면서 그들의 작은 오두막은 이미 너무 붐비고 있으니 지금 방해하는 것은 바람직하지 않을 것 같다고 했다. 그녀는 드미트로프로 막 떠나려던 참이었고 가서 아버지의 상태와 더불어 내가 아버지를 만나는 것이 좋을지 전화로 알려주겠다고 했다.

페트로그라드 박물관은 이스파르트와의 회의에 대한 사샤의 보고를 기다리고 있었기 때문에 그는 즉시 북쪽으로 떠나야 했고, 나는 모스크바에 남아 드미트로프에서 걸려올 전화를 기다렸다. 알렉산드라로부터 아무 연락을 받지 못한 채 며칠이 지났고, 나는 그가 회복되고 있으며 내가 필요하지 않은가 보다 하는 결론을 내렸다. 그후 나는 페트로그라드로 떠났다.

라비치 부인이 드미트로프에서 나에게 긴급히 와달라는 내용의 전화를 받았을 때 나는 도시에 도착한 지 한 시간도 채 되지 않았다. 모스크바에서 장거리 유선으로 내게 즉시 와달라는 메시지를 받았는데, 크로포트킨의 병세가 악화되었다는 가족의 메시지였다.

기차는 폭풍우를 만나 예정보다 10시간 늦게 모스크바에 도착했다. 다음 날 저녁까지 드미트로프행 기차는 없었고, 도로는 자동차가 지나가기에는 너무 큰 눈더미로 막혀 있었다. 모든 전화선이 끊겨서 드미트로프에 연락할 방법은 없었다.

저녁 열차는 매우 느리게 움직이며 연료를 채우기 위해 반복해서 멈춰 섰다. 도착했을 때는 새벽 4시가 지난 시간이었다. 나는 크로포트킨 가족의 친한 친구인 알렉산더 샤피로, 제빵사 노동조합의 동지 파블로프와 함께 서둘러 크로포트킨 집으로 향했다. 그런데 맙소사! 너무 늦어 버렸다. 그는 한 시간 전에 숨을 거둔 것이다. 크로포트킨은 1921년 2월 8일 새벽 4시에 사망했다.

정신을 거의 놓은 소피는 크로포트킨이 내가 이미 오는 중인지, 얼마나 빨리 도착할지 반복해서 물어봤다고 말해 주었다. 거의 쓰러질 지경인 소피를 돌보는 게 우선이었으므로 내 삶과 일에 크나큰 영감을 주었던 크로포트킨에게 최소한의 도움도 되지 못했던 이 잔인한 상황에 대해서는 잠시 잊어버렸다.

소피로부터 크로포트킨의 병을 알게 된 레닌이 환자를 위한 식량과 함께 모스크바 최고의 의사들을 드미트로프에 보냈다는 사실을 알게 되었다. 그는 또한 환자의 상태를 자주 알려줄 것과 언론에 발표할 것을 지시했다. 두 번이나 체카의 습격을 받아 원치 않는 은퇴를 강요받았던 그가 임종할 때에서야 많은 관심을 받게 되었다는 사실이 참으로 안타까웠다. 크로포트킨은 혁명의 토대를 마련하는 데 도움을 주었지만 혁명의 삶과 발전에 참여하지 못했고, 그의 목소리는 차르의 박해에도 불구하고 러시아를 관통했지만 공산주의 독재에 의해 목이 졸려 버렸다.

그는 어떤 정부에게도 호의를 구하거나 받은 적이 없으며, 화려하고 과시적인 것을 용납하는 법이 없었다. 따라서 우리는 그의 장례식에 국가가 개입해서는 안 되며, 공권력의 참여로 인해 장례식이 저속화되어서는 안 된다고 판단했다. 그가 보낼 지상에서의 마지막 날은 오직 그의 동료들에 의한 것이어야 했다.

샤피로와 파블로프는 사샤와 다른 페트로그라드 동지들을 부르기 위해 모스크바로 출발했다. 그들은 모스크바 그룹과 함께 장례식을 담당하게 되었다. 나는 드미트로프에 남아 소중한 시신을 수도로 이송해 장례를 치를 준비를 할 수 있게 소피를 도왔다.

나는 말없는 내 동지의 존재 속에서 그의 이기심 부재로 인해 그간 발견할 수 없었던 보물을 발견할 수 있었다. 그와는 25년 넘게 알고 지냈고 그의 삶과 작품, 다채로운 개성에 대해서는 익히 알고 있었다. 하지만 그의 죽음 이후에야 비로소 그가 뛰어난 예술가였다는 소중한 비밀이 밝혀졌다. 상자 속에 숨겨져 있던 여러 장의 그림을 발견했는데, 아마도 그가 여가 시간에 틈틈이 그렸던 모양이었다. 정교한 선과 형태는 그가 붓에 전념했다면 펜만큼이나 많은 것을 성취할 수 있었음을 증명했다. 음악에서도 아마 탁월한 재능이 있었을 것이다. 그는 피아노를 사랑했고 거장들의 훌륭한 해석에서 표현력과 해방감을 찾는 사람이었다. 칙칙한 드미트로프의 삶에서 그의 유일한 즐거움은 가족의 친구 중 젊은 여성 둘의 연주와 노래였었다. 그들과 함께 그는 매주 정기적으로 저녁마다 음악에 대한 그의 사랑을 만끽할 수 있었다.

창조적 능력을 풍부하게 부여받은 크로포트킨은 고귀한 사회적 이상에 대한 비전과 모든 인류를 포용하는 인간성으로 더욱 풍요로웠다. 그것을 위해 그는 40여 년 동안 의식적으로 노력해 왔으니 말이다. 사실 그는 병상에 누워야 했던 바로 그날까지 가장 고통스러운 상황에서도 자신의 인생에서 가장 큰 노력을 기울이고 싶었던 '윤리'

에 관한 책 집필을 계속했었다. 그가 숨을 거두기 마지막 몇 시간 동안 가장 아쉬워했던 것은 바로 그가 몇 년 전에 시작한 일을 완성할 시간이 부족하다는 것이었다.

지난 3년 동안 그는 대중과의 긴밀한 접촉을 끊고 살았지만 죽음 이후에 그들과의 완전한 만남이 가능했다. 수마일 너머에 사는 농민, 노동자, 군인, 지식인, 남녀는 물론 드미트로프 지역 사회 전체가 크로포트킨의 오두막을 찾아 그들 사이에 살며 투쟁과 고통을 함께했던 그에게 마지막 경의를 표했다.

사샤는 여러 모스크바 동지들과 함께 드미트로프에 도착해 시신을 모스크바로 옮기는 일을 도왔다. 이 작은 마을에서 크로포트킨에게 보인 것 같은 큰 경의를 표한 적은 일찍이 없었다. 아이처럼 장난기 가득한 그의 모습을 가장 잘 알고 사랑한 건 아이들이었다. 학교는 세상을 떠난 친구를 애도하기 위해 하루 동안 휴교를 선언했다. 수많은 사람들이 역으로 행진해 열차가 천천히 출발하는 동안 그에게 작별 인사를 건넸다.

모스크바로 가는 길에 사샤로부터 그가 조직을 돕고 위원장을 맡았던 크로포트킨 장례위원회가 이미 소비에트 당국의 탄압을 받았다는 사실을 알게 되었다. 크로포트킨의 팸플릿 두 권과 특별 기념 회보를 발행할 수 있는 허가가 떨어졌지만 나중에 모스크바 소비에트는 카메네프의 주재하에 검열을 위해 원고를 제출할 것을 요구했다. 사샤와 샤피로, 그리고 다른 동지들은 그 절차로 인해 출판이 지연될 것이라고 항의했다. 시간을 벌기 위해 그들은 기념호에는 크로포트킨의 삶과 업적에 대한 감사만 실릴 것을 맹세했다. 그러자 검열관은 갑자기 처리해야 할 일이 너무 많다며 정식으로 차례를 기다려야 할 거라고 말했다. 이는 볼셰비키가 장례식에 맞춰 공보를 발행할 수 없다는 것을 의미했고, 볼셰비키가 늦게까지 일을 미루는 일반적인 전술을 쓰고 있다는 게 분명해졌다. 우리 동지들이 직접 행동에 나설 때였다. 레닌은 아나키스트의 사상을 반복해서 차용했는데, 아나키스트들이 레닌에게서 그것을 되찾아 와야 하지 않을까? 시간이 촉박했고 체포의 위험까지 감수해야 할 만큼 중요한 사안이었다. 우리 친구들은 체카가 봉쇄한 우리의 옛 동지 아타베키안의 인쇄소에 들어가 장례식에 맞춰 비버처럼 일하며 회보를 준비했다.

모스크바에서는 크로포트킨에 대한 존경과 애정의 표현이 엄청난 시위가 되었다. 시신이 수도에 도착하여 노동조합의 집에 안치된 순간부터, 그리고 고인이 대리석 홀에 안치된 이틀 동안 '10월' 이후 나타나지 않았던 사람들이 쏟아져 나오기 시작했다.

장례위원회는 레닌에게 모스크바에 수감된 아나키스트들이 죽은 스승이자 친구에게 마지막 예우를 다할 수 있도록 임시 석방을 허가해 달라는 요청을 보냈다. 레닌은 그러마고 약속했고, 공산당 집행위원회는 베체카(전러시아 체카)에 각 체카 "재량으로" 수감된 아나키스트들을 추도식에 참여하도록 석방하라고 지시했다. 그러나 베체카는 레닌이나 자당의 최고 권위자에게도 복종할 생각이 없는 듯했고 장례위원회가 책임지고 수감자들을 감옥으로 돌려보낼 수 있겠는지를 물었다. 위원회는 그러겠다고 다짐을 했지만 베체카는 "모스크바 교도소에는 아나키스트가 없다"고 선언했다. 진실은 부티르키와 체카의 내부 감옥은 하르코프 회의 급습으로 체포된 우리 동지들로 가득 차 있었다는 것이다. 네스토르 마흐노와 소비에트 당국의 합의에 따라 그 회의가 공식적으로 허용되었음에도 말이다. 게다가 사샤는 부티르키에서 투옥된 동지들과 많은 이야기를 나눴기에 그들이 감옥에 있다는 것을 이미 알고 있었다. 러시아 아나키스트 야르초크와 함께 모스크바 체카의 내부 감옥을 방문한 그는 그곳에서 수감된 다른 아나키스트들을 대변하는 아론 바론과 대화를 나누기도 했다. 그럼에도 불구하고 체카는 "모스크바에 수감된 아나키스트는 없다"면서 자신들의 주장을 굽히지 않았다.

장례위원회는 다시 한번 직접 행동에 나설 수밖에 없었다. 장례식 당일 아침 알렉산드라에게 모스크바 소비에트에 전화를 걸어 레닌이 한 약속을 지키지 않으면 소비에트와 공산주의 단체들이 크로포트킨의 빈소에 놓아 둔 화환을 즉시 철거할 것이라고 공개 발표하도록 했다.

대형 홀은 문 앞까지 사람들로 꽉 찼고, 유럽과 미국 언론사 대표들도 다수 참석했다. 최근 러시아로 입국한 우리의 오랜 친구 헨리 알스버그도 그곳에 있었다. 또 다른 특파원은 『맨체스터 가디언』의 아서 랜섬이었다. 그들은 소비에트의 파렴치한 행위를 널리 알릴 것이었다. 소비에트 정부가 마지막 투병 기간 동안 크로포트킨에게 쏟은 보살핌과 관심을 전 세계에 매일같이 알린 마당에, 이러한 스캔들이 공개되는 것은 무슨 일이 있더라도 피해야 했다. 카메네프는 시간을 조금만 더 달라고 간청했고, 수감된 아나키스트들을 20분 안에 석방하겠다고 엄숙히 약속했다.

장례식은 한 시간 동안 연기되었다. 밖에 늘어선 수많은 사람들은 모스크바의 매서운 추위에 떨며 감옥에 갇힌 위대한 전사들의 도착을 기다렸다. 마침내 도착한 사람들은 체카 감옥에서 나온 고작 일곱 명뿐이었다. 부티르키 동지들은 아무도 없었지만 체카 요원들은 그들이 석방되어 홀로 오는 중이라고 장례위원회를 안심시켰다.

임시 석방으로 나온 수감자들이 운구를 했다. 그들은 벅찬 슬픔 속에서 사랑하는 스승이자 동지의 마지막 유해를 장례식장 밖으로 옮겼다. 거리에서 그들은 거대한 집회의 인상적인 침묵 속에서 환영을 받았다. 무기를 들지 않은 군인, 선원, 학생, 어린이, 모든 직종의 노동 단체, 지식인 직업을 대표하는 남녀 단체, 농민, 수많은 아나키스트 단체들이 붉은 깃발이나 검은 깃발을 든 채로 강압 없이 질서 있게 뭉친 수많은 군중과 함께 도시 외곽의 데비치 묘지까지 두 시간 동안의 긴 행진을 이어갔다.

톨스토이 박물관에서는 쇼팽의 장례 행진곡의 선율과 야스나야 폴리아나의 선견자 추종자들의 합창이 행렬을 맞이했다. 우리 동지들은 러시아의 위대한 아들에게 경의를 표하는 의미로 국기를 내렸다. 부티르키 감옥을 지나자 행렬은 두번째로 멈췄고, 창문 밖으로 작별 인사를 건네는 용감한 동지들에게 크로포트킨이 마지막으로 인사하는 의미로 우리의 깃발이 내려졌다. 떠난 동지의 무덤에서 있었던 다양한 정치적 성향을 가진 인물들의 연설에는 깊은 슬픔이 배어 있었다. 여러 연설에서 공통된 의견은 크로포트킨의 죽음으로 인해 그들의 조국에서 거의 멸종하다시피 한 위대한 도덕적 힘을 잃었다는 것이었다.

페트로그라드에 온 후 처음으로 공공장소에서 내 목소리가 울려

퍼졌다. 그가 내게 어떤 의미였는지를 표현하기에는 이상하리만치 어렵고 부적절하게 들렸다. 그의 죽음에 대한 나의 슬픔은 우리 중 누구도 피할 수 없었던 혁명의 패배에 대한 절망과 맞물려 있었다. 지평선 아래로 서서히 사라지는 태양과 검붉은 색으로 물든 하늘은 이제 크로포트킨의 영원한 안식처가 된 신선한 흙 위에 딱 맞는 그늘을 만들어 주었다.

가석방된 일곱 명의 동지들이 우리와 함께 저녁을 보내고 교도소에 도착했을 때는 이미 밤이 늦은 시간이었다. 그들이 올 거라 예상하지 못한 간수들은 이미 정문을 잠그고 퇴근을 한 후였다. 우리가 당국과 한 약속을 지키기 위해 쳐들어오다시피 감옥으로 돌아온 아나키스트들을 보고 간수들은 놀라움을 금치 못했다.

결국 부티르키 감옥의 아나키스트들은 장례식에 나타나지 않았다. 베체카는 우리 위원회에게 자신들의 제안을 거절한 것은 우리 동지들이었다고 말했다. 당연히 거짓말이라는 것을 알았지만, 그럼에도 불구하고 수감자들의 입장을 확인하기 위해 직접 방문하기로 결정했다. 여기에는 체카의 허가를 받아야 하는 번거로운 과정이 필요했지만 말이다. 내가 이끌려 들어간 체카 요원의 개인 사무실에 있던 사람은 벨트에 총을 차고 책상 위에는 또 다른 총을 올려 놓은 젊은 이였다. 그는 손을 뻗어 나를 반갑게 맞이하며 "친애하는 동지"라는 호칭을 아낌없이 사용했다. 자신의 이름은 브레너라고 소개하며 한때 미국에 살았다고 했다. 그는 아나키스트였기 때문에 당연히 사샤와 나를 잘 알고 있었고, 미국에서의 활동에 대해서도 잘 알고 있었다. 그는 우리를 '동지'라고 부르며 자랑스러워했다. 그는 현 정권이 아나키즘으로 가는 디딤돌이라고 생각하기 때문에 당연히 공산당과 함께하게 되었다고 설명했다. 혁명이 가장 중요했고, 볼셰비키가 혁명을 위해 일하고 있었기 때문에 그들과 협력하고 있는 것이라고. 그러나 나는 혁명을 옹호하는 이들이 동지라며 내밀던 손을 거부한 혁명가가 아니었던가?

나는 평생 형사들과 악수한 적도 없고, 전직 아나키스트였던 사람과는 더더욱 악수할 수 없다고 대답했다. 다만 교도소 출입증을 받으러 왔으며 출입증을 확보할 수 있는지만 알려달라고 했다.

그의 얼굴이 하얗게 변했지만 침착함을 유지하며 말했다. "출입증은 괜찮을 겁니다. 하지만 동지의 설명이 필요한 작은 문제가 있습니다." 그는 책상 서랍에서 스크랩을 꺼내어 보였다. 몇 달 전에 이미 본 적이 있는 말도 안 되는 클레이튼의 기사였다. 브레너는 소비에트 언론에 보도된 내용을 철회하는 입장을 꼭 밝혀야 한다고 말했고 나는 오래전에 미국에 있는 친구들에게 나의 입장을 전했으며 더 이상 이 문제에 대해 논할 생각이 없다고 대답했다. 나의 거절은 분명 나에게 불리하게 작용할 것이며, 동지로서 내게 경고하는 것이 자신의 의무라고 했다. "그거 협박인가요?" 내가 물었다. "아직은 아니죠." 그가 중얼거리듯 말했다.

그는 일어나 방 밖으로 나갔다. 30분 동안 기다리면서 나는 내가 죄수라도 된 건가 생각했다. 러시아에서는 모두의 차례가 오는데 왜 내 차례는 오지 않는 걸까 혼잣말을 하면서. 문 밖으로 발걸음 소리가 들리더니 이윽고 문이 열렸다. 체카 요원으로 보이는 한 노인이 부티르키에 입장할 수 있는 종이를 건네주었다.

수감된 동지들 중에는 미국에서 알고 지내던 사람들도 있었다. 미국에서 활동하던 파냐와 아론 바론, 볼린, 그리고 하르코프에서 만났던 나바트 조직의 러시아인들까지. 그들은 베체카 위원장의 방문이 있었던 건 맞고 그는 장례위원회와 합의한 대로 집단으로 석방하는 대신 개별적으로 몇 명을 석방하겠다는 제안을 했다고 했다. 우리 동지들은 동지들 간의 신의를 저버릴 바에야 크로포트킨 장례식에 시신으로 참석하거나 아예 참석하지 않겠다고 주장했다. 그 남자는 그들의 요구를 상급자에게 보고해야 하며 곧 최종 결정을 내리고 돌아오겠다고 알리고는 다시는 돌아오지 않았다. 동지들은 감옥동 복도에서 자체적으로 크로포트킨 추모 모임을 가졌고, 적절한 연설과 혁명 노래로 그를 기렸다고 했다. 사실 다른 정치범들의 도움으로 교도소를 인기 있는 대학으로 탈바꿈시켰노라고 볼린은 말했다. 그들은 사회과학, 정치경제학, 사회학, 문학 수업을 진행하며 일반 수감자들에게 읽고 쓰는 법을 가르치고 있었던 거다. 그들은 외부에 있는 우리보다 더 많은 자유를 누리고 있으니 자기네를 부러워해야 한다고 농담을 하기까지 했다. 물론 자신들의 안식처가 오래 가지 못할 것이라는 우려는 있었다.

평생을 남편과 그의 작업과 함께 살던 소피 크로포트킨은 상실감에 완전히 무너져 내린 상태였다. 그녀는 남은 여생을 그의 기억과 노력을 영속화하는 데 바칠 수 없다면 그가 없는 삶을 견딜 수 없을 거라고 말했다. 크로포트킨 박물관은 그녀의 아이디어에 딱 맞는 프로젝트였고, 그녀는 프로젝트 실현을 위해 모스크바에 남아 달라고 나에게 간청했다. 나는 그녀의 계획이 그를 기리기에 가장 적합한 기념비가 될 거라는 데에는 동의했지만, 현재 러시아가 그 일을 하기에 가장 적합한 곳이라고는 생각지 않았다. 이 작업을 위해서 정부에 지속적으로 구걸하는 일이 필요할 것이고, 그것만으로도 이미 크로포트킨의 견해와 바람에 부합하지 않은 일일 것이다. 하지만 소피는 모든 것을 고려했을 때 러시아가 그런 박물관을 세우기에 가장 합리적인 장소라는 주장을 굽히지 않았다. 어쨌거나 크로포트킨은 볼셰비키 독재에도 불구하고 조국을 사랑했고 국민에 대한 믿음이 남달랐기 때문이다. 이 상황이 사무치게 가슴 아팠지만, 그럼에도 자신은 남은 여생을 러시아에서 보내겠다고 종종 자신에게 말했다는 것이다. 또한 그녀는 항상 러시아에 헌신해 왔으며, 이제 그가 러시아 땅에 안장까지 되었으니 러시아는 그녀에게 두 배로 성스러운 곳이 되었다.

소피가 생각하기에 사샤와 내가 박물관 위원회에 있으면 주요 지원은 미국에서 나올 것이고 따라서 소비에트에 요청할 일은 거의 없을 것이었다. 크로포트킨 장례위원회 위원들은 소피의 계획에 찬성했다. 독재의 성격이 무엇이든 간에 러시아에서 위대한 혁명이 일어났다는 사실은 변함이 없었고, 따라서 러시아는 크로포트킨 박물관이 들어서기에 적합한 나라였다.

장례위원회는 소피 크로포트킨을 위원장으로, 사샤를 사무총장으로, 나를 매니저로 하는 추모위원회로 재구성되었다. 또한 나는 드미트로프에 소피가 부재중일 시 그녀를 대신할 것이었다. 다양한 아나키스트 단체의 대표들로 구성된 이 조직은 모스크바 소비에트에 옛 크로포트킨 가족 주택을 박물관으로 신청하고 드미트로프의 크로포트킨 별장을 남은 아내인 소피를 위해 확보해 달라고 요청하기로 결정했다.

사샤와 함께 나는 혁명 박물관과의 일을 정리하기 위해 페트로그라드로 돌아왔다. 우리 둘 다 그토록 잘 지내온 직원들과의 관계를 끝내야 하는 것이 몹시 아쉬웠다. 그러나 이스파르트는 박물관 일에 있어 정치위원회를 설치하기로 결정했고, 사샤와 나는 그런 조건하에서 일을 계속할 수 없었다. 게다가 우리는 페트로그라드 박물관 작업보다 크로포트킨 박물관 작업이 더 중요하다고 생각했고, 이미 이에 필요한 사전 작업을 적극적으로 해오고 있었다. 모스크바의 상황이 급박하게 돌아감에 따라 우리는 이제 그곳에서 생활해야 했다. 알렉산드라 크로포트킨은 유럽으로 떠날 것이었고, 소피는 레온테프스키 페룰록에 있는 아파트의 작은 방 두 개를 우리에게 내주기로 약속했다. 마침내 우리도 다른 '비공식 인구'처럼 살 수 있게 될 것이었다.

러시아에서 지내는 초기에는 파업과 관련한 문제들이 나를 혼란스럽게 했다. 사람들에게 듣기로 파업 시도를 하다 실패한 이들이 감옥에 갔다고 했다. 나는 믿을 수 없었고, 다른 일들에서도 늘 그렇듯 조린에게 물었다. "프롤레타리아 독재 아래서 파업이라!" 그는 외쳤다. "그런 건 없지요." 그런 황당하고 불가능한 이야기를 어찌 믿을 수 있냐며 나를 꾸짖기도 했다. 과연 소비에트 러시아에서 노동자들은 누구를 상대로 파업을 하는 거냐고 그는 물었다. 자기 자신들에 대항해서? 노동자들은 정치적으로나 산업적으로나 국가의 주인이었다. 물론, 노동자들 중에는 아직 계급 의식을 완전히 갖추지 못하고 자신의 진정한 이익을 인식하지 못하는 사람들도 있었다. 이들은 때때로 불만을 품기도 했지만, 불평분자와 자기 이익을 추구하는 자들, 혁명의 적들이 선동한 세력에 의해서였다. 그들은 의도적으로 사람들을 어둠의 길로 이끄는 기생충 같은 존재였다. 그들은 최악의 사보타주주의자였으며, 노골적인 반혁명주의자들과 다를 바 없었고, 소비에트 당국은 당연히 그들로부터 국가를 보호해야 했다. 하여 그들 대부분은 감옥에 있었다.

그 이후로 나는 개인적인 관찰과 경험을 통해 소비에트 형벌 기관의 진짜 사보타주주의자, 반혁명가, 도적은 정말 극소수에 불과하다는 것을 알게 되었다. 수감자 대부분은 공산주의 교회에 대한 중죄를 저지른 사회 이단자들이었다. 당에 반대하는 정치적 견해를 갖고 볼셰비즘의 악과 범죄에 대해 항의하는 것보다 더 가증스러운 범죄는 없었기 때문이다. 가장 많은 수가 정치범이었으며, 더 나은 처우와 조건을 요구하다 유죄를 선고받은 농민과 노동자들도 있었다. 이러한 사실들은 대중에게는 엄격하게 숨겨졌지만, 소비에트의 수면 아래에서 비밀리에 진행되고 있는 대부분의 일들과 마찬가지로 모두가 다 알고 있는 상식이었다. 금지된 정보가 어떻게 유출되었는지는 미스터리였지만, 유출된 정보는 산불이 번지는 속도와 강도로 빠르게 퍼져 나갔다.

페트로그라드로 돌아온 지 24시간도 채 되지 않아 도시가 불만과 파업 이야기로 들끓고 있다는 사실을 알게 되었다. 그 원인은 비정상적으로 혹독한 겨울로 인한 고통의 증가와 부분적으로는 러시아의 습관적인 근시안 때문이었다. 폭설과 폭풍우로 인해 도시에 필요한 식량과 연료 공급이 지연되는 가운데 페트로 소비에트는 여러 공장을 폐쇄하고 직원들의 배급량을 거의 절반으로 줄이는 어리석은 짓을 저질렀다. 동시에 상점의 당원들은 신발과 옷을 새로 공급받은 반면 나머지 노동자들은 누더기를 입고 신고 있다는 사실이 알려진 것이다. 정점을 찍은 것은, 상황을 개선할 방법을 논의하기 위해 노동자들이 요청한 회의에 당국이 거부권을 행사했을 때였다.

페트로그라드에서는 상황이 매우 심각하다는 것이 비공산주의 세력의 공통된 인식이었다. 대기가 폭발할 정도로 들끓고 있었다. 물론 우리는 도시에 남기로 결정했다. 임박한 문제를 방지하고자 했다기보다는 러시아 대중들에게 도움이 될 수 있을 때를 대비하고 싶었다.

폭발은 누구도 예상하지 못한 순간에 터졌다. 트루베츠코이 공장 노동자들의 파업이 시작되었다. 그들의 요구는 오래전에 약속했던 대로 식량 배급량을 늘리고, 보유 중인 신발을 배분해 달라는 소박한 것이었다. 페트로 소비에트는 파업 참가자들이 업무에 복귀할 때까지 협상을 거부했다. 군사 훈련을 받고 있는 젊은 공산주의자들로 구성된 무장 쿠르산티 중대가 파견되어 공장 주변에 모인 노동자들을 해산시켰다. 생도들은 허공에 총을 발사하면서 군중을 선동하려 했지만 다행히 노동자들이 비무장 상태였기 때문에 유혈 사태는 발생하지 않았다. 그 대신 파업 참가자들은 더 강력한 무기인 동료 노동자들의 연대에 의지했고, 그 결과 다섯 군데 공장의 직원들이 하던 일을 멈추고 파업에 동참했다. 갈레르나야 부두, 애드미럴티 작업장, 패트로니 공장, 발티스키 및 라펌 공장에서 마지막 한 사람까지 다 참여했는데 그들의 거리 시위는 군인들에 의해 즉시 해산되었다. 모든 설명을 종합해 볼 때, 파업 노동자들을 동지로 대하고 있지 않다는 생각이 들었다. 리자 조린과 같은 열렬한 공산주의자조차도 파업에 사용된 방법에 반대하며 흥분했다. 리자와 나는 오래전에 멀어졌다고 생각했기 때문에 그녀가 내게 속마음을 터놓는 것에 적잖이 놀랐다. 붉은 군대 병사들이 노동자들을 거칠게 다룰 것이라고는 상상도 못했다며 그녀는 화를 냈다. 어떤 여성은 시위 진압 모습을 보고 기절하기도 했고, 어떤 여성은 발작을 일으키기도 했다. 근처에 서 있던 한 여성은 리자가 당원인 것을 알아보고는 이 잔인한 장면에 대한 책임을 그녀에게 물으며 분노에 차 리자의 얼굴을 마구 때렸고, 이에 리자는 피를 많이 흘렸다. 공격을 받고 비틀거렸을지언정, (늘 감상적이라고 나를 놀려대던) 리자는 그런 건 전혀 문제되지 않는다고 했다. "힘들어하는 여성을 안심시키기 위해 우선 집에 데려다주겠다고 제가 간청을 했어요." 리자가 말했다. "한데 그 여자의 집은 글쎄, 우리나라에 더 이상 존재하지 않는다고 생각했던 끔찍한 구멍 같은 곳이었어요. 춥고 황량한 어두운 방 한 칸에서 그 여자와 남편, 그리고 자녀 여섯이 함께 살고 있었죠. 그런데 나는 지금까지 아스토리아에서 살았다고 생각하니!" 그녀는 괴로움에 신음했다. 물론 소비에트 러시아에서 그런 끔찍한 상황이 여전히 만연한 것이 당의 잘못은 아니라고, 그녀는 말했다. 파업의 원인을 제공했을지라도 그건 공산주의자들이 고의로 의도한 것은 아니었다. 이들의 가난과 고통의 책임이 있는 건 노동자 공화국에 대한 봉쇄와 세계 제국주의의 음모다. 하지만 그렇다 해도 그녀는 더 이상 편안한 숙소에 머물 수 없었다. 그 안쓰러운 여인의 방과 동상에 걸린 아이들의 모습이 리자를 따라

다니며 괴롭게 했기 때문이다. 안쓰럽기도 하지! 리자는 충성스럽고 강직하며, 훌륭한 성품의 소유자였음에도 안타깝게도 정치적으로는 너무 맹목적이었다!

더 많은 빵과 연료를 달라는 노동자들의 호소는 당국의 자의성과 무자비함 덕분에 곧 정치적 요구로 번져 갔다. 누가 작성했는지 아무도 모른 채 벽에 붙여진 성명서에는 "정부 정책의 전면적인 변화"를 촉구하는 내용이 담겨 있었다. 성명서에는 "무엇보다도 노동자와 농민에게 자유가 필요하다. 그들은 볼셰비키의 법령에 따라 살기를 원하지 않고 자신의 운명을 스스로 통제하기를 원한다"라고 적혀 있었다. 매일같이 상황은 더욱 긴박해졌고 벽과 건물에 붙은 선언문을 통해 새로운 요구가 표출되고 있었다. 마침내 여당이 그토록 싫어하고 비난하는 우크레딜카(제헌의회)에 대한 요구가 나타났다.

계엄령이 선포되고 노동자들은 배급을 박탈당하는 고통 속에서 일터로 돌아가라는 명령이 떨어졌다. 이는 아무런 효력이 없었는데, 그 결과 많은 노조가 해산되고 노조 간부들과 과격한 파업 참가자들이 감옥에 갇히게 되었다.

무력한 비참함 속에서 우리는 무장 체카 요원들과 군인들에게 둘러싸인 한 무리의 남자들이 지나가는 것을 창문을 통해 보게 되었다. 사샤는 소비에트 지도자들이 자신들의 전술이 얼마나 어리석고 위험한 것인지 깨닫게 하기 위해 지노비예프를 만나려고 했고, 나는 페트로그라드 소비에트 노동조합의 수장인 라비치와 조린, 지퍼로비치를 찾았다. 그러나 그들은 모두 멘셰비키와 사회주의 혁명가들이 꾸민 반혁명 음모로부터 도시를 방어하느라 너무 바쁘다는 핑계로 우리를 만나 주지 않았다. 이 공식은 3년 동안 반복되면서 진부해졌지만, 여전히 공산당 멤버들의 눈을 멀게 하는 데에는 도움이 되었다.

모든 극단적인 조치에도 불구하고 파업은 계속 확산되었다. 계속해서 체포가 이어졌지만 당국의 안일한 대처가 오히려 어둠의 세력을 부추기는 역할을 했다. 반혁명적이고 유대인을 미끼로 한 성명이 등장하기 시작했고, 파업 참가자들에 대한 군대의 진압과 체카의 잔인함에 대한 유언비어가 도시를 가득 채웠다.

노동자들은 마음을 다잡았지만, 곧 굶주림에 항복하게 될 것이 분명했다. 일반 대중에게 기부할 것이 있다 하더라도 파업 참가자들을 도울 수 있는 수단은 사실상 없었다. 도시의 산업 지구로 접근하는 모든 길은 대규모 군대에 의해 차단되었으며 게다가 인구 자체가 끔찍한 궁핍에 처해 있었기 때문이다. 사람들에게서 기부받는 식료품과 의복은 그야말로 바다에 떨어지는 물 한 방울에 불과했다. 독재 정권과 노동자 사이의 조건이 너무나 불균등하여 파업 노동자들이 더 이상 버티기 어려울 것임을 깨달았다.

이 긴박하고 절망적인 상황 속에 나타난 새로운 요인으로 인해 합의에 대한 희망이 생기기 시작했다. 바로 크론슈타트의 선원들이었다. 1905년 혁명과 1917년 3월과 10월의 격변기에 충성스럽게 보여 준 혁명적 전통과 노동자들과의 연대에 충실했던 그들은 이제 다시 페트로그라드에서 괴롭힘을 당하는 프롤레타리아를 대신해 몽둥이를 들었다. 하지만 그들이 맹목적으로 그런 일을 한 건 아니었다. 선원들은 외부인들이 알아채지 않게 조용히 파업 참가자들의 주장을 조사하기 위한 위원회를 파견했고, 이 위원회의 보고서는 군함 페트로파블롭스크와 세바스토폴의 수병들이 파업 중인 형제 노동자들의 요구를 지지하는 결의안을 채택하는 기폭제가 되었다. 그들은 혁명과 소비에트에 헌신하고 공산당에 충성한다고 선언하면서도 일부 위원들의 자의적인 태도에 항의하며 조직된 노동자들의 자결권을 강화해야 한다고 강조했다. 또한 노동조합과 농민 단체에게 집회의 자유를 보장할 것과 소비에트 감옥과 강제수용소의 모든 노동자와 정치범 석방을 요구했다.

이 여단의 사례는 크론슈타트에 주둔한 발트 함대 제1대대와 제2대대에 의해 채택되었다. 3월 1일 1만 6천 명의 선원과 붉은 군대 병사, 크론슈타트의 노동자들이 참석한 야외 회의에서 단 3표를 제외하고 만장일치로 비슷한 결의안이 채택되었다. 반대표를 던진 사람은 대중 회의 의장이었던 크론슈타트 소비에트 대표 바실리예프, 발트 함대 사령관 쿠즈민, 사회주의 소비에트 연방 공화국 간부회 의장 칼리닌이었다.

이 모임에 참석했던 두 명의 아나키스트가 돌아와 당시의 상황과 열기, 훌륭한 정신에 대해 이야기해 주었다. 10월 이후 이렇게 자발적인 연대의식과 열렬한 동지애를 본 적은 없었다. 그 자리에 있었다면 얼마나 좋았을까, 사람들은 한탄했다. 1917년 크론슈타트 선원들을 위해 캘리포니아로 인도될 위기 속에서도 용감하게 맞서 싸웠던 사샤와, 선원들에게 잘 알려져 있던 내가 그 자리에 함께했다면 결의안에 무게가 더 실렸을 것이라고 그들은 말했다. 우리는 소비에트 땅에서 처음으로 자발적으로 열린 대규모 집회에 참가하는 것이 멋진 경험이 되었을 것이라는 데 모두 동의했다. 고리키는 오래전에 발틱

함대의 병사들은 타고난 아나키스트이며 나의 자리는 그들 가운데 있을 거라고 말한 바 있었다. 크론슈타트에 가서 선원들을 만나 이야기를 나누고 싶었지만, 불안하고 혼란스러운 마음 상태에서는 그들에게 건설적인 도움을 줄 수 없을 것 같았다. 그럼에도 나는 그들과 함께 내 자리를 지키러 갔다. 볼셰비키가 나를 두고 선원들과 함께 정권에 반대하는 선동자라고 비난할 것이 분명했지만 말이다. 사샤는 공산주의자들이 뭐라고 하든 상관없다면서 파업 중인 페트로그라드 노동자들의 이름으로 선원들과 함께 시위에 참여하겠다고 했다.

우리 동지들은 파업 참가자들에 대한 크론슈타트의 입장이 결코 반소비에트적 행동으로 해석될 수 없다는 점을 강조했다. 사실 선원들의 전체 정신과 대중 회의에서 통과된 결의안만 놓고 보자면 그건 철저하게 소비에트주의적이었다. 그들은 굶주린 파업 노동자들에 대한 페트로그라드 당국의 독재적인 태도에 강력히 반대했지만, 그 어느 때보다도 공산당에 대한 반감을 드러낸 집회였다. 사실 이 엄청난 집회는 크론슈타트 소비에트의 지원하에 열린 것이었다. 칼리닌이 도시에 도착하자 선원들은 충성심을 보여 주기 위해 음악과 노래로 그를 맞이했고, 그의 강연을 존경과 마음을 다해 경청했다. 그와 그의 동료들이 선원들의 결의안을 공격하고 비난했음에도 강연 후 칼리닌은 존중과 우호적인 분위기 속에서 역으로 다시 호송되었다고 정보원들은 전했다.

함대와 주둔군, 노동조합 소비에트 대표 300여 명이 모인 자리에서 쿠즈민과 바실리예프가 선원들에게 체포되었다는 소문이 들려왔다. 우리의 동지 둘에게 이 문제에 대해 알고 있는지를 물었더니 그들은 두 사람이 구금되었다는 사실을 인정했다. 그 이유는 집회에서 쿠즈민이 선원들을 반역자로 몰았고, 페트로그라드 파업자들을 이기적이라고 비난하면서 앞으로 공산당은 "반혁명주의자에 대항해 끝까지 싸울 것"이라고 선언했기 때문이었다. 대표단은 쿠즈민이 크론슈타트에서 모든 식량과 군수품을 철수하라는 명령을 내려 사실상 도시를 기아에 빠뜨렸다는 사실도 알게 되었다. 따라서 선원들과 크론슈타트의 수비대는 쿠즈민과 바실리예프를 구금하고 마을에서 보급품이 반출되지 않도록 예방 조치를 취하기로 결정한 것이었다. 그렇다고 해도 이것이 어떤 반항적 의도가 있었다거나 공산주의자들의 혁명적 진실성을 믿지 않는다는 징표일 수는 없었다. 반대로, 회의에 참석한 공산당 대표들은 나머지 대표들과 동등한 발언권을 얻었다. 더욱이 파업의 원만한 해결을 위해 페트로그라드 소비에트와 협의할 요량으로 대표들이 30명으로 구성된 위원회를 파견한 일은 정권에 대한 그들의 신뢰를 보여 주는 추가적인 증거였다.

우리는 크론슈타트 선원들과 군인들이 페트로그라드에서 투쟁하는 형제들에게 보여 준 훌륭한 연대에 감격했고, 선원들의 중재로 문제가 조속히 종결되기를 바랐다.

아쉽게도 크론슈타트 소식을 접한 지 한 시간 만에 우리의 희망은 헛된 것이었음이 밝혀졌다. 레닌과 트로츠키가 서명한 명령은 페트로그라드 전역에 들불처럼 번져나갔다. 크론슈타트의 행위를 소비에트 정부에 대한 반란으로 선언하고 선원들을 "사회주의 혁명 반역자들과 함께 프롤레타리아 공화국에 반혁명 음모를 꾸민 전 차르 장군들의 도구"라고 비난한 것이다.

"말도 안 돼! 이보다 미친 짓은 없을 거요!" 사샤는 레닌과 트로츠
키로부터 떨어진 명령의 사본을 읽으며 외쳤다. "레닌과 트로츠키가
누군가에게 잘못된 정보를 받은 게 틀림없소. 선원들이 반혁명의 죄
를 지었다고 믿을 리가 없어. 아닌 게 아니라, 페트로파블롭스크와
세바스토폴의 선원들은 10월과 그 이후로 볼셰비키의 가장 확고한
지지자였잖소? 그리고 트로츠키 자신도 그들을 '혁명의 자부심이자
꽃'이라고 추대하지 않았습니까!"

당장 모스크바로 가야 한다고 사샤는 선언했다. 레닌과 트로츠키
를 만나 이 모든 것이 끔찍한 오해이며 혁명 자체에 독이 될 수 있는
실수라고 설명해야 했다. 사샤로서는 전 세계 수백만 명에게 프롤레
타리아 사도로 등장한 이들의 혁명적 진실성에 대한 믿음을 포기하
기란 매우 어려운 일이었다. 매일 밤 크렘린에 전화로 크론슈타트 상
황을 자세히 보고하던 지노비예프로 인해 레닌과 트로츠키가 그릇
된 인식을 하게 되었을 수도 있다는 사샤의 말에 나도 동의했다. 동
지들 사이에서도 지노비예프는 용기있는 사람으로 불린 적은 없었
다. 그는 페트로그라드 노동자들이 보인 불만의 징후들에 당황했다.
지역 주둔군이 파업에 동조한다는 사실을 알게 된 그는 이성을 완전
히 잃고 아스토리아에 기관총을 배치해 자신을 보호할 것을 명령했
다. 크론슈타트의 입장은 그에게 공포를 심어 주었고, 모스크바에 얼
토당토않은 소문을 퍼뜨리기에 이르렀다. 사샤도 그랬지만, 나 또한
레닌과 트로츠키가 실제로 크론슈타트 선원들이 레닌의 명령에서
밝히는 혐의처럼 반혁명의 죄를 지었거나 백군 장군들과 협력할 수

있다고 생각했다는 사실을 믿을 수 없었다.

페트로그라드 주 전역에 특별 계엄령이 선포되었고, 특별히 허가된 공무원 외에는 누구도 도시를 떠날 수 없었다. 볼셰비키 언론은 크론슈타트 선원들과 병사들이 '차르의 장군 코즐롭스키'와 공동의 목적을 달성하려 한다며 크론슈타트 선원들을 무법자라고 선언하고 비난과 비방 캠페인을 벌였다. 사샤는 이 상황이 단순히 레닌과 트로츠키의 잘못된 정보 이상의 문제라는 것을 깨닫기 시작했다. 트로츠키가 크론슈타트의 운명이 결정되는 페트로 소비에트 특별 회의에 참석한다는 소식을 듣고 우리도 회의에 참석하기로 결정했다.

러시아에서 처음으로 트로츠키를 들을 수 있는 기회였다. 차르의 전복으로 가능해진 위대한 일을 돕기 위해 곧 러시아로 오라는, 뉴욕에서 헤어지며 나눈 그 인사말을 모쪼록 그가 기억하고 있기를 바랐다. 우리는 동지적 정신으로 크론슈타트의 난관을 해결하고, 혁명이 공산당에 가하는 최고의 시험에 우리의 시간과 에너지, 심지어 목숨까지 바칠 수 있도록 도와달라고 그에게 간청할 생각이었다.

안타깝게도 트로츠키의 기차가 연착되어 세션에 참석하지 못했다. 이 모임에서 연설한 남성들은 이성이나 호소력이 부족했다. 그들의 말에는 광적인 광신주의가, 마음에는 맹목적인 두려움이 가득했다.

연단은 쿠르산티가 삼엄하게 지키고 있었고, 총검을 든 체카 군인들이 연단과 관객 사이에 서 있었다. 회의를 주재한 지노비예프는 신경이 곤두서 기절 직전인 듯 보였다. 그는 여러 번 일어나서 말을 하려고 하다가 다시 앉곤 했다. 마침내 말을 시작하자 그는 갑작스러운 공격을 경계라도 하는 듯 고개를 좌우로 흔들었고, 항상 사춘기 소년처럼 가늘었던 목소리는 고음으로 높아져 매우 거칠어진 데다 당연히 설득력도 전혀 없었다.

그는 '코즐롭스키 장군'을 크론슈타트 사람들의 악령이라고 비난했지만, 대부분의 청중은 그 군인이 트로츠키가 직접 포병 전문가로서 크론슈타트에 배치했다는 사실을 알고 있었다. 코즐롭스키는 늙고 쇠약해져서 선원이나 주둔군에게 아무런 영향력도 미치지 못했다. 그렇다 해도 지노비예프가 특별히 창설된 국방위원회 위원장으로서 크론슈타트가 혁명에 반기를 들고 코즐롭스키와 그의 차르 측근들의 계획을 실행하려 한다고 선언하는 것을 막지는 못했다. 칼리닌은 며칠 전 크론슈타트에서 받은 영예를 잊은 채 평소의 할머니 같은 태도를 버리고 선원들을 악의적인 용어로 공격했다. "우리의 영광스러운 혁명에 감히 손을 들려는 반혁명 세력에게는 그 어떤 조치도 가혹할 수 없다"고 그는 선언했다. 연사들 사이의 작은 불빛들은 이와 같은 맥락에서 실제 사실에 무지한 공산주의 광신도들을 자극하며 어제는 찬사를 받던 영웅과 형제들에 대한 복수의 광란을 일으켰다.

울부짖고 발로 밟는 군중들의 소음을 뚫고 맨 앞줄에 앉은 한 남자의 긴장되고 진지한 목소리가 들려왔다. 무기고 작업장에서 파업 중인 노동자들의 대표였다. 그는 용감하고 충성스러운 크론슈타트 선원들에 대해 연단에서 나온 허위사실에 대해 항의하고자 한다고 했다. 남자는 지노비예프를 노려보고는 손가락으로 그를 가리키며 우레와 같은 소리를 질렀다. "당신과 당신 당의 잔인한 무관심이 우리를 파업으로 이끌었고 혁명에서 우리와 함께 싸웠던 형제 선원들의 동정심을 불러일으키게 된 겁니다. 그들은 범죄를 저지르지 않았고, 그건 당신들도 이미 잘 알고 있죠. 의식적으로 그들을 비방하고 파괴하려는 거잖습니까!" "반혁명주의자!"라는 외침이 울려 퍼졌다. "배신자! 자기밖에 모르는 놈! 도둑 같은 멘셰비키 놈!" 회의는 난장판이 되었다.

남자는 계속 서 있었고, 소란스러움 위로 그의 목소리가 높아졌다. "불과 3년 전만 해도 레닌, 트로츠키, 지노비예프, 그리고 당신들 모두는 반역자이자 독일 스파이로 비난받았습니다. 우리 노동자와 선원들이 케렌스키 정부로부터 당신들을 구하러 갔고, 실제로 당신들을 구해 냈습니다. 당신들을 권력의 자리에 올려놓은 것은 바로 우리입니다. 잊으셨나요? 그런데 이제는 총검으로 우리를 위협하는군요. 지금 위험한 짓을 벌이고 있다는 걸 기억하시기 바랍니다. 여러분은 케렌스키 정부의 실수와 범죄를 반복하고 있습니다. 당신들 운명도 그와 비슷하게 되지 않도록 조심하라 이겁니다!"

이 말에 지노비예프는 움찔했다. 연단에 있던 다른 사람들은 불안한 듯 자리에서 움직였다. 공산당 청중은 그 불길한 경고에 경악하는 듯하다가 그 순간 또 다른 목소리가 울려 퍼졌다. 선원복을 입은 키 큰 남자가 뒤에서 일어섰다. 바다의 형제들의 혁명 정신에는 변한 것이 없다고 그는 선언했다. 마지막 한 사람까지, 마지막 피 한 방울까지 흘리며 혁명을 수호할 준비가 되어 있노라고 했다. 이어서 그는 3월 1일 총회에서 채택된 크론슈타트 결의안을 낭독했다. 그의 대담한 행동이 불러일으킨 소란은 가장 가까운 사람 외에는 그의 목소리를 들을 수 없게 만들었지만 그는 자신의 입장을 고수하며 끝까지 결의안을 읽었다.

혁명의 건장한 두 아들에게 돌아온 유일한 대답은 크론슈타트의 완전하고 즉각적인 항복을 요구하며 몰살의 고통을 감수하겠다는 지노비예프의 결의뿐이었다. 모든 반대 의견에 재갈을 물린 채 혼란스러운 분위기 속에서 회의가 급박하게 진행되었다.

열정과 증오의 히스테리로 가득 찬 분위기가 내 온몸을 스며들어 목을 조여 왔다. 저녁 내내 나는 위대한 이상이라는 이름으로 가장 저열한 정치적 속임수에 굴복하는 인간들의 조롱에 맞서 외치고 싶었다. 소리를 낼 수 없었기 때문에 목소리를 잃은 것만 같았다. 나의 생각은 복수와 증오의 정신이 만연했던 또 다른 사건, 1917년 6월 4일 뉴욕 헌츠포인트 팰리스에서 있었던 등록 전야로 되돌아갔다. 그때는 전쟁에 취한 애국자들의 위험성을 전혀 의식하지 않은 채 발언할 수 있었다. 지금은 왜 안 된단 말인가? 왜 나는 미국의 젊은이들을 전쟁의 구렁텅이에 몰아간 우드로 윌슨의 범죄처럼 볼셰비키가 하려고 하는 형제 학살을 비난하지 않는가? 수년 동안 모든 불의와 모든 잘못에 맞서 싸워 온 나를 지탱해 온 근성을 잃은 것일까? 아니면 내 의지를 마비시킨 무력감과, 유령을 생명을 주는 힘으로 착각했다는 깨달음과 함께 내 마음에 자리 잡은 절망감 때문이었을까? 그 어떤 것도 그 짓눌린 의식을 바꾸거나 항의할 만한 가치가 있는 것으로 만들 수 없었다.

하지만 학살의 위협 앞에서 침묵하는 것 또한 용납할 수 없는 일이었다. 목소리를 내야 했다. 그렇다 하더라도 다른 이들의 목소리를 억압한 것처럼 내 목소리 역시 눌러 버릴 사람들에게 말하진 않을 것이다. 바로 오늘 밤 소비에트 국방부의 최고 권력자에게 성명을 통해 나의 입장을 알릴 것이다.

사샤와 이 문제에 대해 이야기했을 때, 내 오랜 친구도 같은 계획을 세웠다는 사실을 알게 되어 기뻤다. 그는 우리의 서한이 공동 항의가 되어야 하며, 소비에트가 통과시킨 살인적인 결의안에 대해서만 다룰 것을 제안했다. 회의에 함께 참석했던 두 명의 동지가 그의 견해에 동의하며 당국에 대한 공동 호소문에 자신들의 이름도 서명하고 싶다고 했다.

물론 우리의 메시지가 선원들에게 선포되는 것이 누군가 제대로 생각을 하게 하거나 혹은 제지당할 만큼 영향력이 있을 거라는 희망은 없었다. 그러나 내가 혁명에 대한 공산당의 가장 추악한 배신 앞에 침묵하지 않았다는 것을 훗날 증언하기 위해 기록으로 남길 필요가 있다고 생각했다.

새벽 2시에 사샤는 지노비예프에게 전화로 연락해 크론슈타트와 관련해 전달할 중요한 내용이 있음을 알렸다. 지노비예프는 아마도 크론슈타트에 대항하는 음모를 돕는 일이라고 생각했을 게다. 그렇지 않았다면 사샤와 통화를 한 지 10분 만에 라비치 여사를 급히 불러내려고 애쓰지 않았을 테니 말이다. 지노비예프에 따르면 그녀는 절대적으로 신뢰할 수 있는 사람이며, 믿고 그 메시지를 전달하면 된다고 했다. 우리가 그녀에게 건넨 메시지는 다음과 같았다.

페트로그라드 노동 및 국방 소비에트, 지노비예프 의장 귀하,

지금 침묵하는 것은 불가능할 뿐 아니라 심지어 범죄적 행위이기까지 할 겁니다. 최근의 사건들은 우리 아나키스트들이 현 상황에 대해 발언하고 어떤 태도를 취할 것인지 선언할 것을 촉구하고 있습니다. 노동자와 선원들 사이에서 나타나는 소요와 불만은 우리가 심각하게 관심을 기울여야 하는 원인들이 일으킨 결과로 보입니다. 추위와 배고픔은 불만을 낳았고, 토론과 비판의 기회가 없으니 노동자와 선원들은 불만을 공개적으로 표출할 수밖에요.

백군 우월주의자들은 이러한 불만을 자신들의 계급적 이익을 위해 이용하려고 할 수 있겠죠. 노동자와 선원들 뒤에 숨어 제헌의회, 자유무역 등의 구호를 외치며 비슷한 요구를 해올 겁니다.

우리 아나키스트들은 오래전부터 이러한 구호의 허구성을 폭로해왔으며, 우리는 사회혁명의 모든 친구들과 협력하고 볼셰비키와 손잡고 반혁명적 시도에 맞서 무기를 들고 싸울 것을 전 세계에 선언하는 바입니다.

소비에트 정부와 노동자 및 선원 사이의 갈등에 대해 우리는 무력이 아닌 동지적·형제적 혁명적 합의에 의해 해결되어야 한다고 주장합니다. 소비에트 정부의 유혈 진압은 현 상황에서 노동자들을 위협하거나 입 다물게 만들지 못할 것입니다. 오히려 문제를 악화시킬 뿐이며, 우호조약과 내부의 반혁명 세력을 강화시키기만 할 겁니다.

더 중요한 것은 노동자-농민 정부의 노동자와 선원에 대한 무력 사용은 국제 혁명운동에 반동적인 영향을 미칠 것이며, 모든 곳에서 사회혁명에 헤아릴 수 없는 해악을 끼칠 것이라는 점입니다.

볼셰비키 동지들, 더 늦기 전에 스스로를 생각해 보시기 바랍니다.

불장난은 마십시오. 지금 가장 진지하고 결정적인 한 걸음을 내딛기 전이니까요.

이에 우리는 다음과 같이 제안합니다. 다섯 명으로 구성된 위원회를 선정하되, 여기에는 아나키스트 두 명이 포함되어야 합니다. 위원회는 크론슈타트로 가서 평화적인 방법으로 분쟁을 해결해야 할 겁니다. 지금 상황에서는 이것이 가장 급진적인 방법이라 할 수 있고 이는 국제적으로 혁명적인 의미를 지니게 될 것입니다.

— 1921년 3월 5일, 페트로그라드에서. 알렉산더 버크만, 엠마 골드만, 페르쿠스, 페트로브스키.

우리의 호소가 전혀 먹히지 않았다는 증거는 바로 그날 트로츠키가 크론슈타트에 도착해 최후통첩을 하는 것으로 우리에게 도착했다. 그는 노동자 농민 정부의 명령에 따라 크론슈타트 선원들과 군인들에게 "사회주의 조국에 대항해 감히 손을 든" 모든 이들을 "꿩처럼 쏴 죽이겠다"고 선언했다. 반란을 일으킨 선박과 선원들은 소비에트 정부의 명령에 즉시 복종하라는 명령을 받았고, 그렇지 않으면 무력으로 제압을 당할 것이었다. 무조건 항복하는 자만이 소비에트 공화국의 자비를 기대할 수 있을 거라 했다. 마지막 경고는 혁명군 소비에트 의장 트로츠키와 붉은 군대 총사령관 카메네프가 서명했다. 통치자의 신성한 권리에 도전하는 자는 사형에 처해질 것이다.

트로츠키는 자기 말을 지키는 사람이다. 크론슈타트 시민들의 도움을 받아 권력을 잡은 그는 이제 "러시아 혁명의 자부심과 영광"에 대한 빚을 온전히 갚아야 하는 입장이었다. 로마노프 정권 최고의 군사 전문가와 전략가들이 트로츠키를 보좌했으며, 그중에서 악명 높은 투카쳅스키가 크론슈타트 공격의 총사령관으로 임명되었다. 또한 3년 동안 살인 기술을 훈련받은 체카 군인들, 명령에 대한 맹목적인 복종으로 특별히 선발된 사관생도들과 공산주의자, 여러 전선에서 가장 신뢰받는 군대도 있었다. 멸망을 앞둔 도시에 대단한 군병력이 모였으니 '반란'은 쉽게 진압될 거라고 예상되었다. 특히나 페트로그라드 주둔군과 선원들이 무장 해제되고, 포위된 전우들과 연대를 표명했던 군인들이 위험 지역에서 철수한 후였기에 더욱 그러했다.

호텔 인터내셔널의 내 방 창문 밖으로 체카의 강력한 부대에 둘러싸여 사람들이 무리지어 이동하는 모습이 보였다. 그들의 발걸음은 기운이 없었고, 두 손은 양옆으로 축 늘어진 채 슬픔에 고개를 숙이고 있었다.

페트로그라드 파업 참가자들은 더 이상 당국의 두려움의 대상이 아니었다. 서서히 굶주림에 지쳐 기력이 쇠약해진 데다 자신들과 크론슈타트 형제들에 대한 거짓말이 퍼지면서 사기가 떨어졌고 볼셰비키 선전이 주입한 의심의 독에 정신이 꺾여 버렸다. 이타적으로 자신들과 대의를 위해 목숨까지 바치려던 크론슈타트 동지들을 돕기 위한 더 이상의 투지도 믿음도 남아 있지 않았다.

크론슈타트는 페트로그라드에 의해 버림받고 러시아의 다른 지역과 단절되었다. 그저 홀로 서는 저항을 하는 것도 거의 불가능했다. 소비에트 언론은 "첫 발에 쓰러질 것"이라고 선언했다. 하지만 착각이었다. 크론슈타트는 소비에트 정부에 대한 반란이나 저항을 아예 생각조차 하지 않았고 마지막 순간까지도 피를 흘리지 않기로 결심을 한 채였다. 계속해서 이해와 원만한 합의에 호소했다. 그러나 도발하지 않은 군사 공격으로부터 자신을 방어해야 하는 상황에서는 사자처럼 싸웠다. 포위된 도시의 선원들과 노동자들은 열흘간의 끔찍한 낮과 밤 동안 삼면에서 비무장인 주민들에게까지 계속되는 포격과 공중에서 투하된 폭탄에 맞서 버텨냈다. 그들은 모스크바에서 파견된 볼셰비키의 특수 부대가 요새를 습격하려는 거듭된 시도를 용맹하게 격퇴했다. 트로츠키와 투카쳅스키는 크론슈타트의 사람들보다 모든 면에서 유리했다. 공산주의 국가의 모든 기구가 이들을 지원했고, 중앙집권적 언론은 '반란자 및 반혁명가'라는 혐의에 대해 계속해서 악의적인 소문을 퍼뜨렸다. 그들은 공격을 예상치 못하고 있는 크론슈타트를 상대로 야간 공격을 가하기 위해 얼어붙은 핀란드 만의 눈과 어우러지도록 하얀 수의와 가면으로 위장한 수많은 병사들을 대기시키고 있었다. 크론슈타트 선원들은 자신들의 대의가 지닌 정의와 독재로부터 러시아의 구세주로서 옹호했던 자유 소비에트에 대한 흔들리지 않는 용기와 변치 않는 믿음 외에는 아무것도 없었다. 공산군의 돌격을 저지할 쇄빙선조차 없었고 배고픔과 추위, 잠 못 이루는 철야 농성에 지칠 대로 지쳐 있었다. 하지만 그들은 압도적인 역경에 맞서 필사적으로 싸워 가며 자신의 자리를 지켰다.

무서운 긴장감 속에서, 낮과 밤이 중포의 우르릉거리는 소리로 가득 차는 동안, 끔찍한 피흘림을 반대하거나 멈추라고 외치는 목소리는 단 한 마디도 들리지 않았다. 고리키, 막심 고리키 어디 있는가? 그의 목소리라면 들어 줄 텐데. 나는 몇몇 지식인들에게 "그에게 가자"고 간청했다. 그는 자신의 일과 관련된 중대한 개별 사건은 물론,

끔찍한 운명에 처한 사람들의 무죄를 알고 있는 경우에조차 항의 한 마디 한 적이 없는 사람이었다. 그런 그가 지금 항의할 리 없고, 따라서 가망이 없는 일이었다.

한때 혁명의 횃불을 든 선구자이자 사상가, 작가, 시인이었던 지식인들도 우리처럼 무기력했고, 개인의 노력이 헛되게 사라지는 것에 다만 마비될 뿐이었다. 대부분의 동지들과 친구들은 이미 감옥에 갇혔거나 망명 생활을 하고 있었고, 일부는 처형당했다. 그들은 모든 인간적 가치가 무너지는 것에 너무 큰 상실감을 느꼈다.

가까운 공산주의자 지인들에게 무언가 조치를 좀 취해 달라고 간청했다. 그들 중 일부는 크론슈타트를 상대로 자신들이 저지르는 끔찍한 범죄를 알고 있었고 반혁명 혐의가 완전히 날조된 것임을 인정했다. 리더로 추정되는 코즐롭스키는 자신의 운명에 대해 너무 겁에 질려 선원들의 저항에 아무 도움도 못 되는 별볼일 없는 사람이었다. 선원들은 훌륭한 성품을 가진 이들로 그들의 유일한 목표는 러시아가 잘사는 것뿐이었다. 차르 장군들과 공동의 대의를 이루기커녕 사회주의 혁명파 지도자 체르노프가 제공한 도움마저 거절한 이들이었다. 그들은 외부의 도움을 원하지 않았다. 그들은 다만 다가오는 크론슈타트 소비에트 선거에서 자신들의 대의원을 선출할 권리와 페트로그라드 파업 노동자들을 위한 정의를 요구했다.

공산주의자 친구들은 우리와 함께 밤을 새우며 이야기하고 또 이야기했지만 감히 공개적으로 항의의 목소리를 높이지는 못했다. 어떤 결과를 초래할지 우리는 알지 못한다고 그들은 말했다. 그들은 당에서 배제될 뿐 아니라 그 자신과 가족 역시 일거리와 배급을 박탈당하고 말 그대로 굶어 죽게 될 것이었다. 아니면 그냥 사라져 버려서 아무도 어떻게 되었는지 알 수 없게 될 수도 있었다. 그렇지만 자신들의 의지를 무력화시킨 것은 두려움만은 아니라고 그들은 말했다. 항의나 호소는 그야말로 전혀 소용이 없는 일이고 그 무엇도, 세상 그 무엇도 공산주의 국가의 전차 바퀴를 멈출 수 없다고 했다. 그 바퀴는 사람들 위로 굴러 납작하게 만들었고, 사람들은 그것에 맞서 외칠 생명력조차 남아 있지 않았다.

사샤와 나 역시 이 사람들처럼 무감각한 상태가 될지도 모른다는 끔찍한 불안감에 사로잡혔다. 그렇게 되는 것만은 견딜 수 없었다. 차라리 감옥, 추방, 죽음이 더 나았다. 아니면 탈출! 끔찍한 혁명적 거짓에서 벗어나는 거다.

러시아를 떠나고 싶다는 생각은 한 번도 해본 적이 없었다. 생각만으로 나는 깜짝 놀랐고 충격을 받았다. 러시아를 수난의 길에 그냥 놔둘 생각을 하다니? 하지만 기계의 톱니바퀴처럼 내 의지와 상관없이 조작되기보다는 한 발자국이라도 내 발로 내딛고 싶다는 생각이 들었다.

크론슈타트를 향한 포격은 열흘 밤낮을 쉬지 않고 계속되다가 3월 17일 아침 갑자기 멈췄다. 페트로그라드에 내린 고요함은 전날 밤의 끊임없는 총격보다 더 무서웠다. 극도의 긴장감에 휩싸인 우리는 무슨 일이 일어났는지, 왜 포격이 멈췄는지 아무도 알지 못했다. 늦은 오후가 되자 긴장감은 공포로 바뀌었다. 크론슈타트는 수만 명이 희생된 채 정복되었고 도시는 피로 흠뻑 젖었다. 중포가 부수어 놓은 네바 강은 수많은 병사, 젊은 생도들과 공산주의자들의 무덤이 되었다. 영웅적인 선원들과 병사들은 마지막 순간까지 자신들의 자리를 지켰다. 운이 나빠 전투에서 죽지 못한 사람들은 적의 손에 넘어가 처형되거나 러시아 최북단의 얼어붙은 지역에서 고문을 당해야 했다.

우리는 기함했다. 볼셰비키에 대한 마지막 믿음의 끈이 끊어진 사샤는 필사적으로 거리를 배회했다. 팔다리가 납덩이가 된 것처럼 모든 신경에 이루 말할 수 없는 피로가 몰려왔다. 나는 절뚝거리며 밤을 들여다보고 있었다. 페트로그라드는 검은 망토에 싸인 끔찍한 시체였다. 가로등은 시체를 밝히는 촛불처럼 노랗게 깜빡였다.

다음 날인 3월 18일 아침, 불안함으로 잠들지 못했던 전날의 수면 부족으로 여전히 잠이 부족했던 나는 무거운 군홧발 소리에 잠에서 깨어났다. 공산주의자들이 행진하며 군악대의 연주에 맞춰 인터내셔널가를 부르고 있었다. 한때 내 귀에 환희에 찬 노래였던 인터내셔널가가 이제는 불타는 인류의 희망을 위한 장송곡으로 들렸다.

3월 18일은 1871년의 파리 코뮌을 기념하는 날로, 코뮌은 두 달 후 티에르와 갈리페가 3만 명을 학살하면서 무너졌다. 이 비극이 1921년 크론슈타트에서 또 한번 반복되었다.

크론슈타트 '청산'의 완전한 의미는 끔찍한 사건이 발생하고 3일 후 레닌에 의해 직접 밝혀졌다. 크론슈타트 포위 공격이 진행 중이던 모스크바에서 열린 제10차 공산당 대회에서 레닌은 영감을 받은 공산주의자의 노래를 갑자기 신경제정책(NEP)에 대한 찬가로 바꿨다. 자유무역, 자본가에 대한 양보, 농장 및 공장 노동의 사적 고용 등, 3년 넘게 반혁명으로 저주받으며 감옥과 사형에 처해졌던 모든 것들이 이제 레닌에 의해 독재의 영광스러운 깃발 위에 쓰였다. 그는 17일 동안 당 안팎의 성실하고 사려 깊은 사람들이 알고 있던 사실을 뻔뻔스럽게 인정했다. "크론슈타트 선원들은 반혁명주의자들을 원치 않았지만 그들은 우리도 원하지 않았습니다." 순진한 선원들은 혁명의 슬로건을 진심으로 받아들였다. 레닌과 그의 당이 엄숙히 약속한 "모든 권력은 소비에트에게 있다"는 조항을 믿은 것이었다. 그것이 그들의 용서할 수 없는 범죄였고 그것을 위해 그들은 죽었다. 그들은 기존 구호를 완전히 뒤집은 레닌의 새로운 슬로건을 위한 토양을 비옥하게 만들기 위해 순교해야 했던 것이다. 그들은 신경제정책의 전채 요리였다.

크론슈타트와 관련해서 레닌은 패전 도시의 선원, 군인, 노동자를 향한 사냥을 멈추지 않았다. 수백 명이 체포되었고 체카는 다시 '표적 사격'을 하느라 바빴다.

이상하게도 아나키스트들은 크론슈타트의 '반란'과 관련하여 언급되는 일이 없었다. 그러나 제10차 대회에서 레닌은 아나키스트들을 포함한 '소부르주아'들을 상대로 가장 무자비한 전쟁을 벌여야 한다고 선언한 바 있다. 그는 노동에 반대하는 아나코-생디칼리즘적 성향이 공산당 자체에서 생겨나는 경향이 있음이 증명되었다고 말했다. 아나키스트에 대해 군대를 동원하겠다는 레닌의 발언은 즉각적인 반응을 불러일으켰다. 페트로그라드 그룹은 급습을 당했고 조직원 다수가 체포되었다. 또한 체카는 아나코-생디칼리즘 지부에 속한 골로스 트루다 인쇄 및 출판사를 폐쇄했다. 우리는 이 일이 있기 전에 모스크바행 티켓을 구매했었는데 대대적인 체포 소식을 접하고 우리도 수배를 당할지도 모른다는 생각에 조금 더 머물기로 결정했다. 그러나 우리는 수배되지 않았다. 아마도 소비에트 감옥에는 '도적들'만이 있다는 것을 보여 주기 위해 아나키스트 유명 인사 몇몇이 필요했기 때문일 것이다.

모스크바에서는 아나키스트 여섯을 제외하고 모두 체포되었고, 골로스 트루다 서점은 문을 닫았다. 그 어떤 도시에서도 우리 동지들에 대한 혐의가 제기되지 않았고, 청문회나 재판에 회부되지도 않았음에도 그들 중 상당수는 이미 사마라 교도소로 보내졌다. 부티르키와 타간카 교도소에 수감된 사람들은 최악의 박해와 심지어 물리적 폭행까지 당하고 있었다. 어린 동지 한 명인 카시린은 교도소장이 보는 앞에서 체카 요원에게 구타를 당하기도 했다. 혁명 전선에서 싸우면서 많은 공산주의자들에게 알려지고 존경까지 받았던 그리고리 막시모프와 다른 아나키스트들이 이 끔찍한 상황에 맞서 할 수 있는 건 단식투쟁뿐이었다.

모스크바로 돌아오자마자 우리가 가장 먼저 해야 할 일은 우리 동지들을 몰살시키는 당국의 전술을 비난하는 성명서에 서명하는 것이었다.

우리는 바로 서명을 했지만 이제 사샤는 아직 감옥에 있지 않은 소수의 정치범들이 러시아 내에서 항의하는 것은 전혀 쓸모가 없다는 점을 나만큼이나 강조했다. 러시아 대중에게 다가갈 수 있다고 해도 그들에게서 효과적인 행동을 기대할 수는 없었다. 수년간의 전쟁과 내전, 고통을 겪으며 그들은 활력을 잃었고 공포는 그들을 침묵시켰다. 사샤는 우리가 의지할 수 있는 것은 유럽과 미국이라고 선언했다. 해외의 노동자들이 '10월'의 수치스러운 배신에 대해 알아야 할 때가 왔다. 프롤레타리아트와 각국의 자유주의자, 급진주의자들의 깨어난 양심은 무자비한 박해에 대한 강력한 외침으로 구체화되어야 할 것이었다. 그것만이 독재 정권의 손아귀에서 살아남을 수 있을 것이다. 그 외에 다른 어떤 것도 할 수 없었다.

크론슈타트의 순교는 벌써부터 나의 친구를 위해 이만큼의 일을 해냈다. 볼셰비키 신화에 대한 그의 믿음을 마지막 흔적까지 무너뜨린 것이다. 사샤뿐 아니라 이전까지만 해도 공산주의 방식이 혁명기에 불가피하다고 옹호했던 다른 동지들도 마침내 '10월'과 독재 사이의 심연을 볼 수밖에 없었다.

그들에게 가르쳐 준 심오한 교훈의 대가가 그렇게 크지 않았더라면 좋았을 텐데…. 사샤와 나는 다시 하나의 입장이 되었고, 지금까지 볼셰비키에 대한 나의 태도에 적대적이었던 러시아 동지들이 이제 내게 가까이 다가왔다는 사실에 위안을 삼을 뿐이었다. 더 이상 고통스러운 고립 속에서 더듬거리지 않아도 되고, 과거 아나키스트 중 가장 뛰어난 사람으로 알고 지냈던 사람들 사이에서 이질감을 느끼지 않아도 된다는 것, 32년이라는 긴 세월 동안 내 삶과 이상과 노동을 공유했던 한 인간 앞에서 내 생각과 감정을 숨기지 않아도 된다는 것이 얼마나 다행스러운지 몰랐다. 하지만 크론슈타트에는 검은 십자가가 세워져 있었고, 그들의 가슴에는 현대 그리스도의 피가 흐르고 있었다. 그러니 어찌 나의 안도와 위안을 소중히 여길 수 있겠는가?

레온테프스키로 가는 길에 우리는 일반적으로 보던 것보다 더 과장되고 화려한 행진을 만났다. 어떤 특별한 날인 건지 궁금해서 물었더니 모스크바에 온 지 얼마 안 되어서 이 대단한 행사를 모르는 거냐는 말을 들었다. 다름 아닌 슬라시초프 크림스키 장군의 귀환을 축하하는 행사였다. "뭐라고!" 사샤와 나는 똑같이 외쳤다. "그 백군의 장군, 유대인 사냥꾼에다 제 손으로 붉은 군대의 목숨을 앗아간 혁명의 가차 없는 적, 그 사람?" 바로 그 사람이었다. 그는 그토록 사랑했던 조국에 재입국할 수 있게 해달라고 간청하며 앞으로 볼셰비키를 충실히 섬기겠다고 맹세했다. 그는 이제 소비에트 정부의 명령에 따라 군사 영예를 받았고 노동자, 군인, 선원들이 혁명의 가장 난공불락의 적을 교화하기 위해 혁명의 노래를 부르며 축제를 벌이고 있었다. 우리는 붉은 광장에서 사회주의 공화국 혁명군 총사령관 레온 트로츠키가 차르의 장군 슬라시초프 크림스키 앞에서 군대를 점검하고 있는 광경을 보았다. 관람석은 존 리드의 무덤에서 멀지 않은 곳에 있었다. 그 그림자 속에서 크론슈타트의 도살자 레온 트로츠키는 동지 크림스키의 피 묻은 손을 꽉 쥐고 있었다. 신도 웃다 자빠질 만한 광경이 아닌가!

얼마 지나지 않아 슬라시초프 크림스키 장군은 북쪽의 황량한 지역인 카렐리아로 가서 "그곳의 반혁명 봉기를 청산하라"는 명령을 받았다. 자결권을 보장받은 소박한 카렐리아 사람들은 공산주의의 멍에를 참지 못했고, 순진하게도 자신들이 겪었던 학대에 저항을 한 것이다. 슬라시초프 크림스키 장군보다 '반란군'을 더 잘 제압할 수 있는 사람이 있을까?

우리에게 남은 한 가지 위안이라면 더 이상 학살자에게 손을 벌리지 않아도 된다는 것. 사랑하는 어머니와 친구 헨리 알스버그가 우리를 그런 타락에서 구해 주었다. 어머니는 친구를 통해 내게 300달러를 보내 주었고, 헨리는 사샤에게 음식과 교환하라며 옷 몇 벌을 남겨두었다. 새로운 생활 방식에서 이것들은 유용했고 우리의 숨통을 터줄 수 있었다.

우리는 아직 대다수의 비주류가 겪는 존재의 과정에 적응하지 못한 채였다. 새벽에 농부들에게 나무를 구하러 다니고, 썰매를 타고 집으로 가져와 언 손으로 나무를 자르고, 그걸 지고 성큼성큼 계단을 오르고, 하루에도 몇 번씩 멀리서부터 물을 길어 숙소까지 가져오고, 작고 따뜻하지 않은 주방 겸 침실에서 요리하고 씻고 자는 일(심지어 사샤의 방은 내 방보다도 작았고 또 훨씬 추웠다). 처음에는 정말 힘들었고 우리는 지칠 대로 지쳤다. 손은 트고 부어 있었고, 원래도 좋지 않던 척추가 통증으로 아려왔다. 특히 뉴욕에서 넘어지면서 인대가 늘어나서 1년 동안 불구가 되었던 다리의 통증이 다시 재발해 큰 고통을 겪었다.

그러나 크론슈타트의 학살로 '10월'에 최후의 타격을 가한 세력에게 더 이상 아무것도 요구하거나 받아들일 필요가 없다는 정신적 해방감, 즉 내면의 해방감에 비하면 육체적 고통과 피곤함은 아무것도 아니었다.

독재 정권의 모든 혁명적 존재가 완전히 무너진 것을 고려할 때, 그 보호 아래 있는 크로포트킨 박물관은 그의 이름을 직접적으로 모독하는 것으로 여겨졌다. 사샤 또한 레닌, 트로츠키, 슬라시초프 크림스키의 성채 안에 있는 크로포트킨 기념관의 부조화를 볼 수 있었고 여기에 러시아 동지들도 동의했다. 그럼에도 그들은 볼셰비키가 감히 손을 댈 수 없는 유일한 아나키스트 사상의 중심지로서의 박물관에 대한 생각을 고수했다. 하지만 소피는 크로포트킨 박물관이 아나키스트의 본부가 되는 것을 원치 않았다. 크로포트킨 평생의 동반자이자 동료였던 그녀의 야망은 과학, 철학, 문학, 인본주의, 아나키즘 등 그의 다재다능한 활동을 증명하는 것에 있었다. 나는 소피의 심정을 충분히 이해했지만, 크로포트킨의 아나키즘에 무게를 두는 동지들의 열망 역시 이해했다. 그 자신도 그랬을 것이다. 크로포트킨은 아나키즘을 자신의 목표로 삼았고, 아나키즘을 탐구하는 것을 인생의 최고 과제로 선택했다. 따라서 아나키스트 크로포트킨을 기념하는 박물관의 첫번째 자리를 차지해야 할 사람은 바로 아나키스트 크로포트킨이었다. 하지만 프로젝트에서 소피가 맡은 역할의 중요성을 무시할 수 없는 노릇이었다. 그녀는 기념관에 생명을 불어넣고 그 발전과 성장을 지켜보는 데 필요한 헌신과 애정 어린 인내, 시간과 자유를 가진 사람이었다. 나는 우리 동지들에게 그들이 아직 자유를 누리고 있지만 언제든 체카에 체포될 위험이 있음을 지적했다. 그런 그들이 어떻게 박물관 작업에 착수하고 또 이곳을 유지할 수 있을 것인가? 설령 자유롭다 하더라도 할 수 없는 일이었다. 식량을 확보하는 소모적인 작업에 매일의 고된 노동이 더해져 이 기념관을 위해 무언가를 할 시간도 힘도 남지 않았다. 프로젝트에서 내가 맡은 역할은 미국에 있는 우리 동지들에게 호소하는 것으로 제한될 것이고, 그마저도 소피를 돕고 싶어서 하는 일이었다. 나는 현재 러시아에 크로포트킨 박물관이 있다는 것은 매우 모순된 일이라고 생각했고, 소비에트 독재자들에게 도움을 요청하거나 받을 생각도 전혀 없었다.

사샤는 나와 함께 이 호소에 동참하기로 했지만 어떤 상황에서도 크론슈타트의 피바다, 우리 동지들에 대한 대대적인 박해, 부티르키 감옥의 정치범들에 대한 공격에 대해 책임이 있는 이들과 말을 섞는 일은 없을 것이었다. 로마노프 왕조도 정치범에 대해 이토록 무자비한 공격을 벌인 적은 거의 없었다고 그는 말했다. 사회주의 공화국에서는 체카 요원들과 군인들이 감방에서 잠든 남녀를 덮쳐 구타하고, 여성은 머리채를 잡혀 계단으로 끌려내려가 대기 중인 트럭에 던져진 채로 아무도 모르는 곳으로 보내지기 일쑤였다. 사샤는 인간성이나 혁명적 진실성을 가진 사람이라면 그런 범죄자들과는 어떤 관계도 맺을 수 없다고 열정적으로 선언했다.

아무리 가슴 깊이 느꼈다고 해도, 나의 동지가 이 정도로 흥분하거나 분노를 표출하는 경우는 많지 않았다. 하지만 끔찍한 야간 습격의 피해자 중 한 명으로부터 받은 편지는 지난 두 달 동안 쌓여 온 사샤의 분노를 폭발시켜 버리고 말았다.

편지는 폭행 사건 다음 날 우리에게 전해진 소문에 대한 내용을 적고 있었다.

강제수용소, 랴잔.

4월 25일 밤, 붉은 군대와 무장한 체카 요원들이 들이닥쳐서는 당장 옷을 입고 부티르키를 떠날 준비를 하라는 명령이 떨어졌습니다. 일부 정치범들은 처형당할 것이라고 생각해 이를 거부했는데, 돌아온 것은 끔찍한 구타였습니다. 특히 여성들은 심하게 학대를 당했고, 그 중 일부는 머리채를 잡혀 끌려 내려가기도 했죠. 많은 사람들이 심각한 부상을 입었어요. 저 역시 너무 심하게 맞아서 몸 전체가 하나의 커다란 상처인 것 같은 지경이었으니까요. 우리는 잠옷 차림으로 강제로 끌려나와 마차에 던져졌습니다. 우리 그룹 동지들은 나머지 멘셰비키, 사회주의 혁명가, 아나키스트, 아나코-생디칼리스트들의 행방에 대해 전혀 알지 못합니다.

파냐 바론을 포함한 열 명이 이곳으로 끌려왔습니다. 이 감옥의 환경으로 말할 것 같으면 견딜 수 없을 정도로 열악합니다. 운동도 할 수 없고, 바람을 쐴 수도 없는 데다 음식은 부족하고 불결하기까지 하죠. 어디를 가나 끔찍한 흙먼지와 빈대, 이가 있습니다. 더 나은 처우를 위해 단식투쟁을 선언하고자 합니다. 방금 짐을 싸라는 지시를 받았습니다. 우리를 다시 어디론가 보내려고 하는 게죠. 어디로 가게 될지는 모릅니다.

체카가 이렇게 분노한 이유는 부티르키에서 우리 남성 동지들이 구축한 비교적 자유로운 분위기와 수업, 강의, 토론 조직을 용납할 수 없었기 때문이었다. 또한 정치범들이 일반 죄수들의 처우에 대한 개선을 호소했다는 이유도 있었다. 항상 감방에 갇혀 역겨운 음식을 먹으며 배설물 통을 이틀 동안 비우지 않는 데 대해 수감자 1,500명이 파업에 들어갔다. 불행한 사람들의 요구가 충족되고 문제가 조금 해결된 것은 전적으로 정치범들 덕분이었다. 체카가 정치범들의 개입으로 인한 좌절을 용서할 리 없었고, 4월 25일의 야간 습격이 바로 그 결과였다.

부티르키에서 강제로 추방된 멘셰비키, 사회주의 혁명가, 아나키스트 300명의 운명에 대해 모스크바 소비에트에 반복적으로 문의한 결과 이들이 오를로프, 야로슬라블, 블라디미르 교도소에 분산 수용되었다는 정보를 얻어냈다.

습격 직후 모스크바 대학교 학생들은 4월 25일의 참상에 항의하는 공개 집회에서 시위를 벌였는데 주동자들은 즉시 체포되었고, 대학은 폐쇄되었으며, 러시아 각지에서 온 학생들은 3일 안에 고향으로 돌아가야 했다. 이러한 극단적인 조치에 대한 공식적인 설명은 배급량 부족이었다. 학생들은 학업을 계속할 수만 있다면 배급 없이도 학업을 계속하겠다고 선언했지만 떠나라는 명령은 달라지지 않았다. 얼마 후 대학은 다시 문을 열었고 학장 프레오브라젠스키는 선언했다. "앞으로 어떤 종류의 정치 활동도 용납되지 않을 것입니다." 항의하는 교수를 교직에서 해임하고 학생을 정학시키는 일은 이제 일상이 되었다. 대중만 이를 모르고 있었던 거다. 크론슈타트와 신경제정책 이후 학계에 물려진 재갈은 더욱 심각해지고 뻔뻔스러워졌다. 차르 정권 시절 모스크바 대학에서 자유롭게 강의하던 유명한 아나키스트이자 철학 교수였던 알렉세이 보로보이는 볼셰비키 독재 아래에서 사임해야만 했다. 그의 죄목은 학생들이 그의 수업에 한꺼번에 참석하고 그의 말을 기꺼이 들었다는 데 있었다.

체포된 학생들은 추방되었으며, 그중에는 크로포트킨의 저작을 연구하는 서클에 소속된 혐의로 체포된 17세와 18세 소녀도 포함되었다. 당시 상황을 고려할 때 볼셰비키가 크로포트킨 박물관에 손을 대는 것을 주저할 것이라고 생각하는 것은 어리석은 일이었다. 하지만 대부분의 위원들은 납득하지 못했다. 사샤와 나는 우리의 입장을 더 이상 정당화할 필요가 없었다. 게다가 우리는 러시아를 떠나기로 확실히 결정했다.

크론슈타트 대학살 이후 사샤가 고뇌하던 첫 몇 주 동안 나는 포위 공격 중에 떠오른 러시아를 떠나겠다는 생각을 감히 말하지 못했다. 그의 고통을 가중시킬까 봐 두려웠기 때문이다. 나중에 그가 좀 추스르고 난 후, 그가 어떨지 전혀 확신하지 못한 채로 그 이야기를 꺼냈다. 살인적인 정권 아래 그를 남겨 둘 수 없다는 것만은 확실했다. 사샤가 같은 생각으로 밤잠을 설친 적이 많다는 사실에 큰 안도감을 느꼈다. 러시아에서 우리의 삶을 단순한 존재 이상의 가치로 만들기 위한 모든 가능성을 논의한 후, 우리는 우리의 어떤 말이나 행동도 혁명이나 우리 운동에 가치가 없거나 박해받는 동지들에게 최소한의 도움도 되지 않을 것이라는 결론에 도달했다. 우리는 이곳에서 볼셰비즘의 반혁명성을 선포할 수도 있고, 레닌, 트로츠키, 지노비예프에 맞서 목숨을 던져 그들과 함께 몰락할 수도 있다. 하나 이러한 행위는 우리의 대의나 대중의 이익을 위해 봉사하기보다는 독재 정권을 돕는 것에 불과하다. 그들의 교묘한 선전은 우리의 이름을 수렁에 빠뜨리고 전 세계 앞에 반역자, 반혁명가, 도적이라는 낙인을 찍을 것이다. 재갈을 물리고 사슬에 묶일 수도 있었다. 떠나야 할 때였다. 사샤는 혁명이 독재의 철권통치에 짓밟힌 러시아에서 우리가 할 수 있는 중요한 일이 없다는 것이 분명해졌으므로 최대한 빨리 불법적으로라도 떠나야 한다고 주장했다. 우리에게는 여권이 주어지지도 않을 텐데 이 고문 속에 계속 있을 이유가 있단 말인가? 우리의 희망을 약속했던 러시아를 밤중에 도둑처럼 떠나자는 말이냐고 내가 항의했다. 다른 방법을 다 시도해 보기 전까지 나는 그렇게 할 수는 없었다. 해외에 있는 동지들에게 연락해 어느 나라에서 우리를 받아줄지 알아봐야 한다고 간청했다. 생디칼리스트 대표들이 7월 모스크바에서 열리는 국제노동조합 대회에 참석할 것은 확실했다. 러시아를 막 떠날 예정이었던 헨리 알스버그 편에 메시지를 보낼 수도 있고, 더 나은 방법을 찾을 수도 있을 거였다. 헨리라면 미국에 있는 우리 동지들에게 우리의 메시지를 전달하고 상황을 솔직하게 알리겠다고 약속했던 다른 사람들과는 다를 것이다. 대부분은 약속을 지키지도 않고 우리 말을 왜곡했다. 스텔라와 피치가 여전히 러시아에서의 멋진 활동 기회에 대해 열정적으로 글을 쓰는 것은 당연한 일이었다. 헨리만큼은 절대적으로 믿을 수 있었기 때문에 그가 독일에 있는 동지들을 만날 때까지 기다려야 했다. 사샤는 마지못해 동의했다. 그는 크론슈타트를 떠올리면 더 이상 마음의 평화를 찾을 수 없다고 말했다.

나는 그의 슬픔을 함께 나눴고, 우리 동지들과 아직 혁명적 감각이 남아 있는 모든 사람들도 마찬가지였다. 모스크바에 있는 우리의 집은 우리 동지들뿐 아니라 우리 진영 밖에 있는 다른 사람들에게도 오아시스가 되었다. 사람들은 때를 가리지 않고 하루종일, 심지어 밤 늦은 시간에도 배고프고 기운 없는 상태에서 절망에 빠진 채로 우리를 찾아왔다. 우리와 초대받은 한두 명의 손님을 위한 식사를 가지고 우리가 식사를 하기 위해 자리에 앉을 때까지 몰려들 많은 사람들을 위해 그리스도의 빵의 기적을 행해야 했다. 사람들에게 음식을 충분히 주기 위해 나는 입맛이 없다는 핑계를 대고 두통, 위통, 식사가 나오기 전에 항상 최고만을 골라 먹는 요리사의 고약한 습관 등 온 갖 이유를 만들어 내야 했다. 프라이버시가 침해되고 있다는 사실보 다는 가끔씩 찾아오는 현기증이 나를 더 신경쓰이게 했다. 하지만 이 사람들은 갈 곳이 없었고, 집처럼 편안하게 지낼 수 있는 곳도, 고민 을 털어놓을 곳도 없었다. 그것이 우리가 제공할 수 있는 유일한 서 비스였고, 우리는 충만한 마음으로 봉사했다.

고국의 고난에 조금은 덜 괴로워하는 손님도 있었다. 박물관 탐 험대의 사무국장인 알렉산드라 샤콜이 모스크바에 잠시 머물게 된 것이다. 다시 만나서 이야기를 나누고, 그녀가 행복의 절정이라 여기 는 에그노그(그녀는 "고글 모글"이라고 불렀다)를 대접하며 우울함을 떨 쳐버릴 수 있어서 좋았다.

샤콜을 통해 나로드나야 볼야(인민의 의지)로 알려진 선구적인 혁 명 운동의 가장 높이 자리한 인물 중 한 명인 베라 니콜라예브나 피 그네르와 다시 친분을 쌓을 수 있었다. 작년에 만났을 때는 건강이 좋지 않고 끼니를 거르는 모습을 보고 충격을 받았더랬다. 나는 그 녀가 풍족하지는 않더라도 생활하기에 충분한 아카데믹 배급을 받 고 있는지 물었다. 베라 니콜라예브나는 배급 명단에서 빠져 있었지 만 자존심이 강한 나머지 신청하지 못하고 있었다고 샤콜이 말해 주 었다. 이 문제에 대해 이야기를 나눴던 루나차르스키도 나만큼이나 분개했다. 그는 이에 대해 아는 바가 없었고 즉시 베라 피그네르에게 배급을 지시했다. 이제 그녀는 더 젊어 보였다. 거의 80이 가까운 나 이에도 불구하고 그녀는 여전히 시인들에게 영감을 주었던 아름다 움이 많이 남아 있어 사람들의 시선을 사로잡는 사람이었다. 실리셀

부르크 요새의 감옥에서 22년을 보낸 그녀의 정신은 말할 것도 없고 러시아라는 드라마가 그녀 앞에 펼쳐진 이후 수년간의 투쟁도 놀라웠다. 예의 바르고 재치 있고 무한한 인간애를 지닌 베라 니콜라예브나는 영웅적인 혁명 시대와 나로드나야 볼야 시대의 동지들, 그들의 놀라운 인내와 대담함에 대한 회상으로 우리를 열광하게 만들었다. 자기 한 몸은 생각지도 않고 전적으로 대중의 실현을 위해 헌신하는 그들이야말로 아나키즘의 진정한 선구자라고 베라는 생각했다. 그녀는 거의 모든 동지들을 알고 찬사를 보냈는데, 특히 세계에서 가장 중요한 혁명 시대의 '대제사장'이었던 소피아 페롭스카야에 대해 이야기할 때는 그녀의 순수한 비전과 웅장함이 드러났다. 베라의 이야기를 듣고 있으면 어머니 러시아 땅에서 과거에 있었던 일이 다시 살아날 수 있다는 희망이 깨어나곤 했다.

생각지도 못한 손님이 미국에서 도착했다. 바퀴 달린 집에서 살면서 반유대주의 개를 키우는 우리의 오랜 친구 밥 로빈스였다. 그 또한 '종교'가 생겼는데, 러시아가 그의 피 속에 있었던 것이다. 그는 미국에서의 소속, 동지, 친구들과의 관계를 끊고 수년간 모은 돈을 가지고 소비에트의 고향에 와서 혁명의 수고를 돕는 일을 영광으로 여기고 있었다. 그의 아내인 루시는 미국 노동 연맹의 더 원활하고 안전한 방법을 선택했다. 밥은 우리를 과거와 이어 주는 강력한 연결고리였다. 잠시 동안은 감격스러웠지만 현실은 곧 다시 러시아 하늘의 검은 구름에 가려졌다. 갑자기 우리 앞에 나타난 루이즈 브라이언트는 더 이상 슬픔에 잠겨 절망에 빠져 있는 모습이 아니었다. 잭이 사망한 지 7개월, 루이즈는 젊고 삶에 대한 갈망이 있었다. 그녀가 남편의 동지들에게 불안과 비난을 불러일으킨 것은 당연해 보였다. 코에는 파우더를 바르고 입술에 립스틱을 바르고 몸매에도 신경을 쓰는 모습이었다. 소비에트 러시아에서 그런 이단이라니! 루이즈는 공산주의자가 아니라 공산주의자의 아내였을 뿐이었을지도 모른다. 왜 자기 길을 가면 안 되는 건가요, 나는 그녀를 변호했다. 공산주의 금욕주의자들에게는 딱 물어뜯기에 좋은 일이었고 그들은 나 역시 루이즈와 같은 부르주아고, 우리 같은 사람들은 독재와 그 목표라는 단 하나의 목적이 있을 때 항상 개인의 권리를 옹호하는 사람들이라고 비난했다.

루이즈는 내게 콘스탄틴 스타니슬라브스키를 만나러 같이 갈 것을 제안했다. 이 암울한 현실에서 나를 조금이나마 벗어날 수 있게 해준 위대한 예술을 만든 바로 그 사람을 만날 수 있는 기회가 반가웠다. 루나차르스키는 내가 모스크바를 처음 방문했을 때 그와 네미로비치-단첸코를 소개하는 편지를 보내 준 바 있었다. 당시 둘 다 아픈 상태였고, 그 이후로는 러시아의 물결이 나를 휩쓸고 지나갔다.

산더미처럼 쌓인 트렁크, 상자와 가방 사이에서 스타니슬라브스키가 보였다. 그의 스튜디오가 또 다시 징발된 것이었다. 이전에도 이런 일이 여러 번 있었기 때문에 정기적인 가택 연금보다 더 신경 쓸 일도 아니라고 그는 말했다. 오히려 그는 러시아 내 드라마의 빈곤에 대해 훨씬 더 낙담하고 있었다. 지난 4년 동안 어떤 성과도 없었다고 그는 말했다. 자고로 극작가의 성장이란 창조적 예술의 살아 있는 원천에 달려 있으며, 그 원천이 메말라 버리면 가장 큰 욕구도 메마르게 되는 법이다. 하지만 체념한 것은 아니라고 그는 서둘러 덧붙였다. 러시아 땅과 영혼의 보물을 아는 사람이라면 누구라도 절망할 수는 없다고. 고골에서 체호프, 고리키, 레오니트 안드레예프에 이르는 계보는 끊어진 게 분명했지만 완전히 사라진 것은 아니다. 스타니슬라브스키는 미래가 이를 증명할 것이라고 예언했다.

우리를 찾는 사람 중 가장 친한 사람은 헨리 알스버그였다. 그는 우리를 자주 찾아왔는데 우리만 있는 순간을 귀신같이 알았다. 그는 항상 우리의 곳간을 채워 줄 선물을 가득 들고 왔고 그가 겸비한 재치와 훌륭한 인성은 우리의 우울함을 없애 주었다. 헨리는 더 이상 전선을 없앰에 따라 뒤따를 거대한 정치적 변화 같은 것에 대해 이야기하지 않았다. 그가 러시아로 돌아온 이후 크론슈타트 전선을 포함한 모든 전선은 실제로 종결되었다. 남은 것은 카렐리야뿐이었고 슬라시초프 크림스키 장군이 그곳에 주둔 중이었다. 내전이 종식된 것이다. 표현과 언론의 자유, 소비에트 감옥에 수감된 수천 명의 정치범에 대한 사면이라는 알스버그의 희망이 실현될 때가 왔다. "헨리, 어디에 있는 거죠?" 그에게 한 번 물은 적이 있다. "레닌과 그의 당에서 기대했던 자유 말이에요. 그건 어디로 간 거죠?"라고. 그는 크론슈타트의 악몽에 시달리고 있다는 것을 부인하기엔 너무 솔직했고, 정치범들의 대대적인 체포와 비인간적인 대우에 숨이 막혔다는 사실도 숨길 수 없었다. 자신에게 사회 혁명의 본질, 의미, 목적에 대한 명확한 이해가 부족했던 것이 그를 괴롭히는 고민거리였다. 그는 공산주의 국가라는 냉혈한 괴물의 더욱더 큰 영광을 위해 모든 사람과 모든 것을 굴복시키려는 권력에 대한 광기 속에서 혁명과 국가와 국민의 뒷걸음질, 개입주의자, 봉쇄를 독재에 내재된 모든 범죄의 원인으로 비난하면서 그 자신은 모험을 찾는 기사로 남았다. 그의 태도는 가끔 내 인내심에 부담을 주기도 했지만, 소탈하고 선량한 친구에 대한 애정만큼은 변함이 없었다. 우리 동료들의 유대감에도 영향을 미치지 않았다. 그 어디보다도 볼셰비키 러시아에서는 눈물을 참기 위해 우리는 때때로 웃어야 했다.

우리 집을 마지막으로 찾은 날, 헨리는 다시 한번 커다란 옷 뭉치를 가져와 사샤에게 느릿하게 말했다. "레닌도 가게 주인이 되는 마당에 알렉산더 버크만이라고 안 되라는 법 있나요?" "물론이죠." 사샤가 대답했다. "유대율법에 따라 레닌보다 좀 먼저 했을 뿐입니다. 크렘린궁의 교황이 축도를 하기 전에 우크라이나에 있는 동안 물건을 거래했었거든요." 내가 끼어들었다. "당신은 '투기꾼이자 도적'으로서 그 거래에 관여했다는 사실을 잊었나 보네요. 레닌은 카를 마르크스의 성스러운 이름으로 그리 한 거잖아요. 둘에는 차이가 있죠."

그렇다. 바로 그 차이였다. 내셔널 호텔 앞 시장의 불행한 사람들은 대형 제과점에 자리를 내주어야 했다. 제과점에는 신선한 식빵, 케이크, 파이가 쌓여 있었다. 주인은 공산주의자는 아닌 것 같았지만 레닌의 말대로 사업가였다. 그는 고객을 유치하는 방법을 알고 있었다. 가게는 붐비고 장사가 잘 됐지만 밖에서는 굶주림으로 창백하고 기진맥진해진 얼굴의 군중들이 쇼윈도에 전시된 기적과 오랫동안 보지 못했던 사치품에 대한 갈망으로 눈을 부릅뜬 채 구경하고 있었다. "이런 것들이 다 어디서 오는 거죠?" 그곳을 지나가다가 한 여성이 항의하는 소리를 들었다. "얼마 전까지만 해도 흰 빵을 조금이라도 가지고 있는 것은 위험한 일이었는데, 이걸 보세요. 저 고급스러운 케이크들을요! 이것들 때문에 우리가 혁명을 일으킨 건가요?”
그녀는 괴로움에 신음했다. “부르주아는 이제 끝났다고 생각했건만.”
한 남성이 울부짖으며 소리쳤다. “저들이 가게에 드나드는 걸 봐요!
저 사람들은 뭐하는 사람들이죠? 누구냐 말입니다!” 관중들은 남자
의 말을 따라하며 일부는 주먹을 불끈 쥐기도 했다. “해산하십시오,
해산하십시오!” 가게를 지키고 있던 민병대의 명령이 떨어졌다. 재산
의 신성한 권리를 보호해야 했던 것이다.

　3년 동안 문을 닫았던 트베르스카야의 한 상점은 러시아에 더 이
상 존재한다고는 믿기지 않는 과일, 캐비어, 닭고기 등 다양한 종류
의 상품을 갖춘 채 문을 열었다. 밖에 모인 군중은 너무 압도되어 무
슨 일이 벌어지는지 의식도 못하는 것 같았다. 배고픔에서 비롯된 대
범한 항거였다. 그들의 놀라움은 곧 분노와 외침으로 바뀌었다. 가게
가까이 있던 사람들은 서둘러 매장으로 들어갔고 나머지도 그 뒤를
따랐다. 하지만 레닌의 훌륭한 사업가는 준비가 다 되어 있었다. 이
러한 비상사태에 대비해 경비병들이 내부에 배치되어 있었던 거다.
경비병들은 자신의 의무를 다했다. 소비에트 러시아에서 효율적으로
일하는 유일한 군대인 듯했다.

　신경제정책이 확산됨에 따라 새로운 부르주아지의 시대가 도래
했다. 다양한 별미가 준비되었고, 더 이상 소비에트의 수프나 배급에
대해 걱정할 필요가 없었다. 새로운 특권계급의 전임자가 가져간 전
리품을 숨기고 있을 필요가 없었기 때문이다. 스타니슬라브스키의
‘퍼스트 스튜디오’에서 벨벳과 실크를 입고 값비싼 숄을 두르고 보석
으로 장식한 수많은 여성들을 만났을 때 나는 내 눈을 믿을 수가 없

었다. 하긴, 안 그럴 이유가 있던가. 소비에트의 여성들은 은신처에 숨겨 두느라 구겨지고 최신 파리 패션 유행에 들어맞지는 않더라도 고급 옷을 감상하는 방법은 알고 있었으니.

그러나 대중들 사이에서는 잿빛 칙칙함이 계속되고 있었고, 들어가 살 수 있는 조그만 집, 아픈 가족을 위한 약과 옷감, 혹은 죽은 이를 위한 관을 구할 수 있길 기다리면서 이미 고갈된 체력을 소진하고 있었다. 이것은 내 지쳐 버린 뇌가 만드는 환각이 아니었다. 무시무시한 현실이었다. 안젤리카 발라바노프만 하더라도 그녀는 내셔널의 작은 방으로 다시 보내졌고 소비에트에서 완전히 배제되었다. 병에 걸리고 환멸에 차 크게 상심한 그녀는 자신의 우상이었던 일리치의 재주넘기로 인해 다른 동료들보다 더 큰 고통을 겪었다. 안젤리카처럼 스웨덴 친구들이 주는 비스킷 몇 개만 받아도 죄책감을 느끼는 사람에게는 빵집과 제과점 주변의 배고픈 인파를 계속 보는 것은 고문과도 같았던 것이다. 그녀를 잘 아는 측근들만이 이해할 수 있는 연옥이었다.

열이 오른 상태에서 그녀는 25년 동안 혁명 대오에 있었던 공산주의자 여성 친구의 자살에 대해 이야기했다. 신경제정책이 도입된 후 목숨을 끊은 공산주의자들이 꽤 많다는 이야기를 들었기 때문에 아마 비슷한 경우일 거라고 생각했지만 안젤리카는 그게 아니라고 했다. 그 동지는 자신의 폭력적인 죽음이 병원에서 투병 중인 아들의 곤경에 대한 관심을 불러일으키길 바라며 스스로 목숨을 끊었던 거였다. 그녀는 혁명 전선에서 아들 하나를 이미 잃었다. 두번째 아이는 결핵을 앓고 있었는데 위원장이 그녀에게 아들을 더 이상 병원에 둘 수 없으니 집으로 데려가라고 통보한 것이다. 아들이 편안하게 지낼 수 있는 내셔널 호텔에 방을 배정받고자 했지만 그마저도 실패했고, 이에 그녀는 자신의 총으로 당 집행위원회가 아이를 위한 방을 확보하도록 유도하기 위해 죽음을 결심한 거다. "불쌍도 하지. 제정신이 아니었나 보군요." 내가 말했다. 안젤리카는 그 친구가 자기 아들이 개처럼 죽어 가는 것을 볼 수 없었던 거라고 했다. 관이 내려가던 날의 공포는 안젤리카를 완전히 사로잡았다. 죽은 친구를 보기 위해 동지와 함께 묘지에 갔지만 그곳에는 아무도 없었고 고인의 시신조차 없었다. 안젤리카는 거의 쓰러질 뻔했고 함께 간 동료는 당장 돌아가자고 했다. 돌아오는 길에야 영구가 실린 수레를 끌고 가는 두 명의 공산주의자 여성을 만날 수 있었는데 관과 장례 증명서를 주문하는 데 어려움이 있어 지연이 발생했다는 것이었다.

신경제정책은 계속해서 번성했지만, 성배를 향해 몰려든 영감받은 사람들은 프롤레타리아트가 완전히 통제하고 있으며 노동자들이 땅에서 생산된 최고의 것을 자유롭게 이용할 수 있기 때문에 소비에트 러시아에서는 더 이상 돈이 필요하지 않다고 확신했다. 그래서 미국에서 온 독실한 신자들로 구성된 대규모 파견대는 국경의 환영 위원회에 모든 재산을 넘겼다. 모스크바에서 그들은 공동 숙소에 정어리처럼 꽉 들어차, 소량의 빵과 수프를 배급받는 처지가 되었다. 한 달 만에 두 명의 어린이가 영양실조와 감염으로 사망했다. 남자들은 실의에 빠졌고, 여자들은 병에 걸렸으며, 그중 한 여성은 자녀에 대한 불안과 러시아에서 알게 된 상황에 대한 충격으로 미쳐 버렸다. 이미 희망이 산산이 부서진 우리의 친구 밥은 한 여성이 두 자너를 데리고 모스크바 역에서 3킬로미터를 걸어 우리 앞까지 비극을 가져온 바로 그날, 그들의 사연을 이야기하기 위해 우리를 찾아왔다. 코노세비치 부인과 남편, 열네 살짜리 딸과 어린 아들은 미첼 파머의 정권을 경험한 후 미국에서 추방당했다. 그들은 함께 추방된 다른 사람들만큼 신념이 강하지는 않았지만, 마음속에는 큰 열정을 품은 채 러시아에 왔고 러시아가 헐벗고 굶주렸다는 소식을 듣고 자신의 재산을 가난한 사람들에게 나눠 주기로 결심했다. 2주 후 코노세비치는 가족과 함께 우크라이나의 고향 마을로 향하는 기차에서 끌려나와 마흐노주의자로 몰렸다. 그는 친소 성향으로 인해 미국에서 추방당하여 러시아에 막 도착한 상황이라 마흐노에 대해 들어 본 적도 없다고 체카에 설명했지만 소용 없었다. 그는 체포되어 짐을 압수당했고, 아내와 두 아이는 일주일을 버틸 돈도 없이 역에 남겨졌다.

한 동지의 아내가 미쳐 가는 것을 막고, 코노세비치 부인을 위해 일자리를 찾아 주고, 남편을 사형 집행 가능성에서 구출하는 것은 어쨌든 우리에게는 중요한 일이었다. 이러한 소비에트 생활의 미친 일들이 지나가자 갑자기 온나라에 기근이 닥쳤고, 굶주림과 죽음은 볼가 지역으로까지 확산되어 나머지 국가를 위협했다. 소비에트 정부는 즉각적인 구호 조치를 취하지 않으면 수백만 명이 사망할 수 있다는 사실을 두 달 전부터 알고 있었다. 농업 전문가와 경제학자들은 당국에 임박한 재앙에 대해 경고했고 그들은 이 사태의 주요 원인이 비효율성, 잘못된 관리, 관료주의적 부패라고 솔직하게 지적했다. 소비에트 정부는 재난을 완화하고 대중에게 상황을 알리고 위험에 대한 경각심을 불러일으키는 대신 전문가들의 보고를 억압했다.

이 사실을 알고 있던 소수의 비공산주의자들은 아무것도 할 수 없었다. 우리도 마찬가지였다. 볼셰비키에 대한 우리의 믿음이 절정기였을 때, 모든 지도자들의 문을 두드리고 구호 활동에 도움이 되고자 했을 것이다. 크론슈타트 이후 우리는 교훈을 배웠다. 그럼에도 불구하고 우리는 접근 가능한 좌파 세력에게 재앙의 위협을 알리고 기근에 시달리는 사람들을 구호하는 캠페인에 동참해 달라고 간청했다. 그들은 서둘러 정부에 제안과 지원을 요청했지만 거절당했다. 우파의 반응은 더 호의적이었다. 인류애적 관심으로 이 단체에 가입한 베라 피그네르를 제외한 나머지 사람들은 대부분 10월 혁명에 격렬하게 싸웠던 입헌민주주의자들이었다. 그들은 반혁명분자로 체포되는 게 일이었지만, 이제는 '시민위원회'라는 이름으로 환영받는 존재가 되었다. 건물이며, 전화, 타이피스트, 신문을 발행할 수 있는 권리 등이 주어졌다. 두 호가 발행되었는데 첫번째 신문에서는 티콘 총대주교가 교구 사람들에게 자신이 책임지고 분배할 테니 기부금을 기부해 달라고 호소하는 내용이 담겨 있었다. 프롤레타리아트의 전위와 그 적들 사이의 이 사랑의 향연이 얼마나 아이러니한지는 뒤에 발행된 회보에서 잘 드러났다. 그것은 이름만 빼고 모든 세부적인 부분에서 차르 정권의 가장 검은 반동적인 신문과 똑같았다. 『베도모스티』의 부활과도 같은 신문은 이제 "포모쉬"(원조)라고 불렸다.

소비에트 서커스의 천재들이 '바넘 & 베일리'[미국의 서커스 회사]에서 다시 한번 큰 성공을 거두었다. 실제로 서유럽에서는 더 이상 공산주의 국가에서 정치적 자유가 소멸했다거나 기근의 결정적 시기에 소비에트 정부가 모든 정당의 협력을 환영하지 않았다는 말을 감히 할 수 없었다.

해외에서 기쁜 소식이 전해지고 미국에서 관대한 원조를 받은 후, 사랑의 잔치는 갑자기 끝이 났다. 동맹은 파기되었고, 신부는 단순히 버림받은 것이 아니라 체카 감옥에 던져지기까지 했다. '시민위원회' 위원들은 다시 반혁명분자로 비난받았고, 그 지도자들은 먼 곳으로 추방당했다. 베라 피그네르는 예외였지만 그녀 자신이 이 영예를 거절했다. 그녀는 체카에 가서 동료들과 운명을 함께할 것을 요구했지만, 정부는 해외에서의 후폭풍이 두려운 나머지 그녀를 건드리는 것이 현명하지 않다고 결론 내렸다.

크론슈타트의 악명 높은 칼리닌은 레닌이 마련한 호화 열차를 타고 여행하며 수많은 외신 특파원들을 호화롭게 접대했고 전 세계는 소비에트 국가가 고통받는 국민에게 얼마나 호의적으로 대하고 있는지를 들었다.

그러나 실제 원조의 주역은 그간 구호를 조직해 온 외국 단체들이었다. 러시아 노동자와 대다수 비공산주의자들은 기근에 시달리는 지역을 구호하기 위해 초인적인 노동을 하고 있었다. 지식인들도 기적을 이뤄 내긴 마찬가지였다. 의사, 간호사, 보급품 배달원들이 자신을 희생하는 가운데 많은 이들이 노출과 감염으로 사망했고, 심지어 도움을 주러 와서는 정신나간 어둠의 세력에게 목숨을 잃기도 했다. 기근이 수백만 명의 목숨을 앗아간 상황에서 부르주아 수백 명의 죽음은 정부에서 눈여겨 볼 만한 가치가 거의 없었다. 세계 혁명에 있어서는 소비에트 정권이 갑자기 교회에 숨겨진 부를 발견한 것이 더 중요한 일이었다. 이전이었다면 농민들의 큰 항의 없이도 쉽게 몰수할 수 있었을 테지만 이제 교회 보물의 몰수는 독재 정권이 모든 계층의 국민에게 불러일으킨 증오의 불길에 기름을 더할 뿐이었다. 공산주의 국가의 지속적인 혁명적 열정을 보여 주는 또 다른 예는 공산당원들에게 떨어진 마지막 장신구 하나까지, 소지하고 있는 모든 귀중품을 내놓으라는 명령이었다. 공산주의자들이 보석이나 기타 귀중품을 비축하고 있다는 의심을 받는다는 사실만으로 충격이었는데 실제로 그런 사람들이 있었던 모양이었다. 『이즈베스티아』의 편집장이자, 비공산주의 혁명가들을 도적떼로 사냥하는 것이 특기였던 유명한 공산주의자 스테클로프가 공산주의자가 소유해서는 안 되는 은과 금을 대량으로 소장하고 있는 것이 발각되었다. 당국은 파냐 바론을 쏜 것처럼 저명한 신문의 편집장을 쏠 수는 없었지만 그가 계속 성소에 머물 수는 없었다. 당원들이 용기를 내어 왜 그런 차별이 행해졌는지 요구할지도 모르는 일이었으므로 스테클로프는 정직 처분을 받았고 다른 공산주의자들은 크림 반도로 보내졌다.

기근은 파괴적인 행진을 계속했다. 하지만 모스크바는 피해 지역과 멀리 떨어져 있었고, 성문 안에서는 멋진 이벤트가 준비되고 있었다. 공산주의 인터내셔널, 국제여성단체, 국제노동조합의 세 가지 국제 대회가 열리는 것이었다. 호텔 드 럭스에 인접한 여러 건물이 수리중에 있었고, 행사를 위해 도시를 깨끗하게 청소하고 장식했다. 여러 교회들은 둥근 지붕에 파랑과 금색의 장식용 깃발을 달았다. 세계 각지에서 온 외국 대표단과 방문객을 맞이할 준비를 마쳤다.

일찍 도착한 사람들 중에는 미국 IWW 대표로 온 윌리엄스와 캐스케이든이 있었다. 엘라 리브 블루어, 윌리엄 Z. 포스터, 윌리엄 D.

헤이우드 등 다른 사람들도 곧 합류했다. 우리는 헤이우드가 미국에서 20년 징역형을 선고받고, 2만 달러의 보석금을 내고 풀려난 상태라는 사실을 알고 있었기 때문에 어떻게 '빅 빌'이 올 수 있었는지, 그가 보석금을 내지 않고 도망친 건 아닐지 궁금했다. 사샤는 1914년 사샤가 뉴욕에서 벌인 표현의 자유 투쟁에서 빌이 나약한 모습을 보였을 때부터 빌에 대한 믿음을 잃은 상태였다. 나는 빌을 열렬히 옹호하며 우리의 행동이 항상 그렇게 쉽게 판단될 수 있는 것은 아님을 지적했다. "당신도 마찬가지잖아요." 내가 말했다. 하지만 사샤는 헤이우드가 묵는 호텔까지 나와 함께 가기를 거부했다. "그가 정말 우리를 보고 싶어한다면 우리에게 올 테죠." 사샤가 말했다. 나는 빌과 함께 그런 허례허식을 비웃었다.

빌 헤이우드는 비록 우리와 같은 생각을 공유하지는 않더라도 항상 우리의 반가운 손님이자 많은 전투를 함께한 동지로서 낮과 밤을 가리지 않고 우리 지붕 밑에 머물렀다. 나는 대표단이 가장 선호하는 호텔 드 럭스로 서둘러 가서, 내가 언제나 좋아했던 노병을 찾았다. 빌은 그의 모든 친구들을 사로잡았던 것처럼 따뜻하고 상냥한 태도로 나를 맞이해 주었다. 실제로 그는 모두가 보는 앞에서 즉시 나를 안아 주었다. 남자 동료들은 옆에서 E. G.가 여성 편력이 심한 빌의 많은 여자 중 하나라고 소리를 높여 빌을 놀렸다. 그는 친절하게 웃으며 나를 옆자리로 끌어당겨 앉혔다. 그에게 환영인사를 전하면서 언제 어디서 우리를 찾을 수 있는지 알려주기 위해 잠시 들렀노라고 말했다. 아직 그에게 "밤처럼 검고, 사랑처럼 달콤하고, 혁명적 열의처럼 강한" 커피 한 잔을 줄 수 있다면서. 빌은 기억을 떠올리며 미소를 지었다. "내일 갈게요." 그가 말했다.

헤이우드를 둘러싼 사람들 속에서 체카 요원으로 알고 있는 통역사 몇 명을 발견했다. 이들은 러시아계 미국인 공산주의자로, 당에 대한 봉사로 그 지위와 중요성이 높아진 사람들이었다. 그들은 내 존재에 불쾌감을 느끼며 내게 의심의 눈빛을 보냈다. 나는 빌을 다시 만나게 되어 기뻤고, 미주리 교도소에서 나를 면회하고 항상 애정과 관심을 보여 줬던 엘라 리브 블루어를 비롯한 미국에서 온 다른 여러 사람을 만나게 되어 반가울 뿐이었다. 통역사들은 신경쓰지 않고 나는 곧 자리를 떠났다.

다음 날 늦은 오후에 빌이 도착했을 때 사샤는 외출 중이었다. 이 방문자는 나를 오랜 세월 내 노력의 무대였던 미국으로 다시 데려다주었다. 나의 친구들, 스텔라와 피치, 엘리자베스 걸리 플린, 그 외에도 내 마음속에 남아 있는 다른 여러 사람들에 대한 질문을 그에게 쏟아냈다. 전쟁에 대한 공포로 말미암아 거의 와해되다시피 한 노동 운동과 IWW에 대한 전반적인 상황과 동지들에 대한 이야기를 듣고 싶었다. 빌은 내 질문을 가로막더니 우선 자신의 입장을 분명히 밝혀야 할 것 같다는 말을 했다. 마치 많은 청중 앞에 섰을 때처럼 그의 큰 몸이 긴장으로 떨리는 것이 느껴졌다. 그는 갑작스럽게 말했다. 보석금을 내지 않고 도망쳤다고. 반드시 20년간의 수감 때문만은 아니었지만, 그의 나이에 감옥 생활은 결코 작은 문제가 아니었다. "말도 안 돼요, 빌." 내가 끼어들어 말했다. "그 형을 다 채우지 않아도 되었을 텐데요. 유진 데브스도 사면됐고, 케이트 리처드 오헤어도 사면됐잖아요." "내 말을 먼저 들어 봐요." 그는 내 말을 막았다. "감옥이 결정

적인 요인이 아니었어요. 당신과 마찬가지로 나에게도 평생을 꿈꾸
고 전파했던 것을 실현해 준 것은 다름 아닌 러시아, 러시아였어요.
해방된 프롤레타리아트의 고향인 러시아가 나를 부르고 있었는걸
요." 그는 또한 모스크바에서 오라는 요청을 계속 받았다는 말도 덧
붙였다. 그가 러시아에서 필요하다는 말을 들었다 했다. 여기에서 그
는 미국 대중을 혁명적으로 변화시키고 프롤레타리아 독재에 대비
할 수 있을 것이었다. 긴 수감기간을 앞둔 동료들을 감옥에 남겨 두
고 떠나는 것은 그로서도 쉽지 않은 일이었다. 하지만 더 중요한 것
은 혁명이었고, 목적은 모든 수단을 정당화했다. 물론 보석금 2만 달
러는 공산당이 지불할 것이었다. 그는 이에 대한 엄숙한 서약을 받았
다고 말하며 내가 모쪼록 자신의 동기를 이해하고 자신을 회피하는
사람으로 생각하지 않기를 바란다고 했다.

나는 미국에 대해 더 이상 묻지 않았고, 러시아에 대한 나의 인상
을 말해 달라는 그의 청도 들어주지 않았다. 빌이 우리가 러시아에
도착했을 때와 마찬가지로 제대로 볼 수 없다는 사실을 깨달으며 나
는 큰 충격을 받았다. 눈에서 비늘을 제거하는 수술을 과연 받을 수
있을까? 빌의 사상누각이 무너지고 우리가 그랬던 것처럼 모든 희
망이 묻혀 버린다면 빌은 어떻게 될까? 그는 미국을 떠나오며 다리
를 불태웠고, 미국의 프롤레타리아 청년들이 그를 절실히 필요로 하
는 시기에 그곳을 떠나온 마당에 자신의 탈출을 정당화하는 것은 물
론, 그들의 상상력에 불을 지피는 것도 할 수 없을 것이다. 침몰하는
배를 가장 먼저 버린 선장에게 누가 다시 자신의 목숨을 맡기겠는가.
그리고 나중에 그가 마침내 소비에트 러시아를 볼 수 있게 될 때, 그

때는 어떻게 될 것인가. 그는 모스크바의 선전 목적을 달성한 후 그이전의 많은 사람들처럼 쓰레기 더미에 버려질 것이다. 고국의 땅과 전통에 뿌리를 둔 빌은 러시아에서 이방인이었고, 러시아 언어와 사람들에 대해 무지했다.

나는 그를 기다리고 있는 비극적인 미래를 생각하느라 손님이 있다는 사실도 잊을 뻔했다. "왜 아무 말 없소?" 그의 물음에 "침묵이 금이니까요"라고 농담으로 답했다. 나중에 그가 새로운 나라에 적응하고 나면 다시 이야기할 수 있을 거라고 덧붙였다. "이스트 13번가 210번지 시절처럼 자주 올 수 있을까요?" 그의 질문에 나는 답했다. "그럼요, 친애하는 빌. 당신이 그 사람들에게 관리대상이 된 후에도 원한다면, 얼마든지요." 그는 이 말을 이해하지 못했고 나는 설명하지도 않았다.

사샤는 빌이 도망쳐 온 동기를 조롱했다. 러시아를 비롯한 다른 모든 이유들은 그에게 설득력이 없었다. 물론 다 이유가 될 수야 있겠지만 무엇보다도 빌은 리븐워스에서의 20년형에 흔들린 것이었다. 그렇지 않아도 후반부에 그는 그의 겁쟁이 같은 면모를 반복해서 보여 준 바 있었다. 빌의 미래에 대해서는 걱정할 필요가 없을 거라고 사샤는 나를 안심시켰다. 그는 모스크바가 전 세계에 강요하는 엄청난 망상을 보게 될 때에도 그는 분명 적응할 것이라면서. 그러지 않을 이유가 없지 않냐고 했다. 빌은 항상 강력한 국가와 중앙집권을 지지한 사람이었고, 그 둘의 연합은 독재 외에는 없기 때문이다. "빌은 이곳에서 아주 편안하게 지낼 거요. 어떻게 되는지 한번 보면 알게 되겠지." 사샤는 그렇게 결론 내렸다.

이틀 후 윌리엄 Z. 포스터가 전화해 방문해도 될지를 물었다. 마침 빨래를 하는 날이어서 좀 바빴지만 내가 일을 마칠 때까지 사샤가 포스터를 자기 방에서 만나고 있겠노라 했다. 포스터가 샤피로를 비롯한 아직 자유인인 다른 동지들을 만나고 싶어 할지도 모른다는 생각이 들어 물어보니 그는 러시아 생디칼리스트에 관심이 없다고 했다. 그가 이야기하고 싶은 사람은 오로지 사샤와 나뿐이었다. 포스터는 러시아 아나코-생디칼리스트들이 적용했던 경제 투쟁의 혁명적 노동 전술을 미국에서 처음으로 주창한 인물 중 한 명이었는데 그가 이 반군들을 만나 공산주의 체제에서 상디칼리즘이 어떤 위치를 차지하고 있는지 들을 기회를 거절하는 게 이상하게 느껴졌다.

그는 다른 손님과 함께 왔는데, 사샤가 책임자로 있던 IWW의 활동 멤버로 알고 있던 캔자스 출신의 짐 브라우더였다. 빨래가 끝나고 점심을 준비해 손님과 함께 식사를 했다. 야채와 과일은 시장에서 쉽게 구할 수 있었고, 육류나 생선보다 훨씬 저렴해서 우리는 거의 전적으로 이 식단으로만 생활하고 있었다. 손님들은 미국식 식욕을 잃지 않은 것 같았다. 그들은 맛있게 먹으며 E. G.의 요리 솜씨에 감사를 표했다. 포스터는 식사하는 동안 러시아 연방 노동 언론의 기자 자격으로 러시아에 왔다는 것 외에는 아무 말도 하지 않은 반면 브라우더는 공산주의 국가의 경이로움과 당이 이룩한 놀라운 업적에 대해 많은 이야기를 했다. 얼마나 오래 머물렀는지 묻자 그가 대답했다. "일주일 정도요." "그 정도로 이미 모든 것이 훌륭하다고 생각하셨나요?" "정말 한눈에 알아봤습니다." 나는 그의 비범한 비전을 칭찬한 후 대화를 좀 더 부드러운 분위기로 바꿨다. 우리의 손님들은 곧 떠났지만 아쉬움은 없었다.

또 다른 미국 손님들이 우리를 보러 왔다. 아그네스 스메들리와 그녀의 힌두 친구 차토였다. 미국에서 아그네스의 힌두 활동과 관련해 많은 이야기를 들었지만 개인적으로 만난 적은 없었다. 그녀는 몹시 인상적으로 진지하고 진정한 반항아처럼 보였는데, 인도의 억압받는 사람들을 위한 대의 외에 다른 것들에는 관심이 없어 보였다. 차토는 지적이고 재치 있는 사람이었지만 다소 교활한 사람 같다는 인상을 받았다. 자신을 아나키스트라고 불렀지만, 실제로 그가 헌신하는 것은 힌두 민족주의인 게 분명했다.

캐나다 IWW 대표인 캐스케이든은 예비 회의에서 벌어지고 있는 정치적 음모에 대해 괴로워하면서 우리를 자주 찾았는데, 올 때마다 늘 더 괴로워 보였다. 다른 미국 대표들은 이미 공산주의자들에 의해 포섭되어 국제노동조합협회의 차기 위원장 후보인 로좁스키가 연주하는 음악에 맞춰 춤을 추게 되었다고 그는 말했다. 캐스케이든은 그들의 계략에 맞서 버티고는 있지만, 아마도 의회에서는 기회가 없을 것임을 알고 있었다. 우리는 독립심과 인격을 가진 사람이라면 누구에게나 기회가 있을 것이라는 말로 그를 위로했다. 의회는 러시아 볼셰비키의 꼭두각시들로 가득 차서 중앙의 지시에 따라 모든 주제에 대해 투표를 하게 될 것이었다. 우리가 익히 알고 있는 캐스는 용감했고, 조직에서 내린 지시를 위해 끝까지 싸울 것이라고 그는 확신을 담아 말했다.

예전부터 내게 헌신적이었던 엘라 리브 블루어를 포함한 다른 대표단은 우리에게서 멀어졌다. 빌 헤이우드도 돌아오지 않았다. 로버트 마이너, 메리 히튼 보스, 톰 만도 모두 '통역사'의 보호를 받고 있었다. 그들은 모스크바에 있었고 우리가 그 도시에 살고 있다는 것을 알 방도가 없었다. 밥 마이너는 "마음이 조금 바뀌"어서 공산주의자가 되었다. 우리는 『해방자』에서 그의 고백을 읽었는데, 이는 사실상 그가 우상시했던 가장 친한 친구이자 스승이었던 알렉산더 버크만에게 보내는 공개 서한이었다. 뉴욕 서클의 친한 친구였던 메리 히튼 보스는 친절한 영혼이자 매력적인 동반자였고 그녀의 정치적 견해는 대리인을 통해 전달되었다. 그녀는 조 오브라이언이 남편이었을 때는 IWW였으니, 마이너와 함께 있다는 것은 이제 그녀가 공산주의자라는 말이었다. 메리가 이전에 그토록 자주 선포했던 우정을 피상적인 정치적 성향으로 인해 모호하게 해서는 안 되는 이유는 충분했다.

또한 생디칼리즘의 오랜 옹호자이자 모든 정치 기계의 격렬한 적이었던 톰 만은 보어 전쟁이 한창이던 시절 런던에서 나의 안위에 가장 큰 관심을 보여 줬던 사람이었다. 그는 미국 투어 중 뉴욕에서 우리의 게스트였고, 『어머니 대지』 그룹의 노력으로 말미암아 재앙에서 구조되기도 했다. 이 대표단은 모두 우리와 아주 가까운 곳에 있는 호텔 드 럭스에 머물고 있었다. "인간은 어떻게 그렇게 쉽게 예전으로 돌아갈 수 있는 거죠?" 나의 말에 사샤는 너무 마음에 새기지 말라고 대답했다. 그들은 우리가 볼셰비키와 좋은 관계가 아니라는 것을 들었기 때문에 우리 근처에 오는 것을 두려워하는 것이니. 사샤 본인은 그들이 그러거나 말거나 신경도 안 쓴다 말하며, 나 역시 신경쓸 이유가 전혀 없다고 했다. 그의 단순하고 직접적인 태도가 부러웠다.

　라틴계 대표들도 우리에 대해 은근한 힌트를 받았다는 사실을 알게 되었다. 그러나 그들은 앵글로색슨족과는 다른 기질을 가진 사람들이었다. 그들은 '가이드'에게 동료를 거부하거나 누구와 어울려야 하는지 지시하지 말라고 했다. 프랑스, 이탈리아, 스페인, 독일, 스칸디나비아의 아나코-생디칼리스트들은 우리를 찾는 데 시간을 허비하지 않았다. 오히려 그들은 우리 집을 본거지로 삼았다. 그들은 틈날 때마다 우리와 함께 시간을 보내며 우리의 인상과 견해를 알고 싶어 했다. 그들은 공산주의자들에 의한 좌파 세력의 박해에 대해 듣긴 했지만, 자본주의의 조작이라고 생각했었다. 그들과 함께 온 프랑스 공산주의자 친구들도 진심으로 진실을 알고 싶어했다. 그중에서도 보리스 수바린은 가장 영리하고 기민한 사람이었다.

　물론 체카는 이 사람들이 우리 집을 드나든다는 사실을 잘 알고 있었다. 크론슈타트 이후 우리의 태도는 그들에게 더 이상 비밀로 남아 있지 않았다. 실제로 사샤는 페트로그라드에 있는 소비에트 인쇄소의 책임자를 찾아가 러시아어로 출판할 자신의 교도소 회고록의 사본을 돌려달라고 요구하기까지 했다. 그리고 그 자리에서 크론슈타트와 그와 관련된 모든 것 때문에 볼셰비키와 끝났다고 지노비예프 개인에게뿐만 아니라 공개적으로 선언했다. 우리는 결과를 받아들일 준비가 되어 있었기에 방문자들에게 자유롭게 이야기했다. 수바린은 우리의 설명을 듣고 상당한 충격을 받은 듯했다. 그는 레닌과 트로츠키가 이 상황을 알고 있을 리 없다는 생각에 그들과 대화를 시도했는지를 물었다. 시도는 했지만 그들에게 아무 말도 듣지 못했다고 했다. 그럼에도 사샤는 레닌에게 현 상황과 이에 대한 우리의 입장을 설명하는 편지를 썼다. 그러나 이러한 모든 노력은 크론슈타트 포위 공격 당시 페트로그라드 국방 소비에트에 항의한 것만큼이나 헛된 일이었다. 러시아에서는 최고 권위자인 공산당 중앙위원회와 그 수장인 레닌의 승인 없이는 아무 일도 일어나지 않는다고 우리는 방문자들에게 알렸다.

수바린은 프랑스 공산주의자들은 아나키스트 동지들과 여러 건들에서 협력해 일을 해오고 있다 말하며 러시아에서도 그렇게 할 수 없는 이유가 무엇이냐 물었다. 그 이유는 어렵지 않게 알 수 있다고 우리는 설명했다. 프랑스 공산주의자들이 아직 자국에서 정치적 권력을 획득하지 못했기 때문이었다. 아직 독재 정권이 들어서지는 않았지만, 그날이 오면 프랑스 아나키스트들과의 동지애는 끝날 것이라고 우리는 수바린에게 단언했다. 그는 말도 안 된다며, 볼셰비키 지도자들과 이 문제를 논의해야 한다고 주장했다. 그는 자신의 러시아 동지들과 우리 사이에 우호적인 관계를 맺어지기를 원했던 거다.

바로 그 순간 올리야 막시모바가 우리를 찾아왔다. 창백하고 떨리는 얼굴로 그녀는 타간카 감옥에서 막시모프와 다른 열두 명의 동지들이 단식투쟁을 선언했다고 말했다. 이들은 지난 3월부터 수감 사유를 밝혀 달라고 거듭 요구했지만 아무런 답도 듣지 못했고, 그렇다고 해서 어떤 혐의로 고소를 당한 것도 아니었다. 항의에 대한 답변을 받지 못한 이들은 필사적인 단식투쟁을 통해 참을 수 없는 상황에 대한 외국 대표단의 주의를 환기시키기로 결정한 것이었다.

자리에 있던 생디칼리스트들은 흥분한 나머지 벌떡 일어났다. 그들은 소비에트 러시아에서 이런 일이 일어날 수 있다고는 믿지 않았으며, 당장 이에 대한 조치를 요구할 거라고 선언했다. 그들은 다음 날 아침 적색노동조합 대회 개막식에서 이 문제를 제기하겠다고 했다. 그러자 수바린은 기다렸다가 노동조합의 수장인 톰스키와 로좁스키 등 노조 지도자들을 먼저 만나야 한다고 그들을 말렸다. 그는 공개 회의에서 공개 토론을 하게 될 경우 프랑스와 다른 나라의 자본주의 언론과 부르주아지가 이를 이용할 것이기 때문에 최대한 적의 손에 들어가는 일은 피해야 한다고 주장하며 그런 만큼 이 문제는 조용하고 우호적인 방식으로 해결되어야 한다고 제안한 것이다. 대표단은 고통받는 동지들에게 정의가 실현될 때까지 쉬지 않겠다는 다짐을 하며 자리를 떠났다. 그들은 밤늦게 돌아와 노동조합 지도자들이 스캔들을 공개하지 말아달라고 간청했고, 수감된 아나키스트들의 구제를 위해 최선을 다하겠다고 약속했다는 소식을 전해 주었다. 그들은 레닌과 트로츠키와의 협의를 위해 러시아를 포함한 각국에서 한 명씩의 대표로 구성된 위원회를 구성할 것을 제안했다. 유럽에서 온 우리 동지들은 어떤 식으로든 위반을 피하게 되어 너무 기뻤고 이에 기꺼이 제안을 받아들였다.

나는 사샤와 함께 의회 개회식에 가서 누가 위원회에서 있을지를 확인했다. 톰 만이 평생 정치적 박해에 맞서 싸우지 않았더라면, 우리는 톰 만이 그 자리에서 봉사하고 싶어 할 것이라고 확신했다. 빌 헤이우드도 거절하지는 않을 것이었다. 아이다호에서 재판을 받을 때 그는 죽음에 직면했지만 아나키스트들은 그를 구해 줬고, 전쟁 중뿐만 아니라 체포될 때마다, 문제가 생길 때마다 항상 그와 그의

IWW 조직에 연대의 도움을 주었다. "톰 만은 아마 도움이 될 수도 있지만 헤이우드는 안 그럴 거요." 사샤는 말했다. "밥한테 청해 볼 수도 있겠군. 그는 거절할 리가 없으니까."

조합건물 내에 자리한 마블 홀은 열병식까지 세심하게 준비되고 리허설이 진행된 극장이었다. 주요 출연자들이 모두 무대에 모여 있었다. 오케스트라 좌석은 세계 각지에서 온 대표들로 가득 찬 가운데, 러시아인이 압도적으로 많았다. 그들 중에서 가장 중요한 인물은 팔레스타인, 보카라, 아제르바이잔 및 이와 유사한 국가와 같은 대규모 산업 중심지의 대표자들이었다.

공식 대표단과 일반 관객을 구분하는 난간 바깥쪽에는 일반인을 위한 벤치가 설치되어 있었다. 우리는 대표단이 단상으로 올라가는 길에 지나는 첫번째 줄에 자리를 잡고 앉았다. 빌 헤이우드는 상석에 자리를 잡고서 우리가 들어오는 걸 보고는 고개를 돌렸다. 곤경에 처한 전우들을 저버렸으니, 이전 친구들을 부정하는 건 당연지사였다. 사샤의 말이 맞았다. 빌의 미래에 대해서는 걱정할 필요가 없었다. 그는 맹목으로는 더 이상 아무것도 볼 수 없을 테고, 분명 '적응'할 수 있을 것이다. 화가 난다기보다는 그저 이루 말할 수 없이 슬펐을 뿐이었다.

톰 만은 우리를 알아보고는 잠시 멈칫했다. 빌과 마찬가지로 얼마 전까지만 해도 활기차게 우리에게 인사를 하던 그였는데 말이다. 하지만 내가 위원회 제안을 하자마자 그는 대번에 몸을 빼며 자신은 이 문제에 대해 아는 바가 없었으며 먼저 조사를 해봐야 할 거라고 했다. 사샤는 배짱도 없고 그저 볼셰비키 위원들의 기분을 상하게 할까 봐 벌벌 떠는 톰을 심하게 몰아쳤다. 본인은 몸을 사리고 말 뿐이지만, 자신의 충성심과 헌신에 대한 대가로 오랜 세월 고통을 받았던 사람에게서 나오는 질책을 받고 톰은 움찔했다. "알겠습니다. 알았어요." 그는 부끄러운 표정으로 말했다. "제가 위원회에서 일하도록 하죠."

정오가 되어 쉬는 시간에 회장을 빠져나오다가 밥 마이너와 메리 히튼 보스와 마주쳤다. 예상치 못한 만남에 깜짝 놀란 그들은 매우 당황한 듯 보였다. 밥은 친근한 미소를 지어 보이며 우리를 찾아오려고 했지만 너무 바빴다며 곧 다시 연락하겠다고 서둘러 말했다. "이런 사과가 왜 필요한 겁니까?" 사샤가 대꾸했다. "사과 같은 건 필요 없고, 의무감에 올 필요도 없소." 그는 밥에게 위원회에 대해 언급하지 않았다.

가는 길에 나의 친구는 침묵을 지켰다. 그가 얼마나 슬퍼하는지 알 수 있었다. 밥을 매우 아끼고 그의 페어플레이 정신을 높이 샀던 사샤였으니 말이다.

마침내 위원회가 조직되어 레닌에게 요청할 준비를 마쳤다. 그 누구도 영리한 모굴 황제의 상대가 되지 못했다. 그는 강압적인 방법보다 사람들의 주의를 돌리는 방법을 더 잘 알고 있었다. 항상 조국의 지배 계급에게 절대적으로 반대했던 톰 만은 이제 새로운 왕조의 수장에게 많은 것을 인정받고 이용당하며 볼셰비키의 손에서 놀아나는 장난감이 되었음을 증명했다. 그는 레닌에게 저항하기에는 너무 약했고, 사교계에 입문해 처음 남성의 인사를 받는 소녀같이 행동했다. 위원회의 다른 위원들도 대부분 그에 못지않게 당황했지만, 노동조합주의자들은 해외의 노동 조건, 상디칼리스트의 힘과 그들의 전망에 대한 일리치의 열성적인 질문에 곁길로 가기를 거부했다. 위원회는 러시아의 혁명적 단식투쟁에 대해 그의 입장이 어떤지 요구했다. 레닌은 잠시 멈추더니 모든 정치범들이 감옥에서 죽어도 상관없다고 선언했다. 그와 그의 당은 그게 좌파든 우파든 어느 쪽의 반대에도 굴하지 않을 것이라면서. 그렇지만 그는 수감된 아나키스트들이 소비에트 땅으로 돌아올 경우 총살당할 수 있다는 조건하에 국외추방을 하는 것에는 동의했다. 4년 동안 총소리를 듣고 살아서 그런지 레닌은 그에 익숙해져 있었고, 그 소리에 심취해 있기까지 했다.

형식상의 문제로 공산당 중앙위원회에 제출된 그의 제안은 당연히 중앙위원회의 승인을 받았다. 타간카 단식 농성자들과 수감된 아나키스트들의 즉각적인 석방과 추방을 준비하기 위해 정부와 외국 대표단을 대표하는 공동 위원회가 구성되었다.

단식투쟁 8일째에도 명확한 조치가 취해지지 않았는데, 제르진스키와 운슐리히트를 수장으로 하는 전러시아 체카의 고위 관계자들이 "소비에트 감옥에는 아나키스트가 없다"고 주장했기 때문이었다. 오로지 도둑들과 마흐노 패거리만 있었다고 그들은 선언했다. 그들은 외국 대표단에게 먼저 추방 대상자 명단을 제출할 것을 요구했다. 이 계략은 전체 계획을 방해하기 위함이 분명했는데, 총회가 휴회하고 외국 대표단이 떠날 때까지 시간을 벌기 위한 시도였다. 대표단 중 일부는 우리가 아무것도 할 수 없으며 우리 동지들이 굶어 죽을 수도 있다는 것을 차차 깨닫기 시작했다. 그들은 다시 이 문제를 의회에서 다루고 공개 회의에서 논의하겠다고 으름장을 놨고, 소비에트 당국은 이를 막고자 안간힘을 썼다. 그들은 대표단과의 비공개 회의를 요청했고, 더 이상의 시간 낭비 없이 만족스러운 합의를 이끌어 내겠다고 성실히 약속했다.

타간카의 수감자들은 장기간의 단식투쟁으로 점점 무너지기 시작했다. 그중 한 명인 모스크바 대학교 학생은 이미 쓰러진 상태였다. 그의 동료 수감자들은 단식을 중단할 것을 촉구했지만, 그는 죽음 앞에서도 충성스럽게 그들을 저버리지 않았다. 어떤 식으로든 도움을 줄 수 있는 힘이 우리에겐 없었다. 사샤와 내가 할 수 있는 거라곤 무거운 마음으로 공동위원회의 생디칼리스트 위원들을 쫓아다니며 신속한 조치를 촉구하고 호소하는 게 다였다. 어느 날 의회로 가는 길에 로버트 마이너를 만났는데, 그는 사샤에게 큰 뭉치를 건네주었다. "우리가 배급받은 것에서 좀 가져왔습니다." 그가 수줍게 말했다. "럭스에서 우리는 필요 이상으로 받고 있거든요. 당신이 이걸 단식투쟁하는 사람들에게 주면 어때요? 캐비어, 흰 빵, 초콜릿 같은 것들이 있는데요. 내가 생각하기에…" "당신이 무슨 생각을 했든 신경 안 씁니다." 사샤가 그의 말을 자르며 말했다. "당신은 타간카 동지들이 이미 겪은 상처에 모욕감을 더하는 썩을 놈이오. 정치적 견해가 다르다는 이유로 사람들을 괴롭히는 것에 항의하는 대신, 자기네가 넘치게 받은 배급품을 뇌물로 주면서 동지들을 매수하려고 하다니." 나도 거들었다. "그건 그렇고, 메리 히튼 보스가 우리 친구 밥 로빈스에 대해 무책임하게 이야기하고 다니는 것을 막는 게 좋을 거예요. 그를 체카에 집어넣고 싶은 거예요?"

로버트 마이너는 루시 로빈스가 러시아 혁명에 맞서 싸우던 새뮤얼 곰퍼스와 동맹을 맺었다고 중얼거리듯 말했다. 사샤는 루시가 미국 노동 연맹에서 일하는 건 그녀의 판단력이 부족하다는 것을 보여줄지는 몰라도 남편을 반혁명주의자로 낙인찍을 순 없다고, 그런 말을 하고 다니는 마리야의 입단속을 하라고 했다. 한 사람의 목숨이 달려 있는 일이니 말이다.

로버트 마이너는 창백한 얼굴로 나와 사샤를 번갈아보다가 다시 나를 향해 불안한 목소리로 말하기 시작했지만 나는 그의 말을 막았다. "이 꾸러미는 호텔 드 럭스에 머무는 대표단용으로 배달되는 흰빵 수레에서 부스러기라도 떨어질까 해서 호텔 밖에서 떨면서 기다리는 여성들과 어린이들에게 주시죠." 밥이 화를 간신히 억누르며 소리쳤다. "당신들은 정말 역겹군요. 타간카에 갇힌 아나키스트 열세 명 가지고 이 난리를 피우면서, 지금이 혁명적 시기라는 사실을 잊고 있다니. 세계 역사상 가장 위대한 혁명을 생각하면 열세 명이든 1,300명이든 그게 뭔 상관이란 말이오?" 사샤가 쏘아붙이며 대답했다. "그 말은 우리도 들었었지. 나 또한 그 말을 15개월 동안 믿었기 때문에 당신에게 화를 낼 수는 없지만 말이오. 하지만 내 이제는 알게 됐소. 이 '위대한 혁명'이 공산주의자들의 권력을 유지하기 위해 모든 범죄를 은폐하는 가장 위대한 사기라는 것을. 언젠가 말이죠, 로버트, 당신도 깨닫게 될지 몰라요. 우리 그때 이야기합시다. 지금으로선 더 이상 서로에게 할 말이 없을 것 같소."

단식투쟁이 열흘째 되던 날, 공동위원회는 마침내 크렘린궁에서 회의를 가졌다. 사샤와 샤피로는 타간카 수감자들로부터 그들의 요구를 대변해 달라는 요청을 받았다. 트로츠키는 공산당 중앙위원회 대변인이 될 예정이었지만 불참하고 루나차르스키가 그 자리를 대신했다. 전러시아 체카 대표 대행인 운슐리히트는 대표단을 대놓고 경멸하는 태도를 취했고, 결국 인사도 하지 않은 채 회의장을 떠났다. 문제를 원만하게 해결하기 위한 사샤와 샤피로의 냉정함이 없었더라면 이 '동지적'인 회의는 어쩌면 외국 대표들의 체포로 끝났을지도 모른다. 나중에 사샤가 말하길, 오만방자한 운슐리히트를 때리지 않기 위해 엄청난 자제력이 필요했지만, 우리 동지들의 운명이 위태로웠기에 꾹 참았다고 했다. 반목으로 가득 찬 회의 분위기 속에서 오랜 논쟁 끝에야 합의에 도달했고 공동위원회의 서명은 있지만 알렉산더 버크만은 동의하지 않은 서한이 운슐리히트를 통해 타간카 수감자들에게 전달되었다. 내용은 다음과 같았다.

동지 여러분, 우리는 여러분의 단식투쟁이 여러분의 해방을 이룰 수 없다는 결론에 도달했다는 사실을 고려하여 단식투쟁을 중단할 것을 권고하는 바입니다.

동시에 우리는 루나차르스키 동지가 공산당 중앙위원회 명의로 우리에게 제안한 사항을 말씀드리고자 합니다. 정확히 말하자면,

① 현재 러시아 교도소에 수감되어 단식투쟁 중인 모든 아나키스트는 원하는 국가로 떠날 수 있게 될 것이고 여권과 자금이 제공됩니다.

② 수감된 다른 아나키스트나 출소자들에 대해서는 내일 당에서 최종 조치를 취할 예정에 있습니다. 루나차르스키 동지의 의견은 그

들의 경우에도 이것과 비슷한 결정이 내려질 것이라는 겁니다.

③ 운슐리히트의 보증을 받은바, 해외로 떠나는 동지들의 가족들이 원한다면 그들을 따라갈 수 있도록 허용됩니다. 음모를 막기 위해 이 작업을 완료하는 데에는 약간의 시간이 더 필요해 보입니다.

④ 해외 출국 전 동지들에게는 2~3일간의 자유 시간을 부여하여 업무를 정리할 수 있도록 할 예정입니다.

⑤ 출국 후에는 소비에트 정부의 동의 없이 러시아로 돌아오는 일이 불가합니다.

⑥ 이러한 조건의 대부분은 트로츠키가 서명한 공산당 중앙위원회로부터 우리 대표단이 받은 서한에 포함되어 있습니다.

⑦ 외국 동지들은 이러한 조건이 제대로 이행되는지 확인할 권한이 있습니다.

[서명] 올란디(스페인), 레발(스페인), 시롤(프랑스), 미셸(프랑스), A. 샤피로(러시아)

[서명] 루나차르스키

위 내용이 맞습니다.

알렉산더 버크만이 서명을 거부한 이유는 다음과 같습니다:

그는 원칙적으로 추방에 반대합니다. 그는 이 서한이 모든 아나키스트들이 러시아를 떠날 수 있도록 허용한 중앙위원회의 원래 제안을 자의적이고 부당하게 축소한 것이라고 생각했고 석방될 사람들이 추방되기 전에 몸을 추스를 수 있도록 더 많은 자유 시간을 요구했습니다.

크렘린, 모스크바, 13/VII/1921

나는 사샤가 소비에트 러시아에서 혁명을 용감하게 옹호하고 최전선에서 싸우며 엄청난 위험과 고난을 겪은 혁명가들을 추방하는 선례를 남긴 터무니없는 결정에 동의하지 않았다는 것이 기뻤다. 미국을 능가하는 공산주의 국가가 하는 짓 하고는! 미국은 고작 외국 태생인 사람들을 내쫓는 것에서 그쳤는데 말이다. 불과 얼마 전까지만 해도 조국에서 정치적 난민이었던 레닌 일당은 이제 러시아 혁명의 최고 꽃이었던 러시아 출신 아들들의 추방을 명령하고 있었다.

절망은 종종 배고픔보다 더 강력한 힘을 발휘하는 법이다. 타간카 동지들은 열하루의 고문보다 오히려 절망에 더 큰 동기를 부여받고 단식투쟁을 끝냈다. 그들은 자신들을 부유하는 삶으로 만들 게 뻔한 조건을 받아들였다. 사람들은 오랜 단식으로 완전히 지쳐 있었고, 일부는 고열로 몸져 누웠다. 거친 감옥 음식은 그들에게 치명적일 수 있었지만 레닌은 이미 그들이 감옥에서 죽어도 상관없다고 선언한 바 있었다. 교도소 당국에 더 많은 인간애를 기대하거나 적절한 가벼운 식단을 제공해 주기를 바라는 것은 가당치도 않았다. 다행히 스웨덴 대표단이 우리에게 식량을 가득 담은 가방을 주었고, 이 식량은 회복의 중요한 시기에 수감자들에게 큰 도움이 되었다.

보리스 수바린과 그의 동료 프랑스 대표들이 기대했던 '원만한 합의'의 속편은 노동조합 대회 막판에 부하린에 의해 나왔다. 그는 공산당 중앙위원회의 이름으로 타간카의 남성들과 러시아 아나키스트 전반에 대해 맹렬한 공격을 퍼부었다. 그들은 모두 사회주의 공화국에 반하는 음모를 꾸미고 있는 반혁명주의자들이라고 선언했다. 러시아 아나키스트 운동 전체가 도적질에 불과하며, 마흐노와 혁명에 맞서 싸우고 공산주의자와 붉은 군대 병사들을 살해했다고. 타간카 문제를 공론화하지 말 것을 주장한 볼셰비키와의 합의 위반은 마지막 회의에서 예상치 못한 천둥처럼 터져 나왔다. 이러한 공정하지 못한 전술에 분노한 라틴계 대표들은 즉시 자리에서 일어섰다. 그들은 러시아 동지들의 비난에 대한 반박으로 항의했다. 로좁스키 의장은 의무감에 부하린에게 발언권을 주었지만, 부하린은 사실상 대표단이 아니었기 때문에 총회 연설권이 없었다. 그러나 이제 로좁스키는 부하린의 명예훼손 혐의에 대해 외국 대표들이 답변할 기회를 박탈하기 위해 가능한 모든 수단을 동원했다. 러시아 공산당 대표들 중 일부도 회의 진행에 실망을 표하며 라틴계 대표들의 요구를 들어줄 것을 요구했다. 앵글로색슨 대표단 중 캐스케이든만이 항의의 목소리를 높였다. 톰 만, 빌 헤이우드, 로버트 마이너, 윌리엄 포스터, 엘라 리브 블루어는 터무니없는 불의와 탄압 앞에서 침묵했다. 평생을 표현의 자유를 옹호해 온 이들이 소비에트 러시아에서 부정되는 표현의 자유에 대해서는 아무런 항의도 하지 않았다. 아나키스트에 대한 부하린의 공격 이후 벌어진 소란과 소동 속에서 전러시아 소비에트 경제위원장 리코프가 참석한 체카 요원들에게 신호를 보내는 것을 알아차린 사람은 거의 없었을 것이다. 한 무리의 군인들이 홀에 들어와 부하린의 연설로 불붙은 불길에 기름을 부었다.

사샤와 나는 사람들을 밀치고 플랫폼으로 향했다. 샤피로나 생디칼리스트 대표단이 발언권을 얻지 못한다면 무력을 동원해서라도 내가 발언을 해야겠다고 하자 사샤는 필요하다면 자기가 연단으로 달려가겠다고 했다. 지나가다가 로버트 마이너를 발견하고는 지팡이를 움켜쥐고 그를 향해 휘두르려고 했다. "이 누런 똥개 같은 자식아!" 사샤의 고함에 마이너는 겁에 질려 몸을 움츠렸다. 사샤는 연단 계단 한쪽에, 나는 다른 쪽에 서 있었다. 대부분의 대표단 사람들은 로좁스키의 독재적인 행동에 항의하며 자신의 목소리를 내기 위해 일어섰다. 사방에 둘러싸인 그는 결국 프랑스 아나키스트 생디칼리스트 시롤에게 발언권을 내줄 수밖에 없었다. 공산당의 야비한 계략에 흥분한 시롤은 우레와 같은 목소리로 소비에트 정부의 이중 거래 전술을 비난하고 타간카 일당과 러시아 아나키스트들에게 씌워진 혐의를 훌륭하게 반박했다.

추방이 임박했다는 소식이 알려지자 마리야 스피리도노바의 동지였던 좌파 사회주의 혁명가들은 외국 대표단과 노동자들의 존재를 활용해야겠다고 마음을 먹고 성명을 발표했다. 여기에는 작년에 병상에서 끌려나온 마리야가 여전히 감옥에 갇혀 있다고 밝혔다. 그녀는 항의의 표시로 여러 차례 단식투쟁을 벌이며 자신과 평생의 친구이자 동반자인 이즈마일로비치의 석방을 요구했고 두 번이나 죽음의 문턱을 넘나들었던 그녀는 지금 가장 위태로운 상태라고 했다. 그녀의 동지들은 소비에트 당국이 마리야의 출국을 허용한다면 치료를 위해 마리야를 해외로 보내겠노라고 성명은 밝혔다.

I. 스타인버그 박사는 당시 모스크바에서 열리고 있던 국제여성대회 대표단에게 관심을 가져줄 것을 촉구했다. 나는 유명한 사회민주주의자이자 현재 정부 고위직에 있는 클라라 체트킨을 만나러 갔다. 자신은 세계 혁명을 위해 모든 나라 여성들의 지지를 모으는 일을 하고 있다는 그녀의 말에 나는 마리야 스피리도노바는 이미 그 대

의명분을 위해 평생을 봉사해 왔다고 말했다. 그녀는 실제로 그 혁명의 상징이었다. 마리야가 체카 감옥에서 소멸된다면 공산당의 명성에 돌이킬 수 없는 해가 되는 것임을 지적하며 마리야 스피리도노바가 러시아를 떠날 수 있도록 정부를 설득하는 것이 클라라 체트킨의 의무라고 생각했다.

체트킨은 마리야를 대신해 탄원할 것을 약속했지만 대회가 끝날 무렵 그녀는 레닌이 너무 아파서 볼 수 없다는 소식을 전해주었다. 하여 그녀는 트로츠키에게 이 문제를 이야기했지만, 전쟁위원장은 마리야 스피리도노바가 아직 너무 위험인물이어서 자유를 얻거나 해외로 나갈 수 없다고 했다.

적색노동조합 대회가 끝이 났고 가장 한심한 어릿광대는 빌 헤이우드였던 것으로 밝혀졌다. 미국 내 IWW의 창립자로 20년 동안 주요인물로 활동해 온 그가 IWW를 포함한 소수 노동 조직을 '해산'하고 그 회원들을 미국 노동 연맹에 가입시키려는 공산주의 계획에 투표하다니, 헤이우드 본인이 수년 동안 이를 '자본주의적이고 반동적'이라고 비난해 와 놓고 말이다.

그의 동료들 중 엘라 리브 블루어, 브라우더, 안드레이친은 우두머리의 지시를 따랐다. 안드레이친은 애초에 줏대라고는 없는 사람이었다. 1916년 메사바 레인지 파업 당시 그는 추방을 피하기 위해 어떤 타협도 기꺼이 감수했었다. 사샤는 아모스 핀초트와 다른 영향력 있는 자유주의자들의 관심을 끌었고, 그들을 통해 이민국의 손아귀에 머물러 있었다. 안드레이친은 리븐워스 교도소에 있는 동안 다시 겁쟁이의 면모를 보였는데 나는 그것이 자신의 건강을 위협하기 시작한 결핵에 대한 두려움 때문이라고 생각했었다. 당시 나는 미주리 교도소에 수감되어 있었음에도 안드레이친의 거듭된 요청에 따라 스텔라와 피치에게 그를 보석으로 석방하는 데 필요한 1만 달러를 모금해 달라고 촉구했었다. 이 충실한 동지들은 광기 어린 전쟁의 희생자들을 위한 모금을 하기 위해 노예처럼 일하고 있는 상황이었음에도 내 요구를 거부하지 않았다. 그 결과 보석금의 일부를 조달하는 데 성공했고, 나머지는 친구 하나가 채워 주었다. 근성이라곤 찾아볼 수 없는 안드레이친은 스승 빌 헤이우드를 본받아 보석금을 내지 않고 도망쳤다. 모스크바에 도착한 첫날 그는 공개 연설을 통해 미국에 있는 IWW 동료들을 비난하고 볼셰비키에게 조직을 파괴하는 데 도움을 주겠다고 약속했다. 하지만 나는 이 배신이 안드레이친과 빌 헤이우드, 그리고 크렘린의 성스러운 신전 앞에 무릎을 꿇은 다른 많은 사람들의 잘못만은 아니라고 생각했다. 과거 우리 또한 그랬던 것처럼, 끔찍한 미신인 볼셰비키 신화가 그들을 속이고 덫에 걸리게 한 것이다.

소비에트 러시아는 현대 사회주의의 성지가 되어 소경과 절름발이, 귀머거리와 벙어리들이 기적의 치료를 받기 위해 몰려들고 있었다. 나는 이 미혹된 자들에 대한 연민을 느끼면서도, 이렇게 러시아에 와서 자기들 두 눈으로 직접 보고서도 그에 넘어간 사람들에게 경멸을 느꼈다. 이들 중에는 한때 미국의 혁명적 생디칼리즘을 옹호했던 윌리엄 포스터도 있었다. 예리함을 갖춘 그는 언론 특파원 자격으로 이곳에 왔다가 모스크바의 명령을 수행하기 위해 돌아갔다.

독일에 있는 동지들에게 비자에 대해서 보낸 편지에 대한 답장이 아직 도착하지 않고 있었다. 러시아를 떠나는 것이 늦어짐에 따라 사샤는 안절부절해하고 있었다. 그는 더 이상 끔찍한 비극과도 같은 코미디를 견딜 수 없다고 했다. 선원 및 운송 노동조합의 독일 생디칼리스트 대표도 우리의 편지를 받고 베를린에서 우리 쪽 동지들을 만나겠다고 약속했지만 아직 소식이 없었다. 사샤는 서부 교도소 출소후 초기에 그랬던 것처럼 매우 불안해하며 실내에 있거나 사람들을 만나는 것을 견디지 못했다. 하루 종일 밤늦게까지 모스크바 거리를 배회하는 그를 보며 나의 불안감 역시 커져만 가고 있었다.

사샤가 자리를 비운 어느 날 밥 마이너가 찾아왔다. 사샤가 없는 것을 확인한 그는 곧 자리를 떴고 우리의 오랜 인연이 이미 끊어진지 오래기 때문에 그를 잡을 생각도 하지 않았다. 얼마 지나지 않아사샤 앞으로 보내는 그의 편지가 도착했다. 편지를 읽고 사샤는 아무말 없이 내게 건네주었다. 밥은 편지에서 제3차 인터내셔널 총회에서 통과된 '중대한 세계 혁명적 결의안'에 대해 자세히 설명하고 있었다. 그는 항상 사샤를 미국 아나키스트 운동에서 가장 명석한 두뇌와 불굴의 용기를 가진 반항아로 생각하고 있었다. 그런 사샤가 어째서 그가 머물 곳은 공산당이라는 것을 모르냐고 물었다. 그가 있어야 할 곳은 공산당이고, 그곳에서 그의 능력과 헌신을 발휘할 수 있을 거라면서 말이다. 그는 사샤가 러시아의 공산 독재와 다가오고 있는 전세계 자본주의의 정복이라는 최고의 사명을 실현할 것이라는 희망을 포기할 수 없었던 거다.

사샤는 밥은 성실하긴 해도 정치적으로는 가장 멍청하고 사회적으로는 박쥐처럼 맹목적인 사람이라며 자기 본업인 예술 분야에나 충실했어야 했다고 말했다. 나는 사샤에게 밥의 편지에 답장을 보내주라고 했지만 그는 거절했다. 쓸데없는 말과 논쟁에 지쳤다면서. 그의 피곤함을 나만큼 잘 이해할 사람이 있을까. 나도 마찬가지로 기진 맥진한 기분이 들었다. 육체적 고단함과 여름철 무더위로 체력이 많이 떨어진 상태였다. 수많은 방문객과 잠 못 이루며 보낸 긴긴 날들, 그리고 적색노동조합 총회의 엄청난 긴장감으로 인해 나는 죽을 만큼 피곤했다.

오래도록 도시를 걷고 온 어느 날 사샤는 유난히 창백하고 괴로워 보였다. 내가 혼자 있는 것을 확인하고 그는 내게 귓속말로 말했다. "파냐 바론이 지금 모스크바에 있소. 랴잔 감옥에서 막 탈출했는데 돈도 서류도 없고 갈 곳도 없어서 지금 아주 위험한 상황이오."

발각될 경우 파냐가 어떻게 될지를 생각하니 나는 공포에 몸이 마비되었다. 파냐가 체카에 갇힌다면 어떻게 될지! "오, 사샤, 파냐는 왜 여기까지 온 거죠?" "지금은 그게 중요한 게 아니오. 우리가 어떻게 도울 수 있을지 빨리 생각해 봅시다."

우리 집은 그녀에게 함정이 될 테고 그녀는 24시간 이내에 발각되고 말 것이다. 다른 동지들 역시 감시를 당하고 있었다. 그녀에게 피난처를 제공한다는 것은 그녀와 마찬가지로 그들에게도 죽음을 의미했다. 물론 돈과 옷, 음식이라면 얼마든지 줄 수 있을 것이다. 하지만 그녀에게 잠잘 곳을 내어준다? 사샤는 오늘 밤은 안전하지만 내일 아침에는 뭔가 대책을 세워야 할 것이라고 했다. 그날 밤 나는 더 이상 잠을 이룰 수 없었고, 파냐에 대한 생각이 내 마음을 무겁게 짓눌렀다.

다음 날 이른 아침 사샤는 파냐에게 줄 돈과 물건을 들고 집을 나섰고, 나는 늦은 오후까지 두 사람에 대한 두려움에 사로잡혀 지독한 긴장감 속에 기다렸다. 사샤가 돌아왔을 때는 이제 덜 불안해하는 표정을 짓고 있었다. 파냐는 아론 바론의 형제와 함께 지낼 곳을 찾았고 그는 공산주의자였으므로 파냐에게 안전한 곳이었다. 나는 놀라 그를 쳐다봤다. "괜찮소." 사샤가 내 두려움을 달래려 애쓰며 말했다. "그 남자는 항상 아론과 파냐를 좋아했거든. 그녀를 배신할 일은 없을 거요." 나는 공산주의자가 가족 관계나 개인적인 감정으로 당의 명령을 거스르는 것을 과연 허용할지 의심스러웠지만 그보다 더 안전한 장소를 추천할 수 없었고, 파냐를 길거리에 내버려둘 수도 없는 노릇이었다. 또 파냐가 숨어 있을 곳이 있다는 사실에 안도하고 있는 사샤의 불안을 불러일으키고 싶지도 않았다. 그 대담한 여인이 모스크바에는 왜 왔는지, 언제 만날 수 있는지 등 사샤에게 질문세례를 퍼부었다.

사샤는 내가 그녀를 만나는 일은 절대 없을 거라고 단언했다. 우리 중 한 명이 위험을 감수하기에 충분했기 때문이다. 그는 내가 아르시노프 가를 방문함으로써 이미 충분히 위험에 처했다고 주장했다. 볼셰비키는 네스토르 마흐노의 가장 가까운 친구이자 동료였던 표트르 아르시노프의 목에 생사를 가리지 않고 현상금을 걸어 둔 참이었다. 그는 숨어 지내다가 어두워진 후에야 도시에 있는 아내와 아기를 보기 위해 밖으로 나올 수 있었다. 나는 그들을 만나고 또 아기를 위한 물건을 가져다주러 반복해서 그 집을 찾았고, 한번은 사샤가 나와 동행하기도 했다. 이제 그는 내게 파냐를 만나지 않겠다고 약속하라고 고집을 부렸다. 내 안전을 너무나 걱정하고 있는 나의 신실한 친구를 안심시키기 위해서라면 나는 무엇이든 약속했지만 마음속으로는 유령이 된 동지를 찾아가기로 이미 결심을 굳힌 후였다.

사샤는 파냐가 모스크바에 온 것이 아론 바론의 탈출을 준비하기 위해서라고 내게 털어놓았다. 그녀는 그가 감옥에서 받고 있는 박해에 대해 알게 되었고, 연인을 생사의 기로에서 구해 내기로 결심한 것이었다. 그녀의 탈옥은 바로 그 목적을 위해 이루어졌다. 흔치 않은 헌신적인 아내, 용감하고 멋진 여성 파냐는 법으로도 묶어 둘 수 없는 사람이었다. 나는 그녀의 임무와 연인, 그리고 두려움에 떨리는 마음으로 그 임무를 수행할 우리의 훌륭한 동지에게 내 온 마음을 보냈다.

사샤가 파냐를 만나고 온 이야기는 그들에 대한 내 불안감을 해소하는 데 도움이 되었다. 이야기를 듣고 심지어 웃음을 터뜨리기까지 했다. 바야흐로 도시는 붐비고 공원은 서로 꼭 달라붙은 커플들로 가득 차 있었다. 호텔 드 럭스의 진수성찬을 대가로 외국 대표단을 접대하는 매춘부들이 곳곳에서 눈에 띄었다. 지나가던 사람들은 사샤와 파냐도 이와 비슷한 유형일 거라고 의심치 않았다. 파냐는 몸상태가 훨씬 좋아 보였고 기분도 괜찮아 보였다. 이제 아론에 대한 걱정을 좀 덜어서 그런 모양이었다. 자신의 임무를 털어놓은 후 아론의 형이 자신의 계획을 도와주마고 약속했기 때문이었다. 이번에도 나는 그녀가 감수하고 있는 위험에 가슴이 두근거렸지만, 잠자코 있었다.

그러다 갑자기 날아온 공격에 우리는 망연자실하고 말았다. 재능

있는 시인이자 작가인 레프 체르니와 파냐 바론 동지가 체카가 쳐 놓은 그물에 걸린 것이었다. 그녀는 그 공산주의자 시숙의 집에서 체포되었다. 동시에 다른 여덟 명의 남성도 체카 요원들의 총에 맞고, 길거리에서 감옥으로 끌려갔다. 그들은 몰수대상자였다고 체카는 선언했다.

체포 전날 저녁에 파냐를 본 사샤는 아론의 탈출 준비가 만족스럽게 진행되고 있었고, 그녀는 다음 날 아침 자신의 머리에 내려질 칼을 의식하지 못한 채 희망적인 기분에 들떠 있었다고 말했다. "이제 놈들의 손아귀에 들어갔으니 우리에게는 도울 힘이 없군요." 사샤가 낮은 탄성을 냈다.

그는 이제 이 끔찍한 나라에서 더는 버틸 수 없다고 선언했다. 불법적인 방법을 계속 거부해야 할 이유가 있을까? 우리는 혁명을 피해 도망치는 것이 아니다. 혁명은 오래전에 죽었으니 부활할 수야 있겠지만, 앞으로 한동안은 그렇지 않을 것이다. 평생을 혁명에 헌신한 아나키스트인 우리가 러시아를 불법으로 떠난다는 것은 볼셰비키에게 최악의 모욕이 될 거라고 그는 말했다. 그렇다면 왜 우리는 망설이고 있단 말인가? 그는 페트로그라드에서 레발로 가는 방법을 알게되었다. 그곳에 가서 사전 준비를 할 수 있을 것이다. 그는 피비린내나는 독재 정권의 분위기 속에서 숨이 막혔고 더 이상은 참을 수가없었다.

페트로그라드에서 위조 여권을 거래하고 사람들이 비밀리에 출국하도록 도운 '당 관계자'는 다름 아닌 여러 명의 조수를 둔 성직자였다. 사샤가 그 성직자와 거래를 할 일은 없었고, 계획은 틀어졌다.

나는 안도했다. 내 머리는 러시아를 몰래 빠져나가는 것에 반대했던 나를 놀렸던 사샤가 옳다고 생각하면서도, 내 마음은 이에 반기를 들었고 더 이상 이야기를 하지 않았다. 게다가 어째서인지 독일 동지들로부터 소식을 기다려야 할 것 같다는 느낌이 들었다.

체카 요원들과 군인으로 넘쳐나는 모스크바가 싫어서 당분간 페트로그라드에 머물 계획을 세웠다. 네바 강의 도시는 지난번 방문했을 때에 비해 달라진 것이 없었고, 이전과 마찬가지로 음산한 모습을 하고 굶주림에 시달리고 있었다. 그럼에도 혁명 박물관에서 만난 전 동료들의 따뜻한 환영과 알렉산드라 샤콜과 가까운 동지들의 다정한 우정 덕분에 수도에서보다 더 즐겁게 지낼 수 있을 거라고 생각했다. 하지만 러시아에서의 계획은 거의 항상 잘못되기 마련이다. 모스크바에서 우리가 머물렀던 레온테프스키의 아파트가 급습당했고 특히 사샤의 방이 샅샅이 수색을 당했다는 소식이 들려왔다. 오랜 미국인 동지였던 바실리 세메노프를 비롯한 많은 친구들이 체카가 쳐놓은 덫에 걸렸다. 아파트에는 군인들이 잔뜩 남아 있었다. 우리가 자리를 비운 줄도 모르는 우리의 방문자들이 우리 죄로 인해 고통을 받고 있는 것이 분명했다. 우리는 곧바로 모스크바로 돌아가기로 결정했다. 여행 경비를 절약하기 위해 라비치 여사를 만나 언제든 체카의 부름을 받을 수 있다는 사실을 알리고자 했다. 지노비예프가 크론슈타트에 관해 사샤에게 기대했던 정보를 얻으러 왔던 3월 5일의 인상적인 그날 밤 이후 페트로그라드 내무장관을 본 적이 없었다. 예전만큼 따뜻하지는 않았지만 그녀는 여전히 친절했다. 그녀는 모스크바에 있는 우리 방에 대한 압수수색에 대해 전혀 몰랐지만 장거리 전화로 문의해 보겠노라고 말했다. 다음 날 아침 그녀는 모든 것이 오해였으며 당국이 우리를 원하지도 않거니와 군대는 모두 철수되었다고 알려주었다.

우리는 이러한 '오해'가 일상적으로 발생하며 드물지 않게 처형까지 이어진다는 사실을 알고 있었기 때문에 라비치 여사의 해명을 신뢰하지는 않았다. 특히나 의심스러운 상황은 사샤의 방에 가해진 특별한 관심이었다. 사샤보다 더 오랫동안 볼셰비키에 반대해 왔고 더 노골적으로 반대해 온 내 방은 그대로고 어째서 그의 방만 수색한 것인지? 우리에게 불리한 증거를 찾으려는 수작이었다. 우리는 즉시 모스크바로 떠나기로 마음을 먹었다.

수도에 도착해서는 우리가 없는 동안 우리를 찾아왔다가 체포된 바실리가 이미 풀려났다는 소식을 들었다. 13명의 타간카 단식농성자 중 10명도 풀려난 상태였다. 단식투쟁이 종료되는 즉시 석방하겠다는 정부의 약속에도 불구하고 두 사람은 두 달이나 더 감옥에 갇혀 있었다. 추방이 연기될 것이라는 통보를 받았음에도 불구하고 가장 엄중한 감시를 받고, 동료들과 어울리는 것이 금지되고, 일할 권리조차 거부당했기 때문에 그들의 석방은 코미디가 아닐 수 없었다. 동시에 체카는 수감된 다른 아나키스트들은 아무도 석방되지 않을 것이라고 발표했다. 중앙위원회의 당초 약속과는 달리 트로츠키가 프랑스 대표단에게 그런 취지의 서한을 보낸 것이다.

우리 타간카 동지들은 오랜 단식투쟁의 결과로 '자유'를 찾았지만, 쇠약하고 병들었다. 그들은 돈도, 생계 수단도 없이 초라한 상태였다. 우리는 그들의 어려움을 덜어 주고 응원하기 위해 최선을 다

했지만, 당장 우리 자신부터 기운을 낼 기분이 아니었다. 한편 사샤는 온갖 방법을 동원해 체카 감옥 안의 파냐와 연락을 하는 데 성공했다. 그녀는 전날 저녁에 다른 감옥으로 이감가게 되었다고 알려 왔다. 그녀가 보낸 쪽지에서 그녀가 그게 의미하는 바를 깨달았는지는 알 방법이 없었고 다만 그녀는 생필품 몇 가지만 보내달라고 요청했다. 하지만 그녀나 레프 체르니 모두 더 이상 그런 것이 필요하지 않았다. 그들은 인간이 가진 친절함과 야만을 뛰어넘는 존재들이었다. 파냐는 다음 날인 1921년 9월 30일 다른 희생자 여덟 명과 함께 체카 감옥의 지하실에서 총살당했다. 아론 바론의 공산주의자 형은 목숨을 부지했다. 레프 체르니의 죽음과 관련해서 당국은 수작을 부렸다. 그의 노모는 매일 교도소를 찾아왔고 아들이 처형되지 않을 것이며 며칠 안에 자유의 몸이 된 아들을 볼 수 있을 것이라는 확신을 갖고 있었다. 정말로, 체르니는 처형되지 않았다. 그의 어머니는 사랑하는 아들을 위해 계속해서 음식을 가져왔지만, 자백을 강요하는 고문으로 인해 며칠 동안 지하에 갇혀 있던 체르니는 이미 죽음을 맞이했던 것이다.

다음 날 공식 『이즈베스티아』에 발표된 처형자 명단에는 레프 체르니의 이름이 없었다. 대신 '투르차니노프'라는 이름이 있었는데, 이 이름은 거의 사용하지 않는 이름으로, 대부분의 친구들에게조차 잘 알려지지 않은 이름이었다. 볼셰비키는 체르니가 수천 명의 노동자와 혁명가 가정에서 일상적으로 들리는 이름이라는 것을 알고 있었다. 깊은 인간적 친절과 동정심을 지닌 아름다운 영혼, 시적·문학적 재능으로 유명한 사람, 아나키즘에 관한 독창적이고 매우 사려 깊은 저작의 저자로서 가장 존경받는 인물이라는 것을 알고 있었던 것이다. 게다가 그가 수많은 공산주의자들로부터 존경을 받고 있다는 것도. 그렇기 때문에 감히 그를 살해했다는 사실을 공개하지 못한 것이다. 처형된 것은 체르니가 아닌 투르차니노프뿐이었다.

그리고 우리의 사랑스럽고 찬란한 파냐는 생명과 사랑으로 빛나고, 자신의 이상을 향한 헌신에 흔들림이 없었으며, 감동적인 여성스러움을 지니면서도 새끼를 지키는 암사자처럼 단호하고 불굴의 의지로 마지막 숨이 붙어 있을 때까지 싸웠다. 그녀는 자신의 운명에 순순히 굴복하지 않았다. 마지막까지 저항하며 그녀는 공산주의 국가의 기사들에 의해 처형 장소로 끌려가야 했다. 끝까지 반란군으로 남은 파냐는 괴물과 잠시나마 힘을 겨뤘지만, 갑작스러운 권총 소리와 함께 체카 지하실의 끔찍한 정적이 다시 한번 깨지면서 영원으로 끌려갔다.

정말 끝이다. 더 이상은 참을 수 없었다. 어둠 속에서 나는 사샤에게 어떻게든 러시아를 떠나게 해달라고 간청할 생각이었다. "사샤, 나는 어떤 식으로든 당신과 함께 갈 준비가 되었어요." 내가 속삭였다. "그저 슬픔과 피, 눈물, 우리를 따라오는 죽음에서 멀리 떨어지고 싶을 뿐이에요."

사샤는 폴란드 국경으로 가서 그 경로로 우리가 떠날 수 있도록 준비할 계획을 세웠지만 최근 일련의 사건들로 인해 충격받고 신경이 산산조각 난 그를 혼자 보내기가 두려웠다. 하지만 또 우리 둘이 동시에 숙소에서 사라진다면 의심을 불러일으킬 게 분명했다. 사샤도 상황의 심각성을 깨닫고 1~2주 더 기다려보겠다고 했다. 그가 생각한 계획은 우선 민스크로 가는 것이었고, 그가 필요한 준비를 마쳤을 때 내가 따라갈 생각이었다. 사샤는 우리도 다른 사람들처럼 여행하는 것처럼 보여야 하니 짐을 가져가서는 안 된다고 했다. 우리에게 꼭 필요한 짐은 그가 지고 갈 테니, 나머지는 친구들에게 나눠 주자고 했다. 굶주리고 헐벗은 러시아에 우리 자신은 물론 우리가 가져온 많은 선물을 기꺼이 베풀고 싶었다. 이제 우리의 마음은 물론이고 우리의 손도 비어 있어야 했다.

우리는 아파트의 다른 입주자들이 잠든 밤에 극도로 비밀스럽게 준비해야 할 것이었다. 마냐 세메노프와 그녀의 사랑스러운 바실리, 그리고 몇몇 신뢰할 수 있는 사람들만이 우리의 계획을 알고 있었다. 우리의 가장 큰 열정과 희망을 품고 있던 나라로부터 빠져나가려는 이 계획 자체가 비극으로 느껴졌다.

짐을 싸는 도중에 오랫동안 기다리던 독일에서 편지가 도착했다. 크리스마스 때 베를린에서 열릴 아나키스트 대회에 사샤와 샤피로, 그리고 나를 초대하는 내용이 담겨 있었다. 그 순간 나는 방 안을 빙글빙글 돌며 기쁨에 눈물과 웃음을 한꺼번에 터뜨렸다. "더 이상 숨고 속이고 거짓 서류에 기댈 필요가 없어졌어요, 사샤. 밤에 도둑처럼 몰래 빠져나갈 필요도 없고요!" 나는 기뻐서 소리쳤지만 사샤는 그다지 기뻐하는 것 같지 않았다. "말도 안 되는 소리 마시오. 베를린 동지들이 치체린이나 공산당, 체카에 영향력을 행사할 수 있다고 믿는 건 아니겠죠. 무엇보다 난 그들을 위해 어떤 일도 할 생각이 없습니다. 그건 이미 말했을 텐데요." 이 고집 센 친구가 화가 났을 때 논쟁하는 것은 소용이 없다는 것을 나는 경험으로 익히 알고 있었다.

654

좀 더 좋은 때를 기다려야 했다. 그 편지에 담긴 새로운 희망은 위대한 '10월'의 영광과 패배를 알고 있는 이 땅을 몰래 떠나는 것에 대해 반대했던 기억을 다시금 일깨워주었다.

안젤리카를 찾아갔더니 그녀는 우리가 당국의 동의를 얻어 출국할 수 있도록 도와주겠다고 했다. 그녀 자신도 조용한 곳에서 건강을 회복하기 위해 해외로 떠날 계획을 세우고 있었다며. 스스로는 인정하지 않았지만 그녀 또한 정신적 한계점에 도달한 상태인 듯했다. 친애하는 안젤리카는 즉시 필요한 신청서류를 구해 주겠다고 제안했고, 필요하다면 치체린과 심지어 레닌에게 가서 사샤와 나를 보증해 주겠다고 했다. 나는 이에 항의했다. "안 돼요, 안젤리카, 그런 건 하면 안 돼요." 이런 담보를 남긴다는 게 어떤 의미인지 나는 너무 잘 알고 있었다. 우리는 우리를 위해 다른 사람을 위험에 처하게 두지 않을 것이며 레닌에게 허가를 받든 안 받든 개의치 않을 것이다. 안젤리카에게 내가 원하는 것은 여권이 발급될 수 있도록 신속한 조치를 도와주는 것뿐이라고 말했다.

신청서의 충성 서약란에는 신청자를 보증하는 두 명의 당원 서명이 필요했다. 거기에 나는 적었다. "아나키스트인 저는 어떤 정부에도 충성을 맹세한 적이 없으며, 사회주의와 혁명이라고 주장하는 소비에트 연방에 충성을 맹세할 수는 더더욱 없습니다. 제가 한 말과 행동의 결과를 다른 사람이 감당하라고 하는 것은 제 과거에 대한 모욕이라고 생각합니다. 따라서 누구도 저를 보증하는 것을 거부합니다."

안젤리카는 내 선언에 적이 당황하여 이 때문에 출국 허가를 받을 수 있는 기회를 망칠까 봐 걱정했다. "우리는 아무런 조건 없이 나가거나 아니라면 다른 방법을 찾으면 돼요." 나는 선언했다. 우리 뒤로 인질을 남겨 둘 생각은 없다. 안젤리카는 내 뜻을 이해해 주었다.

나는 외무부에 가서 우선 독일 동지들로부터 아나키스트 대회에 참석할 수 있게 해달라는 요청이 접수되었는지 확인했다. 치체린 위원장을 대리하고 있던 리트비노프 앞에 불려가게 되었는데 한번도 만나 본 적이 없는 사람이었다. 그는 키가 작고 뚱뚱하며 역겹도록 자신에 대해 만족하는 부항해사처럼 보였다. 고급스러운 사무실의 안락의자에 앉아 그는 우리가 왜 러시아를 떠나고 싶어하는지, 해외에서 우리의 의도는 무엇인지, 어디에서 지낼 것인지에 대해 질문을 던지기 시작했다. 외무부에서 베를린 아나키스트로부터 아무런 연락을 받지 못한 거냐고 나는 물었다. 그는 우리가 베를린에서 열리는 아나키스트 대회에 초대받았다는 사실은 알고 있었다고 인정했다. 그 정도 설명이면 충분하지 않느냐고, 더 이상 덧붙일 말이 없다고 나는 대답했다. "하지만 거절당하면 어떻게 할 거죠?" 그는 갑작스럽게 강압적으로 나왔다. 만약 그의 정부가 우리가 러시아에 포로로 잡혀 있다는 사실을 해외에 알리기를 원한다면, 러시아는 힘이 있으니 분명히 그렇게 할 수 있을 거라고 나는 대답했다. 리트비노프는 부은 얼굴에서 툭 튀어나온 작은 눈으로 나를 가만히 노려보았다. 그는 이에 대해서는 아무런 대꾸도 하지 않고 베를린 동지들이 독일 정부가 우리 입국을 허가해 줄지 확인했는지 물었다. 물론 독일 정부는 자기네 영토에 아나키스트의 수를 늘리고 싶지 않을 것이며 그곳은 자본주의 국가인 만큼 소비에트 러시아가 우리에게 베풀었던 환대를 기대할 수 없을 거라면서 말이다. 나는 대답했다. "그런데 이상하죠. 대부분의 유럽 국가에서는 아나키스트들이 활동을 계속하고 있지만, 러시아에서는 그렇지 않으니 말이에요." "부르주아 국가를 찬양하는 건가요?" 그가 물었다. "아니요, 사실을 상기시켜 드리는 것뿐입니다. 저는 모든 정부가 어떤 식으로 가장을 하든지 근본적으로 비슷하다는 아나키스트적 태도를 견지합니다. 그건 그렇고 여권은 어떻게 되었나요?"

그는 우리에게 나중에 알려주겠다고 대답했지만 어쨌든 소비에트 정부는 우리에게 비자를 발급해 주지 않을 것이니 알아서 조심하라고 말하며 면담을 종료했다.

사샤는 민스크로 떠났고, 그로부터 열흘 동안이나 아무런 연락을 받지 못하고 있었다. 그러다 짧은 쪽지가 도착했는데, 여행은 끔찍했지만 마침내 목적지에 도착했고 "혁명 박물관을 위한 역사적 자료를 수집하느라 바빴다"는 내용이었다. 그가 티켓을 구매할 때 이유로 댄 게 바로 이것이었다.

마리야 스피리도노바가 석방되었다는 기쁜 소식에 불안과 걱정이 다소간 가라앉았다. 그녀는 또 한 번의 단식투쟁으로 죽음의 문턱에 다다를 뻔했다. 감옥에서 죽을지도 모른다는 두려움에 체카는 친구들에게 휴식과 회복을 위해 그녀를 데리고 나갈 것을 허락하면서 그녀가 회복되어 활동을 재개할 기미가 조금이라도 보이면 즉시 체포되어 다시 수감될 것이라고 경고했다. 마리야는 너무 약하고 아파서 걸을 수 없는 상태였기 때문에 친구들은 그녀를 들어서 옮겨야 할 정도였다. 그녀의 동반자 이즈마일로비치가 그녀와 동행해도 좋다는 허가가 떨어졌고, 모스크바 인근 말라코브카에 친구들의 도움을 받아 여성 둘이 도착했다. 정부는 마리야 주변 곳곳에 체카 요원들을 배치했다.

마리야의 고난은 끝이 없었지만, 적어도 그녀는 자신의 친구와 동지들과 함께 있을 것이고, 그녀를 사랑하는 사람들이 그녀를 돌볼 수 있는 특권을 누릴 것이라고 생각하니 얼마간은 위안이 되었다.

외무부에서 다시 연락이 올 거라는 희망을 포기한 지 12일째 되던 날, 안젤리카가 전화해 여권이 발급되었음을 알려주었다. 외무부에 가서 달러나 영국 파운드로 지불해야 할 거라고 그녀는 말했다. 많은 사람들이 궁핍에 허덕이는 이때 택시는 사치품이었지만 내게는 걸어갈 인내심이 없었다. 여권이 실제로 발급되었는지 직접 내 두 눈으로 확인하고 싶었다. 놀랍게도 이는 사실이었고 사샤와 나는 몰래 숨거나 속임수를 써서 출국할 필요가 없어졌다. 우리는 황량하고 꿈을 잃었을지언정, 왔던 길 그대로 돌아갈 수 있을 것이다.

샤피로 동지도 별도로 여권을 신청했고, 그 또한 여권이 발급되었다는 전화를 받고 기뻐하고 있었다. 사샤에게 전보를 보냈다. "이번엔 내가 이겼어, 늙은 스카우트. 빨리 돌아와요." 음흉할지 몰라도 복수는 달콤했다. 나는 기쁨에 넘친 나머지 외화의 소지가 엄격히 금지된 상황에서 외무부가 달러를 요구하는 비정상적인 상황을 고려하지 못했다. 법은 어기도록 만들어졌고, 입법자들만큼 그에 능숙한 사람은 없다고 나는 생각했다.

여권을 손에 넣고 나니 이제 다른 불안감이 찾아왔다. 비자는 또 어떻게 취득할 것인가? 베를린 동지들은 우리의 독일 입국을 위해 최선을 다하고 있다고 알리며 어떻게든 라트비아나 에스토니아에 도착할 수 있다면 비자를 받기가 더 쉬울 것이라고 했다.

예고도 없이 사샤가 집에 들이닥쳤다. 그는 며칠 동안 씻지 않은 것 같고, 피곤하고 지친 모습이었으며, 가져간 여행 가방도 없이 섬뜩한 표정을 하고 있었다. "이게 뭐요? 날 불러들이기 위한 사기는 아니겠지?" 그는 국경을 넘기 위해 모든 준비를 마치고 나를 데리러 왔노라고 했다. 서류는 민스크에서 우리를 기다리고 있을 것이고, 이미 50달러의 보증금을 주고 왔다 했다. "그돈은 잃어버렸다 쳐야겠지?" 그가 물었다. "여행 가방은요?" 내가 물었다. "그것도 잃어버린 셈 치는 건가요?" 그는 웃으며 대답했다. "그건 애저녁에 잃어버렸소. 참, 러시아인들은 영리하지 뭐요. 기차에서 가장 안전한 방법은 가방을 다리에 묶는 것이라고 들어서 나도 그렇게 했지 않겠소? 밧줄도 꽤 튼튼했단 말이지. 하지만 차 안은 불빛 하나 없이 깜깜했고, 사람은 또 어찌나 많은지 차에서 내내 서있어야 했소. 기차역마다 정차했는데 아마 내가 깜빡 졸았는지 여행 가방을 찾는데, 밧줄만 남기고 가방은 사라졌지 않았겠소? 차 안 어디에서도 찾을 수가 없었소. 사람들 참 영리하지 뭐요."

"당신도 그래요. 이번이 세번째군요, 그렇죠?" "참 지는 법이 없지, 당신은." 그는 나를 놀리며 말했다. "이번에는 1,600달러가 아니어서 다행인 줄 아시오." 그렇게 억누를 수 없는 사람을 어떻게 이기겠는가? 나는 그와 함께 웃을 수밖에 없었다.

승리의 기쁨에 여권을 내밀자 그가 꼼꼼히 살폈다. "글쎄, 당연히 거절당할 줄 알았는데. 가끔은 동료가 틀릴 수도 있으니까 뭐."

그렇게 말하면서도 굳이 민스크를 통하지 않아도 된다는 사실에 안도하는 듯 보였다. 말할 것도 없이 그의 여행은 끔찍했을 것이다. 회복하는 데 일주일이 꼬박 걸렸으니.

2주간의 리투아니아 비자가 발급되었다. 라트비아 경유는 큰 문제 없이 해결한 셈이다. 이제 언제든 떠날 수 있다는 확신은 우리로 하여금 이곳에 남겨 두고 떠나야 하는 동지들과 친구들이 소비에트의 공허한 공간에서 궁핍과 고통, 속박과 무력감에 시달리는 처지를 더 괴롭게 느끼게 했다. 추방을 기다리는 타간카 남성들은 여전히 불확실한 상황에 놓여 있었다. 확실한 진술이나 조치를 위해 매일같이 당국을 쫓아다니느라 지친 그들은 대부분의 시간을 아파트 복도에서 체카에게 전화로 연락하는 데 쓰고 있었다. 추방 합의 이후 4개월이 지나는 동안 그 많은 약속 중 단 하나도 지켜지지 않았다. 타간카 남자들은 인간이 겪을 수 있는 모든 영역의 고통을 경험했고, 의견이 다르다는 이유로 온갖 육체적·정신적 고문을 당했다. 그럼에도 그들의 정신은 손상되지 않았다. 그 어떤 것도 그들의 이상에 영향을 미치거나 최종 승리에 대한 믿음을 약화시킬 수 없었다. 최근 젊은 아내를 잃고 병든 어린아이만 남은 마르크 므라치니는 그런 상황에서도 용감하게 굴하지 않았다. 볼린은 눈앞에서 굶어 죽을 운명에 처한 네 명의 어린 자녀와 춥고 척박한 숙소에서 병을 앓고 있는 아내를 두고도 계속해서 시를 썼다. 막시모프는 이미 몇 차례의 단식투쟁으로 건강이 나빠졌음에도 학문에 대한 관심만큼은 잃지 않았다. 사랑하는 막시모프의 운명에 대해 계속되는 스트레스와 고뇌 속에서도 장장 7개월 동안 일주일에 두 번씩 무거운 짐을 타간카 교도소로 운반한 섬세하고 예민한 올리야 막시모바는 여전히 아름다웠고 동지들과의 만남을 갈망하고 있었다. 싸움에서 지지 않기 위해 시련과 고난을 이겨낸 용감한 전사 야르초크는 타간카의 모든 공포를 견뎌냈다. 추방을 기다리는 나머지 남성들도 이와 같은 근성을 가진 이들이었다. 이들의 놀라움은 말할 것도 없고, 우크라이나를 비롯한 러시아 전역에서 만난 용기 있고 능력 있으며, 이상을 위한 영웅적 인내를 감내하는 훌륭한 동지들은 정말이지 대단했다. 나는 그들에게 많은 빚을 졌고, 그들을 알게 된 것에 대해 마음속으로 감사했다. 그들의 굳건한 동지애와 이해, 믿음은 나를 영적으로 지탱해 주었고 우리 모두를 휩쓸고 지나간 눈사태에도 휩쓸리지 않게 해 주었다. 그들의 삶은 나의 것과 하나가 되었기에, 다가오는 이별은 고통스럽고 씁쓸한 시간이 될 것임을 알았다. 내가 특별히 아끼고 좋아하는 알렉세이 보로보이와 마르크 므라치니(전자는 명석한 두뇌와 친절한 성격 때문에, 후자는 반짝이는 활력과 재치, 인간의 연약함에 대한 이해가 마음에 들었다), 사랑하는 마냐와 바실리를 남겨두고 떠나는 것이 가장 힘들었다. 이별의 고통을 덜어 주기 위해 우리의 사랑하는 친구들은 비극적인 러시아를 떠나면 러시아보다 해외에서 조국을 위해 더 많은 일을 할 수 있고, 혁명과 체제 사이의 틈새를 더 잘 이해하고 소비에트 감옥과 강제 수용소의 정치적 희생자들을 위해 일할 수 있으니 가서 그들을 도우면 된다고 우리를 설득했다. 그들은 우리의 목소리가 서유럽과 미국에 잘 전달될 것이라고 확신했고, 우리가 떠나는 것을 기뻐했다. 송별 파티에서 우리를 응원하기 위해 친구들은 기분좋은 체를 했다.

1920년 1월 19일. "오 찬란한 꿈, 오 불타는 믿음! 오 혁명의 고난

속에서 다시 태어난 어머니 러시아, 증오와 분쟁에서 벗어나 진정한 인간성을 위해 해방되어 모두를 포용하는 어머니 러시아여. 러시아여, 당신에게 헌신하겠습니다!" 이런 마음으로 '훌륭한 땅'에 도착했다. 이제 1921년 12월 1일, 기차 안. 꿈은 짓밟히고, 믿음은 깨지고, 마음은 돌덩이처럼 굳어졌다. 수천 개의 상처에서 피를 흘리는 어머니 러시아의 땅에는 시체가 흩어져 있다.

나는 얼어붙은 유리창의 빗장을 움켜쥐고 이를 악문 채 흐느끼는 소리를 억누른다.

53

리가! 역을 가득 채운 인파, 이상한 말소리와 웃음소리, 눈부신 불빛들. 모든 게 너무 새로웠고 오는 길에 걸린 심한 감기로 인해 열이 나 몸상태가 악화되었다. 우리는 소비에트 교통부에서 일하던 츠베트코프 동지에게 가기로 계획했었다. 페트로그라드 초창기에는 그와 그의 사랑스러운 아내 마리우사가 우리의 절친한 친구였다. 백합처럼 연약한 어린 마리우사는 츠베트코프 등과 함께 유데니치 장군에 맞서 페트로그라드를 지켰다. 어깨에 소총을 멘 용감한 마리우사는 혁명을 위해 목숨을 바칠 준비가 되어 있었다. 이후 그들은 엄청난 궁핍과 고난을 견뎌냈고, 이로 인해 마리우사의 건강이 악화되더니 결국 발진티푸스에 걸리고 말았다. 그녀와 츠베트코프는 모두 뛰어난 실력을 갖춘 사람들이었다. 그는 볼셰비키 정권에 고용되어 생계를 유지해야 하는 상황에서도 자신의 생각을 바꾸지 않은 사람이었으니 우리를 진심으로 환영해 줄 거라 믿었다. 물론 내가 떠나온 사람들과 다시 접촉한다는 것이 꺼려지긴 했지만. 사람들을 만나서 내가 확실히 마음 먹은 것들에 대해 논쟁을 벌일 수 있는 상황도 아니었다. 내게는 휴식이 필요했다. 지난 날의 악몽은 잊고 내 앞에 펼쳐진 공허함은 당분간 생각하고 싶지 않았다. 우리는 호텔에 가는 건 좋은 선택이 아니라고 생각했다. 혹 너무 많은 관심을 불러일으킬 수도 있고, 특히 신문사 기자들을 피하고 싶었기 때문이었다. 츠베트코프 집에서라면 우리는 조용히 지낼 수 있을 것이다.

우리는 먼저 공산주의 국가 정치권의 끔찍한 상황을 설명하고 유럽과 미국의 아나키스트 언론이 그들을 서서히 죽어가는 상황에서 구해 줄 것을 촉구하는 선언문을 준비했다. 그것은 21개월 동안 강제로 침묵당한 이후 우리의 절박한 외침이었고, '10월'이라는 붉은 망토로 포장된 거대한 사기를 세상에 알리겠다는 국민과의 약속을 이행하기 위한 첫걸음이었다.

그 와중에 독일에서 들려온 소식은 안심이 되었다. 우리 동지들은 우리의 입국을 위해 노력하고 있었고 성공을 확신했다. 하지만 시간이 좀 더 필요했기 때문에 라트비아 비자를 며칠 연장해야 했다. 며칠이 3주로 늘어났다. 끈질긴 노력 덕분에 비자가 갱신되긴 했지만, 아주 조금씩만 갱신되었다. 현지 당국은 우리가 "볼셰비키로서" 소속된 러시아로 돌아가거나 어디든 가야 한다고 통보했다. 관계자들은 거의 예외 없이 젊은이들이었다. 갑자기 얻은 부처럼 새로운 국가가 그들의 머릿속을 가득 채운 것이 분명했다. 그들은 거칠고 거만하며 혐오감을 느낄 정도로 위압적이었다.

마침내 어두운 하늘을 뚫고 한줄기 희망의 빛이 비쳤으니 "모든 것이 해결되었습니다"라고 베를린 동지들에게 연락이 온 것이었다. 리가 주재 독일 영사에게 필요한 비자를 발급받으라는 지시를 받고 서둘러 영사관으로 향했다. 비자 문제는 괜찮다고 들었지만, 먼저 신청서를 베를린으로 보내야 했다. 3일 이내에 받을 수 있을 것이었다.

이번에는 비자를 받을 수 있을 거라 확신하며 기쁜 마음으로 다시 영사관으로 향했다. 사샤가 돌아왔을 때 나는 한마디 말 없이도 결과를 알 수 있었다. 신청이 거부된 것이다.

이번에도 라트비아 체류 기간을 연장해야 했다. 사무실에 있던 음침한 젊은이들은 망설이면서 결국 48시간을 더 허락해 주었다. 이 기간이 만료되면 그때까지 비자를 취득하든 안 하든 우리는 떠나야 한다고 그들은 말했다. "당신들 나라로 돌아가십시오." 그들은 단호하게 말했다. 우리나라? 그게 어디란 말인가? 전쟁은 오래된 망명의 권리를 파괴했고, 볼셰비즘은 러시아를 감옥으로 만들었다. 우리가 러시아로 돌아갈 수는 없을 것이다. 가능하다 하더라도 그러지 않을 테지만. 리가에 도착해 기차를 놓치지만 않는다면 리투아니아에 갈 수 있을 거라고 생각했다.

우리 친구 츠베트코프는 들어 본 적도 없는 얘기라고 했다. 리투아니아는 함정이라고 그는 말했다. 그곳에서 독일로 가는 것은 불가능할 뿐만 아니라, 다시 리가로 돌아올 수도 없었다. 그는 밀항을 준비했다. 선원들이 생디칼리스트인 화물선 몇 척을 알고 있으니 자신이 준비를 하겠다 했다. 하지만 "엠마가 밀항을 견뎌 낼 수 있을까" 하는 말에 남자보다 못하다는 의미로 들려서 그만 발끈하고 말았다. "당신의 기침 때문에 탄로날 수 있어서 그래요." 그의 대답에 나는 강력하게 항의했다. 분해하는 나에게서 벗어나기 위해 친구는 필요한 일들을 준비하러 자리를 떠났다. 다행이라고 해야 할지, 그의 계획은 수포로 돌아갔다. 라트비아에 마지막으로 머물던 날, 스톡홀름의 생디칼리스트 동지들이 스웨덴 비자를 발급받아 주었기 때문이다. 사회당 총리가 된 브란팅은 독일 동지들보다 더 품위 있는 인물이었다.

여행에 필요한 큰 도시락 바구니를 가지고 온 샤콜의 여동생 C, 그리고 츠베트코프와 함께 레발 행 기차를 타기 위해 함께 역으로 향했다. 기차가 역을 빠져나가는 순간 안도의 한숨이 절로 나왔다. 적어도 한동안은 비자 문제를 걱정하지 않아도 되었다. 하지만 기차가 친구들의 시야에서 겨우 벗어났을 때 우리는 우리 뒤를 따른 사람들이 있다는 걸 알게 되었다. 라트비아 비밀 정보국 요원 세 명이었다. 그들은 여권을 요구했고, 즉시 여권을 압수하며 우리를 체포한다고 했다. 리가에 머무는 동안 체포하지 않고 이렇게 여행을 갑작스럽게 중단시키는 것에 항의해 봤자 소용없는 일이었다. 기차가 멈추고 우리는 가방과 짐을 내려서 이미 대기하고 있던 자동차에 던져져 시내로 이동했다. 차가 커다란 벽돌 건물 앞에 멈춰 서면서 몇 피트 떨어진 곳에서 우리가 머물렀던 츠베트코프의 아파트를 보고 놀라움을 금치 못했다. 정치 경찰들이 항상 가까이에 있었으면서도, 우리를 잡으려고 기가 막히는 책략을 쓴 걸 알고 나니 웃지 않을 수 없었다.

우리는 한 명씩 내부 사무실로 끌려가 '볼셰비즘'에 대해 조사를 받았다. 나는 관리에게 내가 볼셰비키는 아니지만 그 주제에 대해 논의하는 것을 거부한다고 대답했다. 그는 나를 협박하거나 회유할 수 없다는 것을 분명히 깨닫고는 나중에 처리할 수 있도록 나를 다른 방으로 이동시킬 것을 명령했다.

방 안은 공무원들로 가득 차 있었고, 할 일이 없어 보이는 사람들이 앉아서 이야기를 나누고 있었다. 미국에서도 체포될 때마다 그랬던 것처럼 나는 책을 가지고 있었는데, 그때의 일이 이제와 생각하니 얼마나 멀고 오래전 일처럼 느껴지는지! 나는 곧 책에 빠져들었다. 남자들이 떠나고 나 혼자 남았다는 사실도 몰랐다. 한 시간이 더 지났는데도 여전히 내 동료들의 흔적은 보이지 않았다. 놀라지는 않았지만 다소 불안한 마음이 들기 시작했다. 사샤는 어려운 상황에 대처하는 데 노련했고, 샤피로 역시 그런 문제에 초보자가 아니라는 것은 알고 있었다. 샤피로가 경찰서에 온 것은 처음이 아닌데, 전쟁 중이던 이디시 주간지 『노동자의 친구』의 편집장으로서 억류된 루돌프 로커의 편집 업무를 대신하다가 다른 사람이 쓴 기사 때문에 체포되어 6개월간 복역했던 것이다. 그는 신중하고 냉철한 사람이었다. 두 친구나 나에게 무슨 일이 생기더라도 최소한 싸울 기회는 있어야 한다고 생각했다. 우리의 투쟁은 외부에 전달되어 우리 사상에도 도움이 될 테니 말이다.

나의 사색을 방해한 건 덩치가 커다란 경찰이었다. 그 여자 경찰은 나의 몸을 수색하기 위해 왔노라고 알렸다. "정말요?" 나는 되물었다. "여기서 기다리던 3시간은 경찰이 의심하는 음모의 증거를 없애기에 충분한 시간이었는데요." 나의 농담에도 그녀는 표정 하나 바뀌지 않고 내 몸 전체를 수색하기 시작했다. 하지만 그녀가 수색의 강도를 높이려 할 때 나는 그녀의 얼굴을 때렸다. 그녀는 일을 끝낼 사람을 데려오겠다고 하며 방을 뛰쳐나갔다. 나는 신사분들의 정숙함을 해치지 않고 맞이하기 위해 옷을 다시 입었다. 남자 한 명이 와서는 나를 감방으로 데리고 갔다. 그는 친절한 사람이어서 조용히 옆

방을 가리키며 친구 두 명이 거기에 있다는 것을 알려주었다. 놀람과 동시에 안도감이 찾아왔다. 나는 비록 독방에 갇혀 있었지만 지난 21 개월 동안 그렇게 자유롭고 평화로웠던 적은 없었다. 나는 이제 로봇처럼 굴기를 멈췄다. 의지를 되찾고 과거에 내가 있던 곳, 즉 싸움터로 돌아왔다. 동료들은 벽으로 분리되어 있다뿐이지, 내 가까이에 있었다. 큰 평화가 찾아왔고 나는 만족하며 잠에 들었다.

둘째 날에는 조사를 위해 아래층으로 내려갔다. 심문관은 20대의 청년이었다. 그는 유럽 내 볼셰비키 비밀 임무에 대해, 우리가 왜 그렇게 오랫동안 리가에 머물렀는지, 누구와 관계를 맺었는지, 우리가 밀반입한 중요한 문서가 어떻게 됐는지 알고 싶다고 요구했다. 나는 그에게 나처럼 경험이 풍부한 범죄자를 심문하면서 명성과 부를 얻으려면 아직 배울 것이 많다고 말해 주었다. 그가 원할 만한 정보를 가지고 있더라도 나는 그를 신뢰하지 않는다고 그에게 말했다. 하지만 나는 볼셰비키가 아닌 아나키스트라는 건 분명히 해두었다. 둘의 차이를 모르는 것 같기에 나는 그에게 아나키스트 책자 몇 권을 출국 후 보내주마고 약속했다. 서로 정보를 교환한다면 우리가 체포된 이유와 혐의에 대해 알려줄 수 있을 거라면서 그는 며칠 안에 그렇게 하겠다고 약속했다. 놀랍게도 그는 약속을 지켰다. 크리스마스 전날 그는 내 감방으로 찾아와 "불행한 실수였다"고 알려주었다. 참으로 익숙한 문구였다. "네, 불행한 실수였습니다." 그는 자신의 말을 반복하며 말했다. "그리고 그 잘못은 우리 정부가 아니라 당신의 친구들인 볼셰비키에게 있습니다." 은근히 암시하는 그의 말을 나는 비웃으며 말했다. "소비에트 정부는 우리에게 여권을 주고 출국을 허용했어요. 우리 모두를 감옥에 가둬서 얻는 이득이 뭐죠?" 내 질문에 그는 대답했다. "국가 기밀이라 밝힐 수 없지만 그래도 여전히 사실을 말씀드리는 겁니다." 나중에야 우리는 이것이 헛소리가 아니었음을 알게 되었다. 우리는 당연히 즉시 석방되어야 하지만 절차 몇 가지를 밟아야 했는데, 모든 상급자들이 이미 휴가를 떠난 상태라고 우리의 양해를 구하는 그에게 나는 전혀 상관없다는 말로 그를 안심시켰다. 나는 예수의 생일을 지나서까지 감옥에서 보냈고, 결국 '나사렛 사람'이 우연히 우리 기독교 세계를 방문하게 된다면 그가 있을 곳은 감옥일 거라고 말해 주었다. 그 남자는 장래가 촉망되는 주 검사로서 스스로 문제에 휘말린 것이었다.

간수는 과일과 견과류, 케이크, 커피, 연유 캔을 가져다주며 크리스마스 쇼핑을 대신해 주었다. 사치스럽긴 했지만 옆방에 있는 친구들을 위해 크리스마스 만찬을 준비하고 싶었다. 팁을 준 덕분에 나이든 간수의 마음이 풀려 같은 층에 있는 주방까지 사용을 할 수 있었다. 나는 최대한 천천히 시간을 끌었고 이런저런 핑계로 방을 드나들구실을 찾았다. "그리스도께서 부활하셨으니 이방인들아, 기뻐하라!"노래를 흥얼거리며 보이지 않는 동료들에게 몇 마디 속삭일 기회를찾았다. 간수는 깔끔하게 싸인 두 개의 꾸러미와 김이 모락모락 나는커다란 보온병에 담긴 커피를 옆 방의 동료들에게 작은 크리스마스선물로 건네 주었다.

결국 우리는 넘치는 사과와 함께 풀려났다. 친구들은 나에게 자신의 경험을 이야기했다. 그들 역시 옷까지 다 벗겨진 채 수색을 당했고, 비밀문서를 찾는답시고 코트며, 여행가방까지 다 찢겼다. 간수들의 열망에 찬 얼굴이 점차 당황한 실망으로 바뀌는 것을 보는 것은 정말 우스운 일이었다. 감옥에 갇혀 있던 사샤는 맞은편 감방에서 책을 읽고 있던 젊은 동료에게 밤에 성냥불을 켜서 신호를 보냈다. 사샤는 그 남자에게 쪽지를 던졌고, 그 쪽지가 어떻게 해서든 도시에 있는 우리 친구들에게 전달되기를 바랐다. 샤피로도 계속해서 나와 접촉을 시도했다. 나는 대답했지만 그는 알아들을 수 없었다. "그건 나도 마찬가지예요, 이 양반아." 나도 고백했다. "다음에는 신호에 대해 미리 합의를 해보죠." 그의 오래된 러시아 감옥 신호를 이해할 수 없는데도 나는 언제고 요리를 시작하더라고 그는 덧붙였다. "엠마는 요리를 좋아하고 감옥도 그녀를 막을 수는 없으니 말이죠." 사샤가 끼어들었다.

마침내 1922년 1월 2일, 우리는 에스토니아의 레발을 떠났다. 다음날 아침까지 출발하는 배가 없었지만 리가에서의 모험을 반복하지 않기 위해 우리는 증기선으로 바로 이동했다. 우리는 자유 시간을 잘 활용하여 리가보다 훨씬 더 오래되고 그림 같은 고풍스러운 마을을 구경했다.

스톡홀름에서의 환영식은 다행히도 비공식적으로 이루어졌다. 벨로오스트로프에 도착했을 때처럼 군인이나 노동자들이 나와 음악과 연설로 우리를 맞이하는 일은 없었다. 우리를 만나게 되어 진심으로 기뻐하는 동지들 몇 명이 있을 뿐이었다. 우리의 훌륭한 보호자는 앨버트와 엘리스 젠슨으로, 이들은 미국 신문사 기자들 무리를 피해 우리를 안전하게 안내해 주었다. 러시아에서 내가 한 일에 대해 거짓말을 일삼던 적들과 인사하는 것이 싫은 건 아니었다. 하지만 나는 내 서명을 통해 생각을 표현할 기회가 있기 전까지는 소비에트의 실험에 대해 오해를 받고 싶지 않았다. 생디칼리즘 일간지 『노동자』와 『브랜드』가 우리에게 발언의 기회를 열어 주었기 때문에 굳이 기자들과 인터뷰할 필요가 없었고, 우리는 그들의 손에 넘어가지 않도록 우리를 구해 준 친구들에게 감사했다.

베를린에서 온 편지는 우리에게 비자가 발급될 것이라고 믿게 했던 리가 주재 독일 영사가 갑자기 마음을 바꾼 이유를 설명해 주었다. 그는 한 체카 요원으로부터 우리가 베를린에서 열리는 아나키스트 대회에 비밀 임무를 수행하러 가는 위험한 음모자라는 경고를 받았던 거다. 이는 또한 리가에서 발생한 문제의 배후에 '우리의 친구 볼셰비키'가 있다는 라트비아 관리들의 주장의 근거가 되어 주는 것이었다. 라트비아 정부는 우리가 리가에 있다는 사실을 알고 있었고, 우리의 거듭된 체류 연장을 현지 경찰이 인지하고 있었다. 마지막 순간에 소비에트 특사가 리가에 있는 독일 영사에게 제공한 것과 동일한 정보를 제공했기 때문에 우리가 출국할 때 체포되었던 것이다. 조사관들은 어디에서나 우리가 비밀 문서를 소지하고 있다는 혐의를 강조했다. 크렘린에 있는 우리의 좋은 친구들이 우리를 비난했다는 것이 분명했다.

나는 볼셰비키에 대한 미신이 여전히 나를 얼마나 강하게 붙잡고 있는지 충격적으로 깨달았다. 짐승의 본성을 잘 알고 있었음에도 나는 모스크바의 소비에트에 대한 라트비아 관리들의 취조에 대해 격렬하게 항의했던 것이다. 2년간 매일 볼셰비키의 정치적 타락을 경험했음에도 불구하고, 나는 우리에게 여권을 주면서 동시에 다른 나라에 입국할 수 없게 만드는 그들의 비열한 작당을 믿을 수 없었다. 나는 이제야 "자본주의 국가들이 당신을 받아들이고 싶어 하지 않을 것"이라는 리트비노프의 확신이 무슨 의미였는지 이해했다. 그런데 왜 우리를 러시아에서 내보내 준 건지 궁금했다. 나의 동료들은 뻔하지 않냐고, 만약 출국 허가를 거부했다면 크로포트킨의 경우처럼 해외에서 너무 많은 항의가 일어났을 거라고 했다. 사실 크로포트킨은 러시아를 떠나려고 시도한 적이 없었지만, 그가 러시아를 떠나는 것이 허용되지 않는다는 소문만으로도 해외의 혁명적 자유주의 세계 전체가 흥분했고 크렘린궁에 끝없는 문의가 빗발쳤었다. 모스크바는 분명 비슷한 소동을 다시 일으키고 싶지 않았을 거다. 러시아에서의 체포는 바람직하지 않은 여론을 야기할 수 있었지만 독재에 대한 우리의 입장과 타간카 단식투쟁과 관련한 외국 대표단의 항의에 대한 우리의 역할을 알고 있던 체카는 우리를 더 이상 방치할 수도 없었다. 따라서 이런 상황에서 최선의 해결책은 출국을 허용하는 것이었다. 소비에트 영토 밖에서 우리에게 추잡한 짓을 벌이는 게 더 나은 전략이었고, 이것은 베를린 특파원들도 같은 생각이었다. 리가 주재 독일 영사는 그의 삼촌인 유명한 사회민주주의자 파울 캄프마이어에게 볼셰비키 체카 요원이 이 문제에서 어떤 역할을 했는지 알려 주었다.

스웨덴의 아나키스트와 아나코-생디칼리스트들은 우리가 원한다면 얼마든지 그들의 나라에 남을 수 있을 거라고 확신했다. 그곳, 혹은 다른 어딘가에서 살면서 러시아에서의 경험에 대한 글을 쓰겠다는 계획을 실행에 옮길 수도 있었다. 『노동자』는 『브랜드』와 마찬가지로 우리의 글을 기다렸다. 하지만 나뿐만 아니라 사샤도 우리의 오랜 고향인 미국에 우선권이 있다고 생각했다. 미우나 고우나 30년 넘게 우리가 활동한 곳 아니던가. 좋은 쪽으로든 나쁜 쪽으로든 우리는 그곳에서 알려졌고 스웨덴이나 다른 어떤 나라보다 더 많은 청중에게 다가갈 수 있었다. 그러나 우리는 『노동자』와 『브랜드』와 인터뷰를 하고 러시아에 투옥되어 추방된 정치범들을 위해 호소문을 작성하는 데 동의했다.

『노동자』에 첫 기사가 실리자마자 브란팅 씨는 비서를 통해 우리의 스웨덴 비자를 발급해 준 생디칼리스트 위원회에 "러시아인이 지면에 실리는 것은 바람직하지 않다"고 통보해 왔다. 브란팅은 사회민주주의자였으며 볼셰비키에 반대했기 때문이다. 하지만 그는 총리이기도 했고, 당시 스웨덴은 러시아 정부를 인정할 것인지 여부를 논의하고 있는 중이었다. 또 다른 이유는 볼셰비키가 어제까지만 해도 사회 반역자이자 반혁명주의자로 비난하던 사회민주당과 연합 전선을 구축하려는 움직임을 보이고 있기 때문이었다. 게다가 반동적인 언론은 아나키스트와 볼셰비키에게 망명을 제공했다는 이유로 브란팅에 대한 비난 캠페인을 시작했다. 후자의 혐의는 당시 스웨덴에 있던 안젤리카 발라바노프를 뜻하는 것이었다. 우리의 체류에 한 달의 추가 연장 기간이 주어졌다는 통보를 받긴 했지만, 그 기간이 만료되면 스웨덴의 먼지를 털어내고 혁명의 발걸음을 내딛어야 할 것이었다. 안쓰럽게도 브란팅은 가능한 한 빨리 우리의 출발을 보장함으로써 자신에게 불리한 폭풍을 잠재우고 싶어하는 것 같았다. 물론 그의 비서관은 브란팅이 우리를 쫓아내지는 않을 것이라고 확신했지만 우리는 즉시 머물 수 있는 다른 나라를 찾아야 했다.

　6개국에 있는 동지들이 우리를 위해 망명지를 확보하기 위해 열심히 노력하고 있었다. 베를린 친구들의 노력도 계속되었다. 오스트리아에서는 우리의 오랜 동지 막스 네틀라우 박사가 있었고, 체코슬로바키아에서도 우리의 비자를 받기 위해 동지들이 노력하고 있었다. 프랑스도 마찬가지였다. 덴마크와 노르웨이는 이미 우리 동지들에게 "아무것도 할 수 없다"는 연락을 보내왔고, 작은 나라들에서도 가망이 없었다.

　다른 여러 일들로 인해 상황이 더욱 절박해졌다. 스톡홀름 호텔에서의 생활비 때문에 한 달 만에 파산을 한 것이다. 친절한 젠슨 부부는 나에게 방 두 개짜리 아파트를 같이 쓰자고 제안했고, 나는 아주 짧은 기간 동안만 신세를 지면 될 거라는 생각에 흔쾌히 수락했다. 사샤는 자기들끼리만 있기에도 이미 너무 좁은 그 집에 들어갈 수 없다며 별도로 방을 구했다. 그는 우리가 민스크 경로로 가려고 했던 원래 계획을 따르지 않은 것을 후회했다. 모스크바에 여권을 요청한 것은 어리석은 일이었다. 그는 비자나 여권 없이 예고 없이 출국하고 무단으로 입국하기로 결심을 굳혔기 때문이었다. 내가 하고자 하면 하는 거니까, 하고 그는 말했다.

　우리 사이에는 또 다른 문제가 있었는데, 바로 소비에트 러시아에 관한 내 연재 기사를 『뉴욕 월드』에 게재할지 말지에 대한 것이었다. 스텔라는 전 세계가 내 러시아 경험담에 열광하고 있다는 소식을 전해 주었다. 이미 리가에서도 『뉴욕 월드』 담당자로부터 같은 내용의 이야기를 들은 바 있었다. 실제로 내가 모스크바에 있는 동안에도 여러 번 연락을 시도했다고 했다. 설령 내가 모스크바에서 그 연락을 받고, 내 기사를 안전히 보낼 수 있는 상황이었다 하더라도 러시아처럼 중요한 사안에 대해 자본주의 신문에 기고하는 것은 옳지 않았다. 나는 스텔라를 통해 들어온 제안을 고려하고 싶지도 않았다. 미국의 진보적이고 노동적인 언론에 목소리를 내는 편이 나았고 『뉴욕 월드』나 그 비슷한 출판물에 내 기사를 싣는 것보다 무보수로 기사를 게재하는 것이 나을 것 같다고 편지를 썼다.

스텔라는 『자유인』에 마리야 스피리도노바의 고난에 관한 기사를 보냈지만 거절되었다. 미국의 다른 진보적 신문들도 얼추 비슷한 자유도를 보였다. 나는 추방자로 낙인찍히는 것 외에 볼셰비키에 대한 질문에도 재갈을 물려야 한다는 것을 깨달았다. 나의 침묵은 충분히 길었다. 나는 혁명의 학살을 목격했고 그 죽음의 울부짖음을 들었다. 매일 산더미처럼 쌓여 가는 볼셰비키 범죄의 증거를 보았고, 독재 정권의 마지막 남은 혁명적 가식의 흔적이 무너지는 것을 보았다. 그런데 2년 동안 내가 한 일이라고는 가슴을 치며 우는 게 다였다. "죄를 지은 거야, 죄를." 미국에서 나는 『볼셰비키에 대한 진실』을 쓰고, 그들이 혁명의 주인공이라는 진지하고 무지한 믿음으로 그들을 옹호하고 싸우리라고 생각했었다. 이제 진실을 알게 된 마당에, 그 진실을 죽이고 침묵을 지켜야 할까? 아니, 항의해야만 한다. 진실과 정의로 위장한 거대한 기만에 맞서 외쳐야 한다.

사샤와 샤피로에게 이야기를 했다. 그들 또한 목소리를 내기로 결심했고, 실제로 사샤는 이미 볼셰비키 정권의 여러 단계를 다룬 일련의 기사를 작성해 아나키스트 언론에 게재하고 있었다. 하지만 그와 샤피로는 『뉴욕 월드』와 같은 자본주의 신문에 내 이야기가 실린다면 노동자들이 아마 내 이야기를 믿지 않을 것이라는 점을 지적했다. 샤피로는 아나키스트가 부르주아 출판물에 글을 쓰는 것에 대해 항상 눈살을 찌푸렸던 구종파의 사람이었기 때문에 그의 반대는 사실 신경 쓸 게 못 되었다. 하지만 사샤는 특히나 미국에서는 대다수 노동자들이 자본주의 신문만 읽는다는 사실을 알고 있는 데다가 그가 혁명과 볼셰비즘의 차이점을 깨우치고자 한 것은 바로 노동자들이 아니었던가. 그의 태도는 내게 큰 상처가 되었고 며칠 동안 우리는 말다툼을 벌였다. 나는 과거에 『뉴욕 월드』뿐만 아니라 다른 유사한 출판물에도 반복적으로 글을 기고했었다. 어디서 무엇을 말하느냐보다 어떻게 말하느냐가 더 중요하지 않던가? 사샤는 이 경우에는 적용되지 않는다고 주장했다. 내가 자본주의 언론에 쓴 글은 필연적으로 러시아 반동들이 이용할 먹잇감이 될 것이고, 우리 동지들로부터도 비난받게 될 테니 말이다. 그건 나도 잘 알고 있었다. 부르주아 후원자들의 후원 아래 연설한 늙은 혁명가 브레시콥스키를 나 역시 비난하지 않았던가. 내 동지들이 나에게 할 말 중에 내가 바부쉬카에 대한 판단을 내린 후 겪었던 자책감만큼 가슴 아픈 말은 없을 것이다. 그녀는 50년 동안 혁명을 준비했지만, 공산당의 정치적 목적을 위해 혁명이 악용되는 것을 지켜봐야만 했다. 내가 수천 마일 떨어진 곳에 있는 동안 그녀는 혁명이 산사태처럼 무너지는 모습을 목격했다. 그리고 나는 그녀가 미국에 있을 때 깔려 있던 돌무더기에 내 돌을 더하기까지 했다. 바로 그런 이유로 나는 지금 목소리를 내야만 했다. 하지만 사샤는 사람들에게 배포할 팸플릿을 통해 그렇게 할 수 있을 거라고 설득했다. 그는 나름대로 글을 준비 중이었고, 이미 여러 편의 기사가 우리 언론에 실렸으며, 그중 세 편은 사회주의 일간지 『뉴욕 콜』에 게재되기도 했다. 왜 나는 그렇게 할 수 없느냐고 그는 따졌다. 미국의 국제 구호 연맹 동지들도 러시아 상황에 대한 내 발표에 대해 비슷한 요구를 했었다. 나에게 자본주의 언론에 글을 쓰지 말라고 내게 계속 전보와 편지를 보내왔던 것이다. 그들의 요점은 한마디로 내가 자본주의 언론에 글을 쓸 경우 대의를 해칠 수 있다는 것이었다. 그들의 비난에 나는 차게 얼어붙었다. 하지만 사샤는 달랐다. 그는 나의 평생의 전우이자 친구였고, 우리의 존재를 불태우고 영혼을 시험했던 수많은 전투에서 함께 싸웠던 동료 전사였다. 우리는 러시아에 있는 동안 '혁명적 필요성'이라는 문제에 대해 각자의 길을 걸었고 나 역시 오랜 시간 동안 불확실한 입장이었기 때문에 우리 사이에 입장이 해소될 시간이 없었다. 크론슈타트는 우리의 잡생각을 없애 주고 우리를 다시 가깝게 만들어 주는 계기가 되긴 했지만 친구와 너무나도 다른 입장을 취해야 한다는 사실에 나는 그저 괴로웠다. 며칠, 몇 주 동안 갈등을 겪으며 인생에서 가장 힘든 시간을 보냈다. 정신적 고문을 당하는 내내 내 머리를 강하게 두들겨 맞는 것 같았다. 이번이 마지막이 될지라도 반드시 내 목소리를 내야 해. 마침내 나는 스텔라에게 연락해 총 일곱 개의 기사를 『뉴욕 월드』에 넘겼다.

이 결정에 있어서 내가 완전히 혼자인 것만은 아니었다. 에리코 말라테스타, 막스 네틀라우, 루돌프 로커, 런던 자유 그룹, 앨버트와 엘리스 젠슨, 해리 켈리 등 내가 소중히 여기는 여러 친구와 동지들이 내 입장을 지지해 주었다. 어쨌든 골고다의 길을 걸어야 했지만 동지들의 지지가 큰 힘이 되었다.

내 기사가 공산주의자들의 분노를 불러일으키는 것을 목격하거나 그들의 독설에 영향을 받기에 이미 나는 너무 멀리 있었다. 하지만 나를 반대하는 공산주의자들의 집회에 대한 설명과 그들의 언론을 통해 나는 그들의 피에 대한 욕망이 흑인 린치 사건에서 남부 백인들의 것과 비슷하다는 것을 알 수 있었다. 그중에서도 가장 교훈적이었던 것은 로즈 패스터 스톡스가 주재한 모임이었다. 한때는 E. G.의 발치에 앉아 있던 그녀가 이제 E. G.를 화형시킬 지원자를 모집하고 있었다. 장관이 아닌가! 의장은 인터내셔널을 외치고, 관객들은 해방 노래에 맞춰 엠마 골드만의 몸을 둘러싼 불꽃 주위를 돌며 손을 잡고 열정적인 춤을 추는 모습.

내가 혁명적 과거를 버렸다는, 버릴 과거조차 없는 사람들이 나에게 하는 비난도 전혀 걱정되지 않았다. 나를 괴롭혔던 것은 다만 『뉴욕 월드』가 내 기사의 가치를 공산주의자의 팬들만큼 높게 평가하지 않았다는 점이었다. 내가 원고료로 받은 돈은 기사 한 편당 300달러, 총 7편을 연재할 경우 2,100달러에 불과했다. 그러나 공산주의 합창단에서 반역자 E. G.가 기사에 대한 대가로 3만 달러를 받았다는 소문이 돌았다. 나도 사실이 그랬으면 했다. 볼셰비키의 천국인 감옥과 망명지에서 추위와 굶주림, 절망에 시달리는 러시아 정치 희생자들을 위해 적어도 일부분은 남겨 두고 올 수 있었을 테니.

스웨덴 생디칼리스트들의 압력으로 브란팅은 우리에게 한 달 더 체류 연장 허가를 내주었다. 이 연장이 아마도 마지막이 될 것이었다. 다른 나라로 가는 비자 발급은 불가능했고, 사샤와 샤피로는 직접 문제를 해결하기로 결정했다. 샤피로가 먼저 떠났고 사샤는 이후에 그를 따를 예정이었다. 프라하에 있는 동지가 체코슬로바키아로 갈 수 있는 내 비자를 확보해 주어 나는 사샤에게도 그렇게 하면 안 되겠냐고 설득했지만 그런 제안을 듣는 것만으로도 그는 분노를 느끼는 듯했다.

사샤는 부정기 증기선을 타고 밀항할 예정이었지만, 스톡홀름에서 배가 떠나기 전에 오스트리아 영사관에서 비자가 발급되었다는 소식이 들렸다. 비자를 손에 넣기 전에 사샤가 탄 배가 출발할지도 모른다는 두려움에 운전기사가 제한 속도를 어기고 과속을 하도록 내버려 두었다. 우리 셋 모두에게 비자가 발급되었지만, 오스트리아 외교부 장관으로부터 자국 내에서 어떠한 정치 활동도 하지 않겠다는 서약서를 제출하라는 요구가 있었다. 나는 그럴 생각이 없었고, 동료 둘 모두 동의하지 않을 거라고 확신했다. 그러나 한 사람은 비밀리에 떠나고 다른 한 사람은 곧 떠난다는 사실을 밝힐 수는 없는 노릇이었다. 나는 동료들과 상의해 봐야겠다고, 다음 날 답을 가지고 오겠다고 영사에게 말했다. 아직 사샤에게 연락할 시간은 있었기 때문에 완전히 거짓말은 아니었다. 눈보라 때문에 배는 48시간 동안 발이 묶여 있었다. 덕분에 사샤에게 오스트리아 비자와 그 비자에 달린 조건에 대한 소식을 전할 수 있었다. 그가 받아들일 거라고는 생각하지 않았지만, 적어도 이 사실을 알려줘야 한다고 생각했다. 스톡홀름에서의 음울한 체류 기간 동안 유일한 위안이었던 스웨덴의 젊은 친구가 사샤가 자신의 방향을 결정했고, 그 길에서 흔들리지 않을 것이라는 말을 전해 주었다. 내 운명에 깊이 얽히고설킨 이 밀항자와 조금이라도 가까이 있기 위해 깊이 쌓인 눈 속에서도 부두 주변을 계속해서 서성거렸다.

사샤가 떠난 지 일주일 후 나도 밀항을 결정했다. 나는 젊은 동행자와 함께 덴마크로 밀입국할 수 있는 방법을 찾기 위해 스웨덴 남부로 여행을 떠났다. 이 친구가 아는 선원 몇 명이 미국돈 100달러에 해당하는 300크로넨에 나를 도와주기로 했다. 하지만 마지막 순간에 그들은 두 배의 금액을 요구했고 그들을 더 이상 믿을 수 없게 됨에 따라 계획을 중단해야 했다. 그러다 우리는 모터보트가 있는 남자를 찾았다. 자정 전에 승선하라는 말과 함께 "검사관이 순회할 때까지 담요로 덮고 납작하게 누워 있어야 한다"는 지시를 받았다. 그 말을 따르긴 했지만 배를 살피는 사람은 단순히 검사관이 아니라 경찰관이었다. 발각된 우리는 연인 사이인데 너무 가난해서 배를 타고 피난 온 거라고 설명했다. 경찰은 친절한 사람이긴 했어도 여전히 우리를 체포하려 했다. 하지만 넉넉한 팁을 받더니 마음을 바꿨다. 즉흥적으로 꾸며 낸 이야기에 우리는 웃음을 참을 수 없었는데, 정말이지 그 상황에 잘 맞는 것 같은 느낌이었기 때문이다.

내 친구는 일이 엉망진창이 된 모습에 실망했다. 나는 내가 항상 어설픈 음모론자였고 그 계획이 실패해서 다행이라고 말하며 그를 위로했다. 하지만 여기엔 확실한 장점도 있었다. 스웨덴의 더 따뜻한 지역을 경험하고 수도보다 더 매력적인 여성들을 볼 수 있는 기회가 주어진 것 아니던가? 가장 까다로운 미식가들에게 영감을 줄 40여 가지의 새로운 전채 요리를 맛볼 수도 있고.

다음 날 스톡홀름으로 돌아온 나는 독일 영사로부터 편지를 받았다. 열흘 동안 사용할 수 있는 비자가 발급된 것이다.

54

독일 국경에서 나는 그 불명예스러운 퇴각에도 자부심을 잃지 않은, 카이저 빌헬름의 콧수염을 한 두 명의 충실한 프로이센 관리의 사랑스러운 팔에 곧바로 떨어졌다. 그들은 곧 나를 개인 사무실로 안내했고 나는 거의 요람 시절부터 내 인생의 모든 사건이 담긴 서류와 마주한 채 한 시간여 동안 심문을 당했다. 내가 더 추가할 것이 없을 정도로 완벽한 기록을 남긴 독일인의 철저함에 대해 축하를 보냈다. 독일에 온 목적이 무엇이냐고 그들은 물었다. 미모의 젊은 아내를 찾는 백만장자 노총각을 찾게 된다면 영광일 것이며 비자가 만료되면 같은 목적 달성을 위해 체코슬로바키아로 향할 것이라 했다. "아인 베르플릭트 프라우엔짐머"(이 여자 보통 아니군)라고 외치는 남자들의 칭찬을 더 들은 후 나는 다시 기차로 안내를 받았다.

동지들이 나를 독일에 입국시키기 위해 캠페인을 시작한 지 5개월이 지나서야 나는 베를린에 도착했고, 그들이 한 것보다 더 오래 체류기간을 확보하고자 하는 희망을 버리지 못한 채였다. 나는 최후의 보루로 체코슬로바키아를 망명지로 받아들였다. 나는 그곳에 연고도 친구도 없는 데다가, 내 비자 발급을 도와준 동지도 곧 출국할 예정이었다. 내가 아끼는 모든 사람들과 단절해야 한다는 것을 알았다. 무엇보다도 생활비도 많이 들었다. 하지만 독일에서는 내 모국어가 독일어였던 만큼 아무래도 모든 게 익숙했다. 내가 받은 학교 교육은 모두 독일에서 받은 것이었고, 내가 초기에 받은 영향은 모두 독일의 것이었다. 가장 중요한 것은 내가 뿌리를 내릴 수도 있는 강력한 아나키스트와 아나코-생디칼리즘 운동이 있다는 점이었다. 친구 밀리와 루돌프 로커를 비롯한 많은 동지들도 베를린에 있었다. 일단 이곳에서의 운을 시험해 볼 것이고, 만약 떠나게 된다 하더라도 싸워 보지 않고 떠나는 일은 없을 것이다.

놀랍게도 한 달간의 체류 허가를 받는 데 아무 어려움이 없었다. 만료 시점에는 2개월이 더 연장되었다며 외무부에 방문하라는 통보를 받았다. 외무부에 갔을 때 장관이 러시아인처럼 보이는 남자와 이야기하고 있는 것을 보았다. 러시아인으로 보이는 남자는 분명히 고국으로 떠나고 있었고, 장관은 그를 문 앞까지 배웅하며 캐비어와 모피를 가져오는 것을 잊지 말라고 당부하고 있었다. 그후 공무원은 예의 그 프로이센의 공손함으로 나를 대했다. 그는 내가 이달 말에 떠나야 한다고 말했는데 다시 오다니 이게 무슨 뜻이냐며 소리쳤다. 그는 내일이면 내 체류기간이 만료될 거라면서, 제발로 걸어가거나 아니면 강제로 국경을 넘어가야 할 거라고 했다. 그의 달라진 태도에서 모스크바와 베를린의 총독들이 다시 나를 노리고 있다는 것을 알 수 있었다. 방금 떠난 남자는 아마도 체카에서 온 사람이었을 거다.

하지만 내게는 이성을 잃을 여유가 없었다. 내게 두 달의 시간이 더 주어졌고 이를 위해 여권 도장을 받으러 왔다고 최대한 차분한 어조로 설명했다. 그는 자신이 전혀 아는 바가 없는 일이고, 만약 알았더라면 연장을 해주지 않았을 것이라고 선언했다. 조용히 출국하지 않으면 쫓겨날 줄 알라고 하기에 나를 쫓아내려면 여러 명을 보내야 할 것이라고 대답했다. 내 뻔뻔함에 당황한 그를 뒤로하고 나는 내 후원자를 찾아 제국의회로 갔다. 업무가 너무 바빠서 나는 3시간 넘게 기다려야 했다. 불안하긴 했지만, 요한 모스트가 '마리오네트의 집'이라고 불렀던 이들의 시덥잖은 일들을 보면서 곧 고민을 잊었다.

다과실로 이어지는 대의원들의 행렬을 보고 있으니, 다과실이야말로 위엄 있는 조직이 있을 진짜 자리인 것 같았다. 그곳에서 스툴렌과 자이델 맥주, 시가 연기가 피어오르는 가운데 독일 대중의 희비가 결정되고 있었다. 그 안에서는 누군가가 자신의 정당이 상대방의 머리를 때릴 만큼 충분히 회복할 때까지 요새를 지키겠다고 말하면서 시간을 때우고 있었다. 놓치기에 정말 아쉬운 공연이었다.

하루의 고된 업무가 끝나고 나서야 후원자들이 나를 찾아왔다. 외무부에서 있었던 일을 들은 후 그들은 전화를 걸었고, 다소 격렬한 논쟁이 이어지는 가운데 내 후원자는 수화기 너머의 사람에게 "E. G. 커쉬너 부인에게 발급된 연장을 억제"한 것에 대해 상사에게 보고될 것이라고 이야기를 했다. 이쪽에서 "좋아요, 그럼. 현명한 결정 내리실 거라 믿겠습니다"라고 말하는 것을 보니 위협은 효과적이었던 것 같다. 다음 날 아침 여권에는 두 달 더 체류할 수 있는 도장이 찍혔다.

이 휴식기간 동안 나는 작은 아파트를 구했다. 너무 바쁘게 돌아다니다 보니 뼈마디가 멍이 들었고 내 집에서 쉬고 싶은 생각이 간절했다. 러시아에 관한 책을 시작하기 전에 생각을 정리할 시간을 갖고 싶기도 했다. 스톡홀름에서 지낸 석 달 반 동안 나의 기둥이 되어 주었던 파란 눈의 스웨덴 청년이 그리워졌다. 그를 불러서 평생 한 번도 가져 본 적 없는 나만의 생활을 가져보고 싶지만 그건 헛된 꿈이겠지! 독일의 역에서 친구를 만난 순간 깨달았다. 그의 고운 눈동자는 친근함을 잃지 않았지만, 내 영혼에 불을 지폈던 그 빛은 더 이상 거기에 없었다. 내가 처음부터 알고 있었지만 깨닫고 싶지 않았던 사실, 그는 스물아홉 살이고 나는 쉰셋이라는 걸 뼈저리게 깨달았다.

모험이 최고조에 달했을 때, 가시밭길의 황금빛 추억이 끝났으면 좋았을 텐데! 하지만 나와 다시 함께하고 싶다는 그의 열망과 내 마음의 굶주림을 거부하기는 어려웠다. "곧 베를린에서!"가 우리가 나눈 작별인사였다. 그로부터 4주밖에 지나지 않았는데 그의 불꽃은 다 타버렸다. 예상치 못한 타격에 너무 당황한 나머지 나는 제대로 생각조차 할 수 없었고, 지푸라기라도 잡는 심정으로 내 안에 있던 사랑을 다시 깨워야겠다는 생각에 매달렸다.

내가 그를 밀어낼 수 없었던 데에는 몇 가지 이유가 있었다. 그는 징집을 피해 독일로 온 것이기도 했고, 스톡홀름에서는 사샤를 도와 서류 작업을 하다 경찰의 의심을 사기도 했던 것이다. 그에게는 다른 방법이 없었고, 독일에서 일할 수 있는 허가도 없었다. 그러니 그를 내보낼 수 없는 노릇이었다. 그의 사랑이 죽었대도 어떤가? 우리의 우정은 여전히 달콤할 것이고, 그에 대한 나의 애정은 그것으로 만족할 만큼 강할 것이라고 나는 생각했다. 내가 기대했던 휴식과 기쁨은 8개월 동안의 지옥으로 바뀌었다.

내 투쟁에 대한 사샤의 동정심 부족으로 나의 비참함은 더욱 커졌고, 젊은 친구에 대해 점점 커지는 나의 마음을 억누를 때 보여 준 그의 친절함과 배려가 있었기에 더더욱 놀라웠다. 사샤는 나이 차이에 대한 어리석은 관습을 조롱하며 내 인생에 찾아온 청춘을 위해 내 욕망을 따르라고 조언했었다. 그는 스웨덴 청년을 좋아했고 청년 역시 내 옛 친구를 숭배했다. 하지만 스웨덴 청년이 베를린에 도착하고 같은 아파트에 살게 되면서 두 사람의 좋은 동지애는 조용한 적대감으로 바뀌었다. 나를 상처 줄 생각은 없다는 걸 알았지만, 그들은 근시안적인 남성적 생각들로 그저 아무것도 하지 않고 있었다.

나는 도무지 러시아에 관한 책을 쓸 정신 상태가 아니었다. 그 불행한 나라와 그 나라의 정치적 순교자들에 대한 생각은 항상 나를 따라다녔고 내가 그들의 신뢰를 배신하고 있다고 느꼈다. 나는 그들의 상황과 '10월'의 더욱 가슴 아픈 드라마를 알리기 위해 아무것도 하지 않았다. 그저 내 기사를 통해 얻은 수익금과 런던 그룹이 내 비용으로 발행한 브로셔를 기부함으로써 내 양심을 달래 보려 할 뿐이었다. 사샤는 러시아 비극, 공산당, 크론슈타트 및 관련 주제에 관한 기사를 쓰고 팸플릿을 발행하는 등 훌륭한 일을 하고 있었다. 우리 타간카 동지들은 이제 독일에서도 아나키스트 언론과 연단에서 소비에트의 현실에 대해 목소리를 내고 있었다. 그리고 우리가 목소리를 내기 전부터 루돌프 로커와 아우구스틴 소치라는 유능한 동지들이 러시아의 실상을 독일 노동자들에게 알리고 있었다.

『뉴욕 월드』의 허버트 스위프와 앨버트 보니를 통해 당시『하퍼스』의 대표였던 클린턴 P. 브레이너드가 나의 러시아 관련 작업에 관심을 갖게 되었다. 그는 유쾌한 노인이었고, 매너도 좋고 대화에 능통한 사람이었지만 책과 저자와의 관계에 대해서는 조금도 알지 못하는 것 같았다. "소비에트에 관한 책 한 권 쓰는 데 6개월은 걸릴 것 같아요"라고 하자 그가 소리를 높였다. "말도 안 돼요! 한 달이면 당신의 말을 받아적어서 원고를 만들 수 있을 겁니다." "당신 이름과 주제가 책을 만드는 것이지, 문학적 수준이 필요한 게 아니오"라고 그는 단언했다. 그는 허버트 후버의 서문을 단 엠마 골드만의 볼셰비키에 관한 책이라면 당대 최고의 책이 될 것이라는 데 모든 것을 걸었다. "큰 돈을 벌 수 있는 기회요. 그런 걸 예상했나요, E. G.?" "아니요, 일평생 그런 건 생각해 본 적 없습니다." 나는 그가 농담으로 하는 말인지 아니면 내 삶과 사상, 러시아가 내게 얼마나 중요한지, 내가 왜 러시아에 대해 글을 쓰고 싶어 하는지에 대해 다만 엄청나게 무지한 건지 궁금했다. 나는 브레이너드 씨가 너무 평균적인 미국인처럼 순진해서, 또 다른 완벽한 평균적인 미국인인 후버 씨에게 내 형편없는 책에 대한 서문을 쓰게 하겠다는 그의 제안에 기분이 상하지도 않았다.

앨버트 보니에게 하퍼스 사장처럼 시야가 좁은 사람이 품질과 명성을 갖춘 출판사의 수장이라는 사실이 놀라울 뿐이라고 말했을 때, 그에게 브레이너드 씨의 전문분야가 문학이 아닌 비즈니스 분야라는 말을 듣고 조금은 안심이 되었다.

미국에서 우리의 책은 항상 『어머니 대지』 출판 협회를 통해 자체적으로 발행해 왔던 터라 나는 출판사에 대한 경험이 전무했고, 브레이너드와 맥클루어 신문사의 대표인 앨버트 보니는 나에게 그들의 상업적 방법에 대해 설명할 필요가 없다고 생각했다. 그 결과 나는 전 세계를 대상으로 팔 수 있는 러시아에 관한 나의 책에 대한 저작권을 일반적인 로열티를 대신하는 선불금 1,750달러와 연재권의 50%에 브레이너드 씨에게 팔았다. 계약서에서 가장 만족스러운 조항은 내 동의 없이는 원고를 수정할 수 없다는 것이었다.

내 비자는 2개월 더 연장되었고 아마도 더 연장할 수 있을 거라는 희망이 있었다. 이제 생활비도 확보되었고 책을 계속 진행할 수 있었다. 크론슈타트 사건에서부터 이 문제를 안고 살았고 모든 측면에서 생각을 해왔지만 막상 글을 쓰려고 하니 주제의 방대함에 압도당했다. 크로포트킨의 말마따나 프랑스 혁명보다 더 위대하고 심오한 러시아 혁명을 제한된 시간 안에 한 권 분량으로 다룬다는 게 과연 가능한 일인가? 자고로 이런 저작에는 오랜 시간이 필요하고, 현실만큼이나 생생하고 감동적인 이야기를 쓰기 위해 내 능력을 뛰어넘는 글솜씨가 필요했다. 독재 정권을 이끈 사람들에 대한 개인적인 불만이나 원한 없이 글을 쓰는 데 필요한 관점과 냉철함을 나는 과연 얻었던가? 이러한 의심은 책 작업에 집중하려고 노력하면 할수록 더욱 강해지며 책상에 앉아 있는 나를 괴롭혔다.

주변 환경도 내게 전혀 도움이 되지 않았다. 내 젊은 친구도 나와 같은 구렁텅이에 갇혔는데, 그 친구 스스로 떠날 힘도, 그렇다고 내가 그를 보낼 힘도 없었다. 외로움, 친밀한 보살핌을 받고 싶은 갈망은 나로 하여금 그에게 집착하게 만들었다. 그는 나를 반항아이자 투사로서 존경했고, 친구이자 동반자로서 나는 그의 정신을 일깨웠으며 그에게 새로운 아이디어, 책, 음악, 예술의 세계를 열어 주었다. 그는 나와 떨어져 살기를 원치 않았고 그에게는 우리 관계에서의 교제와 이해가 필요했다고 말했다. 하지만 24년이라는 세월의 차이를 그는 잊을 수 없었다.

친구 루돌프와 밀리 로커는 내가 겪고 있는 육체적·정신적 스트레스를 감지했다. 동지로서만 알고 지내던 그들과 1907년 이후로 본 적이 없었는데 베를린에 머무는 동안 그들의 아름다운 정신에 감사하고 또 그들을 사랑하게 되었다. 루돌프는 이해심 많고 부드러우며 관대하고 내면적 성찰에 그다지 신경 쓰지 않는 내 오랜 친우 막스와 매우 흡사했다. 지적으로 뛰어나고 엄청난 업무 능력을 갖춘 그는 독일 아나키스트 운동의 동력으로, 만나는 이들에게 영감을 주는 사람이었다. 밀리는 또한 인간의 고통에 민감하게 반응하며 동정심과 애정을 아끼지 않았는데 내 자신을 통제하기 위해 싸우고 있는 나를 진정시키는 데 큰 도움이 되어 주었다. 책 작업을 시작할 필요가 절실했다.

사랑하는 스텔라와 스텔라만큼이나 사랑하는 조카손주 이안의 등장으로 나를 갉아먹는 듯한 고통이 다소 무뎌졌다. 3년 동안 그들을 보지 못했기에 그들을 만날 날만을 손꼽아 기다리고 있었다. 나의 두번째 고국에서 찬탄할 만한 것과 미워할 만한 것, 기쁨과 고난이 함께했던 과거를 회상하며 조화 속에서 일주일이 지났다. 그러나 불협화음이 곧 우리의 서사시를 방해했다. 스텔라는 항상 나를 우러러보았는데 내 진흙 발을 보고 견딜 수 없었던 거다. 그녀는 나와 벤의 관계로 이미 큰 고통을 겪었는데 이제 다시 또 사랑하는 이모가 "자신을 내버리려 한다"며 분개했다. 젊은 스웨덴 청년은 조카의 경멸을 재빨리 감지하고는 더욱 대담하게 나오며 특히 스텔라에게 더 불쾌감을 주는 짓을 골라서 했다.

어린 망아지처럼 거칠고 자유분방한 여섯 살의 아름다운 아이 이안에게는 우리 아파트가 너무 좁았다. 그는 독일어를 전혀 몰랐고 '할머니'의 신경이 날카롭다고 왜 모든 사람이 그저 조심조심하는지 그 이유를 이해할 수 없었다. 어린아이의 입에서도 지혜가 나오는 법이다. 우리 아기조차도 세월이 가는 것을 배우는데, 어리석은 나는 여전히 젊음을 붙잡고 그 불을 간절히 원하고 있었다. 다행인 점은 우스꽝스러움을 알아보는 내 감각이 완전히 사라지지는 않았다는 것이었다. 그게 내 것일지라도 나는 어리석음을 비웃을 수 있었다. 그러나 나는 글을 쓸 수도 없었고 이 스웨덴인처럼 어디로 도망칠 수도 없었다!

그는 스텔라와 내가 방해받지 않고 함께 있을 수 있도록 며칠 동안 해변에 가 있겠다고 했다. 나는 반대하기는커녕 오히려 안도감을 느꼈다. 이틀이라는 시간이 일주일이 되었고, 그 사이 그로부터 나를 안심시켜 줄 만한 그 어떤 연락도 없었다. 불안은 점점 커져 혹 그가 목숨을 잃었으면 어쩌나 하는 강박이 되었다. 괴로운 생각에서 벗어나기 위해 다시 한번 책 작업에 집중해 보려는데 마치 마법처럼 몇 달 동안 짊어지고 있던 짐이 가벼워지면서, 그에 대한 내 좌절감과 함께 끔찍한 그림자도 사라졌다. 내 자신도 눈앞의 종이 위에 펼쳐지는 그림에 녹아 들어가고 있었다.

폭풍은 늦은 오후에 시작되어 밤새 계속되었다. 천둥과 번개에 이어 바람과 비가 내 방 창문을 두드리는 소리가 들렸다. 나는 내 영혼의 폭풍을 제외한 모든 것을 잊은 채 글을 썼다. 드디어 풀어 낼 방법을 찾았다.

이윽고 폭풍이 멈추었다. 공기는 고요했고, 태양은 천천히 떠오르며 새날을 맞이하듯 하늘에 붉은 황금빛을 퍼뜨렸다. 나는 자연의 영원한 재생, 인간의 꿈, 자유와 아름다움을 향한 인간의 탐구, 더 높은 곳을 향한 인류의 투쟁을 생각하며 눈물을 흘렸다. 무한히 작은 일부에 불과했던 내 삶이 우주와 다시 한번 어우러져 다시 태어나는 것을 느꼈다.

스웨덴 청년은 건강하게 돌아왔다. 그는 자신의 길을 갈 용기를 끌어모으고 있었기에 내게 편지를 보내지 않았노라 했다. 하지만 그는 실패했고 나에 대한 필요성에 이끌려 돌아오고야 말았다. 자신을 다시 받아줄 수 있냐 묻는 그를 나는 다시 받아주었고, 그가 이전처럼 나를 소모할 수 없음을 확신했다. 나는 이제 러시아로 돌아와 승패가 갈리는 상황에서 21개월 동안 목격했던 엄청난 파노라마를 재현하기 위해 모든 것을 쏟아부었다.

나의 사랑하는 친구 사샤는 내 마음의 문제에 대해 거의 동정을 보이지 않았지만 우리의 공동 활동이나 내 문학적 노력에 대한 그의 협력에 있어서는 나를 실망시킨 적이 없었다. 내가 본격적으로 일하는 모습을 보자마자 그는 예전의 열의를 가지고 다시 나를 찾아왔다. 상당한 진전이 있었어야 할 때, 마침 또 새로운 장애물이 나타났다.

젊은이들은 서로에게 도무지 관대하지 않고 서로의 단점을 참지 못했다. 지적이고 유능한 유대계 미국인인 나의 비서와 젊은 스웨덴인인 비서가 함께 일하는 건 거의 불가능해 보였다. 그들은 사소한 일에도 격렬하게 싸우고 다퉜다. 스텔라가 우리 아파트로 이사해 들어오면서 그 긴장은 최고조에 달했다. 공간은 충분히 넓었고 각자 자기 방이 있었지만 두 젊은이는 함께 있는 순간마다 서로를 노려보고 화를 냈다.

곧 나는 독일 속담의 진실을 알게 되었다. "사랑하면 서로를 놀리게 된다." 두 젊은이는 서로 사랑에 빠졌고, 그들의 진짜 감정을 나로부터 숨기기 위해 열심히 싸우고 있었다. 고의적으로 나를 속이기에는 너무 순수한 사람들이란 걸 알았다. 그들은 단순히 말할 용기가 부족했던 거고 아마도 내게 상처를 줄까 봐 두려웠을 터였다. 마치 그들의 무관심이 단지 방패에 불과했다는 나의 깨달음보다 그들의 솔직함이 더 상처를 줄 수 있었던 것처럼! 스톡홀름에 머무는 몇 달 동안 나는 내 사랑이 그의 애정에 다시 불을 지필 수 있을 거라는 믿음을 멈추지 않았었다.

눈앞에서 벌어지는 우스꽝스러운 숨바꼭질을 더 이상 보고 있을 수 없었다. 나는 그들에 대한 나의 애정은 변하지 않을 것이며, 원고가 완성될 때까지 함께 있기를 바라지만, 그들만의 숙소를 찾는 게 좋을 것 같다고 했다. 그 편이 우리 셋에게 덜 피곤한 일이 될 테니.

두 사람은 집을 구해 나갔다. 나의 비서 업무는 계속되었지만 나를 대하는 태도가 달라진 게 느껴졌다. 스웨덴 청년은 주로 연인이 없는 저녁에 나를 보러 찾아왔다. 그의 연인은 그와 내가 함께 있는 모습을 보거나 내가 그의 영감이라고 느끼게 되는 것을 견딜 수 없어 하기 때문이었다. 자신은 항상 같은 자리에 있을 거라고 그는 거듭 강조했다. 조금은 위안이 되긴 했지만 그래도 멀리 떨어져 있는 것이 최선이라고 나는 그에게 말했다. 이제는 신경쓰이는 일이 아니었다. 그들의 어린 사랑에 고통을 주는 것은 불친절한 일이었다. 그는 내 조언을 받아들였고, 연인과 함께 미국으로 떠나기 전까지 다시 오지 않다가 작별 인사를 할 때만 나를 만나러 왔다.

내 책에서 가장 힘들었던 부분은 미래의 혁명이 실패하지 않기 위해 우리 동지들과 전투적 대중이 배워야 할 러시아 혁명의 교훈을 제시하는 책의 후기였다. 나는 권력에 대한 볼셰비키의 광증에도 불구하고, 만약 근본적으로 쉽사리 흔들리는 대중 심리가 없었다면 러시아 국민을 그토록 완전히 공포에 떨게 할 수 없었을 것이라는 것을 깨달았다. 나는 또한 우리 운동 내에서 혁명에 대한 개념이 너무 낭만적이며 자본주의가 폐지되고 부르주아지가 제거된 후에도 기적은 일어나지 않는다는 것을 확신했다. 이것들을 이제 더 잘 알게 되었기에, 나는 동료들이 더 명확하게 이해할 수 있도록 돕고 싶었다.

나는 혁명의 건설적인 측면을 적절히 다루기 위해서는 공산주의 국가의 유령에서 벗어나 객관적 관점의 글쓰기를 할 수 있어야 한다고 생각했다. 확실한 결론 없이 내 책을 세상에 내놓고 싶지는 않았다. 하지만 지금 같은 마음 상태로는 이 주제의 복잡한 문제에 파고드는 것이 불가능하다는 것을 알았다. 몇 주간의 갈등 끝에 나는 이 중요한 주제에 대한 더 큰 작업을 위한 밑그림이 될 수 있는 몇 가지 생각을 적어 보기로 했다. 사샤는 러시아 사건에 비추어 볼 때 혁명에 대한 기존의 개념을 철저히 수정하는 것이 필수적이라는 데 동의했다. 그가 하든 내가 하든 우리 둘 중 누구라도 나중에 착수할 만한 작업이었다. 그러니 이제 이 문제에 대해 조바심을 낼 필요는 없었다. 내가 쓴 것 같이 감상을 담은 책은 이론과 사상을 분석하는 책이 아니기 때문이다. 루돌프도 같은 생각이었다. 이런 문제에 대해서 판단이 거의 틀린 적이 없는 두 친구의 조언과 내 자신의 확신을 통해 나는 혁명 기간 동안의 실질적이고 건설적인 노력을 전반적으로 개괄하고 제안하는 내용으로 마지막 장을 썼다.

축하할 일들이 여러 개 겹쳤다. 나는 정서적 안정을 되찾았고 또 『러시아에서의 2년』 원고를 완성했다. 사샤에게도 기뻐할 만한 일이 있었다. 그가 러시아에서 쓰던 소중한 일기장이 있었는데 내 방에 숨겨 둔 덕에 체카 요원들에게 약탈당하는 것을 피할 수 있었지만 러시아에서 몰래 빼내 온 이후 분실되어 찾지 못하고 있었다. 사샤가 민스크에 있는 동안 한 친구가 그의 노트를 독일로 가져가 로커에게 전달해 주겠다고 약속했지만 베를린 친구들이 이 중요한 소포를 받지 못했다는 소식을 듣고 우리가 받은 충격은 엄청났다. 러시아에 머무는 동안 사샤가 모든 사건과 이벤트를 매일 기록해 둔 노트는 그 무엇으로도 대체할 수 없는 것이었던 탓이다. 다행히도 이 귀중한 일기장은 불안한 한 주를 보낸 후에 발견되었다.

맥클루어 신문사에 원고를 보낸 지 몇 달이 지났지만 원고를 받았다는 소식은 들려오지 않았다. 배가 나갈 때마다 편지를 보내고 전보를 보내는 데도 적잖이 돈을 썼지만 답장은 없었다. 브레이너드를 만나 보라고 부탁한 스텔라와 피치는 그가 독일에서 돌아온 이후 사무실에 나타나지 않았고, 조합의 그 누구도 내 원고에 대해 아는 사람이 없다는 말을 들었다고 보고했다. 그런 다음 『뉴욕 월드』의 스위프트 씨에게 전보를 보내 하퍼스 사장과 이야기하게 해달라고 했다.

『트리뷴』의 개릿 가렛이 베를린에 있을 때 만나 내 원고를 찾는 데 도움을 좀 달라고 요청하기도 했다. 앨버트 보니 역시 불안해했고, 그 어떤 노력에서도 아무런 성과가 없었다. 원고에 대한 걱정을 더 이상 견딜 수 없어 오랜 친구이자 변호사인 해리 와인버거에게 이 문제를 넘겼고 그는 맥클루어 신문사나 브레이너드가 내게 설명을 하도록 조치하겠다고 회신했다.

이런 불안감에 더해 스텔라에게 일어난 끔찍한 소식까지 들려왔다. 그녀가 오른쪽 눈의 시력을 잃은 것이다. 그녀를 치료했던 전문의들은 실험적 치료로 인해 그녀를 거의 무덤으로 데려갈 뻔했다. 의사 중 한 명은 스텔라의 케이스를 치료가 불가능한 망막 박리라며, 완전히 실명할 거라고 이야기하기도 했다. 독일은 안과 전문의가 많기로 유명한데, 이제 조카에게 전념할 수 있는 자유가 있었기에 스텔라에게 당장 독일로 오라고 했다. 그녀는 작년에 나를 찾아왔던 빛나는 여인의 그림자처럼 내게 왔다. 전문의는 그녀의 케이스를 안구 결핵으로 진단했고 회복의 희망이 없다고 했다.

성 심리학 분야의 선구자로 알려진 마그누스 허쉬펠트 박사가 우리를 구하러 와주었다. 그는 튀링겐에 있는 바트 리벤슈타인의 와이저 박사를 추천하면서 그가 훌륭한 진단가이자 안구 질환 치료의 혁신가이기도 한 놀라운 사람이라고 했다. 박사는 내가 정치 분야에 몸담고 있고 그 자신도 인도주의적·사회적 예방 활동들 때문에 온갖 금지와 박해를 받아 왔기 때문에 이 와이저 박사에게 관심을 가져야 할 거라고 했다. 귀족임에도 사회적 반항아나 심지어 독일인들의 성적 편견을 없애기 위해 노력하는 유대인 허쉬펠트 박사와 같은 반대에 부딪히고 있다는 사실에 미소가 지어졌다. 어쨌거나 우리는 와이저 백작을 기꺼이 만나보고 싶었다.

와이저 박사에 대한 의료계의 태도가 어떤지는 알고 있었지만, 상담을 받으러 도착했을 때 그의 사무실에서 받은 안내문을 보고 적잖이 당황했다. 이 전단지는 직업적 무능, 돌팔이, 부정직함 등을 이유로 그라프 와이저 박사를 탄압해 달라고 전쟁 의료부에 탄원하는 것으로 독일 최고의 안과 전문의 22명의 서명이 있었다. 이렇게 저명한 동료들의 적개심을 불러일으키다니, 와이저 박사한테 뭔가 심각한 문제가 있는 게 아닐까 하는 생각마저 들었다. 그 불쾌함이 다소 수그러든 것은 와이저 박사가 환자들 자신에 대한 전문가들의 태도를 알리는 데 주저하지 않았기 때문이었다. 그는 자신의 방법에 대한 확신이 없다면 어떤 사람도 치료하지 않는다고 말했고 덕분에 나는 그를 상당히 높이 평가하고 존경하게 되었다.

이 의사와의 첫번째 면담을 통해 나는 안내문의 탄원서에서 제기한 의구심으로부터 완전히 벗어날 수 있었다. 그의 태도 전체가 그에 대한 비난이 거짓임을 말하고 있었다. 그가 하는 모든 말에서 그의 단순함과 진심이 분명하게 드러났다. 대기 환자가 줄을 섰지만 그는 한 시간 반 동안 스텔라를 진찰한 후에도 그녀의 상태에 대한 명확한 의견을 내놓지 않았다. 그러나 그는 그녀가 망막 박리도 결핵도 아니라고 확신하며, 과도한 긴장으로 인해 혈압이 높아짐에 따라 시신경에 혈전을 형성하는 출혈이 발생했을 가능성이 있다는 견해를 내놨다. 그는 이 혈전이 몸에 자연스럽게 흡수될 수 있는 방식으로 치료할 수 있기를 바랐다. 시간을 두고 지켜보면 알 수 있을 것이었다. 많은 게 환자 본인에게 달려 있었다. 그의 치료는 꽤 엄격한 편이니 "천사의 인내심이 필요할 것"이라며 박사는 그의 고운 이목구비를 잘 드러내는 미소를 지었다. 스텔라는 하루에 매일 6시간 이상 다양한 렌즈를 착용하고 운동을 해야 했는데, 꽤 고된 일이었기 때문에 이 힘든 과정이 끝난 후에는 충분한 휴식을 해야 한다고 했다. 와이저 박사의 매력과 인간적인 관심은 나로 하여금 자신의 직업을 사랑하는 의사라는 타이틀 아래에 아름다운 인격이 자리하고 있음을 확신하게 했다. 매일매일 그에 대한 좋은 느낌만 더해졌다.

리벤슈타인에서 우리는 미국 친구들을 여럿 만났다. 추방 이후 한 번도 보지 못했던 피치와 폴라가 찾아왔고, 덴버의 오랜 친구인 엘렌 케넌, 마이클 콘과 그의 아내, 헨리 알스버그, 루돌프와 밀리 로커, 아그네스 스메들리, 차토, 그리고 영국에서 온 동지까지 찾아왔다. 내 삶이 이렇게 우정과 애정으로 가득한 것은 참으로 오랜만이었다. 스텔라가 나아질 수 있을 거라는 기대가 내 행복의 잔을 가득 채웠다. 나의 쉰네번째 생일을 맞아 가족들이 마련한 멋진 깜짝 파티를 헨리는 "여왕님과 그녀의 궁정"이라고 놀려댔다. 세월이 흘러도 흔들리지 않고 변치 않는 사랑, 누구도 가질 수 없는 보물 같은 친구를 만난 것이 인생이 내게 준 선물이었다.

내가 받은 많은 생일 선물과 메시지 중에는 충실한 친구이자 변호사인 해리 와인버거가 보낸 것도 있었다. 브레이너드가 내 원고를 '더블데이, 페이지 앤 컴퍼니'에 팔았고 올해(1923년) 10월에 책이 출간될 것이라는 기쁜 소식을 전해 준 것이다. 그것을 증명하는 문서를 보내달라고 전보를 보냈고, 출판사는 내 책의 출간이 늦어질 것이지만 원고는 철저히 지키겠다고 답했다.

3개월간 와이저 박사의 치료를 받은 스텔라는 실명했던 한쪽 눈의 시력을 부분적으로 회복했다. 우리가 '우리 그라프'라고 부르기 시작한 와이즈 박사의 업적은 이것뿐만이 아니었다. 그의 개인 클리닉에서 나는 매일 스텔라와 비슷한 증상으로 절망적이라고 포기했던 다양한 환자들을 보았는데, 와이저 박사는 부분적으로 또는 완전히 치료하는 데 성공했다. 그렇게 숙련된 의사일뿐더러 사람들을 돕는 일에 열심인 사람을 그리 비판해 대다니, 믿을 수 없었다.

박사를 몇 년 전부터 알고 지낸 환자들과 이야기를 나누면서 나는 전문가 세계에서 들어 본 것 중 가장 놀라운 음모에 대해 알게 되었다. 안과 전문의들이 전쟁부에 보낸 성명서는 그라프에 대해 작성된 서류의 극히 일부에 불과했다. 심지어는 직원을 보내 그를 감시하기까지 했다. 그에 대한 비난 중에는 그가 돈에만 관심 있는 사람이라는 것도 있었는데 나는 지금껏 와이저 박사보다 돈에 관심이 없는 사람을 본 적이 없었다. 하루에 다섯번씩 화폐 가치가 하락하던 시절, 그는 환자에게 치료를 마칠 때까지 한 푼도 받지 않았다. 이로 인해 가장 가난한 사람들에게도 돈 많은 사람들과 동일한 처치를 제공했던 공공 진료소를 폐쇄해야 하는 손실이 발생하기도 했다. 63세의 나이에 건강이 좋지 않았던 와이저 박사는 하루 12시간씩 일주일 내내 일했고, 수많은 환자를 돌보면서도 아내와 함께 최대한 검소하게 살았다. 동시에 그는 직업적으로뿐만 아니라 자신의 제한된 수단으로 그를 찾아오는 모든 사람을 기꺼이 도왔다.

그를 비방하는 사람들에게 와이저 박사의 가장 큰 잘못은 자신들이 실패한 환자를 고쳤다는 사실 외에도 시각 장애가 있는 병사들을 전선으로 돌려보내려 하지 않았다는 것이었다. 그는 나와의 이야기에서 한번은 이렇게 말했다. "나는 정치에 대해서 아는 것도 없고 관심도 거의 없어요. 내가 아는 건 무분별한 증오에 의해 산산조각 난 이 땅의 꽃, 고통받는 사람들뿐이죠. 제 목표이자 유일한 관심사는 그 사람들을 돕고 삶에 대한 새로운 믿음을 심어 주는 겁니다."

스텔라는 3개월간 다시 눈을 좀 써서 그런지 피로의 징후를 보이기 시작했고, 이에 와이저 박사는 그녀에게 완전한 휴식을 취할 것을 명령했다. 치료를 계속하기 전에 때때로 환자를 회복시키는 것이 그의 일반적인 치료과정의 일부였다. 그녀는 다가오는 바그너-슈트라우스 축제를 위해 뮌헨을 방문할 계획이었는데, 바그너가 직접 오페라를 지휘할 예정이었다. 사샤, 피치, 폴라, 엘렌도 함께 갈 예정이었는데 모두 나도 함께할 것을 권유했다.

바이에른은 독일 맹목적 애국주의의 거점인 만큼 그 제안이 선뜻 내키지는 않았지만 여자 동지들이 하도 조르는 바람에 동행하게 되었다. 뮌헨에 도착한 지 48시간이 지나자 내 문을 두드리는 익숙한 노크 소리가 들려왔다. 세 명의 남자가 경찰본부에 동행할 것을 요구했다. 그들은 베를린에서 나를 처음 찾아온 사람들만큼 정중하지는 않았지만, 내가 체포 사실을 친구들에게 알릴 수 있도록 충분히 기다려주었다.

뮌헨 범죄자 서류철에 있던 내 서류는 독일 국경에 있던 것만큼이나 완벽했다. 여기에는 1892년으로 거슬러 올라가는 자료, 즉 내가 지금까지 쓰고 말한 거의 모든 것, 사샤의 활동과 나의 활동에 관한 모든 것, 그리고 사진까지 포함되어 있었다. 가장 놀라운 것은 나의 삼촌이 1889년 뉴욕에서 찍은 사진이었다. 젊고 매력적으로 보이는 내 모습에 그 사진 하나를 사도 되냐고 물어볼 정도였다. 경찰은 체포되어 추방될 위기에 처해 있는데도 내가 그런 뻔뻔한 말을 하는 것에 언짢은 듯 보였다. 몇 시간 동안 심문을 받은 후 경찰서에 다시 돌아오는 조건으로 점심을 먹으러 호텔로 돌아갈 수 있었다. 가족들과 함께하는 시간에 감사했다. 한 가지 아쉬운 점이라고 한다면 아직 트리스탄과 이졸데, 일렉트라만 들어서 나머지 작품은 들을 수 없다는 것이었다.

나에 대한 혐의 중 내가 1893년 가을에 비밀 임무를 수행하기 위해 바이에른에 있었다는 내용이 포함되어 있었다. 당시 나는 "다른 일을 하고 있었다"며 혐의를 부인하자 그들이 물었다. "그게 뭐죠?" "뉴욕 블랙웰스 섬 교도소에서 휴식을 취하고 있었습니다." 그런 말을 하다니 뻔뻔하기 이를 데 없다는 그들의 말에 나는 대꾸했다. 그러지 않아야 하는 이유가 있나? 은수저나 비단 손수건을 훔쳐서 들어간 게 아닌 것을. 나는 내 사회적 생각을 위해, 그들이 나를 추방하려던 바로 그 생각을 위해 그곳에 있었다. "그게 무슨 생각인지 우리는 알고 있지. 음모며 폭탄이며, 통치자 살해 음모 같은 걸 꾸민 것이잖소!" 그들은 소리를 높였다. 자신들과 정부가 저지른 세계 학살 이후에도 여전히 그런 사소한 일을 두려워하는 걸까? 아, 자신들의 조국을 지키기 위한 것이라지만 나로선 그런 거룩한 동기를 이해할 수 없었다. 나는 유쾌하게 내 한계를 인정했다.

늦은 오후에 나는 경찰과 함께 호텔로 돌아왔고 저녁 기차를 타고 바이에른을 떠나라는 명령을 받았다. 사샤를 어떻게 떼어놓을지가 가장 큰 고민이었다. 젊은 경찰이 자신도 모르게 한 가지 방법을 내게 알려주었다. 그는 이른 아침부터 근무를 했는데 내가 뮌헨을 떠나는 것을 보기 전에는 아내와 아이에게 돌아갈 수 없다고 불평을 한 것이다. 그럼 나를 호텔 포터에게 맡겨서 역까지 데려다주라고 하면 어떠냐고 제안했다. 그는 내가 5달러짜리 지폐를 꺼내는 것을 볼 때까지만 머뭇거렸다. 역을 떠난 후 기차에서 뛰어내리지 않겠다고 약속하면 문제가 해결될 수 있다고 그는 말했다. 내가 자살할 생각이 없음을 확신한 그는 그제서야 제 갈 길을 떠났다.

호텔에서 우리 일행과 급히 회의를 열었다. 사샤가 하루라도 더 머물러 있으면 경찰이 그를 찾을 것이 확실했으므로 당장 뮌헨을 떠나야 했다. 피치는 미국에 있는 동안 그렇게 많은 '음모'를 꾸몄음에도 불구하고 몹시 여성스럽고 숙녀다운 모습으로 사샤를 배웅했다. 바이에른을 한참 벗어난 후 우리는 기차에서 만났다.

경찰은 다음 날 아침 알렉산더 버크만을 찾아 호텔로 왔고, 같은 날 스텔라는 엠마 골드만의 조카딸이라는 이유로 추방당했다. 경찰은 그외 다른 사람들까지는 괴롭히지 않았지만 다들 바이에른의 환대는 받을 만큼 받았다고 생각했다.

스텔라는 와이저 박사에게 돌아갔고 나는 피치가 출항할 때까지 베를린에 남아 있었다. 피치가 떠나는 대로 조카와 합류할 계획이었다. 스텔라는 더 이상 아들과 아이 아빠와의 이별을 견딜 수 없었기 때문에 이는 불필요한 일이 되었다. 게다가 와이저 박사는 독일의 위협적인 정치 상황으로 인해 그녀에 대해 불안감을 느꼈다. 그는 자국의 반동분자들이 어떤지 잘 알고 있었기 때문에 외국인 환자들을 그들에게서 감추고 있었다. 그는 스텔라에게 미국으로 돌아가라고 조언하며 아픈 눈을 노출하지 않도록 최대한 주의해야 한다고 강조했다. 그는 또한 그녀가 돌아올 것으로 예상되는 봄까지 스스로 치료를 계속할 수 있는 치료 계획도 마련해 주었다. 나는 그녀가 떠나는 것을 반대했다. 감기나 예기치 못한 사고로 인해 치료가 늦어질까 봐 두려웠다. 하지만 스텔라를 더 이상 잡을 수 없었고, 그라프가 스텔라의 치료에 대해 낙관하고 있다는 것이 내 두려움을 가라앉혀 주었다.

나를 비틀거릴 정도로 뒤흔든 타격이 있을 때 스텔라는 아직 나의 곁에 있었다. 출간된 내 책의 증정본이 도착했는데 마지막 열두 챕터가 누락되고 제목도 완전히 틀려 있었던 것이다. 인쇄된 이 책은 완벽한 미완성이었다. 뒷부분 챕터들뿐 아니라 특히 책의 정수라 할 수 있는 후기가 빠져 있었기 때문이다. 나도 모르게 바뀐 책의 제목은 엄청난 오해의 소지를 일으킬 수 있었다. 『러시아에서의 환멸』이라는 제목은 독자들에게, 내가 느낀 환멸이 공산주의 국가의 사이비 혁명 방식이 아니라 혁명 자체에 대한 것이라고 느끼게 하기 충분했다. 내가 원래 붙였던 제목은 『러시아에서의 2년』이었는데 말이다. 가짜 제목은 정말이지 엉뚱한 것이었다. 나는 성명서를 작성해 스텔라 편에 보내 원고가 누락되었다는 사실을 설명했고, 해리 와인버거에게도 연락해 출판사 측에 해명을 요구했다. 문제가 해결될 때까지 판매를 중단하고 싶었다.

이에 대해 더블데이, 페이지 앤드 컴퍼니는 맥클루어 신디케이트에서 24개 챕터에 대한 전 세계 판권을 구입했으며, 이 책이 내 모든 원고를 담고 있다고 믿었노라고 답했다. 또한 제목을 바꿀 수 있는 권리도 양도받았다고 했다. 그들은 다른 챕터의 존재에 대해 전혀 알지 못한 채였다.

기운 넘치는 해리 와인버거는 포기하지 않았다. 그는 더블데이, 페이지 앤드 컴퍼니가 누락된 챕터를 별도의 책으로 출판하도록 유도하는 데 성공했고, 인쇄 비용은 우리가 지불하겠다고 했다. 나는 마이클 A. 콘에게 대출을 부탁했고 그는 지체없이 돈을 빌려주었다.

그 사이 스텔라의 병이 재발했다. 대서양을 건너면서 그녀는 그라프가 경고했던 바로 그 일을 한 것이다. 그녀는 폭풍우가 치는 동안 눈을 보호하기 위해 처방된 붕대도 없이 갑판에 머물렀다. 착륙하자마자 그녀는 가족들에 대한 걱정의 소용돌이에 휘말렸고, 이는 그녀의 상태를 악화시키기만 했다. 그녀는 와이저의 보살핌을 계속 받지 못한 것을 몹시 후회했고, 나는 그녀의 상태가 좋아지고 있을 때 떠나게 한 내 자신을 심히 자책했다.

나는 와이저의 실력에 대한 기사를 써서 『뉴욕 월드』에 보낼 계획이었지만 이제는 불가능해졌다. 와이저 박사가 스텔라의 재발에 책임이 없다는 내 말을 독자들이 믿어 줄 리가 없었다. 나는 그녀가 다시 와이저 박사의 치료를 받을 수 있을 때까지 기사를 보류하기로 결정했다. 하지만 이 이야기는 결국 캘커타에서 영어로 발행되는 잡지 『뉴 리뷰』에 실렸다. 그라프에게 치료를 받았던 아그네스 스메들리와 차토는 그라프의 새로운 방법이 성공할 것이라고 믿었고, 인도에 그라프를 알리고 싶어했다. 잡지 발행 후 수많은 힌두교도들이 와이저 박사를 찾아왔고 이는 스텔라의 상태에 대한 슬픔에 유일한 위안이 되었다.

『러시아에서의 환멸』에 대한 리뷰는 원고의 4분의 3을 완결된 작품으로 알고 사들인 더블데이, 페이지 앤드 컴퍼니 대표의 안목과 대동소이했다. 수많은 리뷰 중 이 책이 낙태에 관한 책이라고 추측한 사람도 있었다. 버펄로의 한 사서는 『저널』에서 엠마 골드만이 서문에 1921년 12월 러시아를 떠났다고 언급하고 있는데, 책 내용은 1920년 키예프에서 끝났음을 지적하면서 그 사이에 작가에게 깊은 인상을 남길 만한 일이 없었는지를 물었다. 이 남자의 통찰력은 미국에서 문학적 판단을 내린다는 '비평가'들의 무뎌진 시각을 뚜렷하게 반영하는 것이었다.

물론 내 책에 대한 공산주의자들의 반응은 예상 가능한 것이었다. 윌리엄 Z. 포스터의 리뷰는 엠마 골드만이 미국 비밀경호국의 지원을 받고 있다는 사실을 모스크바의 모든 사람들이 알고 있다는 내용을 담고 있었다. 포스터는 체카가 그런 말을 믿었다면 내가 러시아에서 하루도 버티지 못했을 거라는 걸 알고 있었다. 포스터처럼 친절하기 이를 데 없는 글을 써준 다른 공산주의자들도 내가 매수되지 않았다는 것을 알고 있었음에도 다들 함구했다. 그렇게 말할 용기를 가진 사람은 오직 한 명뿐이었다. 모스크바에 있는 프랑스 그룹의 르네 마샹은 그의 리뷰에서 나의 잘못된 판단은 안타깝지만, 소비에트에 반대하는 나의 입장이 물질적인 이유에서 비롯된 것이라고는 믿을 수 없다고 했다. 나는 그가 나의 혁명적 진실성을 인정해 준 것에 감사했고, 그가 볼셰비키가 혁명의 이름으로 행한 일부 방법과 자신을 화해시킬 수 없었다는 것을 인정할 만큼 용감했으면 좋겠다고 생각했다. 체카에서 일을 하도록 불려간 르네 마샹은 자신의 해임을 요구할 만큼 충분히 많은 것을 보았다. 그게 아니라면 그는 아마 공산당을 떠나야 할 것이었다. 다른 많은 진실한 공산주의자들과 마찬가지로 그는 체카의 관점에서 혁명을 이해하지 못했다.

빌 헤이우드는 그렇지 않았다. 사샤가 예견한 대로 그는 볼셰비키의 미끼를 쉽게 받아들였다. 러시아에 도착한 지 3주가 지나 그는 노동자들이 완전히 통제하에 있으며 매춘과 술 취하도록 마시는 것이 폐지되었다는 편지를 미국에 보냈다. 그렇게 명백한 허위 사실에도 귀를 기울이면서 왜 나의 말은 듣지 않는 걸까? "엠마 골드만은 자신이 원하던 쉬운 일자리를 얻지 못했고, 그래서 프롤레타리아 독재에 반대하는 글을 쓴 것이다." 불쌍한 빌! 그는 불타는 IWW의 집에서 자신을 구하기 위해 도망치다가 절벽 아래로 굴러떨어지기 시작했고, 이제는 그 추락을 멈출 수 없었다.

공산주의자들만이 내게 "저 여자를 십자가에 매달아!"라고 외친 것은 아니었다. 후렴구에는 아나키스트의 목소리도 있었다. 그들은 내가 실제로 내 눈으로 확인하기 전까지 볼셰비키를 비난하는 것을 거부했다는 이유로 엘리스 섬과 뷰포드 호에서, 러시아에 온 첫 해에 나와 싸웠던 바로 그 사람들이었다.

계속되는 정치적 박해에 대한 러시아발 뉴스는 내가 기사와 책에서 설명한 모든 사실을 더욱 확고히 해주었다. 공산주의자들이 현실에 눈을 감는 것은 이해할 수 있다 하더라도 소비에트 정권을 위해 미국에서 용감하게 싸웠던 몰리 스타이머가 러시아에서 받은 대우를 보고도 아나키스트라고 자처하는 사람들이 가만히 있는 것은 정말이지 비난받을 만했다.

몰리 스타이머는 소비에트를 옹호하고 개입에 반대한다는 이유로 미국 법원에서 15년 징역형을 선고받았다. 미주리 주립 교도소에서 형기를 시작하기 전, 그녀는 뉴욕 노동교화소에서 6개월 동안 엄청난 잔인함을 견뎌냈다. 제퍼슨시티 교도소에서 18개월을 보낸 후 몰리는 다른 일행 3명과 함께 석방되어 러시아로 추방되었다. 분명 이 젊은이들에게는 공산주의 국가에서 더 나은 대접을 받을 자격이 있었다. 새로운 잘못됨에 더 쉽게 적응한 남자 동지들은 독재의 절벽 사이로 안전하게 이동했지만 이들과는 완전히 다른 종류의 인간인 몰리는 그러지 못했다. 그녀는 동지들로 가득 찬 소비에트 감옥을 발견했고, 미국에서 범죄에 반대했던 것처럼 항의의 목소리를 낼 수는 없었지만 페트로그라드 감옥에 수감된 아나키스트들에게 식량을 공급하기 위한 기금 모금에 착수했다. 이러한 반혁명적인 작업이 소비에트 땅에서 용납될 리 없었다.

몰리가 러시아에 온 지 11개월 후, 그녀는 수감된 동지들에게 음식을 제공하고 알렉산더 버크만과 엠마 골드만에게 연락을 취한 극악무도한 범죄 혐의로 체포되었다. 장기간의 단식투쟁과 국제 노동조합 대회에 참석한 아나코-생디칼리스트 대표들의 격렬한 항의를 통해 몰리는 석방되긴 했지만 이동의 자유는 얻지 못했다. 그녀는 페트로그라드를 떠나는 것이 금지되었고 체카의 감시하에 48시간마다 보고하라는 명령을 받았다. 6개월 후 몰리의 방이 급습당했고 그녀는 다시 체포되었다. 체카에서 몰리는 계속해서 심문을 받았고, 더러운 감방에 갇혀 다시 한번 단식투쟁을 할 수밖에 없었다.

몰리는 미국에서 그토록 강력하게 옹호하면서 15년이라는 수감 생활을 기꺼이 감수했던 러시아 사회주의 연방 소비에트 공화국에 의해 마침내 추방되었다. 한때 혁명가였던 크렘린 통치자들의 타락을 이보다 더 강력하게 보여 주는 것이 있을까? 하지만 일부 아나키스트들은 내가 볼셰비키 페티쉬를 신중하게 다루기를 거부했다는 이유로 나를 비난했다. 같은 핍박과 고통을 겪은 몰리와 그녀의 친구 플레신의 사례는 모스크바를 브랜드화하기에 충분했을 것이다. 그들은 곧바로 베를린의 우리를 찾아왔다. 굶주리고 병든 채 무일푼으로 독일에서 일자리를 찾거나 다른 나라에 입국할 가능성도 없었지만 물러서지 않는 그들의 정신은 그대로였다. 그들은 볼셰비키의 지옥에서 탈출했지만 공산주의 낙원에 남아 있는 수천 명의 다른 반란군들은 그렇지 못했다. 내가 감옥과 유배지에서 몰리를 비롯한 수천 명의 다른 동지들을 도울 수 없었던 것에 비하면 광신도들의 비난과 공격 따위가 내게 무슨 상관이 있겠는가? 독일에 도착한 이후 나는 그들을 위해 한 일이 아무것도 없었다.

독일 혁명은 표면적인 성과일 뿐이긴 해도 일정한 정치적 자유를 확립하는 데는 성공했다. 우리 동지들은 논문을 발표하고, 책을 내고, 회의를 개최할 수 있었다. 공산주의자들은 거의 방해받는 일 없이 선전을 이어갈 수 있었고, 러시아에서는 옹호했던 학대를 독일에서는 비난했다. 반동적인 민족주의 세력도 간섭받지 않았다. 그들의 오만함은 옛 프로이센 정권의 군국주의자들과 맞먹을 정도로 한계를 몰랐다. 지하철에서 그런 사람들을 마주친 적이 있었는데 그들은 유대인을 게으른 흡혈귀이자 조국 파멸의 원인이라며 몰아붙였다. 나는 한참을 듣고 있다가 말도 안 되는 소리를 하고 있다고 따졌다. 나는 수백만 명의 유대인 노동자가 있는 땅에서 살았고, 그들 중 많은 사람들이 인류의 발전을 위해 용감하게 싸우는 사람들이라고 했다. "거기가 어디요?" 그들이 물었다. "미국이요." 내 대답에 폭풍같은 비난이 쏟아졌다. 미국이 독일을 속여서 승리를 거두지 못한 거라고 그들은 울부짖었다. 내가 내려야 할 역이 되어 차에서 내리자 사람들이 내 뒤에다 대고 소리를 질렀다. "상황이 바뀔 때까지 기다려 보라지. 우리가 로자 룩셈부르크에게 했던 것처럼 당신한테도 똑같이 해 줄 테니까."

절망적인 경제 상황 속에서도 독일은 상당한 정치적 자유를 누렸다. 물론 독일인들에게만 해당되는 말이었다. 나는 독일인이 아니었으므로 의견을 표현할 권리가 없었다. 내 의견을 표현한다는 건 단순히 체포에서 그치는 게 아니라 추방을 의미했다. 나를 받아 줄 다른 나라는 없었지만 오스트리아에 다시 한번 도전해 볼까도 생각했다. 오스트리아 외교부 장관은 다른 나라와 마찬가지로 모든 정치 활동을 하지 않는다는 조건하에서만 나를 받아들일 수 있다는 의사를 표했다. 나로선 있을 수 없는 일이었다.

친구 루돌프와 밀리 로커는 내가 겪는 딜레마에서 벗어나기 위해 독일이나 영국에서 결혼으로 합법적 시민이 되는 방법을 권했다. 이는 여성이 남편이나 아버지를 제외하고는 정치적 지위가 없던 시절 러시아 지식인과 혁명가들 사이에서도 자주 사용되던 방식이었다. 독일에서 로자 룩셈부르크는 이곳에 남아 자신의 일을 계속할 수 있

도록 명목상 결혼을 했다. 나라고 왜 그렇게 할 수 없겠냐고 했다. 그
들은 우스꽝스럽다 할지라도 의식을 치르고 내가 겪는 문제를 끝내
야 한다고 했다. 사실 이런 조치는 이미 오래전 미국에 있을 때부터
듣던 제안이었다. 여러 동지들이 대의를 위해 기꺼이 자신을 희생하
고자 했는데, 그중에는 나의 오랜 친구인 해리 켈리도 있었다. 만약
그랬다면 미국에서 추방당하지 않았을 것이라고 밀리는 거듭 강조
했다. 하지만 평생 결혼이라는 제도에 반대해 온 나로서는 이 일관성
없는 일을 할 수 없었다. 게다가 당시는 러시아의 매력, 빛나는 꿈이
있었다. 타협하지 않고 살아갈 수 있다는 생각과 함께 그 꿈 역시 이
제 죽어 버렸지만.

스웨덴과 다른 나라에서 겪은 어려움 덕분에 세계 어느 곳에서든
발판을 마련하기 위해서라면 흔쾌히 결혼을 할 마음이 있었다. 해리
켈리는 여전히 약속을 지킬 준비가 되어 있었다. 스웨덴을 방문했을
때 그는 나를 자신의 아내 자격으로 미국에 데려가면 어떨지 제안했
다. 아, 나의 좋은 친구! 그는 미국인 남편이 더 이상 외국 태생의 아
내를 보호할 수 없다는 새로운 법에 대해서는 모르고 있었다.

독일에는 그런 법이 없다고 루돌프가 알려줬고, 남자들에게 나를
'존경할 만한 여성'으로 만들 기회를 주는 게 어떠냐고 했다. 그게 아
니라면 영국으로 가야 할 것이었다. 영국은 여전히 정치적으로 가장
자유로운 나라였다. 자신도 할 수만 있다면 그곳으로 돌아가고 싶다
고 했다. 사샤와 내가 미국에서 살았던 기간만큼이나 오랫동안 영국
에서 생활하고 일한 그는 고국보다 영국에 더 깊은 뿌리를 두고 있었
다. 그는 내가 왜 모든 곳에서 이질감을 느꼈는지, 왜 독일에 얽매이

고 싶지 않은지를 이해했다. 나를 묶어 주는 밧줄을 다 잘라낸 채로 나는 그 어디에서도 만족할 수 없었을 것이다. 차선책은 영국이었다.

의문은 들었다. 영국이 다른 나라들처럼 전후의 반향에서 벗어날 가능성은 없어 보였지만, 그래도 시도해 볼 만한 가치는 있을 것 같았다. 지금 내 상태로는 버틸 수 없었다. 내가 러시아 정치권을 대표해 연설했던 유일한 공개집회에서 나는 소비에트 공화국에 대한 비판을 더 이상 표현하지 말라는 공식 경고를 받았다.

또 다른 어려움은 펜으로 생계를 유지하는 일이었다. 독일 언론은 선택지가 아니었다. 이미 너무 많은 원어민 작가들이 굶주리고 있었다. 동시에 독일에 대한 미국의 증오심도 여전히 강했다. 『뉴욕 월드』에 보낸 기사 두 건이 거절당했다. 게르하르트 하우프트만의 환갑을 맞아 전국적인 규모로 진행된 기념행사가 있었다. 『뉴욕 월드』는 내가 주요 축제가 열리는 브레슬라우에 가는 것에는 동의를 했지만, "너무 고상하다"는 이유로 내 기사를 거절했다. 내가 두번째로 쓴 에세이는 루르 점령과 그로 인한 쓰라림과 고통에 관한 것이었다. 독일의 실험적인 새 학교에 관한 세번째 기사와 독일의 예술, 문학, 노동 분야에서 가장 뛰어난 여성에 관한 네번째 기사는 12개 잡지에서 거절을 당했다. 독일이 주제가 된 이상 글을 써서 돈을 벌 기회가 거의 없었고 계약을 어기고 내 책을 망쳐 버린 브레이너드에게서도 더 이상 수입을 기대할 수 없었다.

영국은 그다지 매력적으로 보이지 않았다. 그래도 비교적 정치적 자유가 보장되는 망명을 할 수 있고, 강의와 기사를 통해 생계를 유지할 수 있는 기회도 얻을 수 있을 것이었다. 프랭크 해리스는 베를린에서 오픈 하우스를 열고 있었는데 미주리 교도소에 있을 때와 마찬가지로 그의 관심과 친절은 변함없었다. 그는 나를 영국으로 데려가는 것은 어렵지 않을 거라고 하면서 노동당 정부의 거의 모든 사람을 알고 있었으므로 내 비자를 신청해 주려고 백방으로 노력했다. 얼마 지나지 않아 프랭크는 프랑스로 떠났고, 몇 달이 지나서야 다시 연락을 받았다. 그는 내무부에서 나의 정치적 견해나 의도에 대해 아무런 질문도 하지 않았다고 하면서 다만 생계 수단이 있는지를 물었다고 했다. 프랭크는 내가 글을 써서 생계를 유지하는 유능한 작가라고 대답했다고 했다. 게다가 그는 이 친구를 돕는 것을 특권으로 여기는 사람들 이름을 열 명은 댈 수 있다고 하면서 자신도 그중 한 명이라고 답했다고 했다. 얼마 안 있어 베를린 주재 영국 영사관에서 비자가 발급되었다는 통보를 받았다.

사샤를 비롯한 나와 가까이 지낸 친구들과의 이별이 괴롭긴 해도 독일을 떠나는 것에 후회는 없었다. 미국에서 어머니가 돌아가신 것을 비롯해 여러 종류의 우여곡절로 인해 나는 좀처럼 기운을 낼 수 없었다. 강제적으로 줄어든 운신의 폭은 27개월 동안 가끔씩 찾아오는 평온한 시간마저도 괴롭게 만들었다. 사샤는 『볼셰비키 신화』를 완성했고, 건강도 좋았으며, 많은 친구들을 사귀었고, 러시아 감옥과 망명지에서 혁명 정치인들을 돕는 일에 전념하고 있었다. 나는 그저 이곳을 벗어날 수 있어 다행이라 생각했다. 영국은 내가 뿌리를 내리고, 내 에너지의 출구를 찾고, 소비에트 땅에서 파멸과 저주를 받은 사람들을 위한 호소에 응답할 수 있게 해줄 것이었다. 그런 것이라면 영국에 갈 만한 가치는 충분했고, 나는 이제 새로운 희망에 매달릴 수 있었다.

이 생각으로 용기를 내어 1924년 7월 24일 네덜란드와 프랑스를 거쳐 영국으로 떠났다.

네덜란드 비자로는 단 3일만 체류할 수 있었지만, 평화의 위대한 옹호자이자 오랜 동지인 도멜라 니우벤하위스가 주최한 반군사주의자협회 20주년 기념행사에서 연설하기에는 충분한 기간이었다. 네덜란드 비밀 요원들이 나의 호스트인 드 리히트의 집을 감시했고 역까지 따라와서 내가 탄 기차가 떠날 때까지 지켜봤다. 동시에 네덜란드 정부는 또 다른 방문객인 소비에트 대표를 접대하고 있었다. 그의 체류 기간에는 제한도 없었고 그가 가는 길에 드리워지는 그림자도 없었다. 네덜란드와 같은 반동적인 정부가 공산주의 국가의 사절단에게 환대를 베풀어야 한다는 사실에 놀라움을 표하자 친구들은 웃음을 지으며 설명했다. "러시아는 밀 생산국이고 로테르담은 수출과 유통의 중심지이거든요."

나의 프랑스 환승 비자는 2주짜리였다. 국경의 검문관은 내게 정차가 불가하다며 즉각 영국행 항구로 가는 열차로 바로 환승하라고 명령했다. 나는 꼼짝도 하지 않았고 긴 협상과 미국 현금으로 기름칠을 하고 나서야 입국할 수 있었다.

내가 유럽에서 가장 사랑하는 도시인 파리에서 미국에서 온 친구들과 함께하는 2주간의 여행은 정말 즐거웠다. 베를린에서 온 폴라, 해리 와인버거, 꼬마 도로시 밀러, 프랭크와 넬리 해리스 등 5년 동안 보지 못했던 많은 사람들이 함께했다.

"2주뿐이라니! 최소한 한 달 연장을 받아내 주겠소!" 와인버거는 소리쳤다. "당신이 어떻게요? 여기서는 아무도 당신을 모른다고요."
내가 대꾸했다. "날? 나를 모른다고? 영국 국왕의 승인을 받았고 프
랑스 공화국 대통령도 승인한 변호사 회의에서 나온 나를?" 해리는
분개하며 항의했다. "기다려 봐요."

아침에 탑햇을 쓰고 코트에 리본을 단 해리는 나와 함께 외무부
를 찾았다. 자신의 고객인 커쉬너 부인이 최소 한 달 정도 걸릴 중요
한 사업 문제를 상의하기 위해 독일에서 왔다고 그는 말했다. 기관에
서는 해리의 복장을 보더니 바로 연장허가를 내주었다.

"나를 모른다 했소?" 해리는 승리의 기쁨을 감추지 못했다. "그 말
어디 다시 해보시죠." 나는 어린 양처럼 온순해졌다.

고마운 마음에 파리까지 모시겠다고 제안했다. 내 친구 무리에는
그의 동료들도 여럿 있었다. 무리 중 가장 마음에 들었던 것은 아서
레너드 로스였다. 그는 만난 지 얼마 되지 않더라도 금세 좋은 친구
라고 생각할 수 있는 보기 드문 유형의 사람이었다.

나의 오랜 친구들은 점점 줄어들고 있었다. 프랭크의 아내인 넬
리 해리스와 같은 새로운 친구들을 사귀게 된 건 행운이었다. 한 번
도 만난 적이 없던 그녀에게 나는 첫눈에 반했고, 넬리도 나를 좋아
하는 것 같았다. 프랭크는 예순여덟 살이 되어서도 대부분의 남자들
은 감당 못할 만큼의 식사와 술을 먹고 마신 후에도 12블록을 달릴
수 있을 정도로 여전히 젊음을 유지했다. 와인은 그를 더욱 재치 있
고 반짝이게 만들 뿐이었다. 자기가 보기에만 대단한 사람이면 어떻
단 말인가? 그의 재능만큼 뛰어나지 않은 대부분의 사람들도 마찬가
지 아닌가. 그는 벽돌공, 카우보이, 정치가부터 예술과 문자의 천재

에 이르기까지 인생의 모든 환경과 지위에서 만난 사람들의 이야기를 재미있게 들려주는 재주가 있었다. 프랭크는 애정과 증오가 참으로 극단적인 사람이었다. 그가 좋아하는 사람에게는 칭찬을 아끼지 않고, 싫어하는 사람은 그저 쓰레기 취급을 했다. 현실의 적이든 가상의 적이든 그의 적들이 구제될 가능성은 없었다. 그는 종종 불공평하고 부당하게 굴었고 우리는 서로에게 던지는 말들로 상처를 많이 주고받았다.

파리에 머무는 동안 런던에 가는 것이 더 싫어지기만 했다. 안개와 암울함, 추위가 두려웠다. 프랭크는 더 이상 지체하지 말 것을 촉구했다. 그는 다가오는 선거에서 노동당 정부가 패배할 것으로 예상하고 있었고, 토리당은 내 비자를 무시할 것이라고 생각했다. 그는 나를 격려하기 위해 그곳에서 나를 환영하고 러시아 정계를 대표하여 내가 고민하는 캠페인과 연극이나 문학에 대한 강의에 도움을 줄 흥미로운 사람들을 많이 만날 수 있을 거라고 했다.

프랭크는 언제나처럼 내게 큰 도움이 되었지만, 그런 그라도 런던의 가을과 겨울을 매력적으로 만들지는 못했다. 프랑스로 돌아올 수 있는 비자가 있다면 영국에 가는 마음이 조금은 가벼울 텐데. 해리 와인버거는 이미 출국한 상태였고, 파리에서 아는 대부분의 사람들은 내가 귀국 비자를 받는 데 필요한 인맥이 부족했다.

그러던 중 어니스트 헤밍웨이와의 만남에서 희망을 발견했다. 포드 매덕스 포드가 주최한 파티에서였다. 헤밍웨이가 없었다면 이 파티는 아마 엄청 지루했을 것이다. 그의 단순함과 활기 넘치는 정신은 잭 런던과 존 리드를 떠올리게 했다. 헤밍웨이는 나를 위해 프랑스 비자를 발급해 줄 수 있을 것 같은 신문사 친구와 함께하는 저녁 식사에 나를 초대해 주었다. 포동포동한 아기의 아버지 역할을 맡은 어니스트는 집에서 보니 더 젊고 즐거워 보였다. 그의 기자 친구는 내게 깊은 인상을 남기지는 못했다. 많은 약속을 하긴 했지만 비자에 대해서 그게 해줄 수 있는 건 아무것도 없었다. 대신 그는 러시아에 대한 인터뷰라고 주장하며 나에 대한 말도 안 되는 기사를 썼는데, 그중 단 한 마디도 사실인 게 없었다.

55

누구라도 미국 기자들에게는 실망을 하지만, 런던의 가을과 겨울 날씨에 실망하는 법은 없다. 9월에 도착했을 때는 안개가 자욱하고 이슬비가 내렸고 다음해 5월까지 비가 그치지 않았다. 지하에 살았던 1900년 방문 때와 달리 이번 숙소는 내 오랜 친구인 도리스 주크의 집 3층 침실로 높은 곳에 있었다. 심지어 가스 스토브라는 사치품도 있어서 하루종일 틀어놓을 수 있었다. 가끔 햇살을 쬐며 기운을 내보려 해도 괴물같은 안개는 뼛속까지 파고드는 추위를 막으려는 내 헛된 시도를 조롱했다. 도리스와 다른 동지들은 "정말 춥지 않다"고 우겼는데 나더러 미국의 난방 아파트 때문에 "온화한 영국 기후"에 적응하지 못하고 있다고 했다. 대부분의 경우 중앙 난방을 사용하지 않았다. 그들 말로는 벽난로가 "더 합리적이고, 더 건강하며, 더 쾌적"하기 때문이었다. 나는 친구들에게 5년 동안 미국을 떠나 있었기 때문에 미국의 물질적 축복을 잊고 살았다고 대답했다. 영하 50도의 날씨에 아르칸젤스크에도 있었지만 여기보다 춥지는 않았다고 하자 시적인 공상이라며 나를 놀려댔다. 습기 많은 날씨가 사람을 우울하게 할지는 몰라도 피부색은 좋아지고 나뭇잎은 울창해지고 대영제국의 힘을 강하게 했다. 섬세한 피부와 아름다운 녹색 잔디와 초원은 날씨 덕분이며, 자신의 기후에서 벗어나고 싶은 욕구가 영국인을 전 세계의 식민지 개척을 향해 가장 먼저 떠나게 했을 테니.

내가 겪는 어려움 중 신체적 불편함은 그나마 아무것도 아니었다는 것을 곧 깨달았다. 런던의 아나키스트들은 내가 하고자 하는 일이라면 무엇이든 기꺼이 도와주는 오랜 친구들이었다. 존 터너, 도리스 주크, 그녀의 오빠 윌리엄 웨스, 톰 킬, 미국에서 내 동료였던 윌리엄 C. 오언 등 전쟁 전 그룹을 지키던 사람들이 이제는 서로 분열되어 있었다. 『자유』의 발행인인 톰 킬과 편집인인 오언은 온갖 우여곡절에도 불구하고 신문을 계속 유지해 왔다. 하지만 런던이나 지방에서는 실제로 어떤 운동도 일어나지 않았음을 곧 알게 되었다. 아나키스트 활동의 열기가 뜨거웠던 베를린에서 돌아온 참이라 영국의 상황은 더 우울하게 느껴졌다. 전반적인 정치 상황은 예상했던 것보다 더 나빴다. 전쟁은 다른 나라에서보다 영국의 전통적인 자유주의와 망명권에 더 큰 혼란을 가져왔다. 선진적인 사회 이념을 가진 이들이 이 나라에 입국하는 것이 어려워졌고 사회 정치적 선전에 관여하고 있는 사람이라면 일을 더 계속하기 어려웠다. 노동당 정부도 과거 토리당 정부처럼 사소한 구실로 사람들을 추방하고 있었다. 내 동료들은 내가 비자를 받은 것이 이상하다고 생각하면서 만약 내가 정치 활동을 하게 되더라도 과연 계속 머물 수 있을지 의구심을 표했다. 이스트엔드에서 활동하는 모든 사람이 언제 추방될지 모른다는 두려움을 가지고 있었고, 반외국인법으로 인해 이디시 아나키스트 운동은 거의 파괴되다시피 했다. 모스크바의 사악한 방법으로 인해 발생한 급진주의 대오의 붕괴는 반동세력을 강화하는 데 기여했다. 과거에는 자유주의와 급진주의 단체들이 정치적 자유에 대한 모든 침해에 반대하고 경제적 불의에 반대하는 공동의 입장을 취하곤 했었지만 이제 그들은 모두 러시아 문제로 서로의 목을 조르고 있었다.

나이 든 반란군들은 혁명의 붕괴에 환멸을 느꼈고 젊은 세대 중 혁명에 조금이라도 관심이 있는 사람이라면(물론 그 수도 아주 적었지만) 볼셰비키의 매력에 빠져들었다. 사람들의 틈새를 넓히는 나머지 역할은 공산주의자들의 음모와 비난이 맡고 있었다.

참담한 상황이었다. 나는 지금 영국에 있고, 나에게 불리한 상황에도 불구하고 도망치지 않을 것이다. 내 동지들은 내 이름과 러시아 상황에 대한 지식이 급진파와 노동당을 독재 정권의 정치적 희생자들을 지지하는 세력으로 결집시킬 수 있을 거라고 생각했고 내가 영국에 있는 것이 우리 동지들에게 자극이 될 것이라고 확신했다. 나는 상황을 낙관하지는 않았다. 영국인들에게 어떻게 다가가야 할지 전혀 몰랐고, 내가 할 수 있는 유일한 제안은 런던 데뷔를 겸해 진보주의자들과 저녁을 함께하는 것이었다. 동료들은 내 아이디어에 기뻐하며 작업에 착수했고, 레베카 웨스트에게서 온 메모에는 일종의 답장과 점심 초대가 담겨 있었다. 전혀 영국적이지 않은 그녀의 태도에 나는 기분좋은 놀라움을 느꼈다. 그녀가 하는 말만 보면 마치 동양인이라는 생각이 들었는데, 발랄하고 열성적이며 매력적이고 직설적이었다. 칙칙한 가을 오후의 긴 추위 속에서 그녀의 친절함, 방의 아늑함, 따뜻한 차 한잔에 감사한 마음이 들었다. 그녀는 내 글을 읽어 보지 않았다고 솔직히 고백하고, 다른 사람들의 환영에 자신의 마음을 더할 만큼 나에 대해서는 충분히 알고 있었다 말하며 저녁 식사에 기꺼이 참석하겠다고 했다. 또한 다른 친구들이 나를 만날 수 있도록 자리를 마련할 수도 있으니 필요한 것이 있으면 주저하지 말고 연락하라고 했다. 런던이라는 사막에서 오아시스 같은 친구를 찾았다는 위안을 받으며 자리에서 일어났다.

내가 마련한 저녁 만찬이 있던 날은 하루종일 흐리더니 기어이 폭우가 내리기 시작했다. 나는 침울한 마음으로 레스토랑에 갔다. 도리스는 영국에서 날씨에 신경 쓰는 사람은 아무도 없다며 나를 안심시키려고 애썼고, 나는 이미 유명인이라 사람이 많이 올 것이라고 했다. "런던 경시청, 신문사, 그리고 아마도 미국의 자유주의 사상에 대해 잘 아는 사람 몇몇 정도겠죠"라고 나는 반박했다. 우리 자신을 속일 필요는 없었다. 영국을 불바다로 만들면 안 되니까. "치유 불가능한 비관론자"라며 내가 어떻게 그토록 오랜 세월을 버텨 왔는지 이해할 수 없다고 친구는 웃었다. 불쌍한 도리스는 호텔에 도착해 거의 쓰러질 뻔했다. 7시에 빵집에 빵이 하나도 없었다. 8시가 되자 250명이 되는 사람들이 식당으로 몰려들었고, 연설이 시작된 후에도 계속 찾아오는 손님들을 위해 테이블이 추가로 배치되었다. 이토록 많은 사람들이 나를 환영하기 위해 이 밤에 길을 나섰다는 사실이 감격스러웠다.

해브록 엘리스, 에드워드 카펜터, H. G. 웰스, 레이디 워릭, 이스라엘 장윌, 헨리 솔트 등이 보내 온 축하 메시지와 조사이아 C. 웨지우드 대령, 레베카 웨스트, 버트런드 러셀이 나의 지난 노력에 보내는 아름다운 헌사는 내 마음을 완전히 휩쓸어 버렸다. 종종 크로포트킨이 묘사했던 영국의 정치적 난민에 대한 환대와 관대함은 분명 죽지 않았다. 이제 드디어 내 활동 영역을 찾을 때였다. 나는 감사한 마음으로 영국에 온 목적과 내가 하고 싶은 일에 대해 연설을 시작했다. 이보다 더 열심히 귀를 기울이는 청중을 일찍이 만난 적이 없었다. 단, 내가 러시아를 언급하기 전까지. 의자를 옮기고, 고개를 돌리고, 내 앞에 있는 사람들은 불만이 가득한 표정을 지었다. 뭔가 어긋났다는 징조였다. 나는 연설을 계속했다. 내가 영국에 온 주된 이유가 모두에게 분명히 전달되는 게 중요했기 때문이다. 나는 청중들에게 1905년 러시아 혁명과 그 후의 공포를 상기시켰다. 당시 영국에 살고 있던 저명한 동지 크로포트킨은 급진적이고 자유주의적인 세계의 양심을 일깨워 정치인들의 무서운 박해에 항의했다. "나는 비난한다"고 외친 그의 목소리가 하원에 상정되어 독재 정권을 견제할 수 있었다. "오늘날 러시아에도 비슷한 상황이 존재한다는 사실을 알게 되면 충격을 받으실 겁니다. 새로운 통치자들은 낡은 공포정치를 이어 가고 있습니다. 아아! 인류의 법정에서 더 이상 그들을 기소할 크로포트킨은 없지요." 어느 모로 보나 위대한 나의 스승에 비할 수 없지만 그래도 러시아의 무서운 상황을 알리기 위해 최선을 다하기로 결심했고 그리하여 내가 가진 모든 능력과 목소리로 정치적 박해와 처형, 야만적인 잔인성을 자행한 소비에트 독재 정권에 반대하며 "나는 비난한다!"를 외칠 것이라고 나는 연설을 이어 갔다.

박수소리가 나왔다가 큰 항의로 인해 중단되었다. 일부 청중은 자리에서 벌떡 일어나 발언권을 요구했다. 그들은 반역자 엠마 골드만이 노동자 공화국에 대항하여 토리당과 동맹을 맺을 것이라고는 결코 믿지 못했노라고 말했다. 그들은 내가 혁명적 과거로 돌아갔다는 사실을 알았더라면 나와 함께 빵을 먹지 않았을 것이다. 벌써 어두워지고 있었지만 이 저녁을 그냥 끝내기에는 내게 너무 중요한 자리였다. 퀸스 홀에서 집회를 계획하고 있다는 사실을 청중들에게 알리며, 그곳에서 우리 모두 이 문제에 대해 자세히 논의할 기회를 가질 것을 제안했다.

런던 일간지의 만찬에 대한 보도는 풍부하고 공정했다. 『해럴드』는 내 연설에 대한 기사를 피했지만, 다른 연설에 대해서는 짧게 소개가 실렸다. 편집자인 조지 랜즈버리와 해밀턴 파이프가 내가 "신의를 저버렸다"는 사실에 분노했다는 소식을 들었다. 내무부에 내가 영국에 온 목적은 대영박물관에서 연구 작업을 하는 것이라고 확언했던 조지 슬로콤의 이름에 그들 두 사람은 자기네 이름을 함께 올렸다고 했다. 나는 친구들에게 슬로콤 씨가 프랭크 해리스를 통해 내가 영국에 입국할 수 있도록 허락을 받아 준 사람이라고 설명했다. 해리스도 나도 나를 대신해 어떤 서약을 하도록 승인한 적이 없었다. 『해럴드』의 기자들이 내 비자 발급을 도와주었다는 소식은 정말 반갑고 고마운 소식이었다. 나는 파이프 씨를 개인적으로 알지 못했다. 러시아에서 만난 바 있는 랜즈버리 씨는 공산주의 국가에 대한 그의 태도에 대해서라면 이미 알고 있었기 때문에 그에게 부탁을 해야겠다는 생각은 전혀 못하고 있었다. 하지만 러시아 상황을 조명하려는 내 캠페인에 대한 랜즈버리 씨의 불만을 이해할 수는 있었다. '예수의 가르침이 러시아에서 실현되었다'는 기사를 쓴 사람이다 보니 자신의 글을 우스꽝스럽게 만들고 싶지 않았을 거다.

정권이 바뀐다고 해서 대중의 경제 상황이 바뀌지 않는다는 내 신념은 변하지 않았다. 영국을 비롯한 사회주의자들의 집권으로 국가 문제에 대한 나의 태도는 더욱 확고해졌다. 그 어느 곳에서도 노동자의 삶을 개선하는 데 도움이 되지 않았다. 맥도날드 씨가 두번째 임기 동안에는 첫번째 임기 때보다 더 많은 일을 하지 않을 것이 확실했다. 그러나 노동당 정부가 이룰 수 있는 가장 중요한 한 가지 문제가 있었는데, 바로 소비에트 정부를 인정하는 것이었다. 공산주의 국가라는 이마에서 순교의 후광을 지울 수 있다는 것을 알았기 때문에 나로서는 더 큰 관심이 있는 주제였다. 인터내셔널 프롤레타리아트들은 소비에트 정부도 다른 나라들과 다를 바 없다는 사실을 곧 깨닫게 될 것이다. 따라서 나는 캠페인 기간 동안 러시아에 대해 이야기하지 않기로 결정했다.

이제 모든 게 끝났고 내 연설이 노동당의 운명에 영향을 미칠 수는 없었다. 패배의 원인은 재임 기간 동안 국가의 빈곤과 고통에 대처하는 데 무능했던 것이었다. 이제는 『더 타임스』와 『런던 데일리 뉴스』에서 요청받은 기사를 자유롭게 작성할 수 있었다. 재정 상황이 바닥을 드러냈을 뿐 아니라 킹스 홀에서의 대중강연 집회를 위한 자금이 필요했기 때문이었다. 영국의 아나키스트들은 너무 가난해서 몇 실링 이상을 기부할 수 없는 상황이었고, 지금까지는 어느 누구도 자원해서 돕겠다는 사람이 없었다. 40파운드를 벌면서 동시에 더 많은 대중과 소통할 수 있다는 사실이 기뻤다.

선거와 다가오는 연휴로 인해 집회는 1월로 연기될 수밖에 없었다. 친구들은 우리 사업의 도덕적 성공을 위해서는 여러 위원회의 지원이 필수적이라고 주장했다. 나는 위원회 구성이 늦어지는 것도 이미 화가 났는데 위원회 구성 자체에 대해서는 더욱 그랬다. 나는 동료였던 벤 라이트먼이 소수의 동지들과 함께 꾸려냈던 대규모 피임 대중집회와 사샤가 조직한 대규모 시위, 그리고 반전 시위에 대해 친구들에게 이야기했다. 이렇다 할 지원이 없었는데도 잘 해냈는데 런던에서는 위원회의 지원이 필요할까? 친구들이 대답하기를, 미국에서는 사샤와 내가 잘 알려져 있지만 영국은 상황이 다르다고 했다. 이곳 사람들은 목자의 지시에 따라 무리를 지어 움직이며, 이는 정당 조직, 사회, 클럽에도 동일하게 적용된다고 했다. 대중의 귀에 다가가기 위해서는 먼저 그를 받쳐 주는 지지대가 필요했다. 그들은 프리랜서 강의 작업에 대해 레베카 웨스트가 내게 한 말에 동의했다. "영국에서는 지금껏 그렇게 한 사람이 없죠." 런던 청중은 자선 목적일 때에만 강연에 입장료를 지불했다.

내가 강연을 하고 다닐 때 나는 일시적으로만 조직에 소속되어 있었다. 그들과 함께 일한 것이 아니라 그들을 위해 일한 것이었다. 내가 미국에서 활동할 수 있었던 것은 프리랜서이자 독립적인 위치에 있었기 때문이었다. 나의 런던 친구들은 내 첫 공개 석상에 적절한 지원이 있어야 한다는 입장을 유지했다. 저녁 만찬은 이미 런던에 내 존재와 내가 이곳에 온 목적에 대한 관심을 불러일으키는 데 성공했다. 이 대중집회를 통해 더 많은 노력을 기울일 수 있는 발판을 마련할 수 있을 것이다. 어쨌거나 영국 대중에게 다가가는 방법을 가장 잘 알고 있는 건 이곳 동료들이었기에 나는 친구들의 조언을 따랐다.

2주 동안 예비 위원회 명단에 있는 모든 이름에 편지를 보냈지만 반응은 미미했다. 대부분은 답장조차 하지 않았다. 다른 이들은 미적지근한 이유를 대며 거절했다. 장월 씨는 건강이 좋지 않아서 모든 대중 참여를 포기했고, 게다가 노동당 인사들로 구성된 위원회가 나에게 조금도 도움이 될 거라고 믿지 않는다고 했다. 그와 버트런드 러셀이 회원으로 활동했던 민주적 통제 협회에 연락을 취할 수도 있겠지만 더 이상 제안할 게 없다고 했다. 그는 내가 러시아에 가서 모스크바 독재가 폭정이라는 사실을 알게 된 것에 유감을 표했다.

해브록 엘리스는 친절한 메모를 보내왔다. 그는 내 동기의 진정성을 확신하면서도 러시아에 대한 내 비판이 반동세력에게 위안을 줄까 봐 걱정했다. 반동세력은 차르의 독재에 항의한 적이 없고, "거꾸로 된 차르주의"에 불과한 볼셰비즘에 반대하기에는 그 자신이 참을 수 없다 했다. 어쨌든 그는 위원회 역할을 반기지 않았다.

크로포트킨 부부의 오랜 친구이자 차르 정권의 정치적 박해에 맞서 함께 협력했던 콥든-샌더슨 부인과 워릭 부인, 버트런드 러셀, 해럴드 라스키 교수가 나를 초대해 이야기를 나누었다.

아무런 조건 없이 위원회에 참여하겠다고 동의한 사람은 레베카 웨스트와 조사이아 웨지우드 대령 두 사람이었다. 에드워드 카펜터는 나이 때문에 저녁에 외출할 수는 없지만, 자유와 정의를 대변하는 나의 노력을 지지할 준비가 되어 있다고 자신 있게 선언했다.

레베카 웨스트는 벌써부터 내게 큰 도움을 주고 있었다. 나는 그녀의 집에서 페미니스트 출판물인 『시간과 조수』의 동료인 레이디 론다, 아치데일 부인, 레베카의 언니 레티샤 페어필드 박사를 비롯해 러시아 여성 정치에 관심 있는 여러 사람들을 만날 수 있었다. 지인의 범위가 계속 넓어지면서 오찬, 차, 저녁 식사 초대가 쏟아지기 시작했다. 내가 마치 사교를 목적으로 온 것처럼 모든 사람들이 매우 친절하고 세심하게 대해 주었다. 하지만 내게는 목적이 있었다. 공정한 생각을 가진 영국인들의 마음에 러시아의 연옥을 불러일으키고, 사회주의와 혁명이라는 이름으로 행진하는 공포에 대한 공동의 항의를 일으키고 싶었다. 호스트와 호스트의 친구들이 관심이 없었다거나 내가 제시한 사항들에 그들이 의문을 제기한 것은 아니었다. 다만 러시아 현실과 동떨어져 있고, 머릿속으로 그 모습을 그릴 수 없는 상황이다 보니 상황의 심각성을 체감하지 못하고 미온적으로 반응할 수밖에 없었던 것이다.

노동당 지도자들은 냉담했다. 한 영국 사회주의자의 말을 빌리자면, "볼셰비키가 혁명을 죽였다고 유권자들에게 선언하는 것은 우리 당에 정치적 재앙을 가져올 것"이라 생각하는 듯했다. 노동당 비서인 클리퍼드 앨런은 "엠마 골드만은 여전히 진리를 믿고 그것을 말하는 오래된 기독교인"이라고 선언했다. 가장 중요한 문제는 러시아와의 무역이라고 그는 주장했다. 1920년 페트로그라드에서 앨런 씨를 만난 적이 있는데, 그는 사샤가 모스크바에서 통역사로 활동했던 영국 노동당 대표단으로 함께 온 적이 있었다. 우리 둘 다 앨런의 독립적이고 이상주의적인 성격에 깊은 인상을 받았던 기억이 있는 만큼 그가 공식적인 자리에서 인간적인 가치보다 비즈니스에 대한 고려를 더 중요하게 여긴다는 사실을 알게 된 것은 다소 충격적이었다. 나는 분명 장사꾼이 아니지만 그의 정당이 장사꾼처럼 굴 자유는 있다고 믿었다. 그러나 나는 '러시아와의 거래'와 체카의 범죄 행위를 묵인하는 것 사이의 연관성은 볼 수 없었다. 영국은 로마노프 왕가와 교역했지만 자유를 사랑하는 영국인들은 종종 차르의 공포에 대해 말뿐 아니라 행동으로도 항의해 왔다. 그것이 달라져야 하는 이유가 있던가? 영국인들은 정의감과 인류애에 너무 큰 충격을 받아서, 소비에트 지하감옥에서 들려오는 절박한 외침에 귀를 막고 있는 것인가? 내가 차르의 통치와 볼셰비키의 통치를 비교하려 했던가? 정치적으로 볼셰비키 정권이 더 무책임하고 무시무시한 폭정을 한다고 나는 듣는 이들에게 말했다. 하지만 앨런은 이러니저러니 해도 소비에트 정부는 프롤레타리아 정부이고, 그 궁극적인 목표는 사회주의라고 설명했다. 그가 독재 정권의 모든 방법을 승인하는 건 아니었지만 그와 그의 당은 독재에 반대하는 캠페인에 참여할 여유는 없었다. 다른 사람들도 대부분 그와 비슷한 의견이었다.

　내가 만난 수많은 사람들 중 레이디 워릭만큼 친절하게 관심을 보여 준 사람은 없었다. 이미 많은 좌절과 실망을 경험했기 때문에 러시아에 대한 그녀의 관심이 중요하고 그녀가 동료들을 우리 위원회에 참여하도록 유도하거나 적어도 스스로 그렇게 할 수 있기를 바라는 희망에 매달렸다. 그러나 레이디 워릭은 영국 노동조합 대표단이 러시아에서 돌아오기를 기다리라는 노동당 측의 요청이 있어 자신의 집에서 갖기로 한 회의를 연기해야 할 것 같다고 알려왔다. 그녀는 자신의 행동으로 인해 혹여 차르를 자리에 앉히게 될까 봐 두려워하는 것 같았다. 다시는 연락이 오지 않았기 때문에 그녀는 계속 두려움에 시달리고 있나 보다 하고 생각했다.

처음 해럴드 라스키 교수를 찾아갔을 때 그는 아나키즘이 볼셰비키로부터 받은 옹호에서 위안을 삼아야 한다는 의견을 피력했다. 나는 이에 동의하며, 그들의 정권뿐만 아니라 그들의 의붓형제인 다른 나라에서 권력을 잡은 사회주의자들도 마르크스주의 국가의 실패를 어떤 아나키스트의 주장보다 더 잘 보여 줬다고 덧붙였다. 살아 있는 증거는 언제나 이론보다 더 설득력이 있는 법이다. 당연히 나는 사회주의의 실패를 안타까워하지는 않았지만 러시아의 비극 앞에서 기뻐할 수는 없었다. 적어도 노동과 급진적인 세력 내에 바람을 불러일으킬 수 있다면! 지금까지는 아무런 진전이 없었다. 레베카 웨스트와 웨지우드 대령 외에는 러시아의 비애에 관심을 가진 사람을 찾을 수 없었다. 어떤 호소에도 이렇게 반응이 없는 경우는 미국에서는 결코 겪어 본 적이 없는 일이었다. 라스키는 가장 급진적인 세력도 볼셰비키에 반대하는 것을 꺼릴 것이라고 했다. 그들은 혁명에 너무 열정적이어서 선을 그을 수 없을 거라 했다. 시간이 지나면 노동계급의 관심을 끌 수는 있을 것이다. 그는 최선을 다해 나를 도와주었고, 다음 일요일 오후에 친구들을 초대해 내 이야기를 들어 주었다. 절망적이고 허무해 보였던 탐험에서 다시 한번 희망이 피어났다.

러시아에 대해 냉정하게 말하는 것은 불가능했지만, 이번만큼은 개인적인 감정을 억누르려고 노력했다. 최대한 객관성을 유지하면서 이야기했고 강연이 끝날 무렵 대부분의 질문자들은 "소비에트 정권이 전복될 경우 볼셰비키보다 더 자유롭고 민주 정부 수립에 더 효율적인 정치 단체를 꼽을 수 있는지"를 물었다. 나는 공산주의 국가가 전복되는 것을 원하지 않으며, 그러한 쿠데타를 시도하는 어떤 집단도 돕지 않을 것이라고 대답했다. 근본적인 변화는 정당이 아니라 깨어 있는 대중의 의식에 의해 이루어질 수 있을 것이라고. 1917년 3월과 10월에 일어난 일도 대중의 각성을 통해서였으며 가까운 시일 내에는 아닐지라도 충분히 다시 일어날 수도 있었다. 독재 정권은 모든 사회적 이상을 불신했고, 국민들은 수년간의 내전으로 지쳐 있었다. 그들의 혁명의 불씨를 다시 지피려면 오랜 시간이 필요할 것이다. 나는 러시아의 통치자가 교체되는 것에는 관심이 없었지만 크렘린 독재자들의 정치적 희생자들이 처한 곤경에는 큰 관심을 가졌고 미국과 유럽의 강력한 급진적 여론이 로마노프 왕조 때처럼 소비에트 정부에도 영향을 미칠 것이라고 믿었다. 어쩌면 독재를 막고, 의견이 다른 것에 대한 박해와 재판 없는 유죄 판결, 체카 지하실에서의 대량 처형을 막는 데 도움이 될 수도 있었다. 이러한 단순한 인간의 요구는 시도해 볼 만한 가치가 있지 않을까? "네, 하지만 독재의 부활로 이어질 수도 있겠죠."

내가 연설하는 모든 그룹마다 똑같은 회피와 반대, 그리고 심약한 마음을 만났다. 정말이지 끔찍했다. 나의 노력이 부질없다는 것을 깨달은 나는 더 이상 엘리트, 노동당 정치인, 사회주의에 관심을 갖는 여성들에게 시간을 낭비하지 않기로 결심했다. 아나키스트들은 항상 소위 대단한 후원 없이 활동을 이어왔고, 앞으로도 그렇게 해야 할 것이다. 부르주아 세계의 지원보다 우리 스스로 후원하고 누구에게도 의무를 지우지 않는 소규모 모임이 더 나았다. 우리 작은 그룹의 12명의 멤버들은 내가 제안하는 어떤 방식으로든 일을 진행하는 데 동의했고, 회의 장소로 사우스 플레이스 인스티튜트를 섭외했다.

수많은 용감한 사람들이 그 연단에서 자유와 정의를 호소하던 것이 떠올랐다. 1900년 보어 전쟁 당시 톰 만이 의장을 맡은 가운데 그곳에서 연설을 했던 기억이 난 것이다. 그 이후로 많은 장면이 바뀌었다. 만은 '새로운 교회'의 품에 안겼지만 나는 여전히 자본주의와 공산주의 양쪽 모두로부터 금지를 당하고 있었다.

라스키 교수는 그의 친구들이 소비에트에 대한 공격을 자제해야한다는 의견을 가지고 있다는 것을 내게 알려오면서 버트런드 러셀이 소비에트의 방식을 싫어하기는 해도 내 선전의 타당성 또한 의심하고 있다고 덧붙였다. 다른 사람들은 내가 정치범들을 구하는 것보다 볼셰비키를 공격하는 데 더 열중하고 있다고 확신했고, 러시아를 노골적으로 반대하고 나오는 사람을 지지하지 않을 게 분명했다. 일각에서는 노동조합 대표단에서 조치를 취해야지, 비 영국인이 나서게 해서는 안 된다는 말이 나왔다. 라스키 교수는 노동당 지도자들은 소비에트와의 논쟁에 휘말릴 수 있는 어떤 행동도 하지 않을 것이라고 말하며 결론을 내렸다. 전반적으로 그는 정치범 석방을 위한 캠페인이 "당신과 같은" 반볼셰비키의 지지 아래 일어나서는 안 된다는 버트런드 러셀의 의견에 동의했다.

러셀의 입장은 나에게 적이 실망스러웠다. 나는 그를 만나 오랫동안 이야기를 나눴고 그는 이 문제를 다시 생각해 보겠다면서, 내가 제안한 위원회에 참여하겠다는 약속은 하지 않았지만 아나키스트들과는 함께 일하고 싶지 않다는 의사를 내비쳤다. 국가에 대한 뛰어난 비판자이자 정신적 태도에 있어 아나키스트였던 그가 아나키스트와의 협력을 부끄러워하며 싸운다는 것은 다소 실망스러운 일이었다.

그리고 개인주의의 대담한 주창자 라스키도!

　러시아에서 돌아온 노동조합 대표단은 경이로운 광경을 보고, 아니 보여짐을 당하고 환상에 젖은 채 돌아왔다. 그들은 『데일리 해럴드』와 대중집회에서 소비에트의 찬란한 업적에 대해 열광했다. 고작 6주 동안 러시아에 머무른 그들이 나보다 더 많은 지식과 권위를 가지고 말할 수 있는 걸까?

　영국인들의 마음을 움직이는 데는 실패했지만, 영국에 있는 몇몇 미국인들에게는 깊은 인상을 남겼는지, 로즈 장학생들로부터 연설해 달라는 초청을 받았다. 나의 옥스퍼드 방문은 대사건이었는데, '쿨리지[당시 미국의 대통령인 캘빈 쿨리지] 일당'의 반대에도 불구하고 나의 동지들이 마련한 멋진 집회 덕분이기도 했지만, 미국사학과 모리슨 교수의 환대와 관대한 도움, 그리고 나의 열렬한 친구가 된 그 그룹 중 가장 사려 깊고 폭넓은 사고를 가진 12명의 젊은 친구들의 환대 덕분이기도 했다. 4개월간의 노력 끝에 간신히 얻어 낸 것들이었다. 러시아의 유명한 혁명가이자 한때 『자유 러시아』의 편집자였던 데이비드 소스키스, 포드 매덕스 포드의 여동생이자 작가인 소스키스 부인, 그리고 그들의 발랄한 두 아들과 같은 새로운 친구들이 나에게 보여 준 관심과 진심으로 돕고자 하는 열망은 내게 가장 만족스러운 보상이 되었다.

　도리스 주크, 윌리엄 웨스, A. 서그, 톰 킬, 윌리엄 C. 오언 등 내 동지들의 충실하고 활기넘치는 노력 덕분에 폭우와 유료 입장에도 불구하고 사우스 플레이스 인스티튜트 집회를 성황리에 마칠 수 있었다. 우리 모임의 회장인 조사이아 웨지우드 대령과 미국인 학생 친구들, 질서 유지를 해준 '진짜' 프롤레타리아들, 그리고 평소와 다름없는 나의 침착함 덕분에 무사히 행사가 끝났다.

우리의 성공에는 기뻐할 만한 이유가 있었는데 외부의 아무런 지원 없이 집회 비용을 충당하고 남은 잉여금으로 정치범을 위한 베를린 기금에 기부까지 할 수 있었기 때문이었다. 톰 스윗러브를 재무담당자로, A. 서그를 간사로 하여 체계적인 활동을 위한 상설 기구로 위원회가 출범했다. 수적으로는 적었지만 러시아에 관한 일련의 강연, 사샤의 편집 아래 베를린에서 영어로 발행되는 『러시아 투옥 혁명가 변호를 위한 공동위원회 회보』의 배포, 기금 모금 등 야심찬 목표를 가지고 있었다. 이 회보에는 정치적 박해에 대한 정확한 정보와 자료, 그리고 사샤와 다른 공동위원회 위원들이 러시아로부터 받은 수감자와 추방자들의 편지가 담겨 있었다.

가장 큰 문제는 내가 겪고 있는 딜레마였다. 나는 독립노동당이나 노동조합의 청문회에 대한 희망이 없었고, 그렇다고 토리당의 후원을 받아 연설을 할 수 있는 것도 아니었다. 후자로부터 러시아에 대한 강연 초대를 수차례 받았지만 보수주의자 전용 클럽에서의 강연이라는 사실을 알고 거절했다. 또 다른 강연 초청은 페이즐리의 제국 여성 길드에서였는데 정치적 성격에 대해 문의했더니 "신, 왕, 국가"라는 답변을 받았다. 나는 길드에 아나키스트로서 누군가는 왕위에 오르고 누군가는 빈곤으로 내모는 사회 제도를 거부한다고 회신했다. 나는 사회적·정치적·종교적 신념에 관계없이 어떤 청중도 차별하지 않았고, 미국에서는 선원과 백만장자, 가난한 노동자와 전문직 여성을 상대로, 술집 뒷방과 응접실, 지하 수백 피트 아래의 광산, 강단과 거리에서 강연을 해왔다. 그 누가 내 강연을 들으러 오든 우리의 플랫폼에서는 러시아라는 주제가 기꺼이 다루어져야 했다. 하지만 하원이나 윈저성에서 또는 보수당 앞에서는 무엇이 되었든 기꺼이 이야기할 수 있었지만 러시아에 대해서만큼은 예외였다.

나는 우리 위원회가 독립적인 집회를 열어 일반 대중에게 다가가는 데 성공할 수 있을지 의문이 들었다. 멤버들은 당황하거나 실망하지 않았다. 그들은 영어 강의를 우선 시험적으로 조직해 보고『노동자의 친구』그룹은 이스트엔드에서 이디시어로 진행되는 집회를 조직해 보겠다고 자원했다. 그렇게 용기를 얻은 나는 3개월 동안 비, 진눈깨비, 안개, 추위 속에서도 매주 런던의 한쪽 끝에서 다른 쪽 끝을 다니며 강연을 했다. 미국에서 처음 강연을 하고 다니던 시절에도 이번처럼 괴롭고 힘들지는 않았다. 위원회는 그만한 가치가 있을 거라고 주장했지만 결과는 그렇지 않았다. 비용이 충당되고, 정치범 기금에 일부 추가금액이 기부되었으며, 공산주의 국가의 상황이 수백 명의 사람들에게 알려지는 정도였다.

잉글랜드 북부와 웨일스 남부 투어는 자랑할 만한 것이 거의 없었다. 웨일스 사람들은 감수성이 풍부하고 쉽게 흥분하지만 항상 믿을 만하지는 않다고 존 터너가 말한 적이 있다. 영국의 고드름을 녹이려고 한 후라 그런지 웨일스의 청중과 그들의 열정이 반가웠다. 이곳에서의 어려움은 노동자들의 무관심이 아니라 끔찍한 가난이었다. 많은 사람들이 오랫동안 실직 상태였고, 운 좋게 일자리를 얻은 사람들도 아주 적은 돈을 벌고 있었다. 놀라운 것은 그런 암울한 환경에서 살아가는 사람들인데도 집회에 참석을 한다는 사실이었다.

저 멀리 러시아에서 고통받는 형제들을 위해 마음을 낸다는 것 자체가 놀라웠다. 창백하고 쪼그라든 노동자들의 얼굴을 보며 내가 어떤 상황에 있는 건지 고통스럽게 인식할 수 있었다. 모든 선교사들이 그러듯이 나 또한 국내에서 도움이 절실히 필요할 때 '중국을 위한 자선'을 호소하고 있는 것이었다. 최소한 그들의 삶 속으로 들어가 그들의 투쟁을 함께 나누고, 아나키즘만이 사회를 변화시키고 그들의 행복을 보장할 수 있는 열쇠가 있다는 것을 보여 줄 수 있다면, 나의 간청은 어느 정도 정당성을 가질 수 있을 것이었다.

첫 강의 투어를 마치고 런던에 도착했을 때 이미 나는 영국의 끔찍한 경제 상황에 대해 침묵을 강요당하며 괴로워하기 시작했다. 물론 영국의 사회적 잘못이 러시아에서 벌어지는 비슷한 악행을 정당화할 수는 없었다. 하지만 독재에 대해 이야기하면서 눈앞에 닥친 상황을 무시해서는 안 된다고 느꼈다. 이런 느낌은 점점 더 커져만 가서 내 내면의 투쟁을 가중시켰다. 나는 일반적인 사회 문제에 대한 내 입장을 표명하지 않고는 반소비에트 활동을 더 이상 지속할 수 없었다. 영국에서 이 기회가 거부된다면 어디서든 사회문제에 입장을 표명할 수 없다면 볼셰비키 국가에 대한 논의를 중단해야 한다. 나는 러시아에 대한 나의 태도, 즉 무한정 받아들일 수 있었던 의심스럽고 불편한 환대 때문에 망명하게 되었다는 사실에 눈을 감을 수 없었다. 동료들은 나의 작업을 위해서라도 남아 있을 것을 권유했다. 영국에서 사회 투쟁에 참여할 수 없다는 이유로 러시아에 투옥된 혁명가들을 위한 호소를 멈출 이유는 없다고 그들은 주장했다. 나는 소비에트에서 귀환한 최초의 아나키스트로서 볼셰비키와 혁명의 관계를 영국에서 설명하고자 했다. 그러한 지식은 모든 곳에서 중요했지만, 많은 노동 지도자들이 모스크바의 사절로 활동했던 영국만큼 중요한 곳은 없었다. 이는 특히 광부 연맹의 일부 관리들이 공산주의 국가의 기적을 옹호하는 남부 웨일스에서 더욱 그랬다. 동지들의 신뢰와 믿음은 감동적이었다. 어린 시절부터 프롤레타리아로 살아온 그들은 아름다움과 기쁨이 없는 삶 속에서 새롭고 자유로운 세상의 유일한 희망으로 자신들의 이상에 집착했다. 그중 한 명은 65세의 나이에도 일용할 양식을 얻기 위해 광산에서 노예처럼 일해야 했던 제임스 콜튼이었다. 그는 인생의 대부분을 우리 운동에서 현역으로 복무했으며, 나와 마찬가지로 시카고 순교자들의 사법 살해로 인해 아나키스트가 되었다고 자부심을 가지고 나에게 말했다. 교육을 받을 기회가 없었음에도 그는 많은 지식과 사회 문제에 대한 명확한 이해를 습득했다. 그는 연설가로서의 타고난 능력을 가지고 대의를 위해 헌신했고, 빈약한 수입으로나마 아나키즘을 전파하는 데 기여했다. 그의 그룹에 있는 다른 동지들은 (부양해야 할 가족이 있는 젊은 남성들도) '지미'의 에너지에 이끌렸고, 이상에 대한 그의 사랑과 헌신에 영감을 받았다.

존 터너를 포함한 모든 대표단이 서명한 『러시아에 관한 무역 연합 보고서』는 소비에트 정권에 대한 완전한 눈가림이었음이 자명했다. 이를 위해서는 몇 년에 걸친 연구와 광범위한 여행, 장기간의 현지 체류가 필요했을 텐데 노동당 대표단은 러시아에 고작 6주 동안 머물렀을 뿐이고, 그나마도 일주일 이상을 기차 안에서 보냈다고 존은 내게 말했었다. 물론 이 보고서는 저자의 개인적인 지식과 관찰을 대표할 수는 없을 것이다. 사실대로 말하자면 이 자료는 당국에서 특별히 준비한 문서를 정리한 것이었다. 대부분의 대표단이 러시아에 오기 전 이미 친소 성향이었기 때문에 볼셰비키의 미끼를 통째로 삼키는 것은 당연한 일이었다. 그들 중 한 명은 차르 시절 영국 대사관의 해군 무관이었고, 다른 한 명은 오랫동안 외교관으로 일한 통역관으로, 공식 자료를 효과적으로 수집하는 데 능통한 사람들이었다. 그들은 정부의 이익을 위해 옛 독재 정권의 잘못을 못 본 체했고, 이제 국제노동당 지지자로서 더 많은 것을 못 본 체해야 했다. 그것이 그들의 직업이었으므로 나는 그들에게 따질 것이 없었다. 하지만 존 터너가 그 보고서에 서명하는 것을 보고는 충격을 받을 수밖에 없었다. 그가 『외교』에 기고한 글과 『뉴욕 포워드』와의 인터뷰, 그리고 우리 집회에서 한 강연이 보고서의 주장과 정면으로 모순되기 때문에 더더욱 그랬다. 나는 그가 나를 비롯한 다른 동지들에게 얼마나 실망감을 안겨 주었는지 솔직하게 편지를 썼다. 그는 1920년 랜즈버리가 사샤에게 사용했던 것과 거의 동일한 표현으로 "런던에 있는 가난하고 궁핍하고 굶주린 사람들을 얼마든지 보여 줄 수 있다"고 대답했다. 나는 여전히 영국의 비참함과 러시아 노동자들이 정치적으로 구속되어 있지만 경제적으로 자유롭고 만족스럽다는 보고서의 진술 사이의 연관성을 볼 수 없었다. 터너와 다른 공동 대표들은 영국 노동자들을 이야기할 때 러시아 대중과의 비교에 대해 말하는 것이 더 이상 적절하지 않다는 것을 알고 있었다.

이들의 기만을 드러내는 것이 시급했다. 나는 우리 위원회에 답변을 제안했고 도리스 주크의 도움을 받아 답변을 준비하라는 지시를 받았다. 우리가 발행한 브로셔는 영국 대표단의 방문 기간 동안 소비에트 언론의 인용문과 보고서의 진술을 비교하는 것으로 이루어졌다. 볼셰비키가 이 보고서의 사치스러운 주장을 스스로 반박하고 있었으므로 우리는 별도의 주석을 달 필요도 없었다. 공산주의자들은 즉시 해외 반혁명주의자들이 발행한 것으로 알려진 위조된 이즈베스티아와 프라브다의 자료를 사용했다고 우리를 비난했다. 터무니없이 어리석은 일이었지만, 조사이아 웨지우드 대령처럼 훌륭한 반란군마저 전선을 바꾸는 것을 보니 슬퍼졌다. 그는 팸플릿에 대한 책임을 지지 않겠다고 내게 편지를 보내며 위원회에서 자신의 이름을 삭제해 달라고 요청했다. 웨지우드는 한때 나의 동지였던 존 터너를 포함한 다른 대부분의 사람들과 마찬가지로 공산주의자들과 맞서 싸울 수 있는 독립성이 결여되어 있었다.

이 무리에서 단 한 명의 예외는 소속이 자신의 태도에 영향을 미치거나 행동의 자유를 제한하는 것을 허용하지 않은 레베카 웨스트였다. 그녀는 자신의 작업에 몰두하면서도 시간을 내어 친구들에게 내 노력에 관심을 가져줄 것을 부탁하고, 영국 출판사와 함께 출판할 수 있는 문학 에이전트와 연락을 취해 주고, 서문을 쓰고, 내 강연 중 하나를 주재해 주기도 했다. 하지만 레베카 웨스트는 정치인이 아니라 예술가였다.

C. W. 대니얼 씨는 또 하나의 자유로운 영혼으로, 출판업자였던 그는 돈벌이가 인생의 다가 아니라고 믿는 사람이었다. 그는 작품이 가져다줄 돈보다 작품의 아이디어와 문학성에 더 큰 관심을 가졌다. 그 역시 사업보다 진리를 더 선호하는 구식 기독교인이었냐고 물으

며 나 역시 그런 혐의로 기소되었던 적이 있다고 말했다. 나는 다른 어떤 정당보다 노동당에 더 많은 기대를 한 내 자신이 순진했음을 인정했다. 짐승처럼 아무리 가죽을 벗겨도 본성은 변하지 않는다는 것을 항상 알고 있었는데 말이다. 아아, 나이가 든다고 저절로 현명해지지는 않는가 보다. 그렇지 않다면 내가 급진주의자들이 수천 명의 삶과 죽음을 상업적 측면에서 논하는 것을 보고 그렇게 충격을 받지 않았을 거다. 대니얼 씨는 나보다 나이가 어려도 현명한 사람임을 증명했다. 그는 『러시아에서 나의 환멸』 영국판 출간을 추진했는데, 후손들로부터는 영광을 얻을 수 있을지 몰라도 돈을 벌 수 있는 일이 아니라는 건 그도 이미 잘 알고 있었다. 내 책은 이미 스웨덴에서 완전한 형태로 출간되긴 했지만, 내 작품이 미국에서 끔찍하게 엉망인 상태로 출간된 시점에 영국에서 레베카 웨스트의 서문과 함께 한 권으로 출간되는 것을 보는 것만큼 뜻깊은 일은 없을 것이었다.

『나의 환멸』, 『뉴욕 월드』에 기고한 글, 런던 『자유』에 게재되어 유통된 글, 『웨스트민스터 가제트』와 『위클리뉴스』에 기고한 글, 『런던 타임스』와 지역 협회에 실은 글, 『데일리 뉴스』의 기사, 그리고 마지막으로 노동조합 대표단의 거짓을 반박하는 책자에는 고의로 보지 않으려는 사람을 제외한 모든 사람이 접근 가능한 풍부한 정보가 담겨 있었다.

사샤도 한가할 틈이 없었다. 그의 저서 『볼셰비키 신화』가 보니와 리버라이트를 통해 뉴욕에서 출간되었다. 그러나 여기서 결론적이고 가장 중요한 챕터가 책을 "용두사미"로 만든다며 삭제해 버렸다. 그후 사샤는 같은 제목으로 브로셔를 발행해 자비로 배포했다. 이 책의 초판은 저자가 알지도 못하고 동의하지도 않은 채 영국으로 수입되었고, 엄청난 가격에 판매되었으나 저자는 로열티를 한 푼도 받지 못했다. 평론가들은 『볼셰비키 신화』가 일류의 문학적 가치를 지닌 설득력 있고 감동적인 작품이라는 데 동의하며 호평을 쏟아냈다. 또한 사샤는 소비에트 독재하의 정치적 박해에 관한 풍부한 자료와 문서를 수집했다. 그는 러시아에서 탈출했거나 추방된 수많은 정치범들의 이야기와 진술서를 확보했다. 여기에 헨리 G. 알스버그와 아이작 돈 레빈이 수집한 유사한 자료가 더해져, 전체가 볼셰비키의 공포정치가 그 효과를 압도하고 있다는 집단적 고발이 되었다. 이를 바탕으로 알스버그와 레빈은 국제적으로 유명한 남녀 인사들로부터 모스크바 독재에 대한 항의 서한을 받아냈고, 전체 자료는 국제 정치범 위원회에 의해 『러시아 감옥에서 온 편지』라는 제목의 책으로 뉴욕에서 출판되었다.

우리는 러시아에서 고통받는 전우들과의 약속을 지켰다. 그들의 대의와 다른 모든 박해받는 혁명가들의 대의를 알리고 볼셰비키와 '10월' 사이의 심연을 보여 주었다. 사샤는 정치범 변호를 위한 공동위원회 회보를 통해, 그리고 나는 기회가 있을 때마다 언제 어디서든 계속 그렇게 할 것이다. 이제 다른 문제로 눈을 돌려야 할 때였다. 8개월 동안 러시아 상황에 몰입한 후 나는 표현할 수 있는 다른 주제를 찾는 것이 정당하다고 느꼈다. 무한정 가족과 미국 친구들의 지원을 받고 있을 수는 없기에 특히 더 절실했다. 스튜어트 커처럼 한 달도 선물 없이 지나가는 법이 없는 사랑스럽고 헌신적인 친구들이 없었다면 나는 계속해 나갈 수 없었을 거다. 이제 연극 강의를 통해 자립할 수 있게 되었으니, 적어도 당분간은 러시아에 대한 작업을 중단하기로 결정했다.

내가 영국에 도착한 직후 피치는 이미 수년간 수고와 애정을 쏟아온 프로빈스타운 극장의 대표로 나를 임명했다. 내 자격증명으로 일부 극장에 무료로 입장할 수 있었지만, 내가 본 것들로는 런던 무대를 더 탐험해 보고 싶다는 싶은 욕구가 일지 않았다. 영국 친구들은 버밍엄 레퍼토리 극장이 유일하게 뛰어난 예술적 재능을 가진 단체라고 극찬했다. 아마추어로 시작하여 성장한 이 회사는 설립자 배리 잭슨의 기술과 관대함 덕분에 첫 출발과 함께 눈부신 발전을 이룰 수 있었다고 알려주었다. 영국의 지적으로 후한 분위기에 대한 경험은 나를 다소 회의적으로 만든 게 사실이지만 버밍엄 레퍼토리 컴퍼니가 쇼의 『카이사르와 클레오파트라』를 런던에서 개막했을 때 직접 판단할 기회가 왔고, 나는 서둘러 피치가 준 자격을 제시했다. 영국 대도시의 어떤 극장에서도 이보다 더 큰 예우를 받은 적은 없었다. 공연은 그야말로 놀라웠다. 스타니슬랍스키 스튜디오 이후로 본 적 없는 설정과 분위기였고, 앙상블 연기는 대단했으며 무대는 러시아와 비할 바가 아니었다. 세드릭 하드윅의 카이사르는 내가 뉴욕에서 보았던 포브스-로버트슨의 것을 능가했다. 그는 자신을 비웃을 수 있을 만큼 재치 있는 옛 로마인을 강렬한 인간으로 만드는 데 성공했다. 클레오파트라 역의 그웬 프랭콘 데이비스는 정말 아름다웠다. 영국에서의 8개월 동안의 고난으로 내 영혼에 내려앉은 우울함이 처음으로 떨쳐지는 것 같았다.

[극단의 창립자인] 배리 잭슨, 월터 피콕, 바쉬 매튜스(잭슨의 디렉

터), 그리고 다른 여러 멤버들과의 친교는 다른 그룹에서 겪은 쓰라린 경험에서 나를 구해 주었다. 그들은 내가 자기들 나라에서 발판을 마련하기 위해 고군분투하는 이방인이라는 것을 알았고, 그것만으로 그들에게는 내게 도움을 주기에 충분한 이유가 되었다. 표를 잃을 가능성이나 사회적 주제에 대한 내 견해에 대한 지지 및 동의 여부는 영향을 미치지 않았다. 그들은 외지에서 표류하는 동료 생명체, 인간에게 관심을 가질 뿐이었다. 극장에서는 나를 환영하며 연극 강연을 통해 자리잡을 수 있게 도울 서클과도 연결해 주었다.

피콕 씨는 내게 여러 사람을 소개해 주었는데, 그중에는 영국 연극 연맹의 명예 총무인 제프리 휘트워스도 있었다. 매튜스 씨는 버밍엄 플레이고어스의 비서를 통해 내 작업에 관심을 보였고, 곧 그 단체에서 내게 협업을 제안해 주었다. 런던에서 가장 바쁜 사람 중 한 명인 배리 잭슨은 내가 도움이 필요할 때 항상 시간을 내어 주었다. 휘트워스 회장은 자신의 사무실 전체를 내 업무에 아낌없이 넘겨주었고, 연맹 사무차장, 도서관, 산하 협회 목록도 마음껏 사용할 수 있게 해주었다. 휘트워스 씨는 버밍엄에서 열리는 연극 연맹 컨퍼런스에 나를 연사로 초대하기도 했다.

아름다운 레퍼토리 극장에서 나는 러시아의 연극에 대해 강의하며 스튜디오, 카메르니 극장, 메이예르홀트에 대해 이야기했다. 다툼이나 험담이 없는 분위기 속에서 청중은 수용적이었으며 질문은 예리하고 지적이었다. 쉬는 시간에는 모두가 편안하게 어울릴 수 있는 분위기가 조성되어 내게 큰 자극이 되었다.

영국에서는 클럽이나 학회에서 6개월 전에 강의 과정을 준비하는 것이 관례라는 사실을 뒤늦게 알게 되었긴 해도 나는 맨체스터, 리버풀, 버켄헤드, 배스, 브리스틀의 플레이고어스로부터 초가을에 7개의 강연을 확보하는 데 성공했다. 마지막 도시에서는 우리 직원들이 직접 기획한 시리즈도 준비 중이었다. 내가 런던에서 조직한 연극 스터디 서클은 러시아 연극의 기원과 발전에 관한 여러 강의를 계획하고 있었는데, 런던 이스트엔드의 아나키스트들이 이디시어로도 같은 강의를 해달라고 요청해 왔다. 항상 좋아하던 일을 하면서 바쁘게 보낼 수 있었다.

모든 것이 암울해 보였던 영국에서의 초기 시절, 스텔라는 편지에서 런던을, 매력을 드러내기까지 많은 구애가 필요한 차가운 미녀라고 썼다. "차가운 미녀의 구애를 누가 신경이나 쓰겠니?" 하고 나는 답장에 썼다. 이제 그녀에게 구애한 지 9개월째다. 내가 그녀의 마음을 움직이기 시작한 것일까?

런던은 이제 다시는 슬픔에 잠기거나 눈물을 흘리지 않을 것처럼 신록으로 푸르르고 풍성한 꽃과 태양이 가득한 정말 아름다운 곳이 되었다. 나는 이 멋진 순간이 얼마나 짧은지를 알기에 실내에서 보내는 매 순간을 아쉬워했다. 대영박물관에서 러시아 연극과 희곡에서의 역사적인 보물들을 다루기 위해서 최소 매일 6시간씩 보내야 했다. 이 기관은 내가 영국에 온 목적 중 하나였지만, 이제야 시간적 여유가 생기고 관심이 생겨서 박물관이 제공하는 모든 것을 이용할 필요성을 느꼈다. 박물관에 오래 있을수록 무대 배치, 옛 연극, 풍경, 의상에 대한 정보를 더 많이 발굴할 수 있었다. 이는 다양한 시대의 극작가들이 지닌 정치적·사회적 배경과 러시아 생활에 대한 그들의 감정과 반응을 반영한 서신들을 수용하면서 더 넓은 분야로 이어졌다. 문 닫는 시간을 잊을 정도로 흥미진진하고 몰입도 높은 공부를 했다. 한 가지만큼은 처음부터 분명했다. 여섯 번의 강의, 아니 열두 번의 강의를 하더라도 이 자료의 일부도 제대로 다룰 수 없다는 것이었다. 책 한 권이 필요한 작업이었다. 위너 교수, 크로포트킨 등은 러시아 문학에 관한 이러한 저작을 집필한 바 있다. 나의 연극 시리즈가 나중에 쓰게 될 더 큰 책의 서론 역할을 할 수 있을 것 같다는 생각이 들었다.

해브록 엘리스와 에드워드 카펜터와의 만남은 25년 동안 소중히 간직해 온 소원이 이루어졌다는 점에서 특별했다. 잠깐의 개인적인 접촉을 통해 그들을 더 잘 알게 된 것은 아니지만, 그들의 작품을 통해 알게 된 것보다 더 많은 것을 알 수 있었다. 엘리스와 런던의 아파트에서 겨우 30분 정도 만났을 뿐인데, 우리 둘 다 말문이 막혔다. 하지만 내가 그의 곁에서 몇 년 더 가까이 있다 하더라도, 독특한 개성과 고상한 비전을 표현하는 그의 해방적인 작품의 페이지에서 내게 말을 건네는 모든 대사가 그의 평생의 노력과 하나되고 있음을 더 잘 깨닫지는 못했을 것이다.

에드워드 카펜터와의 만남은 길드포드에 있는 그의 소박한 별장에서 이루어졌다. 그는 이제 여든에 가까운 나이였고 많이 쇠약해져 있었다. 모두가 조지라고 부르는 그의 말끔한 동반자와는 달리 그의 옷은 허름해 보였다. 하지만 그의 체구에는 품격이 깃들어 있었고 모든 몸짓에는 우아함이 있었다. "에드워드와 자신"이 스페인에 있는 동안 쓴 작품과 "이번 여름에 계획 중인" 책에 대한 대부분의 이야기를 한 사람은 조지였기 때문에 에드워드의 이야기는 거의 들을 기회가 없었다. 에드워드는 소시민의 자만심을 바라보는 현자처럼 인내와 관용으로 우리의 대화를 듣고만 있었다.

나는 그에게 『민주주의를 향하여』, 『천사의 날개』, 『월트 휘트먼』 등 그의 책이 내게 얼마나 큰 의미가 있었는지 말하려 했지만 그는 자신의 손을 부드럽게 내 손 위에 올려놓으며 내 말을 멈췄다. 대신 알렉산더 버크만에 대해 이야기해 달라고 했다. 그는 "인간의 비인간성과 감옥 심리에 대한 심오한 연구, 그리고 자신의 고난을 놀랍도록 단순하게 묘사한" 사샤의 교도소 회고록을 읽었던 것이다. 그는 항상 책 속의 '사샤'와 '소녀'에 대해 알고 싶었다 했다.

해브록 엘리스와 에드워드 카펜터! 지성과 마음을 겸비한 이 두 거장 덕분에 나의 여름은 정말 풍요로웠다.

연구 작업 외의 다른 흥미로운 일도 있었다. 피치가 나를 잠시 방문하기 위해 도착했고, 그녀를 통해 나는 폴과 에시 로브슨을 비롯해 프로빈스타운 플레이하우스에서 일하는 피치의 동료들을 알게 되었다. 그들은 폴 로브슨과 함께 『황제 존스』를 공연하기 위해 런던에 왔다. 에시는 유쾌한 사람이었고 폴은 사람들을 전부 매료시켰다. 미국인 친구인 에스텔 힐리가 주최한 파티에서 로브슨의 노래를 처음 들었는데 그의 목소리에서 느껴지는 감동을 그 어떤 말로도 제대로 표현할 수 없을 것이다. 폴은 스타의 자만심이라고는 일절 없는, 어린아이처럼 천진하고 사랑스러운 성격의 소유자이기도 했다. 그는 아무리 작은 모임이라 할지라도 분위기만 좋으면 노래를 거부하는 일이 없었다. 로브슨 부부는 내 요리, 특히 커피를 좋아해서 서로 칭찬을 주고받곤 했다. 나는 소수의 사람들을 위해 저녁 식사를 준비하거나 영국인 친구들이 로브슨 부부를 만날 수 있도록 파티를 준비했고, 폴은 그의 영광스러운 목소리로 모두를 매료시켰다.

몇 년 만에 보내는 풍요로운 여름이었다. 화창한 날이 끝나갈 무렵, 친구들은 떠날 준비를 하고 있었다. 내가 사랑해 마지않는 일들이 내 앞에 놓여 있었지만 내 마음은 여전히 풀리지 않고 있었다. 그러나 12월이 되자 런던의 겨울을 견디는 데 도움이 될 만한 것이 거의 남지 않았다. 플레이고어스에 대한 모험은 꽤 만족스러웠다. 리버풀과 버컨헤드 조직 역시 다양한 멤버십을 보유하고 있다는 점에서 만족스러웠다. 다른 사람들은 순전히 중산층으로, 연극에 큰 관심이 없었고 사회적·교육적 가치에 대해서도 전혀 공감하지 못하고 있었다. 그럼에도 불구하고 이 경험을 통해 영국에서 1~2년 정도만 버티면 플레이고어스에서 입지를 다질 수 있다는 것을 알 수 있었다. 하나, 나는 그럴 수 있는 수단도 없었고, 강사가 되고 싶다는 생각도 없었다.

런던과 브리스틀에서 열린 독립 강연은 '영국에서는 안 된다'는 진리를 다시 한번 확인시켜 주었다. 성공을 장담하며 시작한 작업이었기 때문에 런던의 실패는 특히 실망스러웠다. 영국의 위대한 시인의 천재성과 정신이 깃든 기이하고 아름다운 키츠의 집이 우리의 만남의 장소였고, 비서로 일했던 클레어 파울러 샤인은 노동조합과 노동계에서 널리 알려진 유능한 조직가이자 뛰어난 일꾼으로, 그녀를 돕는 여러 친구들이 있었다. 레베카 웨스트와 프랭크 해리스가 쓴 내 연극 강연에 대한 리뷰가 수천 부나 배포되었고, 배리 잭슨, 제프리 휘트워스, A. E. 필머 등 연극계에서 낯설지 않은 인물들이 의장으로 발표되어도 강연 참석자 수는 적었고 입장료로는 비용을 겨우 충당하는 정도였다. 물론, 청중은 지적 수준이 높은 사람들이었다. 6개월에 가까운 노력으로 얻은 유일한 만족감은 자료를 수집했다는 기쁨뿐이었다.

브리스틀에서 3주 동안의 결과도 크게 다르지 않았다. 따라서 영국에 뿌리를 내리기 위한 내 두번째 시도도 수포로 돌아갔다. 안개와 습기만이 내 속을 제마음대로 돌아다니며 내게 존재감을 발휘했다. 친한 친구인 프랭크와 넬리 해리스로부터 니스에 방문해 달라는 초대를 받았을 때 나는 오한과 발열로 누워 있었다.

6월에 나는 반항아 제임스 콜튼과 결혼을 했다. 지금은 영국인이 된 나는 대부분의 영국인들이 자국의 기후를 탈출할 수 있을 만큼의 돈을 긁어모으는 것처럼 그렇게 하고 있었다. 『아메리칸 머큐리』에서 요한 모스트에 대한 단상의 원고료를 보내 주어 프랑스 남부로 가는 여비를 마련할 수 있었다. 해리스 부부는 나를 보살피며 건강을 회복하도록 돕고 응원하는 수고를 아끼지 않는 훌륭한 호스트였다. 전에도 프랭크와 흥미로운 시간을 많이 보냈지만, 예술가이자 세상 물정에 밝은 사람, 흥미로운 이야기꾼 그 이상을 보기에 충분한 시간이 아니었다. 그의 집이라는 친밀함 속에서 나는 모두가 프랭크의 이기심과 자만심이라고 생각하는 것의 밑바닥을 꿰뚫어볼 수 있었다. 나의 호스트는 자기 자신을 누구보다도 더 잘 알고 있는 사람이었다. 그는 가려진 분장 속에서도 너무나도 인간적인 면모를 가진 사람이었고, 자신이 스스로 선언한 최고의 예술가인지, 자신의 작품이 살아

남아 불멸의 명성을 얻을 수 있을지에 대한 의구심을 품고 있었다. 프랭크는 아무리 친구의 약점에 눈이 멀거나 적으로 여기는 사람을 착각하더라도 자신의 약점에 눈을 감는 사람이 아니었다. 그의 속을 들여다보게 되면서 프랭크에 대해 내 애정은 줄어들기는커녕 오히려 더 커지고 그와 더 가까워지는 느낌을 받았다. 우리는 특히 사회 문제에 있어서는 공통점이 거의 없었다. 의견이 아무리 멀어져도 우정만큼은 약해지지 않는다는 것을 알았기 때문에 우리는 자주 싸웠지만 항상 좋은 감정을 유지했다.

재작년 파리에서 넬리 해리스를 만났을 때 그녀가 사랑스럽고 매력적이라는 점을 빼고 그녀의 개성을 거의 알아보지 못했었는데 이들의 집을 방문하는 동안 그녀의 희귀하고 아름다운 자질들이 내 눈앞에 꽃처럼 활짝 피어났다. 이전에도 창의적인 일을 하는 남성의 아내를 만난 적은 있었다. 남편의 친구에게 쓴소리를 하고, 여성 팬을 질투하는 모습을 보았고, 대중의 우상인 남편을 둔 아내에게 이성 친구의 존재가 얼마나 싫은 건지 잘 알고 있었다. 예술가의 배우자라는 것만으로도 충분히 고난을 겪는 일이었기 때문에 나는 아내들에게 동정심을 느꼈다. 넬리가 프랭크의 팬들에게 관대하지 않았더라면 넬리에 대해 그다지 생각을 하지도 않았을 것이다. 그러나 넬리는 천사처럼 큰 사람으로 사랑이 많았고, 가혹하게 대하는 법이라고는 전혀 몰랐고, 유명한 남편을 단순히 따르는 사람이 아니라 그녀 자체로 온전한 개인이었으며, 사람과 일에 대한 예리한 관찰자이자 사랑하는 프랭크보다 인간 본성에 대해 더 잘 판단하고 인내심과 이해심이 많은 사람이었다.

좋은 친구들을 떠나기 싫었지만 국립도서관에서 필요한 연구 때문에 영국으로 돌아가기 전에 다시 파리로 돌아와야 했다. 여전히 리버풀의 플레이고어스 소사이어티와 미국의 소극장 운동에 대해 논의할 일이 남아 있었다. 이전에 유진 오닐의 작품에 대해 한 강연을, 한 여성 기자가 "민감한 손과 오페라 망토의 금색 안감을 아나키스트에게서 보다니 다소 놀랍다"라고 평한 적이 있는데, 연극인들이 나를 다시 초청한 것을 보면 내 강연이 마음에 들었던 모양이다. 나는 또한 1실링 입장료로 대륙과 미국 연극에 대한 강연을 한 번 더 진행하기로 했다. 동료들은 많은 인파가 몰릴 것이라고 확신했지만, 막상 당일이 되자 사람이 얼마 없었다. 스트린드베리, 독일 표현주의자, 유진 오닐, 수전 글래스펠의 작품은 단체나 정당의 인장 없이 발표되었을 때 영국 대중의 관심을 끌지 못했던 거다. 역시 "영국에서는 안된다"였다. "안 되는 것"의 벽을 뚫기 위해서는 생각했던 것보다 훨씬 더 오랜 시간이 필요하다는 것을 깨달았다. 어쩌면 5년, 그 이상은 안걸릴지도 모르지만 나는 시간이 많지 않았다. 그 사이 나는 생계를 유지하는 문제에 직면했다. 추방당하기 전까지만 해도 목소리와 펜만 있으면 쉽게 생계를 유지할 수 있다고 생각했지만 그 이후로 나는 의존의 유령에 시달렸고, 웨일스 남부와 지방을 여행한 후 그 유령은 더욱 커졌다. 저임금 광부나 면방공장 노동자들 사이에서 나의 활동을 하면서 생계를 유지하는 것보다 요리사나 가정부로 일하는 것이 나을 성 싶었다. 강의 비용은 고사하고 철도 요금도 감당할 수 없었다. 연극 회의를 위한 돈도 모이지 않았고 영국에서 일을 계속할 방법이 없었다.

한 친구가 농담 삼아 "6층 창문에서 떨어뜨리면 발부터 떨어질 것"이라며 나를 고양이 같다고 말한 적이 있었다. 마지막 실패 후 나는 정말이지 울워스 빌딩 꼭대기에서 던져진 것 같은 기분이 들었다. 두 가지가 나를 다시 일어서게 했다. 하나는 『러시아 연극의 기원과 발전』에 관한 책 기획이었고, 다른 하나는 캐나다 여행이었다. 캐나다의 아나키스트들이 나를 초대했고, 뉴욕의 한 동지가 경비를 대주겠다고 약속했다. 프랑스 작은 동네로 가서 여름 동안 글쓰기에 전념하고 가을에는 캐나다로 떠나면 될 것이었다. 나는 이 두 프로젝트를 통해 영국에서 1~2년 정도는 안정적으로 생활하고 활동할 수 있기를 바랐다. 즉시 티켓을 예약하여 캐나다에 갈 준비를 했다.

앞으로 4개월 동안 글쓰기에 전념할 수 있는 원동력은 내 후원자이자 출판인인 대니얼의 격려 덕분이었다. 그는 러시아 극작가들에 대한 내 강의에 깊은 관심을 보였고, 속기사를 보내 그 내용을 그대로 받아 적었으며, 멀지 않은 미래에 내 책을 출간할 수 있기를 희망했다. 그는 『나의 환멸』 영국판을 출판했고, 에드워드 카펜터의 서문을 달아 버크만의 『어느 아나키스트의 교도소 회고록』의 영국판, 『러시아 감옥에서 보낸 편지들』을 수입했는데 두 사업 모두 그가 돈을 버는 데는 크게 도움이 되지 않았다. 하지만 그렇다고 해서 그의 도전에의 의지가 꺾인 것은 아니었다.

총파업이 선언되었을 때 나는 막 런던을 떠나려던 참이었다. 이렇게 중요한 일이 일어나는데 떠난다는 것은 상상할 수 없었다. 일꾼과 조력자가 필요한 상황에 나는 남아서 도움이 되어야 할 것이었다. 존 터너는 파업 담당자와 연락을 취할 수 있는 가장 유력한 사람이었다. 나는 그에게 파업 노동자 가족을 구호하고, 아이들을 돌보고, 급식소를 책임지는 등 이 위대한 투쟁을 돕기 위해 어떤 일이든 할 의향이 있다고 말했다. 나는 우리 동지들을 돕고 싶었다. 존은 기뻐했다. 나의 반소 입장이 노동조합계에서 만들어 낸 편견을 불식시키고, 아나키스트들이 이론에만 그치지 않고 실천할 수 있으며 어떤 비상사태에도 준비되어 있다는 것을 보여 줄 수 있는 기회였다. 그는 내메시지를 파업 위원회에 전달하고 직접 나와 연락을 취하게 조치했다. 이틀을 기다렸지만 노동조합 본부나 존으로부터 아무런 연락이오지 않았다. 셋째 날, 다시 그 문제를 문의하기 위해 먼 길을 걸어서이동해 존을 만나러 갔다. 그는 파업 상황에서 모든 지원은 노동조합을 통해서만 받을 것이며 외부의 도움은 필요하지 않다고 전달받았다고 했다. 아나키스트 엠마 골드만이 총파업과 관련이 있다는 사실이 알려질 것을 우려한 지도자들의 변명은 어설프기 짝이 없었다. 존은 내 해석을 인정하기 싫어하면서도 내가 옳을 수도 있다는 사실을부정하지도 못했다. 영국 생활의 모든 영역에서 중앙 집중화된 기계는 개인이 주도적으로 움직일 여지를 주지 않았다. 상하가 첨예하게대립하는 상황에서 중립을 지키거나 지도자들이 연이어 실수를 저지르는 것을 가만히 지켜보는 것은 고문이었으며, 파업 파괴자들이모는 철도나 배를 타고 떠나는 것 또한 고역이었다. 하지만 길거리에서 파업 노동자들의 반응을 살피면서 안도감을 느꼈다. 그들의 연대정신은 놀라웠고, 그들의 불굴의 의지는 대단했으며, 파업으로 인한어려움을 무시하는 태도는 감탄스러울 지경이었다. 거리를 덜컹거리는 장갑차, 젊은 불량배들의 조롱, 고급 승용차를 타고 다니는 부유층의 모욕 등 적의 도발에 맞서 유머와 자제력을 잃지 않는 것도 놀라웠다. 몇 차례의 충돌이 있긴 했지만 파업 참가자들은 대의의 정당성을 확신하며 자부심과 위엄을 가지고 행동했다. 고무적이기도 했지만 내 자신의 무력함에 대한 비참함도 커졌다. 파업 열흘째가 되던 날, 여전히 타결의 기미가 보이지 않자 나는 비행기를 타고 영국을 떠나기로 결심했다.

56

친구들이 프랑스 남부에 있는 고대의 그림 같은 어촌 마을 생트로페를 찾아주었다. 눈 덮인 마리팀 알프스의 풍경이 보이는 방 세 개짜리 작은 빌라를 흐드러지게 핀 장미와 분홍과 빨강 제라늄, 유실수, 포도밭이 있는 정원을 포함해 한달에 15달러에 빌릴 수 있는 마법 같은 장소였다. 이곳에서 나는 삶에 대한 예전의 열정과 미래에 어떤 어려움이 닥쳐도 극복할 수 있을 것 같다는 믿음을 되찾았다. 나는 글 쓰는 일과 가사일을 병행했고 수영을 배울 시간까지 생겼다. 숯만을 사용할 수 있는 고풍스러운 붉은 벽돌로 된 프로방스식 화로에서 식사를 준비했고 미국을 비롯한 세계 각지에서 친구들이 생트로페에 있는 나의 새로운 집을 찾아왔다.

조젯 르블랑, 마거릿 앤더슨, 페기 구겐하임, 로런스 베일 등 많은 사람들이 왔고 우리는 한 시간 혹은 하루 종일 심각한 문제를 논의하거나 유쾌한 대화를 나눴다. 페기와 로런스는 우리 집과 멀지 않은 프라무스키어라는 마을에 살았는데, 그곳은 내가 캐슬린 밀레이와 하워드 영을 처음 만난 곳이기도 하다. 캐슬린과 하워드 영은 내가 자서전을 쓰지 않는다고 나를 엄청 나무랐다. "당신 같은 역사를 지닌 여자가 그 이야기에서 무엇을 만들어 낼 수 있을지를 한번 생각 해 봐요!" 그는 소리높여 이야기했다. 2년 동안의 수입과 비서, 그리고 냄비와 주전자를 닦아 줄 사람을 확보할 수 있다면 생각해 볼 수 있다고 하자 영은 미국으로 돌아가면 5천 달러를 모금하겠다고 약속했다. 나의 장래의 후원자를 위해 건배하며 페기는 저녁 식사 때 이미 비워진 와인에 몇 병을 더 추가했다.

생트로페에서의 4개월은 일과 놀이로 너무 빨리 지나가 버렸다. 하지만 갑작스레 깨어나지 않는다면 황금빛 꿈이 아닌 법이다. 대니얼 씨는 총파업 이후 영국의 상황이 점점 더 나빠지고 있다면서 통 나아질 기미가 보이지 않으니 러시아 연극 원고를 꼭 자신의 출판사에서 내야겠다는 부담을 갖지 않아도 된다고 연락을 해왔다. 나의 잔잔한 호수에 인 첫번째 파문이긴 했지만 캐나다 투어의 초기 기금을 마련해 주기로 약속한 뉴욕 동지로부터 온 "취소하시죠"라는 전보만큼 당황스럽지는 않았다.

그의 말에 캐나다 정부가 나의 입국을 허가하지 않았거나 그곳 동지들이 나의 초청을 재고했나 보다 생각했지만 내 추측은 잘못된 것이었다. 캐나다는 자신을 위협하는 위험에 대해 태평하게도 무지했고, 우리 동지들은 내가 올 날을 손꼽아 기다리고 있었다.

내 후원자는 내가 공산주의자들의 손에 의해 신체적 위해를 당할까 봐 두려웠던 것 같다. 뉴욕의 공산주의자들은 급진적인 모임을 해체하고 심지어 반대파를 물리적으로 공격하기도 했기 때문에 그의 우려가 완전히 근거 없는 것은 아니었다. 이런 힘든 시기인 만큼 내 강연 투어의 성공에도 영향을 미칠 거라고 동지는 썼다. 나와 내 이익을 보호해 주려는 그의 선한 의도는 감사했지만, 그가 내 여행을 취소할 권리가 있다고 생각한 것에 대해서는 그다지 감사할 수 없었다. 만약 내가 아직 영국에 있을 때 이 타격을 입었더라면 아마 이제 내 세상은 끝났다고 생각했을 테지만 생트로페에서의 생활은 나의 체력뿐만 아니라 투지까지 회복시켜 주었다. 미국에 있는 친구 세 명에게 대출을 부탁하는 전보를 보냈다. 서로 다른 지역에 살고 있는 사람들이었지만 동시에 응답을 보내왔다.

파리에 있는 동안 시어도어 드라이저와 점심을 먹었다. 그는 내게 말했다. "E. G., 당신이야말로 당신 인생의 이야기를 써야 합니다. 우리 세기의 여성들 중 가장 풍요로운 이야기예요. 아니 도대체 뭣 때문에 안 하고 있는 거죠?" 나는 하워드 영도 똑같은 말을 했다고 대꾸하면서 하지만 그다지 진지하게 받아들이지 않았다고 했다. 또 그가 미국으로 돌아간 지 몇 달이 지났음에도 불구하고 아무런 연락이 없다는 사실이 놀랍지도 않았다. 드라이저는 내 이야기가 세상에 알려지는 것에 큰 관심이 있노라고 하면서 자신이 출판사로부터 5천 달러의 선금을 확보해 보겠으니, 곧 연락하겠다고 했다. "좋아요, 당신이 뭘 할 수 있는지 한번 볼까요? 혹 잊어버리거나 실패하더라도 약속 위반으로 고소하지는 않을게요." 나는 이 말을 하며 웃었다.

2년 전 영국에서와 마찬가지로 예고 없이 캐나다에 입국했다. 몬트리올에서 나는 캐나다에는 오랜 세월 동안 영어를 쓰는 아나키스트가 없었다는 사실을 알게 되었다. 유일하게 활동적인 사람들은 이디시어 그룹뿐이었지만, 그들은 영어 강의를 조직한 경험이 없었다.

나의 친구 아이작 돈 레빈이 홍보 작업을 돕겠다고 약속했지만, 그가 몬트리올에 도착하기도 전에 신문은 콜튼이라는 이름으로 위장한 위험한 아나키스트 엠마 골드만이 이민국을 통과해 몬트리올에 왔다는 소식을 전했다. 몬트리올 시민들의 불안감을 해소하고 언론의 호기심을 충족시키기 위해 돈은 내가 캐나다에 오게 된 경위와 이유를 설명하고 언론 인터뷰를 요청하는 성명을 발표했다. 나의 호스트인 잘러 부부의 전화와 초인종은 끊임없이 울려댔고, 신문은 이 지독한 물질만능주의 시대에도 낭만은 살아있다는 식의 내용으로 채워졌다. '엠마 골드만과 웨일스 남부의 광산 노동자 제임스 콜튼은 25년 만에 서로에 대한 애정을 재발견하고 결혼 생활을 이어가고 있다.' 이민 당국은 내가 "폭탄 테러를 옹호하지 않는 한" 캐나다에 체류하는 것을 방해할 생각이 없다고 말한 것으로 알려졌다.

모스크바를 광적으로 믿는 신도들은 이디시 급진주의자들을 집집마다 방문하며 내 강연을 보이콧할 것을 설득하고 다녔다. 좀 더 품위 있고 현명한 공산주의자 중 일부만이 이러한 전술에 반대했다. 그들은 내게 스콧 니어링과 토론할 것을 제안했다. 니어링 씨보다 러시아에서 더 오래 살고 상황을 더 잘 아는 공산주의자와 토론하는 편이 나을 테지만 그래도 나는 그와 독재정권하에서의 삶에 대해 기꺼이 토론하고 싶었다. 니어링 씨는 그렇지 않았지만. 그의 대답은 E.G.가 죽어가고 자신이 그 생명을 구할 수 있다 하더라도 그 목숨을 구하기 위해 굳이 거기에 가지 않겠다는 것이었다.

극장에서의 강연과 유진 데브스 기념 모임에서의 연설 외에도 이디시어 강연을 여섯 차례 했고, 러시아 정치범들을 위해 한 연설에서는 수백 달러의 후원금이 모였다. 몬트리올 방문에서 가장 만족스러운 성과는 공산주의 국가에 수감된 혁명가들을 위한 기금 마련을 위해 여성들을 모아 상설 단체를 만든 것이었다.

토론토 아나키스트들은 숫자도 더 많고 더 잘 조직되어 있었다. 그들은 이디시어로 집중적인 선전을 펼치며 지역사회에 영향력을 행사했지만, 안타깝게도 원주민들을 소홀히 했다. 하지만 그들은 내 영어 강의 프로그램을 최대한 도와주고 싶어 했고 그곳에서의 내 첫 공식무대 데뷔를 성공적으로 이끌기 위해 많은 준비 작업을 했다. 그런 가운데 예상치 못한 지역에서의 지원이 들어왔다. 토론토 신문사에 내 방문 사실을 알렸지만, 오직 『스타』만이 C. R. 리드 씨를 보내는 관심을 보일 뿐이었다. 나는 그가 아나키스트 철학에 대해 아주 잘 알고 있고 그 주창자와 저작에 대해서도 잘 알고 있다는 사실에 놀랐다. 그에게 당신도 아나키스트인 거 아니냐며 나는 농담을 하기까지 했다. 그렇게 인기 없는 대의를 신봉하거나 그 아이디어를 무딘 세상과 공유하지 않아도 삶은 충분히 힘들다고 그는 웃으며 대답했다. 그의 이해심과 친절한 태도는 편집자들의 마음을 바꾸는 효과를 냈다. 공산주의자들의 말을 빌리자면, 『스타』는 "엠마 골드만 선전지"가 되었다. 내가 그 신문을 '끌어당긴' 이유를 설명하며 그 신문사의 대표가 과거에 철학적 아나키스트였으며 진보적인 사상에 호의적이었다고 했다. 하지만 나는 이 모든 것이 리드가 일을 잘하는 사람이기 때문이라고 생각했다. 그와 리드 부인 모두 나의 열렬한 후원자가 되었다. 리드 부인은 내 연극 강의 코스를 구성하는 데 자원하기도 했다. 그들은 토론토에 머무는 동안 내가 즐겁게 만났던 몇 안 되는 친절한 지성인들이었다.

사랑하는 가족들이 미국에서 나를 보러 왔다. 내가 가지 못하고 대신 가족들이 나를 찾아와야 하는 상황이 안타깝긴 했어도 그래도 가족들의 손이 닿는 곳에 있다는 것은 큰 기쁨이었다. 나에게 기회가 주어지지 않았던 건 아니다. 여러 친구들이 나를 국경 넘어 밀입국시키고 싶어했지만 미국의 모든 범죄자 명단에 내 사진이 걸려 있었기 때문에 들키지 않고 그곳에 머물 방법이 없었고 또 숨어 지낼 명분이 있는 것도 아니었다. 시간을 낼 수 있는 친구나 동지들이 나를 만나러 왔다. 그밖에 나머지는 좋을 게 없었다. 형편없는 대우를 받았으면서도 내 마음속에는 여전히 조국에 대한 그리움이 남아 있었다. 그 이상적이고 창의적이며 인간적인 모든 것에 대한 나의 사랑은 결코 사라지지 않을 것이다. 하지만 나의 사상을 타협해야만 미국을 다시 볼 수 있는 거라면 차라리 다시 보지 않는 편을 택할 테다.

캐나다 여행 비용과 대도시 사이의 먼 거리 때문에 앨버타 주의 에드먼턴에서 더 멀리 가지 않기로 결정했다. 위니펙은 나의 워털루가 될 뻔했다. 도시는 극도로 추웠고, 도착한 첫날 극심한 전염병에 시달렸고, 그 전염병에 몸져 누워 버렸다. 그곳 동지들의 결속력 부족과 엉성하게 조직된 회의, 모든 모임에서 공산주의자들의 방해로 인해 결코 낙관할 수 없는 상황이었다. 낮에는 감기 기운을 없애기 위해 약을 먹고 반쯤 취한 상태로 침대에 누워 지냈지만 일요일 저녁 대중강연 집회에는 참석할 수 있었다. 편협한 모스크바 광신도들이 난동을 부렸음에도 불구하고 집회는 무사히 끝났다. 나중에 연극 강의 과정을 일정에 추가했다. 위니펙에서의 6주 동안은 진이 빠질 정도로 힘들었지만, 보상이 전혀 없는 것은 아니었다. '노동자 조직' 협회의 깨어 있고 활동적인 젊은이들과 나를 연사로 초대해 준 대학교 여학생들이 내게 주어진 시련을 이겨 낼 수 있게 해줬다. 또한 러시아에서 투옥된 혁명가들을 위한 구호 단체에 급진적인 여성들을 모아 기금을 조성하는 데 성공했고, 기금에 약간의 돈을 보탤 수 있었다.

앨버타 주 에드먼턴은 기록 경신에 성공했다. 애초에 두 번의 강의를 위해 왔지만 일주일에 열다섯 번, 어떤 날은 세 번씩 연설을 하기도 했다. 마을의 모든 유대인 단체와 캐나다 노동, 사회, 교육 단체들에서 나를 연사로 초청했다. 한주에 만나는 청중이 양 극단에 있기도 했는데, 한편은 공장 여공들의 점심시간에 이루어진 강연이었고 다른 하나는 에드먼턴 대학과 앨버타 대학의 교수진으로, 유대인 여성 협의회 회장인 H. A. 프리드먼 여사가 호텔에서 마련한 티파티에 모인 사람들이었다. 에드먼턴에서 나의 존재가 특별한 관심을 불러일으킨 것은 전적으로 아나키스트도 아닌 세 사람의 친절한 노력 덕분이었다. 프리드먼 부인은 현 정치 질서에 대한 확고하고 성실한 지지자였고, 핸슨은 사회주의-민족주의자였으며, 칼 버그는 IWW 멤버였다.

토론토로 돌아오니 페기 구겐하임으로부터 자서전에 관한 하워드 영의 편지에 내가 아직 답장을 보내지 않은 것에 대해 놀라움을 표하는 연락이 와 있었다. 내가 자서전을 쓸 수 있도록 기금 모금을 허락한 것에 대해 마음이 바뀌었는지를 묻는 편지였다. 그는 이 모금을 진행할 계획이었고 페기는 500달러를 낼 계획이었다. 나는 하워드의 편지를 받은 적이 없다고 하면서, 모금진행을 해도 괜찮다고 답을 했다. 나는 아무래도 세부적인 여러 일들은 내 오랜 친구인 W. S. 반 발켄버그가 맡아서 하는 게 좋을 거라고 생각했다. 에너지와 지치지 않는 의지로 반은 분명 잘해 낼 것이다. 페기 구겐하임과 하워드 영이 첫번째 후원자로, 캐슬린 밀레이가 공식 비서, 반이 서신교환을 담당하면서 마침내 "세계를 불태울 결작" 집필을 위한 자금 확보 프로젝트가 시작되었다.

그 사이 토론토 동료들은 계속해서 나를 찾았다. 그들 자신도 자신들의 도시가 아나키스트의 선전에 이렇게 따뜻하게 반응할 수 있을 거라고는 믿지 못했다. 그들은 나에게 토론토를 아예 고향 삼거나 아니면 적어도 몇 년은 이곳에 머물러야 한다고 주장했다. 모든 비용을 자기들이 부담하겠다고 제안하면서 내가 거의 수락한 걸로 생각하겠다고 선언하기까지 했다. 식욕이 왕성하고 사랑스러운 여섯 자녀를 부양하느라 고생하는 모리스 랭보드와 그의 아내 베키, 아픈 아내와 함께 신문 배달 트럭을 운전하는 40킬로그램도 채 안 되는 A. 저드킨, 수개월 동안 병을 앓고 있는 친절하고 자상한 조 데서, 구리안, 심킨, 골드스타인, 그리고 다른 동지들까지 대부분의 이디시 아나키스트들은 생계를 겨우 유지하는 노동자들이었고, 모두 무거운 짐을 지고 살았다. 나는 우리 동지들은 고사하고 우리 중 유일하게 돈이 많아 '백만장자'라 불리는 줄리어스 셀처로부터도 지원을 받지 않을 생각이었다. 남은 인생을 캐나다에서 보낸다는 것은 상상도 할 수 없었지만 1년 정도라면 해볼 만했다.

나의 예술가 친구 플로렌스 로링과 프랜시스 와일리가 마련한 특별 연극 강좌에서는 수익이 좀 났다. 그리고 나의 가족은 생일 선물로 현금을 보내왔다. 빅 벤과 리틀 벤, 그리고 다른 친구들도 나를 기억하고 있었다. 여름 한 달 정도는 충분히 버틸 수 있을 것 같았다. 휴식을 취한 후 다시 새로운 강의 과정을 준비해야겠다고 생각하는 것도 잠시, 사코와 반제티의 죽음이 임박하면서 쉬고 싶다는 마음이 싹 사라졌다.

그들이 체포되었다는 소식을 처음 접한 것은 러시아에서였고, 그후 독일에 도착할 때까지는 아무 소식도 듣지 못했다. 무죄를 입증하는 증거가 너무 압도적이어서 1887년에 일리노이 주가 저지른 범죄를 매사추세츠 주가 1923년에 다시 반복하는 일은 불가능해 보였다. 분명 지난 25년 동안 미국에서는 새로운 희생을 막기 위해 대중의 마음과 정신에 어떤 변화가 일어났을 것이라고 나는 생각했다. 생각해 보면 다른 사람도 아니고 내가 그렇게 믿었다는 게 이상하긴 하다. 내 인생의 절반 이상을 미국에서 살면서 내내 투쟁했고, 노동자들의 관성과 미국 법원의 부도덕함과 비인간성을 목격했던 내가, 우리 시카고 사람들이 무고하게 살해당하고, 사샤가 법적으로 7년형에 불과한 범죄로 22년형을 선고받고, 무니와 빌링스가 위증으로 생매장당하고, 휘틀랜드와 센트럴리아의 희생자들이 여전히 감옥에 있고, 다른 모든 사람들이 감옥에서 죽어 가고 있는 상황에서 그걸 믿다니! 사코와 반제티가 아무리 무죄라 해도 미국의 '정의'를 피할 수 있을 거라고 어떻게 믿을 수 있었을까? 괜찮을 거라는 자기암시 때문에 잠시 방심했던 모양이다. 전 세계는 사코와 반제티가 새로운 재판을 거부당하거나 사형 선고가 내려질 수 있다는 끔찍한 가능성을 거부하고 있었다. 나 또한 거기에 휩쓸려 이 아름다운 두 생명이 교수형을 당하지 않도록 하는 데 어떤 기여도 하지 않고 있었다. 캐나다에 온 후에야 내 실수를 온전히 깨달았다. 말만 하는 것은 더 이상 중요하지 않고 쓸데없는 일처럼 보였다. 그럼에도 국경 너머에서 핍박받는 두 사람이 7년간의 연옥을 겪은 후 또다시 만나게 될 악랄한 행위에 대해 주의를 환기시키는 것만이 내가 할 수 있는 전부였다. 아아, 수백만 명의 목소리와 마찬가지로 나의 연약한 목소리는 헛된 외침이었다. 미국은 여전히 귀를 막고 있었으니 말이다.

동지들이 추모 모임을 조직했다. 나는 후세 사람들의 눈에 반제티의 아름다운 노래나 사코가 마지막으로 남긴 단순하고 영웅적인 말보다 더 큰 영광으로 비춰질 수 있는 것은 없고, 그 어떤 찬가도 그들의 고귀함을 표현할 수 없다는 것을 알면서도 모임에서의 연설을 수락했다.

한 가지 일에 몰두하는 것은 야만인이 자기 형제에게 가한 잔혹한 일을 극복하는 데 종종 도움이 되기도 한다. 겨울 작업을 위해 집중적으로 자료를 연구하다 보면 우리의 크고 가슴 아픈 상실에 대한 고통이 무뎌질 수 있을지 모른다.

토론토의 공공 도서관과 대학 도서관에는 최고의 지성들을 사로잡은 사회적·교육적·심리적 문제에 대한 현대적 저작이 부족했다. 한 지역 사서는 "부도덕하다고 생각되는 책은 사지 않는다"라고 말하기까지 했다. 절친한 친구이자 사서인 아서 레너드 로스는 내가 준비 중인 주제에 관한 최신 참고서적이 담긴 상자 두 개를 보내왔다. 또한 토론토 월트 휘트먼 펠로십의 사무국장인 H. F. 손더스 씨가 소장하고 있는 풍부한 월트 휘트먼 컬렉션을 알게 되었는데, 그는 나를 "선량한 회색빛 시인"을 기념하는 연례 모임에 초대해 주었다.

토론토에서의 행운은 내가 사막을 건널 수 있게 해주었다. 친절한 친구들이 내게 필요한 일을 도와주었다. "비서?" "저기 몰리 커즈너가 있네, 당신 비서 일을 해줄 사람." 그해 몰리의 이름이 애커먼으로 바뀌었지만 나에 대한 충성심은 변함이 없었다. "중심가에 위치한 홍보장소가 필요하다고?" "왜 그 변호사인 C. M. 헤릭이 있잖아. 그도 사회주의자이고 당신을 위해 일하고 싶어 하니 걱정 말아요." 의사, 치과의사, 재단사가 내 부름에 달려왔고, 자기의 아늑한 집으로 나를 유괴하다시피 한 유괴범도 있었다. 에스더 래든은 나와 비슷한 또래였지만 나를 마치 자식이라도 되는 양 보살펴 주었다. 그녀는 내 건강과 식사를 걱정하고, 위대한 웅변가 E. G.의 연설을 감히 놓치지 말라고 모두에게 경고하기도 했다. 정말이지 내 운은 이제 사막을 넘어서고 있었다.

1928년 1월, 나는 우리 시대의 다양한 문제를 아우르는 20개의 강연 시리즈 중 마지막 강연을 진행했다. 벤 린지의 동반자적 결혼에 대해 토론한 마지막 날 저녁에는 다른 네 번의 강연을 합친 것과 맞먹는 청중이 참석했다. 토론토에서 그 어떤 대중 연설가도 하지 못했던 일을 해냈다는 확신이 들었다. 나는 지금도 매니저도 없이 이방인 신분으로 이곳에 왔다. 이곳에 온 지 1년 만에, 8개월 동안 일주일에 두 번씩 청중을 확보할 수 있을 만큼의 관심을 불러일으켰다. 친구들은 가장 중요한 것은 학교 체벌에 대한 내 강의가 일으킨 효과였다고 생각했다. 야만적인 관행을 폐지하기 위해 조직된 캠페인 같은 것들이 내 강의의 직접적인 결과라고 그들은 말했다. 리드 부부, 로버트 로, 메리 램지, 제인 코언, 휴즈 부부, 플로렌스 로링, 프랜시스 와일리, 토론토의 동지들과 같은 친구들의 지원이 없었다면 다 불가능한 성과였을 것이다. 이 성과에서 그들의 몫과 공로는 결코 나의 것보다 작지 않았다.

출항 전 몬트리올에서의 일주일을 보내며 이전 방문의 우울함과 실망감에서 벗어날 수 있었다. 이곳에 온 이유는 러시아에서 박해받는 혁명가들을 구호하기 위해 내가 조직한 단체인 여성 구호 협회의 초청 때문이었다. 내가 자리를 비운 1년 사이, 이들의 열정이 꺾이거나 노력이 줄어들지는 않았다. 잘러 부인, 레나 슬랙맨, 미나 배런, 로즈 번스타인, 그외에도 열심히 일하는 다른 많은 동료들이 러시아 정치범 기금으로 베를린에 보내는 재정 지원의 액수는 예상을 뛰어넘는 것이었다. 몬트리올에서 가장 크고 흥미로웠던 두 번의 대중강연을 주선해 준 것도 이들이었는데 모두 똑같이 성공적이었다. 송별 만찬에서 나누었던 좋은 교제는 정말 즐거웠다. 열성적인 유대교도인 카이저만 부부는 이디시 지식인들을 모아 그들의 집에서 월트 휘트먼에 대한 내 강연에 참석하게 하는 등 다른 친구들도 나의 체류에 흥미와 즐거움을 더해 주었다. 그들은 내가 같은 운동을 하는 동지라는 사실이 자랑스럽다고 여러 번 힘주어 말했다. 월트 휘트먼이 은혜를 내리사 몬트리올의 이디시인들 마음에 닿을 수 있었던 것이다.

마침 도시에 있던 에블린 스콧과 만나 멋진 시간을 보냈다. 나는 우리가 만나기 몇 년 전부터 그녀의 책 『탈출』을 읽고 감탄을 한 바 있었다. 런던에서 시작된 우리의 우정은 에블린의 문학 작품 못지않게 뛰어난 에블린의 편지로 더욱 단단해졌다. 최근 프랑스 카시스에서 만났던 기억을 떠올리며 우리는 눈물이 날 정도로 웃었다. 그녀가 사샤와 나를 저녁 식사에 초대했는데, 우리가 도착한 건 새벽 4시. 페기와 로런스와 함께 우리는 늑대처럼 굶주린 채로 그집을 찾아간 것이다. 잠에 취한 에블린은 호화로운 저녁 식사에서 남은 음식이 하나도 없어서 우리에게 내줄 건 커피밖에 없다고 했었다.

'E. G.의 삶'을 위한 지원 요청에 부대가 전면에 나서지 않았고, 손이 닿는 모든 사람에게 폭격을 퍼부었지만 천 달러 이상 모금이 되지 않았다고 반이 아쉬움을 표했다. 편집자 조셉 코언, B. 액슬러, 사라 그루버의 노력으로 『자유로운 노동자의 목소리』의 동지들이 이 금액을 거의 모금해 주었고, 토론토와 몬트리올도 크게 뒤처지지 않았다는 사실을 알게 된 반의 얼굴이 다시 빛났다. 하지만 그렇다 하더라도 아직 필요한 금액인 5,000달러의 절반뿐이었다. 반은 낙담하지 않았다. 그는 한때 우정을 선언했던 사람들을 계속 괴롭혔다. 나에게 어떻게 하겠는지, 작업에 착수하지 않고 기다리겠는지를 묻는 그에게 나는 감히 훌륭한 아나키스트가 중도에 그만두겠다는 말을 할 수 있겠냐면서 그를 놀리듯 대답했다. 15개월 동안 나는 정치 기금으로 1,300달러 이상을 모금했고, 사코와 반제티를 구출하기 위한 투쟁과 비슷한 목적을 위한 자금도 모금했다. 1,200달러에 달하던 빚을 갚았으며, 자서전을 위한 새로운 자금을 제외하고는 귀국 여비를 충당할 수 있을 만큼 여유가 있었다.

이제 내 인생을 쓰기 위해 나는 프랑스, 아름다운 생트로페와 매혹적인 작은 별장으로 돌아가고 있다. 나의 인생에서, 쓰라린 슬픔과 황홀한 기쁨, 검은 절망과 열렬한 희망 속에서 나는 그 높이와 깊이를 경험하며 살았다. 내 인생의 컵에 담긴 마지막 한 방울까지 다 마셨고 그렇게 나는 내 인생을 살았다. 내가 살아온 삶을 그릴 수 있는 재능이 나에게 과연 있을까?

옮긴이 후기

윌라 캐더(Willa Cather)의 아름답고 따뜻한 소설 『나의 안토니아』(*My Ántonia*)는 미국 네브래스카의 개척지에서 살아간 이민자 여성들과 주변 인물들의 복작복작한 삶을 그리는 한편, 미국이 성장하는 과정은 곧 서쪽으로 확장하는 과정이었음을 보여 주는 작품이다. 전통적인 해석에서, 아무것도 없는 땅을 개척하고 개발하면서 소위 여성적인 자연을 소위 남성적인 역동성으로 일구어 낸 역사가 곧 미국의 역사고, 이렇게 미국의 국가 건설 이념은 젠더화되며 이성애 담론으로 설명되기까지 한다. 미국의 정체성이 남성적인 것으로 젠더화되면서 남성성이 국가적 혹은 개인적 프로젝트가 될 때 여성의 역할은 쉽게 삭제되기 마련인데, 윌라 캐더는 이 시대를 배경으로 하면서도 『나의 안토니아』에서 실제로 밭에 나가 일을 하고 남의집살이를 하면서 가정을 일구고 경제를 일으킨 것은 다름 아닌 이민자 여성들이었다는 사실을 밝힌다. 보헤미아, 러시아, 노르웨이 등지에서 더 나은 삶을 꿈꾸며 미국으로 건너온, 이 영어 한 마디 할 줄 모르던 이민자 여성들은 온몸을 다 바쳐 그 삶을 이루어 내는 것이다. 이민자 여성들이 미국 국가 수립의 숨은, 혹은 지워진 공신들이었다면 미국의 정치적 발전과 사람들의 삶에 유의미한 기여를 했지만 끝내 그 미국에서 추방당한 여성 엠마 골드만 또한 잊어서는 안 될 것이다.

러시아계 유대인 엠마 골드만은 어린 나이에 결혼을 시키려는 아버지에게 사정사정하며 기어이 미국으로 건너온다. 미국에서의 삶은 전 FBI 국장이었던 에드거 후버의 한마디로 요약되는데, 바로 "미국에서 가장 위험한 여자"라는 말이다. 엠마 골드만은 정부에 반대하고, 삶을 무너지게 하는 제도에 반대했으며, 전쟁과 군대, 세상의 편견, 부정과 불의에 반대했다. 아무도 편들지 않는 이를 위해 싸웠고, 모두가 비난하는 이를 변호했다. 연설을 할 때 자신을 반대하는 이에게도 발언권을 주었고, 설령 자신이 반대하는 의견일지언정 표현의 자유를 믿기에 그 의견을 들었다. 자신이 믿는 것을 위해 살고, 그 삶에 기투한 골드만의 삶은 한 사람의 것이라고 하기엔 지나칠 정도로 엄청난 일들로 가득하다. 골드만은 자신의 자서전 쓰기를 미룬 이유를 밝히며 "나의 삶을 강렬히 살면 됐지, 글로 쓸 필요까지 없었다"고 했는데, 사랑도, 운동도, 삶도, 심지어 감옥생활마저 강렬히 온 힘을 다해 한 사람이 할 법한 말이다. 그녀가 미국 땅에 도착한 순간부터 추방될 때까지, 혁명 러시아에서의 실망스러운 경험과 그곳을 탈출하는 모습까지 따라가며 번역을 하고 보니 "강렬한 삶"이라는 것이 단순히 클리셰로 들리지 않는다. 골드만이라는 사람은 어찌나 매 순간 삶에 진심인지, 그녀가 더 일찍 소진되지 않은 것에 오히려 놀랄 정도다.

전적으로 우연히 엠마 골드만의 자서전을 번역하게 되었지만 미국 문학을 공부하는 도중 곳곳에서 엠마 골드만의 흔적을 만났다. 프레드릭 제임슨(Fredric Jameson)이 「후기 자본주의의 문화논리」에서 공들여 설명한 포스트모던 소설 중 하나인 닥터로(E. L. Doctorow)의 『래그타임』(*Ragtime*)에서도 우리는 거의 초반에 엠마 골드만을 만난다. 제임슨이 읽기에 실제 인물과 허구의 인물, 상호텍스트적 인물이 등장해 여러 겹의 레이어를 보여 준다고 파악하는 『래그타임』에서 골드만은 후디니와 헨리 포드, J. P. 모건 등과 더불어 실제 존재했던 역사적 인물을 담당한다. 자본주의가 태동하고 산업사회로 진입하던 시기, 공장에 분업체계를 도입해 산업사회를 추동한 헨리 포드와 제국주의적 금융자본을 가능케 한 J. P. 모건을 소설 속 인물로 등장시킨 이유와 의미는 이 작품이 세기전환기의 역사를 다루고 있다는 점에서 명확해 보인다. 그런데 여기에 아나키스트이자 페미니스트 엠마 골드만을 실제 인물에서 가지고 온 것은 흥미로운 결정으로 느껴지는데, 또 잠시만 생각해 보면 그 결정은 당연해 보인다. 엠마 골드만은 단순히 정부의 존재에 반대한 활동가가 아니라 세기전환기를 통과하며 노동운동과 여성해방, 반전운동 등 미국의 주요한 사회운동과 궤를 함께한 인물이기 때문이다.

그렇다고는 하나 엠마 골드만은 여느 혁명가들처럼 누구나 다 아는 잘 알려진 이름은 아니다. 미국 역사에서 중요한 지점이 교차하는 곳마다 골드만이 있었지만, 이 러시아 이민자의 이름에 대해 공들여 말하는 이는 적었다. 그것은 어쩌면 엠마 골드만은 일반적인 의미에서 좌파 혁명가로 불리는 그룹 내에서도 소수에 위치하기 때문일 텐데 그녀의 자서전이 이토록 두꺼울 수밖에 없었던 것은 아마 자신이 평생 스스로의 변호인이었던 까닭이기도 할 것이다. 아나키스트 그룹에서 대부분이 옳다고 믿는 것에도 쉽게 수긍하지 않고, 표현의 자유를 믿는다면 적에게도 그 권리를 내어주며, 같은 운동 진영 내에서도 모두가 뜯어말리는 여성의 피임법을 전파하고야 마는, 활동가로서의 성공이 보장된 길은 굳이 마다한 사람이 바로 엠마 골드만 아니던가. 또한 혁명 러시아에 가서 레닌의 원조 제안을 비롯한 편안한 고위직에 대한 제안을 거절하고 고통받는 민중의 사례를 수집하며 기어이 그 비참한 삶 속으로 들어간 사람이 아니던가. 레닌이나 트로츠키에게는 물론이고, "내 말만 들으면 너를 성공하게 해주겠다" 내지는 "내가 시키는 일을 하면 평생 편안히 살게 해주겠다"는 권력자 혹은 부유한 남성들, 정치인의 말에는 늘 조롱으로 대꾸하는 엠마 골드만을 보면서 시대를 앞서간 대단한 여성이 한 중요하고 의미있는 선택들을 보고 있다는 생각이 들었다. 물론 그녀의 기이한 행보에 의아해하는 순간도 많았지만 그 많은 단점과 오류들이야말로 엠마 골드만을 위대하고 동시에 사사로운 자유의 옹호자로 만들었던 것 같다.

이 책이 출간된 지 100년 가까이 지난 후 한국에서 엠마 골드만을 만나는 독자들에게 그 삶이 내지르는 외침이 잘 들리기를 바라는 마음은 옮긴이로서 갖는 당연한 노파심이겠지만 그 바람이 욕심이라면 적어도 우리가 저마다의 삶을 사랑하고, 삶에서 아름답고 찬란한 것들을 놓지 않게 된다면, 그것만으로 골드만이 이 책을 쓴 보람이 있을 것 같다는 생각이 든다.

2024년 5월
옮긴이 임유진

768

엠마 골드만 연보

1869년	6월 27일	엠마 골드만, 러시아 제국의 코브노(현 리투아니아 카우나스)에서 출생.
1870년	11월 21일	알렉산더 버크만(사샤) 러시아 제국 빌나(현 리투아니아 빌뉴스)에서 출생.
1881년	3월 1일	러시아 차르 알렉산드르 2세가 니힐리스트들에게 암살당함.
1882년		어머니와 남동생들과 함께 쾨니히스베르크에서 아버지가 있던 상트 페테르부르크로 이주.
1885년	12월	언니 헬레나와 미국 뉴욕 주 로체스터로 이주.
1886년	5월 4일	헤이마켓 사건 발생.
	가을	가족 모두가 로체스터로 이주. 의류 공장에서 노동자로 일함.
1887년	2월	제이컵 커쉬너와 결혼.
	11월	헤이마켓 사건의 희생자들에 대한 교수형 집행.
1888년		제이컵 커쉬너와 이혼하고 뉴헤이븐으로 이주하여 코르셋 공장에 취업. 뉴헤이븐에 강연하러 온 솔로타로프 박사를 만남. 로체스터로 돌아와 커쉬너와 재혼 후 다시 이혼을 함.
1889년	8월 15일	뉴욕으로 이주하여, 알렉산더 버크만과 요한 모스트 등 아나키즘 인사들과 만남. 버크만과 연인 관계가 됨.
1890년	1월	첫번째 강연 투어로 로체스트, 버펄로, 클리블랜드에서 8시간 노동 운동의 한계에 대해 강연을 함.
1892년	봄	페드야(모데스트 슈타인)와 함께 매사추세츠 스프링필드로 이주. 이후 매사추세츠 우스터에서 버크만, 페드야와 함께 아이스크림 가게를 엶.
	7월	펜실베이니아 홈스테드의 카네기 철강에서 공장관리자인 헨리 클레이 프릭이 고용한 용역들에 의해 노동자 9명 사망.
	7월 23일	알렉산더 버크만의 프릭 암살 시도.
	9월 19일	알렉산더 버크만, 프릭 살인 미수 등의 혐의로 22년 형을 선고받고 피츠버그 웨스턴 주립 교도소에 수감.
	12월	독일 아나키스트 로버트 라이첼을 만남. 에드워드 브래디를 만나 사

랑에 빠짐.

1893년	6월~7월	폐결핵으로 로체스터에서 휴양.
	6월 26일	알트겔트 주지사가 헤이마켓 사건의 희생자들 중 3명을 사면함.
	8월	막스 바긴스키와 볼테린 드 클레어를 만남.
	8월	폭동 선동 혐의로 필라델피아에서 체포되었으나 보석으로 석방.
	10월	폭동 선동 혐의에 대해 유죄 판결을 받고 1년형을 선고받음. 블랙웰섬 교도소에서 1년 간 수감생활.
1894년	8월	10개월간 복역 후 석방.
1895년	봄	에드워드 브래디, 클라우스 팀머만과 함께 브루클린 브라운스빌에 아이스크림 가게를 엶. 3개월이 지나지 않아 사업에 실패함.
	8월	영국 방문. 영국에서 5주 반을 보내면서 영국의 대중을 상대로 연설 활동을 함. 표도르 클로포트킨, 에리코 말라테스타 등을 만남.
	9월	스코틀랜드를 방문하여 성공적인 강의를 함.
	10월	오스트리아 빈으로 옮겨 가명으로 간호학과 조산사가 되기 위한 교육을 받음. 니체의 작품을 발견하여 탐독하고, 바그너의 오페라, 엘레오노라 두세의 공연을 관람함. 프로이트의 강의에 참석.
1896년	3월~6월	빈에서의 공부를 마치고, 파리에 들렀다가 뉴욕으로 귀환. 조산사와 간호사로 생계를 유지함. 에밀 졸라의 작품 등 현대문학을 읽음. 에드워드 브래디와 함께 라신, 코르네유, 몰리에르 등의 작품을 읽기 시작함.
1897년	8월 8일	아나키스트 미셸 안지오릴로가 스페인 수상 안토니오 카노바스 델 카스티요를 암살.
	9월 7일	프로비던스에서 체포당함. 도시를 떠나는 조건으로 석방됨.
1898년	1월	에드워드 브래디와 막내 동생 예고르와 함께 뉴욕에 있는 아파트로 이사.
		필리핀 반군과 접촉, 스페인으로부터의 독립에 대한 지지 표명.
	2월 15일	쿠바 아바나 항구에서 미국 군함 메인호가 폭발. 장교 2명과 승무원 258명 사망.
	4월 24일	미국-스페인 전쟁 발발.
		잭 런던과 만남.
	9월 10일	아나키스트 루이지 레체니가 오스트리아 엘리자베스 황후를 암살함.
1899년	2월	미국-스페인 파리강화조약 체결.
	9월	에릭 모턴과 함께 알렉산더 버크먼의 탈옥을 위한 계획을 모의. 에드워드 브래디와 결별.
	11월	런던으로 출국. 런던에서 히폴리테 하벨을 만나 사랑에 빠짐.

1900년	3월	히폴리테 하벨과 함께 9월에 있을 국제 반의회 대회 준비를 위해 파리 방문.
	7월 16일	버크만의 탈출을 위해 파고 있던 터널이 발각됨. 터널을 파던 에릭 모턴이 파리로 와서 엠마 골드만과 만남.
	7월 29일	이탈리아의 움베르토 국왕이 이탈리아 아나키스트 가에타노 브레시에 의해 암살.
	9월	신멜서스주의자 회의에 참석. 국제 반의회 대회 후, 히폴리테 하벨과 함께 파리 박람회의 미국인 투어 가이드로 생계를 유지함.
	12월	히폴리테 하벨, 에릭 모턴과 함께 뉴욕으로 돌아옴.
1901년		뉴욕에서 간호사로 일하면서 생계를 유지함.
	3~4월	크로포트킨의 미국 투어에 조력.
	7월	로체스터 방문. 버펄로 범미 박람회 방문.
	9월 6일	버펄로 범미 박람회에서 아나키스트 리언 촐고츠가 윌리엄 매킨리 대통령을 암살. 매킨리 대통령은 9월 14일 사망.
	9월 10일	매킨리 암살에 관여한 혐의로 시카고 경찰에 체포되었으나 증거 부족으로 석방.
	10월 29일	리언 촐고츠 처형.
1903년	3월 3일	반-아나키스트 이민법 의회 통과.
		에드워드 브래디 사망.
	11월	E. G. 스미스라는 가명으로 활동하며 언론자유연맹을 결성함.
1904년	2월	러일전쟁 발발.
	가을	카트리네 브레시콥스키의 미국 방문에 조력.
	12월	간호사 일을 그만두고 마사지 가게를 운영함.
1905년	1월 22일	러시아에서 '피의 일요일 사건'이 벌어짐.
	7월	러시아 배우 파벨 오를레네프와 만나 뉴욕에서의 연극 활동을 지원함.
		시카고에서 IWW 결성.
	9월 5일	러시아와 일본, 포츠머스 조약 체결.
1906년	3월	『어머니 대지』(Mother Earth) 창간호 발행.
	3월 17일	요한 모스트 사망.
	5월 18일	알렉산더 버크만 석방.
	10월 27일	폭동을 선동한 혐의로 뉴욕에서 체포.
	10월 31일	보석으로 석방됨
1907년	1월 6일	뉴욕에서 선동 혐의로 체포됨(이후 사건 기각).
	4월	캐나다 위니펙 방문.

	7~8월	골드만의 에세이 「여성 해방의 비극」이 독일어와 일본어로 번역 출간됨.
	8월	네덜란드 암스테르담에 국제 아나키스트 대회 미국 대표로 참석.
	9월	유럽 주요 도시 순방.
	10월	이민 당국을 피해 캐나다 몬트리올을 거쳐 뉴욕으로 귀환.
1908년	3월	시카고에서 벤 라이트먼과 만나 사랑에 빠짐.
	4월	군인인 윌리엄 부왈다가 엠마 골드만의 연설을 듣고 악수를 했다는 이유로 군법재판에 회부됨.
	5월	윌리엄 부왈다의 군법재판 회부와 구속에 반대하는 시위를 조직.
1909년	1월	벤 라이트먼과 함께 반정부 음모 혐의로 체포됨. 1월 28일에 소송이 취하됨.
	1월	아버지 사망.
	4월	전 남편 제이컵 커쉬너의 시민권이 무효화됨.
1910년	3월 26일	아나키스트의 미국 입국을 금지하는 이민법 개정안이 통과됨.
	10월 1일	맥나마라 형제에 의한 로스앤젤레스 타임스 건물 폭파 사건 발생.
	6월	일본에서 대역사건으로 고토쿠 슈스이, 간노 스가코 등이 체포당함.
	11월	고토쿠 슈스이 등의 처형에 반대하는 대중 시위 조직.
	12월	『아나키즘과 다른 에세이들』 출간.
1911년	1월 24일	일본에서 대역사건에 연루된 아나키스트 12명이 사형에 처해짐.
1912년	5월 14일	샌디에이고에서 벤 라이트먼이 자경단에게 납치되어 린치를 당함. 알렉산더 버크만의 『어느 아나키스트의 교도소 회고록』 출간.
1914년	4월	『현대 연극의 사회적 의미』 출간.
1915년	8월	산아제한 서적을 배포한 혐의로 벤라이트먼과 함께 체포됨. 500달러의 보석금을 내고 석방.
1916년	2월 11일	산아제한 강연을 했다는 이유로 뉴욕에서 체포됨. 500달러의 보석금을 내고 석방.
	4월 20일	산아제한 재판에서 유죄 판결을 받고 퀸즈 카운티 교도소에서 15일간 복역.
1917년	2월	아나키스트 등 바람직하지 않은 외국인은 언제든 추방할 수 있다는 내용의 이민법 조항 통과.
	4월	미국 제1차 세계대전 참전.
	5월	21세부터 30세까지의 모든 남성을 병력자원으로 등록하도록 하는 선택적 징병법이 통과됨.
	6월 15일	엠마 골드만과 알렉산더 버크만이 징병법 위반 혐의로 체포됨. 간첩법 통과.

6월 21	엠마 골드만 보석으로 석방.
6월 25일	알렉산더 버크만 보석으로 석방.
7월 9일	엠마 골드만과 알렉산더 버크만, 징병법 위반 유죄 판결. 징역 2년과 벌금 1만 달러를 선고받음. 상고함.
7월 25일	보석으로 석방.
8월	『어머니 대지』 마지막 호 발행.
11월	러시아 10월 혁명.
12월	헬렌 켈러와 만남.

1918년
1월 28일	항소가 기각되고, 형을 최종 선고받음.
2월 6일	제퍼슨시티 교도소에 수감됨.
3월 3일	브레스트 리토프스크 조약 체결.
10월 15일	골드만의 조카 데이비드 호치스타인 전사.
11월 11일	제1차 세계대전 종전.

1919년
1월 15일	로자 룩셈부르크와 카를 리프크네히트가 베를린에서 살해당함.
9월 27일	수감기간이 만료되어 석방됨.
10월 1일	알렉산더 버크만 석방.
11월 25일	알렉산더 버크만에 대한 추방 명령.
11월 29일	엠마 골드만에 대한 추방 명령.
12월 5일	추방을 위해 엘리스 섬에 억류.
12월 21일	골드만과 버크먼, 247명의 급진적 외국인들과 함께 추방되어 뷰포드호를 타고 러시아로 출항.

1920년
1월 19일	러시아 도착.
2월 7일	언니 헬레나 사망.
	콜론타이, 루나차르스키, 안젤리카 발라바노프 등 볼셰비키 지도자들과 만남.
3월 8일	레닌과 만남.
6월 30일	역사 자료 수집을 위한 여행 허가를 받기 위해 모스크바 방문.
7월~12월	페테르부르크 박물관을 위한 역사자료 수집 목적으로 러시아의 여러 지역을 방문.

1921년
2월 8일	표트르 크로포트킨 사망.
3월 1일	페테르부르크 노동자들의 파업을 지지하는 크론슈타트 수병 봉기 발생.
3월 7일	트로츠키, 크론슈타트에 대한 포격을 명령. 이 사건을 계기로 골드만과 버크만은 러시아를 떠나겠다는 결심을 굳힘.
3월 15일	레닌의 신경제정책(NEP) 시작.
9월 29일	파냐 바론, 레프 체르니 등 9명의 아나키스트 수감자들이 체카에 의해 처

형됨.

	12월	골드만과 버크만, 라트비아 리가로 출국.
1922년	1월	스웨덴 스톡홀름 도착. 스웨덴 아나키스트 아르투르 스벤손과 사랑에 빠짐.
	4월	독일 비자를 받아 베를린에 정착.
	5월	아르투르 스벤손 베를린 도착.
		조카 스텔라가 아들과 함께 베를린에 합류.
	7월	아르투르 스벤손과 결별.
1923년	7월	뉴욕 주 로체스터에서 골드만의 어머니 사망.
	11월	『러시아에서의 나의 환멸』 출간. 제목이 바뀌고 12번째 장이 누락된 것에 대해 출판사에 항의함.
1924년	1월 21일	레닌 사망.
	7월	네덜란드와 프랑스 방문.
	9월	런던으로 이주.
	11월	새로운 서문과 누락되었던 12장이 포함된 『러시아에서의 나의 환멸』 출간.
1925년	6월 27일	영국 시민권을 얻기 위해 아나키스트 제임스 콜턴과 결혼.
1926년	10월	캐나다 방문. 이듬해 1928년 2월 프랑스로 돌아가기까지 다수의 강연을 함.
1928년	2월 20일	프랑스로 귀환.
	6월	자서전을 쓰기 위해 생트로페의 별장에 정착.
1929년	9월 30일	출판사 알프레드 A. 크노프와 자서전 출판 계약.
1930년	7월	자서전 『나의 삶을 살기』 탈고.
1931년	10월	『나의 삶을 살기』 출간.
1932년	2월~5월	독일을 기점으로 덴마크, 스웨덴, 노르웨이 등을 방문하여 강연.
1933년	1월	네덜란드 순회 강연.
	1월 30일	아돌프 히틀러 독일 수상 취임.
	3월 4일	런던에서 열린 국제 반전회의에 참석.
1934년	1월 15일	캐나다 토론토에서 강연.
	2월 1일	3개월 간의 미국 방문 비자가 승인되어, 로체스터와 뉴욕 방문. 4월까지 다수의 강연을 함.
	4월 30일	캐나다로 출국.
	8월 18일	프랭크 하이너와 연인이 됨.
	12월 12일	동생 헤르만 사망.
1935년	5월 15일	캐나다를 떠나 파리에 도착.

1936년	3월 7일	독일 라인란트 재무장화.
	6월 28일	알렉산더 버크만 병으로 인한 고통으로 자살.
	7월 19일	스페인 내전 발발.
1936년	9월 15일	프랑스 생트로페를 떠나 스페인으로 향함.
	9월~12월	발렌시아, 마드리드 등을 여행. 스페인 아나키스트들에 조력.
	12월	카탈로니아 총독부의 런던 공식 대표로 임명. 파리로 출국.
	12월 23일	런던 도착. 스페인 혁명에 대한 후원 및 홍보 활동을 전개함.
1938년	3월 9일	프랑코 군대의 공세 강화.
	3월 12일	독일의 오스트리아 점령.
	9월 14일	스페인 방문.
	9월 30일	뮌헨 협정 체결.
	10월 30일	파리 도착.
	11월 9일	나치 폭도들이 독일과 오스트리아의 유대인들을 공격한 '수정의 밤' 사건 발생.
	12월 22일	네덜란드 암스테르담 방문.
1939년	1월 19일	런던 도착.
	1월 26일	프랑코 군대 바르셀로나 함락.
	2월 27일	영국과 프랑스 정부, 프랑코 정부를 승인.
	3월 15일	나치 독일, 체코슬로바키아 점령.
	4월 8일	런던에서 캐나다로 출국. 토론토에 정착.
	9월 1일	독일의 폴란드 침공. 제2차 세계대전 발발.
1940년	2월 17일	뇌졸중으로 입원.
	5월 14일	70세를 일기로 토론토에서 사망.
	5월 17일	헤이마켓 순교자들이 묻힌 발트하임 묘지에 안장.

찾아보기

【ㄱ】

가든, 메리(Mary Garden) 53
가렛, 개릿(Garet Garrett) 695
간첩법 217, 220, 275
갈리페, 가스통(Gaston Galliffet) 599
개리슨, 윌리엄 로이드(William Lloyd Garrison) 187
거슨, 퍼시벌(Percival Gerson) 19, 95
겐트(Ghent) 220, 255
고골, 니콜라이(Nikolai Gogol) 614
고딘, 에이브(Abe Gordin) 463
고리키, 막심(Maxim Gorki) 350, 371, 376~382, 404, 406, 424, 499, 584, 614
고리키, 안드레예바(Andreyeva Gorki) 350
골드만, 엠마(Emma Goldman) 96, 176, 706
　「내가 믿는 것」 259
　『러시아에서의 2년』 694
　『러시아에서의 환멸』 702, 704, 737, 748
　『러시아 연극의 기원과 발전』 748
　「볼셰비키의 진실」 235
　『아나키즘과 다른 에세이들』 95, 282
　『현대 연극의 사회적 의미』 45
골드스타인(Goldstein) 758
골드워터, J. S.(J. S. Goldwater) 110, 111
곰퍼스, 새뮤얼(Samuel Gompers) 220, 255, 414, 637
공산당 360, 372
관료주의 360, 405, 435
구겐하임, 페기(Peggy Guggenheim) 751, 752, 757, 758, 763
구리안(Gurian) 758
군터, 안나(Anna Gunther) 240
굿맨, 리아(Leah Goodman) 487, 490
굿맨, 조지프(Joseph Goodman) 487
그레고리, 레이디(Lady Gregory) 115
그레이엄, 위든(Whidden Graham) 111
그레인저, 퍼시(Percy Grainger) 53
그로서, 필립(Philip Grosser) 256, 257
그루닝, 마사(Martha Gruening) 182
그루버, 사라(Sarah Gruber) 763
그리핀, 프랭클린(Franklin Griffin) 159
그릴, 존(John Greel) 255
글래스펠, 수전(Susan Glaspell) 130, 747
글루크, 알마(Alma Gluck) 53
금주법 62
기독교 89
길반(Gilvan) 반장 239

【ㄴ·ㄷ】

나디르(Nadir) 208

나로드나야 볼야(Narodnaya Volya) 611, 612

네미로비치-단첸코, 블라디미르(Vladimir Nemirovich-Danchenko) 613

네이선슨, 로즈(Rose Nathanson) 310

네이선슨, 윌리엄(William Nathanson) 232

네크라소프, 니콜라이(Nikolay Nekrasov) 346

네틀라우, 막스(Max Nettlau) 674, 677

『노동의 나팔』(Labor Clarion) 125

『노동자』(Arbetaren) 671~673

『노동자의 친구』(Arbeiter Freund) 667, 732

노동조합 561

노동총연맹(AFL) 220

놀란, 에드워드 D.(Edward D. Nolan) 123~125, 137, 227, 228, 310

누오르테바, 산테리(Santeri Nuorteva) 549~551

『뉴 리뷰』(New Review) 703

『뉴욕 월드』(New York World) 107, 674~678, 686, 694, 703, 710

『뉴욕 콜』(New York Call) 40, 208, 221, 677

『뉴욕 포워드』(New York Forward) 735

니어링, 스콧(Scott Nearing) 754

니우벤하위스, 도멜라(Domela Nieuwenhuis) 103, 712

니체, 프리드리히(Friedrich Nietzsche) 95

니콜라예브나, 베라(Vera Nikolayevna) 612

다나(Dana) 교수 256

단일세론 105, 111, 218, 331

대니얼, C. W.(C. W. Daniel) 736, 737, 748, 752

대븐포트, 버틀러(Butler Davenport) 46, 291

『대중』(the Masses) 220, 231

『더 타임스』(The Times) 722

덜랜드, 켈로그(Kellogg Durland) 255

데니킨, 안톤(Anton Denikin) 355, 360, 362, 365, 372, 380, 405, 448, 504, 505, 512, 513, 523

데브스, 유진(Eugene Debs) 108, 258, 624, 754

데서, 조(Joe Desser) 758

데이비, 랜달(Randall Davey) 111

데이비슨, 존 모리슨(John Morrison Davidson) 16, 297

데이치(Deitsch) 533, 537, 538

『데일리 헤럴드』(Daily Herald) 730

델, 플로이드(Floyd Dell) 231

도스토옙스키, 표도르(Fyodor Dostoevsky) 93, 285

　『카라마조프가의 형제들』 93

도지, 클리블랜드(Cleveland Dodge) 251

독일 사민당 75

독일 사회민주주의 75

독재 424, 458, 459

동성애 89, 90

드라이저, 시어도어(Theodore Dreiser) 753

드 리히트(de Ligt) 712

디벤코, 파벨(Pavel Dibenko) 483

디킨슨, 메리 E.(Mary E. Dickinson) 142

딘, 해리엇(Harriet Dean) 50, 51, 64, 77

【ㄹ】

라데크, 카를(Karl Radek) 376, 377, 385, 386, 387, 388, 389, 390, 410, 462, 463

「라 마르세예즈」 187

라비치(Ravich) 부인 367, 429, 430, 446, 447, 450, 451, 453, 454, 464, 553, 567, 582, 592, 650, 651

라셰비치, 미하일(Mikhail Lashevich) 436

라스키, 해럴드(Harold Laski) 724, 727, 729, 730

라우, 아이다(Ida Rauh) 115, 142

라이신, 아브라함(Abraham Raisin) 208

라이트먼, 벤(Ben Reitman) 18~27, 30~33, 36~38, 45, 49, 54, 57, 64, 67, 69~72, 76, 88, 93~95, 113, 114, 117, 119, 121, 126~129, 137, 140~142, 174, 175, 192, 222, 232, 246, 247, 258, 259, 302~304, 723

라즈베스트카(Razverstka) 정책 365

라초프스키, 하이먼(Hyman Lachowsky) 258

라츠케(Latzke) 514, 520, 522

라츠코, 안드레아스(Andreas Latzko) 286

라코프스키, 크리스티안(Christian Rakovsky) 541

라 폴레트, 폴라(Fola La Follette) 44, 697, 699, 712

란다우어, 구스타프(Gustav Landauer) 103, 282, 283, 376, 388

란데스만(Landesman) 박사 532~536

래든, 에스더(Esther Laddon) 761

랜섬, 아서(Arthur Ransome) 572

랜즈버리, 조지(George Lansbury) 367, 421, 422, 425, 426, 721, 735

램지, 메리(Mary Ramsey) 762

랭걸, J. M.(J. M. Rangel) 32

랭보드, 모리스(Maurice Langbord) 758

랜보드, 베키(Becky Langbord) 758

랴자노프, 다비드(David Ryazanov) 561

러셀(Russell) 판사 114

러셀, 버트런드(Bertrand Russell) 255, 286, 460, 461, 462, 719, 724, 729

러셀, 찰스 에드워드(Charles Edward Russell) 220

러스크(Lusk) 281

『러시아 감옥에서 온 편지』 738

『러시아 투옥 혁명가 변호를 위한 공동위원회 회보』 731

런던, 잭(Jack London) 11~13, 714

『런던 데일리 뉴스』(London Daily News) 722

『런던 데일리 헤럴드』(London Daily Herald) 367

레나(Lena) 274, 291, 292, 305

레닌, 블라디미르 일리치(Vladimir Illich Lenin) 224, 294, 358, 364, 365, 373, 378, 379, 382~384, 398, 400, 410, 412, 414, 416~418, 422, 440, 441, 448, 462, 464, 471, 488, 489, 497~500, 507, 511, 519, 525, 561, 562, 586~588, 590, 599, 600, 604, 609, 614, 615, 617, 630~632, 635, 640, 643, 655

「정치정당과 프롤레타리아의 문제」 225

레빈, 아이작 돈(Isaac Don Levine) 738, 754

레인, 윈스롭(Winthrop Lane) 289, 297

로, 길버트 E.(Gilbert E. Roe) 66, 100, 101, 176

로, 로버트(Robert Low) 762

로런스(Lawrence) 763

로렌스, D. H.(D. H. Lawrence) 32

『아들과 연인』 32

로링, 플로렌스(Florence Loring) 758, 762

로브슨, 에시(Essie Robeson) 743, 744

로브슨, 폴(Paul Robeson) 743, 744

로빈스, 레이먼드(Raymond Robins) 261

로빈스, 루시(Lucy Robins) 228, 229, 235, 612, 637

로빈스, 밥(Bob Robins) 228, 235, 612, 618, 636, 645

로빈슨, 레녹스(Lennox Robinson) 115

로빈슨, 보드맨(Boardman Robinson) 111

로빈슨, 윌리엄 J.(William J. Robinson) 110, 139, 140, 219

『가족수 제한』 139

로산스키(Rosansky) 313

로스, 아서 레너드(Arthur Leonard Ross) 713, 760

『로스앤젤레스 타임스』 82

로웬손, 미나(Minna Lowensohn) 310

로좁스키, 솔로몬(Solomon Lozovsky) 628, 632, 641, 642

로커, 루돌프(Rudolf Rocker) 103, 667, 677, 683, 686, 689, 694, 697, 708, 709

로커, 밀리(Milly Rocker) 683, 689, 697, 708, 709

록펠러, 존 데이비슨(John Davison Rockefeller) 54, 58

론, 그레이스(Grace Loan) 109

론, 톰(Tom Loan) 109

론다, 레이디(Lady Rhonnda) 724

루나차르스키, 아나톨리(Anatoly Lunacharsky) 400, 402~406, 420, 422, 494, 495, 499, 501, 510, 525, 563, 564, 611, 613, 638

루시아, 제니 드(Jennie de Lucia) 252

루카노프스키(Lukhanovsky) 470

룩셈부르크, 로자(Rosa Luxemburg) 275, 282, 376, 388, 708

르블랑, 조젯(Georgette Leblanc) 751

리더만, 니나(Nina Liederman) 182

리드, 존[잭](John[Jack] Reed) 110, 130, 163, 176, 177, 183, 231, 286, 371, 373~375, 386, 400, 471, 545, 547, 550, 551, 603, 714

『세계를 뒤흔든 열흘』 286

리드, C. R.(C. R. Reade) 755, 762

리디, 윌리엄 매리언(William Marion Reedy) 197

리버라이트(Liveright) 737

리보프, 블라디미르(Vladimir Lvov) 223

리브시스, 애니(Annie Livshis) 8

리브시스, 제이크(Jake Livshis) 8

리지, 롤라(Lola Ridge) 321

리코프, 알렉세이(Alexei Rykov) 641

리트비노프, 막심(Maxim Litvinov) 656, 672

리틀, 프랭크(Frank Little) 116, 219

『리틀 리뷰』(Little Review) 49, 50, 52, 77

리프크네히트, 카를(Karl Liebknecht) 275, 282, 376, 388

링그, 루이스(Louis Lingg) 15, 285

린지, 벤(Ben Lindsey) 118, 761

립먼, 새뮤얼(Samuel Lipman) 258, 336

립먼, 월터(Walter Lippman) 220

립킨, 도라(Dora Lipkin) 329, 336, 341, 342, 350, 354

【ㅁ】

마곤, 리카르도(Ricardo Magón) 116, 120

마곤, 엔리코(Enrico Magón) 116, 120

마골리스, 제이컵(Jacob Margolis) 109, 293

마르크스, 카를(Karl Marx) 509, 615

마르크스주의 75, 727

마리넬리, 오거스타(Augusta Marinelli) 218

마샹, 르네(Rene Marchand) 704, 705

마스네, 쥘(Jules Massenet) 54

　「타이스」 54

마이너, 로버트[밥](Robert[Bob] Minor) 106, 107, 111, 126, 142, 205, 266, 294, 295, 335, 469, 628, 629, 634, 636, 637, 641, 642, 645

마이너, 펄(Pearl Minor) 205

마흐노, 네스토르(Nestor Makhno) 365, 416, 422, 448, 449, 488~491, 514, 515, 544, 551, 572, 619, 640, 647

막시모바, 올리야(Olya Maximova) 631, 661

막시모프, 그리고리(Grigori Maximov) 601, 631, 660

만, 톰(Tom Mann) 16, 629, 632~634, 641, 729

만델스탐(Mandelstamm) 박사 513, 521

말라테스타, 에리코(Enrico Malatesta) 103, 173, 415, 677

말로, 줄리아(Julia Marlowe) 56

매카시, 토머스(Thomas McCarthy) 170~172, 202, 208, 209

매킨리, 윌리엄(William McKinley) 96, 329, 344

매튜스, 바쉬(Bache Matthews) 739, 740

맥나마라(McNamara) 형제 82, 125, 201

맥너니(McNearney) 박사 290

맥이너니(McInerney) 판사 114

맨델, 파냐(Fanya Mandell) 136

『맨체스터 가디언』(*Manchester Guardian*) 572

머레이(Murray) 115

머천트, 월터(Walter Merchant) 170, 171

먼로, 해리엇(Harriet Monroe) 52

먼터, 폴(Paul Munter) 181

메이어, 줄리어스(Julius Mayer) 160, 177, 178, 185, 187~189, 197, 199, 298, 331

메이예르홀트, 브세볼로드(Vsevolod Meyerhold) 740

멕시코 혁명 9

멘셰비키 362, 522, 528, 582

모건, 에드(Ed Morgan) 213, 215

모리스, 윌리엄(William Morris) 173

모리슨, 새뮤얼 엘리엇(Samuel Eliot Morison) 730

모스(Moss) 판사 114

모스트, 요한(Johann Most) 684, 745

모이어, 찰스(Charles H. Moyer) 36, 201

몰록(Mollock) 201

무니, 레나(Rena Mooney) 123, 124, 227, 228

무니, 토머스(Thomas Mooney) 123~125, 127, 131, 134, 136~138, 143, 144, 147, 149, 151, 157, 158, 201, 214, 215, 226~228, 266, 271~273, 310, 322, 323, 759

무어, 엘우드 B.(Elwood B. Moore) 256

무잠, 에리히(Erich Muhsam) 103

문터, 파울(Paul Munter) 45

므라치니, 마르크(Mark Mrachny) 490, 660, 661

미들턴, 리처드 B.(Richard B. Middleton) 297

미들턴, 조지(George Middleton) 44, 46

미콜라세크, 조지프(Joseph Mikolasek) 95

미키 → 미하일로비치, 헤르만

미하일로비치, 헤르만(Herman Mikhailovitch) 69~74

밀러, 도로시(Dorothy Miller) 712

밀레이, 캐슬린(Kathleen Millay) 751, 758

밀류코프, 파벨(Pavel Milyukov) 223

【ㅂ】

바그너, 리하르트(Richard Wagner) 699

바긴스키, 막스(Max Baginski) 66, 68, 130~132, 333, 334, 689

바론, 아론(Aaron Baron) 487, 488, 551, 572, 576, 647~649, 652

바론, 파냐(Fanya Baron) 487, 490, 551, 576, 607, 622, 646~649, 652, 653

바르뷔스, 앙리(Henri Barbusse) 286

바부슈카 → 브레시콥스키, 카테리네

바실리(Vassily) 651, 654, 661

바실리예프(Vassilev) 584~586

바카예프(Bakayev) 446, 447

바쿠닌, 미하일(Mikhail Bakunin) 509

반군사주의 75

반군사주의연맹 57

『반란』(Revolt) 106, 107

반스돌, 얼라인(Aline Barnsdall) 322, 323, 427

반유대주의 482, 507, 521, 522, 535

반전 143

반제티, 바르톨로메오(Bartolomeo Vanzetti) 759, 760

발디니, 메리(Mary Baldini) 219

발라바노프, 안젤리카(Angelica Balabanoff()) 400, 401, 406~412, 419, 426, 457, 458, 460~462, 517~519, 564, 617, 618, 655, 656, 658, 673

발켄버그, W. S. 반(W. S. Van Valkenburgh) 758, 763

배런, 미나(Minna Baron) 762

배런, 애나(Anna Baron) 68, 311

배리(Barry) 367, 421

배스, 리언(Leon Bass) 93, 291

백군 360, 364, 394, 482, 487, 504, 510, 512, 526, 557, 587, 603

밸런타인, 테디(Teddy Ballantine) 130

버그, 찰스(Charles Berg) 58, 61

버그, 칼(Carl Berg) 757

버크만, 알렉산더(Alexander Berkman) 10~14, 30, 40, 41, 45, 46, 57~61, 65~68, 70, 78, 93, 94, 99~101, 106, 111, 119, 121, 125~127, 131, 136, 138, 143, 151, 153, 154, 156, 169~172, 176~179, 181, 192, 196, 198, 200~203, 207, 208, 211, 213~216, 226, 227, 229, 244, 266, 272, 273, 281, 282, 284, 290, 308, 309, 311, 314, 316, 317, 325, 326, 328, 334, 340, 342, 344, 345, 347, 353, 364, 366, 367, 385, 389, 390, 391, 400, 412, 415~417, 427, 429, 430, 433, 435, 441, 447, 458, 462, 464, 465, 475, 478, 480, 486, 498, 516, 518, 526, 527, 534, 535, 537, 553, 560, 563, 564, 570, 577, 582, 585, 587, 602, 604, 606, 610, 615, 626, 629, 636, 637, 645, 650, 653, 654, 657, 658, 667, 675, 679, 691, 699, 705, 706, 711, 737, 743

『볼셰비키 신화』 711, 737, 738

『어느 아나키스트의 교도소 회고록』 10, 11, 14, 203, 282, 312, 748

버크셔, F. W.(F. W. Berkshire) 340~342, 346, 347

버튼, 리처드(Richard Burton) 297

번, 에셀(Ethel Byrne) 136

번스, 윌리엄(William Burns) 83, 105

번스타인, 로즈(Rose Bernstein) 762

번스타인, 에셀(Ethel Bernstein) 329, 336, 341, 344, 350, 354, 430, 549

베드니, 데미안(Demyan Bedny) 376, 384, 386

베르거, 루이즈(Louise Berger) 58, 151, 215

베이커, 뉴턴 D.(Newton D. Baker) 331

베일, 로런스(Lawrence Vail) 751

베일스, W. P.(W. P. Bales) 170~172

베친(Bechin) 559

베커, 모리스(Morris Becker) 160, 199, 226, 282, 337, 377

베커, 트레이시(Tracy Becker) 96

베토슈킨, 미하일(Mikhail Vetoshkin) 511, 512, 517, 518, 541

벡, 키티(Kitty Beck) 327, 328

벤슨(Benson) 255

벨로우스, 조지(George Bellows) 47, 111

보니, 앨버트(Albert Boni) 475, 518, 524, 686, 687, 695, 737

보던하임, 맥스웰(Maxwell Bodenheim) 52

보드먼, 헬렌(Helen Boardman) 182, 183

보로보이, 알렉세이(Alexey Borovoy) 608, 661

보브신, W.(W. Wovschin) 310, 311, 552

보스, 거티(Gertie Vose) 74, 81~83, 106

보스, 도널드(Donald Vose) 74, 81~83, 105, 106

보스, 메리 히튼(Mary Heaton Vorse) 629, 634, 636

보이스, 네이스(Neith Boyce) 130

보이어슨, 베이어드(Bayard Boyesen) 16

보편주의-아나키스트 392

보편주의자 463

본, 랜돌프(Randolph Bourne) 256

볼드윈, 로저(Roger Baldwin) 256

볼란드, 해리(Harry Boland) 108

볼린, 브세볼로드(Vsevolod Volin) 448, 449, 551, 576, 660

볼셰비키 225, 226, 251, 254, 313, 314, 345, 360, 365, 366, 378, 381, 395, 398, 400, 423, 440, 448, 453, 469, 482, 487, 497, 502, 509, 521, 528, 585, 602, 603, 620, 693

부하린, 니콜라이(Nikolai Bukharin) 383, 410,

640, 641

불라드, 아서(Arthur Bullard) 20, 71, 220, 255
　『예타 동지』 20
　『이동하는 미국』 255
붉은 군대 435, 448, 476, 482, 507, 510, 512,
519, 551, 581, 584, 606, 641
브라네스, 게오르그(Georg Brandes) 12, 16
브라우더, 짐(Jim Browder) 627, 643
브라운, 릴리언(Lillian Brown) 235
브라운, 모리스(Maurice Browne) 52
브라운, 존(John Brown) 133, 187
브라이언트, 루이즈(Louise Bryant) 130,
546~548, 550, 551, 612, 613
브란팅, 칼 얄마르(Karl Hjalmar Branting) 666,
673, 678
브랑겔, 표트르(Pyotr Wrangel) 526, 536, 544,
551, 552
브랜다이스, 루이스 D.(Louis D. Brandeis) 199
『브랜드』(Brand) 671~673
브레너(Brenner) 574, 575
브레스트-리토프스크 조약 365, 383, 472
브레시, 가에타노(Gaetano Bresci) 59
브레시콥스키, 카테리네(Catherine
Breshkovsky) 28, 250, 251, 254, 255, 296,
373, 378, 469, 676
브레이너드, 클린턴 P.(Clinton P. Brainard)
686, 687, 694, 695, 697, 710
『블라스트』(Blast) 106, 107, 119, 126, 127,
139, 143, 151, 153, 157, 167, 170, 173, 180,
196, 220, 221, 312
블랙웰, 앨리스 스톤(Alice Stone Blackwell)
250, 296, 300
블루어, 엘라 리브(Ella Reeves Bloor) 622,
624, 628, 641, 643
비글로(Bigelow) 박사 218
비알릭, 하임 나만(Hayim Nahman Bialik) 532,
533
『비평과 가이드』(Critic and Guide) 219

빌로프(Bilov) 232
빌링스, 워런(Warren Billings) 123~125, 131,
151, 158, 201, 214, 215, 227, 228, 266, 271,
273, 310, 322, 323, 759

【ㅅ】

사둘, 자크(Jacques Sadoul) 519
사보타주 541
사보타주주의 528, 530, 579
사빈코프, 보리스(Boris Savinkov) 362, 554
사샤 → 버크만, 알렉산더
사코, 니콜라(Nicola Sacco) 759, 760
『사회주의자』(Der Sozialist) 282
산아제한 85, 110, 118, 137, 141
색스(Saxe) 66, 68, 72
샌본, 프랭크 B.(Frank B. Sanborn) 133
생디칼리즘 566
『생명』(Zhizn) 381
생어, 마거릿(Margaret Sanger) 85, 86, 95,
110, 136, 140, 141, 142, 298
　『반대하는 여성』 85
　「여자라면 알아야 할 것」 140
생어, 윌리엄(William Sanger) 85, 87, 95, 110,
114, 137
샤르팡티에, 귀스타브(Gustave Charpentier)
54
　「루이즈」 54
샤인, 클레어 파울러(Claire Fowler Shone) 744
샤콜, 알렉산드라 티모페예브나(Alexandra
Timofeyevna Shakol) 442, 465, 480, 492,
510, 517, 523, 526, 541, 560, 611, 650, 666
샤토프, 윌리엄[빌](William[Bill] Shatoff) 99,
148, 149, 287, 350, 356, 363~366, 369, 383,
384, 415, 441, 477
샤피로, 알렉산더(Alexander Schapiro) 103,
421, 442, 568, 569, 570, 627, 637, 638, 654,

667, 675, 676, 679

샤흐보로스토프(Shakhvorostov) 529, 530

서그, A.(A. Sugg) 730, 731

『서베이』(Survey) 289, 297

선데이, 빌리(Billy Sunday) 88, 89

세계 혁명 519

세라티, 지아신토(Giacinto Serrati) 519

세메노프, 마냐(Manya Semenoff) 397, 654, 661

세메노프, 바실리(Vassily Semenoff) 397, 552, 650

세브란스, 캐럴라인(Caroline Severance) 95

세이브더칠드런 494, 495

셀처, 줄리어스(Julius Seltzer) 758

셸리, 레베카(Rebecca Shelley) 182

소던, E. H.(E. H. Sothern) 56

소로, 헨리 데이비드(Henry David Thoreau) 133, 187

소스키스, 데이비드(David Soskice) 730

소치, 아우구스틴(Augustin Souchy) 467~469, 686

소포클레스(Sophocles) 286

손더스, H. F.(H. F. Saunders) 760

솔트, 헨리(Henry Salt) 719

쇼, 메리(Mary Shaw) 44

쇼, 조지 버나드(George Bernard Shaw) 56, 173

숄더, 프레드 139

수바린, 보리스(Boris Souvarine) 630, 631, 632, 640

수카레프카 394, 395

쉬히-스케핑턴, 프랜시스(Francis Sheehy-Skeffington) 116, 162

슈라이너, 올리브(Olive Schreiner) 93
　「야생벌의 꿈」 93

슈뢰더, 시어도어(Theodore Schroeder) 110

슈밋, 매슈(Matthew Schmidt) 82, 83, 89, 99~102, 105, 106, 111, 116

슈바이거(Schweiger) 부인 270

슈워츠, 제이컵(Jacob Schwartz) 258, 260

슈티르너, 막스(Max Stirner) 173

슐랴프니코프, 알렉산더(Alexander Shliapnikov) 561, 562

스메들리, 아그네스(Agnes Smedley) 628, 697, 703

스미스, 라일라(Lilah Smith) 239, 240, 245, 253, 262

스미스, 로다(Rhoda Smith) 26, 30, 35

스워프, 허버트(Herbert Swope) 686, 694

스윗러브, 톰(Tom Sweetlove) 731

스콧, 에블린(Evelyn Scott) 762, 763

『스크립스 하워드』(Scripps-Howard) 81

『스타』(Star) 755

스타니슬라브스키, 콘스탄틴(Konstantin Stanislavski) 613, 614, 616

스타이머, 몰리(Mollie Steimer) 258, 260, 261, 312, 314, 319~321, 705~707

스타인버그, I.(I. Steinberg) 471, 472, 642

스턴버그, 루이스(Louis Sternberg) 160

스테클로프(Steklov) 622

스테펜스, 링컨(Lincoln Steffens) 183

스텔라(Stella) 104, 129~131, 169, 185, 198, 200, 204, 232, 244, 248, 251, 253, 254, 259, 271, 274, 291, 295, 298, 301, 302, 304, 314, 322, 328, 333, 334, 427, 546, 550, 554, 610, 624, 644, 674, 675, 689, 690, 694, 695, 697~699, 701~703

스톡스, 로즈 패스터(Rose Pastor Stokes) 110, 112, 114, 678

스톡스, 펠프스(Phelps Stokes) 220, 255

스트런스키, 로즈(Rose Strunsky) 16

스트린드베리, 아우구스트(August Strindberg) 56, 173, 747

스티븐스, 프랭크(Frank Stephens) 331

스파고, 존(John Spargo) 220

스파르타쿠스 봉기 388

스파이스, 어거스트(August Spies) 15, 76

스피리도노바, 마리야(Maria Spiridonova) 470~474, 550, 642, 643, 657, 658, 675

슬라시초프-크림스키, 야코프(Yakov Slaschov-Krimsky) 603, 604, 614

슬랙맨, 레나(Lena Slackman) 762

슬레이터(Slater) 232

슬로콤, 조지(George Slocombe) 721

슬론, 돌리(Dolly Sloan) 142, 202, 204, 205, 320

슬론, 애나(Anna Sloan) 110, 182, 183

슬론, 존(John Sloan) 47, 111

『시간과 조수』(*Time and Tide*) 724

시그먼, 모리스(Morris Sigman) 208

시먼스(Simons) 220, 255

시먼스, H. 오스틴(H. Austin Simons) 256

10월 혁명 223~225, 234, 251, 286, 317, 378, 380, 381, 392, 398, 408, 415, 442, 620

시저(Caesar) 52

『시카고 트리뷴』(*Chicago Tribune*) 450, 549

신경제정책(NEP) 599, 600, 608, 616~618

신맬서스주의 85

심킨(Simkin) 758

싱, 존 밀링턴(John Millington Synge) 115

싱클레어, 업튼(Upton Sinclair) 58

【ㅇ】

아나코-생디칼리즘 467, 520, 566, 600, 627, 630, 672, 706

아나키스트 729

아나키즘 141

아르망, A.(A. Armand) 103

아르시노프, 표트르(Pyotr Arshinov) 647

『아메리칸 머큐리』(*American Mercury*) 745

아브루츠카야, 소냐(Sonya Avrutskaya) 514

아스카로프(Askaroff) 449

아시, 숄럼(Sholom Asch) 208

IWW(세계산업노동자연맹) 32, 34, 38, 40, 55, 60, 95, 136, 144, 213, 218~221, 243, 258, 274, 414, 469, 622, 624, 627~629, 633, 643, 644, 705, 757

아이스너, 쿠르트(Kurt Eisner) 282

아치데일(Archdale) 724

아타베키안(Atabekian) 392

안드레예프, 레오니트(Leonid Andreyev) 614

안드레이친, 조지(George Andreychin) 116, 643, 644

안지오릴로, 미켈레(Michele Angiolillo) 59

안티고네(Antigone) 286

『알람』(*Alarm*) 106

알스버그, 헨리 G.(Henry G. Alsberg) 460, 461, 475, 476, 480, 493, 494, 501, 506, 508, 509, 511, 512, 516, 518, 524, 525, 540, 548, 549, 572, 603, 604, 610, 614, 615, 697, 738

애니(Annie) 62

애벗, 레너드 D.(Leonard D. Abbott) 16, 44, 57, 61, 110, 152, 154, 162, 182, 185, 235

애슐리, 제시(Jessie Ashley) 115, 136, 274, 275

애지, 리틀(Little Aggie) 269, 270, 278, 299

액슬러, B.(B. Axler) 763

앤더슨, 마거릿(Margaret Anderson) 49~52, 54, 64, 77, 174, 751

앤드류스, C.(C. Andrews) 235

앤서니, 수전(Susan B. Anthony) 95

앨런, 클리퍼드(Clifford Allen) 725, 726

야노프스키, 사울(Saul Yanofsky) 13, 208, 209, 280, 281

야르초크(Yarchook) 572, 661

야트마노프(Yatmanov) 461, 465, 552, 554, 562, 563

『어머니 대지』(*Mother Earth*) 16, 17, 25, 28, 32, 34, 39, 42, 46, 55, 61, 65, 67~69, 75, 83, 84, 104, 107, 116, 127, 129, 151~153,

157, 160, 167, 169, 171, 173, 180, 182~184, 196, 220, 221, 244, 256, 284, 293, 311~313, 487, 513, 514, 629, 687

『어머니 대지 불레틴』(*Mother Earth Bulletin*) 222, 223, 225, 233, 244

에델슈타트, 다비드(David Edelstadt) 62

에델슈타트, 에이브(Abe Edelstadt) 63

에델슨, 베키(Becky Edelson) 57, 58

에드워즈, 조지(George Edwards) 92

에디, 미니(Minnie Eddy) 263~265, 299, 300

에머슨, 랄프 왈도(Ralph Waldo Emerson) 133

에이브럼스, 제이컵(Jacob Abrams) 258

엘라(Ella) 266, 267, 276, 299

엘렌(Ellen) 699

엘리스, 해브록(Havelock Ellis) 719, 724, 742, 743

여성참정권 91

영, 아트(Art Young) 231

영, 하워드(Howard Young) 751~753, 757, 758

예고르(Yegor) 333

예이츠, 윌리엄 버틀러(William Butler Yeats) 115

오닐, 유진(Eugene O'Neill) 747

오로도프스키(Orodovsky) 528, 529

오를레네프, 파벨 니콜라예비치(Pavel Nikolayevitch Orleneff) 28

오버맨(Overman) 281

오브라이언, 조(Joe O'Brien) 629

오언, 윌리엄 C.(William C. Owen) 717, 730

오키프(O'Keefe) 판사 112

오픈 포럼 92~94

오헤어, 케이트(Kate O'Hare) 258, 275~278, 288, 292, 293, 296, 299, 321, 322, 624

오헤어, 프랭크(Frank O'Hare) 277, 278, 288

옥스먼, 프랭크(Frank Oxman) 158, 159

올더, 프리몬트(Fremont Older) 125

올리버로, 루이즈(Louise Olivereau) 219

올컷, 루이자 메이(Louisa May Alcott) 133

와덤스(Wadhams) 판사 137

와이저, 그라프(Graf Wiser) 695~699, 701, 703

와인버거, 해리(Harry Weinberger) 105, 140, 142, 154, 160, 172, 173, 176, 178, 197, 199, 200, 215, 217, 226, 228, 230, 244, 261, 282, 308, 319, 326, 328, 331~333, 335, 336, 695, 697, 702, 703, 712, 713, 714

와인버그, 이스라엘(Israel Weinberg) 123~125, 227

와일리, 프랜시스(Frances Wylie) 758, 762

『외교』(*Foreign Affairs*) 735

외르터, 프리츠(Fritz Oerter) 103

우드, 찰스 어스킨 스콧(Charles Erskine Scott Wood) 62, 173

우리츠키, 모이세이(Moisei Uritsky) 365

운슐리히트, 유제프(Józef Unszlicht) 635, 638, 639

워릭, 레이디(Lady Warwick) 719, 724, 726

워블리(Wobblies) 64

워커, E. C.(E. C. Walker) 85, 86

워커, 조지프(Joseph Walker) 160

월리스, 해리 D.(Harry D. Wallace) 219

월링, 안나 스트런스키(Anna Strunsky Walling) 16, 110

월링, 잉글리시(English Walling) 220, 255

월시, 프랭크 P.(Frank P. Walsh) 131, 134, 135, 138

월터, 유진(Eugene Walter) 46

웨스, 윌리엄(William Wess) 717, 730

웨스트, 레베카(Rebecca West) 718, 719, 723, 724, 727, 736, 737, 744

웨스트, 조지(George West) 134

웨지우드, 조사이아(Josiah Wedgewood) 719, 724, 727, 730, 736

웰스, H. G.(H. G. Wells) 719

위너, 레오(Leo Wiener) 742

윌리엄스(Williams) 622

윌슨, 우드로(Woodrow Wilson) 134, 135, 139, 147, 151, 152, 250, 251, 261, 266, 280, 281, 283, 509, 591

유대인 학살 513

유데니치, 니콜라이(Nikolai Yudenich) 353, 355, 360, 362, 380, 405, 663

유스터, 로즈(Rose Yuster) 185

이념적 아나키스트 417

이바녜스, 블라스코(Blasco Ibañez) 286

이스트먼, 맥스(Max Eastman) 114, 138, 176, 177, 231, 295, 296

이스트먼, 크리스틸(Crystal Eastman) 321

2월 혁명 225, 317

이즈마일로비치, 알렉산드라(Alexandra Izmailovich) 471, 642, 657

『이즈베스티아』(Izvestia) 622, 652

인터내셔널 419

인플루엔자 261

입센, 헨릭(Henrik Ibsen) 56, 94, 173, 323
　　「민중의 적」 94

잉글리스, 아그네스(Agnes Inglis) 173, 234, 259, 260

【ㅈ·ㅊ】

자경단 94, 95

자넷, A. 라일 드(A. Lyle de Jarnette) 92~94

자무스, 이디스 드 롱(Edith de Long Jarmuth) 300, 301

자슬라브스키(Zaslavsky) 514

『자유 러시아』(Free Russia) 730

『자유로운 노동자의 목소리』(Freie Arbeiter Stimme) 13, 17, 208, 763

자유로운 모성 86, 322

『자유인』(Freeman) 675

자코비, 아브라함(Abraham Jacobi) 110

잘러(Zahler) 부인 762

장윌, 이스라엘(Israel Zangwill) 719, 724

잭슨, 배리(Barry Jackson) 739, 740, 744

『저널』(Journal) 704

저드킨, A.(A. Judkin) 758

적십자 496, 497

제3인터내셔널 519, 545, 547

제르진스키, 펠릭스(Felix Dzerzhinsky) 635

제퍼슨, 토머스(Thomas Jefferson) 187

제프리스, 조지(George Jeffreys) 260

젠슨, 앨버트(Albert Jensen) 670, 677

젠슨, 엘리스(Elise Jensen) 670, 677

조린, 리자(Liza Zorin) 354, 581

조린, 세르게이(Sergey Zorin) 350, 353, 355~357, 362, 364, 366~369, 374, 376, 385, 394, 400, 414, 432~434, 446, 447, 464, 578, 582

조반니티, 아르투로(Arturo Giovannitti) 138, 219

조이스, 제임스(James Joyce) 174
　　『젊은 예술가의 초상』 174

조지프(Joseph) 488, 490

조지, 헨리(Henry George) 330

『조직된 노동』(Organized Labor) 125

조지(George Merrill) 742, 743

조페, 아돌프(Adolph Joffe) 383

존스, 마더(Mother Jones) 36

존슨, 톰(Tom Johnson) 139

졸라, 에밀(Émile Zola) 42
　　『제르미날』 42

종교 88

종교철학회의(the Congress of Religious Philosophies) 97

주크, 도리스(Doris Zhook) 716, 717, 719, 730, 735

줄리아(Julia) 232

지노비예프, 그리고리(Grigory Zinoviev) 294, 358, 362, 366, 371, 383, 410, 434, 436, 446,

447, 461, 476, 507, 511, 519, 524, 525, 545, 547, 563, 582, 587~592, 609, 630, 650

지퍼로비치(Zipperovich) 582

『진보』(Forward) 208

질레트, 윌리스(Willis Gillette) 142

징병제 151, 152, 154, 156, 170, 171, 174, 181, 226, 230, 274

차이콥스키, 니콜라이(Nikolai Tchaikovsky) 28, 373

차토(Chato) 628, 697, 703

챔프니, 아델라인(Adeleine Champney) 139

철학적 아나키스트 416, 464, 755

체르노프, 미하일(Mikhail Chernov) 224, 373, 467, 597

체르니, 레프(Lev Chernyi) 649, 652, 653

체트킨, 클라라(Clara Zetkin) 642, 643

체호프, 안톤(Anton Chekhov) 614

촐고츠, 리언(Leon Czolgosz) 59, 96, 97, 329

츠베트코프, 마리우사(Maryussa Tsvetkov) 663~665, 666

치체린, 게오르기(Georgy Chicherin) 350, 391, 396, 429, 431, 450, 510, 524, 654, 655, 656

치페로비치(Chiperovich) 376

【ㅋ】

카네기예서, 레오니드(Leonid Kannegisser) 365

카라칸, 레프(Lev Karakhan) 476

카메네프, 레프(Lev Kamenev) 570, 572, 594

카미네티, 앤서니(Anthony Caminetti) 338

카살스, 파블로(Pablo Casals) 53, 54

카시린(Kashirin) 601

카운, 알렉산더(Alexander Kaun) 52

카이저만, H. M.(H. M. Caiserman) 762

카터, 프리츠(Fritz Kater) 103

카텔(Cattell) 교수 256

카펜터, 에드워드(Edward Carpenter) 16, 173, 286, 719, 724, 742, 743, 748

카플란, 도라(Dora Kaplan) 383, 384

카플란, M. B.(M. B. Kaplan) 443, 444, 461, 552

카한, 에이브(Abe Cahan) 208

카홉스카야(Kakhovskaya) 471

칼라일, 토머스(Thomas Carlyle) 297

칼리닌, 미하일(Mikhail Kalinin) 584, 585, 589, 621

칼 [스웨덴인]([Swede] Carl) 127, 170, 171, 197, 202, 244, 258

캄코프, 보리스(Boris Kamkov) 470, 471, 475

캄프마이어, 파울(Paul Kampfmeier) 672

카(Carr) 부부 139

캐런, 아서(Arthur Carron) 58, 61

캐스케이든(Cascaden) 622, 628, 641

캐플란, 데이비드(David Caplan) 82, 83, 89, 99, 100~102, 105, 111, 116

캘리, H. M.(H. M. Kelly) 110

커쉬너, 제이컵(Jacob Kershner) 331

커, 스튜어트(Stewart Kerr) 74, 75, 153, 738

커즈너, 몰리(Molly Kirzner) 761

『컨저베이터』(Conservator) 108

컬, 댄(Dan Cull) 140

케넌, 엘렌(Ellen Kennan) 697

케렌스키, 알렉산더(Alexander Kerensky) 223, 224, 373, 381, 471, 472, 590

케이프스, 베니(Benny Capes) 268

케이프스, 벤(Ben Capes) 93, 142, 245, 246, 327

켈러, 헬렌(Helen Keller) 230, 231

켈리, 해리(Harry Kelly) 321, 677, 709

켐프, 해리(Harry Kemp) 130

코너, 척(Chuck Connor) 70

코널리, 제임스(James Connolly) 116

코노세비치(Konossevich) 619

코롤렌코, 블라디미르(Vladimir Korolenko)

494~496, 498~502

코브너, 샘(Sam Kovner) 310

코언, 알렉스(Alex Cohen) 208

코언, 제인(Jane Cohen) 762

코언, 조셉(Joseph Cohen) 763

코즐롭스키(Kozlovsky) 588, 589, 597

코크란, 버크(Bourke Cockran) 137, 143

콘, 마이클(Michael Cohn) 173, 268, 697, 703

콘, 애니(Annie Cohn) 173, 268

콘텐트, 해럴드(Harold Content) 173, 177,
178, 179, 183, 184, 186

『콜』(Call) 107

콜럼, 패드라익(Padraic Colum) 116
　「자유의 찬가」 116

콜론타이, 알렉산드라(Alexandra Kollontay)
149, 400, 401, 403, 406, 407, 483, 551, 561,
562

콜차크, 알렉산더(Alexander Kolchak) 355,
360, 362, 372, 380, 552

콜튼, 제임스(James Colton) 734, 745

콤스톡, 앤서니(Anthony Comstock) 87, 89,
110

콥든-샌더슨, 앤(Anne Cobden-Sanderson)
724

쿠즈멘코, 갈리나(Gallina Kuzmenko) 514,
515, 516, 517

쿠즈민(Kuzmin) 584~586

쿡, 조지 크램(George Cram Cook) 130

쿡, 카시우스 V.(Cassius V. Cook) 219

쿨라코프(Kulakov) 556

쿨리지, 캘빈(Calvin Coolidge) 730

크라스노쇼코프(Krasnoschokov) 476, 477,
552

크래독, 아이다(Ida Craddock) 86

크레스틴스키, 니콜라이(Nikolay Krestinsky)
448, 449

크레이머, 루이스(Louis Kramer) 160, 199,
226, 282

크로더스, 레이첼(Rachel Crothers) 46

크로포트킨, 소피(Sophie Kropotkin)
421~423, 425, 565, 568, 569, 576~578, 605

크로포트킨, 알렉산드라(Alexandra Kropotkin)
421, 567, 572, 578

크로포트킨, 표트르(Peter Kropotkin) 12, 16,
17, 102, 103, 150, 173, 255, 281, 283, 392,
400, 421, 422, 424, 425, 464, 500, 564, 565,
568, 570~572, 574, 576, 605, 608, 672, 688,
720, 724, 742
　『어느 혁명가의 회고록』 12

크로포트킨 박물관 576~578, 604, 605, 608

크론슈타트 359, 583~589, 591, 592,
594~600, 602, 604, 606, 608~610, 614, 630,
631, 650, 677, 688

크릴, 조지(George Creel) 220, 261

클라인, 찰스(Charles Klein) 32, 46

클레어, 볼테린 드(Voltairine de Cleyre) 8~10,
93, 243
　「허리케인」 93

클레이튼, 존(John Clayton) 261, 450~454,
456, 457, 460, 549, 550, 575

클레이튼, 헨리 D.(Henry D. Clayton) 260

키발치치, 빅토르(Victor Kibalchich) 362, 438

키슬리크, 릴리언(Lillian Kisliuk) 109

키츠, 존(John Keats) 744

키퍼, 다니엘(Daniel Kiefer) 221, 331

킬, 토마스(Thomas H. Keell) 103, 717, 730

【ㅌ】

타라투타, 올가(Olga Taratuta) 487

『탈출』 762

태너, 앨런(Allen Tanner) 52

터너, 존(John Turner) 330, 717, 732,
734~736, 748

터커, 존 프랜시스(John Francis Tucker) 111

테넌바움, 프랭크(Frank Tannenbaum) 39, 40

테니슨, 알프레드(Alfred Tennyson) 279

　「경기병 여단의 돌격」 279

토지 국유화 359

톨스토이, 레오(Leo Tolstoy) 285, 498, 573

톰스키(Tomsky) 632

투카쳅스키, 미하일(Mikhail Tukhachevsky) 595, 596

트라우벨, 호레이스(Horace Traubel) 108, 300

트레스카, 카를로(Carlo Tresca) 116, 219

트로츠키, 레온(Leon Trotsky) 149, 150, 224, 294, 358, 363, 383, 400, 448, 449, 459, 488, 507, 519, 544, 561, 586, 587, 588, 590, 594, 595, 596, 603, 604, 609, 630, 632, 638, 643, 651

트루토프스키(Trutovsky) 471, 472

『트리뷴』(Tribune) 695

트윗모어, 올라프(Olaf Tweetmore) 125

티에르, 아돌프(Adolphe Thiers) 599

【ㅍ】

파머, 미첼(Mitchell Palmer) 281, 324, 331, 619

파블로프(Pavlov) 568, 569

파슨스, 루시(Lucy Parsons) 284, 285

파슨스, 앨버트(Albert Parsons) 15, 76, 284, 285

파업 578, 585

파워(Power) 97

파이프, 해밀턴(Hamilton Fife) 721

파인, 맥스(Max Pine) 138, 210

파인, 메리(Mary Pine) 130

파인스톤, M.(M. Finestone) 210

『퍼블릭』(Public) 329

페레르 학교 57

페롭스카야, 소피아(Sophia Perovskaya) 612

페르부킨(Pervoukhin) 436~438

페미니즘 91

페어필드, 레티샤(Letitia Fairfield) 724

페인버그(Feinberg) 350

페인터(Painter) 소장 197, 198, 236, 242, 245, 253, 279

페틀류라, 시몬(Symon Petliura) 504, 512, 522

페티본, 조지 A.(George A. Pettibone) 201

「펠레아스와 멜리장드」 54

포드, 포드 매덕스(Ford Madox Ford) 714, 730

포르, 세비스티앙(Sébastien Faure) 103

포르나시에, 안토니오(Antonio Fornasier) 218

포브스-로버트슨, 존스턴(Johnston Forbes-Robertson) 739

포스터, 윌리엄 Z.(William Z. Foster) 622, 627, 641, 644, 704

포스트, 루이스 F.(Louis F. Post) 220, 255, 329, 330, 331

『포스트 디스패치』(Post Dispatch) 278

『포에트리 매거진』(Poetry Magazine) 52

포위스, 존 쿠퍼(John Cowper Powys) 111

포크롭스키, 미하일(Mikhail Pokrovsky) 564

폴린(Pauline) 170, 213, 243, 310

표현의 자유 274

표현의 자유 연맹 139

푸트, E. B.(E. B. Foote) 85

프라이나, 루이스(Louis Fraina) 154

프란시스, J. O.(J. O. Francis) 41

　「체인지」 41

프랜시스, 데이비드 R.(David R. Francis) 215, 554

프랭콘-데이비스, 그웬(Gwen Ffrangcon-Davies) 739

프레오브라젠스키, 예브게니(Yevgeni Preobrazhensky) 463, 608

프로만, 구스타브(Gustave Frohman) 56

프로이트, 지그문트(Sigmund Freud) 286

프롤레타리아 독재 293, 357, 372, 378, 417, 447, 462, 561, 578

프루동, 피에르 조제프(Pierre Joseph Proudhon) 283

프루흐, 맥스(Max Frucht) 256

프리드먼, H. A.(H. A. Freedman) 757

프릭, 헨리 클레이(Henry Clay Frick) 201, 326

플레신, 세냐(Senya Fleshin) 487, 490, 707

플린, 엘리자베스 걸리(Elizabeth Gurley Flynn) 61, 219, 321, 624

피그네르, 베라(Vera Figner) 424, 464, 500, 611, 620, 621

피스타니아(Pistania) 467, 468, 469

피시먼, 미니(Minnie Fishman) 234

피시먼, 제이크(Jake Fishman) 234

피어스, 패드라익 H.(Padraic H. Pearse) 116

『피어슨스』(Pearsons) 284

피임 63, 85, 86, 87, 89, 95, 109, 110, 114, 115, 118, 136~139, 141, 274, 322

피츠제럴드, M. 엘리너(M. Eleanor Fitzgerald) 26, 30, 34, 46, 57, 67, 68, 78, 93, 99, 106, 121, 126, 127, 153, 169~172, 180, 196, 197, 200, 202, 205, 209, 222, 229, 243, 259, 266, 271, 273, 309~312, 328, 333, 334, 335, 427, 550, 610, 624, 644, 694, 697, 699, 701, 739

피치 → 피츠제럴드, 엘리너

피커트, 찰스(Charles Fickert) 144, 158, 216, 217, 226, 308

피콕, 월터(Walter Peacock) 739, 740

핀초트, 아모스(Amos Pinchot) 643

필립스, 웬델(Wendell Phillips) 187

필머, A. E.(A. E. Filmer) 745

【ㅎ】

하드윅, 세드릭(Cedric Hardwicke) 739

하르트만, 사다키치(Sadakichi Hartmann) 70

하먼, 모시스(Moses Harman) 85, 86

하벨, 히폴리테(Hippolyte Havel) 68, 70, 106

하비, 알렉산더(Alexander Harvey) 111, 284, 286, 346

하우프트만, 게르하르트(Gerhart Hauptmann) 56, 102, 710

「침몰한 종」 56

하위, 줄리아(Julia Howe) 95

『하퍼스』(Harper's) 686

합굿, 허친스(Hutchins Hapgood) 13, 29, 71, 130

『해럴드』(Harold) 721

해리스, 넬리(Nellie Harris) 712, 713, 745, 746

해리스, 프랭크(Frank Harris) 173, 176, 177, 197, 283~285, 297, 346, 710, 712~714, 721, 744, 745, 746

「폭탄」 284

해머스타인, 오스카(Oscar Hammerstein) 43

『해방자』(Liberator) 114, 295

핸슨, 칼(Karl Hanson) 58, 61, 757

허쉬펠트, 마그누스(Magnus Hirschfeld) 695

헤론, 조지 D.(George D. Herron) 16, 255

『독일을 무너뜨려야 하는 이유』 255

헤르만(Herman) 266

헤릭, C. M.(C. M. Herlick) 761

헤밍웨이, 어니스트(Ernest Hemingway) 714, 715

헤이우드, 릴리언(Lillian Heywood) 85

헤이우드, 에즈라(Ezra Heywood) 85

헤이우드, 윌리엄[빌] D.(William[Bill] D. Haywood) 60, 201, 219, 258, 357~361, 366, 622~624, 626, 628, 632, 633, 641, 643, 644, 705

헤켈, 에른스트(Ernst Haeckel) 102

헥트, 벤(Ben Hecht) 52

헨리, 로버트(Robert Henri) 47, 48, 111

헨리, 패트릭(Patrick Henry) 187

헬레나 48, 79, 206, 207, 266, 271, 273, 274,

292, 304, 305, 314, 315, 328, 333, 334, 375,
427

『현대문학』(*Current Literature*) 111

『현대의 초상』(*Contemporary Portraits*) 297

호르비치, 아이작 A.(Isaac A. Hourwich) 213

호르(Horr) 부부 27

호치스타인, 데이비드(David Hochstein) 79,
80, 206, 207, 266, 271, 274, 305, 315, 427

홀, 볼튼(Bolton Hall) 68, 69, 73, 74, 110,
115, 136, 169, 183, 331

홀, 스탠리(Stanley Hall) 118, 119

홀백, 제임스(James Hallbeck) 167, 169, 180

홉킨스, 프린스(Prince Hopkins) 235, 245

후버, 허버트(Herbert Hoover) 687

휘슬러, 제임스 M.(James M. Whistler) 297

휘트먼, 월트(Walt Whitman) 47, 108, 760,
761, 762

휘트먼(Whitman) 주지사 201, 203, 212, 215,
217, 227

휘트워스, 제프리(Geoffrey Whitworth) 740,
744

휴즈(Hughes) 부부 762

히치콕(Hitchcock) 경찰국장 173

힐다(Hilda) 310

힐리, 에스텔(Estelle Healy) 743

힐만, 시드니(Sidney Hillman) 208

힐큇, 모리스(Morris Hillquit) 210~212, 215,
217